중증외상센터

GOLDEN
HOUR

골든 아워

한산이가
지음

중증외상센터

GOLDEN
HOUR

골든 아워
XV

몬스터

차례

우리가 놓치는 지점

그 시각, 한국에서 출발한 비행기 하나가 콜롬보 국제공항에 내려앉았다. 원래 인천 공항에서 이곳까지는 직항이 있을 때도 있고 없을 때도 있었는데 최근 관광객들이 폭발적으로 늘어난 까닭에 이제는 매일 한두 번씩 오가는 꽤 주요 노선이 되어 있었다. 그렇다 해도 이렇게 새벽같이 도착하는 비행기가 정기적으로 있지는 않았다.

"오셨군요. 여기서 환승하시면 됩니다."

태화 측에서 따로 전세기를 마련해준 것이었다. 의료진들이란 사람들은 워낙 시간이 없었으니까. 동시에 잠 안 자는 데 도가 튼 사람들이기도 했다. 모두 이왕 가는 봉사라면 최대한 오래 있기를 원했고, 이동 시간은 최대한 밤으로 맞추는 데 동의한 바 있었다.

'흐아암……'

덕분에 한석준은 새벽에 마중 나가는 신세가 되었다. 연신 하품이 나왔지만, 상대는 태화의료원의 의료진들이었다. 대부분 젊은 주니어 스태프들로 이루어져 있다고 하지만, 그래도 잘 보여서 나쁠 거 없는 사람들이었다. 해서 한석준은 친절을 앞세워 졸음을 숨기는 데 최선을 다했다.

"와, 덥네. 개더워."

"형……. 개덥다가 뭐예요. 그래도 명색이 의산데. 욕을 하고 그래."

"너 뭘 모르는구나. 요새 애들은 다 개 쓰거든? 이게 강조하는 단어래."

"뭔 소리야."

그렇게 환승을 위해 일행을 안내하고 있으려니, 뒤에서 대화가 들려왔다. 처음 들었을 땐 레지던트들인가 싶었다. 하지만 뒤를 돌아보니 놀랍게도 나이가 꽤 있어 보이는 이들이었다. 적어도 30대 중반은 되어 보였다.

"아, 맞다. 거기 골프장도 있다던데. 주말에 한판?"

"내기? 내기는 좋지. 김승규 선배도 끼워달라던데."

"아……. 난 그 선배 얼굴 보면 샷이 안 나가던데."

"나도 그렇긴 한데. 앞에 가서 안 된다고 할 수 있어요?"

"아니, 못 하지."

실없는 대화치고는 꽤 흥미진진했다.

'김승규란 사람 얼굴이 어떻…… 힉.'

한석준은 졸음을 떨치기 위해서라도 귀를 기울이다가 김승규가 대체 누구길래 하는 얼굴로 사방을 두리번거렸다. 그리고 어떤 얼굴과 마주했다.

"왜요? 내 얼굴에 뭐 묻었어?"

"아니, 아닙니다. 죄송합니다."

"왜 갑자기 사과해요? 기분 상하네? 어?"

"아니…… 살려주십쇼."

한석준도 강혁 앞에서나 빌빌대지, 어디 가서 꿀리는 편은 아니었다. 체격도 좋고 무엇보다 성격도 꽤 강단 있는 편이었다. 요새 키 큰 사람 많다, 많다 해도 184 정도 되면 본인보다 큰 사람을 마주하는 게 그리 흔한 일은 아니지 않겠나. 하지만 이건 좀 성격이 다른 문제였다.

'의사가 아니라 조폭 아냐? 아니…… 조폭도 저 정도면…….'

한석준은 저도 모르게 고개를 내리깔고는 발걸음을 빨리했다. 처음엔 무서워서 벌벌 떨기만 했는데, 시간이 갈수록 두근거림 속에 어떤 기대감이 섞여 들어왔다.

'저 사람이면 어쩌면 백 교수님도…….'

백강혁도 무서운 인간이기는 했다. 그러니 말도 안 되는 일들을 벌이고 또 그걸 성공시키고 있지 않은가. 하지만 뒤에서 바짝 붙어서 따라오고 있는 김승규인지 뭔지 하는 인간은 인간이 아닌 것 같았다. 둘이 붙으면 진짜 볼만하겠단 생각이 들었다.

"와……. 여기에 이렇게 좋은 에어 앰뷸런스가 있네."

"대단하긴 대단하시다."

속으로 이런저런 생각을 이어나가는 동안 일행은 환승을 위해 미리 준비해두었던 비행기 앞에 도달했다. 여행 가방을 비롯한 짐 대부분은 따로 먼저 보낸 덕에 에어 앰뷸런스에는 몸만 타면 되었다. 최대한 빨리 일을 시작하기 위한 방편이었다. 일반인들에게는 쉬이 이해가 잘 가지 않는 일이었다. 대체 왜 일들을 못 해서 안달이란 말인가. 하지만 대학 병원에서, 그중에서도 소위 빅3 안에 들어가는 병원에 있는 사람들은 절대 일반적인 사람들이 아니었다.

"빨리, 빨리."

"네."

"야야, 안쪽으로 들어가. 빨랑 가자."

"네."

죄다 일 중독자라고 보면 되었다. 정도의 차이는 있겠지만, 진짜로 그랬다. 오진승이 보게 되면 치료하고 싶어서 안달이 날 만한 케이스도 여럿 있었다. 방금까지 수다 떨고 있던 순환기내과 이현종, 감염내과 신현태가 그랬고 또 일반외과 김승규도 그랬다. 그중에서 이현종과 김승규는 의학과 결혼했단 말이 기정사실화되어 있을 지경이었다. 물론 이현종은 성질이 너무 괴짜라 결혼을 못 한 것이고, 김승규는 얼굴이 흉기라 결혼을 못 한 것이라는 게 정론이기는 했지만.

"자, 그럼 출발합니다."

한석준이 태화의료원 사람들 모두가 자리에 앉은 것을 확인해주자, 기장이 고개를 끄덕이며 기체를 출발시켰다. 말이 에어 앰뷸런스지, 사실상 미군 작전도 수행 가능한 기체였기에 이만한 인원을 태웠음에도 불구하고 별 무리가 없어 보였다. 비행기는 그저 늘 그러했듯이 미끄러지듯 활주로를 달렸고, 이내 하늘로 떠올랐다.

"미리 자두자고. 거기 엄청 빡세대."

"그러니까…… 백 교수님이 한국대…… 아니, 태화의료원 있을 때부터 좀 빡셌잖아."

"그치. 한유림 교수님도 오랜만에 뵙겠네."

"잘 지내시나?"

교수라 해봤자 다들 30대라 그런가 조잘조잘 말들이 많았다. 아직 세파에 찌들지 않아서 그런 모양이었다. 보기에 썩 나쁘진 않았다.

'뭔가…… 파릇파릇한데?'

한석준은 자기보단 나이가 많은 사람들임에도 불구하고 이런 생각을 하며 일행을 둘러보았다. 무리는 아니었다. 왜인지는 모르겠는데, 누와라엘리야 병원에 와 있는 인간들은 좀 찌든 느낌이 들지 않나. 순수하지 못하다는 느낌은 아니었다. 그보다는 오히려 너무 뛰어나서 그런 것이라고 생각했다. 이미 의사로서 실력이 극에 다다른 사람이라고 해야 할까? 물론 그 안에서는 또 우열이 나뉘고, 심지어 시간이 갈수록 실력도 더 늘고 있다고는 하지만. 그런 건 의학에 있어 문외한인 한석준에게는 별로 와닿지 않는 말이었다. 그렇게 순진무구한 이들을 태운 비행기는 그리 오래지 않아 누와라엘리야에 위치한 미군 공항에 닿았다. 말이 공항이지, 규모는 거의 시골 버스 터미널 수준이라고 보면 되었다. 오가는 비행기라고는 지금 타고 있는 이 비행기밖에 없으니 당연한 일이었다.

"왔네."

어느새 일어나 준비를 마치고 나온 강혁이 내려앉는 비행기를 보며 싱긋 웃었다. 따라 나온 이들도 어째 비슷한 얼굴들이었다.

강혁처럼 징그러운 미소를 짓고 있다는 얘기였다. 특히 한국대
학교 출신들이 더더욱 그랬다.

"저기서 제일 위가…… 승규일 텐데."

"걘 너 동기 아냐? 근데 왜 벌벌 떨면서 말해?"

"얼굴 보시면 알걸요."

"내가 못 봤어? 외과 아닌가?"

"이식 외과 펠로우라…… 우리랑은 아예 접점이 없었어요."

"아, 그런가. 대체 어떻게 생겼길래 그래."

재원만 잠깐 부르르 떨었는데, 그것도 정말이지 잠시뿐이었다.

"후배들 내리네."

"와……. 이거 어떻게 부려야 잘 부렸다고 소문이 나지."

"허허허허. 김승규 교수는 나한테 맡겨. 내가 그래도 몇 년이
위인데, 하하."

경원도, 장미도 껄껄 웃었다. 심지어 인격자로 널리 알려져 있
는 한유림조차 그랬다. 그동안 여기서 얼마나 많은 고생을 해왔
던가. 물론 쿠트라팔리나, 최윤섭 등등이 충원되기는 했지만, 그
보다 훨씬 빠른 기세로 환자 수가 늘어가고 있어서 체감할 수 없
었다. 이 와중에 거의 중소 병원급의 인원이 왔으니 반갑지 않으
면 그게 더 이상한 일이었다. 심지어 한국대학교 후배들이다 보
니 부리는 입장에서도 마음이 편할 수밖에 없었다.

"와……. 여긴 춥네."

"풍경 봐라. 여기 진짜 좋네."

"나 유튜브에서 봤어. 엄청 좋더라……. 근데 화면이 다 못 담

왔네.”

　그런 줄은 꿈에도 모르는 이들이 비행기에서 우르르 내렸다. 밝은 얼굴을 해가지고서였는데, 이 때문에 뒤에 서 있던 데니스나 최윤섭, 강성지 등은 조금이나마 마음이 불편해졌다.

　‘저 얼굴이 얼마나 오래갈까?’

　이런 생각이 들어서였다. 하지만 단연코 오진승만큼 절실하지는 않았다.

　‘도, 도망쳐.’

　정신을 차려보니 오진승 자신은 이곳을 마음속에 품게 된 지 오래였다. 그럴 수밖에 없었다. 여러 현장을 오가던 그였지만, 이만큼이나 소외된 지역은 처음 보았다. 그리고 이렇게까지 빠르게 변화하는 곳도 처음 보았다. 사명감과 보람을 동시에 충족시킬 수 있는 현장이라는 게 존재할 수 있다는 걸 바로 이곳에서 배웠다. 하지만 그 방식이 온당했냐고 한다면 언제고 고개를 가로저어야만 할 터였다.

　“잘 왔습니다. 김승규…… 교수님이 여기 인솔자라고 들었는데.”

　오진승의 이러한 생각을 뒤로하고 강혁은 더없이 사람 좋아 보이는 미소를 지으며 태화 봉사단을 향해 다가갔다. 그 바람에 봉사단에 있던 몇몇은 백강혁에게 순식간에 반하고 말았다. 강혁의 외적인 매력은 남녀노소를 가리지 않았기에 가능한 일이었다.

　‘하, 존나 잘생겼네. 개싫어.’

　물론 몇몇에게는 반항심도 키워주었다. 특히 김승규에게는 더더욱 그럴 수밖에 없었다. 누구는 이 얼굴 때문에 평생을 배척당하며 살아왔는데, 누구는 얼굴 하나로 순식간에 호감을 사? 벌써부터 싫다는 생각을 하면서, 김승규는 앞으로 나섰다. 그렇지 않아도 험상궂은 얼굴을 더더욱 구기면서였다.

"네, 제가 김승규입니다. 반갑습니다."

그러곤 손을 내밀었다. 악수하자는 뜻이었는데, 하도 힘이 세다보니, 그리고 기분이 상한 상태다 보니 과하게 힘이 들어갔다. 김승규는 얼굴만이 아니라 힘도 전국구였기에 보통 이쯤 되면 상대는 울상이 되어야 정상이었다. 하지만 강혁은 웃고 있었다. 여유로운 척 억지로 웃는 종류의 미소가 아니라, 정말 즐거워 죽겠다는 미소였다.

'이 새끼는 막 굴려도 되겠는데?'

노예, 노예 하고 있다지만 막말로 노예처럼 부릴 만한 녀석이 여기 누가 있단 말인가. 한유림은 노인이고, 최윤섭은 스승이었고, 강성지는 나이에 비해 몸이 많이 곯았다. 재원이야 원래부터 약골이었고 리처드가 그나마 좀 나은데, 그 자식은 또 좀 이상한 면이 있었다. 하나 눈앞에 마주하고 있는 사람, 김승규는 누가 봐도 강인해 보였다. 게다가 눈빛도 단단했다.

'보통 실력 가지고서는 이렇게 당당할 수가 없지?'

"거창하게 환영연을 열어 드리고는 싶지만……. 보시다시피 저희 사정이 이래놔서."

간이 공항에서 병원으로 가는 길은 이제 많이 개선된 참이었다. 무려 아스팔트까지 깔아놨을 지경이니 말 다 한 셈이었다.

게다가 넓이도 차 두 대가 넉넉히 왕복 주행할 수 있을 정도로
넓어진 마당이었다. 애초에 하이웨이를 통해 콜롬보에서 여기까
지 온 게 아니라 비행기를 타고 온 것이다 보니, 태화 일원들은
아주 살짝 이곳을 오해하게 되었다.

'사정 좋은 것 같은데?'

'엄청 고생할 수도 있다고 겁을 주더니만……'

'생각해보면 여기 한유림 전 장관님도 계시잖아. 나이가 있으
신데…… 어? 어떻게 그렇게 힘든데 있을 수 있겠냐고.'

워낙에 사회적으로 저명한 사람들이 이곳에 와 있지 않던가.
그중에는 양재원 현 중증외상센터장도 끼어 있지만, 제일 압권
인 것은 아무래도 한유림이었다. 누와라엘리야에서야 백강혁한
테 가려서 아무것도 아닌 사람처럼 보일 때도 있지만, 대한민국
에서는 전 장관으로 통하지 않던가. 워낙 임기를 못 채우고 날아
가는 장관들도 많다보니 그 희소성이나 가치를 격하하는 사람들
도 많지만 한유림처럼 임기 꽉꽉 채운 데다가 그 임기 동안 내
세울 만한 업적이 많았다. 그런 사람들은 어딜 가도 대접받을 수
있는 법이다. 심지어 박성민 대통령 덕에 외국에서도 귀빈 대우
를 받기에 부족함이 없었다.

"시간도 늦었고 하니 간단하게 브리핑하겠습니다."

강혁은 일행을 슥 둘러보았다. 딱히 표정이나 말투가 변하진
않았다. 어차피 내일부터 굴려지다 보면 여기가 어떤 곳인지 자
연스레 알게 될 테니.

'특히 너.'

강혁은 말을 이어나가면서, 아직도 손을 어루만지고 있는 김승규를 바라보았다. 상대에게 힘으로 제압당한 것은 처음인지 어리둥절한 얼굴이었다. 강혁이 보기에도 여상한 힘은 아니었으니 당연한 일이었다. 격투기나 역도와 같이 힘쓰는 분야에 몸담은 것도 아닌데 저만한 힘을 타고났다면, 누구라도 기고만장해지지 않을까.

"일단 외과⋯⋯ 김승규 교수 포함 교수 둘, 펠로우 둘, 레지던트 두 분 오셨죠? 모조리 외상이나 충수돌기염 포함한 외과적 응급 상황 발생 시에 투입됩니다. 외래는 당연히 봐야 하고요. 병원 앞에 천막 보셨으면 느낌 오실 텐데, 내일부터 여러분 계실 동안에는 거기서 진료를 봅니다. 안에 시설은 모두 수술 및 처치를 위해 쓰이도록 개조해두었습니다."

사실 아무리 장비가 투입되었다고 해도 외래 진료실이 처치실이 되기란 어려운 일이었다. 하지만 누와라엘리야 병원은 처음 설계 당시부터 강혁이 이런 목적을 가지고 진행했기에 대대적인 변신이 가능했다. 이게 어떤 의미인지 잘 아는 누와라엘리야 병원 의료진들은 팔뚝에 돋아나는 소름을 애써 털어내었다. 원래 누와라엘리야 병원은 의료진 피로도 누적 및 환자들의 효율적인 진료를 위해 하루 방문 가능한 농장 수를 제한하고 있지 않나.

'이제부터 2주간은 그게 대폭 완화된다⋯⋯.'

'수술도 미친 듯이 잡아놨어⋯⋯.'

재원과 한유림이 서로 눈을 마주치며 한숨을 내쉬었다. 물론 저기 온 사람들이 주로 부림을 당하게 되기는 할 터였다. 하지만 강혁이 과연 그냥 그렇게만 둘까? 일단 본인부터 몸을 갈아 넣을 터였다. 이번 기회에 밀린 진료를 죄다 할 생각일 테니까. 그 과정에서 주변인들이 휘말려 들어갈 것은 안 봐도 뻔한 일이었다.

"성형외과 박태수 교수님. 펠로우 한 명, 레지던트 둘……. 이쪽은 그냥 수술만 하세요. 구순구개열 수술 하루 8개씩 잡혀 있습니다. 괜찮다고 하셨는데…… 무리가 될 것 같으면 미리 말씀해주세요. 평일 수술을 주말로 미루면 됩니다."

성형외과가 봉사 현장에 무슨 필요가 있을까 싶을 수도 있겠지만 현존하는 NGO 단체치고 성형외과를 필요로 하지 않는 단체는 없다고 봐도 무방했다. 사람의 얼굴이 얼마나 중요한가. 미추의 개념을 애써 부정하고자 하는 사람들도 있는 것이 사실이지만, 결함으로 인식될 정도의 문제가 있는 사람들은 교정이 절실했다. 그중 하나가 선천성 질환 중 꽤 빈번하게 발생하는 구순구개열, 즉 언청이였다. 이는 성형외과 외의 다른 과에서 섣불리 건드리기 어려운 질환인지라 강혁도 자신이 수술하는 대신 일단 체크만 해두고 있었다. 박태수와 같이 숙련된 성형외과 의사가 오면 죄 맡길 생각으로였다.

"8개……."

"너무 많나요?"

박태수 교수의 얼굴에 그늘이 졌다. 그가 대한민국에서도 손꼽히는 스페셜리스트인 것은 맞았다. 동시에 한국에서 스페셜리스트라고 인정받을 정도면 세계적인 수준인 것도 맞았다. 하지만 하루 8개씩 2주간 매일 할 생각을 하니, 정신이 살짝 아득해지는 느낌이었다.

'게다가 평일에 못 하겠으면 주말에라도 하라는 거잖아.'

확실히 빡세다, 빡세다 하더니만 장난이 아닌 모양이었다. 아마 박태수 교수가 일반적인 사람이었다면 여기서 질렸을 것이 뻔했다. 하지만 그는 대한민국의 명실공히 1등 의료원임을 자부하는 한국대학교 병원 출신이었다. 비록 최근 대기업을 앞세운 칠성과 아선의 추격에 시달리고는 있지만 하여간 그 안에서 살아남으려면 엄청난 노력을 했어야만 했다는 얘기다.

"하죠. 하겠습니다. 봉사에 뜻이 없던 게 아닌데…… 기회가 없었을 뿐입니다."

"좋아요. 매일 몸 상태 체크 할 테니까 걱정은 마시고. 다음…… 정형외과……."

정형외과가 개발도상국에서 얼마나 인기가 있을지 알고 싶다면 멀리 갈 것 없이 군대를 떠올리면 되었다. 신체 활동이 많은 곳에서는 필연적으로 신체 부상이 많을 수밖에 없지 않겠나. 서비스업이나 금융업 대신 일차 산업이 주를 이루고 있는 개발도상국의 특성상 정형외과의 역할은 절대적이었다. 누와라엘리야에서도 차밭 노동자치고 근골격계 질환 한두 개쯤 없는 사람은 찾기 어려울 지경이었다.

"예약 수술 이쪽도…… 하루 10개입니다. 가능하실까요?"

하지만 이번에 온 사람은 손 전문의였다. 주로 육손이, 즉 손가락이 6개 달린 아이들을 수술하게 될 터였다.

"네, 물론입니다."

대한민국에서 저명한 수진 전문의인 교수는 결연한 얼굴이 되어 고개를 끄덕였다. 강혁은 마음에 든다는 얼굴로 역시나 고개를 크게 끄덕여주었다. 그 외에 안과는 백내장, 마취통증의학과는 신경 블록 주사, 소아과는 소아 진료 등을 맡게 되었다. 내과야 당연히 외래 베이스로 돌아가게 되어 있었는데, 그중 하나가 돌연 손을 들었다.

"안녕하십니까. 순환기내과 이현종입니다."

"오……. 무슨 할 말이라도?"

강혁은 생전 처음 사람을 보며 되물었다. 눈을 똑바로 바라보면서였는데, 보통 사람이라면 강혁의 눈빛에 주눅이 들기 마련이었다. 단지 생김새 때문은 아니었다. 강혁의 눈빛에 담긴 끝을 알기 어려운 자신감과 단단함 때문이었다. 하지만 이현종은 그 눈빛을 담담한 얼굴로 견디며 입을 열었다.

"주말 사이에 심혈관 중재술실 설치된 것으로 알고 있습니다."

"아……. 아, 순환기내과라고. 그래요, 됐어요. 환자 중에 시술 필요한 사람들 골라놨습니다. 근데 저희가 CT실을 주로 외상에 쓰고 있어서…… 검진이 많이 되어 있지는 않아요. 그래서 시술할 사람을 많이 골라놓지는 못했어요. 그래도 증상이랑 이벤트, 기저질환까지 다 확인해서 골라놨으니 타율은 높을 겁니다."

"아, 네. 혹시 보고 싶으면 와서 보셔도 좋습니다."

"응? 그 말뜻은……?"

"견학하셔도 된다고요."

"허."

당돌한 말 아닌가. 물론 나이만 따지고 보면 얼마 차이도 안 나는 게 사실이긴 했다. 강혁이 군대도 면제인 데다가 타고난 천재성으로 인해 워낙 명성을 빨리 얻어서 그렇지, 이제 갓 마흔 좀 넘기지 않았나.

'김승규도 그렇고, 애도 그렇고. 나 없는 동안 교수된 애들이 패기가 지리네?'

하지만 감히 강혁 앞에서 이렇게까지 까부는 애는 본 적이 없었다. 워낙 처음 겪는 일이다보니 화도 안 났다. 그저 신기할 뿐이었다. 해서 강혁은 그저 이현종을 바라보고만 있었다.

"혀, 형. 저 사람 백강혁이야……."

"뭐, 인마. 외과 천재가 내과도 잘한대?"

"어어, 목소리가 큰데."

"어, 나 원래 목청 좋지."

"칭찬 아냐……."

물론 강혁 입장에서나 그냥 바라본 것이지, 다른 이들에게는 거의 공포의 마왕 같은 얼굴이라 할 수 있었다. 옆에 있던 감염내과 교수 신현태가 분위기를 읽고 이현종을 말렸지만 별 소용은 없었다. 도리어 한마디를 더 읊어댔다.

"그리고…… 외래 보다가 헷갈리는 질환 있으면 연락 주세요. 제가 갑니다."

"오."

덕분에 분위기가 좀 묘해졌다. 아까까지만 해도 바로 옆에 있는 신현태 정도만 바늘방석이었다면, 이제는 원래 누와라엘리야에 있던 이들조차 마음이 심히 불편해졌다.

'쟤 누구야?'

'그…… 이현종이라고 유명해요.'

'뭘로?'

'또라이.'

'그런 것 같네.'

한유림이 슬쩍 재원의 귀에 대고 물었다. 감히 강혁에게 저런 말을 하는 놈이 누구냐는 얘기였고, 예상했던 답이 돌아왔다. 거기에 얹어 경원의 답도 돌아왔는데, 이건 좀 예상치 못했던 말이었다.

'근데 천재긴 천재예요. 우리야 외상이니…… 엮일 일이 별로 없는데, 응급실이나 내과 쪽에서는 진단 잘하기로 소문났어요.'

'그래? 입만 산 게 아니라면 뭐 다행이지……. 백 교수 성격상 바로 시험해볼 텐데.'

'쓸 만해도 문제 아니에요?'

'아, 그렇지.'

경원의 말대로 뛰어나다? 그래도 큰일이었다. 강혁이 욕심을 내기 시작할 테니까. 여기 있는 사람 모두 그런 식으로 해서 잡혀 온 사람들 아닌가. 이래도 불행, 저래도 불행이 도사리고 있다는 소리였다. 이쯤 되니 모여 있던 모두가 남몰래 이현종을 안쓰럽다는 눈으로 바라보게 되었다.

"그리고 간호부…… 신규 왔네."

"저 이제 시니어거든요······."

그사이 강혁은 과별로 해야 할 일을 할당한 후, 간호부로 넘어가고 있었다. 인원을 총괄해서 데려온 이는 모두가 익히 아는 얼굴이었다. 지민. 강혁이야 여전히 신규라 부르고 있었지만, 경력이 꽤 쌓인 참이었다.

"장미랑 얘기 다 한 거지?"

"그럼요. 여기 일에 맞춰서 구성해왔죠."

"좋아. 다 같이 죽어보자."

"아니, 뭘 죽기까지······."

"내일 되어보면 알 거야. 지금이야 캄캄해서 아무것도 안 보이겠지만······."

강혁은 후후 웃으며 창밖을 내다보았다. 방금 말한 대로 병원 말고는 딱히 빛나는 곳이 없었다. 관광단지 쪽으로 가면 불야성이라는 말이 딱 어울릴 정도로 조명이 많았지만, 차밭 쪽은 여전히 이랬다.

'내일 돼서 사람들 몰려오는 거 보면 놀랄걸. 이거 때문에 내가 콜롬보에서 미니버스도 몇 대를 빌려 왔는데······.'

*

아침 7시가 되자, 이상한 소음이 병원과 숙소동 근처를 가득 메워나가기 시작했다. 누와라엘리야 의료진들이야 그냥 그런가 보다 하고 부족한 수면을 더 보충할 수 있었지만, 태화에서 어제

온 사람들은 이게 대체 무슨 일인가 하고 고개를 하나둘 들기 시작했다.

"폭주족이 있나."

"뭘 폭주족이 꼭두새벽에 달려?"

"아니……. 폭주 버스……?"

"버스야? 이 소리가? 아니, 무슨."

오토바이라도 한 무리 달려온 줄 알았다. 어디서 보고 들은 게 있다보니 더더욱 그런 결론을 내리고 있었다. 원래 개발도상국에서는 오토바이가 자동차보다 훨씬 많이 돌아다니지 않던가. 하지만 그들 눈에 나타난 것은 버스였다. 완전 커다란 버스가 아니라 봉고보다 조금 큰 사이즈였다. 그것만 해도 꽤 놀라운데, 그 안에서 사람들이 내리기 시작하자 놀라움이 배로 커졌다. 버스라 해도 아주 거대한 사이즈는 아니었는데, 어찌 된 영문인지는 몰라도 내리는 사람 숫자는 거의 40명에 달했다. 안에서 테트리스를 해서 왔나 싶을 지경이었다.

"저거…… 지금 20대도 넘는 것 같은데……."

"그럼 800명이 왔다고?"

"아니, 더 오고 있어요."

"미쳤나……? 이걸 어떻게 다……."

어림잡아 1000명은 더 몰려오는 듯했다. 어쩌려고 이러나 하고 있으려니, 얇은 셔츠를 입은 일련의 무리가 현장 노동자들을 향해 다가갔다. 팔뚝에 콜롬보 대학교라는 완장을 차고 있었는데 저들이 아마 강혁이 어제 말해준 학생 봉사단인 모양이었다.

원래 저렇게까지 많이 오지는 않는데 이번 봉사단을 위해 특별히 모아 왔다고도 들었다.

"벌써 환자 예진 들어가는 건가?"

"그럼 우리도 슬슬 움직여야죠? 8시 반부터라고 알고 있었는데……."

"저렇게 오면 빨리 봐야지. 오후까지 봐도 모자라겠는데. 수술 들어갈 사람 빼고 하면 인원이……."

"그러니까요."

김승규와 펠로우들이 이런 대화를 나누며 숙소에서 서둘러 빠져나왔다. 다른 이들이라고 해서 예외는 아니었다. 심지어 괴짜로 유명한 이현종마저 머리가 젖은 채로 나와 있었다. 대규모 봉사가 이루어지는 곳이라 힘들 거란 얘기를 듣기는 했는데, 설마 하니 저만한 규모의 사람들이 올 것이라고는 감히 상상도 못 했기에 그랬다.

"와……. 여기 넓구나?"

"형……. 우리 뒤지는 거 아닐까?"

"뒤지긴. 부지런히 봐서 주말에는 놀자고."

"골프채 괜히 가져온 것 같은데."

"야, 여기 코스가 그렇게 좋대. 생각해봐. 우리가 언제 해발 1000미터에서 골프를 쳐보겠어."

"그 전에 진료 보다 뒤질 것 같다고."

물론 다른 이들보다는 꽤 태연한 태도를 유지하고 있었다. 명색이 같은 교수고, 심지어 감염내과의 루키로서 빠르게 명성을 쌓아가고 있는 신현태와 비교를 해봐도 딱 차이가 두드러질 지경이었다.

"안 깨워도 다들 째깍째깍 일어나네."

모여서 웅성대고 있으려니 강혁이 다가왔다. 어제 회의도 하고 하느라 늦게 잔 것으로 아는데, 얼굴은 뺀질뺀질하기 그지없었다. 뭐라도 발랐을 리가 없는데 풀세팅한 것처럼 보일 지경이었다. 클래스는 영원하다는 말이 딱 어울리는 상황이었다.

"어제 말한 대로 돌아갑니다. 그냥 딱 자기가 맡은 일만 열심히 하면 돼요."

"근데…… 예상보다 환자가 많이 온 거 아니에요? 저거…… 저걸 어떻게 하루에."

똑 부러지기로 소문난, 소아과 이기자 교수가 앞으로 나섰다.

'야……. 내가 안 무섭나.'

강혁은 최근 새로 뽑은 교수들이 좀 특별하다는 얘기를 듣기는 했지만, 이 정도일 줄은 꿈에도 모르고 있었다. 물론 곰곰이 생각해보면 이번 기수가 뛰어날 수밖에 없기는 했다. 태화에서 대학을 사들이면서 동시에 교수들을 모집하기 위해 엄청난 노력을 기울였다고 하지 않았나. 계약금 조로 엄청난 금액을 풀었다고 했으니, 원래 같으면 밖으로 가거나 아니면 개원했을 친구들도 안에 묶였을 터였다.

"하루? 아닌데."

"네?"

"오전에 봐야 해요, 저거. 똑같은 인원이 오후에도 올 텐데."

"네에?"

당연히 아직 강혁에 댈 정도는 아니었다. 강혁은 한마디에 져 버린 이기자 교수를 지나쳐가며 말을 이었다.

"걱정은 제가 할 일이지, 여러분이 할 일이 아닙니다. 여러분은 그저 어제 제가 말씀드린 일이나 잘하면 돼요. 쓸데없이 남 걱정하지 말고. 그러다 자기 일 빵꾸 나면 안 되니까."

"허어."

직역하면 시키는 일이나 하라는 얘기였다. 원래 의사들이 누가 시킨 일 하는 걸 제일 잘하긴 하지만, 이 자리에 모인 건 교수들이었다. 황당해하는 것도 무리는 아니었다. 강혁은 그런 반응을 무시한 채 이현종 앞으로 다가갔다. 그의 어깨를 툭툭 두드려 가면서였다.

"이현종이라고 했나? 아마 중재 시술은…… 6건밖에 없어서 오전 다 가기 전에 끝날 테니까 어제 말한 대로 자신 있으면 외래나 도와봐요. 내 예상보다도 더 오긴 할 거거든. 한국에서 의사 온다고 하면 여기 사람들 진짜 환장해. 한류가 미쳤거든."

"6건이면 1시간도 안 걸리겠네요. 돕죠, 뭐."

약간은 기 싸움에서 이길 생각도 있었다. 민주적인 분위기도 좋지만, 원래 어떤 일을 단기간에 끝내기 위해서는 독재가 필수 불가결하기도 한 법이니까. 누와라엘리야 의료진 중 누구 하나 동의하는 사람은 없겠지만 강혁은 그렇게 믿었다. 그리고 이미 누와라엘리야는 독재 체재하에 있었기에 강혁의 의사가 무엇보다 중요했다.

'오, 이것 봐라?'

하지만 이현종은 강혁의 의도와는 전혀 다른 반응을 보였다. 실로 패기 넘치는 반응이지 않나.

'아⋯⋯.'

'아이고⋯⋯.'

강혁이 놀라는 만큼 한유림과 재원은 이현종이라는 친구가 걱정되었다. 젊은 나이에 교수 달면 원래 세상이 알로 보이는 법이었다. 특히 내과처럼 경쟁이 치열한 곳에서 그 경쟁을 뚫고 교수가 되고 나면, 한동안 내가 세상의 왕 같다는 생각이 드는 것도 무리는 아니었다. 당장 재원만 해도 빠르게 출세한 편이 아닌가. 강혁만 없었다면 얼마든지 여기서 더 거만해졌을 가능성이 있었다.

'이따 술이나 줄까?'

'먹을 정신이 있을까요?'

'하긴.'

'살아 있길 바라죠.'

둘이 두런두런 추모식을 준비하고 있을 때쯤, 강혁이 식당으로 갈 것을 명했다. 계속 바쁜 하루가 이어질 테니 빨리 먹고 미리미리 진료실로 가라는 뜻이었다. 봉사하러 온 마당에 조금 강압적이지 않나 하는 생각이 들 수도 있는 상황이었지만, 일단 몰려드는 환자를 본 후가 아닌가. 군말 없이 다들 식당으로 향했다.

"그럼 점심때 봅시다."

강혁은 그렇게 아침 식사를 마친 이들을 보며 손을 흔들었다.

누가 모범생으로 큰 의사, 간호사 아니랄까봐 딱히 재촉하지도 않았음에도 각자 자리로 향했다. 7시부터 모여들었던 환자들도 8시가 조금 지난 무렵에는 각기 자기 자리로 가 있었기 때문에 의료진이 수술실, 진료실에 도착하자마자 바로 수술과 진료가 시작되었다.

"서둘러!"

다들 마음이 급해 보였지만, 아무래도 수술과 사람들이 제일 그랬다. 딱 봐도 부담스러운 숫자의 인파가 몰려 있는데 이게 오전에 봐야 할 사람들이라지 않나. 그렇다면 최대한 빨리 수술을 마치고 외래를 도우러 가야 했다. 일부러 의도했는지 아니었는지는 모르겠지만, 천막 진료실 빈자리의 수가 정확히 집도의의 수와 같았다.

"좋아, 역시 누가 의사 아니랄까봐 성질 급한 것 좀 봐라."

강혁은 수술실과 처치실 모두 한마음 한뜻으로 돌아가기 시작한 것을 보며 흐뭇하게 웃었다.

"교수님, 환자 들어가도 될까요?"

"어? 어어. 그래."

생각 같아서는 좀 더 본격적으로 웃고 싶었지만, 그럴 수는 없었다. 강혁이 언제 남들만 갈아 넣는 걸 본 적이 있는가. 오히려 누구보다 앞장서서 갈려나가는 사람이었다. 그런 만큼 강혁의 진료실 앞에 가장 많은 환자가 할당되어 있었다.

"교수님이 좀 무섭거든요? 근데 아픈 건 잘 고쳐요."

"네, 네."

앞에 선 학생은 연신 경고를 하고 있었다. 우수한 두뇌와 결단력을 이용한 신속, 정확한 진료로 정평이 나 있는 사람이긴 하지만 친절을 기대하기는 어렵지 않나. 학생들을 제외하면 타밀어도 제일 잘하면서 설명을 제대로 하는 경우가 그렇지 않은 경우보다 드물었다. 아니, 설명이라고 해봐야 아파요, 많이 아파요, 뒤지게 아파요 정도가 거의 다였다. 그게 아니라면 수술해야 한다고 하거나, 그냥 가라고 하거나. 아무튼 간에 참 극단적인 인간이었다.

"으, 으어어어!"

오늘도 그랬다.

"다 됐네. 이제 안 아프죠?"

"어? 어어. 어……."

"그럼 나가요. 약 받아 가고."

어깨가 빠진 환자도, 염증이 심한 환자도, 어디가 부러지거나 삔 환자도 다들 비슷한 몰골이 되어 외래 진료실을 빠져나왔다. 그렇게 터덜터덜 걸어가다보면 천막 한 켠에 마련된 약국이 나왔다.

"종이 주세요. 곧 드릴게요."

말이 약국이지, 전자 시스템도 없었다. 심지어 약사도 하나뿐이었다. 나머지는 한국대학교 의과 대학, 아니, 이제는 태화 의과 대학의 학생들이었다. 방학이고 하니 검사겸사해서 온 친구들이었다. 그렇게 강혁을 위시한 외래가 엄청난 효율을 자랑하며 딱딱 돌아가고 있을 때쯤, 처치실에서는 이현종의 활약이 두

드러지고 있었다. 다른 이들도 꽤 대단한 모습을 보이고는 있었다. 다들 전문가니 당연했다. 하지만 이현종은 자타공인 병원 역사상 최고의 천재라는 평을 듣고 있는 만큼 궤를 달리했다.

'와……'

얼마나 잘하나 보라고 해서 잠시 들어왔던 장미가 다 놀랄 정도였다. 어떻게 된 게 술기 하나하나에 군더더기가 하나도 없었다. 푹 하고 바늘이 들어갔나 싶으면 어느새 카테터가 심혈관을 들여다보고 있었다. 이뿐만 아니라 판단도 빨랐다.

"환자 당뇨 있다고 했죠? 거기에 이 정도면…… 스텐트 박아 두는 게 좋겠네. 줘봐요."

"네."

같이 온 간호사도 베테랑이었다. 아니, 이현종에게 특화되어 있다고 해야 할까? 엄청나게 빨랐다. 그 덕에 장미는 데자뷔까지 느꼈을 지경이었다.

'나랑 백 교수님 같잖아? 아니, 그 말은……'

저 둘이 이쪽과 비슷한 재능을 가졌단 얘기가 되었다. 일반적인 일은 아니었다. 둘 다 둘도 없는 천재일 거라 스스로 믿어 의심치 않고 있었으니.

"좋아……. 이제 하나 남았나?"

그만큼 드문 재능이었다. 장미로서는 강혁과 자신을 제외하면 비슷하다 생각되는 수준의 의료진조차 오늘 처음 목도한 수준이었다. 그러다 보니 넋을 놓고 보고 있었는데, 어느새 마지막 케이스에 접어들고 있었다.

'헉. 아니, 아니네. 그렇게 오래되지도 않았어.'

마지막이라는 말에 정신이 퍼뜩 든 장미는 서둘러 시계를 확인했다. 큰일 났다고 생각하면서였는데 의외로 흘러간 시간이 그리 많지는 않았다. 아니, 아직 9시도 채 되지 않았을 지경이었다. 정규 외래 시작 시각도 아니라는 얘기였다.

"저기, 수간호사님. 백 교수님께 전화 주세요. 곧 도우러 간다고."

놀라고 있으려니, 이현종이 시건방진 어투로 장미를 불렀다. 벌써 마지막 환자도 끝나가고 있었다.

"오. 네."

장미는 이 사람이 농담이라도 하는 건가 하는 얼굴로 바라보다가, 이내 기민한 관찰력으로 정말로 중재 시술이 다 끝나가고 있다는 것을 확인할 수 있었다. 시건방진 짓을 끝도 없이 하더니 믿는 구석이 있긴 했던 모양이었다.

'하긴⋯⋯. 혹시 해서 물어봤더니⋯⋯.'

장미 정도 되면 각 병원에 동기들이 쫙 깔려 있지 않겠나. 물론 장미처럼 초고속 승진을 거듭한 사람이야 단 하나도 없기는 했지만, 그래도 신규 소리 들을 만한 짬밥은 지난 지 오래였다. 힘든 병동이나 파트에서는 아예 시니어 짬밥이 된 친구들도 있었다. 순환기내과 중환자실 정도면 지옥 중의 지옥이라고 할 만하다보니 그쪽 친구는 이미 그 안에서는 고참이었다.

'어⋯⋯. 이현종 교수님? 또라인데⋯⋯ 천재긴 해. 근데 자꾸 교과서적이지 않은 시술을 해서 문제야.'

'그럼 안 되는 거 아냐?'

'근데 환자가 살아. 그래서 아무도 별말 못 하고 있어. 흉부외과 쪽에서 엄청 벼르고 있기는 한데…….'

'오. 백 교수님 같다.'

'아, 그래. 맞아. 완전 백 교수님.'

그런 친구의 평은 정말이지 놀라웠더랬다. 감히 백강혁을 운운할 줄이야. 뭣 모르고 하는 말은 아닐 터였다. 장미가 틈만 나면 백강혁에 대해 떠들어대던 시점이 있었는데, 동기들은 모두 그때 장미와 함께였으니까. 그 말은 곧 강혁의 실력이나 인성에 대해 다들 잘 알고 있을 거란 얘기였다.

'과장은 아니었네.'

장미는 어쩌면 내과계의 백강혁이 바로 저 이현종일 수도 있겠단 생각을 하면서 전화기를 집어 들었다. 강혁에게 전화를 걸기 위해서였다.

"어, 왜?"

강혁은 한창 외래 중임에도 불구하고 전화를 바로 받았다. 일단 일을 많이 벌여둔 덕에 진료실에 투입되기는 했으나, 사실 강혁은 이곳의 책임자이지 않나. 일이 전체적으로 어떻게 돌아가는지 최선을 다해 보고받고 조율해야 할 의무가 있었다. 그리고 장미는 강혁이 바깥 일 전반을 맡겨둔, 일종의 대리인이었다.

"심혈관 중재 시술 쪽인데요."

"사고 났어? 갈게."

"아니, 아니. 그런 게 아니고."

당연히 장미 전화는 무조건 받아야 한다는 얘기였다. 한데 받자마자 심혈관 중재 얘기가 나오다보니 천하의 강혁이라고 해도 당황할 수밖에 없었다. 관상동맥 시술이 전반적으로 처음 나왔을 때에 비해 많이 발전해가고 있기는 했다. 하지만 여전히 흉부외과의 백업이 필요하지 않던가. 아마 앞으로 더 발전한다 해도 마찬가지일 터였다. 최소 침습적인 시술로 무언가 해내는 건 좋은 일이겠지만, 안에서 사고가 나면 일단 열어야 할 테니까.

"아냐?"

해서 바로 칼 들고 뛰어갈 생각이었는데, 또 아니라니 약간 헷갈렸다. 벌써 중재 시술이 다 끝났을 거란 생각 따위는 아예 떠올리지도 못하고 있었다. 상식에 어긋나는 일이었으니까. 순환기내과 교수가 아니라, 내과 할애비가 와도 무리가 아닐까.

"다 끝났어요."

"잉."

근데 무리가 아니었던 모양이었다.

"다 끝났어요. 진짜 엄청 잘하네요, 이 사람. 장난 아니에요."

강혁이 잘못 들었나 싶어서 어버버 하고 있는 동안 장미가 말을 이었다. 강혁이 이러는 것도 무리는 아니란 생각을 하면서였다. 눈앞에서 목도한 자신도 정말인지 긴가민가하고 있을 지경 아닌가.

"진짜예요, 교수님. 다 끝내고 이제 외래 보러 간대요. 근데 자기 말로는…… 외래는 더 잘 본내요."

"와……. 미쳤네."

의외로 강혁은 쌍욕을 입에 함부로 담지 않는 사람이었다. 때문에 강혁을 기준으로 하면 '미쳤다'도 충분히 욕이었다. 해서 장미는 좀 긴장한 채 말을 이었다.

"화난 거예요?"

"응? 아니, 미쳤어? 잘하는데 왜 화를 내."

"응?"

"부려먹을 만하잖아. 일단 이쪽으로 보내. 내가 몇 번 보고…… 쓸 만하다 싶으면 활용할 방안이 있지."

"아."

화가 난 건 아닌데, 그렇다고 해서 이현종에게 있어 잘된 것 같지는 않았다. 생각해보니까 강혁과 엮이면 능력이 좋아도 문제, 나빠도 문제였다. 아니, 어쩌면 능력이 좋아서 더 문제가 될 수도 있을 것 같았다.

"수간호사님, 지금 가면 될까요? 제가 가면 완전히 달라질 텐데?"

한데 뒤를 돌아봤을 때 눈에 들어온 이현종을 보니, 기분이 좀 묘해졌다. 어쩜 인간이 저토록 건방진 얼굴을 할 수 있을까?

'완전히 달라진대. 미친.'

한번 골탕을 먹여볼까 싶은 생각까지 들었을 지경이었다. 사실 장미가 일반적인 사람이었다면, 아무리 그래도 호랑이 아가리 속으로 사람을 마구 들이진 않았을 터였다. 하지만 장미는 애초부터 백강혁과 닮은 부분이 꽤 많았던 사람 아닌가. 지금은 더더욱 강혁화가 진행된 마당이다보니, 죄책감 따위는 없었다.

"가세요. 백 교수님 방으로."

"백 교수님 방? 제 방 따로 배정되어 있지 않았나? 학생 배정해달라는 얘기였는데."

"일단 오래요."

"으음. 거참. 사람을 오라 가라야."

"백 교수님 앞에서는…… 아니다. 네, 잘 다녀오세요."

"네."

이현종은 툴툴거리며 강혁이 있는 곳으로 향했다. 찾기 어렵진 않았다. 유독 비명 소리가 잦게 들려오는 곳이었으니까. 신기한 점을 꼽자면 그럼에도 불구하고 진료실에서 나오는 환자 얼굴은 얼떨떨할 뿐, 아주 고통스러워 보이진 않는다는 점이었다.

"들어오라고 하셔서."

문이 열리는 빈도도 아주 잦았다. 덕분에 이현종은 그리 기다리는 시간도 없이 안으로 들어설 수 있었다.

"오. 벌써 다 끝내셨다?"

"벌써라뇨. 어려운 케이스도 아니고…… 응급도 아닌데 이 정도면 평범하죠."

"호오."

그렇게 강혁은 이현종을 다시 한번 마주할 수 있었다. 눈에 번뜩이는 광기와 함께 넘치는 자신감도 함께였다. 강혁이 어지간한 수준의 의사였다면 이런 이현종을 보며 조금쯤 불편하단 생각도 들었을 테지만 강혁은 천재 중의 천재 아닌가. 세상 모든 천재라 불렸던 이에게 하늘 위의 하늘, 그러니까 천외천의 경지가 있다는 걸 유감없이 보여주던 사람이었다.

'좋아.'

덕분에 강혁은 그저 마음에 들었던 미소만을 지어 보일 수 있었다. 재원이나 한유림 또는 리처드였다면 이 미소를 보자마자 살려달라고 했을 터였다. 왜 또 지랄이냐고 하면서. 하지만 이현종이 아무리 천재라고 해도 강혁의 심리를 꿰뚫어 보는 건 무리였다. 해서 그저 그대로 서 있었다.

"일단 내가 좀 보고…… 구원 투수격으로 쓰려고 하는데, 괜찮나?"

"구원 투수?"

"내가 가끔 하는 짓인데, 어때?"

"뭐, 알겠습니다. 어디 있으면 돼요?"

"여기 있으면서 환자 좀 봐봐. 실력 좀 보게."

"아무 환자나 보면 실력을 볼 수 있나요?"

"내가 설마 그러겠나. 다 골라놨지."

강혁은 퉁명스러운 얼굴로 서 있는 이현종을 보며 껄껄 웃었다. 그러고는 대기하고 있던 학생을 향해 고개를 크게 한번 끄덕였다. 그러자 이미 강혁의 충실한 노예가 된 지 오래인 셸바라사가 밖으로 부리나케 뛰어나갔다. 따로 모아둔 환자를 부르기 위해서였다.

'아니……. 아까 잠깐 밖에 돈 거로 어떻게 이렇게 잘 모았지.'

셸바라사가 병원에 봉사를 아주 자주 오기는 했지만, 의학엔 여전히 문외한이지 않나. 딱히 의학에 관심이 있는 것도 아니었다. 그의 꿈은 정치에 있었으니까. 그런 그가 보기에도 지금 눈앞에 모인 환자들의 안색은 모두 최악이었다. 어딘가 심각하게 아픈 곳이 있어 보인다고나 할까? 강혁은 이 그룹을 그저 환자들 한번 슥 훑은 것만으로 골라낼 수 있었다. 그야말로 미친 사람이었다.

'하여간 집어넣자.'

예전엔 강혁이 대체 어떻게 저럴 수 있을까에 대해 궁금해했던 적도 있었다. 해서 다른 의료진들에게 물어봤더니, 놀랍게도 그들도 궁금해하고 있었다. 그저 의학을 잘 몰라서 생기는 의문이 아니라 그냥 백강혁이 불가해의 영역에 있다는 얘기였다. 그걸 문과생이 어찌 이해할 수 있겠나. 이후론 그저 시키는 일이나 열심히 하고 있었다. 하여간 셀바라사의 안내로 환자가 곧 강혁의 진료실에 들어왔다. 아까와 달라진 것이 있다면 의자에 이현종이 앉아 있고, 강혁은 옆으로 비켜서 있다는 점이었다. 원래 연배가 뒤바뀌면 환자 입장에서 불만이 생길 법도 한데, 지금은 예외였다. 겉모습만 보면 강혁보다 이현종이 훨씬 위로 보여서였다. 아니, 그에 비하면 강혁은 그냥 청년 의사 또는 학생으로 보일 지경이었다.

"어떻게 오셨어요?"

"여기······."

덕분에 이현종은 아주 자연스럽게 외래 진료를 이어나갈 수 있었다.

"으음."

이현종은 환자가 내민 손을 보고는 순식간에 심각한 얼굴이 되었다. 손끝에 약간의 괴사가 있었기 때문이었다. 심지어 조금 창백해 보이기까지 했다. 누와라엘리야가 아무리 고산지대에 있다고 하지만 이렇게 보일 정도는 아니지 않나.

'맞힐 수 있나? 에이, 아무리 천재라도…….'

강혁은 이날 이때껏 자신과 맞수라 할 만한 사람을 단 한 번도 만나보지 못한 참이었다. 실로 건방진 생각일 수도 있으나, 사실인 것을 어쩌겠나. 단순히 머리만 좋은 게 아니라 극도로 발달한 감각까지 더해진 결과로 명의가 된 것이다보니 어쩔 수가 없는 일이었다. 천하의 이현종도 강혁만큼 순식간에 진단을 내리는 것은 불가했다. 하지만 학교 설립 이래 최고의 천재 운운하더니만 그게 아주 헛소문은 아니었던 모양이었다.

"찬물에 담그니까 증상이 더 심해지네요. 레이노에…… 고통스러운 근육 경련, 부기, 피부 궤양까지. 혹시 담배 많이 태우십니까?"

"아, 네."

"그거 끊으셔야겠는데. 이거 버거씨병이라고…… 그냥 두면 큰일 나요. 일단 처방도 해드릴게요. 잘 보셔야 합니다. 자주 오세요."

시간이 좀 걸리긴 했으나, 어디까지나 강혁 기준에서의 얘기였다. 이 정도 시간 만에 버거씨병을 진단하는 건 거의 미친 수준이었다.

'이것 봐라?'

예전의 강혁이었다면 남들 시각에서 생각하는 거 자체가 불가능했을 테니 그저 그런가보다 했을 터였다. 하지만 지금의 강혁은 많이 발전한 마당 아닌가.

"흐음……. 이런 게 전에도 있다가 몇 주 후에 사라졌다?"

"네에. 으으……."

"만져볼게요. 아파요?"

"네, 네!"

"얼굴, 목, 등…… 팔에 구진이 있어요. 아까 들어올 때 보니까 다리도 좀 절던데. 원래 이랬습니까?"

"아, 아뇨."

"발진 생기면서 그랬어요?"

"네."

"아하."

강혁이 감탄하고 있는 사이, 또 다른 환자에 대한 진단이 이루어지고 있었다. 이번 케이스는 솔직히 강혁도 꽤 시간이 걸렸더랬다. 단순히 관찰력이 좋다고 보이는 게 아니어서 그랬다. 중간중간 아주 고차원적인 단계의 추론이 필요했다. 해서 정 안 될 것 같으면 내가 봐야지 하고 있었는데, 이현종은 벌써 고개를 끄덕이고 있었다.

"급성 열성 호중구 피부병이에요. 이름만 들으면 심각해 보이지만 스테로이드 쓰면 금방 좋아집니다."

"옳거니."

그 모습을 본 강혁은 정말이지 전율에 떨었다.

'내과 쪽의 나인가.'

인물이나 체격 등을 비교하는 건 말이 안 될 정도로 차이가 났지만, 하여간 의학적인 역량은 실로 괴물이라 해도 좋을 지경이었다.

'어쩌지?'

이번 2주 만이 아니라 더 써먹고 싶어졌을 정도로 욕심이 났다.

'어우, 왜 갑자기 소름이.'

진단 잘하고 있던 이현종은 갑자기 돋아난 소름에 팔뚝을 쓸어내렸다. 심지어 등줄기를 타고 식은땀도 흘러내렸을 지경이었다. 고산지대에 와서 그런가 하고 있으려니, 강혁이 어느새 뒤로 다가와 어깨를 두드리고 있었다. 어제 두드렸던 것과는 느낌이 많이 달랐다. 포근하다고 할까.

"응?"

"잘하네. 진짜였어."

"네? 아, 저 잘하죠."

"좋네. 아주 좋아."

"근데 왜……."

"뭐."

"아까부터 이상하게 웃어서요."

"아, 나 원래 기분이 너무 좋으면 이렇게 웃어."

하지만 강혁의 미소를 보자마자 소름이 더더욱 돋아났다. 왜인지는 모르겠는데, 온몸에서 위험하다는 신호를 보내오는 느낌이었다. 소위 말하는 본능의 발현이었다. 맹수를 만났을 때, 생존을 위해 내뿜던 모든 신호가 지금 나오고 있었다. 하지만 이현종은 현대인이었고, 그중에서도 위험할 만한 경험 따위 해볼 리가 없는 대학 병원 의사였다.

"하여간……."

해서 도망치는 대신 그냥 앉아 있었다.

"이제 나가서 애들 도와줘. 이거 줄 테니까. 연락 오면 바로 가서 진단 도와주라고."

"아……. 근데 한 가지 질문이 있어요."

아니, 오히려 말을 걸고 있었다. 이현종도 만만치 않은 또라이였기에 가능한 일이었다. 심지어 의학적으로 궁금한 게 생기면 앞뒤 안 가리는 병도 있었다. 신현태를 비롯해 이현종과 어느 정도 친한 이들은 그 병을 일컬어 내과 병이라 했다.

"뭐든지 해봐."

"아까 환자…… 교수님이 골라낸 거예요?"

"그렇지."

"그럼…… 진단도……?"

백강혁에 대한 소문은 꽤 무성한 편이었다. 아무리 태화의료원이 태화에서 따로 증축을 진행했다고 해도, 안에 있던 인원은 대부분 한국대학교 병원 사람들이지 않나. 그들 중에는 강혁을 직접 겪은 이들도 적지 않아서 여전히 강혁이 어떤 사람이란 얘기 정도는 다들 들어본 적이 있었다. 질문하겠다고 하는데 뭐든지 해보라는 말 따위는 기대도 할 수 없다는 것 정도는 다들 알아야 한다는 얘기였다. 사실 이현종도 예외는 아니었는데, 그는 이미 의학적 호기심에 경도된 지 오래였다. 아니, 그보다는 좀 더 근원적인 호기심에 가까웠다.

'이 인간도 천재라던데…… 설마 나만큼?'

천재는 외롭다는 얘기가 있지 않나. 아닌 게 아니라 이현종은 꽤 외로운 길을 걷고 있었다. 학자로서도 그렇고, 임상 의사로서도 그랬다. 그 누구도 3베슬(Three vessel: 주요 관상 동맥 세 개에 모두 병변이 있는 경우)에 대해서도 중재 시술이 가능할 거란 이현종의 말을 귀담아들어주지 않았다. 범인들의 눈으로 볼 때는 너무 위험해 보이기만 해서였다.

'진단보다 과정 설명하다가 지친단 말이지.'

신현태를 비롯해 여기 같이 온 의사들뿐 아니라 현 태화에 있는 이들 모두 영재였다. 뛰어난 의사들이란 얘기였다. 하지만 이현종의 진단 추론 과정을 따라오는 이는 극히 드물었다.

"당연하지. 일부러 좀 어려워 보이는 환자들로 골라서 준 거야. 근데 아마 더 있을걸. 나도 다 본 건 아니라."

"오호……. 어떻게……?"

"궁금하면 오늘 일 끝나고 따로 맥주나 한잔하든지."

"좋습니다."

그렇다 보니 외로웠는데, 원래 사람이 외롭다 보면 실수를 잘 저지르게 되는 법이었다. 이현종은 자신이 어떤 실수를 저질렀는지도 모른 채 밖으로 향했다.

"내가 다 살 테니까 몸만 오라고."

"네, 감사합니다."

심지어 감사 인사까지 남겼다.

"저기, 정신 차리세요."

"응?"

보다 못한 셀바라사가 한마디 했지만 알아먹진 못했다. 머릿속으로 온통 백강혁이 대체 어떻게 진단을 내렸을까만 고민하고 있어서였다.

"좋아. 우리도 진료 재개할까."

"아, 네."

셀바라사는 그런 이현종을 안타깝다는 눈으로 바라보고 있다가, 강혁의 말에 따랐다. 아닌 게 아니라 이 병원에서 진료는 볼 수 있을 때 부지런히 봐야 하는 것이지 않나. 언제 어느 때고 응급이 발생해서 그랬다. 사실 응급이야 세상 어느 병원이나 발생할 수 있겠지만, 여기처럼 넓은 지역을 혼자 담당하고 있는 곳은 드물었기에 훨씬 더 자주 발생하는 편이었다.

"아."

"일단 앞에 몇 명까지는 쭉 보고. 여기 집중해. 응급실에도 인력 있어."

"아, 네."

오늘도 역시구나, 라는 생각에 창밖으로 고개를 돌렸다. 앰뷸런스가 요란한 소리를 내며 병원 안쪽으로 들어서고 있었다. 하지만 정작 집도할 가능성이 농후한 강혁은 그저 진료실 안에 있는 환자에게만 집중하고 있었다. 예전과는 이곳도 사정이 많이 달라진 덕이었다. 설비야 원래도 좋았고, 이제는 그 설비를 제대로 활용할 수 있는 인력들이 있었다.

"힉."

"왜."

"아니, 왜 얼굴들이 그 모양이에요."

"미쳤어?"

지금은 최윤섭과 김승규가 응급실을 지키고 있었다. 출동했던 샘은 환자를 데리고 들어오다가 저도 모르게 뒷걸음질을 쳤다. 최윤섭 얼굴도 얼굴이지만, 그래도 그건 좀 익숙해지지 않았나. 샘은 애써 최윤섭 얼굴을 보며 숨을 돌렸다. 예전 같으면 상상도 하지 못할 일인데, 지금은 가능했다. 김승규 때문이라고 봐도 무방했다.

'저건…… 저게 의사냐.'

듣자니 여기 오는 것도 꽤 어려움이 있었다 했다. 콜롬보 공항에서 김승규를 보자마자 시큐리티가 달려왔더랬다. 다행히 미리 협조를 구하기도 했고, 스리랑카 공항 특성상 돈이면 안 되는 게 없다보니 해결되기는 했지만, 그 덕에 백강혁 깡패설이 수도 콜롬보에서 더더욱 힘을 받기도 했을 지경이었다. 김승규의 얼굴은 그만큼 임팩트가 있었다.

"왜 사람 얼굴을 못 봐."

"환자, 환자나 봅시다. 의식 없는 게 다행이네."

"뭐라고 했어요?"

"아니, 아닙니다. 살려…… 아니지."

샘은 그 후로도 김승규와는 눈을 마주치지 못했다. 의사라는 걸 알면서도 자꾸만 그랬다가는 뒤질 것 같아서였다.

'환자를 보기는 하나?'

해서 고개를 푹 숙이고 있었는데, 그런다고 공포심이 완전히 사라지지는 않았다. 곰손이라는 말도 모자랄 정도로 큼지막한 손이 눈앞에서 왔다 갔다 하고 있었다. 백강혁 손도 큰 편이지만 그 인간은 손도 멋지게 생기지 않았나. 그에 비하면 이 손은 흉악범 손이었다. 심지어 길게 흉터도 나 있었는데 이건 암만 봐도 사시미에 의해 입은 상처 같았다.

"흐음……. 배 안이 죄 터졌네. 왜 이렇게 됐대요?"

"여기 요새 이런 환자가 꽤 자주 와요. 요새 관광 상품으로 망고 따는 게 유행하고 있는데…… 사실 여기가 망고 산지도 아니라 현지인들도 나무 타는 게 익숙지가 않거든. 유튜브 보고 따라 하는 거야."

"아……. 아니, 뭔…… 그럼 나무 타다 떨어졌다고?"

"그나마 배는 다행이지. 머리로 떨어져서 즉사한 케이스도 있어."

그나마 최윤섭은 이런 몰골과 꽤 익숙해서 그런가 여상한 태도로 대화를 이어나가고 있었다. 일단 김승규 쪽에서 최윤섭에게 일부 숙이고 들어가주는 것도 있어서 가능한 일이었다.

'좋은 사람이잖아? 난 얼굴로 판단 안 한다고.'

최윤섭이 그가 일구어놓은 업적에 비해 명성이 없는 사람이기는 했다. 김승규도 최윤섭은 모르고 있으니 말 다 한 셈이었다. 하지만 일단 김승규는 봉사 현장에 있는 이들에 대한 존경심이 있는 사람이었다.

"와……. 문제네, 그거."

"근데 관광객들이 돈을 많이 주다 보니…… 우리가 차밭 인수하고 임금을 거의 열 배 이상 올렸는 데도 나무 한번 타면 일당 채우거든. 솔직히 여기 망고는 떫던데……."

"신기해서 돈을 주나?"

"그런 것도 있지. 한국에서 어딜 가야 나무 타서 망고 떨구는 걸 보겠어."

"하긴 그것도 그렇네요. 아무튼, 수술해야겠는데요? 제가 할까요?"

"어, 할 수 있겠어? 외상 외과는 아니라고 들었는데."

"이식외과라…… 혈관은 잘 다룹니다. 정 안 될 것 같으면 S.O.S 칠게요."

"그래, 그럼. 그렇게 하게."

해서 김승규는 최윤섭을 쉽게 해줄 생각으로 솔선수범해서 수술실로 향했다. 이미 두 개가 풀로 돌아가고 있었지만, 설비를 늘린 덕에 새로 마련한 수술실이었다.

"아이고."

물론 보조는 필요했다. 샘이 따라 들어와야 했다. 출동까지 했던 만큼 환자 상태를 누구보다 잘 알고 있으니 어찌 보면 당연한 일이었다. 게다가 원래도 수술 보조에 일가견이 있지 않았나. 여기서 일하면서 실력이 더 늘어서, 이제는 가히 최고라 평할 만도 했다. 그러니 응급 수술이라고 해서 꺼릴 만한 이유는 없다는 얘긴데, 지금은 좀 꺼려졌다.

"왜 그래요?"

"아니, 아닙니다."

세상에 집도의 얼굴도 못 보겠는 상황이 발생할 줄이야. 백강혁이 제일 무서울 줄 알았고, 이제 슬슬 익숙해진 마당이라 세상에 겁나는 게 없을 거라 여기고 있던 참이었는데, 공포심에 더해 황당함까지 느꼈다.

"준비해요. 마취과는?"

"전화했어요. 다행히 이번에 몇 명 와서 비질 않네."

"그래. 근데 왜 바닥을 봐요. 뭐 떨어졌어?"

"아뇨, 아닙니다."

"어디 봐요?"

"시계요."

샘이 필사적으로 김승규와 눈을 마주치지 않기 위해 노력하는 사이, 마취과가 들어왔다. 실로 천만다행이라 할 수 있었다. 마취가 시작되고, 수술까지 시작된 후에는 딱히 집도의 얼굴을 볼 일은 없을 테니까. 일단 마스크를 끼게 되었다는 것부터가 다행스러운 일이었다.

'근데 수술…… 잘하려나?'

걱정이 없어질 줄 알았는데, 막상 수술이 시작되려 하자 또 다른 걱정이 스멀스멀 피어올랐다. 애초에 누와라엘리야 병원은 에이스들로만 이루어진 곳이 아닌가. 다른 이들 실력에 대한 걱정이야 원래도 하는 편이었다. 한데 김승규에 대해서는 그 정도가 더했다. 손 때문이었다.

'손이 완전…… 솥뚜껑인데?'

편견 아닌가 할 수도 있겠지만 아무래도 섬세한 수술을 하기 위해서는 가느다란 손이 유리할 수밖에 없었다.

"칼."

"아, 네."

그렇다고 이런 얼굴이 칼 달라는데 안 줄 수도 없는 노릇이었다. 해서 할 수 없이 건네주었다. 김승규는 그렇게 받은 칼로 환자의 배를 열었다. 그러곤 터진 혈관을 찾아 묶어내는데, 솜씨가 실로 귀신 같았다.

'잘하네……?'

눈이 높아질 대로 높아진 샘이 보기에도 잘한다는 생각이 들었을 지경이었다. 한창 수술이 진행되고 있을 때쯤, 강혁이 안으로 들어왔다. 수술이 어찌 되나 확인을 하기 위해서였다. 이걸 위해 외래를 좀 급히 마무리했는지 살짝 지친 기색마저 있었다. 하지만 강혁의 그런 기색은 김승규의 수술을 몇 분 지켜보고 난 후에는 온데간데없이 사라졌다.

'좋은데? 우리랑은 좀 다른데…… 그래도 쓸 만해. 이 새끼, 왜 이식 하는 거야? 외상 해도 잘했을 것 같은데.'

한국에 있을 때 이런 놈이 있다는 걸 알았다면 무슨 수를 써서라도 잡아 왔을 텐데 하는 생각이 들었을 지경이었다.

'어우, 왜 소름이.'

영문을 모르는 김승규는 잠시 팔뚝을 내려다보다가 다시 수술을 진행했다.

김승규는 이식외과의 떠오르는 희망이라는 말이 괜히 나온 게 아니라는 걸 증명이라도 하겠다는 듯, 팔뚝에 소름이 돋아난 와중에도 수술을 끝까지 이어나갔다. 그냥 끝내기만 한 것은 당연히 아니었다. 꽤 잘했다. 환자는 일부 후유증을 겪기야 하겠지만 그럼에도 생명에 지장은 없을 터였다. 케이스가 쉬워서는 결코 아니었다. 몇 번인가 위기가 있었다.

'확실히 나한테 개길 만한 자격이 있었네.'

강혁은 김승규의 실력을 재원, 한유림 그리고 리처드와 비교를 해보았다. 아무래도 외상만 놓고 본다면 후자 쪽이 더 낫기는 했다. 절대적인 실력 차이 때문이라기보다는 트레이닝의 방식이 달라서였다. 김승규는 이식외과에 완전히 초점이 맞추어져 있었다.

"잘하던데."

"과찬이십니다."

강혁은 그렇게 수술을 마치고 나온 김승규에게 그로서는 실로 드물게 칭찬을 건넸다. 김승규도 그로서는 실로 드물게 겸양을 떨었다. 강혁의 수술 실력은 아직 보지 못했지만 무지막지한 힘은 확인했기에 그랬다. 조폭도 아니면서 왜 자꾸 물리적인 힘으로 인간 됨됨이를 가늠하냐는 말을 여러 번 들었지만, 김승규의 본능이 계속 그를 이런 쪽으로만 이끌고 있었다.

"일단 외래로 가자고. 거의 다 보기는 했는데, 좀 남기는 했어."

"아, 네. 그렇게 하겠습니다."

"중환자실은 걱정 말고. 우리 쪽 간호 인력들 능력 진짜 좋아."

"그런 거…… 같습니다."

덕분에 대화는 물 흐르듯 이어졌다. 만약 샘이 김승규의 얼굴에 의해 완전히 쫀 상태가 아니었다면, 이 대화에 조금쯤 반발심이 들었을 수도 있었을 정도로 부드럽기만 했다. 일단 강혁이 이렇게까지 상대를 칭찬하는 경우는 드물지 않던가.

"와……. 진짜 거의 다 봤네요?"

재원이라도 이 자리에 있었다면 도망치라고 해줬을 터였다. 무언가 꿍꿍이가 있지 않고서야 어디 강혁이 이렇게까지 잘해줄 리가 있겠나. 하지만 재원은 지금 나머지 누와라엘리야 병원 사람들과 함께 외래에서 죽어라 갈려나가고 있는 와중이었다. 하루 2000명도 많은데 오전에 2000명. 실로 말도 안 되는 숫자를 봐야 했으니 당연한 일이었다.

"어, 내가 한 200명 봐줬지. 오후에는 그 두 배 보려고."

"아니, 그게 가능합니까?"

일반적인 상황이었다면 당연히 불가능한 숫자였을 터였다. 아무리 레지던트까지 해서 지금 외래에 동원된 의사 수가 20명 가까이 된다고 해도 마찬가지였다. 그냥 딱 나눠도 인당 100. 어디 내분비내과나 이비인후과처럼 외래를 너무하다 싶을 정도로 많이 보는 과 의사들이라 해도 벅찰 만한 수였다. 한데 레지던트들이나 펠로우가 그걸 다 어찌 보겠나.

"응, 난 돼. 우리 애들은 다 내 절반 정도는 해."

"아니, 대체 어떻게……."

"다 똑같지. 김 교수도 1년 차 때 지금처럼 칼 잘 썼어?"

"어……. 아니, 아닙니다."

누와라엘리야 병원 소속 인원이 강혁의 밑에서 죄다 수련을 아니, 거의 다시 태어난 것과 같은 수준의 훈련을 받아서 가능한 일이었다. 때문에 정작 태화에서 온 이들은 원래 생각했던 인원보다 좀 더 적은 수를 보면 되었다.

'근데 어째 망설이네? 설마 얘도 처음부터 잘했나?'

하여간 강혁은 수련의 중요성에 대해 강조하고 싶었다. 해서 처음부터 잘했냐는 말을 한 것이고……. 한데 반응이 좀 이상했다.

'칼이야 잘 썼죠.'

질문 때문이었다. 아니, 그보다는 김승규의 특이한 이력 때문이었다. 그는 소싯적부터 칼 하나는 정말 잘 썼다. 얼굴 때문에 이렇게 말하면 역시란 말을 듣곤 하는데, 모두가 생각하는 그런 의미는 아니었다. 그저 어려운 집안 환경 때문에 부모님을 도와야 했기 때문이었다. 덕분에 가난한 바닷가 출신인 그는, 심지어 칼 쓰는 데 재능을 타고난 김승규는 어려서부터 회 뜨는 데 엄청난 능력을 보였더랬다.

"수술 잘했냐고."

"아, 아뇨. 전혀 그렇지 않습니다."

"그래, 우리도 그랬어. 나는 그냥 처음부터 잘했지만…… 나머지는 아니었다고. 내 밑에서 잘 배운 거야."

"대단하십니다."

동시에 우람하다는 말로도 모자랄 만큼 거대한 체구와 세계급 얼굴로 인해 본의 아니게 고등학교 시절까지 동네 주먹들의 형님이 되기도 했다. 한데 어제 강혁과의 힘 대결에서 형편없이 깨져버리고 만 것이었다. 적어도 김승규로서는 처음 겪는 일이었고, 저도 모르게 다른 이들이 자신한테 하던 것처럼 강혁에게 굽실거리고 있었다.

"하여간 점심때 보자고."

"네."

덕분에 기분이 좋아진 강혁은 김승규의 어깨를 툭 친 후, 진료실로 쏙 들어가버렸다. 김승규도 마찬가지였다. 아까보다 많이 줄었다고는 해도, 여전히 진료실 근처는 바글거리고 있었기에 그랬다. 대기 줄은 어쩐지 보는 이로 하여금 마음이 급해지게 만드는 위력이 있기 마련이었다.

'이현종, 걔도 잘하고 있는 모양인데…….'

모든 일이 그렇겠지만 외래도 루틴에 가까운 환자들에게는 그리 시간을 많이 쏟을 이유가 없었다. 특히 여기와 같이 100점짜리 진료 하나보다는 90점짜리 진료 10개가 훨씬 중요한 현장에서는 더더욱 그랬다. 그러나 모든 케이스를 툭툭 볼 수는 없는 노릇이었다. 시간을 잡아먹는 케이스, 즉 어려운 케이스는 늘 존재했으니까. 그걸 해결해주는 것이 강혁의 역할이었는데, 오늘은 이현종에게 맡겨놓은 참이었다.

'팍팍 줄어드는 거 보면…… 확실히 능력이 있나봐.'

실로 탐나는 인재였다. 환자를 보면서도 마음 한 켠에서는 이현종과 김승규를 떠올리게 될 지경이었다. 생각만 해도 짜릿하지 않나. 저런 이들이 여기에서 일을 해준다면, 누와라엘리야는 더욱 빨리 변하게 될 터였다.

'놔줄 리는 없겠지.'

하지만 너무 뛰어나서 문제였다. 태화 그룹을 이끄는 총수 이장복 회장 또한 욕심쟁이라 듣지 않았나. 무엇보다 인재 욕심이 가장 많다고 들었는데, 그런 사람이 저만한 인재들을 그냥 둘 리가 없었다.

'어쩐다……'

물론 강혁도 마찬가지였다. 강혁의 욕심은 그 방향성이 타인에게 닿아 있을 뿐, 정도만 따지자면 대한민국 재벌의 욕심과 맞먹을 정도로 어마어마했다. 그렇게 고민하고 있으려니 앰뷸런스 한 대가 또 사이렌을 울리며 병원 안으로 들어왔다. 최근 사람들이 많이 모여들면서 사고가 늘기는 한 모양이었다. 이렇게까지 연속으로 환자가 몰려오지는 않았었는데.

'노인네가 알아서 하겠지.'

강혁은 예전처럼 부리나케 응급실로 달려가거나 하진 않았다. 이제 이곳에도 시스템이라고 부를 만한 것이 어느 정도 자리 잡은 덕이었다. 노인네랑 강성지 실력이 좀 처져서 신경이 쓰였었는데, 이제는 그래도 꽤 올라오지 않았나. 적어도 초기 처치에 있어서는 모자랄 것이 없다고 봐도 무방했다. 심지어 기준점을 강혁이 정한 것이었기에 다른 사람들 기준으로는 감히 완벽을 논해도 될 정도였다.

"다음."

"네."

해서 강혁은 그저 환자를 계속해서 봤다. 시계를 힐끔거리면서였다. 12시 20분. 이제 곧 점심시간 시작이었다. 그렇지만 예상했던 것처럼 아직 대기 줄이 좀 남아 있었다.

"잠깐 석준이 좀 불러줘."

"아, 네."

의료진들은 모조리 병원에서 갈려나가고 있는 상황이었다. 그럼 비의료 인력은 좀 나은 거 아닌가 싶을 수도 있겠지만, 막상 보면 도긴개긴이었다. 데니스는 평상시보다 몇 배로 늘어난 환자들을 농장에서 원활하게 데려오고, 무리 없이 줄 세우느라 정신이 없었다. 한석준은 인력만 보내준 것이 아니라, 아예 이번 봉사의 스폰서를 자처하고 나선 태화 그룹과의 중간다리 역할을 하고 있었다. 전폭적인 협조를 하고 있다고 하지만 언제나 그렇듯 기업의 봉사는 공짜는 아니었다. 우리가 이렇게 좋은 일 하고 있다는 사실에 대해 홍보하기를 원했고, 촬영 전반에 대한 일정까지 한석준이 도맡아 하고 있었다.

"어, 네. 무슨 일로."

"공지 띄우자. 오늘 점심은 각자 있는 자리에서 먹는 것으로. 케밥 왔지?"

"아, 네. 호텔에서 배달 왔어요. 직원들도 같이 와서…… 각기 진료실이나 수술방 대기실로 배달 가능합니다."

"좋아. 영상은?"

"뭐……. 임 작가님이 애써주고 계시죠."

"태화에서 돈 두둑이 줬지?"

"아, 돈 칼같이 받으시더라고요. 생활력이 있어요."

강혁이 제일 싫어하는 말이 재능 기부였다. 알아서 하는 기부는 좋았다. 강혁도 아예 삶을 그렇게 바치고 있는 중이었고. 하지만 타의에 의해 강요받는 건 절대 아니라 생각하고 있었다. 임혜란도 비슷한 생각인지, 태화로부터 이번 2주간의 촬영 건에 대해 수천을 받은 참이었다.

"아무튼, 그렇게 해줘."

"네, 근데…… 반발이 있지는 않을까요? 점심시간 있을 거라고 공지했던 거로 아는데."

"아, 그거? 근데 원래 의사들은 병원에서도 환자 밀리면 밥 안 먹어. 여기는 현장인데 설마 밥 못 먹었다고 뭐라 하겠어? 적어도 진료 중에는 괜찮아."

"아……. 근데 내일도 이렇지 않아요?"

"밥 제대로 먹고 싶으면 더 열심히, 더 빨리 보겠지."

"아, 네."

군대에서도 밥은 먹이면서 굴리는데. 한석준은 그렇게 중요한 식사를 아무렇지도 않은 얼굴로 대충 주겠다고 하는 강혁을 보며 생각했다.

'의사 안 하길 천만다행이다, 진짜.'

공무원도 쉽지 않은 길이지만 백강혁 밑에서 직접적으로 굴려지는 것보다는 훨씬 나아 보였다. 지금도 일단 밥 배달한다는 명목으로 도망갈 수 있지 않나.

'아니, 근데…… 진짜 괜찮으려나. 화내면…… 그 항의는 내가

또 온전히 다 받아야 하잖아?'

제일 무서운 인간은 피했지만, 여전히 산은 남아 있었다. 태의료원 측이랑 핑퐁식으로 연락 주고받을 때 한석준도 있지 않았나. 거기서 명기한 내용 중에 분명 충분한 휴식 시간을 보장한다는 말이 있었다.

"아, 감사합니다. 안 그래도 오늘 밥 못 먹겠네 하고 있었는데."

하지만 의료진들의 반응은 예상외였다.

"오, 케밥."

심지어 제일 걱정했던 김승규조차 웃으며 넘어갔다. 확실히 이 사람들에게 일이란 게 환자를 돌보는 것이다 보니, 밥보다 일이 더 중시되는 상황이 훨씬 자주 펼쳐지기는 했던 모양이었다.

"아니, 여기 맛있는 거 많다던데."

딱 하나, 이현종만 빼놓고는 다들 밥이 배달되었단 사실에 감사했다.

"그…… 죄송합니다."

"내일도 이러나? 환자 수 계속 많을 것 같은데."

"네, 백 교수님 말씀이 더 빨리 보시면 된다고."

"와……. 여기서 대체 어떻게 더 빨리 보라고. 응급이나 안 오면 다행…… 아이고."

"왜요?"

"앰뷸런스 또 나가네. 여기 뭐 이렇게 응급이 많아."

"와……. 죽겠다."

딱 하루. 총 14일간의 여정 중에 하루가 지났을 뿐인데 태화 봉사팀 전원의 입에서 신음이 흘러나왔다. 휘유우우나 휘우우우와 같은, 정말 가슴 깊은 곳에 존재하는 힘듦을 내뱉는 느낌이었다. 당연한 일이었다. 오전 오후 정규 접수된 환자 수만 물경 4000명 아니던가. 어디 대학 병원도 아니고, 고작해야 동네 병원 정도 되는 규모에서 이만한 숫자를 본다는 건 정말이지 보통 일이 아니었다.

"외래도 죽겠지? 아우……. 백내장 수술하다가 내 눈알이 빠질 뻔……."

그뿐만 아니라 정규 수술과 시술까지 잡혀 있었다. 외래에 비해 널널한 숫자냐고 한다면 그것도 결코 아니었다. 정말이지 무리에 무리를 거듭해야만 가능할 지경이었다.

"응급도 오더라."

이제 그쯤 하면 그만해야 될 것 같은데, 거기에 더해 응급도 있었다. 그야말로 의료진으로서 마주할 수 있는 최악의 근무처가 아닐까 싶을 지경이었다. 애초에 태화의료원이라는 곳이 환자가 어마어마하게 몰리는 곳이고, 거기서 제일 주축이 되어 열심히 환자를 보던 이들이 온 것임에도 불구하고 바로 녹초가 되어버렸나.

'더 부려먹을 수 있겠는데?'

하지만 강혁은 소파 여기저기에 널브러져 있는 태화 일행을 보면서 오히려 다른 생각을 하고 있었다. 그라고 해서 이들의 힘듦을 느끼지 못하는 건 아니었다. 그저 눈이 초롱초롱 빛나는 걸 확인했을 뿐이었다.

"근데 애들 영양이 좀 문제던데."

실제로 몇몇 의료진은 잠시 널브러져 있다가 벌써 삼삼오오 모여서 오늘 느낀 점에 대해 토의를 시작했을 정도로 열의가 있었다.

"영양제 들고 온 거 아니에요?"

"들고 오기는 했지. 근데 여기…… 근본적으로 식단에 문제가 있어."

토의를 이끌고 있는 건 소아과 이기자 교수였다. 이름이 이기자라 그런가, 어디 내놔도 절대 지지 않을 것 같은 인상을 하고 있었다.

'재는 내관데 왜 저기 껴 있지?'

이기자가 소아과 교수다보니 당연하게도 소아과 펠로우나 레지던트들에게 둘러싸여 있었는데, 자세히 보니 이현종도 그 중간에 서 있었다. 별말도 하지 않는 주제에 그랬다. 환자 한창 볼 때와는 전혀 다른 느낌이었다.

'저건…….'

그래, 쑥스러워하고 있었다. 얼굴만 보면 40대라고 해도 다들 믿을 만큼 노숙한 데다가, 스타일까지 그렇다보니 중년 같아 보였지만 나이를 생각해보면 아직 30대 초반이지 않나. 왜 저러는

지는 뻔할 뻔 자였다.

'다들 좋을 때구만.'

강혁은 허허 웃으며 일단 그쪽으로 향했다. 아닌 게 아니라 소아는 강혁에게도 너무 중요한 문제이기에 그럴 수밖에 없었다. 자세히 보니 어느 틈엔가 오진승도 그 대화에 끼어 들어가 있었다.

"근본적인 문제요?"

그리고 강혁은 늘 그렇듯 대화를 툭 잘라먹으며, 하지만 그리 어색하지 않게 질문을 던졌다. 이기자 교수 또한 안 그래도 여기 사람들의 조언을 필요로 하던 참이었다. 현생이 너무 바쁘다 보니 봉사니 뭐니 마음만 있고 다니지 못했지만, 원래 이기자 정도 되는 사람은 딱 보기만 해도 일이 어찌 돌아가는지 대강 알 수 있지 않겠나. 그저 고기 먹어요, 라는 말로 이곳의 영양 문제를 해결할 수 없을 거란 사실 정도는 아주 잘 알고 있었다.

"네. 단백질이 너무 부족해요. 여기 애들 평균 신장이나 체중이 너무 작아요."

"아……. 그건…… 그야 지금까지는 제대로 먹질 못해서 그렇죠. 근데 어디에 비교해서 작다는 겁니까?"

대한민국에 비해서는 안 될 일이었다. 대한민국은 아시아 국가 중에서 가장 평균 신장이 큰 편에 속하는 국가이지 않나. 그만큼 잘 먹고 잘살게 된 지 오래되었단 소리였다. 게다가 인종별, 민족별 차이도 무시할 수 없었다. 생각보다 유전적인 요소는 삶의 곳곳에 영향을 미쳤으니까.

"인도 타밀족에 비해서요. 이 사람들이 거기서 이쪽으로 강제로 이주당한 게 100년이 넘었다고는 하지만…… 말 그대로 강제 이주라 인종적으로 섞일 일은 없었을 거 아닙니까."

"아, 네."

하지만 이기자 교수가 비교 대상으로 삼은 것은 대한민국이 아니라 같은 타밀족이었다.

'하긴 한국대학교…… 아니, 태화 교수를 아무나 할 수 있는 건 아니지.'

굉장히 사려 깊으면서도 정확한 사고 회로라 할 수 있었다. 강혁은 내심 감탄하면서 고개를 끄덕였다.

"문화적으로는…… 원래 먹던 음식을 못 먹었을 가능성이 크다고 생각해요. 이곳은 환경이 너무 다르니까. 게다가 이들이 처했던 상황도 무척 열악했고요."

이기자 교수는 얼마 전 강혁이 전 세계에 런칭했던 미니 다큐를 떠올리며 말을 이었다. 임혜란 작가가 촬영에 편집까지 다 담당해서 완성한 다큐였는데, 그저 누와라엘리야가 처한 작금의 현실만 보여주진 않았다. 다큐는 이곳의 비극적인 역사와 현실이 어떻게 연결되어 있는지에 대해 조명했다. 덕분에 태화 봉사단은 모두 타밀족의 비참했던 역사를 아주 잘 알고 있었다.

"그렇죠. 종합하면, 인종적인 특성보다는 그저 환경 때문에 이들의 체형이 이렇게 되었다는 거죠?"

"네, 백 교수님은…… 이 사람들 평균 체중이나 신장이 어떻게 되는지 아세요? 조사하신 적이 있으신가요?"

"아뇨, 그런 적은 없어요. 대충 눈대중으로는 봤는데."

"일단 소아는 엄청 작아요. 이 추이면 성인도 많이 작겠죠. 현대 사회에서 키가 작거나 체격이 왜소하다고 해서 대놓고 차별당하는 경우는 없을 겁니다. 일단 법적으로는 그래요. 하지만 정말 그럴까요?"

"아니죠. 그렇지는 않죠."

"게다가…… 이게 단순히 신장과 체중만의 문제는 아닐 겁니다. 오진승 원장님하고도 잠깐 대화를 나눴는데."

신장과 체중이라. 강혁이 이곳을 전반적으로 다 개선시키려고 노력하고 있는 건 틀림없는 사실이었다. 하지만 그럼에도 사람이었다. 놓치는 지점은 분명히 있었다.

"이곳 아이들이 정서적, 신체적 학대로 인한…… 여러 문제를 가지고 있는 건 사실입니다."

강혁이 역시나 다른 전문가들을 부르길 잘했다고 생각하고 있는 동안, 오진승이 앞으로 나섰다. 어지간히 심각한 얼굴을 하고 서 있는데 입에서 튀어나오는 말도 심각해서 자연히 모두가 그에게 귀를 기울이게 되었다.

"하지만 아이들을 좀 더 자세히 검사를 해보니까…… 그 외에도 다른 문제가 있어요."

"다른 문제?"

소파에 널브러져 있던 이들 중에서도 저도 모르게 가까이 다가온 이들이 있었다. 한 지역, 한 민족에 관한 이야기였기에 그랬다. 그래도 사람 생명을 다루기로 결심한 사람들에게, 이토록 많은 이의 운명이 걸린 이야기는 그냥 넘어갈 수 없는 일이었다. 그중에서도 강혁이 역시나 제일 심각하게 반응했다. 이미 발견된 문제만 해도 심각해 죽겠는데 거기서 또 뭐가 있어?

'아주 죽어라 죽어라 하는구만.'

강혁은 끄응 소리를 내며 오진승을 바라보았다. 오진승도 이제는 강혁의 진심을 알게 된 지 오래다 보니 안쓰러운 얼굴이 되어 답했다.

"여기…… 아이들 지능이 전반적으로 좀 떨어집니다."

"지능이? 그건 또 왜."

체격은 그래도 현대 사회에서는 어느 정도 극복할 수 있는 문제지 않나. 힘으로 해야 했던 일들이 많이 대체되어서 그랬다. 하지만 지능의 중요성은 오히려 더 대두되고 있었다.

"단백질이 부족하면…… 두뇌 발달이 떨어지죠. 게다가 적당한 자극이 될 만한 것들이 여기엔 너무 없어요. 부모에게도…… 지금까지는 딱히 의지가 없었고요."

"아……. 그럼 단백질은 어떻게든 공급을 해야겠는데."

"근데 문제는 그건 우리 손으로 어떻게 하기 어렵다는 거죠. 우리는 의사지, 사회 전문가는 아니라."

"아니, 뭐. 문제를 인지한 것만으로 좋습니다. 야, 석준아."

솔직히 이런 건 강혁도 잘 몰랐다. 단백질이 고기나 계란 등에 있는 거나 알지, 그걸 어떻게 공급해야 하는지 어찌 안단 말인가.

"네, 교수님."

다행인 것은 강혁에게는 이런저런 인적 자원이 많다는 점이었다. 그중에서도 한석준은 거의 만능 칼처럼 쓰이고 있었다.

"이거 어떻게 할지 좀 알아봐라."

처음에는 강혁도 이렇게까지 아무 데나 막 써먹으려고 하지는 않았다. 하지만 이런저런 거 시키니 뭐든 잘 해내고 있었다. 그러다보니 막 시키게 되었다.

"이걸요?"

물론 당하는 입장에서는 황당하기만 했다.

"제가 단백질을 어떻게 해결하냐고…… 요."

해서 한석준은 얼굴을 구긴 채 물었다. 보통 사람이라면 이럴 때 '그래, 내가 좀 심했지'라고 했을 터였다. 한석준은 외교부 공무원이지 않나. 애초에 지금까지 막 시킨 게 잘못된 일이었다. 하지만 강혁은 강혁이었다.

"농수산부에 아는 사람 없어?"

"네?"

"있을 거 아냐. 너 요새 나 덕분에 끗발 날리는 거 다 아는데. 그리고 너 사람 만나는 거 좋아하잖아. 빨빨거리면서 돌아다니는 거 누가 모르냐."

"있기는 있는데……."

"그럼 거기 전화 때려서 여기 기후에 혹시 콩 자라는지 물어보고, 안 된다고 하면 양계장이라도 차려달라고 해."

"그…… 그런 말을 제가 어떻게 해요. 알기만 알지, 얼굴도 본 적 없는데."

"여기 애들이 지금 단백질이 없어서 죽어가고 있는데 너는 아쉬운 소리 하나 하기 싫어서 그래? 악마냐?"

강혁의 주특기였다. 실상은 지가 악마 짓을 하고 있으면서 상대에게 죄책감이 들게 하는 것. 놀라운 일이지만 정말이지 잘 먹혔다.

"아니, 악마라니⋯⋯."

"아냐? 애들 생명 경시하는데?"

"아오⋯⋯. 알겠어요. 알겠어. 전화할게요."

해서 한석준은 젠장, 젠장 욕을 지껄이면서 밖으로 향했다. 휴대폰을 뒤적거리면서였다. 얼마 전 강혁이 확인했을 땐 번호가 대략 4000개였는데, 어느새 4500개로 늘어나 있었다. 그러면 그럴수록 강혁이 한석준 써먹기 좋아진다는 걸 아직 모르고 있는 모양이었다.

"일단 이건 해결."

강혁은 그런 한석준의 등을 보며 후후 하고 웃었다. 이기자와 오진승은 그런 강혁을 보며 황당하다는 표정을 지어 보였다.

'해결?'

'이러면 해결이 돼?'

의사라면서 왜 이렇게 깡패같이 밀어붙인단 말인가. 강혁은 남들이 그러거나 말거나 다음으로 넘어가기로 했다. 안 그래도 저쪽에서 소란스러워진 그룹도 있으니 잘된 셈이었다.

"이런 데는 일단 기생충이 제일 문제라⋯⋯."

"그쵸. 오늘 보니까 그냥 싹 다 먹어야 될 것 같던데요? 일단 먹는 게 이것도 문제고⋯⋯."

감염내과 신현태 측이었다. 이현종한테 비하면야 똘똘한 축에도 못 끼는 편이었지만, 그럼에도 감염학회의 루키가 아닌가. 나름 쓸 만한 의견을 줄 것이 분명했다.

"먹는 게 여기서도 문젠가?"

"아, 아 네. 일단 구충제가 효과가 있기는 할 겁니다. 아니, 무조건 써야 해요. 100퍼센트에 가까울 거예요, 감염률이."

"우리도 혹시 몰라서 먹고 있지."

"네, 아마 의료진들도 감염되었을 겁니다. 근데 이건 결국, 다 사후 처리예요."

"사후 처리라……. 하긴 감염되고 나서 막는 거니까."

"네. 그래서 말인데 소아과 측도 그렇고 저희도 그렇고…… 아예 여기 노동자들이 뭐 먹는지 좀 알았으면 좋겠는데요?"

의견을 낸 건 비단 소아과, 감염내과뿐만이 아니었다. 같이 온 안과 측과 치과 측에서도 하고 싶은 말들이 아주 많아 보였다. 특히 치과는 이럴 줄 알았다는 듯, 미리 물건을 꽤 다량 보내온 바 있었다.

"하루 세 번, 3분 동안 양치. 이거 안 들어보신 분은 없죠?"

한국대학교 병원에서 태화의료원이 되면서 영입해온 인재 중 하나라던 정미리 선생이 물어왔다. 강혁을 비롯한 모든 한국 사람들이 어깨를 으쓱해 보였다. 이건 이를테면 상식 아니겠나. 하루 세 번 밥을 먹으니까, 양치도 하루 세 번. 당연한 일이라 생각해온 일이있다.

"그럴 거예요. 치과 협회랑 정부 차원에서 긴밀히 협조해서 계속 캠페인을 해왔으니까요. 덕분에 우리나라가 전 세계에서 제일 양치 잘하는 나라 중 하나가 됐어요. 다른 곳은 그래야 한다는 인식이 많이 부족해요."

"오."

외국 생활을 많이 해본 강혁은 그렇다는 걸 잘 알고 있었다. 점심에 화장실에서 양치질하고 있으면 동료들이 다들 별난 놈 본다는 듯 쳐다보기도 했더랬다. 나중엔 문화가 점점 번져서 점심시간마다 세면대 쪽이 북적거리게 되긴 했지만. 하여간 외국에서도 흔한 일은 아니었다.

"특히 이런 개발도상국에서는 더더욱 그러하죠. 게다가 여기는…… 아예 양치에 대한 개념이 없는지…… 아주 개판이에요. 치료야 제가 있는 동안 최선을 다해 해드리겠지만…… 일단 양치질 교육을 좀 해야겠습니다."

"아, 양치질 교육."

나름 양치질에 부심이 있던 강혁은 양치질을 가르쳐야 한다는 생각까지는 하지 못했다. 일단 본인이 치과 의사가 아니다 보니 그럴 수밖에 없었다. 게다가 강혁은 워낙 넓은 시야로 이 지역을 들여다보고 있어서, 지엽적인 문제는 쉽게 간과하기 일쑤였다.

"제일 좋은 건…… 한 사람씩 붙들어놓고 가르치는 건데…… 그건 안 될 것 같고요. 여기 뭐 20만이라고요?"

"네. 20만."

"그건 안 되고…… 아, 교수님 유튜브 하시죠?"

"아, 네. 하죠. 요새는 좀 시들해서 영상 업로드 안 한 지 꽤 됐는데.”

“제가 영상 찍으면 교육용으로 올려주실 수 있어요? 여기 사람들 돌려서 볼 수 있게. 여기 인터넷은 잘 터지던데.”

“어려운 일은 아닙니다. 근데 제 채널에 올리면 글로벌하게 영상이 다 퍼질 텐데 괜찮으세요?”

건방진 말은 아니었다. 실제로 백강혁 유튜브 채널은 구독자가 무려 100만을 훌쩍 넘어가고 있었으니까. 물론 한국인들이 제일 많긴 하지만 외국인 비율도 낮지만은 않았다.

“음. 그건 좀.”

“부담스러우시면…… 기존에 유튜브에 올라와 있는 영상 중에 골라서 주시죠. 그럼 제가 그걸로 교육하겠습니다.”

“아, 그런 방법도 있네요. 하긴, 이거 또 말해놓고 잘 못 찍으면 어쩌나 하고 있었네.”

정미리 교수는 한시름 놓았다는 얼굴로 한숨을 쉬었고, 강혁은 바로 양치질 영상을 검색해서 보여주었다. 정미리 교수는 영상들을 휙휙 돌려 보다가 이내 한 영상에서 멈추었다. 남자 셋이 나와 떠드는 영상이었는데, 잘못된 예부터 잘된 예까지 모조리 나와 있어서 알아먹기 좋을 것 같았다.

“이걸로 하시죠.”

“음, 그러죠. 근데 치약, 칫솔 보급이 돼야 할 텐데…….”

“저희가 보내드린 거로는 부족하겠죠?”

“그렇죠. 부족하죠.”

“으음.”

칫솔이 그리 비싼 물건은 아니겠지만, 갑자기 20만 명분을 공급하려고 하면 어마어마한 예산을 편성해야 할 터였다. 아무리 누와라엘리야 병원이 여느 현장에 있는 병원들에 비하면 예산이 풍족한 편이라 해도 이런 식으로 돈이 줄줄 새서는 안 되었다. 할 수만 있다면 어디서든 돈을 끌어와야 한다는 얘기였다. 다행히 태화의료원 치과 교수쯤 되면 방법이 아주 없지는 않았다.

"일단 제가 여러 방면으로…… 후원을 받아보도록 하겠습니다. 어차피 요새 기업들 다 사회환원 기금 조성해두고 있어서…… 불가능하지는 않을 거예요. 대신 직접 여길 온다든지 하는 귀찮은 일이 생길 수는 있어요."

"그건 뭐…… 괜찮습니다."

강혁 입장에서는 환영할 만한 일이었다. 누가 온다고 해서 스트레스받는 사람도 아니지 않나. 대통령 정도는 와야 직접 제육이라도 볶는 인간이 바로 강혁이었다. 그 외에는 그저 부려먹을 생각뿐이었다.

"잘됐군요."

치과가 끝나자 다음은 안과 교수가 나섰다. 당연하다는 듯 지나치게 높은 백내장 유병률을 들먹이면서였다. 원인은 차밭에서 노동하는 동안 전혀 햇빛 차단이 되지 않는다는 점에 있었다. 솔직히 말하면 이건 손쉽게 개선할 수 있는 사안에 해당했다. 그저 이전에 이곳에서 군림하던 이들이 전혀 관심이 없어서 아무 조치도 이루어지지 않았을 뿐이었다.

"모자면 되겠죠?"

"네. 일하는 동안 쓸 수 있는 챙 있는 모자요. 이건…… 뭐 유니폼화 하실 거 아니면 국내 헌 옷 수거함 통해서 기부받는 것도 어려운 일은 아닐 겁니다. 아니면 기업 행사하고 남는 모자들 달라고 해도 되고요."

이미 강혁도 차근차근 모자를 도입하고 있던 참이었다. 다만 대규모로 들여올 방편을 몰라 속도가 그리 빠르진 않았다. 안과 쪽은 벌써 이런 경험이 많은지 뚝딱 의견을 제시했다.

"아……. 기업 행사요?"

"네. 단합 대회나 뭐 이런 거…… 티도 만들지만, 모자 만들어서 나눠주는 곳도 많거든요. 근데 솔직히 기업 로고 떡하니 박힌 모자를 대체 언제 쓰겠어요."

"그건 그렇죠."

태화가 대한민국 최고의 기업으로 발돋움하고 있기는 하지만, 그렇다고 태화 로고가 박힌 모자를 쓰고 다니고 싶을까. 그 회사 주인이라면 또 모르겠지만 그게 아니라면 절대 그럴 리가 없었다. 그렇게 버려지거나 집구석에서 썩어갈 모자를 수거해 좋은 곳에 쓴다고 하면 모두가 좋아하지 않을까? 심지어 회사 입장에서도 일부 홍보가 되긴 할 테니 거절할 이유는 없었다.

"좋네. 역시 전문가들이 모이니까 일이 딱딱 돼."

그렇게 적지 않은 의견을 수렴하고 정리한 강혁은 자기 방에 돌아오자마자 껄껄 웃었다. 맞은편에는 누와라엘리야 병원의 주축이라 할 수 있는 한유림, 양재원, 장미 그리고 왜 들어왔는지 모르겠는 리처드가 앉아 있었다.

"그러니까. 모자 저건 생각도 못 했네. 나도 정부 행사 하고 남는 거 있으면 보내달라고 할게."

"양치도 그래요. 생각해보면…… 이가 망가지면 아무래도 소화에도 영양을 미치게 되는데, 이것만 개선돼도 뭐 여기 입장에서는 훨씬 낫죠."

"소아과랑 감염내과 측에서 얘기한 건…… 제가 데니스랑 같이 돌아보기로 했어요. 생각해보니까 여기 사람들 어디서 먹거리 장만하는지도 전혀 모르고 있었더라고요."

한유림, 양재원, 장미는 차례로 의견에 대한 소감을 덧붙였다. 리처드는 묵묵히 듣고만 있었다. 강혁은 딱히 녀석에게 수술 말고 다른 건 기대하지 않고 있었기에 실망도 하지 않았다.

'그냥 나가서 경원이랑 게임이나 하고 쉬지.'

일상에서 리처드와 경원의 가치는 딱 그 정도였다. 눈앞에서 안 보이면서 사고만 안 치고 있으면 최고랄까. 리처드도 경원도 이만큼 친해지기 전까지는 이럴 줄 몰랐는데, 알고 보니 허당이었다.

"좋아. 아무튼, 하루 보내고 나니까 느낌이 좀 어때."

하여간 지금 중요한 건 둘의 실체 따위가 아니지 않나. 다른 사람들의 의견도 들어보기야 하겠지만, 아무래도 여기 있는 이들의 의견이 제일 중요할 터였다. 강혁도 오늘처럼 빡빡하게 돌아가는 일정이 지속 가능할지 여부에 관해서는 의문이 일던 참이었다.

"굉장히 무리한단 생각이 있었는데…… 나름 버틸 만하던데요. 무엇보다 이번에 온 팀은 진짜 잘해요. 군대 같다고 해야 할지……."

우선 양재원은 호의적이었다. 확실히 군대 같다는 느낌이 있었다. 대학 병원이라는 곳이 애초에 현장 비슷하게 빡빡하게 돌아가는 곳이라 그럴 터였다. 사람인 이상 실수가 있을 수밖에 없겠지만, 그 실수조차 용납할 수 없는 곳이지 않은가.

"아, 그리고…… 실력이 좋아. 나 아까 그 누구더라. 내과…… 아, 이현종 교수한테 도움 한번 받았는데, 확실히 진단 잘하더라고. 백 교수처럼 빠르진 않아도…… 하여간 그렇게 진단 내리는 사람은 처음 봤어."

한유림도 호의적이었다. 이쪽은 분위기보다는 실력을 언급하면서였다.

'하긴, 그 새끼 잘하던데. 아쉽게 됐지 뭐야.'

이현종의 실력이라면 강혁이 먼저 납득했던 참이었다. 욕심이 났을 지경이었다. 하지만 뒤로 알아보니, 이게 안 될 놈이었다. 이미 순환기내과의 이단아로 이름이 높았다. 그쪽으로 해서 이런저런 논문을 쏟아내고 있었는데, 그 양도 양이지만 질도 대단했다.

'순환기 쪽의 역사를 바꿀 수도 있는 놈이야.'

차라리 병원 경영진 측에서 노를 걸면 어떻게든 방법을 찾아봤을 터였다. 현장은 늘 의사가 부족하니까. 특히 실력이 좋은 의사라면야 두말할 것도 없었다. 하지만 이런 의사는 연구를 이어나가는 것이 훨씬 더 세상에 보탬이 될 터였다. 패러다임 하나가 바뀌면 죽을 사람 수만 명 아니, 수십만에서 수백만, 많게는 수억 명까지도 살리는 것이 바로 필수 의료 부분이니까.

"될 거예요. 지민이가 엄선해서 데려와서요. 한국대학교 병원 시절에도 간호 인력 신경 많이 썼잖아요? 지금은 더하대요. 아예 압도적인 1등 병원이 되어야 한다고 연설을 했다나 뭐라나. 하여간 그래서 훈련 정도가 완전히 달라요. 오늘 전혀 문제가 없었어요."

장미는 자부심 섞인 목소리로 말했다. 그럴 만도 했다. 사실상 지금 태화의 간호사 중 중증외상센터에 있는 이들은 모두 장미의 실질적인 제자라 해도 과언이 아니었으니까. 그런 이들이 와서 사부 얼굴에 먹칠하기는커녕 금칠만 하고 있었다.

"그래, 나도 인정. 아무튼, 할 만할 거라 이거지?"

강혁은 세 사람의 말이 자신의 생각과 어느 정도 들어맞는단 것을 확인하자마자 고개를 끄덕였다. 대화를 마치기 위해 문도 열었다. 내일도 힘들 것이 분명하니까. 셋도 그렇게 생각하고 있었기 때문에 망설임 없이 문 쪽으로 향했다. 물론 안에는 셋만 있는 건 아니었지만, 리처드이지 않나. 그 누구도 녀석이 의미 있는 소리를 할 거란 생각은 하지 않았다.

"아니, 잠깐만요."

그때 리처드가 입을 열었다. 또박또박 한국말을 사용하면서였다. 아니, 라는 추임새까지 사용하는 거 보면 진짜 한국인 다 되었단 생각이 들 지경이었다.

"왜, 인마. 가서 자."

"문제가 있는데 다들 모르고 있는 건지, 아니면 무시하고 있는 건지……."

"문제? 뭔 문제가 있어."

나름 리처드도 노력을 많이 하고 있다는 뜻이었다. 하지만 워낙에 이상한 짓을 많이 해서인지 도무지 신뢰가 생기진 않았다. 도리어 애써 무시하지 않기 위해 노력을 기울여야 할 지경이었다. 강혁이 그러고 있었다.

'그래, 그래도 고생하고 있는데…… 여기서 그냥 화내버리면…….'

하지만 말까지 아주 부드럽게 나가진 않았다. 그래도 괜찮았다. 리처드는 멘탈이 강하니까.

"지금 병원 수술방 가볼래요? 기구 돌리느라 정신없어요. 하루에 소모되는 기구가 너무 많아요. 여기에 응급까지 더해지면 다 죽어요. 그리고 학생들. 얘들이 언제 이렇게 많은 사람 안내해봤겠어요. 아까 하나 쓰러져서 수액도 놔줬는데…… 될까요?"

"오."

"오."

"오?"

다들 방을 나서려다가 멈추고 리처드를 바라보았다. 정말로 의외이지 않나. 오줌싸개, 프로딸쟁이와 같은 수식어만 가지고 있는 리처드가 이런 말을 할 줄이야. 게다가 학생 쓰러진 것도 세심하게 챙겼어? 미친 수준이라 할 수 있었다.

"수술 소독…… 아, 그걸 생각 못했네."

"아, 저도. 제가 요새 수술방 감독을 안 하다 보니까."

집도의 강혁과 원래는 수술실 간호사였던 장미 둘 다 이마를 탁 하고 쳤다. 수술 기구라는 게 그냥 뚝딱뚝딱 준비되는 게 아니지 않나. 무려 남의 몸속에 집어넣었다 뺀 물건이었다. 반드시 엄격한 기준에 맞춰 소독을 돌려야만 했다. 한데 지금 누와라엘리야 병원은 규모에 비해 워낙 많은 수술을 진행하고 있다 보니, 기구도 그렇고 시간도 절대적으로 부족했다.

"그럼 지금……?"

"네, 제가 부탁했어요. 일단…… 간호장교들이 돌리고 있어요."

"야, 잘했다. 근데 간호장교들도 갈려나갔을 텐데?"

"여기만 있는 거 아니잖아요. 부대에 연락했죠."

"부대? 아, 여기 레이더."

"네."

미군들이 어떤 집단이던가. 사막에 진을 칠 때도 공조 시설까지 다 설치하는 놈들이었다. 그야말로 비전투 상황에서의 병사들에게 최적의 환경을 제공해주는 데 환장하는 놈들이라고 할까? 그런 놈들이 제아무리 코앞에 MOU 정도가 아니라 동맹 수준의 협정을 맺은 병원이 있다고 해서 부대에 의무 인력을 준비하지 않았을까? 아무리 평상시에는 할 일이 거의 없어 놀게 될 것이 뻔하다 하더라도 몇 명은 박아두었더랬다.

"그럼 거기까지 동원해서 굴리고 있다고?"

"네. 학생들 대신 내일 부대에서도 몇 명 나와서 돕기로 했어요. 여기 애들이 뭐…… 여기 말은 몰라도 어느 정도 도움은 되겠죠."

"야, 너 어떻게 그렇게 기특한 생각을 다 했냐."

"저도 여기 일원이니까요."

"햐……. 이 새끼. 이거 리처드 맞나."

여기 일원이라니. 처음 잡혀 왔을 때부터 지금까지 내내 뚱한 얼굴이지 않았나. 강혁은 내심 이놈이 엇나가는 모습 보여주는 게 그래서 그런 거 아닌가 하고 있었을 지경이었다. 나중에 부대를 통해 알아보니 원래 이상했던 놈이라 해서 안심하긴 했지만. 하여간 이런 말을 할 줄은 꿈에도 몰랐더랬다.

"아, 저도 벌써 봉사 짬밥이 몇 년인데…… 제가 할 일 없나 알아봤죠. 저랑 어? 경원이만 열외되어가지고 얼마나 속상했는 줄 알아요?"

"그래, 알았다. 미안하다."

한데 속으로 이런 기특한 생각을 하고 있었을 줄이야. 아마 생각만 하고 있었다 해도 강혁은 칭찬을 아끼지 않았을 터였다. 그런데 이걸 실천까지 하다니. 급기야 강혁의 입에서 미안하다는 얘기까지 튀어나오고야 말았다. 평소라면 한유림, 양재원 정도는 눈이 뒤집어졌을 만한 일이었다. 그들에게는 칭찬을 했을지언정 사과는 단 한 번도 했던 적이 없었으니까.

'지금은 좀 그럴 만하다.'

'리처드가…… 와…….'

하지만 이번엔 예외였다. 상황이 상황이지 않나. 세상에 리처드가 이런 일을. 이쯤 되니 설마하니 경원도 뭔가 한 일이 있지 않나 하는 생각마저 들었다. 한유림과 재원 그리고 장미의 시선이 강혁을 향했고, 강혁은 그들의 바람을 곧장 알아들었다.

"경원이는 뭐 안 했어?"

"경원이요? 저랑 맨날 놀았을까봐요?"

"오. 뭐 했어?"

"아뇨. 경원이는 뭘 하면 안 되는 사람이에요. 이상한 소리만 하길래…… 그냥 저기 가서 위쳐 공략본이나 한 번 더 보라고 했어요."

"역시 그렇구나. 근데 그 새끼 게임은 잘하니?"

"아뇨. 그러니까 공략본을 보라고 하죠. 멍청한 놈이 산적한테 자꾸 죽는다니까요. 그건 거의 백 교수님이 밖에 나가서 학생들한테 처맞는 건데."

"진짜 못하는구나."

강혁은 저도 모르게 어휴 하고 한숨을 쉬었다. 여러모로 모자란 제자 박경원을 떠올리면서였다. 정말이지 마취 말고는 도무지 쓸 데가 없었다.

"아, 아니다."

"네?"

"주말에 바비큐 파티할 때…… 개한테 준비하라고 하자. 알지? 고기는 진짜 미친 듯이 잘 구워."

"아……. 네. 그것만 하라고 해주세요. 딴 건 하면 안 되는 사람이에요."

"그래, 좋아. 그럼 자자."

"네."

정정하자면 고기 굽는 거랑 마취는 세계 최고였다. 그 외에는 세계 최하위였고. 하여간 강혁은 드디어 사람들을 모조리 밖으로 내몰고 자리에 누울 수 있었다. 정말이지 '드디어'라는 말이 딱 어울리는 순간이었다.

'하루 존나게 길다, 진짜.'

강혁은 12시를 살짝 넘어가고 있는 시계를 보며 고개를 절레절레 흔들었다. 그러곤 퓨즈가 나간 전구처럼 잠에 빠졌다. 원래도 잠은 꽤 잘 자는 편이었는데, 중증외상센터 의사로 살아가다 보니 더더욱 습관이 이렇게 들었다. 먹을 수 있을 때 안 먹고, 잘 수 있을 때 안 자면 도저히 버틸 수가 없는 삶 아닌가. 누구 말마따나 응급은 항상 도적처럼 발생하기 때문이었다. 강혁은 그렇게 자고 아침에 일어나는 걸 꾸준히 반복했다.

역사를 바꿀 인간

벌써 태화 봉사단이 온 지 5일째 아침을 맞이하고 있었다. 강혁이 제아무리 강철 체력을 갖추고 있다고는 하지만, 그럼에도 점점 일어나기가 점점 벅차지고는 있었다. 어찌나 힘든지 아예 알람을 응급실 콜 벨소리로 바꾸었을 지경이었다. 신기하게 이걸로 바꾸니까 눈이 번쩍 떠지긴 했다. 하긴 어찌 보면 당연한 일이었다. 은퇴한 응급의학과 의사들도 길 가다 사이렌 소리를 들으면 저도 모르게 두근두근한다니까.

"어우."

강혁은 고개를 절레절레 흔들며 몸을 일으켰다. 그러곤 거울을 봤더니 확실히 피곤이 쌓이긴 한 모양이었다. 평소랑은 생김새가 좀 달라져 있었다. 그래봐야 남들이 보기엔 스프레이라도 뿌린 건가 싶은, 그러니까 이제 막 꾸미고 나왔다 싶을 정도로 잘생긴 외모를 가지고 있었지만. 강혁의 예민하기 그지없는 눈으로 볼 땐 여기저기 걸리는 게 많았다.

"와우."

그런 눈으로 다른 사람을 보면 어떻겠는가. 평소에도 참 많이 참고 살아야 하는데, 5일째 지옥 행군이 벌어지고 있다 보니 정말로 가관이었다.

"남의 얼굴 보자마자 그런 표정 짓는 거…… 무례한 짓이야."

"그 얼굴로 나오는 건 예의 바른 행동일까요?"

"남의 얼굴 가지고 이러쿵저러쿵하는 거…… 그러면 안 돼."

한유림은 퉁퉁 부은 얼굴로 차분하게 강혁을 타일렀다. 다분히 속이 상했다는 표정을 지어가면서였는데, 안타깝게도 상대방이 보기엔 어떤 표정을 짓고 있는 건지 불확실했다. 워낙 엉망으로 망가져 있어서 그랬다.

"아이고……."

"탄식하지 마요."

"안 그러게 생겼니."

"아니……."

재원도 사정이 크게 다르진 않았다. 여기 와서 나름 강혁에 의해 단련되고 있기는 하지만 원체 약골이지 않았나. 그렇다 보니 강행군을 하게 되면 여지없이 티가 났다. 물론 이 둘만 그런 건 아니었다. 다들 그랬다. 태화 봉사단에서는 이현종, 김승규가 실력만큼이나 얼굴도 발군이었다. 한 가지 다행한 점이 있다면 오늘은 주말이라는 것이었다. 매일 4000명씩 몰려오던 환자가 오늘은 오지 않는다는 얘기였다. 그래서 그런가, 다들 얼굴에 여유가 있었다.

"골프장 갈 거지?"

"형 나 오늘 너무 힘들어. 다리가 달달 떨리는데."

"그래도 쳐야지. 유일한 낙이 그거 아니었어? 여기 좋대. 지금 아니면 언제 이런 고산 지대에서 골프를 쳐보겠냐."

"그것도 그런데……."

이현종과 신현태는 골프 얘기를 한창 하고 있었다. 솔깃한 내용이긴 했다. 사실 병원에 있는 사람들이 취미가 있으면 뭐 얼마나 있겠나. 기껏해야 골프 정도가 다였다. 그 말은 곧 여기 있는 모두가 다들 골프는 친다는 얘기였다.

"나도 껴도 되나?"

하지만 선뜻 나서지는 않고 있었다. 쉬어야 할 것 같아서였다. 이 와중에 누가 감히 나섰다 했더니만 김승규였다. 험상궂은 얼굴만큼이나 발군의 체력을 자랑하는 그라면 그럴 만하단 생각이 들었다.

"우리 내기 골픈데, 괜찮아요?"

"어, 괜찮아. 나 잘 쳐. 그리고 사실 돈 뭐 얻다 써. 나 다 그냥 쟁여놔. 결혼도 안 할 거야."

"오, 그건 나랑 같네."

신현태는 김승규와 이현종의 대화를 듣다 살짝 침울해졌다. 남들 눈치도 좀 보였다. 특히 누와라엘리야 측에 그랬다. 이렇게 되면 너무 없어 보이지 않나. 하지만 왜인지는 몰라도 다들 호의가 가득한 눈을 하고 있었다.

'그쪽도…….'

'후후.'

'누구냐, 감히 결혼한 놈은.'

모조리 혼자여서 그랬다. 물론 그렇다고 해서 같이 골프 치잔 소리가 나오진 않았다. 누와라엘리야 측도 지치긴 매한가지라 그랬다. 아니, 이쪽은 그래도 손님 대접하는 느낌도 있다 보니 더더욱 지쳐 있었다.

"나도 끼지."

그때 강혁이 나섰다.

"잉. 교수님도 치세요?"

"몇 번?"

"아……. 그건 좀. 저희 나름 싱글 치냐 마냐 기로에 서 있어서요."

"싱글이 뭔데?"

"아……. 싱글도 모르면 안 되는데."

그걸 이현종이 말리고 나섰다. 하여간 참 잘도 개기는 인간이었다. 실력을 인정받긴 했지만 그만큼 부림도 당하고 있는 주제에 저럴 수 있다니. 다들 눈이 휘둥그레져서 둘을 바라보았다.

"근데 나 운동 잘해서. 용어 몰라도 치기는 잘 쳐."

"음……."

이현종이야 그러거나 말거나 마이웨이였지만 신현태는 그럴 수 없는 인간이었다. 일반인이어서 그랬다.

"그러지 말고…… 넷이 치자, 그럼. 여기 어차피 살 아시는 분 한 분은 계셔야지."

"아, 그럴까. 하긴 공짜 골프에 돈도 좀 벌 생각하면 나쁠 거 없지. 근데 저희…… 내기 좀 센데 괜찮아요?"

"나도 논 많아."

"잃었다고 경찰 신고하면 안 됩니다?"

"에이, 그쪽이나 하지 마셔."

"와……. 그래요. 좋아요. 바로 갑시다!"

이현종은 돈 얘기를 잔뜩 하면서 강혁을 도발했다. 아닌 게 아니라 강혁의 손을 유심히 바라봤기 때문에 가능한 일이었다. 골프를 오래 친 사람은 자세가 좀 틀어지기 마련 아닌가. 뛰어난 의사가 되려면 눈썰미가 좋아야 하는데, 이현종은 뛰어난 것을 넘어 천재다 보니 딱 보면 알 수 있는 부분이 꽤 있었다. 하여간 그렇게 해서 넷은 누와라엘리야 관광단지 내에 위치한 골프장으로 향했다. 외국 골프장이 으레 그러하듯 카트만 있고 캐디는 없었다.

"야, 이거 큰일 났네. 백 교수님 누가 조정해주지?"

이현종은 골프채 가방 짊어진 것도 영 어색해 보이는 강혁을 보며 고개를 절레절레 저었다. 강혁은 그쪽을 슬며시 바라보다가 드라이브를 빼 들었다.

"못하는 사람부터 칠까? 그럼?"

약간 열받은 얼굴을 하고서였다. 조금은 일부러 그런 표정을 짓고 있는 것 같기도 했다.

"네, 뭐 그러시죠."

"아 형. 좀 잘해드려…….'

이현종은 지난 5일간 정말이지 갈려나간 참이었다. 처음엔 '내가 진단 잘하니까 이렇게 쓰임받는 거지, 뭐'라고 생각하기도 했다. 하지만 매일 전체 외래 구원 투수로 나서다보니, 이젠 정말이지 물리적으로 지쳐버렸다. 이현종의 유일한 취미인 골프가 아니었다면 벌써 포기하고 드러누웠을 터였다.

'알아보니까…… 약점이 거의 없기는 하더라고. 심지어 진단 능력도…….'

이현종도 강혁이랑 비슷한 성품을 가지고 있어서 힘들 때면 다른 사람 까면서 힘을 내는 편이었다. 이번엔 타깃을 강혁으로 잡았더랬다. 하나 별 소용이 없었다. 워낙 자신 있는 진단 능력에서조차 밀려서 그랬다.

'괴물이야. 뭔가 설명할 수 없는 능력이 있어.'

'응? 아…… 백강혁이랑? 그건 무리지.'

'나도 이현종 교수 소문 들어서 얼마나 똑똑한지는 대강 아는데…… 그래도 백강혁은 선 넘었지.'

이상하다 싶어서 다른 이들에게 물어봤더니 이따위 답만 돌아왔다. 불가해한 기전을 통해 진단을 내리고 있다는 뜻이었다. 이현종이 보기에도 그랬다.

'그만하라고? 내가 이날만 기다렸다, 진짜.'

그 외에 다른 것도 갈굴 수 있는 게 없었다. 일단 외적인 모습으로는 아예 비교가 불가한 상황이지 않나. 하지만 골프라면 얘기가 다를 거라 생각하고 있었다. 한유림도 은근한 기대를 품고서 이를 지원해줬다. 어떻게 하면 강혁이 발끈해서 먼저 치자고 할 것인지, 어떻게 말해야 진짜 열 받을 것인지에 관해 이런저런 조언을 아끼지 않았다는 뜻이었다.

"아, 빨리 쳐. 뒤에 팀도 생각해줘야지!"

아예 따라 나왔을 지경이었다. 당연히 그만 온 게 아니라 양재원, 리처드, 장미까지 따라와 있었다. 거의 무슨 강혁에 대한 원한이 있는 순서대로 서 있는 느낌이었다. 그렇게만 따지자면 박경원은 왜 안 왔나 싶을 수도 있는데, 녀석은 정말이지 마춰랑 고기 굽는 거 말고는 잘하는 게 하나도 없다고 보면 좋았다. 그런 놈이 골프라니. 말도 안 되는 일이었다.

"아, 알았어요. 이게 드라이버 맞지?"

하지만 억지를 부려서라도 데려올 걸 싶기도 했다. 저 어색한 손짓이라니. 채 고르는 모습만 봐도 절대로 잘 칠 리가 없어 보였다. 아니, 일단 개인 채도 없어서 여기서 빌리지 않았나. 아무리 관광이 활성화되고 있다고 해도, 아직 모든 관광단지가 수혜를 받지는 못한 상황이었다. 아직까지 골프 치는 사람들에게까지 핫 플레이스로 알려지지 못한 탓에, 누와라엘리야 골프장에 있던 채는 거의 썩어가고 있다고 봐도 무방했다.

"아니, 드라이버는 대가리 제일 큰 거."

"아……. 그렇구나. 이거?"

"어어. 아유. 옆에서 좀 알려줘요. 뒤에서 눈대중으로 말하려니까 답답해."

덕분에 이곳에 있는 모두는 강혁이 절대로 잘 칠 리가 없다고 확신하고 있었다. 예전 같았으면 혹시 강혁이라면 하는 생각도 들기는 했을 터였다. 뭐든지 잘했으니까. 하지만 얼마 전 강혁의 BTS 버터 춤을 본 이후로 역시 저놈도 인간이긴 하구나, 라는 생각이 모두의 머릿속에 자리했다.

"알겠습니다, 제가 알려드리죠. 네, 그거. 아니…… 그렇게 잡으면 안 되는데. 차라리 제가 하는 걸 보고 치실래요?"

하여간 한유림의 말에 이현종이 껄껄 웃으며 앞으로 나섰다. 그러곤 막 치려고 자세를 잡던 강혁을 뒤로 밀어내고는 먼저 치겠다고 나섰다. 순간 강혁의 눈에 불똥이 튀었고, 뒤에 있던 한유림은 덩달아 긴장했지만 별일이 생기진 않았다.

'지난 5일 동안 본 환자가 2만 명이다.'

강혁이 태화 봉사단의 고생과 수고를 머릿속으로 연신 떠올리고 있던 덕이었다. 원래 보던 숫자의 거의 열 배로 치고 올라갔다고 보면 되었다. 단순히 숫자만 늘어난 게 아니라, 질적으로도 대단한 성과를 보이고 있지 않나. 소아과, 감염내과 그리고 치과, 안과, 통증까지. 전문가가 없이는 심도 있는 진료가 불가한 영역들이었다.

"잘 봐요."

덕분에 목숨줄을 이어나가게 된 줄도 모르고 이현종은 강혁 놀리기에 최선을 다했다. 눈치를 봐야 하는 신현태로서는 무척 후달리던 참이었지만, 이현종은 대학 입학하기 전부터 이미 다른 이들의 말 따위는 사뿐히 무시할 수 있는 인간이었다. 해서 이현종은 자부심 넘치는 얼굴로 드라이버 샷을 날렸다. 확실히 남들 앞에서 골프가 유일한 취미라고 말할 수 있을 만한 실력이었다.

'생각보다…… 힘이 꽤 들어가는데? 저만한 힘이 아직도 남아 있다 이거지? 대단한데?'

강혁마저 감탄할 정도였다. 조금 방향이 이상하긴 했지만, 하여간 겉으로 드러난 표정에서만큼은 그저 감탄만 보였다.

'후후. 의학에서 지고 골프에서 이기려는 게 추하긴 하지만…… 추해도 기분은 좋다 이거지.'

이현종은 그런 강혁을 돌아보며 뿌듯해했다. 이래봐야 지난 5일간 강혁에게 부림당하고, 또 그 와중에 심지어 느리다고 구박까지 당했던 것들에 대한 보상이 되기엔 턱없이 부족하겠지만, 이현종은 자기 합리화도 아주 잘했다. 쓸데없이 이길 수도 없는 분야에서 미련 가져봐야 상처 입는 건 자신뿐 아니겠는가. 물론 평생 머리로 누구에게 져본 적이 없고, 또 앞으로도 질 리가 없을 거라 생각하고는 있었지만.

'불가해의 괴물은 그냥 없는 셈 치는 게 정신 건강에 이롭지.'

벌써 속으로는 이렇게 여기고 있었다.

다음은 김승규였다. 폼은 그리 유려하지 않았지만 타고난 힘이 있는 데다가, 구력이 짧지만은 않은지 꽤 괜찮게 공이 날아갔다. 골프 샷도 성격에 따라 나뉘는 모양인지 앞선 둘에 비하면 신현태의 스윙은 더없이 안정적이라 할 수 있었다.

"내 차렌가."

"많이 봤어요?"

"봤지. 근데 내기 골프라더니…… 내기가 뭔지 얘기를 안 했네."

"오, 여기서……?"

누가 봐도 꼴찌는 확정 아닌가. 한데 내기를 운운해? 안 그래도 너무 처지는 사람이 있는 상황에서 어떡할까 하고 있었는데, 먼저 얘기를 꺼내주니 감사할 따름이었다.

'다들 힘이 남네. 더 부려먹어도 되겠어.'

어떻게 하면 골수까지 뽑아먹을까 하는 생각에, 잠시 강혁의 눈이 빛났던 건 아무도 캐치하지 못했다. 심지어 뒤에서 강혁만 바라보고 있던 한유림 팀도 그랬다. 내기에서 뭘 뽑아먹히게 될 까만 궁금해하고 있을 뿐이었다.

"일단 저희끼리 하면 타당 10에서 50 걸거든요? 어차피 우리 끼리는 타수 차이가 그렇게 많이 안 나서…… 근데 교수님…… 아휴, 50으로 하면 교수님은 거의 수천이에요. 검찰 조사받는다, 이러다."

이현종은 일부러 살살 긁었다. 강혁을 발끈하게 만들기 위해 서였다.

'응? 백 교수? 돈 엄청 많지. 이 중에서 제일 부자일걸? 투자의 귀재야. 어디서 정보를 캐는지는 모르겠는데…….'

어차피 돈은 많다지 않나.

'확 뜯어다가 떠나기 전에 여기다 기부하지, 뭐.'

목적은 오로지 백강혁에게 이겼다는 기분을 느끼는 것뿐이었 다. 어차피 돈이라면 여기 있는 셋 다 별로 필요가 없는 몸들이 지 않나. 신현태는 금수저에 장가도 잘 갔고, 이현종, 김승규는 결혼할 생각이 없었다. 아무리 대학 병원 교수들 월급이 로컬에 비해 짜다지만 평생 혼자 살 생각이라면 여유롭다 못해 차고 넘 칠 지경이었다.

'돈 말고 딴 것도 걸고 싶다…….'

따지고 보면 넷 다 돈에는 별 미련이 없는 상황이라고 봐도 무 방했다. 강혁도 한국에 남겨두고 온 재산들이 또 증식하는 바람에 100억대를 바라보고 있었으니까. 그거까지 누와라엘리야에 끌고 올 생각은 딱히 없었다. 여기 자생할 수 있는 환경을 만들면, 강혁은 또 어디론가 떠날 생각이었으니. 하여간 돈만 거는 건 좀 아쉽단 기조가 형성되고 있을 때 즈음, 강혁이 입을 열었다.

"그럼 타당 50으로 하고. 주말 당직에 야간 진료까지 걸까."

"네? 야간이요? 야간 없잖아요."

"열면 되지. 팀전으로 해보자고. 내가 일등 하면 나머지 셋 전부 당직에 야간. 내가 꼴등 하면 나 혼자."

"그건 좀 불공평한데요?"

"불공평? 지금 내 실력 보고서도 그런 말을 해?"

"아, 하긴."

채만 잘 못 골랐던 게 아니었다. 연습 스윙도 어색하기 그지없었다. 일부러 그럴 수 있다면, 그건 말도 안 되는 일이었다.

"그래요, 그럼. 그러죠."

"그, 그럴까요?"

"좋습니다."

셋은 자기들끼리 눈을 마주치고는 모종의 합의를 이루어냈다. 이미 전날에도 모여서 얘기를 나눈 참 아니던가. 금요일 밤쯤 되니 사람이 사람을 이렇게까지 부려도 되는 건가 싶어졌더랬다. 게다가 은근슬쩍 '몇 호'라고 자꾸 부르는데, 이건 태화가 아직 한국대학교 병원이던 시절에 이미 김승규도 무슨 뜻인지 익히 들어 알고 있던 호칭이었다.

'타도 백강혁.'

심지어 누와라엘리야 병원 팀들도 밤마다 와서 백강혁이 좀 너무하는 것 같다고 충동질을 해대었다. 주로 지금 뒤에서 쳐다보고 있는 이들이었다.

'타도 백강혁!'

명색이 의사들인데 의학에서 지고 골프에서 복수하려는 게 치졸하기는 했다. 상남자 취급을 받으며 살고 있고, 그런 자신을 좋아하는 김승규로서는 정말이지 한심스러운 일이었지만 어쩔 수 없는 일이었다.

"근데 이렇게만 하면 좀 재미없네. 뒷사람들도 내기에 끼지그래. 같이 안 쳐도…… 어때?"

강혁은 고개를 끄덕이고 있는 셋 말고 뒤에 있던 한유림 팀을 바라보았다. 쌔한 느낌이 들었다. 본능적인 느낌이었다. 위험하다는 감각. 원시인이었다면 뒤도 안 돌아보고 튀었을 그런 종류의 느낌. 하지만 넷 다 현대인이었던지라 본능에 충실하지 못했다.

"뭐, 백 교수가 일등 하면 우리 다 당직? 대신 백 교수가 꼴찌 하면 백 교수 당직?"

"그렇죠."

"다른 사람이 일등 하면? 백 교수는 꼴찌 안 하고."

"그럼 그 인간 독박이지."

"코, 콜?"

한유림은 설마 저놈에게 지겠나 하는 얼굴이 되어 뒤를 돌아보았고, 나머지도 모두 비슷한 생각으로 고개를 끄덕였다. 여기 와서 강혁은 단 한 번도 골프를 친 적이 없었다. 아니, 평생 치는 걸 본 적도 없었다. 나머지는 그래도 연습이라도 해오지 않았나. 골프라는 운동 특성상 그저 타고난 센스만으로는 구력을 극복하기 어려운 점이 있었다. 특히 숏 게임이 그랬다.

"좋네. 그럼 내 차롄가?"

그렇게 내기가 성립되자 강혁이 채를 빼 들었다. 드라이버째였는데, 어째 아까와는 폼이 좀 많이 달라져 있었다.

"뭐, 뭐야."

"뭡니까?"

"응? 뭐긴 뭐야. 드라이버 치려고 하는 거지."

"왜 폼이 좋아져요?"

"앞에서 세 명 치는 거 보고 배웠지."

"말도 안 되는…….."

강혁은 셋의 경악에 찬 얼굴을 힐끔 쳐다보고는, 냅다 채를 후렸다. 분명 채로 공을 치는 건데 무언가 터지는 듯한 소리가 났다. 그와 동시에 공은 직선으로 쭉 뻗어 날아가더니, 떨어진 후에도 추진력을 잃지 않고 그대로 굴러갔다.

"어어."

"뭐야, 저거."

"시발 뭐야."

"이런 걸 홀인원이라고 하나."

정적이 흘렀다. 이현종, 신현태, 김승규는 그저 멍하니 그린 쪽만 바라보고 있었다. 혹시 잘못 봤나 싶어서였는데, 아무리 봐도 그린에 공이 없었다. 홀에 쏙 들어간 것이 분명했다.

'저 개새끼.'

반면 한유림 쪽에서는 욕설이 난무했다. 세상에 그냥 폼을 본 것만으로 저런 샷을 날릴 수 있는 사람은 없었다. 제아무리 강혁이 괴물 같은 피지컬을 가지고 있다고 해도 마찬가지였다. 그게 됐으면 골프 선수를 해야지, 왜 의사를 한단 말인가. 기대 수익이나 삶의 질이 아예 다른데.

"이거, 이거 사기다!"

"사기야!"

"뭐가 사기야. 공 쳐서 들어갔는데. 우연이지, 우연. 어휴, 난 이게 드라이버인지도 방금 알았는데."

"표정이…… 표정이 그렇지가 않잖아!"

"난 원래 재수 없는 표정 잘 지어서 그래요. 아무튼, 다 쳤으니까 이동하지. 다음부터 잘 치면 되잖아. 나야 우연이니까 점점 못 칠 거고."

아무리 봐도 사기였다. 사기는 사긴데 증거가 없었다.

"아까 쌔할 때 빠질걸."

"그러니까……."

"아니, 저 인간 골프 하는 거 정말 못 봤어요? 교수님은 한구에서도 같이 있었잖아요."

"왜 나한테만 그래. 여기 리처드는 더 오래 봤어. 시리아에 있을 땐 어땠는데?"

옥신각신해봐도 전혀 소용없었다. 설마하니 우연 아닐까 하는, 정말이지 실낱같은 희망도 잠시 부여잡아봤지만, 다음 샷에서도 어김없는 장타가 나왔다. 홀인원은 아니었지만, 한 방에 그린에 올라갔다. 아무리 누와라엘리야 골프장이 사람 별로 없을 때 만든 거라 다른 데보다 작고, 난도도 낮은 골프장이라고 해도 이건 좀 심하다 싶었다. 그게 몇 번 반복되자 사실상 타수를 세는 게 별 의미가 없어져버렸다. 강혁이 일등인 것은 기정사실이었다. 그것도 다른 이들과 거의 10타에서 20타 이상 차이가 나는 채였다. 이쯤 되니, 일행은 열심히 골프를 쳐서 만회하겠다는 생각보다 이 새끼가 대체 왜 이렇게 잘 치는지에 관한 생각만 들었다. 한유림 일행은 아예 골프채 집어 던지고 이쪽을 따라다니고 있었다. 처음에는 무승부로 해주지 않을래 하다가 끝내 20타 차이 나는 거로 대충 퉁 치자고 합의를 하고서였다.

"어디서 친 거야?"

"응? 아, 골프?"

"어. 아니, 이게…… 숏 게임도 그렇고…… 하루 이틀 친 게 아닌데?"

"한때 완전 빠져서 친 적이 있기는 하지."

"대체 어디서?"

강혁의 경력을 생각해보면 의문이 들 수밖에 없었다. 무안대학교 학생일 때나, 레지던트일 때는 아무리 강혁이 괴물이라 해도 골프를 쳐보진 못했을 터였다. 가정환경도 불우했던데다가, 의대생이나 레지던트 생활 모두 그리 만만한 건 아니었으니까.

"전문의 따고 시리아 갔잖아. 그리고 바로 한국대학교 병원 왔고…… 그다음에는 한구 그리고 여기. 뭐야, 대체."

한유림이 제일 억울해했다. 구력이 제일 오래된 데다가, 장관 시절에도 나름 열심히 쳤는데 아예 상대도 안 되니 그럴 수밖에 없었다. 상대가 프로라면야 딱히 할 말은 없었을 터였다. 그건 인정해야 마땅할 테니. 하지만 백강혁은 골프랑은 인연이 멀어 보이는 인간이었다.

"시리아에서 쳤지."

"거기 골프장이 있어?"

"아니, 없는데…… 스크린이 있었지. 용병들 복지 장난 아니거든. 나 필드는 이번이 처음이야."

"뭐…… 뭐? 필드가 처음? 이런 미친."

스크린으로만 친 놈에게 필드에서 이렇게나 발리고 있다고? 말이 되나? 이런 말에는 이현종, 신현태 등도 참을 수 없는지 눈에 불을 켜고 달려들었다.

"말이 됩니까?"

"거짓말하지 마세요!"

힘과 봉사 정신에 나름 겉으로나마 리스펙트를 보내고 있던 김승규도 합세했다.

"이건 선 넘었죠. 네?"

얼굴 때문에 막판엔 떼인 돈 받으러 온 느낌까지 들었다. 하지만 강혁은 그들 모두를 마주한 채 여유롭게 웃을 수 있었다.

"지금 내가 골프를 언제 쳤고, 얼마나 친 게 중요한가? 그런 걱정 하고 있을 때가 아닌데?"

정작 떼인 돈을 받으러 온 건 강혁이지 않나. 아니, 지금은 떼인 시간도 있었다. 마침 마지막 18홀도 끝난 참이었다. 강혁은 손목시계를 내려다보며 말을 이었다.

"너네 당직 아니냐? 근데 병원 밖에 있어도 돼?"

"아니…… 그…….."

"뭐, 더 치려고? 더 치면 타수만 늘어나지. 그 타만큼 50만 원씩 더 붙는 건 알고 있지? 내가 그건 봐줄게."

"아…….."

"와…….."

"이런 시…….."

다들 말을 잃었다. 아침만 해도 강혁 놀려먹을 생각으로 가득하지 않았던가. 그저 강혁에게 딴 돈으로 호텔 단지 가서 밥도 먹고 스파도 받으면서 지친 심신을 달랠 요량이었다. 그것도 여기 모인 7명 모두가 합심해서. 하지만 상황은 반전되었다. 그것도 너무 안 좋게.

"음, 차 오네."

"차가 와요?"

"어, 누가 됐든 병원 가야 되잖아? 근데 마침 7명 다 탈 수 있는 차가 왔네?"

이걸 예상한 사람은 강혁뿐이었다. 제아무리 스크린만 쳤던 사람이라 해도, 자기 실력을 명확히 알고 있어서 그랬다. 실제로 같이 쳤던 용병들 중에서는 이럴 거면 가서 프로 하라고 했던 놈들도 적지 않았다. 심지어 준프로급이라던 블랙 워터스 이사도 강혁에게는 상대가 되지 못했다. 강혁의 손짓에 따라 가까이 와서 선 차 안에는 한석준이 앉아 있었다.

"역시 이렇게 됐군요."

딱히 아무 말도 없이 서 있었을 뿐이었음에도 불구하고 한석준은 분위기를 읽어낼 수 있었다. 사실 아까 강혁에게 문자 받았을 때부터 그랬다.

〈나 빼고 다 당직 서신단다.〉

문자 자체가 이렇게 오지 않았나. 내기 골프 하다가 말고 갑자기 왜 당직을 설까 하는 생각도 들었지만 강혁과 관련된 일에서는 이유를 찾지 않는 게 정신 건강에 이로웠다.

"타시죠."

"하아."

"근데 백 교수님은 그럼 어디 가셔요?"

"나? 난…… 장미 데리고 갈 데가 있어."

"어? 장미는 빠져요? 그런 게 어딨…….."

"내기에서 이긴 사람 마음 아냐?"

"하."

비슷한 연유로 강혁이 마음대로 장미를 빼가는 것에 대해서도 아무도 가타부타 말을 꺼내지 못했다. 그렇게 6명을 마저 태운 봉고차가 멀어져가자, 장미가 물었다.

"시킨 대로 저도 충동질하긴 했는데…… 이래도 되는지 모르겠어요."

프락치의 존재가 드러나는 순간이었다. 아마 나머지가 알게 되면 달리는 차에서 뛰어내릴 게 분명했다. 장미가 제일 먼저 모든 이에게 골프 내기로 백강혁 교수님 골탕 먹여보자고 얘기하고 다녔으니까. 거기에 먼저 넘어간 게 이현종이었고, 좋다고 나선 게 한유림이었다.

"뭐 어때. 봉사 온 김에 일이나 실컷 하고 가는 거지. 그리고 아까 봤으니 알잖아. 저 인간들 체력이 남아돌던데."

"하긴, 그것도 그렇긴 해요."

특히 김승규는 강혁이 잘 칠 때와 자신이 못 칠 때 모두 격렬한 반응을 보였더랬다. 그런 걸 보면 확실히 일을 좀 더 시켜도 좋을 것 같았다. 하지만 그렇다고 해서 의문이 완전히 소거되는 건 아니었다. 애초에 저들이 보는 환자 수가 워낙 많아서 그랬다. 여기서 굳이 더 볼 필요가 있나 싶었다. 아니, 아예 볼 환자가 없을 것 같았다.

"근데 야간 진료가 필요할까요?"

해서 장미는 이렇게 물었고, 강혁은 쓴웃음을 지었다. 아까 타고 온 차량에 탑승하고서였다. 보통 둘이 있으면 장미가 운전대를 잡았지만, 오늘은 아니었다. 아주 거친 도로 한정에서는 강혁이 좀 더 나아서 그랬다.

"여기 노동자만 20만이야. 가족들에 다른 현지인들까지 하면 그 두 배. 40만이야. 물론 그 사람이 다 아프겠냐는 생각이 들 수도 있는데, 여기 누와라엘리야라고."

"의료 서비스가 제한되어 있죠. 아마 다들 아픈 구석이 하나쯤 있긴 할 거예요."

아무리 그래도 젊은 사람들도 그럴까 싶을 수도 있었다. 대한민국 사람들이라면 충분히 그럴 수 있었다. 실제로 20, 30대 때는 병원에 거의 가지 않는 사람이 더 많으니까. 하지만 그건 환경이 받쳐줄 때의 이야기였다. 아무리 젊어도 환경이 고약하면 얼마든지 아플 수 있었다. 그것도 그냥 아 좀 아프네 하는 수준이 아니라, 죽도록 아플 수 있었다. 아니, 죽을 수도 있었다. 훈련소 시절을 떠올려보면 이해가 쉬울 터였다. 젊고 건강한 사람들만 모아놨는데 안 아픈 사람 찾기가 더 어렵지 않았나.

"지난주…… 우리가 미친 듯이 본 환자 수가 2만이지?"

"아……."

"다음 주까지 봐도 10분의 1이야. 심지어 저 40만이라는 숫자도 우리가 파악한 숫자가 그렇다는 거야. 여기 인구 총조사 같은 거 안 하잖아. 엄두도 못 내고 있지."

"하긴 그래요. 행정 시스템이 촘촘하질 못하니."

"아마 한다고 해도 기간 안에 절대 못 끝낼걸."

누구나 한두 번은 공무원들 일 처리에 화가 나본 적이 있을 터였다. 하지만 외국에 나와보면, 특히 이런 개발도상국에 나와보면 그래도 대한민국의 행정 시스템이 얼마나 선진화되어 있는지 바로 알게 될 수밖에 없었다. 남의 나라 시스템 가지고 이런 단어까지 쓰게 되는 게 참 미안하지만, 그야말로 개판이었다.

"그 말은 지금 숨겨진 환자들이 더 많다는 거야. 우리가 아무리 2주간 미친 듯이 봐도…… 결국, 조족지혈이라는 뜻이지. 근데 쟤네들 더 갈구면 그 피가 더 커질 것 같아. 뭐 그런 생각에서 굴려보는 거지."

"근데 교수님도 같이할 거 아니에요?"

"나야…… 여기 제대로 굴러갈 때까지는 헌신하기로 작정했으니까."

"거참."

누가 시킨 것도 아닌데 이렇게까지 할 수 있는 사람이 또 있을까?

'사기까지 쳐가면서…… 봉사를 하다니.'

헌신과 봉사를 다하는 사람들은 있을 테지만 아마 강혁만큼 하는 사람은 없을 게 분명했다. 또 있어서는 안 될 것 같았다. 아무리 뜻이 좋아도 그렇지. 협박과 사기를 일삼는 게 옳은 건 아니지 않나.

"아, 여기네."

"와……. 이게 시장이구나."

두런두런 대화를 나누다보니 어느새 시장이었다. 완전 현지인들만 찾는 곳이었는데 허름하기 이를 데 없었다. 그러면서도 동시에 삭막했다. 아무래도 도둑이 많은 모양이었다. 경찰도 인력이 부족한 데다가 돈도 얼마 못 받는 사람들이다 보니 열의가 없지 않겠나. 그렇다보니 상인들이 자체적으로 철망을 치고 장사를 하고 있었다. 어떻게 보면 철저한데 또 위생적으로는 엉망이었다.

"파리 봐라……."

"저건 썩은 거 아니에요?"

"그냥 보기에도 이런데…… 기생충 관리가 될 턱이 없겠네."

"차라리 콜롬보 마트에서 전부 사 오면 어때요? 우리 병원은 그렇게 하고 있잖아요."

"아무리 물류가 이동하기 수월해졌다고 해도…… 여기 인구다 먹여 살릴 만큼은 안 돼. 게다가 농장 쪽은 거의 자급자족하고 있잖아. 차 때문에 농약도 못 뿌리고 있고."

"총체적 난국이네요. 어쩌지?"

"일단 사진이나 좀 찍어. 다른 시장도 가봐야지. 실태 조사부터 하자고."

"아, 네."

*

"아, 얘기 들었습니다. 이쪽으로 오시죠."

강혁과 장미가 시장 투어에 나선 동안, 이현종을 비롯한 태화 봉사단의 주축과 한유림을 축으로 하는 누와라엘리야 병원 팀은 응급실 내부로 들어서고 있었다. 딱 들어서자마자 샘이 화사한 미소로 그들을 맞이했다. 6명이 충원될 거라는 걸 처음부터 알고 있었는지 어쨌는지 주르륵 놓인 책상 뒤로 의자가 6개 놓여 있었다. 그중 하나를 차지하고 있던 최윤섭이 몸을 벌떡 일으켰다.

"패잔병들 오셨네. 덕분에 좀 쉬겠다."

오늘 당직이었던 모양이었다. 그걸 무려 6명이 대체하게 생긴 마당 아닌가. 껄껄 웃으며 안으로 들어가는데, 그걸 보면서 화가 난다기보다는 그저 황당한 기분만 들었다.

"아니, 그럼 처음부터 이렇게 될 줄 알고 있었다는 거야?"

"아침에 즉흥적으로 꼬신 건데⋯⋯?"

"이게 대체 무슨⋯⋯."

특히 강혁에 관해 아직도 잘 모르는 태화 봉사단 측 사람들이 더더욱 그랬다. 그에 반해 한유림은 합리적인 의심을 가동했다. 그는 여전히 묘한 미소를 띠고 있는 샘을 붙잡았다. 어째 책상만 세팅해놓은 느낌이 아니어서 그랬다.

"이거⋯⋯ 우리가 당직 설 거라는 거 언제 알았어?"

"네? 아니, 무슨. 오늘 내기해서 진 거라면서요."

"내 눈 보고 말해."

한유림이 인격자로 소문난 적도 있기는 했다. 실제로 여전히 누와라엘리야 병원에서는 그나마 말이 통하는 사람으로 통하고 있지 않나. 굳이 백강혁까지 끌고 들어가지 않더라도 양재원이 나 박경원이나 리처드 모두 어딘지 모르게 좀 이상한 부분이 있 다는 걸 감안하면 당연한 일이었다. 하지만 한유림도 강혁과 함 께한 세월이 적지 않은 몸이었다. 눈에 독기가 서렸다.

"어⋯⋯ 어⋯⋯."

샘은 저도 모르게 눈을 피했다. 그리고 한유림은 그런 샘의 어 깨를 꽉 붙잡고는 집요하게 따라붙었다. 그래봐야 노인네 아닌 가 싶을 수도 있겠지만, 한유림은 강혁의 운동 프로그램을 낙오 없이 따라붙는 거의 유일한 의사였다.

"으아아아!"

"개기면 더 아파."

"아, 알았어요. 말씀드릴게요."

훨씬 젊고 체격 조건도 좋은 주제에 뺀질거리던 샘으로서는 도저히 당해낼 재간이 없었다.

'어차피 이제 와서 말을 한다고 해도…… 감히 백 교수님과 한 계약을 무를 수는 없을 거야.'

사기네 어쩌네 말은 나올 수 있을 터였다. 앞에서 말고 뒤에서. 그 말은 곧 계약이 엎어질 일은 없을 거란 뜻이었고, 동시에 샘이 이 일로 인해 강혁에게 죽도록 문책당할 일도 없다는 뜻이었다.

"자, 장미가? 장미가 프락치……."

전말을 듣게 된 한유림은 충격받은 얼굴로 뒷걸음질 쳤다. 생글생글 웃으며 단 한 번만이라도 강혁을 제대로 골탕 먹여보자고 했던 장미가 프락치였다니. 정치 활동하면서 이런저런 방면으로 뒤통수를 처맞아본 적이 있지만 단연코 이번이 최고였다. 전혀 예상하지 못했다.

"프락치가 무서운 것이로구만."

반면 태화의 이현종은 의미심장한 얼굴로 고개를 끄덕였다. 아무래도 이번 사건이 그의 사고 체계에 많은 영향을 미칠 것 같은 예감이 들었다. 명색이 봉사단인데 와서 현장에 대한 영감을 받지는 못하고 프락치에 대한 깨달음을 얻게 만들 줄이야.

'미안합니다…….'

태화 측 사람과의 통화가 떠올랐다. 이번에 가는 사람들, 정말로 태화의 미래를 이끌어나갈 사람들이니 잘 부탁한다고 했더랬다. 실제로 여기서 보니, 실력들이 좋았다.

"프락치라…… 프락치……."

이현종이 계속 일상생활에서는 잘 쓰이지 않는 단어와 개념을 중얼중얼거리기 시작하자, 감염내과 신현태 교수가 걱정스럽다는 얼굴로 그를 바라보았다. 문제는 영향을 받은 게 이 한 사람만이 아니라는 점이었다.

"무력에 지력이라니. 실로 명장이로다."

김승규도 깊은 감명을 받은 얼굴이었다. 이쪽도 의학이나 봉사에 대한 느낌은 전혀 없어 보였다. 그저 백강혁의 권모술수에 순수한 감탄을 보이고 있었다.

'그러지 마라, 얘들아.'

한유림은 교수들이라 해봐야 이제 겨우 30대 중반에 불과한 애들이 마구잡이로 망가지는 걸 보며 고개를 가로저었다.

'아이고, 한 장관님만 믿습니다.'

'태화에서 봉사하는 거…… 영상으로 잘 만들어주세요.'

'아시잖습니까. 사람들, 재벌이 뭐 한다고 하면 도끼눈부터 뜨고 보는 거. 이건 진짜 저희 회장님 숙원 사업이에요. 우리나라 의료가 최고가 되어야 한다고 하셨어요. 그러려면 이상한 데서 발목 잡혀서는 안 됩니다.'

이들이 여기 오기 전 물밑 작업을 하는 동안 들었던 여러 말들이 머릿속을 떠돌아다녔다. 사실 생각해보면 좀 오버스러운 일이긴 했다. 기껏해야 봉사단 하나 보내는 건데 뭔 놈의 혀가 이리 길단 말인가. 아마 장관을 해본 경험이 없었다면 절대 이해하지 못했을 터였다. 하지만 이젠 이해할 수 있었다.

'태화만큼 거대한 재벌쯤 되다 보면 일거수일투족이 죄 노출되지.'

무조건 삐딱하게만 바라보는 사람들도 적지 않았다. 재벌에 대한 적개심으로 인해 딱히 더 좋은지도 모르겠는 외국 물품을 구매해버리는 사람들도 있지 않던가. 막상 더 깊숙이 들어가보면 그쪽이 더한 나쁜 놈인데도 그랬다.

'그래서 진짜 신경 써서 보내줬는데…… 일이 이렇게 되네.'

그런 태화가 이제는 병원에까지 손을 뻗자 각계각층에서 우려의 목소리가 이어졌다. 저러다 의료 민영화가 일어나면 어쩌냐는 의견도 있었다. 사실 이미 한국대학교 병원은 재단이 존재하는 민간 의료 기관이었음에도 그랬다. 이번 봉사로 그런 우려를 조금이라도 희석시키려는 의도가 있었을 텐데, 보내온 면면만 봐도 태화에서 얼마나 최선을 다했는지 알 수 있었다. 그렇게 하나는 프락치를, 하나는 문무겸비를, 다른 하나는 사죄를 중얼거리고 있으려니 차량 하나가 병원 마당에 들어섰다. 앰뷸런스가 아니라 버스였다. 강혁이 이번 봉사단 일정에 맞춰 수도 콜롬보에서 빌려온 버스 몇 대가 줄지어 들어오고 있었다.

"뭐야?"

"오늘 토요일 아냐?"

"저거 뭔데?"

그 광경을 보자마자 머릿속에서 각자 굴리고 있던 생각은 사라지고, 대신 대체 이게 무슨 일인가 하는 의문만 가득해졌다. 모두가 당황스러워해야 할 것 같은 순간, 샘이 버스를 향해 다가

갔다.

"어어. 이쪽으로!"

그의 외침과 함께 첫 번째 버스 문이 열렸는데, 안에서는 학생들이 튀어나왔다. 콜롬보 대학생들이었다. 한때 타밀계 학생들만 있었던 적도 있었지만, 이제는 간혹 싱할라 계열 학생들도 있었다. 여전히 두 민족 간의 갈등은 존재하고 있고 심지어 차별까지 존재하고 있었으나, 과연 변화는 젊은 층에서 일어나는 법 아니던가. 일부 싱할라 계열 학생회에서 타밀을 품어야 한다는 의견이 나왔고, 그 일환으로 봉사단에 합류하게 된 덕이었다.

"주말에도 환자 보시고 고생이 많습니다."

"어……."

"저희가 스리랑카를 대신해서 감사를 표합니다."

"어……."

그렇게 내린 한 무리의 학생들이 6명의 어리둥절한 얼굴의 의사들을 향해 인사를 올렸다. 그사이 두 번째, 세 번째 버스 문이 열렸다. 이번에는 환자들이 쏟아져 나왔다.

"이게 뭐……."

"당직인데……."

"주말에도 진료 보신다고 하던데요? 야간에도 보시고."

"아니, 이게."

"우린 그렇게까지는……."

"근데 벌써 다 와가지고요. 진료 보시긴 해야 돼요. 저 사람들 그냥 돌아가라고 하면…… 아이고."

여전히 영문을 모르겠다는 얼굴을 하고 있는 이들에게 샘이 나서서 설명을 해주었다. 설명이라기보다는 사실상 통보에 가까웠다. 일이 이렇게 됐으니 니들은 환자를 보라는. 여기가 한국이었다면, 그러니까 금전이 엮인 계약 관계에 발목이 잡힌 상황이었다면 이 중 몇몇은 화를 내면서 돌아갔을 수도 있었다. 하지만 이곳은 현장이었다.

"이런 망할."

"자자, 자리 앉으세요."

"와…… 백 교수님……."

"양 선생님 자리는 저깁니다."

"시발."

"리처드, 욕 그만해요."

눈이 있으면 지금 내리고 있는 환자들 얼굴이 보일 터였다. 원래 같았으면 순번이 돌아오기까지 수없이 기다려야 했을 사람들이었다. 제아무리 누와라엘리야 병원이 빡빡하게 돌아가고 있다고 해도 하루에 볼 수 있는 인원은 한정되어 있었으니까. 짧은 기간이라도 산뜻하게 보고 돌아갈 수 있는 의료진들이 아니지 않나. 지속 가능한 진료를 보기 위해 강혁이 일부러 일일 외래 환자 수를 제한하고 있어서였다. 그 와중에 갑자기 찾아온 진료 기회가 얼마나 달갑겠나.

"그…… 봅시다."

"네, 한 장관님."

"백 교수, 이 새끼."

"욕은 하지 마시고요."

"한국어로 했는데, 뭐."

"여기 한국어가 거의 제2 외국어인거 아시죠? 저도 알아듣잖아요."

"아, 그렇네. 알았어."

다들 떨떠름한 표정을 지으면서도 일단 자리에 앉았다. 그리고 진료를 보기 시작했다. 반강제도 아니고, 완전히 강제로 보게 된 마당이었지만 일단 환자를 눈앞에 둔 다음부터는 다들 최선을 다했다. 어쩔 수 없는 일이었다. 태화 봉사단 측 사람들은 어차피 봉사 온 마당인지라 고생을 해도 순간뿐이란 생각을 하고 있었고 누와라엘리야 측 사람들은 이곳의 현실을 너무도 잘 알고 있어서였다.

진료가 한창일 때 강혁은 슬슬 조사를 끝마쳤다.

"이제 슬슬 갈까. 더 봐도 다 똑같을 것 같은데."

열의가 떨어져서가 아니라, 시장들이 하나둘 닫기 시작해서였다. 이제 겨우 점심때 조금 지났는데 시장이 닫나 싶을 수도 있겠지만. 이곳 분위기가 원래 그랬다. 혹독하게 돌아가는 곳은 차밭과 병원뿐이었다.

"네. 근데 이걸로 뭘 어쩌시려고요?"

"나도 모르지. 석준이가 알아보겠지. 나는 그냥 여기가 이렇다는 것만 말해줄 거야. 고치는 건 정책 전문가가 할 일이지."

"와……."

"왜."

"아뇨, 그냥 진짜 나쁜 것 같아서."

"뭘, 석준이 내 덕에 승진 꽉꽉 하고 있는 거 몰라?"

"그건 아는데…… 그래도 너무 고생이잖아요."

강혁은 고개를 젓고는 손짓했다.

"야, 가자. 아마 지금쯤 다들 입이 툭 튀어나왔을걸. 고생하는데 보답해줘야지."

"뭔 보답이요?"

"백강혁의 가르침."

"아…….."

가르친다. 보통은 좋은 뜻으로 사용될 터였다. 누군가 애써 쌓은 지식을 남에게 전달하는 행위를 말하지 않던가. 괜히 선생이라는 말에 존경의 의미가 담겨 있는 게 아니란 얘기였다. 하지만 그 주체가 강혁이라면 얘기가 좀 달라지기 마련이었다.

'이제 진짜 다 뒤졌네. 보은하겠답시고…… 일단 외과가…… 김승규? 깡패처럼 생기신 분 가시겠네.'

장미는 아까 강혁이 했던 말을 되새기며 김승규를 떠올렸다.

"왜 갑자기 몸을 떨어?"

"네? 아, 아뇨."

분명 이름만 떠올렸을 땐 불쌍하단 생각만 하고 있었는데, 얼굴까지 떠올리니까 무섭다는 감정이 우선이었다. 정말이지 김승규의 얼굴은 대단했다. 하지만 강혁의 갈굼에 견딜 수 있을 만큼 내면도 대단할까? 알 수 없는 일이었다.

'내 알 바도 아니지. 어차피 나중에 보면 다…… 도움이 되긴

할 거야.'

강혁의 가르침은 분명 고통스러울 터였다. 두 번 다시 겪고 싶지 않을 확률이 높았다. 하지만 망가지는 종류의 고통은 아니었다. 역설적으로 강혁이 제일 싫어하는 고통이 바로 그런 종류의 고통 아닌가. 때문에 강혁은 자신이 가르친 대상이 반드시라고 해도 좋을 정도로 성장할 수 있도록 해주었다. 예전에는 긴가민가했었지만, 이제는 확신할 수 있었다. 덕분에 장미는 김승규 생각일랑 단숨에 접어두고 본인 일에 집중할 수 있었다.

"전 좀 쉬어도 되죠?"

"어? 뭐 당장은? 근데 데니스한테 사진 넘겨서 대강 상태 파악은 할 수 있게 해줘야지."

"데니스 안 그래도 신경 쓸 일 많아 보이던데."

"그건 그런데…… 뭐 어쩌겠어. 여긴 아직 우리가 하나부터 열까지 다 신경 써서 진행해야 해."

"하긴, 그렇긴 해요. 알았어요, 전달할게요."

"여력 되면 좀 도와주든지."

그렇게 말해놓곤 차량을 세워 장미부터 내려주었다.

"병원 갈 필요 없잖아?"

"아, 네."

"그래, 이따 보자."

"네. 교수님."

강혁은 어쩐지 들떠 보이는 장미의 뒷모습을 바라보다가, 이내 병원으로 향했다. 듣자니 신현태만 일찍 결혼하고 나머지는 아직이라고 했더랬다. 어째 누와라엘리야 병원과 비슷한 상황이란 생각이 들었다. 한유림이야 세월 좋던 시절에 어떻게 장가를 한번 가기는 했으나 지금은 혼자고, 나머지는 딱히 가능성이 있어 보이진 않았다.

'니들은 그냥 의술에 전념하자.'

이상한 일이었다. 따지고 보면 양재원이나 리처드는 그렇게까지 외모가 달리거나 하는 건 아니었으니까. 심지어 실력도 좋았다. 하나 어떻게 봐도 누굴 만날 수 있을 것 같지가 않았다. 태화의 이현종이나 김승규야 군이 말할 것도 없었다. 그쪽은 일단 외모 허들부터 넘어야 할 텐데, 아마 꽤 어려울 터였다.

강혁은 어휴 하면서 고개를 절레절레 흔들고서 병원 안으로 들어섰다. 벌써 병원 옆 공터에 마련된 임시 주차장에는 꽤 많은 버스들이 서 있었다. 평일에 비할 바는 아니지만 그래도 적지 않았다. 거기에 더해 앰뷸런스 하나가 날아들고 있었다. 강혁이 공사 현장을 장악한 이래 무리한 공사 일정은 죄 조정되었으니 저건 필시 교통사고일 가능성이 클 터였다. 대형 재난으로 이어질 일은 없을 거란 일이었다.

'그나마 다행이지.'

강혁은 얼마 전보다는 확실히 상황이 나아졌다는 생각과 함께 차에서 내렸다. 그러곤 한창 진료가 이루어지고 있는 천막 쪽으로 향했다. 역시나 다들 환자 보느라 바쁜 모양이었다. 뻔히 자신들을 구렁텅이로 몰아넣은 사람이 다가오는데도 욕설 하나 날아오지 못했다. 다만 얼굴로는 열심히 욕을 하고 있었는데, 보아하니 아무래도 샘을 통해 사건의 전말을 알게 된 것 같았다.

'그래봐야 계약은 계약이지.'

만약 이걸 빌미로 안 지키겠다고 하면 어떻게 할까. 물리력을 동원할 생각까지 있었다. 그렇게 되면 다들 더 괴롭게 될 것이 뻔했다. 다행인지 뭔지 이 자리에 있는 이들은 그저 열심히 일만 할 뿐, 딱히 진료 자체에 대해 반발을 하고 나서진 않았다.

"교통사고예요! 관광객이 몰던 차에 치인 것으로 생각됩니다!"

강혁이 이 자리에 있는 네 명의 외과 의사 중 김승규의 뒤에가 서자마자 앰뷸런스에서 뛰어내린 구조사가 외쳤다.

"차는 세단?"

"아…… 아뇨. SUV입니다!"

"그래? 일단 가서 보지. 뭐 해? 안 일어나고?"

이미 한유림과 재원 그리고 리처드는 김승규 앞에 놓여 있던 환자 정보지 뭉치를 셋으로 나눠 가져온 참이었다. 이럴 때 강혁이 뒤에 섰다는 게 무엇을 뜻하는지 너무도 잘 알아서 그랬다. 김승규만이 어리둥절한 얼굴로 뒤를 바라보았다. 내가 왜 가냐는 얼굴이었다.

"새꺄. 수술 가르쳐줄 거야. 일로 와봐."

"네? 아니, 제가…… 누구한테 수술을 이제 와서 배울 만한……."

"건방지네, 이거. 와봐, 인마. 일부러 얘기 안 했는데 거슬리는 게 꽤 많았다고."

"어어."

물론 저항은 전혀 의미가 없었다. 심지어 힘을 써도 마찬가지였다. 분명 키나 체격은 김승규가 압도하는데 불구하고 강혁이 잡아당기자 그대로 딸려 갈 수밖에 없었다.

'뭐야, 이게.'

김승규로서는 정말이지 처음 겪는 일이었다. 악수에서 진 거야 나중에 와서 생각해보니 그럴 수도 있겠다 싶긴 했다. 악력만 유난히 더 센 사람도 있지 않던가. 아직까지 자기보다 센 사람은 강혁이 유일하긴 했지만. 그런데 자기 몸무게가 몇인데 이걸 들어?

'살 빠졌나? 와서 너무 고생해서?'

김승규의 체중은 보통 130kg에서 140kg을 왔다 갔다 했다. 키도 190이 넘다보니 정말이지 거대하다는 느낌을 주기 충분했다. 하지만 지금은 그저 강혁에게 끌려 환자 앞으로 가고 있었다.

"머리보다는 골반이 문제네…… 환자가 가만히 있던 상황이 아니었구나."

"그것까지는 모르겠지만…… 장바구니가 널브러져 있었던 것 같긴 합니다."

"그래, 일단 안으로."

"네."

"마취과는 연락이 돼 있나?"

"네, 아까 출동한 현장에서 연락했습니다. 원래 집도는 한유림 교수님이 하시려고 했는데……."

"내가 들어갈 거야. 얘랑 같이."

"네."

강혁은 그러면서도 동시에 환자를 살폈다. 그의 예민한 눈을 십분 활용해 가면서였다.

'안 좋은데…… 하필 여잔데 골반…… 골절이 있어. 자칫하면 죽는다.'

혈압도 승압제를 달았음에도 불구하고 간당간당했다. 안에서 엄청난 출혈이 있어서일 터였다. 아마 거리가 좀만 더 멀었어도, 그러니까 시간이 조금만 더 지체되었다면 죽었을 게 뻔했다. 지금이라고 해서 죽음이 저 멀리 있는 건 아니었다. 지척에 있었다.

"빨리 들어가죠."

"그래."

김승규도 그걸 느꼈는지 일단 저항을 멈추고 환자가 실린 침대를 그대로 밀어 병원 안으로 향했다. 이제 고작해야 6일째 일하는 것이었지만 벌써 구조에 익숙해졌는지 한 치의 오차도 없이 수술실로 밀고 들어갔다. 애초에 설계 자체를 누구나 와서 일할 수 있게끔 간단하게 뽑아놔서 그런 것이기도 했다. 방 안으로 들어가니, 태화에서 온 마취과 의사가 간호장교의 도움을 받아 준비를 하고 있었다.

"아."

그는 강혁보다는 김승규를 보며 멈칫거렸다. 수술실에서 워낙 무섭게 군다고 유명해서 그랬다.

아니, 그냥 가만히 있어도 무서웠다. 얼굴이 흉기였다.

"하나, 둘, 셋."

강혁이나 김승규는 마취과 의사가 그러거나 말거나 일단 환자부터 옮겼다. 그러곤 동시에 마취과 의사를 바라보았다. 엄청난 압박감이 느껴졌다. 김승규야 얼굴이 워낙 그래서 그랬고. 강혁은 사람 분위기가 완전히 변해버린 느낌을 주었다. 눈이 서늘하기 그지없다고나 할까?

"네, 네. 지금 바로 합니다."

하지만 마취과 교수도 프로는 프로인지라 바짝 어는 대신 일단 마취를 진행했다. 어차피 오면서 이런저런 라인을 주르륵 달고 온 참이라 시간이 그리 오래 걸리진 않았다. 기관 삽입도 그랬다. 예전 같았으면 교통사고 환자에 있어 기관 삽입이 경추 손상 가능성 때문에라도 진짜 까다로운 난제로 작용했는데, 이제는 삽입 가이드 끝에 내시경을 달아 나오는 장비가 있어 그렇게까지 어려운 일이 아니게 되어서 그랬다.

"됐습니다."

"좋아. 급한 건 골반이야. 대강 소독하고 바로 열 거야."

"아, 네."

"여기 접근해본 적 있어?"

"아, 아뇨. 저는 산만 합니다."

"그래, 아까 보니까 환자 간도 문제던데."

"네? 그걸 어떻게…… 아. 멍이…….”

그 즉시 강혁은 남겨져 있던 환자의 옷가지를 찍 하고 찢어버렸다. 여유가 있다면 시간을 두고 보겠지만 응급실에서 그럴 수 있는 경우는 거의 없다고 보면 되었다. 강혁은 물론이거니와 김승규나 따라 들어와 있는 간호장교나 다들 응급 상황에 익숙하다 못해 능숙한 사람들이었다. 김승규가 지금은 간 이식 파트에 있다고 해도, 아직 주니어 파트 아닌가. 세상 그 어느 곳보다 수직적인 곳이 의국인지라 지금도 응급 당직은 계속 서고 있을 터였다. 원래 자기가 하고 싶은 것만 보려면 10년은 더 걸리기 마련이었다.

'좋아, 잘하는데? 하지만 아직도 모자란 부분이 있어. 벌써 보여.'

강혁은 그런 김승규를 어쩐지 즐겁다는 얼굴로 바라보았다.

"인마, 거길 그렇게 당겨? 지금 딱 보면 모르겠냐? 이 환자 어디가 제일 문제야."

그렇다고 소독하는 것부터 시비 걸지는 않았다. 아무리 그래도 전문의고 또 교순데 너무 기본적인 거부터 시비를 걸어서야 되겠는가. 심지어 강혁의 눈에 거슬린다고 해서 의학적인 오류가 있는 것도 아니었다. 그저 강혁이 너무 예민해서 보이는 것일 뿐이었다. 예전에는 몰랐지만, 이제는 알았다. 해서 본격적으로 수술이 시작된 다음에서야 갈굼이 시작됐다.

"어……. 아니, 당연히 알죠. 방광이랑 직장이 지금 같이 터졌잖아요."

"그걸 아는 놈이 거길 당겨?"

"잘 보이지 않아요?"

"잘 봐봐. 이 손을 이렇게. 이 손은 이렇게. 뭔 손이 이렇게 크냐. 대대로 붓 대신 도끼라도 잡으셨나."

"그……."

붓 대신 도끼를 잡으셨냐는 말은 달리 말하면 상놈 가문이라는 뜻 아닌가. 그렇지 않아도 사람들이 왜 이북 출신 집안이 경주 김씨냐고 해서 스트레스를 받던 참이었다. 사실 김승규가 보기에도 자기 집안사람들이 양반 같아 보이진 않았다. 어쩐지 격변기 시절에 마을 촌장님이 사람들 다 불러다 놓고 '이제부터 우리는 경주 김씨다'라고 했을 것 같은 느낌이라고 해야 할까? 그래도 그렇지 대놓고 이렇게 말해? 막 화를 내려던 참이었으나 그럴 수가 없었다.

"어……."

"거봐. 훨씬 낫지. 이렇게 해야 상처가 난 부위가 딱 보이지."

"오……."

시야가 훨씬 좋아져서였다. 수술에 있어 시야가 얼마나 중요한지는 딱히 강조할 필요가 없지 않던가. 결국, 수술이 훨씬 수월해졌다는 말이나 다름없었다. 이건 정말이지 대단한 일이었다. 강혁이 취한 건 아주 간단한 제스처였을 뿐이었으니.

"너 에이스라고 했지?"

"네? 아니, 뭐…… 제 입으로 말씀드리기는 좀."

"그랬잖아."

"네, 맞습니다."

"그럼 일단 저기 어떻게 해야 돼. 해봐."

"네? 아, 네."

강혁은 놀란 얼굴의 김승규에게서 리차드슨과 아미를 빼앗아

들었다. 아주 세밀한 조정을 거치면서였는데 그 덕에 김승규는 수술 부위를 더욱더 자세히 들여다볼 수 있게 되었다.

"일단 거즈."

"네."

김승규는 그렇게 드러난 부위를 보다 깨끗한 시야로 보기 위해 거즈를 피나는 부위 이곳저곳에 쑤셔 박았다. 박았다고 해서 막 함부로 넣었다는 건 아니었다. 멀쩡한 장기도 예민하게 다뤄야 하는데 지금 이 환자는 내부가 엉망으로 다친 상황이지 않나. 치료하겠답시고 더 많은 손상을 입히는 건 절대적으로 지양해야할 일이었다.

"아니, 인마. 다 찢겠다."

"네? 젖은 거즈로 이렇게 조심스럽게 넣는데요?"

"거즈 방향이랑 결이 좀 어긋나 있다는 느낌은 안 들어?"

"결?"

"그래. 잘 봐. 방광 후면하고, 직장 사이에 자궁도 있는데…… 이렇게 중요한 데를 그렇게 막 해? 내가 이렇게 최선을 다해 당겨주고 있는데?"

"그…….”

김승규는 정말이지 최선을 다하고 있던 참이었다. 애초에 외과 의사로서, 그러니까 칼잡이로서 어마어마한 자부심을 갖고 있기에 그랬다. 심지어 외상은 지금도 심심치 않게 보고 있는 상황이었다. 아무리 한국의 외상 외과의 위상이 많이 올라오고 있다고 해도 인력이 그쪽 센터만으로 다 굴러가진 않아서 그랬다.

근데 이렇게까지 뭐라고 해? 어쩌라는 말이냔 말이 튀어 나갈 뻔했다.

"잘 봐."

하지만 강혁의 손이 다시 움직이기 시작하자 성난 감정보다는 당황스러움이 스멀스멀 피어올라 왔다. 장기의 결을 따라 거즈가 미끄러지듯 안으로 밀려들어 갔다. 그러면서도 종착지는 기가 막히게 찾아들어 가고 있었다. 거즈 하나가 들어가면 반드시라고 해도 좋을 정도로 출혈의 양이 줄어들었다.

"오……."

"너무 문대면 오히려 피가 더 나잖아. 아무리 물을 묻혔다고 해도 마찬가지라고. 엄청 급한 상황이면 또 모르겠는데…… 이 환자 다행인지 뭔지 몰라도 혈관이 많이 다치진 않았어. 그렇지?"

"아, 네. 출혈이 적은 건 아니지만…… 수혈이랑 수액 등으로 얼마든지 따라붙을 수는 있습니다."

"그럼 서두르기만 할 일이 아니지. 안 그러냐? 어?"

"네, 네."

강혁은 가르치면서 동시에 손을 쉬지 않고 움직였다. 그때마다 거즈가 미끄러지듯 안으로 밀려 들어갔고, 또 피가 점차 멎어 갔다. 어마어마한 위력이었다. 그야말로 지혈의 정석 같은 느낌이랄까? 아니, 정석이라는 말로 대충 치부하기엔 눈앞에서 펼쳐지는 광경이 너무 놀라웠다.

'어쩐지…… 외과계의 전설이라고 하더니만…….'

원래 강혁이 처음 병원에 왔을 때만 해도 이 인간은 그저 굴러온 돌이었다. 지금도 시니어 교수들 중에서는 감정이 그리 좋지 못한 사람들도 많았다. 심지어 한유림까지 미워하는 인간까지 있지 않나. 하지만 강혁의 실력을 질투하지 않아도 되는 위치에 있던 이들, 그러니까 당시 펠로우나 레지던트였던 이들에게 강혁은 가히 전설이었다. 어찌나 소문이 무성한지 김승규는 단 한 번도 직접 마주한 적이 없었음에도 불구하고 대강 실력이 어떻겠구나 하고 짐작할 수 있었다.

'생각보다도 훨씬……'

하지만 백문이 불여일견이라지 않던가. 두 눈으로 본 강혁의 실력은 소문 이상이었다.

"자, 대강 시야 깨끗해졌네. 자, 이제 어떻게 할 거야."

순식간에 스멀스멀 새어 나오던 피를 멎게 만들어버린 강혁은 다시 리차드슨과 아미를 받아 가면서 김승규를 바라보았다. 아까까지만 해도 김승규는 이렇게 저렇게 하면 되겠다는 플랜이 쫙 서 있던 참이었다. 그 또한 당당한 전문의고 또 교수니까. 하지만 마음가짐이 달라졌다.

'시험당하는 느낌인데?'

우선 강혁의 태도가 그랬다. 마치 아득히 높은 곳에 선 채 자신을 내려다보는 듯한 느낌이 들었다. 보통 이러면 반발심이 들어야 정상인데, 방금 보여준 술기가 예사롭지 않았다. 별거 아닌 거라 치부할 수도 있었다. 기껏해야 거즈 쑤셔 박는 일이라고 얘기할 수도 있었다. 하지만 시야를 이 정도까지 확보했는데도 그런 말을 할 수 있을까? 그럼 외과 의사라 자평할 자격이 없다고 해도 과언이 아니었다.

'그래도…… 내가 외과 에이스인데 고작 여기서 기가 죽어서야 되나.'

김승규는 한숨을 한 번 크게 내쉬었다. 이미 이식 수술에 있어 한국의 위상은 대단한 편이었다. 하지만 세계 최고라 하기에는 넘어야 할 산들이 좀 있었다. 미국 그리고 최근 가파르게 따라오고 있는 중국. 그 틈바구니에서도 태화가 웃을 수 있는 건 바로 김승규 때문이라는 얘기가 있었다. 그만큼 기대를 한몸에 받고 있다는 뜻이었다.

"이 환자, 미혼은 아니죠?"

"아냐. 아이 셋이 있어."

"그럼 자궁은 적출하는 게 좋겠습니다. 중간에 낀 채로 너무 많이 다쳤어요."

"흐음, 그리고?"

강혁도 현 상황에서 자궁을 살리겠다고 나서는 건 무리한 일이라 생각했다. 우선 출혈이 너무 심했다. 안에서 터진 출혈이 밖으로 새어 나오고 있을 지경 아닌가. 환자의 사타구니에서 흘러나온 피가 수술대를 잔뜩 적신 것으로도 모자라, 바닥까지 흥건하게 만들고 있었다.

"방광은…… 용적이 좀 줄기는 하겠지만 당겨서 봉합하고요."

"그리고?"

"문제는 직장인데. 저거……."

앞에서 째고 들어온 상황에서 직장은 일단 시야에서 멀었다. 남자라면 그나마 나았을 터였다. 방광만 젖히면 바로니까. 하지만 이 환자의 경우 터진 자궁까지 있어 더더욱 시야가 좋지 못했다.

"직장이 환자 예후에 엄청난 영향 미치는 건 알지?"

"알죠. 하지만…… 이런 경우 대부분…… 장루를 뽑아야 하지 않습니까?"

블런트 트라우마. 즉 둔탁한 손상에서 내부 장기는 보통 찢어지거나 잘리는 게 아니라 터져나가기 마련이었다. 두께가 얇으면 더더욱 그랬는데, 하필 골반 부위에서는 직장이 더더욱 그랬다. 심지어 지금은 골반뼈의 골절까지 일부 동반된 상황이다 보니 직장의 손상이 훨씬 심각한 상황이었다. 살릴 수 있을까? 누구라도 고개를 내저을 터였다.

"보통은 그렇지. 그게 깔끔하지. 괜히 헤집다가 시간 끌면 환자가 위험해지니까."

"네, 저도 그렇게 생각합니다."

"근데 나는 그렇게 생각 안 해."

"네?"

김승규는 역시 백강혁도 제정신이 박힌 사람이라고 상정하고 대화를 이어나가고 있었다. 여기서 안 된다고 하면 어쩌나 싶었더랬다. 있으면 안 되는데 가끔 있지 않나. 나르시시즘인지 뭔지에 빠져 자기 실력을 과신하는 인간들. 그만큼 잘하면 또 모르겠는데, 꼭 사고를 쳤다. 매뉴얼을 왜 사람들이 만들겠나. 반드시 그렇게 해야만 한다고까지는 말할 수 없었다. 아직 현대 의학이 완전하지 않으니까. 그래서 매뉴얼의 존재 의의는 그렇게 안 하면 안 돼서라고 생각하는 게 더 맞았다.

"비켜. 보조해. 너 탈락이야."

"아니, 뭔."

해서 멍한 상태로 있으려니, 강혁이 툭 하고 김승규를 밀어냈다. 덩치가 산만 한 사람인데 불구하고 속절없이 밀려 나갔다. 그러면서도 외과 의사 본능으로 오염이 되지 않게 버티긴 했지만 정신을 차려보니 다시 집도의 포지션은 다시 강혁에게 넘어가 있었다. 심지어 이미 뭔가 하고 있었다.

"그!"

"여기 책임자는 나니까, 일단 보조해. 너 아직 멀었다. 기대주라고 해서 나도 좀 기대했는데…… 가까이서 보니까 아직 리처드 수준도 안 돼."

"뭔……."

"근데 재능은 네가 최고야. 그러니까 잘 보고 배워라. 돌아가기 전까지 배워. 내가 책임지고 실력 키워준다."

"그……."

강혁과의 대화는 늘 그렇듯 혼란스럽기 짝이 없었다. 막 깔아 뭉개는 것 같다가도 갑자기 재능이 있다고 하질 않나. 도무지 종잡을 수가 없었다. 하여간 중요한 건 이미 수술이 진행되기 시작했다는 점이었다. 아예 말릴 수 없는 한 어떻게든 생각대로 수술이 진행될 수 있도록 도와야만 했다.

"자궁 적출해야 된다는 건 나도 동의. 하지만…… 그냥 그대로 떼는 건 안 돼."

"네?"

물론 쉬운 일은 아니었다. 처음부터 난관이었다. 자꾸 강혁이 엉뚱한 소리를 해대서였다.

'말이 되냐. 그냥 안 떼면 뭐 퍼포먼스라도 하시게?'

반발심이 들었다.

"윽."

"집중해."

그때 상상도 하지 못했던 통증이 날아들었다. 정강이를 찬 건지 쓸어내린 건지 모르겠는데 하여간 아팠다. 때가 어느 땐데 사람이 사람을 때리나 싶었으나, 덕분에 정신이 퍼뜩 든 것은 사실이었다.

"클램프."

"네."

그사이 강혁은 벌써 자궁으로 들어가는 혈관 몇 개를 잡아둔 참이었다. 덕분에 출혈의 양이 줄었다. 아니, 자궁에서의 출혈은 멎었다. 남은 혈관이 있는 데도 그랬다.

"신기하냐?"

"어……. 네."

"얘네는 안 터졌으니까 그렇지. 여기서부터 여기까지는 괜찮아. 여기서부터 여기까지도 괜찮고."

"아……. 근데 그게."

"너 이식하는 놈 아냐?"

"네. 그건 그렇죠."

"그럼 떼다 붙이는 데 전문가라는 소리 아니냐?"

"아, 뭐……."

장기 이식을 떼다 붙인다는 저렴한 표현을 쓰는 경우가 잘 없지만, 엄밀히 말하면 맞기는 맞았다. 김승규는 자신이 떼다 붙이는 데 있어 전문가라고 생각하며 고개를 끄덕였다.

"그럼 여기서 이 부분 잘라서 여기다 붙이면 어때."

"오."

"방광 용적이 줄어들 이유가 없지. 같은 방식으로 직장에 적용하면?"

"아……. 이게."

'미친…… 이건 미쳤다.'

김승규는 녹초가 된 채 강혁의 수술을 보조하고 있었다. 평상시 그의 모습을 아는 사람이라면 퍽 놀랄 만한 모습이었다. 이식 수술 하나 정도는 정말이지 아무렇지 않은 얼굴로 끝까지 해내는 그였으니까. 그런 김승규가 외상 수술 들어온 지 얼마나 됐다고 이러고 있을까.

'이제 고작해야 1시간 반…….'

흘러간 시간만 따지면 아직 쌩쌩하다 해도 이상할 게 없을 상황이었다. 딱히 김승규 아니라 지금 숙소에서 쉬고 있는 레지던트나 펠로우들을 붙잡아 와도 그럴 터였다. 하지만 그 시간 동안 강혁과 딱 붙어 있어야 한다면 어떨까. 그것도 가르치려고 안달이 난 상태의 강혁, 그러니까 세상에서 제일 지옥 같은 모드의 강혁이라면 어떨까.

"그래, 거기. 거기 이어봐."

"아, 네. 이렇……."

"아니, 아니지. 그렇게 하면 새꺄. 너 편하자고 환자 힘들게 할래?"

"무슨 소리신지…… 저는 하나도……."

사람이 어떻게 쉬지 않고 계속 다른 사람을 갈궈댈 수 있는 걸까. 솔직히 성격이 어떻든 간에 본인도 힘들 것 같았다. 하지만 강혁은 힘들어하기는커녕 아까보다 더 팔팔해 보였다. 다른 사람이야 어떨지 몰라도, 강혁만은 다른 이를 괴롭히면서 힘을 얻는 타입의 인간이라 그랬다. 다른 말로 하면 악마 같은 인간이었다. 아니, 어쩌면 악마 그 자체인지도 몰랐다.

하지만 김승규는 강혁이 악마라는 생각만 하고 있을 수가 없었다. 성품이 개 같은 것과는 별개로 확실히 도움이 되고 있어서였다. 교과서에 나올 만한 지식은 아니었다. 논문에는 나왔을까? 그것도 의문이었다. 하지만 이론만 들어보면 그럴싸했다. 심지어 손끝에서 실제화시키고 있었다. 수술이 시작하고 나서부터 지금까지 끝없이.

강혁은 그렇게 한바탕 다그치고는 봉합실을 건네주었다. 몇 땀만 자신이 가이딩 수처 개념으로 해준 다음이었다. 사실 실력이 모자란 사람이라면 이렇게까지 해줘봐야 별 소용도 없을 터였다. 어떤 모습을 안내하기 위한 것인지조차 가늠하지 못할 게 뻔해서였다. 하지만 김승규는 이미 쌓아둔 실력이 괜찮은 인간이었다. 거기에 더해 재능도 있었다. 딱 바늘 찌르는 것부터 싹수가 달랐다. 강혁으로서는 좀 아쉬워지는 순간이었다.

'먼저 붙잡았으면…….'

지금 데리고 있는 애들이라고 해서 많이 모자라거나 달리는 건 아니었다. 양재원은 이제 어디 내놔도 부끄럽지 않을 만한 실력의 소유자이지 않나. 김승규랑 딱 놓고 비교한다 해도 우위에 있을 터였다. 하지만 이만한 재능에, 이만한 체격이라니. 일 벌이는 데 있어 커다란 도움이 되지 않겠나.

'논문을 괜히 봐서 꼬실 생각도 못 하겠네.'

강혁은 얼마 전 읽었던 논문을 떠올렸다. 간 이식에 관한 논문이었다. 강혁이 지금 몸담은 분야와는 별로 관계없는 분야이기는 했지만, 강혁은 외과 계열에서 쏟아져 나오는 논문은 가리지 않고 다 보는 편이었다. 워낙에 임기응변이 중요한 분야다 보니 어디서 어떤 힌트를 얻게 될지 알 수 없어서 그랬다. 심지어 논문을 읽은 당시에는 별 느낌 없었던 것이 막상 현장에서 별안간 도움이 될 때도 있었다.

'이 자식이 어쩌면 대한민국 간 이식의 역사를 완전히 뒤바꿔 놓을지도 몰라.'

외과 의사들을 만나보면, 아무래도 겉보기에는 내과 의사들보다 훨씬 자유분방해 보이기 마련이었다. 일단 가운 풀어헤치고 다니는 이들이 많지 않나. 머리도 들쑥날쑥 기른 사람도 많고. 하지만 정작 수술을 들여다보면, 모두가 최대한 정형화된 수술을 하기 위해 노력을 기울이고 있었다. 부작용을 최소화하면서 동시에 일정한 결과를 내기 위해서라면 그게 맞았다. 때문에 거의 모든 의국의 학풍이 저도 모르게 그렇게 잡혀 있었다.

'본능적으로 임기응변이 있는 놈이야.'

하지만 재능이 일반적이지 않은 경우, 그리고 의학에 대한 집착이 남다른 경우라면 얘기가 좀 달랐다. 오히려 그 정형화된 수술에서 벗어나고자 하는 열망이 잭팟을 터뜨리기도 했다. 멀리 갈 것도 없이 그저 지금의 외과학을 들여다보면 알 수 있는 사실이었다. 새로운 술기는 대부분 나올 당시만 해도 파격이었다.

"옳지. 거기. 그래…… 조심스럽게…… 그래, 그 지점으로. 그래야 단단해지지."

"여기는요?"

"어떻게 하고 싶은데?"

"이렇게……?"

강혁은 간 이식의 권위자는 아니지 않나. 아니, 권위자는커녕 이식을 해본 경험도 거의 없었다. 그런 주제에 새로운 술기에 대한 실마리를 잡았을 정도의 실력자에게 실질적인 조언을 해줄 수 있을까? 제아무리 강혁이라고 해도 그건 무리였다. 하지만 틀을 깨는 데에는 도움을 줄 수 있을 터였다.

"아니지. 틈새로 손가락 넣어서 만져봐."

"아. 이거……."

"너무 얇아. 사실 잘라버려도 무방할 정도로 손상이 됐어."

"그럼 잘라요?"

"덮어."

"덮……? 아. 아, 그렇군. 그럼 방광으로써의 기능을 어느 정도는 유지할 수 있겠네요."

"그렇지. 머리통이 커서 그런가 잘 이해하네."

"아니, 그건."

"하여간 해봐."

"네."

해서 강혁은 완전히 새로운 술기를 일부러 김승규의 손을 통해 펼치고 있었다. 이러다 보면 자신도 모르게 자기 분야에 있어서도 틀을 깨고 나갈 수 있을 터였다. 막연한 기대 따위는 아니었다. 강혁의 제자 중에 새로운 술기를 개발해낸 사람들이 벌써 적지 않았다. 그중에는 강혁도 감히 떠올리지 못했던 술기도 많았다. 애초에 눈으로 인해 단계를 건너뛰는 게 강혁이지 않나. 그러다보니 중단 단계 술기는 소외되기 마련이었다. 예전에는 그게 다 걱정이었는데 시간이 지나고 보니 그럴 필요가 없었다.

'너도 해봐라.'

제자들은 생각보다 우수한 모습을 보였다. 직접 보면 그때나 지금이나 한심한 새끼들인데. 신기한 일이었다. 아니, 원래 그들이 들어왔던 평을 생각해보면 그럴 만한 일도 아니었다. 다들 수재요, 천재 아닌가. 아마 이놈도 돌아가면 대오각성 해서 이상한 짓을 벌일 확률이 높았다.

"이 새끼."

"네?"

"거기는 그렇게 하면 안 되지. 뭐 하러 덮어? 그럼 신축성이 떨어지잖아."

"아……."

"적당히 잘 봐가면서 하라고. 뭐 하나 말해주면 그걸로 대충대충 다 하려고 하지 말고. 상황에 따라 달리 적용해."

"네, 네."

그 확률을 조금이라도 더 높이려면 죽도록 갈궈야 한다고, 강혁은 생각했다.

'귀신인가. 왜 이렇게 혼내…….'

속내를 알 길이 없는 김승규로서는 그저 힘들 뿐이었다. 따지고 보면 어처구니없는 상황이었다. 생전 처음 보는 수술을 하면서 못한다고 혼나는 게 온당한 일인가. 누구나 처음은 서툰 법인데, 이 인간은 대체 왜 이렇게 난리란 말인가. 불만이 스멀스멀 피어올랐지만, 대놓고 표출할 수는 없었다.

"좋아, 이제 직장. 여기는…… 방광만큼 욕심부리진 말자고. 애초에 얇은 곳이라…… 게다가 너무 많이 욕심내다가 변의가 줄게 되면 더 큰일이야."

"네. 아. 그렇구나. 변의……."

강혁이 혼내는 중간중간 핵심적인 가르침을 던지고 있어서였다.

'그래……. 여기 감각이 훼손되어서 일정량 이상의 변이 쌓이게 되면…… 가뜩이나 봉합 부위는 약한데…….'

변이라는 게 무작정 적게 보게 만든다고 좋은 건 아니지 않나. 정상적인 해부에서도 변비는 고통스러운 병이었다. 하지만 그게 정상적인 양을 넘어가게 되면 고통을 넘어 실질적인 위협으로 다가오는 수도 있었다. 가령 안에서 터진다고 생각해보자. 이건 단순히 큰일 났다는 말로도 설명이 부족한 상황이었다. 한국처럼 의료체계가 잘 잡혀 있는 곳에서조차 목숨을 보장할 수 없었다. 이곳에서라면 반드시라고 해도 좋을 정도로 죽을 게 분명했다.

"어차피…… 이전처럼 돌아갈 수는 없어. 알지? 이미 자궁도 들어냈다고."

"네, 맞습니다. 맞아요."

원상복구. 의사들이나 환자나 보호자나 바라마지 않는 일이었다. 다치기 전으로, 아프기 전으로 돌아갔으면 좋겠다. 얼마나 좋은 생각이란 말인가. 환자나 보호자 중에는 그 생각 하나로 힘든 투병 기간을 넘기는 사람도 많았다. 하지만 의사는 그러면 안 되었다. 인정할 건 인정해야 했다. 괜히 욕심내다가 일을 그르치는 수도 있었으니.

"이 정도에서 타협하는 게 좋겠어."

"네. 음……. 근데 여기는 그럼 봉합을……."

"최대한 실밥이 안 드러나는 게 좋겠지. 어차피 장루 뽑아서 완전히 회복되기 전에는 안 내보낼 거야."

"아, 그래야죠. 네, 알겠습니다."

다행히 김승규는 풋내기가 아니었다. 가슴에 열이 올라 일을 그르치는 인간이 아니란 얘기였다. 당연한 일이었다. 대한민국에서 대학 병원 교수가 되는 게 어디 쉬운 일이라던가. 다른 분야에서는 임용에 있어서 오히려 유학이니, 인맥이니 하면서 실력 외에 다른 것들이 오히려 핵심이 되기도 하지만, 의대 교수는 정말로 개뿔도 없는 사람도 실력 하나로 뚫을 여지가 남아 있었다. 아니, 다른 것만 있어서는 절대 교수가 될 수 없었다.

'잘하네.'

'어렵다. 텍스처가 전혀 다른 장기를 이어준다는 게…….'

"거긴 아니지."

"아, 네."

덕분에 강혁이 소리 지를 정도의 실수는 없었다. 그렇다 해도 중간중간 끼어들기는 해야 했지만. 하여간 이번 수술은 채 3시간이 흐르기 전에 완료되었다. 단순히 칼 댔다가 뗄 때까지 걸린 시간이 아니라, 진짜 수술실에 들어갔다 나온 데 걸린 시간이 3시간이었다. 시계를 확인한 김승규가 아연한 얼굴이 된 것도 무리는 아니었다. 환자 상태를 보면 더더욱 이상한 일이었다.

'진짜…… 이 나이 먹고 이렇게까지 혼나도 되나 싶었는데.'

김승규는 말없이 환자를 중환자실로 옮기면서 앞장서서 가고 있는 강혁의 등을 바라보았다. 왜 사람들이 착한 개새끼라고 하는지 알 것 같았다. 분명 같이 있는 순간은 고통이었다. 하지만 지나고 보면 약이었다. 그것도 엄청난.

'혼자 정리를 좀 해야겠는데……. 그럼 실력이 좀…… 뭔가 실마리가.'

누가 알았겠나. 고작해야 수술 하나가 이렇게까지 엄청난 영감을 줄 줄이야. 해서 애써 좋게 생각해야겠다고 마음먹은 순간

밖에서 또다시 사이렌이 들려왔다. 동시에 강혁이 뒤를 돌아보았고, 가슴이 서늘해지는 느낌이 엄습했다.

'설마 또?'

김승규는 에이 설마, 에이, 에이 하는 얼굴로 강혁을 바라보았다. 아쉽게도 강혁은 아주 잠시 김승규를 마주 보았다가 이내 고개를 돌려 앞을 보고 있었다. 아직 환자를 끌고 가고 있는 마당이니 그럴 수밖에 없었다.

'에이……'

차분한 시간이 지속되었다는 얘기이기도 했다. 덕분에 혼자 생각할 수 있는 시간이 덜컥 주어졌다. 그렇다보니 상식에 맞춰서 사고 회로가 째깍째깍 돌아가게 되었다.

'그래, 이 인간도 방금 수술 마치고 나온 거잖아. 그렇잖아. 말이 안 되잖아.'

사실 3시간짜리 수술은 그리 무리가 안 되긴 했다. 당장 김승규만 해도 이게 병원이었다면 바로 다음 수술 들어갈 준비를 하고 있을 터였다. 원래 대학 병원은 일 하나 빨리 끝낸다고 잘했다고 해주는 사람이 없는 곳이지 않나. 애초에 그래야만 병원이 굴러가게끔 시스템이 잡혀 있는 곳이었다. 하지만 오늘은 주말이었다. 그것도 뒤지게 일한 일주일의 끝을 마무리하는.

"장루 관리만 좀 잘 해주고…… 피를 많이 흘렸거든? 혈압이랑 해서 잘 좀 봐줘."

"네, 교수님. 걱정 마세요."

그렇게 희망 회로가 바사삭 탈 정도로 열심히 돌리고 있으려니 어느새 중환자실이었다. 누구한테 말을 하나 하고 고개를 돌려봤더니 쿠트라팔리였다. 별명이 중환자실 붙박이장이라더니. 진짜 저기서 떨어져 있는 꼴을 본 적이 없는 것 같았다. 어차피 단기 봉사니까 고생 좀 해도 된다는 논리로 저렇게 몰아붙이고 있다는 얘기가 있는데, 알고 보니 인도에 있는 병원이 다시 돌아가려면 반년도 더 남았다고 했다. 그 말은 곧 저 사람이 저 고생을 반년은 더 해야 한다는 뜻이었다.

'이런 미친…… 아니, 잠깐만.'

6개월 와 있는 사람도 저렇게 굴린다니. 그럼 꼴랑 2주 오는 사람들은 어떻게 할까. 다시금 가슴이 서늘해졌다. 그때 강혁이 김승규의 어깨를 두드렸다. 아프진 않았다. 그리 세게 때리지도 않았거니와, 김승규의 두툼한 근육은 어지간한 충격으로부터는 신체를 보호할 수 있었다. 하지만 어쩐지 심장이 아픈 기분이 들었다. 무슨 말을 꺼낼지 알 것 같아서였다. 표정만 봐도 그랬다.

"가야지?"

"네?"

그래도 일단은 모르쇠를 쳐봤다. 최대한 순진무구한 표정을 지어가면서였다. 그래봐야 전혀 효과는 없었다. 일단 김승규의 얼굴로는 무슨 표정을 지어도 나쁜 놈 같아 보일 뿐이었다.

"들었잖아."

"네?"

"이 새끼 모른 척하네. 귀 쫑긋 세운 거 다 봤는데. 뒤질래?"

그런 김승규를 상대로 뒤지네 어쩌네 할 수 있는 건 아마 전

세계를 통틀어 봐도 강혁뿐일 터였다. 한때 김승규가 청송 교도소에 봉사를 나갈 때 교도관들이 진짜 좋아했던 말도 있지 않나. 김승규만 오면 그 많고 많은 흉악범들이 조용해졌을뿐더러 김승규의 말 한마디 한마디를 놓치지 않으려 노력해서였다.

"아⋯⋯."

"가자."

"네⋯⋯."

하지만 김승규는 깡패처럼 생겼고, 깡패보다 강할 뿐, 진짜 깡패는 아니었다. 오히려 천생 의사였다. 오지로 봉사를 올 정도로 훌륭한 마음도 지니고 있었다. 일생을 바쳐 이식 수술의 개념을, 그중에서도 간 이식을 완성하려는 마음도 지니고 있었고.

'뒤진다는 게⋯⋯ 나일까, 환자일까.'

물론 지금은 다분히 깡패스러운 협박에 당해 끌려가는 상황이기는 했다. 원래 강한 사람일수록 상대의 강함에 예민하지 않던가. 고수의 기본 조건이라 할 수 있었다. 뭐 하나 배우지도 않은 상태에서 유도부를 박살 냈으리만큼 강한 김승규가 보기에 강혁은 몇 줄 위에 있는 고수였다. 일단 아까 어깨 칠 때만 해도 그랬다.

'아무렇지도 않게 내 간격으로 들어와서⋯⋯ 관절을 제압했어.'

그거 그대로 잡았으면 그쪽 팔은 못 쓰지 않았을까.

'게다가⋯⋯ 수술에 도움이 되긴 해.'

사실 제대로 수술을 들여다본 건 이번이 처음이긴 했다. 그전까지는 그저 소문만 들었을 뿐이었다. 소문만으로도 대단한 실력자라는 걸 알 수 있었지만, 약간은 과장이 섞여 있을 거라 여기고 있었다. 한국대학교 병원이 재단 운영으로 전환하고 나서도 예전 관습을 버리지 못하고 꽉 막힌 운영만 하던 시절, 그야말로 사이다를 젊은 의사의 정맥에 수혈해주었던 인물이니만큼 미화되었을 거란 생각을 하고 있었다. 얼굴이 너무 잘생겨서 조금은 질투하는 마음도 있었고. 하지만 실제로 본 강혁의 실력은 오히려 소문 이상이었다.

"저깄네."

"아, 네."

정신을 차려보니 어느새 응급실에 돌아와 있었다. 자신을 제외한 다섯 노예는 여전히 환자를 보고 있었다. 보아하니 벌써 아까 왔던 버스에 있던 환자는 다 봤고, 한 바퀴 더 돌고 있는 모양이었다. 그걸 보고 나니 얄궂게도 약간 힘든 마음이 위로받는 느낌이 들었다.

"환자 어때?"

김승규가 나름의 방식으로 손상된 마음의 조각을 보충하고 있을 때쯤, 강혁은 구조사에게 다가갔다. 장갑 낀 손부터 해서 팔뚝까지 죄 피로 젖어 있었다.

'느낌이 별론데.'

그냥 젖는 건 있을 수 있는 일이었다. 하지만 저렇게까지 푹젖어서 피가 뚝뚝 떨어지고 있다니.

출혈량이 어마어마하다고 봐야 했다.

"칼에 찔렸습니다. 일단 데리고 오기는 했는데……."

"칼?"

뭔가 커다란 사고를 당했을 거란 생각을 하기는 했는데, 칼이라니. 이건 강혁조차도 생각지 못했던 일이었다. 당연히 고개가 모로 돌아갔다.

"우발적인 범행이야?"

"그게, 알 수가 없어요. 문제는 이게 관광객이라……."

"아, 일단…… 일단 안으로."

"네."

현지인을 대상으로 한 범행도 문제는 문제였다. 일단 사람이 칼에 찔렸으면 큰일이지 않나. 하지만 현재 상황을 고려했을 때, 관광객의 사고는 이제야 불 지펴지기 시작한 누와라엘리야의 관광 산업에 찬물을 끼얹었을 수도 있는 일이었다. 쏟아지기 시작한 돈이 온데간데없이 사라질 수 있다는 얘기였다. 그렇게 되면 이곳의 변화 또한 더뎌질 터였다. 해서 강혁은 심각한 얼굴이 된 채 환자가 누워 있는 침대를 끌었다. 한 손은 장갑을 낀다 싶더니만 어느 틈엔가 환자의 칼 찔린 부위에 쑤셔 박은 채였다.

"피 쥐어짜서 넣어!"

"네!"

혈압이 잘 잡히질 않았다. 그나마 맥박이 아예 없는 건 아니었다. 그래서 흉부 압박을 당장 해야 하는 건 아니었지만, 글쎄. 이대로라면 언제 어떻게 될지 알 수 없는 상황이었다.

"환자 신원은 나온 거 있나?"

"아뇨, 아직. 현지 경찰이 지갑을 챙겨서요."

"같이 안 왔어?"

"네. 따라온다고 했습니다."

"어휴."

대한민국이었으면 경찰이 앰뷸런스가 제대로 갈 수 있도록 도와주면서 왔을 터였다. 견찰이니 뭐니 하지만, 그래도 선진국에 진입한 나라 아닌가. 애초에 선진국이 뭔가. 시스템이 선진화되어 있다는 것을 의미했다. 사람이야 다 거기서 거기지만, 잘 잡혀 있는 시스템 덕에 문제없이 일이 돌아갈 수 있었다. 그에 반해 이곳은 시스템이랄 게 아예 없다고 봐도 무방했다. 그저 주먹구구식으로, 그 사건을 담당하는 개인에게 모든 것이 달린 채 일이 돌아갔다.

"그거 알아내게 되면 일단 말해줘."

"아, 네."

"국적 잡히면 바로 대사관에 연락해주고. 가족 번호 수소문하는 거야 거기서 하겠지."

"네, 그렇게 하겠습니다."

강혁은 역시 멀었단 생각을 하며 환자를 데리고 수술실로 들어갔다. 상황이 워낙 급박했기에 방금 전까지만 해도 딴생각을 하고 있던 김승규도 냅다 달려야만 했다.

'자상…… 출혈도 많고…… 아, 이거.'

칼이 왜 무서운 무기인지는 응급실에서 일해보면 바로 알 수 있었다. 특히 베인 게 아니라 찔려서 오는 경우는 더더욱 그랬다. 영화에서처럼 꼭 여러 번 찔러야 사람이 죽는 게 아니었다. 딱 한 번만이라도 잘못 찔리면 바로 죽을 수 있었다.

"마취 바로!"

"네!"

김승규도 몇 번인가 이런 식으로 가버린 환자를 본 적이 있었다. 생각보다 뉴스에 나오지 않는 칼부림 사건이 이렇게 많을 줄이야. 외상 콜을 받지 않았다면 결코 알 수 없을 만한 일이었다.

"됐습니다!"

"들었지? 옷 찢고 베타딘 부어!"

"네!"

강혁의 말에 이미 긴장하고 있던 김승규가 환자의 옷을 찢어버렸다. 가위를 들고 서 있던 간호장교의 손이 민망해지는 순간이었다. 놀라운 완력이었다. 그러곤 베타딘을 말 그대로 들이부어버렸다. 급했다. 급하다고 말하는 시간조차 아까울 지경이었다.

"장갑만 끼고 일단 출혈부터 잡아!"

"네!"

다행한 것은 지금 방 안에 들어온 외과 의사 둘 다 베테랑이란 점이었다. 물론 강혁에 비하면 김승규가 많이 처지는 편이었지만, 그건 상대가 강혁이라 그랬다.

"중심정맥관도 잡겠습니다!"

"그래, 그래. 뭐가 됐든 빨리 해!"

그야말로 순식간이라고 해도 좋을 만한 시간에 수술이 착착 진행되기 시작했다.

"여기. 여기 째. 상처가 세 군데야."

"세 군데요? 아니…… 그럼?"

"손가락으로 막고 있지! 왼손으로 보조할 테니까 빨리 째!"

"네!"

태반은 강혁 덕이라도 봐도 무방했다. 아마 그가 아니었다면 지금쯤 수술을 진행하기는커녕 흉부 압박이나 하고 있었을 터였다. 피가 계속 나고 있었을 테니까. 하여간 김승규는 강혁이 말한 부위를 칼로 째고 들어갔다. 이미 피가 많이 흘러나간 후였기에 오히려 절개는 쉬웠다. 절개 틈새를 통해 흘러나오는 피가 확연히 줄어 있었다. 물론 그걸 보면서 좋아하는 이는 없었다. 얼마나 전신 상태가 개판일지 엿볼 수 있는 상황이라 그랬다.

"일단…… 대동맥 향해서 박리해!"

"아니…… 지금 대동맥 막고 있어요?"

"그래. 그거 아니었으면 이렇게 피날 일이 있어?"

"하긴. 근데, 이거."

칼로 대동맥을 찔러? 잘 때 찌른 것도 아니고 움직이던 사람을?

'암살자야?'

김승규가 청송 교도소로 봉사 나가던 시절, 거기 있는 사람들만 김승규의 영향을 받은 건 아니었다. 김승규 또한 이것저것 주워듣는 게 많았다. 목사나 신부 앞에서조차 입을 꾹 다물던 거물들조차 김승규 앞에서는 순한 어린양이 되어 자기 얘기를 털어놓았던 것이다. 그래서 김승규는 칼로 사람 담그는 게 퍽 어려운 일이라는 걸 잘 알고 있었다.

'원한 관계면 차라리 다행인데. 이게…… 음.'

강혁은 좀 다른 이유지만, 하여간 비슷한 일을 떠올리고 있었다. 단지 너무 급한 상황이라 입을 열고 있지 않을 뿐이었다.

다친 부위를 향해 들어가면 들어갈수록, 김승규는 강혁의 대단함에 감탄을 금치 못했다. 대체 어떻게 하면 손가락 세 개로 세 개의 칼빵을 막을 수 있단 말인가. 심지어 그중 하나는 대동맥에 닿아 있었다.

"이제 슬슬 보이지?"

"아, 네. 이거…….'"

강혁은 꿀렁이는 대동맥을 보고 놀란 김승규에게 말했다. 여느 때처럼 편안해 보이는 목소리였지만, 그런다고 김승규 얼굴이 펴지진 않았다. 대체 어떻게 해야 할까 하는 생각만 하고 있는 모양이었다. 그럴 만도 했다. 혈관 외과도 아닌데 언제 복부 대동맥의 부상을 본 적이 있겠나.

"내 손가락 위에 대고 봉합해. 미끄러지듯이 해보라고."

"손가락 위로……? 아, 이렇게요?"

"그래."

다행인 것은 강혁은 경험해본 정도를 넘어 엄청나게 많이 해보았다는 점이었다. 그 덕에 손만 대 보고도 칼날이 복부 대동맥을 기껏해야 1cm가량밖에 찢지 않았다는 것을 알았다. 이 말은 곧 굳이 인조혈관을 덧대거나 할 필요도 없다는 것을 의미했다. 그저 이 자리에서 봉합만 하고 끝낼 수 있었다.

'물론 네가 봉합을 제대로 해야 한다는 전제가 붙기는 하는데…….'

강혁은 '손가락 위라고?'를 연신 되뇌고 있는 김승규를 지그시 바라보고 있었다. 지금껏 파악한 바에 따르면 이 정도는 아마 할 수 있을 터였다. 기본기는 탄탄하기 그지없었다. 강혁의 마음에 다 차는 건 아니긴 하지만, 그래도 이만하면 쓸 만하다고 할 수 있었다. 필요한 건 그 기본기를 익히느라 굳어버린 고정관념을 깨주는 것뿐이었다.

"아……. 그럼 제가 봉합하고 교수님 손가락을 살짝 밑으로 조정해드릴까요?"

동의하지 않는 사람들도 있겠지만, 강혁은 본인이 꽤 잘 가르치는 편이라 여기고 있었다. 아주 무리한 일은 아니었다. 실제로 제자들의 실력이 엄청나게 올라오고 있었으니까. 그중에서도 고정관념 깨는 데에는 아주 탁월하다고 굳게 믿고 있었다. 그래서일까? 김승규도 일단은 강혁이 말한 게 무엇을 의미하는 것인지 대강 알아차린 모양이었다. 여전히 조금은 자신 없어 보이긴 했지만.

"아니, 그건 내가 해."

"네? 보이지도 않잖아요, 지금."

강혁의 말에 김승규는 어이없다는 얼굴로 강혁을 돌아보았다. 수술 시야라는 게 우리가 생각하는 것처럼 모두에게 공평하게 주어지는 것이 아니기에 그랬다. 뭐가 되었건 집도의에게 집중될 수밖에 없었다. 특히 지금처럼 애초에 절개 자체가 살짝 비틀어서 들어간 경우엔 더더욱 그랬다. 아무리 봐도 강혁은 지금 자신의 손끝을 확인할 수 있을 것 같지 않았다. 실제로도 그랬다.

"어, 그래도 손가락이잖아. 감각은 온전해."

"아니…… 그러다 너무 많이 움직이면 난리 날 텐데."

"많이 안 움직여."

"아니……."

"뭘 자꾸 아니야. 말하는 습관이 아주 구리네. 너 그거 인마 사람들이 많이 쓴다고 해서 괜찮은 게 아냐."

"아니……."

하지 말라고 해도 계속 '아니'라는 말을 하는 김승규를 보면서 강혁은 피식 웃었다. 김승규의 반응이 아주 무리는 아니어서 그랬다. 감각만으로 수술을 진행한다는 건 어떻게 생각해봐도 위험한 일 아닌가. 하지만 위험하다고 해서 시도조차 해보지 않는 것도 위험한 일이었다.

'간 이식도…… 내가 알기로 변수가 엄청 많을 텐데?'

예약 수술이니만큼 당연히 외상 외과만큼 맨날 변하는 건 아니긴 했다. 하지만 간 이식이라는 건 결국 남의 간을 내 배 속에 넣고 기능하게 만드는 수술이지 않나. 심지어 간은 신장이나 기타 다른 장기에 비해 크기가 아주 컸다. 때문에 체형의 차이나 성별의 차이 때문에 일부 조정이 들어가야 하는 경우도 많았다. 생각보다 집도의의 창의력이 많이 요구된다는 뜻이었다.

"일단 따라와봐. 사고 날 것 같으면 네가 두 눈 뜨고 보고 있으니 말리면 되잖아."

"아니……."

"그만 아니 하고 봉합해. 시간 없어."

"아, 알겠어요. 아니, 그래도, 이게."

김승규는 여전히 불안한 얼굴이었다. 하지만 그렇다고 아주 가만히 있진 않았다. 서두르지 않으면 환자가 죽을 게 뻔한 상황이어서 그랬다. 지금이야 강혁이 신기에 가까운 지혈을 해내고 있어서 버티고 있지만, 쉬울 턱이 없는 일이었다.

'땀이…… 식은땀이 나.'

동맥은 계속해서 움직이는 조직이지 않나. 꽉 눌러버리면 움직이지 못하게 되기도 하겠지만, 그랬다가는 밑으로 피가 안 가게 되니 더 큰 일이 생길 수도 있었다. 즉 강혁은 지금 박동하는 대동맥을 적당한 세기로 누르고 있다는 얘기가 되었다. 원래 세상에서 제일 어려운 말이 적당하라는 말이라지 않나. 계속 유지할 수는 없을 터였다. 해서 김승규는 썩 내키지는 않은 상황이었음에도 불구하고 봉합 기구를 집어 들었다. 그러곤 강혁의 손가락 위를 타고 바늘을 찔러 넣었다. 조심스럽기 그지없는 과정이었다. 그럴 수밖에 없었다. 자칫 잘못하면 혈관이 더 찢어질 수도 있었다. 이게 동맥이다 보니 벽이 두껍긴 하지만, 정맥이 찢어져 벌어질 수 있는 참사와 비교가 되지 않았다. 그렇게 한 땀을 완료하고 나니 거짓말처럼 강혁의 손가락이 움직였다. 동시에 혈관 벽에 난 작은 틈이 보였다. 하지만 그 사이로 피가 흘러나오는 일은 없었다. 아래는 강혁의 손가락이 누르고 있고, 위에는 방금 김승규가 매듭지어둔 봉합사가 좌우에서 잡아당겨주고 있어서였다.

'좋아. 정말 이대로면…… 딴짓 안 하고 봉합할 수도 있겠어.'

가슴 한 켠에서 잠시 이게 가능한 건가 하는 생각이 들긴 했지만 지금 중요한 건 그런 게 아니라 봉합이었다. 뭔가 되었건 간에 강혁이 절묘한 위치로 손가락을 움직여주고 있다면, 그건 좋은 일이었다. 김승규의 봉합은 쉬지 않고 계속되었다. 한 땀, 한 땀 완성될수록 혈관에 났던 상처 또한 점점 닫혀 나갔다. 강혁의 손가락도 정확히 간격을 맞추어 이동하고 있었다. 틈이 보이는데, 피는 새어 나오지 않는, 기가 막히는 위치 선정이 한 치의 오차도 없이 지속되었다.

"이제 마지막일 거야."

"아, 네."

심지어 마지막 절개란 말까지 들어맞았다. 이쯤 되니 김승규의 마음속에서도 강혁이 사람이 맞나 하는 의문이 들었다.

'눈으로 보면서 해도 가능할 것 같지가 않은데.'

방금 강혁이 눈앞에서 해낸 건 수술이 아니라 일종의 마법 같았다. 비록 봉합하는 건 김승규가 했지만, 원래 봉합 자체는 한 번 완성하고 나면 별거 아니었다. 그보다는 어디를 봉합해야 할지 결정하는 게 문제가 되는데, 강혁은 그걸 보지도 않은 상태에서 해낸 것이다.

"처음부터 이게 되지는 않을 거야. 하지만 연습하다 보면 다 돼."

"네? 이걸 대체 어떻게 연습을……."

"내일 우리 바비큐 할 거잖아?"

"네? 아, 네. 바비큐……. 박경원 교수님이 하신다고 들었습니다."

김승규가 여기 와서 본 박경원은 그야말로 한량 그 자체였다. 모든 잡일에서 열외라니. 처음엔 백경원인 줄 알았다. 강혁의 사촌 동생 정도는 되어야 저런 특혜가 가능하지 않나 싶었으니까. 하지만 언젠가 한번 아주 간단한 일, 그러니까 식탁에 앉은 이들을 위해 물을 떠 오다 즉시 엎어지는 걸 보면서부터는 생각이 바뀌었다.

'야야, 누가 경원이한테 물 떠 오랬어! 넌 가서 고기나 구워!'

'고기 없어요.'

'그럼 그냥 밥이나 먹어! 설거지도 하지 마! 접시값이 더 들어!'

게다가 누가 먼저랄 것도 없이 성토를 해대는 것 또한 목도할 수 있었다. 말투만 보면 100퍼센트 백강혁이 한 말이란 생각이 들겠지만, 놀랍게도 재원, 한유림, 리처드 그리고 장미까지 한마음 한뜻으로 저렇게 외쳤다.

'고기 굽다 불나는 거 아냐?'

그렇다 보니 좀 불안했다. 그런 사람이 고기라고 잘 구울까?

'그냥 마취나 하시지.'

마취를 귀신같이 해내는 게 용하단 생각이 들 지경이었다. 솔직히 평상시 모습을 보면 폐급 중의 폐급이지 않나. 아마 누구라도 박경원의 진짜 모습을 알게 되었다면 이런 생각을 이어나가게 될 터였다. 종래에는 왜 저 얼굴에 저 실력에 교수까지 된 주제에 연애를 못 했는지도 알 것 같다는 기분이 들 테고. 하지만 이 시점에서 김승규가 고민해야 할 것은 박경원의 바비큐 같은 게 아니었다. 왜 강혁의 입에서 바비큐란 단어가 나왔는지에 관해 고민했어야 했다.

"그거 때문에 돼지 잡을 건데, 살아 있는 게 오늘 오거든."

"네."

살아 있는 돼지가 오는 게 뭔 상관인가 싶었다. 하지만 딴지는 걸지 않았다. 하여간 수술은 잘 되어가고 있지 않나. 정말이지 불가능하게만 보이던 술기를 마무리한 참이었다. 이럴 땐 긴장도 풀 겸 딴소리하는 것도 좋은 방법이었다. 적어도 김승규는 그렇게만 생각했다.

"세 마리나 와. 남는 게 낫다고 생각하거든."

"와, 진짜 많네요?"

"그래서 외과 의사도 셋 있으면 좋아."

"네?"

이 시점부터는 좀 이상하단 생각이 들기 시작했다. 외과랑 돼지랑 대체 뭔 상관이 있어서 이런 말을 한단 말인가.

"그냥 막 동물 실험하거나 아무 일도 없이 동물 대상으로 연습하면 좀 그렇잖아? 너도 그렇게 생각하지?"

"아, 네."

하지만 더 이상 심도 있는 고민은 불가능해진 상황이었다. 대동맥의 출혈이 막히면서 비로소 두 손이 자유로워진 강혁이 즉시 다른 상처를 건드리기 시작해서였다. 자연스레 집도의가 김승규에게서 강혁으로 바뀐 참이란 얘기였다. 속도가 말도 안 되게 빠르다 보니 보조로 나서게 된 김승규로서는 그저 따라가는 것만 해도 벅찬 느낌이었다.

"그래서 난 항상 동물 잡을 때 같이 하거든. 마취해서 진행하니까 고통도 없을 거고."

"어……. 네."

"그중에 하나 너 줄게. 연습 많이 하자고."

"네? 연습이요? 돼지로?"

"그럼 사람으로 할 생각이야? 악마냐?"

"아니, 그런 얘기가 아니라……."

"어어. 여기 당겨야지. 얘기에 집중하지 말고 수술에 집중해."

"네."

"그래서 돼지로 연습하는 거 좋지?"

"네?"

정말이지 어느 장단에 춤춰야 할지 모르겠단 생각만 들었다. 수술에 집중하라고 해놓고 계속 돼지 얘기를 하고 있지 않나.

'돼지로 연습? 벌써 저녁때 다 되어가는데…… 그럼 대체 언제…….'

제아무리 수술이 빨리빨리 진행되고 있다고 해도 수술은 수술이었다. 심지어 이 환자는 정말로 죽음의 문턱까지 갔다 온 상황이었다. 벌써 3시간이 지나고 있었다.

"딴생각하지 말고. 돼지 좋아해서 그래?"

"아뇨, 돼지를 좋아한다뇨."

"고기 싫어해? 삼겹살?"

"그건 좋죠."

"좋아하는 거 맞네. 그럼 수술 연습도 신나서 하겠다."

"아니, 그게."

그렇지 않아도 얼이 빠지려는 상황에서 이런 말까지 듣다 보니 정말이지 혼백이 다 사라지는 듯한 기분이 들었다. 제발 누군가 이 자리에서 나를 꺼내줬으면 싶다는 생각만 들었다. 그때 누군가 수술실 문을 열고 들어왔다. 고개를 돌려 보니 아까 대사관 번호 알아내서 전화하라는 부탁을 했던 간호장교였다. 마침 수술은 막바지였다. 아니, 상처 정리는 다 되었고 남은 건 그 상처 정리를 하기 위해 절개 넣은 쪽뿐이었다. 애초에 깨끗하게 절개가 들어가 있었기에 봉합은 문제될 것이 전혀 없었다. 게다가 여기 따라 들어와 있는 이는 김승규였다. 어중이떠중이가 아니란 얘기였다.

"마무리 가능하지?"

"물론입니다."

"그래. 빨리 끝내. 밥 먹고 돼지 잡으러 가야지."

"아……."

김승규 입장에서도 전혀 부담될 것은 없었다. 하지만 어쩐지 한숨이 절로 새어 나왔다. 자꾸 '돼지, 돼지' 해서 그랬다.

"힘내십쇼."

그렇게 강혁이 밖으로 나가자마자 들어와 있던 간호장교가 위로의 말을 전해주었다. 뭔가 아는 눈치였다. 그렇지 않고서는 이렇게 아련한 얼굴을 하고 있을 수는 없었다. 평소 같으면 아련하건 말건 신경 쓰지 않았을 텐데, 이제 김승규에게조차 백강혁은 공포의 대상이 된 지 오래였다. 오늘 같은 하루가 또 반복된다는 생각을 하면 죽을 것 같았다.

"왜요. 돼지 그거 뭐 있습니까?"

"얼굴은 이쪽 말고 딴 데 봐주면 안 됩니까. 너무 무서운데."

"미국 사람도 제가 무서워요?"

"아프가니스탄 가도 탈레반들이 피할 것 같은 인상입니다."

"하."

김승규는 역시 그런가, 라고 하면서 고개를 가로저었다. 어쩐지 해외 학회를 가도 교수들이 가까이 안 오더라니. 이런 내막이 있었나보다 싶었다. 하긴 입국 심사에서 걸린 게 벌써 몇 번이란 말인가. 아무리 의사라고 항변해도 도무지 믿어주질 않았다.

"하여간 돼지 말입니다."

"아, 돼지. 그거…… 여기서는 연례행사로 하시거든요. 아무래도 스리랑카가 불교 국가고 또 힌두교 영향까지 받아서 고기 먹을 일이 별로 없어요. 시장 가보시면 알겠지만 고기가 없는 경우도 많고요. 그래서 저희가 직접 공수하거든요."

"보통은 그냥 고기로 오지 않나요?"

21세기에 어떤 미친놈이 고기 먹고 싶다고 돼지를 산 채로 끌고 온단 말인가. 그런 일은 있을 수 없다고 생각했다.

"그렇죠. 옮기는 것도 성가시고…… 처리하는 것도 짜증 나고.

근데 백 교수님이 고집해서 주기적으로 와요.”

“누가 잡아요?”

“음.”

간호장교는 이제 3개월 파견의 막바지에 다다른 참이었다. 그 말은 곧 지난 세월 동안 여기서 벌어진 여러 이상한 일을 죄다 목격했다는 얘기였다.

“일단 백 교수님이 돼지를 기절시키죠.”

“때려서?”

“아, 아뇨. 주사를 찌르죠. 때리긴 뭘 때려요.”

“아, 하긴. 그렇지. 네, 죄송합니다.”

간호장교는 김승규도 참 생긴 대로 논다는 생각을 하면서 말을 이었다.

“그러면 이제 삽관을 해요.”

“삽관을…… 돼지한테?”

“네.”

“하아. 그리고요?”

“들어서 옮기죠. 여기 지하에 연습실이 있어요.”

“돼지를? 크잖아요?”

“여기 돼지는 좀 작은 애들도 있어요. 그래도 무겁긴 한데…… 장정이 몇입니까. 그건 되죠.”

보통 장정이 있다고 병원에서 돼지를 옮기던가? 적어도 태화에서는 안 그랬던 것 같았다. 물론 김승규의 의문은 하등 가치가 없었다.

"그럼 마취가 됐으니 수술이 시작됩니다. 돼지 장기가 사람이랑 비슷하잖아요. 별거 다 해요."

"아……."

"보통은 외상이니까 백 교수님이 손상을 시키면 그거 회복시키는 걸 하는데…… 진짜 칼질 몇 번에 안이 아작이 나요. 처음부터 성공시키는 사람은 없을 지경이에요."

"허……. 그러니까 진짜 수술 연습을 하는 거구나."

"네. 그리고 나면 이제 돼지가 죽는데, 그거 밤새 처리해서 다음 날 먹는 겁니다."

"미친."

의학에 미쳤다, 미쳤다 했더니 진짜 미친 사람이지 않나. 세상에 교육하겠다고 돼지를 달마다 잡아? 돼지고기 처리하는 게 말이 쉽지, 보통 일이 아닐 텐데.

"그거 때문에 백 교수님이 도축을 배웠어요. 근데 잘해요. 깔끔해."

"말이 되나요?"

"수술하는 것만 봐도 말이 안 되는 수술을 하잖아요."

"그것도 그렇긴 하네."

뜻밖의 활약

김승규와 간호장교가 두런두런 대화를 나누고 있는 동안, 강혁은 수술실 밖에서 전화를 받고 있었다. 주스리랑카 일본 대사관에서 걸려 온 전화였다. 동양인이다 싶더니만 일본 사람인 모양이었다.

"네, 백강혁입니다."

"네, 안녕하세요. 야마모토 대사입니다. 소식은 들었습니다. 일단 감사 인사를 드립니다."

일단 대화는 편할 터였다. 한일 정부 사이와 관계없이 일본에서 강혁에 대한 감정은 꽤 좋았으니까. 벌써 몇 년이 지난 상황이긴 해도 강혁이 한국에 관광 왔던 일본인들에게 베풀었던 은혜를 잊지 않은 덕이었다.

"별말씀을. 다친 사람 고치려고 여기 와 있는 겁니다."

"수술은 잘되었습니까? 가족들이 걱정이 많아서요. 스리랑카로 빨리 들어와야 하는 건 아니냐는 문의가 있습니다."

"일단 생명에는 지장 없을 겁니다."

"아, 감사합니다. 정말 감사드립니다."

"보호자분들이 오는 건…… 뭐, 선택에 따른 문제라고 생각합니다. 여기서 한 열흘 정도는 있어야 할 거거든요. 그 후로는 비행기 타고 돌아가는 데 지장 없을 겁니다."

"그렇군요."

일본 대사는 연신 잘됐다는 말을 반복하더니, 조금 심각해진 어투로 다른 얘기를 꺼냈다.

"봉사 오신 분에게 이런 말씀드리는 게 민망하지만…… 사실 이곳 경찰들 역량이 그리 좋지 못하지 않습니까?"

"그건 알고 있습니다."

역량이 좋지 못하다는 말은 엄청 순화한 말이라고 봐도 좋았다. 능력이나 시스템이 개판인 것은 물론이거니와 심하게 부패해 있었다. 사실상 경찰의 역할을 기대하는 건 무리가 있다는 얘기였다. 물론 다 그런 것은 아니겠지만, 일탈이 관행이 되어버린 시점에서 정의로운 소수를 언급하는 건 별 의미 없는 일이었다. 안타깝지만 사회가 일정 궤도에 오르기 전까지는 공공기관의 부패는 피할 수 없다고 봐도 무방했다.

"그래서 저희는 사고가 터지면 저희 직원을 보내 조사합니다. 이번에도 예외는 아니었고요."

"아, 그래서…… 뭔가 알아낸 것이 있는 모양이지요?"

일반적인 사고였다면 강혁도 이렇게까지 관심을 보이진 않았을 터였다. 하지만 칼부림 솜씨가 보통은 넘지 않았나. 아니, 반드시 훈련을 받은 놈이라고 봐야 했다. 강혁의 예민한 감각에 찌른 놈의 혈흔은 전혀 걸려들지 않았고, 그중 한 방은 대동맥에 닿았으니까. 만약 사고가 난 지점이 병원에서 가까운 곳이 아니었고, 그곳에 간 사람이 강혁에게 훈련받은 구조사가 아니었다면 반드시 죽었을 터였다. 아니, 그렇더라고 해도 도착해서 강혁이 직접 보지 않았다면 죽었을 가능성이 컸다.

"네, 일단 증거가 전혀 남질 않았어요. 증인도 없고."

"음……. 제가 사고 지점을 못 들었는데……."

"관광단지 내입니다."

"네? 거기는 사람이 많은데."

트래킹하는 곳이라면 증인이나 증거나 없다고 해도 놀랄 일은 아닐 터였다. 애초에 찾는 사람이 드물었으니까. 아무리 누와라엘리야가 전례 없는 호황을 누리고 있다고 해도, 벌써부터 트래킹 코스까지 다 정비할 수 있을 정도는 아니어서 그랬다. 게다가 방송에서 나온 장면에 트래킹은 거의 없어서 더 그랬다. 대다수 관광객은 그리 넓지 않은 관광단지에 몰려 있었다.

"네, 그렇습니다. 근데도 흔적도 찾지 못했어요. 물론 경찰이 현장 보존을 잘하지 못해서 그럴 수도 있지만…… 아무리 그래도 너무 깨끗합니다. 게다가."

"네."

"지금 쓰러진 환자분은 그냥 평범한 대학생이에요. 혹시나 해서 SNS도 뒤져봤는데 깨끗합니다. 원한 같은 걸 샀을 리가 없어요."

그럴 것 같았다. 생긴 것도 그렇고, 옷차림도 그렇고 지극히 평범한 사람이었다. 물론 CIA 고문으로 일하면서 알게 된 이들 중엔 평범함 속에 비범한 속내를 감추고 있는 이들도 있긴 했지만, 그런 이들은 대개 나이가 좀 있었다.

"그리고 소지품…… 사라진 게 없죠? 저는 그렇게 전달받았습니다.”

대사의 말에 간호장교를 돌아보니, 어깨를 으쓱해 보이며 고개를 끄덕이고 있었다. 휴대폰, 지갑 심지어 호텔 방 키도 죄 주머니에 있었단 얘기였다. 강도도 아니고, 원한 관계도 아니고. 그렇다면 대체 뭘까?

“동양인 혐오 범죄 가능성도 떨어지는데…….”

애초에 스리랑카 자체가 서남아시아이지 않나. 게다가 강혁을 비롯한 한국인 봉사단에 의해 동양인에 대한 호감도는 최대치였다.

‘거기까지 갈 것도 없어. 현지인 중에 칼을 이만큼 쓸 수 있는 놈이 있을 리가 없어.’

사람 죽이는 기술도 배우고 익히려면 돈이 들지 않은가. 아니, 이거야말로 돈 주고도 배우기 어려운 종류의 기술이었다.

“네, 그렇습니다. 묻지 마 범죄가 아닌가 하는 생각이 들어서 말씀드렸습니다.”

“그 말은 이런 일이 또 생길 수 있다는?”

“네. 확률은 떨어지지만…… 저희도 백 교수님이 하시는 일 응원하고 있어요. 만에 하나라도 그렇다면 누와라엘리야에 어려움이 닥칠 수 있습니다.”

“이미 닥친 것일 수도 있습니다.”

“다행히 환자 보호자들은 그저 응원만 할 것 같습니다. 원래 백 교수님 팬도 있다고 하고요.”

“그건 다행이군요. 말씀 주셔서 감사합니다.”

"아닙니다. 저희 국민을 살려주셔서 정말 감사드립니다."

강혁은 대사의 감사 인사를 끝으로 전화를 끊고는 잠시 고민에 빠졌다. 범행의 목적이 지금 쓰러진 환자 자체에 있었다면, 미안한 얘기지만 차라리 다행일 터였다. 하지만 묻지 마 범행이라면?

'아니, 아냐. 이거…… 설마.'

강혁은 분명 좋은 뜻으로 이곳에 왔고, 좋은 방향으로 발전시키고 있었다. 절대다수는 실제로 행복해지고 있고, 희망을 품을 수 있게 되었다. 하지만 반대급부도 충분히 있었다. 원래 이곳을 다스리던 작자들, 그리고 영향력을 행사하던 작자들. 강혁은 그들에게 원한을 샀다.

'만약 그 새끼들이 배후에 있다고 하면 너무 쓰레긴데.'

사람이 어찌 그럴 수 있나 하는 생각이 들 수도 있었다. 사람을 죽여가면서 빼앗긴 땅을 평가 절하한다고? 그리고 기회가 되면 다시 집어삼킨다고? 이게 말이나 되는가? 하지만 세상엔 분명 나쁜 놈들도 있었다. 이익을 위해서라면 다른 이에게 얼마든지, 적극적으로 피해를 끼칠 수 있는 놈들. 애초에 그런 놈들이 이 땅을 차지했었다.

'일단…… 미군에 연락해야겠네.'

다행히 강혁에게는 무력 수단이 없지 않았다. 경찰을 믿을 수 없다고 해도 좋았다. 군대를 동원하면 되니까.

만약 범인이 정말 그쪽이라면 텀을 두고 범행을 저지를 터였다. 한 명이 잘못되었다는 게 온 동네에 퍼지고 난 후에 다른 한 명이 또 잘못된다면 파급력이 다를 테니. 시간이 있단 얘기였다.

강혁은 그 시간을 허투루 보낼 생각이 없었다.

'자, 그럼 이걸 누가 찔렀을까.'

방에 돌아오는 순간 강혁의 표정이 돌변했다. 방금까지 성질이 좀 더러워 보이긴 해도, 어찌 되었건 봉사 현장에 있을 법한 아저씨의 얼굴이었다고 한다면 지금은 수사관의 얼굴이라고 할까? 칼도 안 들어갈 것 같은 느낌이었다.

"데니스, 알아봤어?"

맞은편엔 피곤한 얼굴의, 그러나 반짝이는 눈을 하고 있는 데니스가 앉아 있었다. 몇 가지 사진을 가지고서였다.

"네. 범인 사진은 아니고요. 사고가 난 지점 사진이에요."

"발자국도 별로 없네."

"별로 없는 정도가 아니에요."

아무리 상대가 칼을 가지고 있다 해도, 그걸로 찌르려고 하면 보통은 저항이 발생하는 법이었다. 뒤로 돌아 도망가는 게 더 흔한 일이고. 그러나 환자는 분명 배를 찔려서 왔다. 그것도 여러 번.

"혹시 환자 손에는……."

"손도 깨끗해. 그래서 너한테 말한 거야. 프로 같아서."

"그럼 이건 100퍼센트죠. 프로예요."

만약 낌새라도 보였다면, 사람은 반드시라고 해도 좋을 정도로 손을 움직이기 마련이었다. 그래서 살해 현장의 시신을 잘 보면 손에 유독 상처가 많았다. 베이고 찔린 상처들. 배를 비롯해 보다 치명적일 수 있는 곳의 손상을 막기 위한 본능이었다. 다시 말하자면 아까 그 환자는 본능적인 움직임조차 보이지 못하고 당했다는 얘기가 되었다.

"발자국 흔적이나…… 손상 정도를 통해 미루어 볼 때…… 범인은 그냥 맞은편에서 걸어오다가 찔렀을 거예요."

"너는 할 수 있겠냐?"

"저요? 저는 이런 식의 훈련을 받은 적은 없어요."

"너도 못 해?"

"하려면 하겠는데…… 이렇게 깔끔할 수 있을까요? 모르겠네. 그나마 다행인 건 칼이 짧았을 거란 거죠. 좀만 길었어도 환자 즉사했을걸요."

"그건 맞아."

"교수님 생각에는 이게…… 계속 벌어질 수도 있을 거란 거죠?"

"응. 에이 시발."

데니스가 돌아간 후에도 강혁은 한동안 잠을 이루지 못했다. 밖에 칼잡이 하나가 돌아다니고 있단 확신이 드니 그럴 수밖에 없었다.

'개새끼들이.'

한편으로는 괘씸하단 생각도 있었다. 강혁이 원래 있던 기득권들 입장에서 생각하면 개새끼인 것도 맞는 얘기였다. 그 사람들의 감정과 그들이 얼마나 악한 사람들이고 또 이곳의 약자들을 어떻게 핍박했는지와는 별 관계가 없을 터였다. 원래 인간은 자기가 가지고 있다가 빼앗긴 것만 생각하기 마련이니까.

'아무리 그래도 그렇지……. 이건 선 넘는 거 아니냐?'

무고한 사람을 찌르는 방식으로 나설 줄이야. 진짜 어지간히 미치지 않고서는 불가능한 사고방식이었다.

'미친놈들이라 이거지.'

하지만 어떻게 생각해보면 지금처럼 아무렇지 않게 이 모든 이권을 넘겨받을 수 있다고 생각하는 게 말도 안 되는 일일 수도 있었다. 그렇지 않나. 한낱 조직 폭력배들조차 이권 다툼이 벌어지면 끝까지 물고 늘어지는 것이 세상의 이치였다.

'미친놈이 되어볼까.'

그런 놈들을 상대하려면 어떻게 해야 할까? 아마 어린 날의 강혁이었다면 적잖이 당황했을 터였다. 하지만 지금은 아니었다. 너무 많은 일을 겪은 탓일까. 강혁은 도리어 웃으며 잠이 들 수 있었다.

"굿모닝."

심지어 아침에는 웃으면서 인사도 했다. 사정을 모르는 이들이야 오늘 강혁이 좀 기분이 좋은가보다 싶었을 뿐이었다. 아닌 게 아니라 강혁의 얼굴은 정말로 밝아 보였다. 뭐 좋은 일이라도 있나 싶을 정도였다.

'저 새끼 또 뭔 짓을 하려고 저러지.'

물론 강혁을 잘 아는 이들은 두려움에 떨어야만 했다. 강혁이 저런 얼굴을 하고 있을 땐, 반드시라고 해도 좋을 정도의 확률로 누군가가 불행해지기에 그랬다. 아니, 지금까지는 정말 단 한 번도 빗나간 적이 없었다. 한구에서도 그랬고, 여기서도 그랬다.

'아니지. 여기서는 특히 더하지.'

한유림은 저도 모르게 몸서리를 치며, 일부러 강혁이 보이지 않는 쪽으로 걸어갔다. 어차피 당직을 서야 하는 몸이지 않나. 입 한번 잘못 놀린 대가치고는 좀 과하단 생각이 들었는데 여기서 뭘 더 당해야 한다고 생각을 하니 정말이지 끔찍했다. 그런 일은 절대로 없어야만 했다.

"교수님. 저도."

"저도."

좌우를 돌아보니 어느새 재원과 장미가 앉아 있었다. 녀석들도 척 보고 분위기 파악을 한 모양이었다. 하긴 그럴 만도 했다. 한구까지는 같이 가지 않았다 해도, 저 험악했던 한국대학교 병원 중증외상센터에서 함께한 세월이 있지 않나. 강혁이 겉 다르고 속 다른 인간도 아닌 만큼 아직까지 파악이 안 되었다면 문제가 있다고 봐야 했다.

"좋은 일 있으신가 봅니다."

물론 태화 봉사단 사람들은 다들 그런 강혁을 보며 인사를 건네고 있었다. 병원에서 일하다 보면 싫어도 윗사람 눈치를 살펴야 하지 않던가. 그래서 다들 강혁의 표정을 살피고 있었다. 그러다 보니 이런 일이 벌어지고야 말았다.

'김승규 어딨냐.'

다행이라고 해야 할까? 오늘은 강혁이 타깃을 정하고 온 참이었다. 아니, 칼에 찔린 환자를 발견하자마자 정했다. 이런 일에 적합한 사람은, 강혁을 제외하면 단 한 명뿐이지 않겠나.

"오늘 밥이 참 맛있습니다."

두 그릇째 싹싹 비워 먹고 세 그릇째 달라는 저 인간. 가뜩이나 여유 없는 살림을 축내고 있는, 하지만 그것보다 훨씬 더 커다란 도움이 되고 있긴 한 저 인간. 김승규뿐이었다.

"오, 잘 먹네."

강혁은 그런 김승규의 옆에 앉았다. 그러곤 어제 잠들기 전까지 생각했던 바를 다시 한번 정리했다.

'범인은 분명 프로…… 그렇다면 사주한 놈들은 원래 여기 있던 놈들일 거야.'

물론 프로 칼잡이가 그냥 돌아서 아무나 찌른 것일 수도 있었다. 하지만 그건 확률이 너무 낮았다. 말이 안 되는 일이라 해도 좋았다. 돈 받고 사람 죽이는 놈들치고 정말 그 일을 즐기는 놈은 못 봐서 그랬다.

'누굴까?'

사주한 놈이 있다는 것도 확실하고, 여기 있던 놈일 거라는 것도 확실했다. 동시에 강혁에게 원한이 있으리라는 것도 쉬이 추론 가능한 일이었다. 문제가 있다면 강혁이 여기 와서 깽판 쳐놓은 일이 한두 가지가 아니라는 점이었다. 집단이라고 하면 두세 집단으로 좁힐 수 있겠으나, 정확히 누구라고 짚기는 어려울 정도로 떠오르는 인간이 많았다.

'누가 되었건 간에…… 인종차별주의자는 확실하지.'

하지만 그들 모두가 갖는 공통점을 떠올려보면 어느 정도 다음 스텝을 예상할 수 있었다. 원래 이곳의 호텔 단지 중 대부분의 유서 깊은 호텔은 백인만 손님으로 받던 곳이지 않나. 심지어 지금도 동양인은 식당만 이용 가능한 호텔이 존재하고 있을 지경이었다. 21세기에 이런 일이 말이 되나 싶을 수도 있겠지만. 지난 100년 넘게 멈추어 있던 이곳에서만큼은 가능한 일이었다.

'첫 번째 피해자가 일본인이었다는 게 우연은 아닐 거야.'

그렇다면 범인은 다음에도 동양인을 상대로 범죄를 저지를 가능성이 컸다. 그 말은 곧 동양인들이 주로 가는 곳을 예의 주시해야 한다는 것을 의미했다. 이건 그리 어려운 일이 아니었다. 아직 한국이나 일본 등지에는 알려진 지 오래된 곳이 아니었다. 그들이 참고할 만한 자료는 기껏해야 방송 정도가 다일 터였다. 실제로 어제 일본인도 방송에 나왔던 산책로에서 당했다.

"승규야."

"어, 네."

마음을 정한 강혁은 식사를 마치자마자 몸을 일으켰다. 김승규의 어깨를 툭 하고 치고서였다. 김승규는 사실 좀 더 먹고 싶었지만, 이미 세 그릇을 통으로 비운 터라 민망하기도 한 참이었다. 해서 둘은 곧 부엌을 빠져나왔다. 어느새 몸을 일으킨 데니스도 함께였다.

"공문 내렸어?"

"네. 내렸습니다."

앞에는 한석준도 있었다. 하도 이런저런 일을 시키다 보니 가끔 완전히 까먹기도 하지만, 하여간 외교부 공무원이지 않나. 살인 미수에 그치긴 했어도 하여간 강력 범죄가 일어났다는 사실을 대사관 통해서 관광객들에게 알린 참이었다.

"그런다고 사람들이 안 놀러 다니진 않겠지?"

"그럴 리가요. 신경도 안 쓸걸요. 지진이나 화산 경보 아닌 이상……."

"그렇긴 해. 나라도 그렇겠다."

한국이 비록 선진국의 반열에 든 지 오래라 하지만, 여전히 노동 시간이 긴 나라에 속하지 않나. 휴가 한번 가는 게 어디 보통 일이겠나. 어지간한 일이 아니고서는 놀고 싶을 터였다. 세상에서 제일 열심히 일하는 민족이면서 동시에 제일 열심히 노는 민족이었다.

"경찰에도 협조 요청했지?"

"하기는 했죠. 근데…… 아시잖아요."

"알긴 알지."

개발도상국들이 늘상 그러하듯 일단 경찰 수가 턱없이 부족했다. 그리고 열악한 봉급 체계 때문에 열심히 일하고자 하는 사람은 더 적었다. 어찌 보면 당연한 일이었다. 사명감만으로 일할 수 있는 사람은 드물지 않겠나.

"미군 쪽은?"

그렇다고 마냥 손 놓고 있을 수만은 없는 노릇이었다. 강혁은 리처드를 돌아보았다. 부리나케 불려 온 녀석은 황급히 고개를 끄덕였다. 여전히 입가에 묻어 있던 제육 양념을 대충 소매로 문질러 닦으면서였다.

'저런 거 보면 어떻게 외과 의사 하고 있나 궁금해진단 말이지.'

외과 의사란 모름지기 청결에 목숨을 걸어야 하는 존재들 아닌가. 아무리 공과 사를 구별하고 사는 게 인간의 도리라지만 저건 좀 심하다 싶었다. 하지만 강혁은 이제 더 이상 추정만으로 사람을 조지지 않기로 결심한 참이었다. 게다가 지금은 리처드에게 중요한 임무까지 맡기지 않았나. 강혁은 애써 끓어오르는 본능을 억눌렀다.

"도와주기로 했어요. 어차피 지금 당장은 여기 할 일이 많지 않아서요."

"잘됐네. 이따 바비큐 파티에도 오지?"

"그럼요. 그것만 기다리고 있습니다."

"좋아. 그럼 김승규…… 음."

강혁은 연신 좋다고 고개를 끄덕이면서 김승규를 돌아보았다. 벌써 일주일 넘게 본 얼굴인데도 참 험상궂다는 생각이 들었다.

'나야 뭐 끔찍하단 생각까지는 들진 않는데…….'

강혁은 원래부터도 겁이 별로 없는 편이었다. 심지어 용병들이랑 일하면서는 어지간히 험한 꼴이 아니고서는 눈 하나 깜짝하는 법이 없어져버렸다. 하지만 이 얼굴을 보고 남들도 무서워하지 않을 수 있을까. 그건 아예 다른 문제가 될 터였다.

'얘가 혼자 밤늦게 있다고 해서…… 범인이 나설까?'

굳이 그럴까 싶었다. 하지만 이건 강혁 혼자만의 생각일 수도 있었다. 이제 강혁은 자신이 보통 사람들의 생각과 조금 동떨어져 있는 인간이라는 걸 자각한 지 오래였다. 그래서 물었다.

"자, 생각해보자."

"네."

"니들이 흉악범이야. 칼을 들었어. 동양인을 타깃으로 범죄를 저지르려고 해."

"네."

"늦은 밤이고, 아무도 없어. 근데 여기 승규가 나타났어. 얘 어떡할래?"

강혁은 그렇게 물으며 나머지 인원을 돌아보았다. 그래봐야 데니스와 리처드가 다긴 했다. 둘은 흐음 소리와 함께 김승규를 돌아보았다.

'이걸 찌른다고?'

'내가 왜…….'

어떻게 봐도 범죄자의 관상이지 범죄 대상의 관상은 아니었다. 데니스나 리처드나 이런 얼굴을 처음 보는 건 아니긴 했다. 어디서 봤더라. 그래, 관타나모에서 본 것 같았다. 아니, 거기서도 흔한 인상은 아니었다.

"아뇨."

"굳이 위험을 부담하고 싶진 않은데요."

"하긴, 그것도 그렇지. 그럼 분장을 해서…… 음. 여장을 하면 어때."

"여장이요? 이걸. 아니지. 이분을요?"

강혁의 말에 데니스가 일단 고개를 흔들었다. 여장이라니. 말이 되는가. 오히려 더 무섭게 보일 수도 있었다.

"아니다. 안 될 것 같아."

잠시 놀라운 상상력으로 여자가 된 김승규를 떠올려본 강혁도 고개를 저었다. 이런 여자가 있을 수는 있었다. 하지만 같은 이유로 범죄 대상이 될 수는 없을 터였다.

"어떻게 해도 안 되겠지?"

"네. 안 되죠."

"그럼…… 음. 역시 재원이인가."

"네?"

"가서 양재원 오라고 해. 걔가 약한 인상의 표상이지."

"어……. 네."

강혁은 안 되는 걸 붙잡고 버티는 취미가 없었다. 꿈을 꾸는 건 행복한 일이지만, 안 되는 꿈을 붙잡고 있는 것도 비참한 일이란 생각이 들어서였다. 게다가 양재원이 공격받는 그림은 너무 상상하기가 쉬웠다. 각이 보인다고 할까?

"저, 저 불렀어요?"

사실 양재원도 이제 나이가 30대 중반을 넘어 후반으로 꺾여 들어가고 있는 마당이었다. 사회생활을 하지 않아본 것도 아니었다. 아니, 오히려 차고 넘치게 하고 있었다. 이미 사회적으로 성공했다는 말을 듣기에 충분한 상황 아니던가. 단지 큰 병원 교수라는 명예만 있는 것도 아니었다. 아무리 대학교수가 밖에 나가 있는 의사들보다 월급이 짜다고 하지만, 센터장쯤 되면 어지간한 대기업 이사급이었다.

'그럼 보통 관록이라는 게 붙는데 말이지.'

강혁은 찬찬히 자신의 수제자를 뜯어보았다. 타고난 재능만 따지고 보면 옆에 선 김승규와는 비교하는 게 좀 미안하단 생각이 들 정도로 차이가 났다. 하지만 이 녀석은 열심이었고, 무엇보다 자기 옆에 붙어 있으면서도 끈덕지게 까불 수 있는 넉살이 있었다. 어디 가서 내가 백강혁이 제일 총애하는 제자라고 말해도 충분할 만큼의 실력도 있다는 얘기였다.

'근데 왜 이렇게 약해 보이지.'

인상만 보면 어디 20대 후반의 애를 잡아다 놓은 것 같았다. 그것도 아직 취직이 되기 전이라 자신감이 결여된 상태, 즉 꽃이 피기 전의 아이 같아 보였다.

'다 쓰임새가 있다더니. 이번엔 이놈이 딱이네.'

평소라면 넌 대체 왜 그러냐고 한마디 쏘아붙였을 수도 있겠지만 지금은 오히려 껄껄 웃음이 나왔다.

"야. 나가자."

"네? 갑자기요? 저 당직이라면서요."

"오, 진료 계속 보고 싶어서 그래? 우리 관광단지로 가려고 하는데."

"아, 아뇨. 갈게요."

"근데 그러고 가진 말자."

"왜요. 제 옷이 어디가 어때서요."

타깃은 누가 봐도 관광객으로 보여야 했다. 만만해 보이면 더 좋았다. 재원이 입고 있는 옷은 후줄근한 면바지에 흐릿한 색의 티였다. 너무 아무렇게나 입고 있다보니 관광객으로 보이진 않았다.

"이걸 입으…… 라고요?"

"어. 예쁘지 않냐?"

"반바지에 긴팔을 왜 입는데요?"

"원래 인싸들은 그렇게 입어."

"영 어색한데……."

"오, 지금 표정. 지금 표정 딱 좋아. 자, 이제 목에 이거 걸어."

원래 쑥맥인 사람이 너무 인싸 같은 복장을 하게 되면 어색해지기 마련이었다. 지금 재원이 그랬다. 그는 어리둥절한 얼굴이 되어 주변을 돌아보고 있었다. 그 모습을 확인한 데니스와 김승규 그리고 리처드는 자기도 모르게 서로 눈을 마주쳤다.

'와……. 진짜 약해 보여.'

'센터장님…… 한 대 툭 치면 죽게 생겼습니다.'

'형님…… 연기하시는 거죠? 그렇죠?'

한마디로 요약하자면 이랬다. 지금의 양재원은 평소보다도 더 약해 보였다. 이상한 일이었다. 여기 온 이후론 강혁 때문에 운동을 했는데도 그랬다.

"좋아, 아주 좋아. 역시 너는 내 제자다."

기대 이상의 모습이다 보니 기분이 좋아진 강혁은 아무 소리나 지껄여댔다. 강혁은 그렇게 한참 웃어대고는 돌연 일행을 돌아보았다. 정확히 말하면 일행의 옷차림을 훑어보았다.

"아, 그리고 우리도 일단 관광객으로 꾸미자고. 리처드 넌 들어가고. 인상이 안 돼."

"네? 제가요?"

강혁의 말에 리처드가 김승규를 힐끔 바라보았다. 인상이 안 된다니? 그럼 저 괴물은 뭐란 말인가. 본래 속내 숨기는 걸 잘하지 못하는 리처드이지 않나. 생각이 고스란히 얼굴에 드러났다.

"이 사람이 진짜."

김승규는 얼굴과 달리 의외로 섬세한 사람이었다. 아니, 둔감한 사람이라 해도 리처드의 얼굴 표정 정도는 다 알아차렸을 터였다.

"어어, 패려고?"

"내가 깡패야?"

"그럼 뭔데요."

"교수! 의대 교수!"

"거짓말……."

"이 새끼가 진짜."

그 모습을 지켜보던 강혁은 방금 재원을 보던 때와는 정반대의 기분이 들었다. 리처드도 만만한 인상은 아닌데, 김승규는 그야말로 괴물이었다. 사람이 어찌 저렇게 생겼을까 싶기까지 했다. 본인이 워낙 잘생겼기에 딱히 외모에 대해서는 별생각이 없는 편이었는데도 그랬다.

"일단 리처드는 들어가. 거기 백인 있으면 좀 그래."

"그거 인종차별적인 발언 아닐까요? 미군은 왜 불렀어, 그럼."

"사실 이렇게 둘이 빠지면 넌 당직 서야 돼서 그런 거야. 꼭 내가 이렇게 얘기를 해야 들어가?"

"아……. 와, 그렇게 말씀하시니까 진짜 진료 보기 싫어졌어요."

"오, 자기감정을 또박또박 한국어로 하네, 이제. 기특해. 근데 더 기특해지면 뒈질 것 같으니까 들어가."

"네."

영어로 너 이제 죽었다고 하면 그렇게 무섭지 않던데 한국어로 뒈진다고 하면 진짜 뒈질 것 같은 느낌이 들었다. 리처드는 몸서리치며 안으로 들어갔다. 강혁은 나머지 일행의 코디를 책임졌다. 누가 봐도 아 관광객이구나 싶도록 꾸몄다.

"저는 왜 이런 옷일까요?"

딱 하나 김승규만 빼고서였다. 아무리 관광객처럼 꾸며도 어째 요원 같은 느낌만 나서 그랬다. 정체를 숨기고 누군가의 목을 따기 위해 잠입한 요원. 다른 곳을 보고 있으면 일상물인데 김승규가 앵글에 잡히는 순간 스릴러, 액션물이 되는 기분이었다.

'이것도 진짜 재주다.'

해서 강혁은 궁여지책으로 광대 옷을 입혔다.

"다 관광객처럼 하고 있으면 어색하잖아. 거기 어차피 이런저런 사람 많아서…… 적당히 돈 받고 사진 찍어주라고."

"분장도 안 하고요?"

"분장? 분장을 왜 해. 지금 핼러윈 그 자체야. 진짜 개무서워."

"안 무섭게 보이려고 이 옷 입힌 거 아니에요?"

"어, 원래는 그랬는데. 진짜 무섭네. 차라리 잘됐어. 대놓고 무서우니까 오히려 다른 뜻은 없어 보여."

"하."

김승규를 제외한 나머지는 별 불만이 없었다. 원래 강혁의 옷

입는 솜씨야 알아주는 것이라서 그랬다. 실제로 데니스는 나중에 기회되면 이런 스타일의 옷을 더 사야겠단 생각을 하고 있었다. 그렇게 세 사람의 관광객과 한 마리의 괴수를 실은 차량이 관광단지를 향해 떠나갔다.

"여기서 내리자."

"공사장이잖아요?"

"그러니까 사람도 없고 좋지."

"아, 그렇구나. 하긴. 이 꼴을 누가 보면 안 되겠네."

차량이 멈춰 선 곳은 강혁이 강탈한 곳 중 하나인, 극장 공사장이었다. 사고로 인해 공사가 중단되었다가 재개한 지 얼마 안 된 참이었다. 이번에 수주를 맡은 곳은 태화였기에 관리는 철저히 이루어지고 있었다. 딱 봐도 이전보다 훨씬 단단해 보였다.

"어……. 일단 내가 먼저 저리로 갈게."

목표 지점은 역시나 산책로였다. 관광단지에서 일을 치르는 것은 불가능하기에 그랬다. 제아무리 경찰력이 개판이라고 해도 여기는 통제되고 있었다. 중앙 정부에서조차 신경을 쓰고 있어서 그랬다. 하지만 광장에서 호텔 단지 외곽을 통째로 돌아가야 하는 오솔길은, 심지어 여러 갈래로 갈라져 있다 보니 관리가 어려웠다. 문제는 그쪽으로도 꽤 많은 인원이 가고 있다는 점이었다. 방송에서 워낙 매력적인 산책로로 비추어지기도 했고, 대한민국 사람들이 산책을 엄청 좋아하기 때문이기도 했다. 올레길이 괜히 만들어진 게 아니었다.

"다음은 김승규. 그다음 양재원. 마지막을 데니스가 와. 미군

백업은 되는 거지?"

강혁은 머릿속으로 대강 근방의 지도를 그린 다음, 동선을 짰다. 대화는 주로 데니스와 이어나갔다. 나머지는 의사들이어서 그랬다. 뭔가 심상찮은 일을 꾸밀 땐 데니스가 제격이었다. 사실 두 의사는 자신들이 왜 여기 와 있는지조차 정확히 알지 못했다.

"네. 아까 리처드가 연락했어요. 유사시에 산책로를 틀어막을 겁니다."

"좋아. 어차피 지금 당장 나오진 않을 거야. 어제도…… 한 4, 5시쯤이었지? 사고가?"

"네."

"의외로 그때 저쪽에 사람이 진짜 없지. 어차피 밤에는 아무도 없으니 말할 필요도 없고."

"네. 여기야 뭐…… 가로등도 없고 아무것도 없는 동네니까요."

가로등만 없는 게 아니라 일부 식당이나 주점을 제외하면 7시 넘어 장사하는 곳도 거의 없었다. 기분 내면서 식사라도 하고 싶으면 4, 5시 전에 서둘러 산책로를 빠져나와야 한다는 뜻이었다. 그나마 혼자 다니는 이들은 일정에 여유가 있었는데, 아마 어제 일본인 대학생이 당한 것이 그 여유 때문일 것이라 강혁은 판단하고 있었다.

"좋아. 그럼 순서대로 가자."

"저, 근데 교수님?"

이렇게 간다고 해서 오늘 범인이 나타날지 어떨지는 알 수 없었다. 극히 낮은 확률이지만 정말로 딱 일본인 대학생만을 노린 범행이었을 수도 있었다. 그래도 확인은 해보잔 마음으로 발걸음을 옮기려는 찰나, 재원이 강혁을 불렀다.

"어, 왜."

"저 근데 이 옷은 왜 입은 거예요?"

게다가 재원은 후드티 안에 받쳐 입은 조끼를 가리키고 있었다. 누가 봐도 방검복이나 방탄 조끼로 보였다. 보통 사람 같으면 저걸 입히는 순간부터 이미 작전을 다 들켰을 터였다. 하지만 강혁은 그런 인간이 아니었다.

"아, 혹시 몰라서. 우리 다 입었잖아. 어제 사고도 있었고."

"아……. 그래요?"

"근데 왜 우리 따로 다녀요?"

"휴일에도 나랑 다니고 싶어?"

"아, 아뇨."

"그래. 혼자 잘 즐기라고. 대신 시야에서 멀어지진 말고."

"그건 왜요?"

"어제 사고 있었잖아."

"아."

방검복을 입혀놓고도 살살 구슬려서 사람을 속일 수 있는 인간이었다. 이는 재원이 좀 어벙한 구석이 있어서 가능한 일이기도 했다. 어찌 보면 좀 불쌍한 인생이지 않나. 사회생활 10년 차가 넘었다고 하지만 3년은 군대에 있었고, 나머지는 병원에만 있었다. 바깥세상이 얼마나 간교함으로 가득 차 있는지 재원은 미처 알지 못했다. 해서 고개를 끄덕였고, 김승규와 데니스는 그런 재원을 보면서 눈이 동그래졌다.

'이게 된다고?'

'이게 되네.'

강혁은 그런 재원의 어깨를 툭툭 치고 나서 광장을 통과해 산책로로 향했다.

'나한테 달려들 수도 있지.'

어쩌면 강혁이 가장 강한 미끼일 수도 있는 일이었다. 저들이 죽이고 싶은 게 어찌 이름 없는 관광객들이겠나. 강혁을 죽이는 상상을 이날 이때껏 수도 없이 해왔을 가능성이 컸다. 그래서 강혁도 무장을 갖추고 있었다. 특히 방검복은 단단히 갖춰 입은 참이었다.

강혁은 점검을 마치고 나서, 마음도 칼처럼 갈고 닦은 후 산책로 안으로 들어갔다. 선글라스에 벙거지까지 쓰고 있다 보니 얼굴을 딱 알아보긴 어려울 터였다.

'후.'

그 뒤를 광대가 따랐다. 애들이 따라붙어서 풍선이라도 불어 달라고 하면 어쩌나 하고 걱정이었는데, 기우였다. 정말 단 하나도 가까이 다가오는 사람이 없었다. 덕분에 축 처진 얼굴로 산책로로 향하는 모습이 썩 어울렸다.

'와, 좋다.'

다음으로는 아무 생각 없는 재원이 들어갔고, 마지막은 데니스였다.

'완전 프로던데…… 괜찮으려나.'

백업이 있다지만, 그래도 불안한 얼굴을 하고서였다.

4시 반. 서울에서는 대낮이라는 말도 어울릴 정도로 이른 시간이지만 지난 100년이 넘는 세월 동안 개발이 이루어지지 않았고, 여전히 곳곳에 원시 정글이 산재한 누와라엘리야에서는 곧 해가 떨어질 시간이었다. 그 시각 네 사람의 인영이 구불구불한 산책로를 따라 걷고 있었다. 각자의 간격은 그리 멀지 않았지만 그렇다고 가깝지도 않았다. 누군가 불의의 습격을 한다면 꼼짝없이 당해야 할 터였다. 맨 마지막에 선 데니스는 그게 불안했다.

'괜찮아. 앞에 내가 있잖아. 사방 100m 이내에 사람 있으면 알아, 나는.'

강혁이 했던 말을 애써 되뇌어봐도 마찬가지였다. 확실히 데니스가 아는 강혁이라면 가능할 것 같긴 했다.

'저 인간이 사람 같지 않은 사람이기는 해.'

그런데 아무리 그래도 프로의 발자취를 완전히 잡아낼 수 있을까? 본인이 혹독한 훈련을 감내해 온 바 있는 데니스로서는 확신을 품기 어려웠다. 그때 안주머니에 있던 휴대폰이 울렸다. 필시 강혁일 터였다. 다른 사람일 수는 없었다. 이 폰은 그렇게 설정이 되어 있었다.

'설마.'

뭔가 알아챈 걸까? 앞을 보니, 아직 아무것도 보이는 건 없었다. 그저 밝은 얼굴의 재원과 등만 봐도 무서운 김승규만 보일 뿐이었다. 정작 메시지를 보냈을 강혁은 잘 보이지도 않았다.

〈내 전방 100m, 움직이지 않는 사람 확인.〉

전방을 예의 주시하며 확인한 메시지에는 이렇게 쓰여 있었다. 정말로 100m 앞에 있는 사람을, 이렇게 구불거리면서도 울창한 숲길에서 확인했단 말인가. 눈만으로는 불가능한 일이었다. 그렇다고 귀로는 가능할까? 아닐 것 같았다. 여기저기 산새 소리가 울려 퍼지고 있었다. 언젠가 관광객 중 하나가 이런 소리도 하지 않았나. 여기 새 종류가 완전히 밝혀지면 지금까지와는 또 완전히 다른 류의 관광객들이 찾아오는 곳이 될 거라고.

〈90m. 우측에 있으니 좌측으로 돌아서 재원이 옆으로 갈 것.〉

〈80m.〉

생각을 이어나가는 와중에도 문자는 계속해서 오고 있었다.

'백 교수님이 아무것도 없는데 확신하고 그런 사람은 절대 아니지.'

허튼소리 한 적이 있었나. 없었다고 봐야 했다. 그래서 데니스는 길이 없는 숲으로 향했다. 아예 사람의 손길이 닿지 않은 야생 그 자체였다. 이런저런 장애물이 많다는 얘기였다. 그럼에도 불구하고 데니스는 재원을 따라잡았다. 애초에 선두에 선 강혁이 느릿느릿 걷고 있었을 뿐만 아니라, 데니스가 빨라서이기도 했다.

〈30m. 내가 목표일 수도 있겠어. 쟤는 모르겠지만 방금 눈 마주침.〉

그사이 문자가 하나 도착해 있었다. 확인은 못 했다. 숲길을 달리느라 그랬다.

'저거…… 백강혁 아냐?'

같은 시간 숲에 숨어서 또 다른 피해자를 물색하고 있던 범인은 자기 눈을 의심하고 있었다. 이미 범행이 벌어졌던 공간에 또왔다는 게 이상하게 여겨질 수도 있을 터였다. 하지만 관광지만큼 강력 범죄 관련한 소문이 늦게 도는 곳도 드문 법이었다. 당장 개발도상국만 그런 게 아니었다. 미국도 마찬가지였다. 심지어 플로리다에서는 연쇄살인범이 무려 다섯 명의 관광객을 죽였는데도 별다른 보도가 이루어지지 않은 적도 있었다.

'그렇다고 해도…… 아는 놈은 알 텐데? 저 새끼 여기 완전 유지 아닌가?'

자본주의 사회에서 돈은 그 어떤 가치에 우선하는 법이었다. 정말이었다. 말로는 인권을 떠들고, 동물 보호를 떠들지만, 뒤를 캐고 들어가면 결국 돈과 맞물려 있는 경우가 대부분이었다. 그런 상황에서 관광객 하나 죽을 뻔한 게 뭐 그리 대수겠나. 어차피 언론은 돈 있는 자들의 이득을 대변하기 마련이고, 이런 곳은 더더욱 그랬다. 침묵하고 있는 것도 당연한 일인데, 백강혁과 같이 힘 있는 사람에게는 예외였다.

〈백강혁 맞아.〉

혹시 몰라 사진을 찍어 보냈더니 윗선에서도 확인을 해주었다. 그럼 어찌해야 할까. 어차피 여기 와서 다른 관광객들을 노리고 있는 것도 다 백강혁을 괴롭히기 위해서이지 않나. 종래에는 백강혁이 비참한 꼴이 되어 여기서 나가는 걸 모두가 바라고 있었다. 근데 그 주인공이 눈앞에 모습을 드러낸 참이었다.

'함정?'

어설픈 놈이었다면 기회란 생각이 먼저 들었을 터였다. 하지만 범인은 프로였다. 해서 주변을 둘러보았다. 하지만 대규모 인력이 움직이는 느낌은 전혀 없었다. 백강혁 뒤에 웬 이상한 광대하나가 있기는 한데, 정말로 광대 하나였다.

'시건방진 놈이라 했지. 설마……'

30m 거리에서 비로소 인기척을 느낀 범인은 20m 거리에 이르기까지 강혁인 것을 확인한 후, 일단 뒤로 이동 중이었다.

〈어떻게 할까요?〉

의견을 물어서이기도 했고, 생각에 잠겨서이기도 했다.

'이 새끼가 설마 범인을 혼자 잡으려고? 영화를 너무 많이 봤나?'

미친놈인가 싶었다. 하지만 백강혁의 국적을 생각해보면 또가능한 일이란 생각도 들었다. 대한민국은 전 세계적으로 치안이 좋기로 유명한 나라이지 않나. 그중에서도 서울에서만 지낸사람이라면 범죄에 대한 노출이 거의 없었다고 보는 게 맞았다.

'아무리 그래도 그렇지. 저 병신.'

아무리 살펴도 뒤따르는 광대 말고는 아무도 없었다. 오더가떨어지면 망설일 이유가 없다는 얘기이기도 했다. 광대가 방해를 하려고 나설지도 모르지만, 그거야 뭐 간단히 제압할 수 있지않겠나.

〈죽여.〉

그때 메시지가 왔다. 역시 이런 기회를 놓치면 병신이지 않겠

나. 하지만 그렇다고 바로 달려들지는 않았다.

〈보수는?〉

프로가 왜 프로인가. 돈 받는 대가로 책임감을 발휘해서 프로였다. 그 말은 곧 돈을 받아야 움직인다는 뜻도 되었다.

〈100만.〉

〈거기에 100만 더.〉

〈콜.〉

원래 받기로 했던 돈도 적지 않았다. 거기에 200만이 더해진 상황. 백강혁은 제거가 지극히 까다로운 상대이기는 하지만 그건 백강혁이 병원 안에 멀쩡히 들어가 있을 때 얘기였다. 이렇게 밖에 나와 있으면 식은 죽 먹기였다.

'칼? 아니면…….'

그럼에도 잠깐 고민이 됐다. 칼이 주특기이긴 했다. 지나치면서 배를 찌르면 죽을 터였다. 어제는 짧은 칼을 썼지만, 그거야 길이를 조정하면 될 일이지 않겠나.

'근데 그 환자를 살린 게 백강혁이야. 그리고 여기로 왔다는 건…….'

어쩌면 칼에 대한 방비는 되어 있을 수도 있었다. 그래봐야 프로인 자신을 상대할 수는 없을 테지만.

'그래도 위험 요인은 최대한 제거하는 게 좋아.'

해서 총을 꺼내 들었다.

〈총.〉

동시에 강혁은 문자를 보내고 몸을 숲속으로 날렸다.

"응?"

뒤따르던 김승규는 갑자기 벌어진 이변에 발걸음을 멈추었다. 이윽고 총성이 울렸다. 소음기를 썼음에도 불구하고 나무가 가득한 숲속이라 그런지 소리가 무척 크게 울렸다. 푸드득 새가 날았다.

"이런 시발."

재원만 예의 주시하고 있던 데니스는 그제야 품속의 총을 꺼내어 들고 달렸다. 그러곤 강혁이 총을 가지고 있었는지에 대해 생각했다.

'없었던 것 같은데? 아닌가?'

총이 있어도 사실 큰일이었다. 사람 같지 않은 인간이기는 했다. 총도 잘 쐈고. 심지어 사람도 맞힌 적이 있었다. 총 들고 병신 짓 할 가능성은 적다는 얘기였다. 하지만 숲속에서 훈련받은 사람과 총싸움을 벌이는 건 그야말로 위험한 짓이었다.

'피해?'

이러한 데니스의 판단과는 별개로 범인은 쿵쾅대는 심장을 부여잡고 있었다. 분명 강혁은 자신의 존재를 알아차린 낌새가 아예 없었다. 일단 잘 보이지 않는 곳에 있지 않았나. 그걸 봤다면 그것부터가 이상한 일이었다. 그리고 무언가 예기치 못했던 것을 확인했을 때 나오는 반응을 지었다면 그건 공포스러운 일이었다.

'어딨지?'

더 무서운 건 강혁이 숲속으로 몸을 던진 이래 움직임을 아예 놓쳤다는 점이었다. 혼비백산해서 아예 도망을 쳤을까? 그건 아닌 듯했다.

'광대도 없다.'

오솔길을 따라 도망간 것도 아니었다. 사실 인적이 드문 곳에서 총소리를 들은 인간이 멀쩡히 뛰어서 도망갈 수 있는 확률은 적었다. 일반인이라면 거의 없다고 해도 과언이 아니었다. 다리가 굳거나 풀리기 마련이었다.

'끌고 들어갔나?'

그 말은 강혁이 도움을 줬다는 얘기가 되었다. 이제 범인은 상대가 프로라고 인식하고 대응하기로 했다. 이미 자신의 위치는 노출이 되었으니 서둘러 움직여야 했다. 만약 상대가 총을 들고 있다면 지극히 위험한 상황이지 않나. 해서 범인은 더욱 깊은 숲속으로 향했다. 다행히 자신은 이 숲속에서 꽤 오랜 시간 지냈기 때문에 익숙해질 대로 익숙해진 참이었다. 그에 반해 상대는 처음일 것이 분명했다. 그럼 눈에 띄지 않는 곳으로 숨어 들어가면 될 일이었다. 그렇게 구석으로 향할 때쯤 문자가 울렸다.

〈성공했나?〉

멍청한 고객이 보낸 문자였다. 그렇다고 돈 주는 사람이 보내는 메시지를 무시할 수는 없는 노릇이라 본인만 느낄 수 있는 강도의 진동으로 설정해놓기는 했지만, 그래도 간이 툭 떨어지는 느낌이 들었다. 만약 자신이 부주의하게 진동을 크게 해놨으면 어쩔 뻔했나. 제아무리 바람 소리와 새소리가 가득한 곳이라 해도 들킬 수도 있던 노릇이었다.

'병신들이. 일단…… 어디냐.'

하여간 다행이라 여기며 고개를 두리번거렸다. 여전히 보이는
건 없었다.

"총 내려놔."

그때 뒤통수에 차가우면서도 무거운 물체가 닿았다. 총구였
다. 구체적으로는 권총.

'이건…… 이건 외통수인데.'

다른 부위였다면 몸을 돌려서라도 피할 수 있었을 터였다. 예
를 들면 관자놀이 같은 곳? 하지만 뒤통수는 그게 안 되는 곳이
었다. 그야말로 몸의 중심부여서 그랬다. 제아무리 고개를 틀어
본다고 해도 치명상은 피할 수 없었다. 상대가 미숙하다면야 어
찌어찌 희망을 품어볼 수도 있었을 텐데.

'전혀 몰랐어. 이런 미친놈이.'

접근하는 걸 아예 눈치채지 못한 상황이었다. 그야말로 짐승
처럼 움직인 모양이었다. 아니, 짐승도 이렇게 은밀하지는 못했
다. 이건 그냥 괴물이었다. 해서 총을 내려놓았다. 방심하기를 바
라면서였다. 그럼 기회가 올 것이다. 총만 있는 건 아니니까. 하
지만 그런 일은 벌어지지 않았다. 강혁은 일말의 망설임도 없이
범인의 연수를 후려쳐서 의식을 잃게 만들었다. 그것으로도 모
자라 전기 충격도 가했다.

"아, 지린내."

소변이 흘러나오는 것을 보니 좀 너무했나 싶기도 했지만, 하
여간 잡기는 잡았다. 또 다른 범인이 나오기 전에, 이제 남은 할
일은 하나뿐이었다.

'누가 시켰냐? 어떤 새끼가 뒤에 있지?'

배후를 캐고, 그 배후를 나락으로 떨어뜨리는 일이었다.

"괜히 줄줄이 데리고 왔네."

강혁은 네 명이 타고 왔던 차량에 하나를 더 태운 채 허허 웃었다. 표정만 보면 더없이 평화로워서, 얼굴 뒤로 보이는 누와라엘리야의 목가적인 풍경과 굉장히 잘 어울렸다.

'미친……'

'이 사람이 범인인가?'

실상은 전혀 그렇지 못했다. 김승규와 재원은 둘 사이에 앉아 있는, 생전 처음 보는 사내를 돌아보았다. 그냥 관광객처럼 보이는 옷차림을 한 사람이었다. 요원이라고 하면 왠지 새카만 옷을 입고 있을 것 같았는데, 자유로운 영혼의 소유자인지 뭔지 꽃무늬 남방을 입고 있었다. 굳이 특이한 점을 꼽아보자면 모자를 깊게 눌러쓰고 있다는 점 정도일까?

"일단 가자. 재원이는 이제 더 할 일 없고. 승규는 나랑 뭐 좀 하자고."

"아, 네."

"네?"

하여간 험악한 일에 연루되었다는 걸 이제야 깨닫게 된 둘이었다. 그중에서도 미끼 역이 되었던 재원은 화가 좀 났지만, 너무 놀란 나머지 처음 화내야 했을 만한 타이밍을 놓쳐버렸다. 게다가 정작 미끼는 강혁이 된 마당인지라 이제 와 뭐라 하기엔 애매한 상황이었다. 그러던 차에 일단 풀려나게 되었으니 잘 됐단 생각이 들었다. 연신 고개를 끄덕였다.

"저는…… 저는 왜요?"

반면 김승규는 황당하단 생각만 들었다. 아니, 좀 무서웠다.

'양 교수님이야 뒤에 있었으니까 몰랐겠지만……'

소음기 낀 총소리가 그렇게까지 큰 줄은 오늘에야 처음 알았다. 영화에서는 대충 천으로 둘둘 감기만 해도 소음이 크게 줄던데 실제는 좀 다른 모양이었다. 하긴 군의관 시절에 쏴댔던 총소리를 생각해보면 영화가 이상한 게 맞기는 할 터였다. 장교용으로 지급된 권총 k5의 소음도 굉장하지 않았나.

"넌 얼굴이 무기라…… 그냥 뒤에 서서 분위기만 잡아."

"뭘…… 뭘 하시려고요."

"얘네들이 나를 무슨 삼합회 쪽 사람으로 알거든. 넌 얼굴이 삼합회잖아."

"음."

방금 굉장히 모욕적인 언사를 들은 느낌이었다. 얼굴이 삼합회라니? 조폭들이 교수님은 전국구입니다, 뭐 이런 얘기까지 하는 건 들어봤어도 삼합회라니.

"아냐? 아닌 것 같냐?"

"아뇨……."

하지만 화가 막 치밀어 오르진 않았다. 총 든 사람도 제압하는 인간 아닌가. 지금 옆에 뻗어 있는 사람이 그 증거였다. 물론 김승규와 비교해서 둘 중 누가 더 무섭게 생겼냐고 물으면 백이면 백, 김승규를 뽑겠지만 범인의 얼굴은 또 다른 느낌이었다.

'산전수전 다 겪은 느낌이랄까…….'

경험 때문에 후천적으로 다듬어진 얼굴이란 얘기였다. 하여간 차량은 숙소가 아니라, 영 엉뚱한 곳에서 멈춰 섰다. 김승규를 제외하면 모두가 아는 곳이었다.

"가버너 하우스……?"

집에 가는 줄로만 알고 있던 재원은 고개를 갸웃거리며 차에서 내렸다.

"어, 일 보는 동안 너는 저기 밑에서 밥이나 사 먹고 있어. 눈치껏 우리 먹을 것도 사 오고."

"어……. 자유의 몸은 아니네요?"

"아니면 병원 가든지. 걸어가볼래?"

"아, 아뇨."

여기서부터 병원까지의 거리를 가늠해보면서 재원은 고개를 세차게 저었다. 거리도 거리지만 진짜 문제는 그런 게 아니었다. 이 야밤에 걸어가다가는 뒤질 확률이 높았다. 차량은 늘었는데, 가로등이나 인도 설치 등은 안 되어 있어서였다. 강혁도 그러한 문제는 인지하고 있었지만 당장 어떻게 할 생각은 전혀 없어 보였다. 어차피 관광객들만 다니는 길목인데, 관광객치고 거기까지 걸어가는 사람은 없어서 그랬다.

"알겠어요. 그냥…… 음. 밥 먹고 사 올게요."

"좋아. 그래라."

강혁은 그럴 줄 알았다는 얼굴로 후후 웃었다. 그러곤 양재원이 빠져나가는 바람에 노출된 범인의 몸통을 쭉 잡아다 당겨버렸다. 무게가 상당했지만, 강혁에게 그런 게 언제 문제가 되었던가.

"웃차."

별 어려움 없이 어깨에 둘러멜 수 있었다.

"오."

도우려던 데니스와 김승규의 손이 좀 민망해지는 순간이랄까. 그나마 데니스는 워낙 강혁과 이런 식으로 보조를 맞춰온 세월이 길다 보니, 바로 자기 할 일을 찾아 나설 수 있었다. 문을 열고, 지하로 향하는 계단에 이르는 길에 불까지 켜두었다.

"아니, 이게."

사실 김승규도 가버너 하우스가 아예 처음은 아니었다. 뒷길로 와서 못 알아봤지만, 이곳이 나름 필수 관광 코스가 되어 있어서 그랬다. 반대편 문 쪽은 지금도 사람들이 서성이고 있을 가능성이 있었다. 100년도 더 된 건물인 것은 물론이거니와 다니엘 러셀이 사용하면서 구비해둔 이런저런 물건들이 박물관처럼 들이차 있어서 리뷰도 좋으니 당연한 일이었다.

"아, 여기는 다니엘이 저 혼자 쓰려고 만든 곳이야."

"저쪽이랑은 안 이어져요?"

"어, 안 이어져. 지하가 아주 끝내줘."

"끝내줘요……?"

"들어가보면 알아."

어깨에 범인을 둘러멘 강혁이 두리번거리고 있는 김승규를 지나쳐 가며 설명해주었다. 지하에 대한 간략한 묘사를 곁들이면서였는데, 사실 1층만 해도 심상찮은 기운이 물씬 풍겨 오기는 했다. 대체 다니엘이라는 인간은 뭐 하는 사람이었을까 하는 생각이 딱 들었다고나 할까. 각종 칼과 무기들 그리고 고급 주류들이 줄지어 놓여 있었다. 그리고 큼지막한 침대와 소파들이 놓여 있었는데, 자국들로 미루어 짐작하건대 난잡한 파티들이 열리던 공간인 듯했다.

"다니엘이 마약상이에요?"

"마약상? 갑자기?"

"영화에서 보면 마약상들이 이러고 놀던데."

"아……. 뭐, 크게 다르진 않지."

마약상이란 무얼까. 여러 가지 설명이 들러붙겠지만, 본질적으로는 보다 큰돈을 노력 없이 벌고 싶은 놈들이었다. 그 과정에서 희생되는 수많은 사람들은 아랑곳하지 않고. 그런 의미에서 다니엘은 마약상과 많이 닮아 있었다.

'실제로 마약을 쓰기도 했지.'

파티에서 홍차 우린 물이나 마셨겠는가. 그랬을 가능성은 전혀 없다고 봐도 무방했다. 강혁은 그런 생각을 하면서 지하로 향했다. 잘 관리되긴 했지만 낡은 철제 계단이 비명을 질렀다. 강혁도 몸무게가 아주 가벼운 편이 아닌데 짊어지고 있는 놈도 무거워서 그랬다. 다행히 무너지는 일은 없었다. 강혁은 내려오자마자, 데니스가 끌어다놓은 의자에 범인을 앉혔다. 데니스는 그런 범인의 손을 꺾어서 의자에 묶었다. 약간은 불만 어린 눈을 하고서였다.

"의자가 접이식이라…… 꼼수 쓰면 풀릴 것 같기도 한데요?"

"꼼수 못 쓰게 하면 되잖아."

"네?"

"깨면 한 대 치고 시작할까?"

"아……. 교수님 의사시잖아요."

"이 새끼는 사람 죽이려고 했지. 그것도 아무 죄도 없는 사람을."

"그건 맞죠."

아무래도 의사가 사람 친다는 말을 아무렇지도 않게 하는 건, 도무지 익숙해지지 않는 일이었다. 하지만 말하는 사람이 강혁이다 보니 그런가보다 싶은 마음도 들었다. 게다가 강혁의 말대로 이놈은 사람을 죽이려 한 놈이었다.

"개새끼."

욕이 절로 나왔다.

"야, 너 이제 한국어 잘한다."

"그러니까요. 많이 늘었죠."

"어, 욕하는데 찰지네. 원어민인 줄 알겠어."

"근데 저보다는 리처드가 더 잘해요."

"그 새끼는 욕을 좀 너무 하지."

"하하, 그렇긴 해요."

그러곤 강혁과 더불어 두런두런 대화를 나누기 시작했다. 김승규는 도저히 그 대화에 낄 생각이 들지 못했다. 지하실을 둘러보느라 그랬다.

'사격 연습장인가……?'

어떤 라인은 확실히 사격하던 곳이 맞는 것 같았다. 어떤 라인에는 볼링공이 놓여 있는 것으로 미루어 볼 때, 사격만 하던 곳은 아닌 듯했다. 아마 관리가 잘되던 때에는 꽤 화려한 지하 벙커였을 것 같았다. 하지만 지금은 그런 느낌이 도통 들지 않았다. 일부러 한번 뒤집어엎었는지 실로 어지러워서 그랬다.

"쿨럭."

그때 정신을 잃었던 범인이 눈을 떴다.

"와, 체력 좋네. 진짜 심하게 튀기긴 했는데."

몸소 후려치고 전기로 튀기기까지 했던 강혁이 놀란 눈으로 범인에게 다가갔다. 깨어나자마자 어딘가에 묶여 있음을 확인한 범인은 아주 잠시 몸을 뒤흔들다가 이내 움직임을 멈추고 숨을 골랐다. 당장 끊어낼 수 있는 결박이라고 해도, 눈앞에 사람이 있는데 풀면 뭔 소용이란 말인가. 쓸데없이 체력을 낭비하느니 그냥 잠자코 있는 편이 옳았다. 지극히 합리적인 판단이었다. 그게 강혁의 심기를 거슬렀다.

'합리적인 거 좋지.'

대개의 경우에서 합리적인 판단은 도움이 되기 마련이었다. 문제는 나쁜 놈들의 경우에도 마찬가지란 점이었다. 합리적으로 나쁜 짓을 하는 놈들.

"우, 우우우욱."

강혁에게 명치를 맞은 범인은 의자째로 뒤로 넘어가 비명을 질렀다. 오버한다는 생각은 추호도 들지 않았다. 데니스와 김승규는 저 펀치를 자기가 맞았다면 어떻게 되었을까 하는 생각만 하고 있었다.

'와……. 진짜 효율적으로 팬다.'

'진짜 개무섭다.'

그사이 강혁은 의자를 다시 세우고 범인을 노려보았다. 범인
은 고통에 찬 얼굴이면서 동시에 조금 당황한 기색이었다. 그 자
리에서 죽이지 않고 잡아 왔다는 건 뭔가 묻고 싶은 게 있어서
아닌가? 근데 아무 말도 없이 그냥 패? 그냥 분위기 잡기용인가
싶었다. 그럼 이제는 물어봐야지 싶었는데, 또 때렸다. 이번엔 명
치가 아니라, 간이었다. 어마어마한 통증이 몰려왔다.

"으, 으."

신음조차 제대로 나오지 않았다.

'와, 이 새끼 독하네? 눈이 아직도…….'

강혁은 그런 범인을 보면서 꽤 놀랐다. 보통 한 방이면 탈레반
도 알라를 배신할 기세로 입을 술술 열던데 이놈은 두 방이나 맞
았는데도 그냥 신음만 흘리고 있었다. 이름도 말을 안 했다, 이
말이었다. 그럼 어떻게 할까? 아마 다른 사람 같았으면 고민이
좀 되었을 터였다. 하지만 강혁은 말없이 범인을 다시 세우고 주
먹을 겨눴다. 이빈엔 심장이었다.

"잠깐 하늘나라 구경 갔다가 오자?"

강혁은 그렇게 주먹을 말아 쥔 채로 푸근한 미소를 지어 보였
다. 하늘나라? 이게 대체 뭔 소리란 말인가. 범인은 당최 이해가
잘 안 산다는 얼굴로 강혁을 올려다보았다. 딱히 뭔가를 가르쳐
주고 싶은 생각이 전혀 없던 강혁은 그저 그런 범인을 마주 보고

만 있었다. 그러다 예고 없이 심장을 쳤다. 정확히 말하면 왼쪽 가슴이었는데, 범인은 딱 심장을 맞은 기분이었다. 기분만 그랬다면 다행일 터였다.

"커헙."

심장에 갑자기 커다란 충격을 주면 어떻게 될까? 심장이 뛰는 원리를 생각해보면 간단하게 추론이 가능한 일이었다. 전기 신호로 인해 심방에서 심실 순서로 뛰는 장기이지 않나. 너무 강한 충격은 그런 신호를 흔들어놓기에 충분한 법이었다. 그렇게 되면 일순간 이런 일이 발생했다.

"어……? 심장 안 뛰는데요?"

"주, 죽었어요?"

옆에서 대기 중이던 데니스와 김승규가 본능적으로 달려들었다. 둘 다 범인이 죽었을까봐서였는데, 마음가짐은 천양지차였다.

'아, 아무것도 못 들었는데.'

요원인 데니스는 그저 이런 생각뿐이었다. 범인의 안위 자체는 별로 걱정하지 않았다. 그냥 죽을 만한 놈이 죽었구나 정도랄까? 다만 아쉬운 점이 있다면 아직 아무것도 알아낸 게 없다는 것이었다.

'아니, 이런 미친.'

그에 반해 험상궂게 생겼긴 해도 일단 의사이긴 한 김승규로서는 당황스러울 수밖에 없었다.

"수, 숨도 안 쉬어. 맥도 없고! 백 교수님!"

그는 혼비백산한 얼굴이 되어 광대 옷을 벗어 던졌다. 그러자 딱히 단련한 것도 아님에도 불구하고 우람하기 그지없는 흉악한 근육이 모습을 드러냈다. 강혁도 비슷한 몸을 지니고 있었지만, 둘은 참 달랐다. 하나는 심장을 쳤고, 김승규는 그로 인해 잠시 멈춘 심장을 되살리기 위해 즉시 흉부 압박에 돌입했다.

"하나, 둘, 셋."

본능적으로 숫자를 세어가면서였다.

"야야, 비켜봐."

의사가 되어서 도움을 주지는 못할망정, 강혁은 그런 김승규를 제지했다.

"아니, 아무리 그래도 사람을……."

"얘 심장 완전히 정상이었어. 충격으로 발생한 건 금방 돌아와."

"네?"

"맥박 짚어봐."

"어……. 아, 그렇네. 오."

"내가 이거 많이 해봐서 알거든. 신뢰가 좀 생기냐?"

"신뢰…… 그…… 네? 많이 해봐요?"

김승규는 실로 복잡한 표정이 되어 뒤로 물러났다. 그럴 수밖에 없었다. 심장이 다시 뛰는 것 자체는 참 다행한 일이지만. 이걸 많이 해봤다는 건 대체 어떻게 해석을 해야 한다는 말인가.

'한국 돌아가면 다시는 엮이지 말아야겠다. 이 미친 인간 같으니.'

벌써 여러 번 했던 다짐이기는 했다. 첫날부터였는데, 무언가 강혁에게 배울 때마다 흔들렸던 다짐이기도 했다. 확실히 한국에 있는 그 어떤 의사도 강혁만큼 자신에게 영감을 주지는 못하지 않았나. 이 인간은 실로 괴물 같은 인간이었다. 그래서 배울 점이 있을 거라 생각했다.

'배울 점이야 있지. 그런데 배우다 뒤지면 그게 다 무슨 소용이겠어.'

자꾸 헷갈리던 찰나에 차라리 잘되었다 싶었다. 역시 상종을 하면 안 되는 인간이었다. 그만 그런 생각을 하게 된 것은 아니었다.

'뭐야, 이거?'

순간 정신을 잃었던 범인은 간신히 눈을 뜨며, 이 생각부터 했다.

'뭐지? 무슨 일이 벌어진 거지?'

심장 부근을 얻어맞은 것까지는 현생의 기억이었다. 그 후로 있었던 일은, 글쎄 이걸 뭐라 설명해야 할까. 정신이 아득해지는가 싶더니 눈앞이 돌연 밝아졌더랬다. 무언가 두런두런 대화 나누는 소리도 들렸는데 아무리 생각해도 익숙한 목소리인 것이 돌아가신 할아버지 같았다.

'할아버지가 나 어렸을 때 이것저것 진짜 많이 알려줬는데.'

그중에 사람 죽이는 방법과 같은 흉악한 것은 단연코 없었더랬다. 할아버지가 되어서 손자에게 그런 걸 가르쳐주는 사람이 있을 리가 없지 않나. 범인의 눈에서 돌연 눈물이 흘러나왔다. 표정을 보아하니, 아직 자각하지 못한 듯했다. 강혁은 차분히 기다

리다가 이내 그의 어깨를 툭 하고 쳤다. 말은 차분하다고 했지만,
절대적인 시간은 그리 길지 않았다. 그저 5, 6초 정도 되었을까?

"어."

"잘 갔다 왔냐?"

"어……."

"또 가고 싶어? 왜 말이 없어."

"아니, 아닙니다."

아마 단순히 고통을 주는 방식의 고문이었다면, 범인은 절대
입을 열지 않았을 터였다. 훈련을 빙자한 고문에 익숙해질 대로
익숙해져 있어서 그랬다. 하지만 이건 대체 뭐란 말인가.

'이게 말로만 듣던 임사 체험인가.'

그야말로 죽었다 살아난 느낌이었다. 말 그대로 느낌을 주었
을 뿐이었지만, 당사자로서는 심각하게 여길 수밖에 없었다. 강
혁은 그러한 사정을 매우 잘 알고 있던 터라 아까보다 훨씬 여유
로웠다.

'설마 여기서 말 안 하면…… 또 치지, 뭐.'

안 통하면 또 치면 될 일이었다. 경험상 한 세 번까지는 영원
히 올라가지 않는다는 걸 알고 있었다. 그 후에는 진짜 흉부 압
박도 해야 했다. 다른 조치를 취해야 할 가능성도 있었고. 모든
환자가 평등하겠지만, 이런 놈에게까지 그런 노력을 기울이고
싶지는 않았다. 해서 어지간하면 말을 하라고 생각하며 표정을
힘악하게 구기면서 입을 열었다.

"자, 그럼 이름."

"네. 유리입니다."

다행이라고 해야 할까? 한번 죽다 살아난 범인은 실로 고분고분해져 있었다.

"몇 살이지?"

"서른네 살입니다."

"어리네?"

"어…… 네."

쓸데없는 말을 하고 있음에도 불구하고 딱딱 반응을 해주고 있을 지경이었다. 뒤에 있던 데니스의 눈동자가 휘둥그레진 것은 결코 우연이 아니었다.

'세상에 이런 고문법도 있구나.'

CIA에 알려야 할까? 그럼 다들 좋아할 텐데. 특히 중동에서 작전 중인 친구들은 자지러질 것이 뻔했다. 대외적으로야 당연히 국제법을 따르고, 또 미국법을 따르고 있다고 발표하고 있지만 세상일이 어디 그렇게 말랑하게만 굴러가던가. 보이지 않는 곳에서는 별 이상한 짓을 다 하는 게 CIA고 또 미국 정부 기관이었다. 심지어 최악의 교도소라 불리는 관타나모는 아예 미국 말고 다른 곳에 지어두지 않았나. 이유는 간단했다. 미국 법을 어기기 위해서였다.

'아냐. 저렇게 칠 수 있는 놈이 있을 리가 없어.'

단순히 힘과 기술이 좋아서 가능한 것 같진 않았다. 저건 필시 백강혁이라서 가능한 일일 터였다. 가공할 만한 의학적인 지식과 경험 그리고 의료진들 사이에서조차 불가사의로 통하고 있는 강혁의 어떤 힘이 작용한 것이리란 생각이 들었다.

'와……. 개무서워.'

한편 옆에 묵묵히 서 있던 김승규도 이런 생각을 하고 있었다. 실제 감상이 그러한 것을 뭐라 할 수는 없겠지만, 김승규의 꼴을 생각하면 좀 이상한 일이기도 했다.

'저 새끼는 뭔데 웃통을 벗고…… 몸은 또 왜 저러고…… 여긴 어디고…… 아, 이런 망할.'

그 흉악한 몸을 있는 힘껏 드러내놓고 있지 않나. 이름을 유리라 밝힌 범인에게는 그것만으로도 심각한 압박이었다. 백강혁도 체격이 좋은 편이지만 글쎄, 뒤에 있는 놈에 비하면 애들 장난으로만 보이지 않나. 이놈도 임사 체험을 시킬 수 있는 조직이라면 뒤에 있는 놈은 진짜 저승사자랑 하이파이브도 시킬 수 있는 놈일 터였다.

'그래, 말하자! 저 사람까지 나서기 전에!'

덕분에 유리는 그 혹독한 고문과 훈련을 견딘 몸임에도 불구하고 마음이 툭 하고 꺾여버렸다. 그 순간, 강혁도 이변을 눈치챘다.

'역시 김승규. 얼굴로 사람 마음을 꺾네.'

이름이나 나이와 같은 정보는 말을 해줄 수 있어도, 그 뒤에 있는 놈들까지 말해줄까에 대해서는 의문이 있었다. 하지만 지금 이 순간 그러한 의문은 씻은 듯이 사라져버렸다.

"누가 시켰어?"

"아……. 저는 바로 윗선하고만 연락을 했습니다."

"그게 누구냐고. 또 갔다 올래?"

"아니, 아닙니다. 토카레프의 지시를 받았습니다."

"토카레프……?

보통 토카레프라 하면 구소련의 권총을 말하는 법이었다. 20세기가 지나기 전까지는 분명 그랬다. 하지만 이제는 아니었다. 구 체첸 반군의 잔당들이 모여 설립한 무장 단체가 얄궂게도 자신들을 무던히도 괴롭히던 권총, 토카레프의 이름을 따서 만들어진 탓이었다. 그렇다 해도 어지간한 사람은 몰라야 정상인데, 강혁은 역시나 보통 사람이 아닌 만큼 바로 알아먹었다.

"말장난을 하네? 이 새꺄. 그럼 너도 토카레프란 소리잖아. 야, 애 윗도리 벗겨봐."

"네."

데니스 또한 마찬가지였다. 딱히 미국을 상대로 한 테러를 저지른 적은 없는 조직이지만, 어찌 되었건 CIA로서는 눈여겨볼 수밖에 없던 조직이기도 해서 그랬다.

"이봐, 이거. 진짜 너네도 참 생각 없다. 등짝에 토카레프를 박았네."

"음."

"너무 직관적인 거 아니냐? 이래가지고 어디 뭐 비밀 작전하겠어?"

"으음."

유리도 토카레프 조직에서 토카레프 모양의 문신을 박아서 상호 확인을 위한 방편으로 쓴다는 걸 알았을 때, 이 비슷한 생각을 했더랬다. 그래도 돈도 많이 주고 나름 대우도 잘해주고 있어서 별생각이 없었을 뿐인데, 제3자의 입에서 여과 없는 비난의 말이 난무하기 시작하자 기분이 좀 착잡해졌다.

'망할. 그렇게 좀 바꾸자니까.'

이제 와 이런 생각을 하는 게 다 무슨 소용이 있겠는가. 아무 것도 두려울 게 없는 몸이라 생각했는데 두려운 것이 생긴 순간부터 다 끝났다고 봐야 했다. 그나마 한줄기 남아 있던 양심으로 조금 꼬아서 대답을 해보았지만, 그것도 소용없었다.

'삼합회라고 들었는데…… 뭔 놈의 삼합회가 정보가 이렇게 좋아. 옆에 있는 놈 보니까 딱 봐도 CIA잖아. 대체 뭘 건드리자고 한 거야.'

게다가 데니스의 몸놀림 그리고 행동과 말투를 보아하니, 이건 폭력 조직과는 거리가 멀어 보였다. 동시에 어디서 본 조직의 특징이기도 했다. 어딘지 모르게 헐렁하게 생긴 얼굴, 하지만 빈틈없는 태도. 정부에 속한 정보기관들이 대개 이러했는데, 그중에서도 CIA가 제일 심했다.

"토카레프에 올리버가 의뢰를 넣었습니다."

"아, 올리버. 얼마를 쳤길래 와서 민간인을 죽이려고 했지?"

"제가 받기로 한 건…… 건당 50만입니다."

"달러지?"

"네."

"이 새끼, 이거……, 죽일까."

"네? 아니, 살려…….."

"농담이야. 나 의사야. 내가 널 왜 죽이니. 너는 이제 죽고 싶어도 못 죽어."

"네?"

죽인다는 말도 참 무서운 말이지만, 죽고 싶어도 못 죽는다는 말도 만만치 않게 무서운 말이었다. 특히 이런 살벌한 눈빛을 받으면서 듣고 보니 세상에서 제일 무서운 말이구나 싶었다. 강혁은 그렇게 유리의 어깨를 감아쥐면서 말을 이었다.

"올리버 잡는 데 네가 좀 활약을 해야겠는데. 할 수 있겠지?"

유리는 그냥 정신없이 고개를 끄덕였다. 자신이 아니라 토카레프 할아버지 아니, KGB가 왔다 해도 이런 협박에는 굴할 수밖에 없을 것 같았다.

*

"그냥 이렇게 와요?"

김승규는 데니스만 유리 곁에 덜렁 놔둔 채, 아까 재원이 사라져 갔던 관광단지를 향해 걸어가고 있는 강혁에게 물었다. 돌아보니 그야말로 어처구니가 없다는 표정을 짓고 있었다. 당연한 일이긴 했다. 그들은 방금 무차별적인 살인을 계획했던, 심지어 훈련까지 받은 놈을 잡은 참이었으니까.

"어? 아, 어. 괜찮아. 알아서 할 거야."

"알아서…… 한다고요? 아니, 저거. 저놈 보통 놈이 아니던데요."

김승규는 범인의 눈을 기억하고 있었다. 김승규도 한 인상 하는 편이고 또 그래서 젊은 시절에는 이런저런 싸움에 휘말리기도 했던 편이었다. 심지어 봉사도 자기 얼굴 따라간다고 교도소로 가지 않았나. 하필 청송 교도소가 강력 범죄자들이 주로 있는 곳이다보니 진짜 사람을 죽인 사람들과도 함께 부대낀 적이 있었다.

'그 새끼는 좀 다르던데…….'

아까는 강혁 때문에 놀라서 미처 반응을 하지 못했지만, 딱 눈이 마주쳤을 때 살기가 느껴졌다. 그냥 좀 독해 보인다 하는 수준은 단연코 아니었다. 상대의 기세를 갈기갈기 찢어버리는 느낌이랄까? 하여간 보통 놈이 아니었다.

'그거에 비하면 우리 데니스 사장은…… 그냥 사장 아닌가?'

체격이 좋은 편이긴 했다. 동양인치고 좋은 게 아니라 그냥 서양인 체구였다. 아무래도 교포라 그렇지 않나 싶었는데, 사실 그게 다였다.

"어, 우리 데니스도 보통 놈 아니야."

물론 그건 김승규가 보기에 그렇다는 얘기였다. 강혁에게 데니스는 퍽 능력 있는 요원이었다. 얼굴이 알려지는 바람에 강제적으로 화이트 요원이 되기는 했지만 그것도 다 상대가 정부 기관일 때 얘기였다. 올리버가 상대라면, 별 상관없을 게 뻔했다.

"그런가……?"

"그렇다니까. 내가 이런 일 한두 번 겪는 줄 알아?"

"보통 이런 일이 있어요?"

"그럼. 봉사 현장에서는 별의별 일이 다 있지."

"와……. 이거 진짜 빡센 일이구나."

김승규는 강혁이 총소리가 울리자마자 숲으로 끌고 들어가 구해줬을 때부터 이미 마음을 완전히 빼앗긴 참이었다. 그에 더해 강혁이 단 세 방 만에 그 강인해 보이던 범인을 굴복시키는 걸 보자, 마음속 깊은 곳에서부터 존경심이 무럭무럭 자라올랐다. 그렇다고 해서 엮이지 말아야겠다는 결심에 흔들림이 있거나 한 것은 아니었지만, 적어도 강혁의 눈앞에서만큼은 지나치다고 느껴질 만큼 굽신거려야겠다고 결심한 바 있었다.

　"근데 양 교수님은 어디 계실까요?"

　김승규는 고개를 끄덕이다가 이내 관광단지 안에 들어왔음을 깨닫고는 사방을 두리번거렸다. 원래는 기껏해야 식당 서너 개 있던 게 다라고 했었더랬다. 실제로 방송에 나온 식당 수도 그랬고. 하지만 지금은 20개가 넘는 음식점들이 주르륵 놓여 있었다. 하도 급하게 짓다보니 대부분 목제 건물들이었는데, 오히려 이곳에서는 주변 풍광과 잘 어우러지는 느낌이라 더 좋은 느낌도 있었다. 게다가 밤만 아니면 거의 사시사철 쾌적한 날씨가 이어지는 곳이 이곳 누와라엘리야다 보니, 불편함도 없었다. 대신 식당이 너무 늘어서 조금 막막했다.

　"응? 아, 이 새끼는 뭐 맨날 뻔해서."

　그에 반해 강혁은 그저 여유로웠다.

　"네?"

　"얘는 뭐에 꽂히면 그것만 먹거든. 옷도 하나만 입잖아. 알지?"

　"아…… 그렇네. 옷은 진짜 그거…… 그게 여러 벌 있는 거죠?"

　"아니, 하나야. 그거 빨아서 입고, 빨아서 입고 하는 거야. 그러니까 후줄근하지."

"와……. 진짜……."

김승규는 양재원이 왜 장가를 못 가고 있는지 알겠다는 얼굴로 고개를 끄덕였다. 강혁은 그런 김승규를 어이가 없어서 바라보았다.

'지금도 너 주변으로만 사람이 없다, 승규야.'

안 그래도 흉악하게 생긴 놈인데, 지금은 광대 옷까지 챙겨 입은 참 아닌가. 광대 옷이면 축제 느낌이 더해지지 않나 싶을 수도 있겠지만 지금 김승규는 그저 사이코 살인마로만 보일 뿐이었다. 실제로 김승규가 움직일 때마다 강혁이 치안을 부탁했던 미군들이나 중앙 정부에서 직접 파견 보내온 경찰들이 움찔거리고 있었다. 그러다 빈손을 보고는 안도의 한숨을 내쉬거나 하는 식이었다.

"여기."

"아, 케밥. 그러고 보니까……."

"어, 이 새끼는 새로 생긴 식당이 궁금하지도 않나……. 맨날 먹던 것만 먹어. 저 봐. 저기 서 있지?"

"그렇네요."

"심지어 맨날 양고기 케밥이야. 딴 건 안 먹어."

"진짜 특이하시긴 하네요."

강혁과 김승규는 두런두런 대화를 나누면서 오래된 식당 안으로 들어섰다. 동시에 정적이 흘렀다. 아무래도 생긴 게 너무 하다 보니 둘이 나누는 대화도 수상쩍게 들려서 그랬다.

"쾌적해졌네."

"그러게요. 다들 급한가."

김승규는 내심 속상했지만 내색하지 않고 마구잡이로 비어버린 자리 하나를 차지하고 앉았다. 내내 서 있던 재원에게는 잘된 일이었다.

"와, 마침 잘 오셨어요. 자, 여기."

"너 여기 오래 걸리니까 내가 딴 데서 사라고 했지?"

"딴 데는 안 가봐서."

"아니, 대체 왜 여기만 오는 거야. 누가 맘에 들어?"

"네? 아뇨. 그냥 이게 맛있는데."

"그래……. 말을 말자."

강혁과 김승규는 재원이 마침 점원에게 건네받은 케밥을 하나씩 입에 물었다. 맛이 없는 건 아니었다. 나름 소스와 고기 그리고 향초와 야채의 조화가 괜찮았다. 그렇다고 맨날 먹을 수 있을 것 같진 않았지만.

"근데…… 교수님."

한동안 창밖을 바라보며, 그러니까 뉘엿뉘엿 저물어가는 누와라엘리야의 해를 바라보면서 케밥을 씹어 삼키고 있던 재원이 강혁을 불렀다. 얼핏 보니 얼굴이 같잖게 느껴질 만큼이나 진중해져 있었다.

'뭐야, 이 새끼.'

예전 같았으면 그대로 씹고 밥이나 먹었을 터였다. 하지만 이제 재원은 수제자였다. 오늘은 미끼였고. 여기서 답을 하지 않으면 사람도 아니었다.

"어, 왜."

"한구에서도 그렇고…… 교수님 진짜 위험한 일에 많이 연루되시네요."

"한구? 아……. 한구는 좀 그랬지."

"근데도 계속 이런 일 하는 이유가 있어요?"

시비를 거는 건가 싶었는데, 얼굴을 보니 그런 게 아니었다. 재원은 스승인 강혁을 진심으로 걱정하고 있었다. 무리도 아니었다. 재원에게 강혁은 그의 삶을 송두리째 바꿔버린 사람이지 않나. 그게 좋은 방향이었는지, 아니면 인생 조지게 하는 방향이었는지는 아직 알 수 없지만. 하여간 재원은 지금 자신의 실력과 위치에 대단히 만족하고 있었고, 또 자신의 손으로 살려낸 모든 환자를 기억하고 있었다.

"이유……. 간단하지. 사람 살리는 거."

"사람을 꼭 그렇게 해야 살릴 수 있는 건 아니잖아요. 실제로 닥터 제인은 그냥 얌전히 잘만 살리던데."

"그렇게 하는 것도 좋지. 좋은데, 지역이 빨리 변하진 않지. 철수하면 그대로 돌아가기도 하고."

강혁은 얼마 전 있었던 미군의 아프간 철수를 떠올렸다. 사실 이런저런 말들이 이미 많기는 했다. 대체 미군이 왜 타지에서 그렇게 많은 피를 흘려야 하는가, 대체 미군이 거기서 누구와 싸우고 있는 건가 등등. 근본적인 회의론에 휩싸인 미국은 결국, 아프간에서 손을 떼버렸고 그 자리를 다시 탈레반이 차지했다. 그 결과 파키스탄 탈레반 영역과 면하고 있는 한구가 아주 위험한 지역이 되고야 말았다.

'CIA도 더 이상 도와주지 않을 테니…….'

아마 높은 확률로 철수하게 될 터였다. 아니, 반드시 하게 될 거라고 봐야 했다. 제인은 카불 소재의 국경없는의사회 소속 여성 병원이 탈레반에 의해 폭발된 이래 계속해서 철수하라는 압박을 받고 있었다. 그렇게 되면 한구는 어떻게 될까. 아주 빠르게 이전으로 돌아가게 될 터였다. 특히 아이들과 여성들을 위한 의료 서비스는 끝이라고 봐도 무방했다.

"여기는 그래도 보람이 있는 편이야. 잘 봐라. 완전히 바뀌고 있잖아?"

그런 곳에 비하면 스리랑카의 누와라엘리야는 아주 양호한 곳이라고 볼 수 있었다. 기껏해야 훈련받은 요원 하나가 오지 않았나. 만약 여기서 했던 것처럼 한구에서 지역 유력자를 조져놨다면, 탈레반이 묻지도 따지지도 않고 병원부터 폭발시켜버렸을 터였다.

"교수님은 위험하잖아요? 오늘도…… 사실 죽을 뻔한 건데."

강혁은 사실 미끼는 너였다고 말을 하려다 말았다. 긴가민가 하고 있는 모양인데 굳이 나서서 알려줄 필요는 없지 않나. 게다가 누군가 자신을 걱정하고 있다는 게 기분이 썩 나쁜 일은 아니었다. 사실 강혁은 아버지가 세상을 등지고 난 후로 이런 일이 처음이었다.

"안 죽었잖아. 그리고 이제 그런 일이 없도록 할 거야."

"어떻게요? 원한 가진 놈들이 한둘이 아닐 텐데."

재원은 강혁이 여기에 와서 한 일들을 생각했다. 대단하긴 했다. 거의 노예 해방 전선의 선봉장이었으니까. 하지만 반대급부로 원래 이곳에 있던 기득권층은 완전히 몰락해서 가지고 있던 모든 것을 빼앗겼다. 그들 모두가 강혁이라고 하면 이를 갈고 있을 것이 뻔했다. 또한 강혁만 사라지면 원상복구할 수 있을 거라 믿고 있을 터였다.

'실제로…… 거의 그렇게 되긴 하겠지.'

세상에 좋은 사람이 부족하지는 않았다. 하지만 품은 뜻은 좋은데, 그 뜻을 이루기 위해서 어떠한 짓이든 서슴없이 저지를 수 있는 사람은 거의 없었다. 아마 강혁이 그들의 유일한 장애물인 것은 맞을 터였다. 강혁은 아까부터 눈깔이 심각하게 이리저리 날뛰고 있는 재원을 바라보았다. 정말이지 더럽게 걱정이 되는 모양이라는 생각이 들었다. 이대로 두었다가는 잠도 못 잘 것이 뻔해 보였다. 못난 제자는 옛날부터 겁이 많았다.

"재원아."

"네?"

"원한 가진 놈들이 딴생각 못 하게 하려면 뭘 해야 되는지 아니?"

"원한을 풀어요?"

"그건 동화에서나 통하는 얘기고. 신비 아파트 봤니? 원한 풀어주면 올리버 같은 놈들이 막 성불해?"

"아니…… 보긴 봤는데, 그렇게 생각은 안 하죠. 제가 앤가,

뭐."

　재원은 뜨끔했으면서도 일단 이렇게 얼버무렸다. 그런 재원을 보며 강혁이 말을 이었다. 옆에서 묵묵히 케밥 하나를 다 먹고, 원래 데니스 거라고 사둔 케밥까지 먹어 치우고 있던 김승규까지 귀를 쫑긋했으리만큼이나 진중하고도 무서운 얼굴을 하고서였다. 사람이 어떻게 하면 이렇게 극단적으로 분위기가 바뀔 수 있을까 싶은 순간이었다.

　"원한 가진 놈들이 딴생각 못 하게 만드는 건…… 일단 딴생각 품은 놈을 완전히 조져서, 본보기를 보이는 거야. 아, 나도 저렇게 될 수 있겠구나. 백강혁은 적당히를 모르는 놈이구나."

　"아……. 그럼 콜롬보로 가져요?"

　"나? 아니."

　"그럼 뭐 하시려고요? 본보기 보인다고……."

　"뭐, 지금 가서 때려죽이라고? 그건 너무 쉽지."

　"아."

　"일단 지금은 여기서 할 일 해야지. 환자 보고 있으면 상황이 변하는 걸 너도 볼 수 있게 될 거야. 재밌을걸."

　강혁은 몇몇 문장들이 비교적 세상의 진리에 가깝다 여기고 있었다. 그중 하나가 각자 해야 할 일만 제대로 한다면 목표로 했던 일을 무조건 이룰 수 있다는 것이었다. 아직 사회에 나가지 않은 이에게는 너무 안일한 생각이지 않나 싶을 수도 있겠지만 막상 일터에 가보면, 그것이 회사가 되었건 식당이 되었건 아니면 병원이 되었건 간에 생각보다 본인이 해야 할 일을 다 해내는 이가 실로 드물다는 걸 바로 볼 수 있을 터였다.

"응급은 없었어?"

그 실로 드문 사람 중 하나가 바로 백강혁이었다. 강혁은 지금껏 의사가 된 이래 단 한 번도 자기가 해야 할 일을 소홀히 해본 적이 없는 인간이었다.

"없었어."

맞은편에 자리하고 있던, 한유림도 언제인가부터 그렇게 된 사람이었다. 본래 자기가 해야 할 일보다 다른 것을 훨씬 우선시하고 있던 사람이었는데 보람 때문인지 뭐 때문인지는 몰라도, 의사로서 사람 생명을 제일 앞에 두게 된 지 오래였다.

"좋아. 외래는?"

"다 봤지. 아우……. 삭신이야. 목도 아프고."

"에이, 그냥 마른 거지. 아프진 않을 것 같은데."

"귀신 같은 놈."

한유림은 고개를 절레절레 젓다가, 그제야 뒤에 선 김승규와 양재원을 확인했다.

'옷이 왜 저 모양이야?'

제일 처음 든 생각은 이랬다. 김승규의 광대 옷도 황당했지만, 재원도 비슷한 충격을 주고 있었다. 한유림이 여태 보아온 재원은 그야말로 후줄근한 사람이었기에 그랬다. 티를 하나 사면 주구장창 그 티만 입었다. 여러 개를 돌려 입는 것도 아니고, 목이 늘어나서 어깨 하나가 비죽 튀어나올 때까지 입었다. 정말 지독하게 입는다는 느낌이 들 지경이었다.

'김승규는…… 누구 죽이러 갔다 왔나.'

그렇다고 김승규의 옷차림이 인상적이지 않다는 얘기는 결코 아니었다. 저 얼굴에 광대 옷이라니. 타의로 입게 된 거라면, 제안한 사람은 이미 이 세상 사람이 아닐 것 같았다. 자의로 입게 된 거라면 더 큰 일이었다. 필시 사고를 치게 될 테니까.

"이게 무슨 일인지 물으면 알려줄 건가?"

하지만 한유림은 충격적인 비주얼을 하고 있는 둘이 아니라, 평소와 같은 모습을 하고 있는 강혁을 향해 물었다. 강혁은 피식 웃으며 고개를 가로저었다.

"대장은 들으면 심장 떨려서 안 돼."

"벌써 떨리는데."

"그러니까 그냥 듣지 마."

"아니, 이럴 거면 아예 거짓말이라도 하든가."

"세상에……. 어떻게 나 같은 사람에게 거짓말을 강요할 수 있지?"

"미쳤나."

한유림이 아는 강혁의 사기 행각만 해도 두 손이 모자랄 지경이지 않나. 이런 식으로 알음알음 처리한 일이 더 많을 텐데 저 따위 말을 하고 있으니 분노가 치밀어 오를 수밖에 없었다.

"교수님."

"응? 왜 그래."

그렇게 온몸을 부들부들하고 있으려니, 재원이 한유림을 불렀다. 고개를 돌려보니 세상 처연한 얼굴을 하고 있었다.

"저도 참는데 왜 그러셔요."

"아……."

"네, 교수님. 저도 참고 있습니다."

"그래, 그래. 내가 뭐라고. 기껏해야 주말에 외래 좀 본 게 다지."

김승규라고 해서 크게 다른 점은 없었다. 재원은 몰라도 이렇게 생긴 사람도 불쌍하다는 느낌이 들 만큼 처연한 표정을 짓게 되다니. 아까 무슨 일을 당했는지 자세히 묻지 않아서 다행이란 생각이 들었다. 발칙한 상상력 때문에 여전히 심장은 두근두근하고 있지만 강혁이 저지르는 현실이란 언제나 상상을 뛰어넘는 법이었다.

"근데, 교수님. 제가 오늘."

"아니, 아냐. 나는 갈게. 환자 봐야지."

"어차피 저희도 당직이라서요."

"아냐. 그냥 들어가서 쉬어. 하나도 안 궁금하니까."

김승규는 몰라도, 재원은 그런 한유림의 속내를 꿰뚫어 보았다. 그러곤 바로 이용하기 위해 일부러 들러붙어서 마치 얘기라도 해줄 것처럼 굴었다.

"알겠습니다."

그 결과, 재원과 김승규는 당직에서 바로 벗어날 수 있었다. 재원이 몸을 돌리면서 지은 기묘한 미소 때문에 한유림은 그 즉시 자신이 당했다는 걸 알았다.

'이 새끼가 하여간?'

예전엔 진짜 착하고 순하기만 한 놈이었는데. 강혁과 함께 있어서 그런가, 아니면 본능을 숨기고 살았던 건가. 권모술수에 아주 능했다. 그렇다고 잡을 생각이 들진 않았다. 그랬다가 진짜로 얘기해주면 어쩐단 말인가.

'탈레반 같은 놈들이랑 엮였나?'

멋모르고 강혁에게 캐물었다가 탈레반이니, CIA니 하는 얘기를 듣게 된 것을 여태 후회하고 있는 것이 바로 한유림이었다.

"뭐래요? 놀다 왔대요?"

그렇게 돌아온 한유림을 향해 지친 기색이 역력해 보이는 이현종과 신현태가 물어왔다. 둘 다 처음 여기 왔을 때보다는 독기가 차 있었다. 이미 평일에 무리하고 있는데 주말까지 몰아붙이고 있으니 당연한 일이었다.

'불쌍한 놈들.'

한유림은 쯔쯔 혀를 좀 차고는 그저 어깨를 으쓱해 보였다. 어쩐지 수상쩍어 보이는 얼굴을 하고서였다. 게다가 목소리도 낮추었기 때문에 이현종과 신현태는 저도 모르게 귀를 기울였다.

"왜요?"

"백강혁 교수 일에 엮인 모양이야."

"진료 말고 다른 일도 하나요?"

순진하게 되물어 오는 둘을 보면서, 한유림은 부럽단 생각이 들었다.

'그래, 의사가 진료 말고 다른 일이 또 있으면 이상하지.'

옳게 된 의사는 그래야 하는 법이었다. 하지만 강혁은 그런 의사가 아니었고, 강혁에게 반강제적으로 끌려다니게 된 한유림 또한 언제부터인가 그런 의사가 아니게 되었다. 별의별 일을 다 알게 되었다, 이 말이었다.

"알면 다치는 일들이 있어."

"에이."

"에이? 진짜라니까."

"에이."

"허."

너희들은 그러지 말라는 뜻으로 숨기고 있는데 반응이 이럴 줄이야. 한국대학교 병원 시절에는 보다 기강이 서 있었던 것 같은데, 기업 병원 되자마자 선배에 대한 존중이 땅에 떨어져버린 모양이었다.

"그렇게 궁금하면 가서 물어보든지."

"누구한테요. 김승규 형이요? 너무 무서운데."

"그거보다 더 무서운 게 백강혁인데."

"당하고 있긴 하죠. 그렇다고…… 에이, 알면 다치는 일이라니. 너무 나가신다."

"진짜야, 이놈들아."

"에이."

그래서 뭣 돼봐라 하는 마음으로 직접 가보라고 했더니 그 말 조차 들어 처먹질 않았다.

'내가 물어보고 와서 알려줄까.'

분한 마음에 이런 생각까지 들었다. 하지만 그 생각을 더 이어나갈 수는 없었다. 환자가 발생했기에 그랬다. 공교롭게도 어제 칼에 찔린 환자가 왔을 때랑 비슷한 시각이었다.

'이거 못 잡았나?'

한유림은 어딘지 모르게 평소보다 더 급해 보이는 앰뷸런스를 보면서, 고개를 갸웃거렸다.

'어? 설마…… 오늘 나간 게 범인 잡으러……?'

생각은 꼬리에 꼬리를 물고 이어졌다. 그러고 보니 아까 강혁의 얼굴이 어땠더라.

'그 새끼는 웃고 있었는데? 그럼 잡았다는 거 아닌가.'

급기야 이런 생각까지 이어졌을 무렵, 차량이 응급실 앞에 마련해둔 천막 앞에 딱 멈춰섰다.

최선을 다할 수밖에

"등산객인데…… 걷다가 넘어진 모양이에요!"

"아. 알았어!"

일단 다행인 것은 칼에 찔린 건 아니라는 점이었다.

'단발로 끝나야지, 그런 사건은.'

그리고 그 미친놈이 칼 들고 매일 밤 나타나서 무고한 사람을 찌른다면, 이곳은 곧 지옥이 될 터였다.

"아……. 탈수가 너무 심한데. 이거…… 오늘 다친 게 아닌 것 같은데."

"형이 보기에도 그래? 일단…… 이거 내과적으로 처치하는 것도 중요하겠어."

"다친 건 어떤가?"

"다리예요. 다리."

먼저 달려든 건 이현종과 신현태였다. 떠드는 말이 심상치가 않아서 생각을 정리하고 다가가 보니 과연 환자 상태가 그리 좋지 못했다. 아니, 최악이었다.

"환자분! 환자분!"

"의식은 혼미합니다. 통증에도 반응이 거의 없어요."

"이런 제길."

일단 어깨를 냅다 후려치면서 불러봤는데, 답은 출동 나갔던 구조사에게서 돌아왔다. 그 뒤로 차량이 몇 대 더 들어오고 있었다. 오늘 뭔 일 난 건가 싶었는데, 다행히 호텔 차량이었다. 원래 익숙한 문양을 가진 데다가 어제도 본 참이라 기억은 또렷했다.

"태화 투숙객인가보지?"

"네. 원래 오늘 체크아웃해야 하는데…… 안 하고 있어서 문 따고 들어갔더니 짐이 다 있었다고 하더라고요."

"아, 그래. 그래서?"

호텔 직원들이 급히 따라오고 있었지만, 대화는 여전히 구조사랑 하고 있었다. 급한 대로 환자를 끌고 처치실로 가고 있어서 그랬다. 장미는 벌써 환자에게 이런저런 라인을 달고 있었다. 이현종은 먼저 처치실로 뛰어가서 중심정맥관 삽입 준비를 하고 있었다. 예고도 없이 들이닥친 환자임에도 불구하고, 심지어 몇몇은 여기 소속 의료진이 아님에도 불구하고 톱니바퀴처럼 딱딱 일이 돌아가고 있었다. 환자를 처치실에 넣자마자, 한유림은 일단 환자의 옷가지를 모조리 잘라냈다. 청바지를 입고 있었는데, 피에 엉겨 붙어버려서 잘 떨어지지 않았다. 이때 당황해서 팍 뜯으면 큰일이었다. 자칫 안쪽에 확인되지 않은 상처가 덧나는 수가 있었다.

"물. 뜨끈하게."

"네."

미지근한 물을 부어 좀 녹이면 간단하게 해결할 수 있었다. 한유림은 그렇게 조치를 대강 취해놓고, 다른 부위를 샅샅이 살폈다. 다행히 부상 자체는 그리 크지 않았다.

"저기, 들어가도 되겠습니까?"

제대로 된 처치를 하게 된다면, 환자가 젊은 편이라 죽을 일은 없을 것 같단 생각이 들 때쯤 중후한 저음의 한국말이 들려왔다. 고개를 돌려 보니 몇 번인가 본 적이 있는 얼굴이 눈에 들어왔다.

"아, 지배인님. 너무 가까이만 안 오시면 됩니다."

"네, 감사합니다. 몇 가지 말씀드릴 것도 있고, 물어보고 싶은 것도 있어서요."

"네. 얼마든지요."

한유림은 그렇게 얼굴만 확인하고는 다시 환자에게로 고개를 돌렸다. 죽을 일은 없을 거란 판단이 서기는 했지만, 전제가 있어서 그랬다. 제대로 된 처치를 해주어야만 했다. 그렇지 않으면 죽거나 또는 죽음에 준하는 후유증을 겪을 수 있었다. 생각보다 사람이 홀로 야생에 고립되어 밤을 지새우는 일은 만만한 것이 아니어서 그랬다. 게다가 지금 이 환자처럼 다치기까지 했다면 더더욱 그랬다.

"일단 이 사람 살리면서 듣겠습니다. 말씀하세요. 섭섭하게 생각지는 마시고요."

해서 한유림은 아예 지배인을 등진 채 말했다. 지배인은 그런 한유림을 보며 푸근한 미소를 지었다.

"섭섭하긴요. 할 일 하시는 건데요."

처치실은 삽시간에 분주해졌다. 장미는 라인을 다는 동시에 피를 뽑아 각 바틀에 나누어 담고 있었다. 신현태는 그걸 보자마자 잠시 환자에게서 떨어져 어떤 검사를 나가야 할지 알려주었다. 장미가 현장에서 습득한 지식도 만만치 않아서, 둘은 잠시 의견을 조율했다. 그사이 이현종은 중심정맥관을 삽입했다. 탈수가 너무 심한 데다가, 피까지 많이 흘린 참이다 보니 혈관이 잔뜩 쪼그라들어 있었다. 말하자면 술기가 아주 어려운 상황이었단 얘긴데, 이현종에게는 별문제가 안 되는 모양이었다. 정말이지 단 한 순간의 망설임도 없이 쭉쭉 꽂혀 들어갔다. 한유림은 다리 말고는 다친 곳이 없다는 확신이 들자마자 청바지를 마저 뜯어냈다. 불린 보람이 있어서 더 손상을 일으키진 않았다. 하지만 이미 발생한 손상이 적지만은 않았다.

"정형외과 불러올까요?"

애초에 들러붙어 있는 모양 자체가 이상하다 싶더니만, 뼈가 부러져서 살을 조금 찢고 삐져나와 있었다. 그나마 정강이뼈는 아닌 게 다행이라 할 수 있었다. 종아리뼈도 당연히 운동하는 데 있어 중요한 역할을 하긴 하지만 정강이가 부러지면 걷는 것부터 어려워져서 그랬다. 물론 그런 건 다 치료가 제대로 된 이후의 얘기였다.

"아니, 잠깐만. 일단 소독부터. 내일 정형외과도 외래 미어터지지 않나?"

"우리도 미어터지지 않나요, 교수님?"

"그건 그렇지. 그래, 부르자. 굳이 다 할 필요 없겠지."

"네."

사람이 없으면 당연히 외상 외과에서 이것저것 다 하는 게 맞왔다. 하지만 사람이 있는데 뭐 하러 다 한단 말인가. 한유림이 아니라 강혁이었다면 그래야 마땅할 수도 있긴 했다. 상대가 정형외과 아니라 정형외과 할아버지라 해도 강혁이 더 잘할 테니. 하지만 한유림은 한유림이었다. 실력이 일취월장하고 있었지만, 범위가 너무 넓었다. 게다가 여기 와 있는 정형외과 의사는 그냥 전문의가 아니라 태화의료원의 교수이지 않나. 뭐가 되었건 잘할 터였다. 마음이 갑자기 편안해진 한유림은 생리 식염수를 상처에 들이붓기 시작했다. 와서 바로 뭘 해도 할 수 있도록 준비나 해주자는 생각에서였다.

"한 교수님."

일순간 처치실 안에 맴돌고 있던 긴장감이 해소되었다. 그러한 분위기를 읽어낸 태화호텔 지배인이 조심스럽게 입을 열었다. 한유림은 식염수를 들이부으면서 답했다.

"네."

"일단 이 환자 신원 말인데요."

"네."

"일본인입니다."

"음?"

"네, 어제 다친 사람과 같은 국적이죠."

이때부터는 한유림도 이현종도 신현태도, 심지어 어지간해서는 부동심을 잃지 않는 장미도 지배인을 힐끔거릴 수밖에 없었다. 그만큼 어제 환자 상태는 심각했더랬다. 배에 정확히 들어간 칼은 대부분 사람을 죽이기 마련이었다. 어제도 아마 강혁이 아니었더라면 충분히 오랜 시간 괴로워하다가 이내 죽었을 터였다.

"알아보니 각기 다른 방, 다른 층에서 투숙했고…… 심지어 예약 날짜도 달라서 원래부터 친분이 있었던 건 아닌 듯합니다. 하지만 여기 여행지 분위기가 워낙…… 호텔도 게스트 하우스처럼 굴러가지 않습니까?"

실제로 태화호텔 옥상에 있는 루프탑 술집은 일종의 만남의 광장 같은 곳이었다. 다니엘이 운영하고 있는 술집 또한 그랬다. 혼자 또는 둘이 온 여행객들끼리 술을 마시다 친해지고, 마음이 맞다 싶으면 같이 다니는 경우가 아주 흔했다. 한유림으로서는 이해가 전혀 안 가는 방식의 여행이었지만 뭐 어쩌겠는가. 그게 요즘 감성이라는데.

"네, 그렇죠."

"아마 거기서 친해져서 하이킹에 나선 것으로 보입니다. CCTV를 돌려 보니 어제 그분이 나갈 때 같이 나갔더군요."

"그럼……?"

"목격자일 수도 있습니다. 경찰에 확인해보니 아직 감도 못 잡고 있더군요."

"아하."

지배인의 말에 한유림은 조금 다른 생각이 들었다. 우선은 경찰이 감을 못 잡고 있는 게 아니라 그냥 쉬고 있을 거란 생각이었다. 박봉이라는 말도 좀 지나치단 생각이 들 정도로 제대로 된 봉급을 받지 못하고 있는 이들이지 않나. 그저 이 시골을 벗어나 도시로 가서 뒷돈이나 한탕 받으려는 경찰이 너무 많았다. 그들에게 이곳에서의 시간은 열심히 일해야 하는 시간이 아니라 버티는 시간일 뿐이었다.

'백 교수가…… 아까 웃고 있었는데.'

아무리 생각해도 오늘 갑자기 관광단지에 나갔다는 게 좀 이상했다. 강혁이야말로 아무렇게나 사는 사람 같지만 실은 이유 없이는 움직이지 않는 사람이지 않나. 그리고 좀처럼 웃지 않는 사람이었다. 요즘에야 그래도 일주일에 서너 번쯤 미소를 짓곤 하지만, 처음 봤을 때 강혁은 마치 웃는 법을 잊어버린 사람 같았다. 하지만 아까 그 웃음은 진짜였다.

'그럼 뭔가 해냈다는 거야.'

대체 뭘 해냈을까. 묻지 않아도 알 수 있었다.

'잡았어. 근데 경찰은 몰라. 아……. 백 교수…….'

한유림은 머리가 복잡하다 못해 정신을 잃을 것 같았다. 이럴 것 같아서 물어보지 않은 건데 별 소용이 없는 모양이었다. 이제 한유림은 강혁에 대한 이해도가 너무 높아서 척하면 척인 경지에 올라 버린 탓이었다.

"한유림 교수님?"

지배인은 그나마 이곳에 있는 이들 중 제일 말이 잘 통하는 편인 한유림이 갑자기 넋 나간 사람처럼 낄낄거리자, 돌연 무서운 생각이 들어 물었다. 미친 건가 싶어서였다. 다행히 한유림은 이렇게 정신 줄을 놓기엔 수양이 된 사람이어서 이내 제대로 된 답을 해줄 수 있었다.

"아, 아니. 갑자기 딴생각이 나서. 하여간 이 사람이 목격자일 수 있다, 이거죠?"

"네, 그렇습니다. 제가 경찰도 아니고 뭣도 아니지만…… 그래도 도움이 될 만한 일은 하려고 합니다. 그래서 이 CCTV 확인하자마자 직원들과 함께 트래킹 코스로 갔고…… 어제 환자분 발견된 곳에서 그리 멀리 떨어지지 않은 곳에서 이분을 찾았습니다."

"정말 목격자일 수도 있겠는데."

"네, 아마도요."

"안 그래도 살릴 생각이었는데 의욕이 샘솟네요."

"감사합니다."

*

아직 새벽의 어슴푸레한 기운이 다 가시기도 전에 버스들이 공터를 가득 메우기 시작했다. 강혁은 옥상에 서서 산새 소리를 몰아내고 있는 버스와 그들이 내뿜고 있는 막대한 양의 매연을 내려다보고 있었다.

"어떻게 하고 있어?"

"유리가 적극 협조 중입니다. 지금 도청기 달고…… 올리버 집 앞에 갔습니다. 그나저나…… 어제 그 사진, 그거 어떻게 찍은 겁니까?"

상대는 스미스였다. 미군이 아프간에서 완전히 철수하게 되면서, 최전방에 있던 그도 보직을 옮겼다더니 아시아 지부로 온 모양이었다.

"어떻게 찍긴요. 분장이지."

"뭔 분장을 그렇게 잘해."

"많이 봐서."

"아."

스미스는 강혁이 첨부해준, 강혁의 시신 사진을 보며 고개를 절레절레 흔들었다. 화질이 아주 좋지 않아서인 탓도 있지만 워낙에 리얼하다보니 보여준 CIA 요원 전부가 깜박 속았더랬다.

"그건 그렇고…… 이거 도와주면 뭘 해줄 겁니까?"

스미스는 뭔가 즐거운 말투를 하고 있었다. 중동에 있을 땐 늘 똥 씹은 얼굴에 똥 씹은 말투를 하고 있더니, 답 없는 전장에서 이탈한 것이 기쁜 모양이었다.

"생각 안 해봤는데."

"큰일인 것은 알고 있죠?"

"알고 있지."

"그럼 고맙다고 해봐요."

"고마워."

"태어나서 고맙다는 말 몇 번이나 해봤죠?"

"거의 없지."

"그걸로 됐습니다. 일단은."

스미스는 드론까지 동원한 현장 영상을 보면서 껄껄 웃었다.

'백 교수는 절대 잊지 않는 유형의 사람이야.'

그게 은혜건 원수건 마찬가지일 터였다. 그렇다면 오늘 일은 나중에 무엇인가 얼토당토않은 일을 요구할 때 커다란 도움이 될 것이라 확신할 수 있었다.

'그건 그렇고…… 이 인간은 간이 배 밖에 나왔나?'

스미스는 이미 한참 전부터 올리버의 얼굴을 들여다보고 있었다. 사진을 말하는 게 아니었다. 반대편 집을 비우고, 거기에 스나이퍼를 배치해둔 참이었다. 뭔 일을 낼 수 있을 만큼 대단한 인간이란 생각이 들어서는 아니었다. 그저 어떤 놈이길래 감히 백 교수를 건드릴 생각을 했나 싶을 뿐이었다.

'탈레반도…… 심지어 우리도 어쩌지 못하는 인간인데……. 지가 뭐 러시아 대통령이라도 되는 줄 알았나.'

실제로 보니 그냥 병신이었다. 주제를 모르는 병신. 그때 무전이 들어왔다.

"어떻게 할까요?"

"일단 대기."

"실토하지 않으면 어떻게 하죠?"

"어쩌긴. 그냥 죽여."

"네? 죽여요?"

"죽이고, 가진 재산 기부 형식으로 백 교수한테 줘. 우리도 자금 좀 갖도록 하지."

"민간인인데요?"

"토가레프랑 엮인 이후로는 더 이상 그렇지 않지. 무슨 생각하는 거야. 너 대가리가 꽃밭이냐?"

"아, 네."

　강혁은 스미스와의 통화를 마치고, 다시금 옥상 아래 펼쳐진 풍경을 내려다보았다. 각종 소음이 여기저기서 부딪혀 깨지듯 날아들고 있었다. 본래 도시에서 생활하던 강혁도 거슬린단 생각이 들 정도니, 이곳에 살고 있던 산새들에게는 충격 그 자체일 터였다. 푸드덕거리는 소리가 들린다 싶어 고개를 돌려 보니 수많은 새들이 마치 대피라도 하듯 반대편 숲으로 향하기 시작했다. 오늘 트래킹 하는 사람들은 계 탔다는 생각이 들었다. 그렇지 않아도 미국이나 유럽에서는 보기 힘든 새들이 많다고 들었는데, 이쪽에 있던 새들이 죄 저쪽으로 간다면 대체 얼마나 많은 새들을 볼 수 있겠나.

　"교수님?"

　강혁은 아예 딴생각을 하면서 커피를 마시고 또 미리 데워 온 소시지를 씹고 있었다. 그를 따라 옥상에 올라온 이는 양재원이었다. 어제는 강혁이 코디를 해준 덕에 그래도 봐줄 만한 몰골이었는데, 오늘은 다시 목이 늘어난 후줄근한 티를 입고 있었다. 얼굴 생김새만 아니면 누구도 한국인이라고 생각하지 못할 만한 꼴을 하고 있었다.

　"어, 왜. 같이 먹지."

　"교수님 이럴 때 늘 혼자 먹잖아요. 같이 먹으려고 왔죠."

　그런 꼴을 하고 있는 주제에 표정은 꽤 진중했다. 게다가 꺼낸 말도 좀 묘했다. 이럴 때라니. 강혁은 무언가 알 듯 말 듯한 기분이 들었다. 재원이라면 강혁과 정말이지 오래도록 함께한 사람 아닌가. 그냥 시간만 같이 보낸 것이 아니라 함께 보낸 시간의 밀도도 어마어마했다.

'대강은 알겠는데…….'

재원과 함께해온 세월 동안 이렇게 멀찍이 떨어져 혼자만의 시간을 가진 것이 벌써 여러 번이었다. 돌이켜 생각해보니 모든 같은 상황은 아니었지만, 그래도 대강 비슷한 상황이었다. 강혁 조차 지금까지는 자각하지 못했던 상황이기도 했다. 살짝 소름 이 돋았다. 나도 모르는 나를 재원은 알고 있다니? 이래서 수제 자인가 싶기도 했다. 하지만 강혁은 명확한 것을 선호하는 사람 이었기 때문에, 굳이 되물었다.

"이럴 때라니?"

"교수님은 의학 외적인 사고 칠 때…… 진짜 중요한 사고 칠 때는 떨어져 있잖아요. 아니면 사고 치고 나서라든가. 하여간, 그 럴 땐 일부러 멀리 간다니까요?"

"내가 그랬나."

"그랬어요. 무슨 이유인지는 알아요."

알면 다치는 일들이 있었다. 그리고 강혁은 그런 일에 너무 많 이 연루되어 있었다. 원해서는 아니었다. 단지 필요하다 판단했 을 뿐이었다. 망해버린 지역이 딱 하나의 이유만 가지고 있는 경 우가 있던가. 잘난 의사 하나 있다고 지역이 극적으로 변하는 경 우가 흔하던가. 물론 열과 성을 다해, 심지어 목숨까지 바쳐서 남수단을 변화시키려 했고, 또 일부 변화시켰던 이를 강혁은 기억하고 있었다.

'「울지 마 톤즈」라는 영화까지 나왔지.'

얼마나 드문 일이면 영화가 나오겠나. 그래서 강혁은 의학 외적으로도 할 수 있는 일이 있으면 그냥 다 해버리고 있었다. 다만 그렇게 막 나가는 일에 다른 의료진은 끌어들이지 않으려 애쓰는 중이었다. 원한을 사는 일은 강혁 하나로 족하다 여기고 있어서 그랬다.

"근데 저도 센터장이에요. 이제 어른이라고요."

재원은 흔들리지 않는 눈으로 강혁을 바라보았다. 우습지도 않은 일이었다.

'이런 얘기 할 거면 입가에 묻은 케첩이나 닦고 오지.'

강혁은 쓴웃음을 지은 채 재원을 마주하고 있었다.

"직접 뭘 하라는 건 저도 싫어요. 근데 어차피 어제 미끼 노릇도 했잖아요? 알면서 간 거예요, 실은."

"아, 그랬어? 그건 몰랐네."

"그 정도는 그냥 막 시켜도 돼요. 나라고 여기, 이런 데 변하는 게 싫겠어요? 근데 변하려면 진료만 한다고 되는 게 아니잖아요. 나도 일조하고 싶어요."

"일조하고 있어."

"더 하고 싶다고요. 수제자니까. 교수님 뭐 평생 이러고 살 거예요?"

"음."

평생이라. 강혁은 저도 모르게 최윤섭을 떠올렸다. 노인이라고 하면 한유림도 질 수 없을 만큼 나이를 많이 먹었지만, 그는 제2의 인생을 살고자 여기까지 온 몸이지 않나. 그에 비해 최윤섭은 정말 평생 이러고 살고 있었다. 좋은 일이지만, 그게 과연 강혁에게도 옳은 일일지는 판단이 잘 서지 않았다.

'난 제자도 키워야 하고…… 사실 연구도 해야 해.'

누와라엘리야까지 마무리가 되고 나면 미국에 투신할 작정이었다. 누구에게도 아직 말하진 않았지만 혼자 결심하고 있던 참이었다. 지금껏 미국이 해준 일도 일이긴 하지만, 그곳에 가면 할 수 있는 일이 더 많아질 것 같아서였다. 한국의 외상 외과에서 섭섭해할 거란 생각은 하지 않았다. 어차피 섭섭해할 수 없게 해줄 생각이었으니.

'근데 이 새끼는 어떻게 알고 있는 거야?'

한 가지 의문은 재원의 이러한 확신이었다. 여전히 이 녀석은 흔들리지 않는 얼굴을 하고 있었다. 뭔가 알고 있지 않는 한, 이런 얼굴은 불가능했다. 강혁이 아는 재원은 그렇게까지 깡다구가 좋은 놈이 아니었으니까.

"너 뭐 알고 하는 얘기지?"

"네? 그럼요. 모르겠어요?"

"내가 어떻게 할 것 같은데?"

"속마음이야 알 수가 없죠. 근데 생각해봐요."

"음."

재원은 감히 강혁의 어깨를 툭툭 두드려가며 말을 이어나갔다. 강혁은 솔직히 좀 어이가 없었지만, 재원이 처음 등장했을 때부터 적잖이 당황했던 참이었기에 잠자코 있었다. 무슨 말을 해야 할지 모르겠단 생각도 들었다. 그로서는 실로 드문 상황이었는데, 하여간 재원은 강혁을 당황시키고 있었다.

"아시죠? 제가 어려운 수술 들어가기 전에 '나는 백강혁이다' 세 번 외치고 들어가는 거."

"아직도 그러냐? 여기선 못 들었던 것 같은데."

"이제 어지간한 수술은 양재원도 할 수 있으니까 그렇죠. 하여간 제가 백강혁 메소드 연기의 달인이라는 게 중요한 겁니다."

재원은 말을 이어나갔다. 강혁은 이제 당황한 것을 넘어 황당해서 그냥 있었다.

"아무튼, 제가 백강혁이 되어서 생각을 해봤어요. 실력은 일단 최고죠. 최고라는 말이 잘 어울리는지도 모르겠어요. 비교가 안 되니까. 저도 어디 가서 꿀리지 않는 실력이 아니라…… 사실 어딜 가도 최고란 말이죠. 근데 나조차 교수님 뒤꿈치도 못 따라간다고."

"으음."

"그리고 이건 제 입으로 말하기 좀 짜증 나는 일인데…… 가르치는 것도 잘하죠. 일단 그만한 실력을 보여주면 사람들이 열심히 하게 되거든. 그래서 여기 보세요. 이 안에 있는 사람들 실력이 어때요. 재능이고 나발이고 다 썹고 거의 교수님이랑 오래 있었던 사람 순으로 실력 줄 세울 수 있잖아요."

"어, 그렇지. 그렇네."

단어가 점점 거칠어지고 있었다. 강혁은 이제 눈앞에 있는 게 재원인지 아니면 또 다른 나인지 약간 헷갈리기 시작했다. 어제 잠을 좀 설쳐서 그렇다고 생각하기엔 커피를 아주 진하게 타서 먹은 참이었다. 그런데도 이렇게 되었다는 건, 지금 재원이 입을 터는 게 거의 백강혁 수준이란 얘기였다.

"그러니까 내가 잘 가르친다고 봐야겠지. 안 그래?"

"어……."

"게다가 이 와중에 논문도 쓴단 말이지? 실험 논문이야 여건 이 안 돼서 무리지만, 케이스 리포트…… 올해 벌써 7개도 넘게 냈어. 퀄리티가 구리냐. 그것도 아니지. 벌써 하나하나 다 분석해 서 새로운 술기들이 나오고 있어. 대부분 한국에 있는 내 제자들 이 하고 있는 거긴 한데…… 하여간."

"음."

이제 완전 백강혁이 되어 있었다. 말만 들어도 그런데, 말투나 표정, 손짓까지 그래서 강혁은 자기도 모르게 팔뚝을 내려다보 고야 말았다. 실로 오랜만에 소름이 오소소 돋아나고 있었다.

'미친.'

등줄기를 타고 식은땀도 주르르 흘러내렸다. 빙의를 했나 싶 었다. 하지만 빙의를 하려면 자기가 죽어야 할 텐데, 그건 또 아 니지 않나. 그저 연기라 이건데 그렇다고 하기엔 너무 자기 같아 서 무서웠다. 누와라엘리야 새벽녘에 때아닌 오스카상급 메소드 연기가 펼쳐지고 있었다.

"정리해보자. 나는 수술 실력도 최고야, 제자도 잘 키워, 연구 도 잘해. 새로운 술기도 거의 내가 만들고 있어. 그럼 계속 이런 오지에 처박히는 게 옳은가? 아니지. 아냐. 난 이런 데 처박힐 수 있는 애들을 육성해야지. 사람이 여기서만 죽어나가는 것도 아니고……."

"허."

게다가 재원은 강혁이 이전에 했던 생각을 그대로 짚고 있었다. 거의 똑같다고 봐도 될 지경이었다. 강혁은 이제 식은땀이 흐르는 것을 넘어 살짝 춥다는 느낌까지 받으며 재원을 보고 있었다. 재원은 그런 강혁을 마주 보다가 옥상으로 통하는 문 쪽을 힐끔 보고는 재차 입을 열었다.

"그럼 내가 뭘 해야 할까. 역시 교육을 해야지. 그렇다고 다시 한국으로 돌아가? 한국대…… 아니지, 이제 태화지. 아니지. 안 될 말이지. 거기 센터장이 내 제자거든. 제자랑 밥그릇 싸움은 할 수 없지. 게다가 그 자식은 여기 있는 동안 더 혹독하게 키워서 최소한 내가 더 가르쳐도 더 늘 게 없을 만큼 굴릴 거야."

"와……."

"그럼 어디로 갈까. 역시 미국이지. 이 새끼들은 엄청 다치거든. 게다가 후원도 잘하고. 술기 새로 만들고 제자 키워다가 전 세계 배포하기가 좋아."

"와……."

"맞죠?"

"어. 미쳤네. 이걸 어떻게……."

"'나는 백강혁이다'를 몇 년 하다보면 이렇게 돼요."

"허."

재원은 다시 강혁의 어깨를 툭툭 두드리면서 껄껄 웃더니, 들고 온 커피를 홀짝였다. 그사이 버스에서 들려오던 소음은 많이 잦아들어 있었다. 대신 줄지어 서 있는 환자들로 인한 부산스러움이 느껴지고 있었다.

"아무튼, 빨리 먹죠. 오늘도 많네."

"어, 어 그래야지."

"아……. 어제 당직 서고 오늘 외래 보려니까 뒤지겠네."

"그래도……."

"할 일은 해야 한다 이거죠? 알아요. 할 일은 해야지. 아무튼, 이런 제자가 있으니까 혼자 다 뒤집어쓸 생각은 하지 말라고요. 은둔형 외톨이야? 뭘 이런 데 와서 밥을 먹고 있어."

"알았다. 내가 앞으로는 그렇게 해볼게."

"약속해요."

"약속?"

강혁은 재원이 내민 새끼손가락을 가만히 들여다보았다. 이 자식이 언제 이렇게 컸나 싶은 마음을 애써 감추면서였다. 그러면서도 동시에 이런 노력이 과연 소용이 있나 싶었다. 이제 재원은 자신을 너무 잘 알고 있어서 그랬다.

"그래요. 약속. 약속은 또 잘 지키시잖아. 사기는 쳐도."

"그래, 알았다."

"좋아. 야, 다 찍었지?"

하여간 손가락을 걸었더니, 재원이 옥상에 연결된 문 쪽을 바라보았다. 리처드가 카메라를 든 채 나오고 있었다.

"네, 형님. 역시 형님은."

"허."

"내가 그랬지? 당황해서 눈치 못 챌 거라고. 자자. 증거도 있으니까 착하게 갑시다. 알았죠?"

정신없던 아침이 끝나고, 강혁은 외래에 앉았다. 그럼에도 한동안 정신을 완전히 차리긴 어려웠다. 아까 있었던 일이 현실인지 뭔지 자꾸만 헷갈려서 그랬다.

'나였나.'

장자의 비유처럼 양재원이 나고 내가 양재원이 되는 꿈을 꾼 것만 같았다.

'새끼가 언제 그렇게 컸지.'

*

이제 태화 봉사단의 봉사 일정은 다 끝났고 마무리로 시기리야에 있는 옛 유적지를 등반하고 있었다. 대학 병원 사람들이다 보니 온전히 휴가를 태워서 오는 건 아니겠지만, 앞으로 누와라엘리야 병원이 제대로 돌아가기 위해선 대학 병원 사람들만을 고집하면 안 될 터였다. 그 말은 곧 휴가차 와서 봉사하면서 보람도 채우고, 실제로 놀면서 휴식도 취하는 일석이조의 일정을 만들어야 한다는 뜻이었다.

'원래 대학 병원 교수들이 발이 넓지.'

밖에서 보면 대학 병원 교수들이야말로 세상에서 제일 바쁜 사람들처럼 여겨질 터였다. 워낙 대학 병원 자체가 바쁘게 돌아가는 곳인 데다가, 휴일이고 뭐고 없이 병원에 있어야 하는 사람들이니 그랬다. 하지만 잘 들여다보면, 태화 정도의 규모를 자랑하는 병원에서는 같은 분과 소속 교수가 몇 명쯤은 더 있기 마련이었다. 백업 요원이 있다는 소리였다. 하지만 개원 의사는 원장 홀로 모든 일을 다 감당해야만 했다.

'가서 단톡방이 됐건…… 모임이 됐건 입 좀 털어라.'

"와……. 여기 진짜 좋다."

"그러니까. 어제 갔던 식물원도 좋더니."

"아, 거기 미쳤더라. 확실히 남쪽 나라가 꽃이나 나무가 예뻐. 괜히 중국 황제들이 기화요초들을 남국에서 조달한 게 아니지."

"형, 그거 확실한 얘기야? 남국에서 조달한 거 맞아? 여기 중국에서 엄청 멀어."

"대충 들어, 새꺄. 초 치지 말고."

"왜 화를 내고 그래."

'어이구, 어이구. 가지가지 한다.'

강혁은 방금도 멀쩡한 흙길에서 넘어질 뻔한 이현종을 보며 혀를 쯔쯔 찼다. 그러곤 그런 이현종을 옆에서 부축해주고 있는 신현태 측으로 시선을 옮겼다.

'저 자식이 보니까 인성이 좋아. 부드러워.'

예전에는 신현태 같은 놈들을 별로 좋아하지 않았더랬다. 의사랍시고 환자 손이나 잡고 따뜻한 말이나 해주는 놈들이라 생각해서 그랬다. 하지만 나이가 들고, 나름 조직을 운영하는 입장이 되고 보니 신현태 같은 사람이야말로 병원의 보배였다. 현대 의학이 발전하면 발전할수록 오히려 더했다. 각 분야에서의 발전이 워낙 빠르다보니 강혁이나 이현종 같은 정말 특이한 인간을 제외하고는 자기 분야 따라잡기도 벅찬 세상이 온 지 오래라 그랬다. 이제 한 사람의 환자를 제대로 보기 위해서는 각 과 의사들이 모여야만 했다. 그 구심점을 과연 강혁이나 이현종 같은 인간이 할 수 있을까? 무리였다.

'가서 전도…… 아니, 전파해라. 우리 병원의 위대함을.'

강혁은 동기 모임을 주도하고 있을 것이 분명해 보이는 신현태를 보며 껄껄 웃었다. 손으로 무언가 조종하는 것처럼 시늉을 해 가면서였다. 그 바람에 옆에 있던 재원과 한유림이 머리 옆에 손가락을 빙빙 돌리면서 뒤돌아섰지만, 강혁은 아랑곳하지 않았다. 엄청 신경 쓴 봉사 일정이 끝나가고 있는 마당이라 기분이 좋아서였다. 단지 봉사 일행이 와서 사고 없이 지내서만은 아니었다.

'그래도 우리 병원 진료를 찍먹이라도 해본 사람이 몇만이 넘는다, 이제.'

보통 봉사팀이 와서 진료를 한다고 하면, 열흘간 만 명 정도 보면 미치도록 많이 본 것에 속했다. 그렇게만 봐도 하루 1000명이지 않나. 50인승 버스로 20번은 왕복해야 한다는 얘기였다. 게다가 병원으로 어찌어찌 데려온다고 해도 줄 세워서 정리하는 것도 일이었다. 아무래도 이런 기회가 흔치 않다 보니 기회만 있으면 새치기를 하려 하는 사람이 많을 수밖에 없었고, 그러다 보면 싸움이 벌어지기 일쑤였다. 남수단이나 소말리아처럼 치안이 없다시피 한 곳에서는 총기 사고가 일어나기도 했다.

'진짜 수고 많았다, 나 새끼.'

이걸 방지하느라고 강혁은 콜롬보에서 미니버스를 10대도 넘게 조달해야 했고, 경찰 인력도 배치할 것을 요청했더랬다. 평소 친하게 잘 지내고 있는 미군 측에도 요청했고, 태화호텔 직원들도 불철주야 고생했다. 다들 고생했다는 얘긴데, 강혁은 어찌 되었건 자기가 제일 고생이었다 여기고 있었다. 아주 틀린 말은 아니었다. 원래 책임자는 아무것도 안 하고 책임질 생각만 해도 골이 깨지는 법이었으니.

'더 놀려도 되겠죠? 지금 기분 진짜 최고조인 것 같은데.'

'어. 확신한다.'

'굿.'

얼마나 기분이 좋았는지, 포커페이스의 대명사라 할 수 있는 강혁의 얼굴에 미소가 잔뜩 번져 있었을 지경이었다. 고생한 것보다 더한 보람이 있었으니 당연한 일이기도 했다. 그걸 눈치챈 한유림과 재원은 옆에서 리처드와 함께 강강술래를 돌면서 강혁을 놀려대고 있었다. 그때 강혁의 휴대폰이 울렸다. 동시에 세 사람의 움직임도 멎었다. 혹시 저 전화가 강혁의 기분을 잡치게 한다면 묻지도 따지지도 말고 도망쳐야 했기에 그랬다. 모두가 긴장한 가운데 강혁이 전화를 받았다.

"어떻게 됐어?"

그 순간 한유림과 재원이 눈을 마주쳤다. 기다리는 전화가 있었다는 느낌이 들어서 그랬다. 게다가 반응을 보아하니 저 전화번호는 저장이 되어 있는 모양이었다. 귀찮다 싶으면 보건복지부 장관 번호도 칼같이 지우거나 아예 차단하는 게 백강혁이지 않나.

'누구지?'

'좋은 일인 것 같으니까 한 바퀴 더?'

'아니, 일단 두고 보자.'

'오케이, 알았어요.'

재원은 당장 설레발을 떨면서 더 놀리고 싶었으나, 한유림이 말렸다. 재원과는 달리 한유림은 나이가 있어서 그런가 남성 호르몬이 줄어들어 있어서 그랬다. 예전에 비해 모험에 대한 욕구가 많이 떨어져 있다고나 할까? 이미 충분히 놀렸단 생각만 들었다. 더 했다가는 죽을 수도 있겠단 느낌도 들었다.

"유리라는 놈이 제대로 해줘서…… 그 자식은 증인 보호 프로그램 들어가기로 했고 이미 미국이에요."

"아, 오……. 그렇게까지?"

"아, 파다 보니까 정부만 한 게 아니라…… 누와라엘리야 차밭 일부에서 코카 나왔다고 했던 거 기억해요?"

"기억하지. 근데 양이 아주 많지는 않았는데?"

"「나르코스」 같은 드라마를 보니까 그게 적어 보이지……. 돈으로 환산하면 그게 다 얼만데. 전체 차밭 수익의 절반은 될걸."

"오우. 약이 진짜 비싸구나."

강혁은 기억 속을 더듬어, 관광객들에게 노출되는 차밭보다 더 깊숙한 곳의 차밭에서 발견되었던 코카 재배지를 떠올렸다. 당시엔 강혁도 적잖이 놀란 바 있었다. 세상에 차밭에 코카라니.

인상적일 수밖에 없지 않나.

"그렇죠. 하여간, 이 새끼가 그 약을 받아다가 여기저기 뿌리는 놈이었더라고요. 이건 더 원에서도 몰라요. 지들끼리 한 거야. 아무도 모르게."

"와…… . 마약상이었다고?"

"생각해봐요. 보통 사업가는 자기 거 뺏겼다고 살인 청부 같은 거 안 해요. 그것도 토가레프 같은 진짜배기들한테는 하고 싶어도 못하지. 줄이 없으니까."

"아, 하긴 생각해보니까 또 그렇네."

"덕분에 한 건 크게 올린 셈이에요. 세상에…… . 이쪽이 청정지대가 아니라는 건 알았지만, 이런 식으로 마약 공급이 있었을 줄은 몰랐지. 얻어걸렸네, 얻어걸렸어."

전화를 건 이는 CIA의 스미스였다. 사실 CIA에게 마약은 그리 중요한 일이 아니긴 했다. 이게 테러 조직의 자금줄로 쓰이고 있다면 또 모르겠지만, 그게 아니라면 대강 뭉개는 경우도 있었다. 마약상들은 지역별로 정도의 차이가 있을 뿐, 하나같이 미친놈들이라 그랬다. 괜히 건드렸다가 작전에 방해가 되는 수가 많았다. 하지만 지금은 작전 정중앙에 걸려든 참이다 보니 굳이 거를 이유가 없었다. 게다가 올리버의 방식은 거의 사업가 방식이어서 딱히 검거 과정에서 이렇다 할 총격전 한번 없었다. 그럴 수밖에 없었다. 이들이 마약을 유통하는 줄은 아무도 몰랐으니까.

"그럼 그게 어디로 어떻게 돈 거지?"

"콜롬보 내에 있는 사교 클럽이랑 파티에 주로 풀린 모양이에요. 뭐……. 여기 외국계 부자들이 있으니까 거기 중심으로 돈 거죠."

"그럼 내수용이라고?"

"아마도요. 양이 적진 않지만…… 여기서 이루어지는 파티를 생각해보면 뭐, 못 태울 양은 아니니까요. 아무튼, 백 교수님 덕에 이쪽은 한 건 올렸습니다."

"그럼 올리버는 어떻게 되지?"

"그 새끼요? 글쎄요. 죽일까."

죽인다는 말이 이렇게 자연스러울 일인가 싶었다. 일반인에 비하면 배짱 좋은 편을 넘어 거의 미친 수준이라 할 수 있는 강혁조차 지금은 살짝 오금이 저렸다. 스미스는 진짜로 죽인다면 죽일 사람이라는 걸 알아서 그랬다. 게다가 이 말은 아직 올리버를 경찰이고 어디고 간에 넘기지 않았다는 소리이기도 했다.

"사법 기관에 넘기는 게 어떨까?"

"영국인이라…… 우리 소관을 어떻게든 떠날 겁니다. 스리랑카도 여전히 영국의 입김이 워낙 강하게 작용하는 곳이다 보니."

"그건 그렇네. 그래도 막 죽이는 건 좀."

정작 스미스는 강혁의 말을 들으며 놀라고 있었다. 사실 봉사 다니는 것만 제외하면, 강혁이 정말로 피도 눈물도 없는 이라 여기고 있어서 그랬다. 하지만 또 곰곰이 생각해보니 이런 강혁이 이해가 안 가는 것은 아니었다. 주어진 환경에 의해 변하는 것이 사람이기에 그랬다. 다른 이들의 생각은 어떨지 모르겠는데, 지금의 강혁은 세상에서 제일 인간적인 사람들에게 둘러싸여 있었다.

"백 교수님 의견이 그렇다면 따라야죠. 사법 기관에 넘기겠습니다."

"근데."

"근데요?"

"청부랑 마약 사범으로 들어가도 재산 몰수는 안 되겠지?"

"그건 어렵죠. 뭐로 축재했는지 증명하기가……."

"근데 지금 듣자니 그 새끼 아무것도 못하게 된 것 같은데?"

"어?"

근데 또 듣다 보니 이게 아닌가 싶기도 했다. 스미스는 헷갈리는 얼굴로 강혁의 말을 경청하기 시작했다. 스미스가 헷갈려하건 말건 강혁은 말을 이었다.

"내가 알기로 그 자식 콜롬보에도 부동산이 꽤 있는 거로 아는데, 맞지?"

다른 사람 같았으면 바로 유의미한 대화가 이어지기는 좀 어려웠을 터였다. 하지만 스미스도 보통 인간은 아니다 보니 바로 답을 해왔다. 사실 험악하기로만 따지면 이보다 몇 배는 더한 일도 해온 몸이 아닌가. 그렇지 않아도 중동에서 미국이 슬금슬금 발을 빼기 시작하면서 심심하단 생각이 들던 참이었다. 소소한 자극이 되겠지만 지금은 그거라도 있어서 다행이랄까?

"네, 맞습니다. 하필 이번에 신도시 개발 건하고도 엮여서…… 그쪽으로도 돈을 꽤 벌었어요."

"근데 마약까지 해? 꽤씸한 새끼네, 이거."

"사람 욕심은 끝이 없는 법입니다. 제가 아주 잘 알죠."

"어쩌나. 내 욕심도 끝이 없는데."

"어떻게…… 다 뺏으려고요?"

"CIA 자금도 이참에 좀 만들지그래?"

"좋죠. 근데 그러려면 시간이 좀 더 걸립니다. 이 자식은 일단 잠시 실종으로 처리하고요."

"어차피 마약상인데 몇 달 사라진다고 해서 수상하게 여길 것도 없지. 지금 뭐로 위장하고 있지?"

"콜롬보에서는 백 교수님이 삼합회라는 소문이 있더군요. 우리는 그런 게 있으면 적극적으로 활용합니다."

"잘했네."

강혁은 삼합회라는 단어를 몇 번인가 되뇌고는 고개를 끄덕였다.

'뭐여, 시벌.'

'일단 떨어질까요.'

'응, 그게 좋겠는데.'

'고고.'

여태 옆에서 강혁의 통화를 엿듣고 있던 재원과 한유림이 후다닥 멀어졌다. 삼합회라니. 일반적으로 입에 담을 만한 단어는 아니지 않나. 최근에 관련 영화나 드라마라도 나왔으면 또 모르겠는데 아무리 기억을 헤집어봐도 그런 건 전혀 없었다. 그러니까 저건 그냥 현재 진행형인 어떤 사안에서 튀어나온 단어라는 얘기가 되었다.

"그럼 그렇게 하도록 하지. 너무 욕심부리지 말고…… 탈 안 나는 선에서."

"비율은요?"

"적당히 챙겨줘. 우리 쪽 돈은 항상 부족해서."

"알겠습니다. 품 드는 거 보고 잘 계산해보죠."

"좋아. 하여간 내 생각보다도 더 나쁜 새끼라 잘됐네."

"네, 잘됐죠."

강혁은 껄껄 웃으며 전화를 끊었다. 아까보다 더 얼굴이 좋아진 채로였다. 리처드는 양재원과 한유림을 보며 신호를 보냈다. 더 놀려도 되지 않겠냐는 뜻이었는데, 둘 다 한마음 한뜻이 되어 고개를 저었다. 단순히 방금 전에 삼합회니 뭐니 운운했기 때문만은 아니었다. 기분이 좋아 보이긴 하지만 확실히 아까와는 결이 달라서 그랬다.

'저건 누구 조질 때 나오는 웃음이야.'

'응, 단순히 뭐가 잘돼서 웃을 때는 저렇게까지 진심이 아냐……'

'아, 그렇군요. 제가 아직 멀었습니다.'

'그래, 리처드 멀었네.'

'멀었어.'

'죄송합니다, 한 교수님. 양 형님.'

옛날 같았으면 리처드는 지금쯤 천지 분간 못 하고 까불었을 터였다. 그 결과 강혁에게 처맞았을 텐데 요새는 한유림과 양재원 덕에 그런 일이 많이 줄었다. 강혁으로서는 좀 아쉬운 일이라 할 수 있었다. 두들겨 패는 것으로 얻는 즐거움이 적지가 않아서 그랬다.

'내가 진짜 많이 유해졌지.'

예전 같았으면 그냥 잘못한 게 없어도 어떻게든 트집을 잡아서 두들겨 팼을 텐데 요새는 맞는 사람 입장도 한 번쯤 생각해보게 되었다. 맞으면서 많이 억울하지는 않을지. 도망가고 싶어지지는 않을지 등등. 하여간 덕분에 일행은 무사히 관광을 마칠 수 있었다. 몇몇은 누와라엘리야 병원으로 복귀했고 강혁을 비롯한 태화 봉사단 일행은 바로 콜롬보로 향했다.

"교수님, 감사했습니다."

마지막이란 생각이 들어서 그런가 봉사 일정 중에는 부르지 않으면 절대 가까이 가지 않던 놈들이 죄 강혁 주변에서 얼쩡거렸다. 그 선봉에는 역시나 용기 대장인 김승규가 있었다. 생각해 보면 처음에도 김승규가 나서지 않았나. 그 덕에 뒤지게 혼났지만, 또 그만큼 강혁에게 제일 많이 배운 것도 김승규였다.

"뭐가 감사한데?"

강혁은 그런 김승규를 바라보았다. 편안히 좌석에 앉아서 다리까지 꼰 채였다. 이제 다 끝났다고 생각을 하니 마음이 편해져서 더 여유로운 상태였다.

'갑자기 마음이 확 풀리니까 당황스럽네. 내가 얘들 신경을 얼마나 쓰고 있었다는 거야, 대체.'

일이 그만큼 잘 끝났으니 이런 생각도 드는 것일 텐데 강혁은 봉사 정신이 투철한 것과는 별개로 좀 꼬인 인간이어서 기분이 살짝 상했다. 그 말은 곧 마주하고 선 김승규를 향해 인상을 구기고 있단 얘기가 되었다.

'이 사람은 또 왜 이래……. 다 끝난 마당에.'

그래서 김승규도 당황스러움을 금치 못하고 있었다. 자신들은 이제 곧, 정말 곧 떠날 사람들이었다. 방금 지나친 표지판에 공항까지 20km도 채 안 남았다고 적혀 있었다. 와서 말썽만 부리고 가는 사람들이라 해도 이쯤 되면 한번 웃어줄 만도 하지 않나. 심지어 태화 봉사단은 정말이지 죽도록 고생했고 또 그만큼의 성과를 낸 참이었다. 그저 외래 진료를 본 숫자만 보고 하는 얘기가 아니라, 예약되어 있던 수술만 해도 어마어마했다. 적어도 수백에서 천 단위의 사람이 백내장 수술을 통해 광명을 되찾았고, 기형으로 태어나 고생하던 아이들도 수십 명이 웃음을 되찾았다.

'뭐…… 이런 소리 해봐야 아무 소용없겠지.'

강혁이란 인간을 처음 겪는 것이라면 여기서 들이받았을 터였다. 애초에 김승규가 그런 생을 살아온 참이기도 하지 않나. 실력이 미친 듯이 뛰어났고 또 동시에 사명감이 투철한 데다가, 병원 주인이 기업으로 바뀌는 순간이라 임용이 된 것이지, 아니었으면 어림도 없었을 거라는 것이 주변의 평이었다.

"덕분에…… 이미 알고 있는 수술도 다른 시각으로 바라볼 수 있게 되었습니다. 제가 지금까지는 좀 답답하게 수술을 해온 것 같아요."

하여간 그런 김승규임에도 불구, 지금은 고개를 숙였다. 강혁이 너무 무섭기도 했고 또 강혁에게 진짜로 배운 것이 있어서이기도 했다.

"오. 알면 됐어. 좋아. 그렇게 해보라고."

다행이라고 해야 할까? 강혁 입장에서는 정말이지 듣고 싶던 말이었다. 강혁이 나름 자신이 잘 가르치는 편이라고 여기고 있긴 하지만, 그렇다 해도 이만한 실력자에서 이렇게 짧은 시간 가르쳤는데 성과가 있는 경우는 무척 드물었더랬다. 그래서 더 기분이 좋아졌다.

"네, 그렇게 하겠습니다."

"뭐든지 의심해. 너는 이제 기본기만 다질 때가 아냐. 이 술기가 최선인가? 더 나은 술기는 없는가를 의심해야 할 단계야. 뭐, 보여줬으니 알겠지? 교과서에 나온 것들…… 그리고 오래된 술기들이 다 진리는 아니라는 것 정도는."

"네, 명심하겠습니다."

덕분에 강혁은 평소라면 하지 않았을 조언을 덧붙이고 있었다. 꼴값으로 여겨지지는 않았다. 적어도 강혁과 같이 수술에 들어간 이들에게는 오히려 좀 덜 말하는 게 아닌가 싶을 지경이었다. 그만큼 강혁의 실력은 절대적이었다. 특히 김승규에게는 더더욱 그렇게 느껴졌다. 내심 이 인간이 여기저기 돌아다니지 말고 다시 태화로 돌아온다면 어떨까 하는 생각마저 들 지경이었다.

'아니, 아니지. 배우다 사람 죽는다.'

물론 그 생각이 그리 오래 지속되지는 못했다. 실력이 좋아지는 거야 생명을 다루는 과의 의사로서 무조건 원할 수밖에 없는 일이지만, 그렇다고 해서 그 과정이 계속 고통이기를 바랄 수는 없어서 그랬다.

'다른 사람 살린답시고 내가 죽을 수는 없지…….'

애초에 외과 지원한다고 했을 때, 교수들이 강조했던 말이기도 했다. 성향상 병원 밖의 화려함을 좇을 수밖에 없는 사람이라면 어지간하면 다른 과를 하라고 했더랬다. 현재 대한민국에서 외과를 택한다는 건, 일종의 업을 짊어지는 것이라 그랬다. 사실 지금도 헷갈리기는 했다. 특히 피부과나 성형외과 등 비급여 과를 선택한 친구들이 카톡 프로필이나 인스타에 외제차나 해외여행 사진을 올릴 때면 더더욱 그랬다. 이 길을 걸으면 걸을수록 저런 것들과는 점점 더 거리가 멀어질 수밖에 없다는 걸 잘 알아서 그랬다.

"김 교수."

"네?"

자본주의 사회에서 돈이 아닌 다른 것을 택하는 삶이 어디 쉽겠나. 심지어 돈을 안 택한다고 해서 다른 게 따라오리라는 보장이 없는 상황에서는 더더욱 그랬다. 물론 김승규는 이미 교수가 되었고, 다른 사람들이 보기엔 벌써 성공한 삶일 수도 있겠지만 사람은 늘 위를 바라보는 법이었다. 김승규는 타고난 재능이 커다란 만큼 꿈도 컸다. 꿈이 크다는 건 결국 현실에 만족하지 못한다는 것도 의미했다. 갑자기 회한이 밀려오려는 찰나 강혁이 입을 열었다. 그로서는 실로 드물게 부드러운 얼굴로, 심지어 부드러운 강도로 김승규의 어깨를 두드리면서였다.

"지금처럼 그렇게 계속 가다 보면 세계 최고의 간 이식 의사가 되는 데까지 그리 오래 걸리지 않을 거야. 하던 대로만 하지 말라고. 언제나 의심하고 의심하다 보면 닿을 거야."

"아……."

"내가 아무한테나 이런 소리 안 해. 왜냐면 하던 대로 안 하면 발전하는 게 아니라 사고 치는 놈들이 더 많거든."

"그, 그렇군요."

"근데 넌 아냐. 일단 신중하기도 하고…… 재능이 있어. 심지어 노력도 했지. 그러니까 흔들리지 말고 그대로 가. 너는 이 길이 어울려."

"아……. 감사합니다."

김승규를 마주하고 있던 강혁은 당연히 그의 내면에 일어나고 있는 파동을 정확히 읽어낼 수 있었다. 또 이럴 때 어떻게 해야 하는지도 정확히 알고 있었다. 편안한 길 대신 고된 길로 걷게 하는 데 있어 전문가이지 않나. 멀리 갈 것도 없이, 지금 누와라엘리야에 있는 애들 전부가 그렇게 코 꿰어서 온 애들이었다.

"저, 교수님 저도 감사했습니다."

김승규는 무언가 얽힌 속이 풀렸단 얼굴로 자리로 돌아갔다. 다음에 찾아온 놈은 이현종이었다. 아무래도 김승규보다는 좀 아쉬움이 남는 쪽이었다. 강혁 본인이 내과가 아니다보니, 가르침에 한계가 있어서 그랬다. 타고난 재능으로만 따지면 이쪽도 만만치 않은데, 그래서 더 아쉬웠다.

'어쩌면 김승규보다도 위지.'

강혁은 그런 생각을 하면서 물었다.

"넌 뭐가 감사한데?"

"환자를 진료하는 데 있어서…… 더 지독해야 한다는 걸 배웠습니다. 저희는 안 보이는 걸 추론해야 하는 입장이니…… 단서하나를 추가하기 위해 더 애써야겠죠. 치료를 시작할 때는 그 모든 단서를 종합해서 최적의 결과를 도출한 상황이어야 할 것이고요."

다들 똑똑한 새끼들이라서 그런지 허투루 배운 놈이 없었다. 흡족해진 강혁은 이번에도 한마디 보태기로 결심했다.

"그래, 너는…… 벌써 이런저런 새로운 술기 시도하고 있지?"

"네."

"실력이 모자란다는 말은 아냐. 너 잘해. 하지만 내과는 보이는 상태에서 치료하는 게 아닌 경우가 많지. 영상 검사를 했다고 해도, 또 C-arm으로 보고 있다고 해도 그건 그림자야. 그러니까…… 좀 더 지독해질 필요가 있지."

"네, 정말 감사합니다. 지독하게 해보겠습니다."

"그래, 너도 잘해보라고. 다들 재능이 있어."

강혁이 공항에서 태화 봉사단을 배웅하는 동안, 한유림과 양재원도 제법 바쁜 시간을 보내고 있었다. 강혁이 떠나면서 내준 숙제 때문이었다.

"어……. 박 원장, 어어. 잘 지내? 어어. 어? 병원 안 해? 웹툰 그린다고? 드라마가 됐어? 아유, 축하해. 축하. 그래, 요새는 콘텐츠가 짱이래. 그래, 잘됐네."

한유림은 껄껄 웃으며 축하 인사를 건네다가, 전화가 끊기자마자 한숨을 푹 하고 내쉬었다.

"이게 생각보다 구하기가 어려운데⋯⋯?"

벌써 열 번째 통화인데 수확이 단 하나도 없었다. 심지어 방금처럼 대화 비슷한 것이라도 이어 나간 경우도 드물었다. 대개는 원장님 진료 중이라는 말만 들려오거나 혹은 아예 받지도 않았다. 한국 시각으로 오후 8시가 넘어가고 있었다.

'8시 넘어서 진료 중일 리가 없고⋯⋯ 만약 진료 중인 놈이면 여기 오면 안 될 놈이지.'

나이가 벌써 환갑이 넘었는데 개인 병원 하는 친구가 오후 8시가 넘도록 진료를 보고 있다는 건 보통 일이 아니었기에 그랬다. 30대 친구들이라면야 파이팅 있게 진료하는 게 당연한 일이었다. 하지만 환갑이 넘어서? 피치 못할 사정이 있단 얘기였다.

"양 선생. 자네는 좀 어때?"

"음⋯⋯. 이게 저희는 일단 개원한 동기가 많지가 않아요, 아직."

"폐닥인가?"

"네. 원장님 눈치 보여서 휴가 일주일 통으로 쓰기도 어렵대요."

"하긴 그것도 그렇긴 하겠네."

"개원한 애들도 한 명 빼고는 365예요."

"아, 365. 아이고."

물론 양재원보다는 훨씬 나았다. 여전히 의사라는 직업이, 의사가 하는 일이 무엇인가를 제외하고서라도 사회적으로 꽤 괜찮은 직업이라지만 젊은 의사들은 사정이 좀 달라서 그랬다. 특히 개원가는 만만치가 않았다. 괜히 365일 진료하는 병원들이 늘어나고 있는 게 아니라는 얘기였다. 그 와중에 여기로 봉사를 온다고? 말이 안 되는 얘기였다.

"어, 그래…… 그래, 그래. 아니, 뭐. 나야…… 하하."

"응? 아, 난 안식년. 어……. 교수……. 어, 이럴 때는 좋지. 하하."

그렇다보니 계속해서 허탕이 이어지고 있었다. 그럴수록 초조함 또한 계속해서 가슴 깊은 곳에서부터 치밀어 올라왔다. 비단 강혁이 내준 숙제를 해결하지 못했기 때문만은 아니었다. 이번 태화 봉사단의 위력을 그 누구보다 실감했던 둘이라서 더했다.

"네? 아이고……. 이거…… 아이고……. 죄송합니다."

해서 열심히 전화를 돌리고 있었는데, 그러다가 한유림은 동기의 뒤늦은 부고도 들었다. 이리저리 계속 외국을, 그것도 오지라 불리기에 충분한 곳을 돌다 보니 소식이 늦었던 탓이었다. 덕분에 한유림은 황송한 얼굴이 되어 동기 전화번호부를 내려다보고 있었다. 얕은 한숨을 쉬면서였다. 충격이 작지는 않았더랬다. 벌써 몇 개월 전에 암으로 세상을 등졌다는 동기 녀석은, 한유림과 꽤 친했기에 그랬다. 때문에 한유림은 연신 한숨을 쉬면서 고개를 뒤흔들고 있었다. 그사이 재원은 마침내 얘기가 잘 통하는지 화색을 띠고 있었다.

"어? 그래? 아, 맞다. 너네 아버지가 원래 병원 엄청 크게 하셨지? 아……. 그거랑 상관이 없어? 아, 코인을 했어? 그걸로 대박

나서 병원 차렸구나. 와……. 너 성공했구나. 얼마…… 얼마 벌었
는데?"

　잠자코 듣고 있자니 대화가 좀 이상한 방향으로 튀고 있었다.
봉사 오라고 해야 하는데 얼마 벌었냐는 말이 왜 나온단 말인가.
그러나 정신을 차리고 보니 한유림도 어느새 동기 생각은 잊은
채 재원의 옆에 서서 귀를 쫑긋거리고 있었다.

　"500억? 와……. 미쳤다. 어? 아, 왜 전화했냐고. 아아. 그래,
내 정신 좀 봐. 나 요새 백강혁 교수님 따라서 누와라엘리야 와
있는 건 알지? 응? 존경한다고? 누굴? 나를?"

　한유림도 500억이라는 소리를 듣자마자 저도 모르게 입 모양
으로 시발을 연발했다. 누군 여기서 빵이 치고 있는데 누군 500
억? 물론 그 돈을 실제로 거머쥐기까지 엄청난 고생이 있기야
했겠지만 훨씬 어린 나이에 상상도 하기 어려운 성공을 해버린
사람 얘기를 듣다 보면 현타가 오기 마련이었다. 한유림도 객관
적으로 볼 때 굉장히 성공한 삶을 사는 사람임에도 그랬다.

　"왜? 아……. 에이, 나야 뭐 코 꿰어서 하는 건데. 그래도 그런
게 아니라고? 빚진 느낌이 있어? 그래?"

　한유림이 헌자 타임에 빠져 어휴어휴 하고 있는 동안 강혁의
수제자인 재원은 순조롭게 대화를 끌고 나가고 있었다. 이미 머
릿속으로는 시나리오를 짜고 있었다. 여태 재원이 강혁에게 배
워온 것이 단지 의학적인 내용만은 아니어서 그랬다.

　"봉사하고 싶은 마음은 있다고? 근데 과가…… 야, 외과만 과
냐. 오히려 외래 보기엔 외상 외과는 좀 불리해. 우리는 맨날 급

성 질환만 보니까……. 게다가 그중에서도 칼 대야 하는 환자만 보잖아. 여기 있는 사람 중 대부분은 만성 질환자라…… 어어, 그렇지. 너 오면 도움 되지."

의사 중에 돈만 밝히는 사람이 없는 건 아니었다. 자본주의 사회에서 어느 집단이든지 그건 마찬가지 아니겠나. 하지만 아무래도 바로 가까이에서 삶과 죽음을 들여다본 경험이 있는 데다가, 동기 중 한 명 이상은 반드시라고 해도 좋을 확률로 삶을 온전히 생명 살리는 일에 바치고 있었기 때문에 다른 집단보다는 마음의 부채가 더 있을 수밖에 없는 것도 사실이었다. 다행히 재원과 대화를 나누고 있는 친구는 후자 측이었다. 그것도 이미 돈은 많이 번, 심지어 큰 병원을 운영하고 있는.

'좋아, 좋아. 너만 오면 되겠냐? 안 되지.'

해서 재원은 일단 상대를 옴팡지게 띄워주었다. 별로 어려운 일도 아니었다. 저 칭찬에 인색한 강혁조차 원하는 것이 있을 땐 막무가내로 칭찬을 해대지 않던가. 재원은 일단 강혁보다 칭찬에 덜 인색한 사람인 데다가 방금 500억이라는 말을 듣고부터는 아예 이 친구를 존경하고 있었다.

"에이, 그런 말 하지 마. 큰 도움 돼. 어? 돈? 돈…… 돈도 필요하지만, 병원에서는 돈보다는 의사가 더 필요하지. 인력이 진짜 부족해. 한 명이라도 더 있으면 무조건이야. 어? 그렇게 부족하면, 팀을 꾸려? 그래? 음……. 어우, 그러면 우리는 진짜 너무 큰 도움이지."

그렇게 진심을 담아 마구 칭찬을 해대자 효과가 있었다. 어찌 보면 당연한 일이었다. 재원이 여기서야 여기 치이고 저리 치여서 어딘지 모르게 조금 모자란 느낌도 주고 있지만 동기들 사이에서는 나름 입지전적인 인물이었다. 이 나이에 벌써 정교수가 된 것도 모자라 센터장이고, 명실공히 대한민국 최고의 외상 외과 의사이지 않나. 세상에 중증외상센터장이라니. 그야말로 모든 의사들이 젊은 시절 품었던 '사람 살리는 의사'의 표본이라 할 수 있었다.

"영광이라고? 에이, 무슨. 그래…… 우리는 뭐 나름 시스템이 있어서…… 와서 고생만 하다 가지는 않을 거야. 그럼 당연하지. 손님으로 오는 건데 부려먹기만 하겠냐? 관광도 시켜드리지. 이번에 안 그래도 태화 봉사단 관광 세게 시켜드렸어. 여기 나름 볼만한 게 많거든."

그런 사람이 이렇게까지 말해주는데 감동이 없으면 그건 사람도 아니었다. 현실적으로 도저히 안 되는 경우라면야 감동만 하고 끝이겠지만 다행히 상대는 이미 어느 정도 외적인 욕구는 다 충족해버린 상황이었다. 남은 것은 내적인 충만감인데, 재원이 가려운 곳을 삭삭 긁어주고 있다 보니 대화는 일사천리였다.

"그래, 그럼 이메일로 일정 잡아서 보내줘."

결국, 재원은 오겠다는 확답까지 듣고서 전화를 끊었다. 그런 재원을 가만히 지켜보고 있던 한유림은 그제야 입을 열었다.

"양 선생."

"네?"

"방금 되게 백강혁 같고 그랬어."

"칭찬이죠?"

"어, 칭찬이야. 완전 백강혁이었어."

"감사합니다. 하여간 하나 낚았네요."

"들어보니 그냥 하나가 아닌 느낌이던데?"

굉장히 감동한 얼굴을 하고서였다. 그도 그럴 수밖에 없는 것이, 지금 재원은 그냥 백강혁 그 자체였다. 작정하고 꼬시려고 달려드는데, 목적을 위해서라면 그야말로 수단과 방법을 가리지 않았다. 이미 쌓아둔 후광이나 명예도 그냥 막 사용했다.

'괜히 수제자가 아녀······.'

재원은 너무 감동한 나머지 고개를 절레절레 흔들고 있는 한유림을 보며 말을 이었다. 정작 재원도 적잖이 감동한 얼굴을 한 채였다. 차이가 있다면 한유림은 강혁화된 재원에게 감동했고, 재원은 단순히 500억에 감동한 상황이었다.

"얘가 원래도 좀 이재에 밝았거든요. 과외한 돈 우리는 그냥 다 노는 데 쓰는데, 얘는 주식 사고 그랬어요."

"난놈이네. 난놈이야."

"그러다 코인 얘기를 했었는데······ 그때는 뭔 개소린가 했거든요."

"나도 환자가 얘기해준 적 있었는데 씹었어. 나 새끼······ 어휴."

"그걸로 대박 내고 지금은 그 돈으로 2차 병원 세워서 나름 지역에서 거의 봉사하는 느낌으로 운영하고 있는 모양이에요. 어차피 돈은 다른 데서 계속 들어온다고."

"와, 마인드 멋지네."

이제 한유림도 500억에 감동한 얼굴이 되었다. 아까보다 진심이 훨씬 담겼다는 얘기였다.

"네, 그래서 나름 밑에 과장님들한테도 신망을 얻고 있는 모양이에요. 원장이 병원으로 돈 벌 생각이 없으면 어떻게든 티가 날 테니, 그럴 수밖에 없겠죠."

"그렇지. 그런 원장은 멋지지."

"그래서 이번에 과장님들 데리고 한번 온대요. 그뿐만이 아니라……."

"뿐만 아니라?"

"친하게 지내는 2차 병원 원장님들도 모시고 올 수 있으면 온대요. 그분들도 여기 보고 필요하면 보낼 수도 있는 사람들이라고."

"와우. 대박인데."

재원과 한유림은 한참을 껄껄 웃었다. 마침내 강혁이 내준 숙제를 끝냈다는 즐거움과 이게 잘 풀리면 앞으로는 이곳에서의 나날도 한층 나아질 거란 기대 때문이었다. 그렇다고 해서 전화 거는 걸 그만두진 않았다. 한유림도 재원도 동기 주소록을 따라 계속해서 전화를 걸었다. 당연하지만, 성과는 있었다. 그 후로는 특히 한유림 쪽에서 그랬다. 아무래도 시절이 더 좋은 시절이었고, 나이도 있다 보니 이미 성공한 사람들이 많아서 그랬다.

"좋아, 좋아. 이렇게 돌기 시작하면…… 여기에 대학 병원들도 돌면 진짜 365일 오겠다. 어쩌면 겹치겠어, 이거."

"대박. 어차피 호텔도 새것 좋은 거 하나 있으니까 많이 와도 뭐 상관없죠. 태화야 우리 측 요청에는 다 협조하잖아요."

"그렇지."

"개꿀인데요?"

"그러니까."

"저 안식년 동안 이제 놀 수 있는 걸까요?"

"그건 모르겠다."

"네, 저도 말하면서 그럴 리는 없다고 생각했어요."

성공한 개원의 중 봉사에 대한 열망이 있는 사람들이 반드시 있을 거라는 강혁의 말이 희망사항이 아니었음은 금세 증명되었다.

"이렇게 금방 뭐가 될 줄은 몰랐는데."

강혁의 예상도 월등히 벗어난 속도였다. 당연히 다른 이들도 이럴 줄은 전혀 모르고 있었다. 강혁이나 재원, 한유림과 같은 외과 의사에 지방 출신인 최윤섭, 강성지 그리고 마취과 의사인 경원, 간호사 장미, 심지어 리처드와 같은 외국인도 있어 꽤 다양한 출신 성분으로 이루어진 것이 이 누와라엘리야 병원이지만 크게 뭉뚱그려 보면 결국 대학 병원 스태프들 아닌가.

"아니……. 은퇴한 원장들이나 좀 와주면 대박일 거라고 생각했는데. 이렇게 되면 정말 매주 오겠어."

한유림은 허참 소리를 벌써 몇 번이나 내뱉었는지 몰랐다. 그만큼 놀랐다는 소리였다. 그의 손에 들린 서류 뭉치만 벌써 수십 장이었으니, 당연한 일이긴 했다. 벌써 팀을 짜서 지원한 사람들도 꽤 있었다. 이렇게 되면 강혁이 할 일은 그저 날짜 정해주고 이번처럼 기다리는 것뿐이었다.

"어떻게 이럴 수가 있죠?"

재원의 손에 들린 서류 뭉치도 적지 않았다. 한유림과 차이가 있다면, 이쪽은 대개 현역들이었다. 그래서인지 단기였고, 문의 사항에 다른 가족들도 갈 수 있냐는 문구가 많았다. 봉사 오면서 가족들은 놀 수 있냐는 얘긴데 아마 옛날 강혁이었다면 이런 걸 용납할 수 없었을 터였다. 봉사에 보다 많은 의미를 부여하고 있었으니 그럴 수밖에 없었다.

"일단 너…… 그쪽 다 답 메일 보내라. 가족들 와도 좋고, 봉사 점수 필요한 학생들 접수 도우면 다 찍어준다고. 물론 놀러 가도 좋고."

"아, 네. 근데 그렇게 하면…… 숙소가…….."

"가족 숙소는 여기 호텔 잡으라고 해. 그것까지 우리가 어떻게 해줄 수는 없지. 그렇다고 그거 다 내치냐? 오히려 와서 잘 놀고 가고, 애들 경험 쌓였다는 소문 돌게 해야지."

"하긴…… 그것도 그래요."

하지만 정작 봉사를 거듭하고 있다 보니, 이런 생각이 들었다. 진짜 세상을 바꾸는 것은 강혁과 같은 전업 봉사자가 아닌 것 같았다. 물론 숫자가 많다면야 얘기가 좀 달라질 수도 있겠지만 막상 강혁처럼 인생을 다 바쳐서 봉사할 수 있는 사람이 대체 얼마나 되겠는가. 결국엔 일상을 살아가면서 마음속에 얼마간 나와 상관없는, 그러나 내가 도울 수 있는 사람들에 대한 부담을 가지고 있는 사람들이 더 중요했다. 그런 이들이 한번 봉사 올 때 엄청난 부담을 져야 한다면 그게 과연 좋은 현장이겠나. 강혁은 적어도 누와라엘리야만큼은 반쯤 놀러 오는 마음으로 올 수 있는 곳이 되기를 바랐다.

"그러니까 부지런히 보내. 그리고 장미."

"네."

"그쪽은 어떠냐?"

"여기는 보통 은퇴하시거나 다른 일 하시는 분이 많아요. 휴가 내고 오는 건데…… 완전히 커뮤니티에 속해 있지는 않아서 좀 중구난방이에요."

"중구난방이라고 해도 좋지. 어차피 와서 뭐 엄청 중요한 일 맡길 건 아니잖아?"

"그렇죠. 저희 팀은…… 이제 너무 숙달돼서 방해될 수도 있어요."

"그럼 그쪽은 역시 네가 알아서 인원 분배하고."

"네."

장미가 손에 쥐고 있는 뭉치는 간호사들의 지원서들이었다. 대한민국의 안타까운 현실을 대변하는 뭉치이기도 했다. 뭉치 속 인원 중 현직에 있는 사람이 절반이 채 되지 못했다. 멀쩡히 대학 나와서 대학 병원에서 날아다니던 간호사들이 대부분이라는 걸 생각해보면 놀라운 일이었는데, 현실을 잘 아는 사람이 보면 또 그리 놀랄 일이 아니기도 했다. 대한민국 대학 병원에서 일하는 간호사의 업무 강도는 상상을 초월했기에 그랬다. 말로만 간호사가 중요하다고 떠드는 이들은 너무 많은 데 반해 실제로 개선하기 위해 애쓰는 이는 너무 적었다.

"돌아가면 네가 좀 총대 메고 해줘."

"제가요?"

"너 아니면 누가 할 수 있겠냐. 너 별명이 여자 백강혁 아냐? 나중에는 내 별명을 여자 백장미가 되게 해보라고."

"음. 알겠어요. 뭐…… 확실히 문제가 있긴 있지."

강혁은 말도 안 되는 요구 사항을 아무렇지도 않게 장미에게 전달한 후, 마지막으로 경원을 돌아보았다. 경원 또한 꽤 많은 서류 뭉치를 들고 있었다. 직접 전화를 돌린 것도 아닌 주제에 그랬다. 생각보다 개원의들끼리의 커뮤니티가 활성화되어 있어서 그랬다. 원래 용도는 허구한 날 바뀌는 심평원 기준이나 보험 청구에 대해 공유하기 위해서라지만, 그 외에도 점심시간에 볼만한 드라마나 진료 시간에 앉아서 하기 좋은 스트레칭 등에 대한 공유도 활발했다. 뿐만 아니라 휴가지에 대한 공유도 활발했는데 이번 누와라엘리야에 관한 내용이 그쪽으로 확 돈 모양이었다.

"저는 보통 개인 의원에서 많이 왔어요."

"그걸 근데 왜 너한테 보내지?"

"글쎄요. 모르겠네."

"하여간 잘된 일이지. 너 어차피 마취 말고는 일 안 하잖아."

"그 마취를 뒤지게 하고 있거든요?"

"뒤질래? 네가 잡일 안 하는 건 사실이잖아."

"그……."

경원은 눈알을 또르륵 굴렸다. 말을 굉장히 잘 해야 하는 상황이었다. 말은 잡일이라고 하지만 사실상 병원 운영에 필요한 일들이 태반인데, 실제로 경원은 대부분의 일에서 열외가 되어 있어서 그랬다. 그 말은 이 사안에 대해서만큼은 강혁뿐만 아니라 다른 이들에게도 밉보이고 있다는 얘기가 되었다. 아닌 게 아니라 한유림과 재원 그리고 장미나 리처드 모두 경원을 물끄러미 바라보고 있었다.

"그렇긴 합니다."

결국 경원은 굴복했다. 일을 못 하는 것이지, 눈치가 없는 건 아니어서 가능한 일이었다.

"그래, 그럼 네가 여기서 뭐라도 해야겠지."

"제가요? 아, 근데 저……."

"괜찮아. 이건 진짜 손만 있으면 할 수 있는 일이야."

"네, 그럼 말씀하세요."

강혁은 경원을 보면서 잠시 이전에 있었던 일을 떠올렸다. 주로 경원이 개판 쳤던 일들이었다. 이상했다. 의사쯤 되면, 일머리가 아니라 그냥 성실해서라도 그 정도는 아니어야 하는데 이 새끼는 어찌 된 영문인지 마취랑 고기 굽는 거 말고는 하나도 잘하는 게 없었다. 심지어 진료 시간에 대기 중인 애들 놀아주라고, 메뚜기라도 잡아주라고 잠자리채를 들려주었더니 어디서 어떻게 잡으려고 했는지는 몰라도 굴러떨어져서 발목을 접질렸더랬다.

'어휴, 이 새끼.'

메뚜기도 못 잡는 놈도 아니고 메뚜기 잡다가 다치는 놈이 돼? 강혁은 저도 모르게 한숨을 쉬면서 말을 이었다.

"이거 개인 의원들이랑 간호사분들 싹 전화 돌려서 가능한 날짜를 최대한 다 받아. 그래서 그거 적정 인원이 되게끔 맞추는 거야. 당연히 우리가 여기 받은 2차 병원급…… 그러니까 이미 팀 짜서 오는 사람들이랑은 안 겹치게 해야지."

"어이고, 교수님. 그걸 박 선생님이 어떻게."

대번에 장미가 반대하고 나왔다. 얼굴을 보아하니 장미도 경원에게 시켰다가 말아먹은 일을 떠올리고 있는 모양이었다. 한두 개가 아니다보니 굳이 머리를 굴리지 않아도 절로 떠오르긴 할 터였다.

"가만 있어봐. 그래도 이 새끼 이거라도 시켜야 돼. 아니면…… 전화라도 돌려. 그건 할 수 있잖아. 한국말을 못하는 것도 아니고."

"아……. 그리고 스케줄 짜는 건 제가 할까요?"

"너는 그렇지 않아도 바쁜데?"

"요새 그래도 훨 나아졌어요. 밑에 애들이 빠릿빠릿해져서."

"아, 그래?"

"네. 원래 수간호사 하는 일이 이런 거예요. 저 없어도 실수 없이 잘 돌아가는 시스템 만드는 거."

이런 말을 다른 사람이 했다면 참 시건방진 새끼란 생각만 들었을 터였다. 하지만 상대는 장미였다. 강혁으로서는 참으로 드물게 온전히 신뢰할 수 있는 대상이라는 얘기였다.

"그래, 그럼 뭐……. 그렇게 하자. 대신 전화는 이놈이 다 하게 해.”

“네.”

덕분에 강혁은 일을 적당히 넘기고 또 분배할 수 있었다. 물론 강혁의 성격상 끝까지 옆에서 지켜보기는 할 테지만, 이것만 해도 옛날에 비하면 장족의 발전이라고 할 수 있었다. 처음부터 끝까지 죄 강혁이 책임지려고 애썼던 세월이 무던히도 길지 않았나.

“흐음.”

스스로 감개무량해서 한숨을 쉬고 있으려니, 웬 덩치가 다가왔다. 한석준이었다. 어쩐지 눈물을 글썽이고 있는 것처럼 보였는데, 착각은 아닌 것 같았다. 미쳤나 하다가 생각해보니 그럴 만한 이유가 있기는 했다.

“아, 임 작가님?”

“네, 교수님.”

이제 드디어 빛의 마술사라 불리는, 영상 전문가 임혜란 작가가 돌아가야 하는 시점이 온 것이었다. 공교롭게도 오진승 원장이랑 같이 가게 되었는데 강혁은 그저 잘되었다는 생각만 하고 있었다. 괜히 두 번 왔다 갔다 하지 않게 되었으니 다행이지 않나. 하지만 그사이에 사랑에 빠지고 심지어 강혁의 조언 덕에 사랑을 이룬 한석준에게는 아마도 견우와 직녀가 되는 기분일 터였다. 한석준은 임혜란 작가가 돌아가고 나서도 한참을 여기서 있어야만 했기에 그랬다.

“마중 잘해드려야지.”

"마중만 합니까?"

"응?"

그래서 그런가, 눈이 살짝 돌아가 있었다. 진짜 미쳐버렸다고나 할까?

"마중만 하냐고요. 한 달도 아니고 거의 반년을 있다 가는데?"

"어……. 왜 화를 내. 돌아가시는 건데 뭐 그럼 어째."

"송별회라도 해야죠!"

"얼마 전에 돼지 잡았잖아. 그때 묶어서 한 거야."

"나는 그렇게 안 느꼈는데요?"

"임 작가님은 그렇게 느꼈어, 인마. 나한테 와서 감사 인사도 하고 그랬어."

"저는 아직 최선을 다한 느낌이 들지 않아요."

"이 새끼가 미쳤나……."

강혁은 실로 오랜만에 당황하고 있었다. 누구라도 자기 앞에 서면 쫄기 마련이지 않나. 그중에서도 한석준은 선봉장이라 할 수 있었다. 나름 4급 공무원이었던 사람이 이제는 충실한 노예가 된 지 오래란 얘기였다. 그런데 감히 여기서 반기를 들고 눈을 부라려? 이래서 고대 주인들이 채찍질을 했나 싶었다.

"네, 미쳤습니다. 임혜란한테 미쳤어요."

"그럼 거기 가서 가지 말라고 하지, 왜 나한테 지랄이야."

"가야 된대요. 할 일 많대요."

"까여서 나한테 와서 이러는 거야?"

"네."

"당당하니까 진짜 황당하네, 이거."

강혁은 쯔쯔 하고 혀를 찼고, 한석준은 그 와중에도 막무가내 였다.

"하여간에 어? 아쉬움 없이 보낼 수 있게 해주십쇼! 잊을 수 없는 그런 송별…… 뭐 해요?"

"전화 와서."

"이 와중에 전화를 받아요? 양심 어디 갔어요?"

"몰라, 어디 두고 왔나. 가서 네가 찾아봐라, 내 양심."

"와……. 이 새끼……."

"이 새끼? 전화 끊고 보자, 너."

물론 한석준이 막무가내로 나온다고 해서 눈 하나 꿈쩍할 강 혁이 아니었다. 강혁은 그저 여상한 얼굴로 전화를 받고는 지금 간다고 하면서 끊었다. 그뿐만 아니라, 한석준이 말했던 것을 이 루어줄 방법도 찾았다. 지극히 강혁스러운 방식이었지만, 그래서 한석준은 싫어할 것 같았지만 상관없었다.

'나는 재밌을 것 같아.'

강혁은 전화를 끊고는 아직까지도 눈앞에서 서성이고 있는 한 석준을 바라보았다. 말이 좋아서 서성이는 것이지, 사실적으로 묘사해보자면 그냥 지랄이었다.

'이 새끼는 임혜란 작가 앞에서는 아무 말도 못 하는 놈이 내 앞에서는 이 지랄이네.'

생각해보니 사랑이 무섭긴 했다. 그렇지 않고서야 감히 강혁 앞에서 이럴 수가 있겠나. 강혁은 사랑의 놀라움과 위대함을 잠시 생각하다가, 입을 열었다.

"송별회! 잊을 수 없는!"

"그래, 그래. 내가 네 소원 들어줄게."

"오!"

"가서 임혜란 작가님 모시고 와."

"오!"

그때까지도 송별회를 외쳐대고 있던 한석준은 강혁의 말에 의외라는 얼굴이 되었다가, 이내 후다닥 밖으로 뛰어나갔다. 뭐니 뭐니 해도 강혁은 허튼소리 하는 사람은 아니라는 걸 너무도 잘 알아서 그랬다. 아무리 황당한 말이라 해도 강혁의 입에서 나온 말이라면 일단 믿어봄 직했다. 이 지역이 그 증거지 않나. 그야말로 엄청난 인간이라 할 수 있었다.

'잊을 수 없는 송별회! 그래, 그럼 가서도 나를 잊지 못하겠지!'

괜히 이러는 건 아니었다. 한석준이 보기에 임혜란은 인기가 많을 수밖에 없는 사람이었다. 단순히 외모 얘기가 아니라, 그냥 그런 사람 있지 않나. 뭐든지 잘하고 또 열심히 하는 사람. 시산이 갈수록 그런 사람은 그 자리에서 빛이 나기 마련이었다. 아무것도 없는 현장에서도 그러할진대, 한국으로 돌아가면 어떻겠는가.

'인스타에 잘생긴 새끼들 많던데.'

게다가 모델들이랑도 일을 자주 하는지, 팔로우 명단이 아주 가관이었다. 머리 긴 미남, 짧은 미남, 머리가 노란 미남, 갈색인 미남, 검정인 미남 등등. 하여간에 각종 미남이 포진해 있었다. 한 석준도 스스로 생각하기에 어디 가서 꿀리지 않는 사람이라 생각하고 있었지만, 그것도 같이 있을 때 얘기였다. 같이 있지도 않으면서 상대를 휘감아두려면 적어도 백강혁 정도는 되어야 했다.

'백강혁…… 시바…….'

평범한 사람에게는 말도 안 되는 꿈이란 얘기였다. 하여간 한 석준은 그런 생각을 하면서도 임혜란을 향해 달렸고, 곧 만날 수 있었다. 이제 찍을 거 다 찍고 돌아가서 편집만 하면 된다고 하더니 노상 들고 다니던 카메라도 놓고 그저 방에 앉아 있었다.

"어, 혜란아."

"응, 아까 보고 또?"

"아니, 백강혁 교수님이 오라고 하셔서."

"음? 그래? 안 바쁘시대?"

"어어. 모르겠는데, 꼭 오라시는데."

"그럼 가야지."

일을 할 때는 몰입해서 하지만, 쉴 때는 또 철저하게 쉬어야 한다는 생각 때문이었다. 당연히 그 휴식을 방해받는 건 달가운 일이 아니었는데 상대가 백강혁이라면 예외였다.

'뭐…… 내가 한두 번 이런 거 해본 게 아닌데.'

홍보차 와서 영상 찍어달라는 요청은 노상 받는다고 보면 되었다. 그게 광고일 수도 있고 캠페인 형식일 수도 있는데 하여간 임혜란 정도 되면 하루에도 몇 번씩 받았다. 세상이 점점 더 자기 PR이 필요한 쪽으로 흘러가고 있었고, 이제는 그 정도가 개인이나 단체를 가리지 않게 된 지 오래라 그랬다. 그러나 그렇게 홍보해달라는 곳에 가서 확인해보면 그 사람들이 말하는 모습과 실제 모습이 다른 경우가 많았다. 아니, 거의 다 그랬다. 딱 한 군데, 이곳만 제외하고.

'여기는 진짜 미친 곳이야.'

보통 이렇게 사이즈가 커지면 어디 한 군데 정도는 허투루 일하거나 엉뚱한 짓을 하는 곳이 있기 마련이었다. 의외로 조직의 장이 그런 짓을 하는 경우도 많았다. 특히 오지에서 온갖 고생을 다 했다면 더더욱 그랬다. 인간이라면 응당 보상 심리가 작용할 수밖에 없어서 그랬다. 하지만 누와라엘리야 병원은 모두가 최선을 다해 환자를 보고, 더 나아가 지역을 변화시키려 애쓰고 있을 뿐이었다. 그 누구보다 강혁이 제일 애를 썼다.

"교수님, 저 왔어요."

워낙 많은 단체를 접했고 또 조작 없이 카메라를 들이미는 직업 탓에 지나치다 싶을 정도로 날카로운 눈을 지닌 임혜란이 그렇게 봤다면 진짜 그렇다고 봐야 했다. 때문에 임혜란은 모처럼 얻은 휴식 시간에 불려 왔음에도 웃는 얼굴이었다.

"아, 임 작가님. 쉬시는데 불러서 죄송합니다."

강혁 또한 존중의 빛을 내비쳤다. 그가 본 임혜란은 프로 그 자체였다. 일이 한창일 때는 그 일이 아무리 험하고 오래 걸려도 불평 하나 하지 않았다. 오히려 더 생생한 장면을 만들지 못했다는 생각에 자책하는 모습만 보았다. 강혁은 이런 인간을 좋아했다.

"아뇨, 뭐⋯⋯. 아직 여기 있는 동안에는 일이 있으면 해야죠."

"잘됐군요. 지금 저 소리 들려요?"

"네?"

강혁의 다소 뜬금없어 보이는 소리에 임혜란은 물론이거니와, 옆에 있던 한석준도 고개를 갸웃거렸다. 하지만 이내 둘 다 창밖을 내다보게 되었다. 어디선가 소음이 들려오기 시작해서 그랬다. 처음 들었을 때는 이게 대체 뭔 소린가 했었으나 이제는 모두 익숙해진 소음이기도 했다.

"비행기?"

"네. 미군 측 요청입니다. 중동에서 철수하고 있기는 한데…… 아직 진행 중이라서요. 뭔가 문제가 있는 모양입니다."

"아……. 그럼……?"

"아직 저랑 비행기 타본 적은 없잖아요. 송별회 겸 가시죠. 나름 전세기처럼 만들어서 안에 좋습니다."

"오."

"오?"

임혜란과 한석준 모두 오 소리를 냈다. 차이가 있다면 전자는 흥미가 동해서 내는 소리였고, 후자는 이 사람이 돌았나 싶어서 내는 소리였다. 감각이 예민한 강혁은 당연히 이러한 것을 단박에 파악할 수 있었다. 하지만 별로 개의치 않았다. 반응은 상관없었으니까. 뭔 말이 나오건 간에 데려갈 참이었다. 강혁이 집중하고 있는 건 오로지 하나. '잊을 수 없는 송별회'뿐이었다.

"그럼 가죠. 오진승 원장 송별회도 겸해서 같이 가죠."

"말은 하셨어요?"

"아뇨."

"아."

그나마 한석준은 대우해주는 편이었다. 이놈은 의사가 아니니까. 다시 말하면 여기 끌려와서 일할 이유가 없는 놈이니까. 사실 위에다 어떻게든 요청을 올리면 딴 데 갈 수 있을 정도로 공을 세우지 않았나. 그럼에도 여기 남은 것은 강혁과 했던 약속 때문이었다. 어찌 되었건 1년간은 일을 돕기로 했던 약속을 지키고 있었다.

그에 반해 오진승은 의사였다. 와서 커다란 도움을 준 사람이었다.

"어······. 왜 붙잡으세요?"

"좋은 데 구경시켜줄게요."

"말로 하시지. 제가 두 발로 갈······ 왜 이 친구들은 제 팔짱을 끼죠?"

'덕분에 애들 제대로 치료받고 있지.'

PTSD가 애들한테도 있다니. 이건 강혁 혼자서는 절대 생각하지 못했을 일이었다. 그 말은 곧 오진승이 와서 결정적인 도움이 되었다는 뜻이었다. 실제로 아이들 중 문제가 있다고 판단된 아이들은 앞으로도 줌과 같은 비대면 방법을 통해서라도 꾸준히 치료하고 관찰할 것을 약속해준 마당이었다. 다시 말하면 이 인간은 진짜 좋은 정신과 의사였다. 한번 엮인 사람은 그냥 놔주질 않는다고 해야 할까?

'그럼 나도, 어? 가만히 있을 수는 없지. 생각해보니까 돼지고

기만 먹이고 보내는 게 말이 안 돼.'

그렇다면 어떻게든, 방법이 강제라 해도 잊을 수 없는 경험을 한 번은 시켜주는 게 도리 아닐까?

이게 나름의 보은이지 않을까? 뭐 이런 생각을 하고 있었다.

"어어. 뭐냐고, 이거."

정작 끌려가는 당사자는 보은이라는 생각은 전혀 못 하고 있었다. 누와라엘리야에서는 이름도 없이 그저 1호, 2호라 불리는 군의관 둘에게 팔짱이 끼인 채로 끌려가고 있으니 당연한 일이었다.

"하하, 원장님. 가만히 좀 계세요. 제가 언제 뭐 못할 짓 하는 거 봤습니까?"

게다가 강혁은 이런 말을 늘어놓고 있었다. 못할 짓을 안 했다고? 그럼 지금까지 본 것들은 다 뭐란 말인가. 영화에서만 보던 일들이 눈앞에서 펼쳐지는 경험이 결코 유쾌하지 않다는 것을 이번에 알았다. 그럼에도 최선을 다해 도운 것은, 뭐가 되었건 간에 이 인간이 이 지역에 진심이라는 것은 알겠어서 그랬다. 게다가 오진승은 기본적으로 눈에 들어온 현장을 잊을 수 있는 타입의 인간은 못 되었다.

"못할 짓 많이 했잖습니까?"

그런 오진승이 이런 말을 내뱉었다는 건 꽤 괄목한 만한 일이라 할 수 있었다. 아마 오진승을 추천해주었던 닥터 제인이 이 모습을 봤더라면 적잖이 놀랐을 터였다. 강혁은 그런 오진승을 끌고 비행기 안으로 들어갔다. 팔짱을 끼고 있는 1호, 2호가 한국 사람이 아니다 보니 더 간단히 끌려 들어갔다. 말을 못 알아듣는 노예라는 게 또 이러한 장점이 있다는 것을 강혁은 오늘 알았다.

'좋네.'

허허 웃고 있으려니, 문이 덜커덕 닫혔다.

"와, 진짜 전세기네."

남의 속도 모르고 임혜란은 들고 온 카메라로 비행기 내부를 찍었다. 찍고 싶게 생기긴 했다. 기본적으로는 환자를 살리기 위한 설비가 들어찬 구조를 하고 있지만, 그에 더해 의료진을 최대한 편히 이송하기 위해 애를 쓴 덕분이었다. 이전보다 훨씬 업그레이드되어 있는 시설은 모두에게 편안한 좌석을 제공하기에 충분했다.

"그건 그렇네요."

"음."

뭣도 모르고 끌려온 오진승도 마음이 풀렸을 정도였다. 생각해보니까 이제 자신은 내일모레면 떠날 사람이지 않나. 근데 뭘 더 괴롭힐 것 같지는 않았다. 그러기엔 이미 충분히 고통스러웠다. 사람이라면 더 그러면 안 되었다.

"우리 그럼 어디 가는 거죠?"

"아……. 인도양이요."

"와우."

그래도 불안해서 물어봤더니 의외로 정상적인 답이 나왔다. 인도양이라니. 뭔가 낭만적이지 않나. 대서양이나 태평양 같은 곳하고는 뭔가 느낌이 좀 달랐다.

'거쳐서 파키스탄.'

강혁은 멋대로 바다를, 정확히 말하면 망망대해가 아니라 해변을 떠올리고 있는 모두를 바라보며 속으로만 최종 목적지를 되뇌었다. 당연히 1호와 2호는 그 목적지를 알고 있었다. 해서 표정이 그리 좋지는 못했다. 요새 그쪽 상황이 어떤지 아주 잘 알아서 그랬다.

'하……. IS…….'

결국 탈레반에게 넘어가게 된 아프가니스탄에서는 IS라는, 다소 뜬금없어 보이는 놈들의 테러가 한창이었다. 미국하고 더 싸우라는 압박이거나 또는 탈레반을 배신자로 규명한 결과물일 터였다. 사실 명분은 그리 중요하지 않았다. 그렇게 해서 또 다른 죄 없는 희생자가 나오고 있다는 것이 중요했다. 그리고 오늘 이들은 그 희생자 중 일부를 치료하러 가고 있었다. 비장한 얼굴이 될 수밖에 없다는 소리였다.

비행기는 곧 인도양 위를 날아가고 있었다. 나름 밖을 내다볼 수 있는 창도 마련된 비행기다 보니, 강혁과 1호, 2호를 제외한 모두는 시선을 창밖을 향해 돌리고 있었다.

"와……. 스리랑카가 저렇게 생겼구나."

"그럼 저기는 인도인가?"

"그런가보네. 진짜 가깝긴 하네."

미국이 인도에 공을 들이고 있다는 건 꽤나 유명한 일일 터였다. G2로 부상한 지는 오래고 이제 슬슬 패권주의를 고집하기 시작한 중국을 견제하기 위함이었다. 인도는 중국의 서부 전선과 맞닿아 있으니 최선의 선택이었다. 게다가 인도로서도 그리 나쁜 선택은 아니었다.

'중국이 파키스탄 손을 잡아버렸지.'

강혁은 옆에서 떠드는 소리를 들으며 잠시 생각에 잠겼다. 그간 전해 들었던 정세를 종합하기 위함이었다.

'인도와 파키스탄은 영국으로부터 독립한 이래, 같은 하늘 아래 공존하기 어렵단 말이 나올 정도로 사이가 좋지 못해.'

특히 카슈미르 지역에서의 영토 분쟁은 꽤 유명한 일이었다. 동아시아 끝자락에 위치한 대한민국에서는 강 건너 불 보듯 할 수밖에 없는, 아주 먼 나라의 일이었지만 실제로 전쟁 직전까지 간 적도 꽤 있었다. 심지어 2010년 이후의 얘기였다. 그 와중에 중국이 파키스탄과 손을 잡았으니 인도로서도 똥줄이 탈 수밖에 없었을 터였다.

'미국 입장에서는 파키스탄하고도 사이가 그리 나쁘진 않았었지만…… 일이 이렇게 되면…….'

원래 미국에 있어 중동은 아주 중요한 지역이었다. 다른 여러 가지 이유가 있겠으나, 역시 제일 중요한 것은 석유. 최대 산유국에서 생산한 석유는 하필이면 페르시아만을 빠져나와야 전 세계로 유통이 가능했다. 그 길목에는 이란이 있고 또 파키스탄이 있었다. 이란과는 이미 돌이킬 수 없는 강을 건넌 지 오래니, 파키스탄이라도 애를 쓰고 있었더랬다. 하지만 이제는 미국 내에서 셰일 가스가 나오고 있는 상황이었다.

'아프간에서도 홀가분하게 뜰 수 있고…….'

아프간에서는 사실 석유가 아니라도 빠져나오고 싶었을 터였다. 적과 민간인을 구별할 수 없는 전장이라니. 생각만 해도 끔찍하지 않나. 거기에 커다란 명분이 생긴 마당이니 나오지 않기도 어려웠을 것이었다. 그러면서 동시에 어느 정도 이 지역을 내팽개친 셈인데, 그 덕에 이 지역 정세는 아주 어지러워지고 있었다.

'탈레반⋯⋯.'

아프가니스탄이야 이미 탈레반의 손아귀에 떨어진 지 오래니 더 말할 것도 없었다. 문제는 그 주변이었다. 중국도 와칸 회랑으로 연결된 덕에 '어마 뜨셔라' 하고 있었고. 애초에 서북부 지역에 대한 통제가 약했던 파키스탄 정부도 곤란해하고 있었다. 그 와중에 미 함대는 소말리아 해적에 대한 통제는 멈출 수 없으니 근처를 배회하고 있었고, 여러모로 혼란한 상황이었다.

"어⋯⋯. 근데 생각해보니까 왜 인도를 지나쳐?"

"인도 서쪽⋯⋯? 설마 몰디브?"

"와, 대박."

사실 강혁은 이제 한구를 떠났으니 머리 아플 것도 없는 상황이긴 했지만 얼마 전 걸려온 제인의 전화가 생각나 마음이 쓰였다. 속절없이 밀려나 지금은 미국으로 돌아간 상황이라 했다. 손도 못 써보고 쫓겨났다는 얘기였다. 지역 유지들, 특히 이맘 등의 종교 지도자들도 호의적인 상황인지라 고집을 부려볼 수도 있었겠지만 상대는 탈레반이었다.

'미친놈들이지.'

어떤 집단을 미쳤다고 매도하는 것은 일반적인 시각에서 볼 때

매우 그릇된 것이었다. 문화적 상대주의라는 말도 있지 않나. 하지만 강혁은 도저히 그들을 상대주의라는 말을 통해 이해할 수가 없었다. 카불에 있던 산부인과가 그들의 폭탄 테러로 인해 날아갔다는 소식을 전해 들었기에 그랬다. 이유는 남자 의사가 여자 환자를 봤다는 것. 그 때문에 안에 있던 국경없는의사회 소속 의료진들은 물론이고, 산모들과 갓 태어난 아기들까지 죽었다.

"저기가 몰디브다!"

"와……. 진짜 가나!"

제인이 별 반대 없이 물러난 이유 중의 하나였다. 본인은 그 선택에 대한 회의가 있는 모양이지만 강혁이 볼 때는 더없이 잘한 선택이었다. 이번에 터진 테러도 심상치가 않았기에 그랬다.

"어……. 왜 지나가."

"뭐야, 이거."

비행기 분위기가 심상치 않아지기 시작했을 때 즈음 강혁이 기장을 불렀다. 기장은 후후 웃으며 답을 해주었다.

"이제 한두 시간만 더 가면 됩니다."

"아, 그런가."

"네. 일단 배에서 급유하고 카라치로 갈 겁니다."

"카불에 있는 환자들이 그리로 오나?"

"네. 아무래도…… 카불은 지금 너무 위험해서요."

"하긴, 그건 그래. 그래도 처치는 하고 오는 거겠지?"

"네, 아직 군의관들과 간호장교들이 남아 있습니다."

영어로 나눈 대화였다. 차라리 못 알아들었으면 좋았을 텐데.

아쉽게도 지금 이 비행기에 탄 한국인들은 어느 정도 영어에 능통한 인간들이었다. 한석준이야 외교부 직원이니 그럴 수밖에 없지 않겠나. 임혜란이나 오진승도 이리저리 많이 돌아다니면서 생활 영어를 체득한 바 있었다.

"카라치……?"

제일 먼저 입을 연 것은 역시나 한석준이었다. 꽤 오래 노예 생활을 해와서 그런가, 나름 강혁에게 적응을 해서 그랬다.

"카라치 몰라?"

"알 리가 있어요? 처음 들어보지, 당연히."

"자랑이다. 그래도 우리 병원 작전 범위 안에 있는 곳인데."

"작전 범위……? 아니, 그럼 우리 지금……."

"작전하러 가지. 이 비행기가 놀러 가는 데 쓰인 적이 있었냐?"

작전이라니. 한석준은 비록 외교부 직원이고 그래서 누와라엘리야 병원과는 그저 협력 관계에 있어야 하는 사람이지만 박경원은 물론이거니와 양재원도 잡일에는 그리 능한 편이 아니다 보니 강제로 동원된 적이 너무 많은 것도 사실이었다. 그 덕에 이 병원에서 행하고 있는 작전이라는 것이 무엇인지 아주 잘 알고 있었다.

"아니, 이런 시발……."

욕이 절로 나왔다.

"시발?"

"아니, 나는…… 나는 왜 가요. 작전에 왜 가냐고."

"송별회 하자며. 잊을 수 없는 송별회. 진짜 안 잊힐걸."

"주마등 얘기하는 거예요?"

"주마등이 왜 나와. 안 위험해."

"카불, 카라치. 뭔가 비슷한데? 우리 지금 아프가니스탄 가는 거 아니에요?"

"아."

강혁은 이 새끼가 좀 격한데? 하다가 마지막 말을 듣고 나서야 왜 그런지 이해할 수 있었다. 하긴 지금 아프가니스탄을 가자고 하면 욕이 나오는 것도 당연한 일이긴 했다. 원래도 더럽게 위험한 땅이었는데, 지금은 그냥 지옥 그 자체가 되었으니까.

"억."

하지만 그래도 욕한 건 짜증 나니까 한 대 후렸다. 그러곤 원망스럽다는 눈으로 자신을 쳐다보고 있는 한석준과 눈동자가 심각하게 방황하고 있는 오진승 그리고 임혜란을 향해 말을 이었다.

"카라치는 파키스탄에 있어. 카불이랑 가깝긴. 몇백 km 떨어져 있으니까 걱정 말라고."

"아."

"거기 나름 주변에 휴양지도 많아."

"오."

"근데 공항에 권총 강도가 많으니까 함부로 나가면 안 되고."

"아니, 이게 뭐야."

반응이 왔다 갔다 하고 있었다. 그럴 수밖에 없었다. 카라치라는 곳이 그런 곳이었으니까. 파키스탄 최대 도시이면서 동시에 우범 지역 중 하나였다. 하여간 강혁은 남들이 뭔 반응을 보이건 간에 하고 싶은 말은 해야 하는 사람이었기 때문에 일단 말을 이었다.

"아라비아해 연안에 있는 도시거든. 거기서 일단 볼일 보고…… 근처 놀러 가자고."

"권총 강도가 있는데 무슨!"

"미군이랑 같이 다닐 건데 뭘 걱정이야."

"아."

"근데 미군은 늘 테러의 타깃이기도 하지."

"아니, 시발 진짜."

한석준뿐만 아니라 임혜란도 욕설에 동참하고 있었다. 심지어 정신과 의사인 오진승도 시발을 내뱉기 시작해서, 잠시 비행기는 욕설이 난무하는 아주 험악한 현장이 되고야 말았다.

"이제 착륙합니다."

그사이 비행기는 인도양에 떠 있는 미군 군함에 내려서고 있었다. 당연히 항공모함이었다.

"밖에 봐라. 이렇게 큰 배 본 적 있어?"

"어……."

"와……."

따라온 이들은 단순한 사람들이라 배를 보자마자 잠시 욕도 잊고 구경 삼매경에 빠져버렸다. 그럴 만한 광경이었다. 특히 처음 보는 사람에게는 압도적인 광경일 터였다. 항공모함은, 그러니까 비행기가 뜨고 내릴 정도의 배는, 도대체 이걸 처음 만들려고 한 사람이 제정신일까 싶을 정도로 거대했다. 배라기보다는 일종의 도시라고 봐도 무방할 지경이었다.

"급유하는 데 시간 좀 걸리니까 나가 있지."

강혁은 그런 이들을 데리고 잠시 비행기 밖으로 나섰다. 좌우로 도열해 있는 전투기가 위압적이었다.

"이런 미친……. 진짜 크네."

"이게 배라니."

"이러니까 미국이 세계 최강이구나."

그저 자부심 어린 얼굴로 서 있는 1호, 2호와는 달리 한석준, 오진승, 임혜란은 촌놈들처럼 아무렇게나 떠들었다. 그 와중에 임혜란은 사진을 찍으려다가 제지당하기까지 했다.

"아, 한 장만. 우리랑 같이 일하는 작간데, 따로 배포 안 할 겁니다. 그렇죠?"

"네. 개인 소장할게요. 약속드립니다."

"음, 알겠습니다."

강혁이 없었으면 문제가 생길 수도 있는 상황이었으나, 강혁이 있다 보니 사진 찍는 것을 허락받을 수 있었다. 현역 군함을 외국인 민간인이 찍을 수 있다니. 아마 임혜란이 군 관계자였다면 이게 얼마나 대단한 일인지 알았을 텐데. 아쉽게도 진짜 민간인이다 보니 그저 셔터만 누르고 있었다.

'지금까지 열심히 해줬으니…… 보답이다. 원래 보상은 돈으로 하는 거라지만 이 사람 정도면 플러스알파도 충분히 가능하지.'

강혁은 그런 생각을 하면서 카라치에서 해야 할 수술을 떠올렸다. 총격전 따위는 벌어지지도 않았다 들었다. 폭탄. 그중에서도 자살 폭탄 테러였다. 사람 가슴 높이에서 폭탄이 터진다는 얘기인데, 이게 또 골 때리는 결과를 낳곤 했다.

'일반적인 손상보다 더 큰 손상을 입힐 수밖에 없어.'

바닥에 놓인 폭탄, 즉 지뢰나 수류탄은 분사 방향이 아무래도 한정적일 수밖에 없지 않나. 사람이 몰려 있지 않은 이상 사상자가 십수 명을 넘긴 어려웠다. 하지만 가슴 높이에서 터지면 얘기가 완전히 달라졌다. 같은 폭탄이라 해도 더 멀리, 더 강하게 날아갔다.

'그중에서 여기까지 온 사람들은 그나마 사정이 좀 나은 사람들이겠지.'

아마 카불 현장은 지옥 그 자체였을 터였다. 죄 없는 사람들이 수없이 죽었을 것이 분명했다. 그중 강혁이 보게 될 환자들은 운 좋게 살아남아 카라치까지 이송된 사람들이었다.

강혁은 여전히 항공모함과 그 뒤로 펼쳐진 인도양의 풍경에 압도된 채 서성이고 있는 일행 사이에 서서, 각오를 다지고 또 다졌다.

'가능성이 조금이라도 보이는 사람들은…… 다 살린다…….'

급유가 끝나자마자 비행기는 다시 이륙했다. 시시덕대고 있기엔 시간이 너무 없어서 그랬다. 바다도 배도 너무나도 평화로운 모양새였지만, 이 시각에도 사람이 죽어나가고 있었다.

"카라치는 여기서 그렇게 안 멀어. 2, 3시간이면 가."

"음……. 그럼……?"

"가면 바로 일해야 하니까 일단은 좀 자두자고."

"아……."

강혁이나 1호, 2호와 같이 출동을 자주 해본 사람은 눈에 보이지 않아도 현장이 선명히 그려졌다. 하지만 같은 의사라 해도 오진승은 상상하지 못했다. 정신과 의사다보니 응급 상황이 거의 없었던 것도 한 가지 이유였다. 게다가 지금 그들이 타고 있는 비행기는 영화에서 보던 전세기와 꽤 닮아 있었다. 물론 뒤쪽으로 빽빽하게 들어찬 의료 기구들을 보면 병원 느낌도 좀 났지만, 아직까지는 긴장보다는 설렘이 더 컸다. 언제 이런 비행기를 타보겠나. 강혁은 오진승의 다소 철없어 보이는 반응을 물끄러미 바라보다가, 이내 눈을 감았다. 어차피 현장에 가면 이리저리 뛰게 될 몸 아닌가. 그렇게 되면 뭔가 느끼는 바가 있을 터였다.

'사실…… 그렇지 않아도 되지, 뭐.'

그리 쓸모 있을 거란 생각은 하지 않았다. 그래도 의사니까 기본은 하겠지만 그 기본이라는 게 인턴의 기본 아닌가. 이번 현장에서 인턴은 쓸모없을 공산이 컸다. 어차피 오진승을 데려가는 목적은 뭔가에 써먹으려는 데 있는 게 아니라, 송별회 때문이니괜찮았다.

마음이 편해져서 그런가 아니면 항상 이렇게 잠드는 연습을 해 와서 그런가. 강혁은 대화를 하다 말고 기면증처럼 잠에 빠져들었다. 오진승은 진짜 기면증은 아닌지 의심하다가 1, 2호를 바라보았다. 그들은 아직 잠들지는 못했지만 노력은 하고 있었다. 말하자면 이 비행기에 타고 있는 외과 의사들은 모두 잠들려고 노력 중이란 뜻이었다.

'거기 진짜 빡센 모양인데.'

그제야 오진승도 슬금슬금 긴장이 되기 시작했다. 동시에 누와라엘리야 병원에서 겪었던 일들이 주마등처럼 스쳤다. 오진승은 여러 차례 죽을 뻔했다고, 스스로 평하고 있었다. 그만큼 힘들었다.

'아이씨……'

해서 오진승도 눈을 감았다. 그렇게 일반인 두 사람이 남았다. 한석준과 임혜란이었다.

"카라치라니. 이상한 데를 다 가보네."

"그러게. 이걸 백 교수님 덕분이라고 해야 하나……."

"근데 치료하는 동안 우리는 뭐 하지. 난 사진이나 찍을까."

"권총 강도 돌아다니는 곳이라는데 나갈 수도 없고……. 나도 옆에 있어야지, 뭐."

둘은 두런두런 대화를 나누었다. 나름 로맨틱한 분위기였다. 다들 잠들거나 또는 눈을 감고 있는 상황에서 나누는 대화라니. 그것도 생전 알지도 못했던 곳을 향해 날아가는 비행기 안에서였다.

'진짜 백 교수님 덕인가?'

기분이 좋아진 한석준은 벌써 꿈나라로 떠난 지 오래인 백강혁을 바라보았다.

"이제 도착합니다."

몇 시간이 지났을까. 기장의 말과 함께 밖을 내다보니 공항이 내려다보였다. 두바이가 활성화되기 전까지는 이 근방 최대의 환승 공항이었다더니, 지금도 비행기가 꽤 많아 보였다. 처음 들는 공항인데 이렇게 북적거릴 줄이야. 세상은 참 넓다는 생각이 들었다.

"좋아, 준비하지."

그 순간 강혁의 목소리가 들려왔다. 곤히 잠들어 있던 게 거짓 말처럼 느껴질 정도로 멀쩡한 얼굴을 하고 있었다. 하여간 이 인 간은 인간이 맞나 싶은 순간이 너무 많았다.

'괴물……. 그러니까 개기지 말자.'

눈만 감고 있었을 뿐, 한숨도 자지 못한 오진승은 다시금 마음 을 되새겼다. 사람이 너무 줏대가 없어도 문제지만 버티다 부러 지면 그것도 큰일 아니겠나. 저기 한석준처럼 마음부터 꺾어서 섬기는 것이 최선일 터였다. 그사이 비행기는 카라치 공항에 내 려섰다. 공항 내부는 나름 안전한 편이라지만 그렇다고 해서 완 전히 안심할 수는 없는 노릇이었다. 그래서 그런가, 비행기 앞에 는 이미 대기 중인 방탄 차량들이 줄지어 늘어서 있었다. 저걸 타고 병원으로 갈 셈인 모양이었다.

"그럼 가지."

"네."

비행기에서 내리자 민간인 복장을 하고 있는, 그러나 어떻게 봐도 군인인 사람이 안내하기 시작했다. 강혁과 1호, 2호를 다 따 로 태웠다. 이유는 따로 말을 안 해줬지만, 모두 눈치채고 있었다.

'예고가 있지는 않았을 텐데……. 너무 데인 건가?'

만에 하나 있을 수 있는 위험은 다 소거해야 하는 상황이라고 판단하고 있는 모양이었다. 무리는 아니었다. 일단 이곳이 애초에 위험 지대이지 않나. 게다가 방금 폭탄 테러를 당한 마당이었다. 지역이야 이곳과는 한참 떨어진 곳이긴 했지만, 안전 문제에 있어서 일종의 강박이 있는 미군에게 이 정도는 당연할 수 있었다.

"어……. 교수님. 원래 이렇게 삼엄해요?"

외과 의사들만 안전하게 옮기면 된다고 판단한 건지는 몰라도, 오진승은 강혁과 같이 타 있었다. 강혁과 비슷한 수준의 추론이 가능할 리는 없었다. 머리의 문제가 아니라 경험의 차이가 너무 커서 그랬다. 하지만 문외한이 보기에도 좀 이상하게 느껴질 정도로 차량이 이동하는 분위기가 좀 엄했다.

"응? 아, 뭐…… 적진이니까?"

"네? 파키스탄하고도 전쟁했어요?"

"아, 그렇지는 않은데…… 파키스탄이 어떻게 생긴 나라인지는 알지?"

"그걸 제가 어찌 압니까……. 의산데."

"아, 하긴 의사지."

오진승은 놀란 얼굴을 한 채 강혁을 보고 있었고 강혁은 그런 오진승을 그저 바라보았다. 소위 말하는 전공 바보가 여기 있었다. 보통 사람들은 의사라 하면 굉장히 교양 있는 사람을 생각하기도 하는데, 오산이었다. 고등학교 때는 오히려 수능을 봐야 하니까 이런저런 공부를 하겠지만, 의대 공부를 하다보면 그런 건다 잊기 마련이었다. 하루 종일 공부하다가 또 다른 분야의 공부를 한다는 건 말이 안 된다.

"뭐 크게 보면 그냥 영국이 여기다가 땅 묶어가지고 파키스탄

하라고 해서 생긴 나라야. 심지어 옛날엔 동파키스탄도 있었어. 하여간 그렇게 아무렇게나 묶은 땅 중 대표적인 데가 아프리카지? 원래 같이 안 살던 사람들보고 같이 살라고 하면 어찌 돼?"

"갈등이 생기죠."

"여기도 그래. 여기서 서쪽은…… 여전히 부족 사회야. 각 지방마다 토호가 있어서 중앙 정부 손이 잘 닿지 않아. 그나마……."

강혁은 일전에 이곳에서 행했던 작전을 떠올렸다. 그 후로 미국과 이쪽 부족 사회가 나름 관계가 좋아졌다는 얘기도 들었다. 하지만 부족 사회는 신뢰하기 어려운 부분이 있었다. 부족장마다 생각이 다를 수 있기에 그랬다.

"하여간 조심하는 게 좋아. 중앙 정부랑 딱히 뜻이 맞는 곳도 아니고, 치안도 없어."

"근데 왜 이런 도시가 있어요?"

"여기는 원래 독립 전부터 잘나가던 곳이라 그래. 그리고 여기까지는 그래도 중앙 정부 입김이 강해. 그래서 테러가 있긴 한데…… 뭐, 괜찮을 거야."

"아……. 진짜 개불안해지는데."

"아니, 진짜 괜찮을 거야."

강혁은 아까부터 따라붙은, 그리고 주변을 배회하고 있는 드론을 보고 있었다. 저런 식의 움직임을 보이는 드론이 있다는 건 머리 위에 무인기도 하나쯤 떠 있다는 얘기가 되었다. 전쟁 양상이 완전히 바뀌어버린 지금, 요인 호위에 있어 제일 효과적인 것은 무인기의 지원을 받는 드론과 특수 부대의 혼합이었다. 이걸 뚫고 뭘 성공시키려면 어지간한 부대로는 무리였다.

"아, 저기네."

"저기? 아……. 병원이네요? 로컬 병원 아닌가?"

"빌렸겠지. 어려운 일은 아니었을걸."

"힘이 있어서?"

"아니, 돈이 있어서."

"아."

적이고 아군이고 간에 한 가지 확실하게 통하는 것이 있다면 역시 돈이었다. 어지간히 눈깔 돌아간 사람이 아니라면 돈 마다하기가 쉽지 않다는 걸 강혁도 알고 있었다.

'저격수들이 배치되어 있네. 이 새끼들……. 설마 예고가 있었나?'

병원 경비가 살짝 지나치다 싶을 정도로 삼엄했다. 이렇게까지 할 이유가 있는 건가 하는 생각이 들 지경이었다. 하지만 그런 얘기를 굳이 입에 올리진 않았다. 지금도 불안해하는데 뭐 하러 그런단 말인가.

'여차하면 튀기는 해야 하니까.'

다만 퇴로를 어느 정도 계산해두기는 했다. 또한 챙겨 온 권총도 다시 점검했다.

"어어. 뭐 해요."

오진승은 기겁했지만. 강혁은 태연했다.

"응? 그냥 보는 건데."

"아니, 총을 왜 보냐고……."

"취미야, 취미."

"하."

일행은 병원 지하 주차장에서 내린 후, 곧장 수술실로 향했다. 마중 나온 간호장교가 있었는데 그에게 브리핑을 들을 수 있었다.

"그러니까…… 생존자가 여기 열 명이나 와 있다고요?"

"네. 그중 생존 가능성이 있는 사람은 모두 네 명입니다."

"네 명……. 손상은?"

"열 폭풍에 휩쓸리면서 들어 올렸던 양팔이 날아간 사람 하나, 배에 파편이 박힌 사람 하나, 가슴 쪽…… 이 사람은 세모네요. 죽었을 수도 있습니다. 그리고 음. 이 사람도 배에 손상입니다."

"그렇군. 음……. 일단 가지."

사실 강혁은 나머지 여섯 명의 상태도 궁금하긴 했다. 하지만 미군에서 네 명이 살 수 있을 거라 판단했다면, 일단 이 네 명부터 보는 게 옳았다. 적어도 미군 의료는 신뢰할 만했으니까.

"네. 그럼 처음엔……."

"가슴 손상을 먼저 봐야겠지.'

"네."

수술실을 전부 빌렸는지 앞에도 미군이 서 있었다. 사복 차림도 아니고 완전 무장을 한 채였다. 이미 간호장교의 안내를 받고 온 마당임에도 신분 확인 절차까지 걸쳤다.

'뭐야, 이거?'

이제는 강혁도 좀 심하단 생각이 들었다. 그렇다고 기분이 나

빠지지는 않았다. 어떤 예감이 들어서 그랬다.

'다친 사람 중에…… 뭔가 중요한 사람이 있는 모양인데?'

사실 생각해보니 그럴 수밖에 없는 상황이었다. 카불과 이곳 카라치만 해도 거리가 엄청나지 않나. 이송하는 데 드는 비용과 인력 소모가 어마어마했을 거란 얘기였다. 그런데 그걸 다 감수하고 데려왔다? 보통 사람은 아닐 가능성이 아주 컸다.

'그럼 이해해야지. 하여간…… 어떤지 볼까.'

반드시 살려야 하는 사람

강혁은 우선 가슴 부위 다친 사람이 있다는 곳으로 들어섰다. 동시에 피비린내와 역한 탄 냄새가 훅 하고 밀려왔다. 강혁에게는 익숙한 냄새였고 또 풍경이었다. 같이 온 1호, 2호에게도 그랬다. 하지만 나머지에게는 아니었다.

"읍."

한석준은 자기도 모르게 고개를 틀었다. 나름 비위가 좋은 임혜란도 표정이 좋지 못했다. 같은 의사지만 이런 류의 부상은 아예 단 한 번도 본 적이 없던 오진승도 인상을 찌푸렸다. 다시 말하면 이 셋은 서 있던 그 자리에 망부석처럼 붙들려 있었다.

"이런."

그사이 강혁은 마스크 하나만을 쓴 채 환자를 들여다보았다. 수술실에 있긴 했지만 지금 막 수술 중인 것은 아니었다. 중환자실에서보다 좀 더 적극적인 케어를 위해 들어온 느낌이라고 해야 할까? 이유는 명확했다. 그렇게라도 하지 않았으면 죽었을 터였다. 일단 바로 옆에서 투석기가 돌아가고 있었다. 어찌 보면 당연한 일이었다. 정도 이상의 손상을 입게 되면 그 부산물들이 죄 신장으로 딸려 들어가게 되어 있었다. 어쩌면 신장 기능이 돌아오지 않을 수도 있었다.

"제일 심각한 건…… 여기입니다."

"심장."

"네."

그뿐만 아니라 환자는 심장을 감싸고 있던 갈비뼈가 으스러져 버린 상황이었다. 체외 순환기를 돌리고는 있었으나 그걸로 버티는 건 한계가 있었다. 아무리 기기가 발달해 심장과 폐 기능을 대신할 수 있다 해도 그건 잠시뿐이었다. 진짜 심장과 폐를 영구히 대신할 수 있는 물건은 아직 없었다. 그 말은 이걸 어떻게든 수복해야 한다는 뜻이었다.

'손도 못 대고 있었네. 오히려…… 잘됐다고 해야 할까.'

보아하니 군의관들은 함부로 손을 대서 더 망가뜨리는 것보다 어떻게든 강혁이 올 때까지 환자의 숨을 붙여놓는 데 집중한 모양이었다. 어찌 보면 잘한 선택이었다. 그렇다고는 해도 막막했다. 단순히 갈비뼈가 으스러지면서 심장을 파고들기만 한 게 아니어서 그랬다.

'화상……'

거기에 더해 환자는 화상까지 입은 상황이었다.

'살 수 있을까?'

제아무리 강혁이라고 해도 장담할 수 없을 정도로 부상이 심각했다. 하지만 강혁은 강혁이었다. 미군에서조차 강혁을 최종 선택지로 골라놓지 않았나. 그 말은 곧 강혁이 포기하면 이 환자를 봐줄 사람이 아무도 없단 얘기가 되었다. 미군에서 이만큼이나 신경 쓰고 있는 인물이라는 건 적어도 지금의 강혁에게는 별로 중요치 않았다. 그저 이 생명의 마지막 책임자가 자신이라는 사실만이 중요할 따름이었다. 강혁은 그런 사람이었다.

"손 씻고 들어오지. 그사이에 여기 다시 한번 소독만 해줘. 문질러 닦지 말고…… 그냥 베타딘 희석액으로 부어."

"아…… 네!"

겉으로 당황스럽다는 내색조차 하지 않았다. 의사가 제일 먼저 배우는 것이 다름 아닌 침착을 가장하는 법이었으니까. 특히 그 자리에서 가장 높은 사람, 즉 책임을 져야 하는 사람이 놀라는 것은 절대 피해야 할 일이었다. 그렇게 되면 나머지 모든 사람들도 덩달아 당황할 테고, 그로 인해 살아날 사람도 죽게 될 수 있으니.

"1호랑 2호도 다 들어와. 다른 방 상황은 어떻지?"

"여기보단 나은데…… 그래도 비슷합니다. 연명만 하고 있어요."

"그래."

강혁은 재원과 한유림, 리처드 등등을 떠올렸다. 그가 키워온 제자들이었다. 동시에 믿을 수 있는 동료들이었고. 데려왔으면 어땠을까 하는 생각이 잠시 머릿속을 스치고 지나갔다. 하지만 이내 강혁은 마음속으로 고개를 저었다.

'걔들은 걔들 환자를 봐야지.'

애서하지만 환자가 여기에만 있는 건 아니지 않나. 누와라엘리야에도 죽음이 임박한 환자들은 얼마든지 있었다. 마음을 정리한 강혁은 이내 밖으로 나가 손을 닦았다. 급한 상황이었지만 너무

서두르진 않았다. 기본을 지켜야 환자를 살릴 수 있기에 그랬다.

"좋아, 들어갈까."

1호와 2호도 이미 숙달된 외상 외과 의사였다. 거기에 더해 지난 두 달간 강혁 밑에서 구르고 구른 바 있었다. 기본은 아무리 강조해도 지나치지 않다는 것을 몸으로 체득한 지 오래란 얘기였다. 꼼꼼하게 손을 닦아낸 둘과 함께 강혁은 안으로 들어섰다. 그사이 쉬지 않고 베타딘 희석액을 들이부은 탓에 심장이 살짝 갈색으로 보였다. 잘된 일이었다. 화상 때문에라도 미지근한 물을 계속 들이붓는 건 필요했으니까.

"시작하지. 핀셋. 그리고 봉합 기구 딱 준비해주고,"

강혁은 수술 가운을 걸치자마자 손을 내밀어 핀셋을 받아 들었다. 그러곤 1호와 2호를 돌아보았다.

"여기 이렇게 당겨줘. 2호는 여기."

"네, 주인님."

"그리고…… 임 작가님은 사진 좀 찍어주시고. 석준이는 그냥 기절만 하지 말고. 오진승 선생도 구경해요. 이런 경험 흔치 않아."

"어……. 네."

나머지 사람들 챙기는 것도 잊지 않았다. 강혁은 그렇게 말 한마디로 셋에 대한 책임감을 속 시원하게 벗어던지고 본격적인 수술에 돌입했다. 우선 핀셋으로 심장에 박힌 조각들을 제거하기 시작했다. 이미 가슴은 다른 군의관들이 열어놓은 상태라 개흉부터 할 필요가 없다는 것이 자그마한 위안이었다. 그만큼 환자 상태가 좋지 못하다는 반증이기도 했지만, 하여간 소요되는 시간은 줄일 수 있어 좋았다. 그렇게 빠져나온 뼈들이 하나둘 트레이에 쌓여갔다.

"음."

1호와 2호의 표정은 점점 어두워지고 있었다. 내심 이렇게 뼈를 뽑아내면 당연히 피가 나올 줄 알았는데, 그렇지 않아서 그랬다. 뜨겁게 달궈진 뼈가 틀어박히면서 상처가 이미 타버린 상황이었다. 말하자면 심장의 겉면이 살짝 익은 상태란 소리였다.

'이걸…….'

'이건…… 이건 안 될 것 같은데.'

뼈가 박혀 있을 때는 차라리 처참하긴 했지만, 희망이라도 있어 보였다. 터지지만 않으면 어떻게든 살릴 수 있을 거라는. 하지만 이걸 어쩐단 말인가. 둘은 자신도 모르게 강혁의 눈치를 보았다. 지난 두 달간 이 인간에게 시달린 것도 사실이었지만 돌이켜보면 진짜 많이 배웠기에 그랬다.

'어…….'

'아직도……?'

그렇기에 이 사람이 실패하는 건 보고 싶지가 않았다. 아니, 정확히 말하면 좌절하는 걸 보고 싶지 않았다. 한데 강혁의 눈은 여전히 빛나고 있었다.

'예상보다 살짝 더 심해. 하긴…… 시간이 지났으니. 그리고 여기까지 오는 시간이 있지. 내가 오는 데 걸린 시간만 생각해봐도…….'

벌써 7, 8시간은 지났다는 얘기였다. 물을 뿌리고 수액을 쏟는 등의 여러 조치를 취하긴 했겠지만, 그래도 진행하는 화상을 완전히 막는 것은 무리였다. 그 결과가 강혁의 눈앞에 놓여 있었다.

'그래, 그럼 해볼까.'

강혁은 남은 체력을 가늠해보았다. 다행히 오면서 잘 자서 그런가 컨디션은 최고조였다. 이거 하나 한다고 뻗을 것 같지는 않다는 소리였다. 물론 눈을 최대한으로 이용해야 하는 술기이니만큼, 그러니까 일반인에게는 그저 불가사의로 보일 만큼 엄청난 술기이니만큼 힘들긴 할 터였다.

'그리고 휴양지 가서 나는 좀 쉬자. 지금은 무리…… 하자.'

강혁은 애써 마음을 다잡고 손을 내밀었다. 이 자리에 끌려왔을 만큼이나 숙달된 간호장교는 뭘 전달해주는 대신 고개를 갸웃했다. 그로서도 지금 강혁이 뭘 할지 감이 아예 안 잡혀서 그랬다. 대체 뭘 줘야 합니까? 뭐 이런 얼굴을 하고 있었다.

"칼."

"네?"

강혁의 입에서 나온 단어는 정말이지 생각지도 못했던 것이었다. 칼이라니? 여기서? 잘못 들었나 싶어서 되물었다.

"칼."

하지만 돌아오는 답은 같았다. 강혁은 칼을 원하고 있었다.

"어…… 네."

간호장교도 그렇고 먼저 들어와 있던 군의관들도 그렇고, 같이 들어온 1호나 2호 그리고 임혜란, 한석준, 오진승도 강혁이 칼로 대체 뭘 하려는 건지 알 수가 없었다. 하지만 이 자리에서

이 환자에게 뭐라도 해볼 수 있는 사람은 오직 하나 강혁뿐이라
는 사실 정도는 다들 알고 있었다. 특히 미군 측 인사들은 그 정
도가 더했다. 올 때마다 기적 같은 수술을 행했다는 것 정도는
이제 유명한 일이 되어서 그랬다. 사실 방금 뼈를 제거할 때 보
여준 솜씨도 예사 솜씨는 아니었다. 덕분에 강혁은 가타부타 부
연 설명할 필요 없이 칼을 건네받을 수 있었다. 그리고 심장에
칼을 들이댔다.

"엇."

"움직이지 마. 지금 위치 좋아. 잘 보여."

"아, 네. 음."

그 바람에 놀란 1호가 움찔거렸고, 당연히 강혁의 지적이 뒤
따랐다. 그나마 지금껏 쌓아온 신뢰가 있어 더 이상 움직이지 않
을 수 있었다. 그래봐야 간신히 가능한 일이었다. 머릿속은 온통
혼란만이 가득해지고 있었다. 심장에 칼을 대다니. 지금 대체 뭐
하는 거지? 나만 이상한 건가 싶어서 옆을 돌아보니, 2호의 눈알
도 튀어나오고 있었다. 그냥 하는 말이 아니라 마치 갑상선 항진
증이라도 걸린 것처럼 진짜 튀어나오고 있었다.

'내 눈알도 그럴 것 같긴 하다.'

아닌 게 아니라 진짜 눈이 튀어나와도 이상하지 않을 순간이
었다. 강혁은 그냥 심장에 칼을 대기만 한 것이 아니라, 심장을
놀려 깎고 있었다. 정확히 말하면 뼈가 박혀 있던 부위 근처의
심장 근육을 깎아내고 있었다. 그럼에도 피는 거의 나지 않았다.
귀신같이 딱 타버린 면을 1mm 정도만 남겨두고 잘라내고 있어

서 그랬다.

"후."

강혁에게도 쉬운 일은 아니었다. 체외 순환기가 돌고 있는 만큼 심장이 멈춰 있긴 했지만 이런 구조물을 화상 입은 부위만 도려내는 게 쉬울 리 없었다. 식은땀이 송골송골 맺히기 시작했다. 그 모습이 어딘지 모르게 경건해 보여서, 모두들 강혁을 지켜보고만 있었다.

어쩐지 과일 깎는 듯한 소리가 수술실을 가득 메우고 있었다. 일상 속에서 익숙한 소리인 만큼 긴장감을 한없이 누그러뜨리는 소리이기도 했으나 적어도 지금 이 수술실 안에 있는 이들은 한없이 긴장하고 있었다. 깎는 대상이 사과 따위의 과일이 아닌 까닭이었다. 강혁은 심장을 깎아내고 있었다.

"후."

메스와 핀셋을 이용해서 타버린 부위를 조금씩 제거하고 있었다. 이유는 의사라면 다들 알 수 있을 터였다. 화상은 시간이 지나면 점차 진행하지 않나.

'피부도…… 많이 상했어. 이 사람…… 살 수 있을까.'

인간의 1차 방어선은 누구나 알다시피 피부. 이 피부가 사라지게 되면 사람은 죽게 될 수밖에 없었다. 감염 때문만은 아니었다. 몸의 안과 밖이 연결된다는 건, 생각보다 심각한 일이었다. 때문에 화상에서 생존과 가장 직결되는 것은 화상의 정도보다는 화상의 면적이었다. 심장이 아니라 피부였다면 이런 식으로 가열된 부위를 제거하는 건 불가능했을 거란 얘기였다.

'그나마 다행인 건 우측 폐는 완전히 괜찮다는 것 정도일까?'

좌측 측면이 폭발에 휘말린 모양이었다. 왼팔로 막은 모양인데, 그 대가는 혹독했다. 이 환자는 팔을 잃었다. 아마 발견 당시부터 팔이 없었던 건 아니었을 터였다. 하지만 망가진 팔은 감염 배지 외에 별다른 기능을 하지 못했을 테니, 제거하는 게 옳았다. 환자의 우측 부위는 그나마 온전했다.

'미친놈들.'

억지로 좋게 생각했을 때 그렇다는 얘기였다. 어떻게 봐도 이 환자는 죽을 가능성이 컸다. 설령 심장을 깎아내는 것에 성공한다 해도 마찬가지였다. 그다음부터는 오직 기적에 기대야만 했다. 대체 무슨 명분이 있길래 사람이 사람을 이렇게 망가뜨릴 수 있을까. 아무리 봐도 민간인이었던 것 같은데. 혹자는 테러가 약자의 마지막 수단이라고 옹호하곤 하지만, 그 참상을 몇 번이나 두 눈에 담았던 강혁으로서는 도저히 그럴 수가 없었다. 그저 세상에서 가장 비겁하고 또 참혹한 짓거리일 뿐이었다.

"흐……."

분노를 양분 삼아 힘을 낸 덕일까. 강혁은 마침내 심장을 원했던 모양으로 깎아낼 수 있었다. 1mm 두께의 심장 살점이 툭툭 트레이에 떨어져 내렸다.

"와……."

"이게 ….."

그럼에도 불구하고 피는 거의 나지 않았다. 보고 있던 이들의 입에서 탄성이 흘러나왔다. 1호, 2호뿐 아니라 마취과 의사나 다른 군의관들의 입에서도 마찬가지였다. 심지어 문외한이라 할 수 있는 임혜란이나 한석준도 그랬다.

'이 사람은 진짜…… 진짜 괴물이구나. 이제 더는 놀랄 일이 없을 거라 생각했었는데.'

오진승은 아예 말을 잇지 못하고 있었다. 벌써 카라치라는 곳에 끌려온 사건 따위는 잊은 지 오래였다. 아니, 이곳이 어딘지도 희미해졌다. 그저 눈앞에서 펼쳐지고 있는 기적에 압도되고 있었다. 수술 과가 아님에도 지금 이 수술은 온전히 기억해야 한다는, 어떤 압박이 느껴질 지경이었다.

'흐음.'

그러나 강혁의 얼굴은 좀처럼 펴질 줄 몰랐다. 이유는 간단했다. 최선을 다했음에도, 그 결과로 최고의 술기를 실현해냈음에도 여전히 환자의 생환을 장담하기 어려워서였다. 게다가 아직 수술이 끝나지도 않은 상황이었다. 지금 강혁이 마친 술기는 전체 수술에서 그저 일부에 불과했다.

'망할. 개새끼들.'

강혁은 이름도 모를 테러범을 욕하면서 시선을 돌렸다. 좌측 폐를 향해서였다. 열린 모양이 어째 좀 이상하다 싶더라니 폐가 일부 익어 있었다. 이건 살릴 수 있는 종류의 것이 아니었다. 이대로 두었다가는 여기서 온갖 잡균이 번식하게 될 터였다.

"클램프."

"아, 네."

그렇다면 하루빨리 제거하는 게 나을 터였다. 강혁은 1호와 2

호의 위치를 조금 수정해서 수술 시야를 확보한 후, 번개같이 움직여 우측 폐로 들어가는 모든 혈관과 기도를 기구로 집었다.

"타이."

"네."

그러곤 묶었다. 일종의 예술 행위 같은 몸짓이었다. 임혜란에게는 영감으로 다가갔을 지경이었다. 의학이라고는, 그중에서도 수술에 대해서는 정말이지 무지한 사람에게조차 무언가를 전달해주는 움직임이었다. 수술의 목적이야 누구의 손에서 펼쳐지고 있든 간에 아름답기는 한 법이었다. 죽어가는 누군가를 살리고 또는 누군가의 불편을 해소하는 것이 바로 수술이니 당연했다. 하지만 정작 그 움직임은 오히려 끔찍하거나 더럽거나 지루하기 짝이 없을 때가 많았다. 지금 이 술기와는 너무도 다르다는 얘기. 그만큼 강혁의 수술은 비현실적인 부분이 있었다. 이 자리에 있는 누가 보더라도 그랬다. 심지어 지난 두 달간 강혁의 수술을 목도한 바 있는 1호, 2호에게도 그랬다. 전에 출동해본 적이 없던 것도 아니었다. 분명 몇 번이나 둘은 강혁과 함께 비행기를 타고 몇몇 생명을 살린 적이 있었다. 하지만 지금처럼 이질적인 수술은 처음 보았다.

'후. 빡세네.'

당연히 강혁 때문이었다. 상황이나 환경 또는 환자 때문이 아니라, 집도의인 상혁의 마음가짐이 인인이었다. 강혁은 지금 뒤를 돌아보지 않고 심력을 쏟아붓고 있었다. 눈을 사용하고 있었다. 평소와는 조금 다른 방법으로. 무언가를 소모하는 방식으로.

"됐어."

이 환자뿐 아니라 다른 환자들도 있다는 압박 때문이었다. 일종의 병과 같은 현상 때문인데, 강혁은 자기가 확인한 환자를 도무지 놓을 줄 모르는 사람이었다. 특히 살릴 수도 있다는 생각이 들었을 때는 더더욱 그랬다. 재원이나 최윤섭 교수는 그런 강혁을 보며 명의병이 도졌다며 말렸으나 별 소용은 없었다.

"마무리는…… 1호가 하지. 나머지도 돕고."

"아, 네."

강혁은 핵심적인 부분만 마치고 밖으로 나섰다. 그가 들어와서 칼을 쥔 지 불과 40분도 채 지나지 않은 상황이었다. 그사이에 강혁은 으스러졌던, 그리고 불에 탔던 뼈를 제거하고 심장을 깎아내고 폐절제술까지 시행했다.

'이게 뭐…….'

기적이라는 말로도 부족한 상황이었다. 그만큼 비현실적인 일이었다. 특히 원래 이 방에 있던 이들에게는 그랬다. 모두 엘리트 교육을 받은 사람들임에도 불구하고 손도 못 쓰고 있던 환자인데. 40분 만에 희망이 생겼다.

'정말…… 천사인가.'

그중 한 명은 오랜 소문을 떠올렸다. 강혁이 시리아에서 한창 활동하던 당시 그의 뒤를 꼬리표처럼 따라붙던 이상한 별명이었다. 난폭한 천사. 어지간한 항마력이 없으면 차마 입에 담기조차 어려울 만큼 황당한 별명이었다. 특히 그 대상이 의사라면 더더욱 그랬다.

'진짜…… 진짜 왜 그랬는지 알겠다.'

강혁은 선망이 깃든 눈동자들을 뒤로한 채 밖으로 나왔다. 그러다 문득 곁에 아무도 없다는 것을 깨닫고 다시 안으로 들어가 몇몇을 끌고 나왔다.

"정신 놓고 있으면 어떡해? 다른 환자 안 봐?"

"아, 네. 죄송……."

그중에는 강혁을 안내했던 간호장교도 끼어 있었다. 냉철하게 보이더니만 지금은 아예 넋을 놓고 있었다.

"이쪽입니다."

다행히 군인은 군인인지 금세 임무를 자각하고 바삐 움직였다. 강혁은 2호와 나머지 일행들과 함께 그 뒤를 따랐다.

"복부 손상 환자입니다. 파편이 박혀서…… 사실…… 이쪽도."

"그래, 파편이라. 음."

폭발 현장에서 파편이 박힌 경우라면 살기 어렵다고 보는 게 맞았다. 애초에 전투 손상에 있어서 가장 심각한 형태가 바로 폭탄 안에 담긴 파편에 당하는 것이니까. 물론 요새는 기상천외한 무기들이 많이 나와서 전통적인 군 의료가 통하지 않는 경우도 많기는 했으나 그렇다고 해서 심각성이 변하는 건 아니었다. 강혁은 마음의 준비를 하면서 안으로 들어갔다. 인공호흡기 소리가 그를 반겨주었다. 또한 아까와 마찬가지로 탄내와 피비린내 등이 풍겨왔다. 달리 밀하면 죽음의 냄새라 할 수 있었다.

'음……. 이쪽이 나이가 더 많군.'

저기에 누워 있던 환자는 기껏해야 마흔이나 되었을까 말까

했던 사람이었다. 그에 비해 이쪽은 환갑은 족히 넘어 보였다. 그마저도 건강체는 아닌 듯했다. 한유림에 비하면 살집이 지나치게 많았다.

'그게 지금은 다행이네.'

불뚝 솟은 배에 파편이 잔뜩 박혀 있었다. 아무래도 폭발 폭풍에 휘말렸다기보다는, 폭발의 여파로 인해 날아든 파편에 당한 모양이었다. 그렇다면 일단은 한시름 놓아도 될 터였다. 그렇게 환자의 얼굴을 다시 확인하는데, 기시감이 들었다. 아는 얼굴 같았다.

"이 사람……?"

강혁은 확인을 구하는 표정으로 뒤를 돌아보았다. 간호장교가 고개를 끄덕이며 말했다.

"스미스입니다. 아는 얼굴이시죠?"

"아니, 왜 거기서."

"마무리는 해야 한다고…… 왔다가."

"알고 터뜨린 건가?"

"아뇨, 그런 것 같진 않습니다. 우연히……."

하긴 이번 테러의 배후에는 아마 IS가 있을 터였다. 탈레반이 제아무리 미친놈이라지만, 이제 막 자기네 본거지를 떠나려는 미국인을 공격할 리는 없지 않나. 탈레반도 그렇지만 IS도 정보력이 엄청난 것은 아니었다. 그저 신념으로 무장한 지하드 전사들이 있을 뿐이었다.

'지독하게 운이 나쁘네.'

모르는 인간이 아닌 정도가 아니라 이리저리 얽힌 게 아주 많은 인간이었다. 나쁜 쪽이 아니라 좋은 쪽으로 그랬다. 강혁으로서도 이 인간에게만큼은 빚이 있단 생각이 들 지경이었다.

'시발.'

그렇다면 또다시 무리를 해야 한다는 뜻이었다. 제아무리 모든 환자를 평등하게 대해야 하는 것이 의사라지만 의사도 사람이지 않나. 심지어 강혁도 그랬다. 아는 얼굴, 게다가 고마운 사람이라면 더더욱 최선을 다할 수밖에 없었다.

"칼."

강혁은 짙은 한숨을 쉬고는 손을 내밀었다. 그리고 2호를 자리 잡게 한 후, 즉시 스미스의 두꺼운 배에 절개를 넣었다. 옆에 뜬 CT만 봐도 이미 어디를 어떻게 째야 하겠단 계획이 선 참이었다. 문제는 그 계획을 실행해내는 것이었다.

'난 휴양지 가면 기절해 있겠네.'

강혁은 잠시 고개를 절레절레 흔들다가 이내 칼을 놓았다. 벌써 두꺼운 배가 복막까지 죄 갈라져 있었다. 복막을 가르고 배속을 헤집으면서 강혁은 잠시 스미스에 대해 떠올렸다. 그와의 깊은 인연이 생긴 것은 분명 한구에서부터였지만 그전에도 이름은 들어본 적은 있었다. CIA가 중동에서 수행한 굵직한 작전에서 스미스가 빠져 있던 적이 거의 없어서 그랬다.

'그런 인간이 이렇게.'

딱히 스미스를 노렸을 것 같진 않았다. 이 인간 성격상 그곳엔 그냥 가본 것일 테니까. 탈레반을 축출하기 전부터 공작에 힘써

왔던 사람이니만큼, 마지막도 보고 싶었을 터였다.

'유종의 미? 그런 건가?'

유종의 미. 즉 한번 시작한 일을 끝까지 잘하여 맺은 좋은 결과를 낫는다는 말은 사실 누가 하느냐에 따라 참 다르게 들리는 법이었다. 제대로 일을 해본 사람의 입에서 나오면 그럴듯하겠지만 그렇지 못한 사람도 많았다. 그런 의미에서 봤을 때 스미스는 그야말로 유종의 미 그 자체였다. 비록 아프가니스탄에서의 작전은 사실상 실패로 돌아갔으나, 그렇다고 해서 그가 지금껏 그 근방에서 해온 일이 어디로 가는 건 아니었으니까.

'대단한 사람인데. 이렇게 당하다니.'

소위 말하는 눈먼 폭탄에 당한 셈이었다.

"흠."

강혁은 이제 밖에서부터 두꺼운 뱃살을 뚫고 들어가 있던 파편을 배 안에서 바라보고 있었다. 어딘가에 탑승하려다 당한 모양이었다. 얇은 철판이 배 안에 박혀 있었다. 그리고 그 철판은 스미스의 간을 푹 찌르고 있었다.

'지방간에…… 살짝 간경화도 오려고 하네.'

간의 부상도 어마어마하지만, 그냥 간 자체의 모습도 꽤 인상적이었다. 그래도 CIA의 스미스면 그 신분이 부국장에 준하는데 이렇게 몸 관리가 안 되었다니. 뱃살도 그렇고, 간도 그렇고 세월을 온몸으로 맞은 느낌이었다.

'이거 안 좋은데.'

강혁은 이제 다른 파편이 틀어박힌 쪽으로 시선과 손 모두를 옮긴 참이었다. 다행히 이것들은 스미스의 뱃살을 뚫지 못한 상황이었다. 그래봐야 사람 살 아닌가 싶을 수도 있겠지만 이만큼 두껍게 쌓인 지방은 일종의 갑옷이었다. 실제로 칼로 인한 손상에 있어서 뱃살은 생존에 유의미한 도움이 된다는 보고도 있을 정도니까. 이렇게만 보면 살이 쪄서 다행인가 싶을 수도 있을 텐데, 실은 그렇지가 못했다.

"혹시 간 이식 대기 명단 올릴 수 있나?"

정도 이상의 비만은 몸 전반에 걸쳐 악영향을 끼치기 마련이었다. 스미스처럼 나이도 있고 술까지 많이 먹은 상황에서는 더더욱 그랬다. 특히 간이 영향을 많이 받았다. 사람들은 흔히 간염이나 알코올이 아니면 간은 괜찮을 거라 믿지만 실상은 그렇지가 못했다. NASH(non-alcoholic steatohepatitis), 즉 비알코올성 지방간염이 시간이 갈수록 문제를 일으키고 있었다.

"아, 네. 올라가 있습니다."

강혁의 말에 지금껏 강혁을 안내했던 간호장교가 고개를 끄덕였다. 퍽 의외의 말이었다. 이제 올리라는 말이었는데, 올라가 있다니? 강혁은 고개를 갸웃거리며 환자를 이리저리 살펴보았다. 아무리 봐도 만성 간부전의 징후가 보이진 않았다. 이번에 생긴 부상으로 인해 얼굴이나 팔다리가 급작스럽게 더 부어오르긴 했으나, 강혁의 '눈'은 부종도 구분이 가능했다.

"원래도 간부전이 있었다는 얘기가? 그렇지는 않아 보이는데."

"아……. CT 찍고 혹시 몰라서 명단 올렸습니다. 지금 미국 전역에서 수배 중입니다."

"금방 찾을 수 있을까? 얼마 못 버텨."

"아마 찾을 수 있을 겁니다."

"아마?"

"네."

아마라는 말을 하면서 저렇게 확신에 찬 얼굴을 할 수 있는 건가. 무언가 단단히 믿는 구석이 있는 모양이었다. 이상한 일이었다. 제아무리 미국이 대단한 나라라지만 간이 어디서 뚝 떨어지는 나라는 아니지 않나. 그럴 수 있는 나라는 아마 지구상에 단하나, 중국뿐일 터였다.

'설마. 에이, 아니겠지.'

중국의 장기 매매는 전 세계적으로 이슈였다. 교도소 전체가 실은 장기 매매의 산실이라든지 하는 스산한 소문도 있지 않나. 그 실체를 신뢰성 있는 공공 단체가 입증한 적은 아직 없었다. 왜 그럴까. 중국이 너무 넓고 사람이 많다는 것은 핑계가 되지 못했다. 그 대가로 누군가는 또 다른 생명을 얻기에 그런 것은 아닐까.

강혁은 애써 억측이라 생각하며 스미스의 배에 박혀 있던 파편들을 뽑아 트레이에 떨어뜨리기 시작했다. 처음엔 이 자리에 있는 모두의 눈에 보이는, 그러니까 큼지막한 파편들이 떨어지고 있었다. 하지만 이내 강혁의 핀셋은 남들이 보기엔 영 엉뚱한 지점을 짚어나가기 시작했다. 저기에 대체 뭐가 있다고 저럴까 싶은 순간이 한두 번이 아니었다. 하지만 그렇게 짚은 핀셋이 트레이로 향할 때면 반드시라고 해도 좋을 정도로 작은 소음이 일었다. 무언가 떨어지고 있다는 얘기였다.

"봉고에 탑승하려다 당한 모양이야. 범인은 아마 같이 탈출하는 것으로 알려진 사람이었던 것 같은데."

"아직 조사 중에 있습니다만…… 봉고가 터진 것은 맞습니다."

"그래서 유리도 꽤 있어."

"아."

"하지만 이건 지금 꼭 제거하지 않아도 되는 거긴 하지."

강혁은 여전히 파편을 제거하고 있으면서 이상한 말을 했다. 고개는 간호장교를 향하고서였다. 아까부터 종종 그랬으니 사실 별일은 아니었다. 다만 '눈'을 사용하고 있다는 것이 차이라면 차이였다.

'간호장교가 아니네.'

물론 강혁의 눈은 언제나 결정적인 차이를 만들어내기 마련이었다. 아까까지만 해도 군인의 전형이라고 보였던 모습이 지금은 영 어색하게만 보였다. 일단 간호사 면허도 없을 터였다. 여기까지 들락거리는 간호장교라면 지금 강혁이 하는 술기를 저토록 침착하게만 두고 보고 있을 수는 없었으니.

'CIA……'

감히 미군 앞에서 위장 신분을 사용할 수 있는 단체가 달리 또 어디 있을까. CIA라는 단체의 고문직을 맡고 있지만, 이놈들은 진짜 좀 이상한 놈들이었다. 별의별 공작을 다 했다.

"간. 준비되면 바로 말해요. 이 환자 간 없으면 죽어요."

"아, 네. 그렇게 하겠습니다."

그렇다면 간 정도야 쉽게 구해 오지 않을까. 군인이라면 몰라도 CIA면 어지간한 건 할 수 있다고 봐야 했다. 미국 법을 따르겠다고 주구장창 떠드는 놈들이니만큼, 미국 밖에서는 무법천지로 떠도는 놈들이기에 그랬다. 아마 강혁도 알게 모르게 어긴 법이 굉장히 많을 터였다. 그런데 어떻게 평화로이 누와라엘리야에서 봉사나 하고 있을 수 있을까. 그건 다 저놈들 덕이었다. 조금 과장하면 강혁에게 끝 모를 호감을 가지고 있는 스미스 덕이라고 해도 좋았다.

"좋아. 그럼 이제 본격적으로 간다. 2호. 너도 중요해."

"네."

"일단…… 파편 지금 제거 안 할 거야."

"네. 네?"

간에 틀어박힌 파편은 작지 않았다. 몸에 틀어박혔다는 걸 감안했을 땐 가히 거대하다는 말조차 어울릴 지경이었다. 그걸 제거하지 않겠다고? 2호는 도무지 이해가 가지 않았다. 비록 지금 강혁의 머리통 때문에 수술 부위가 잘 보이진 않지만, CT만 봐도 알 수 있었다.

'저 노이즈…… 이거.'

CT라고 해서 완벽하게 잘 보이는 건 아니었다. 영상 검사가 만능이라고 생각하기 쉽겠지만, 사실 CT와 MRI 모두 치명적인 약점이 있어서 그랬다. 쉽게 말하면 그림자를 보는 검사이기에 이물이 끼어 들어와 있는 상황에서는 인위적인 노이즈가 발생했다. 그 때문에 이런 식으로 파편이 푹 들이박힌 상황에서는 정확

히 어디가 어떻게 된 것인지 파악이 불가했다. 그럼에도 간 절반
은 나갔을 거란 생각은 들었다.

"이거 지금 빼면 이 환자 바로 죽어."

강혁은 그런 2호의 생각을 싹 읽어내고는 말했다. 듣고 보니
그럴 것 같았다. 파편을 뽑으면 속은 시원하겠는데, 그럼 환자도
시원하게 잃을 거란 느낌이 들었다. 그럼 대체 뭘 어떻게 해야
한단 말인가. 아까 강혁의 재촉을 받고 잠시 밖으로 나간 간호장
교를 제외한 모두가 비슷한 생각이었다.

"그러니까 빼도 되게끔 하고 뽑아야 해."

"어…… 어떻게."

강혁도 분위기를 못 읽는 사람은 아니라 부연 설명을 덧붙였다.

"간…… 부분절제술을 이대로 할 거야."

"네? 아니, 그게. 시야가……."

"그래서 네가 중요해. 자, 지금은 이렇게 당겨라."

"어어…… 저 팔이."

"참아. 안 그러면 환자가 죽어."

"아."

죽는다는 말은 언제 어느 때고 참 효과적인 협박이었다. 특히
그 대상이 의료진일 때는 더더욱 그럴 수밖에 없었다. 늘 죽음과
밀접하게 면하고 사는 사람들이니만큼 죽음의 무게를 오히려 더
잘 느낄 수밖에 없어서 그랬다. 죽음으로 인한 변화를 예상할 수
있다고나 할까? 비단 환자의 세계에서 발생하는 변화만을 의미
하는 건 아니었다. 환자의 죽음을 경험한 의료진의 마음에도 반

드시 변화가 일었다. 성격에 따라 변화의 정도나 방향이 조금씩 다르긴 했으나, 어느 누구도 그걸 달가워할 수는 없었다.

'좋아.'

당연히 2호에게도 효과는 있었다. 강혁은 한결 좋아진 시야를 이용해 파편이 박힌 부분을 포함한 간 부분 절제술을 시행하기 시작했다. 시작은 역시 범위 결정부터였다. 그리고 그 범위 결정은 간의 구획을 알아보는 것부터 제대로 해야만 했다. 쉬운 일은 아니었다. 멀쩡한 간이 아니라 다친 간이었으니까.

"흐."

'눈'을 최대한으로 발동한 강혁의 입에서 실소가 흘러나왔다. 너무 힘들어서였는데, 남들에게는 당연히 이상해 보일 따름이었다. 다행이라면 그 누구도 지금의 강혁을 보고 있지 않다는 점이었다. 모두 강혁이 행하는 수술만을 지켜보고 있었다. 마른침만 삼켜도 소음으로 느껴질 정도로 집중한 채였다. 의료에 대해서는 아는 게 없는 임혜란이나 한석준도 마찬가지였다. 모두 지금 여기에 어떤 경유로 왔는지에 관해서는 까맣게 잊고 있었다. 강혁은 보비, 즉 전기 칼로 방금 확인한 구획을 표기했다. 평소라면 그냥 그 자리에서 눈으로 확인하고 잘랐겠지만 이렇게 망가진 상황에서는 계속 집중을 해야 하기에 그랬다. 그러다가는 이수술이 끝나기도 전에 쓰러질 수도 있었다.

'오진승 원장이 폴리 꽂는 날이 오면…….'

상대가 재원이면 패기라도 하지. 오진승은 그럴 수도 없는 사람이었다. 아무리 막 나가는 강혁이라 해도 선은 있었다.

'안 되지, 안 돼.'

해서 강혁은 최대한 에너지를 아끼면서 동시에 환자를 살리기 위해 한 땀 한 땀 수술을 이어나갔다.

"아!"

"왜."

"아, 아닙니다."

"뭐야, 인마. 수술장에서 아무 일 없이 소리를 질러? 사람 불안해지게?"

"죄, 죄송합니다."

2호는 연신 사과를 하면서 강혁을 돌아보았다. 정확히 말하면 지금 강혁이 하고 있는 수술을 바라보았다.

'이제 뭔 짓을 하는지 정확히 눈에 들어와. 근데……'

강혁이 파편이 박혀 있는 채로 간 부분절제술을 하겠다고 하기는 했다. 하지만 그것이 정말로 정확히 무엇을 의미하는지는 솔직히 알지 못했다. 그럴 수밖에 없었다. 현존하지 않는 수술이니까. 강혁 밑에서 구르고 또 구르면서 예전보다는 확실히 고정 관념을 많이 깨부순 참이기는 했다. 하지만 그렇다고 해서 함부로 떠올릴 수 있을 만큼, 강혁이 지금 하는 수술이 만만한 것은 아니었다.

'배 안이 무슨…… 엄청 넓은 공간도 아니고……'

수술이란 매체에서 보여지는 것처럼 그렇게 깔끔하지도 않고, 그렇게 수월하지만도 않았다. 애초에 우리 몸은 단 한 치의 낭비도 없이 가득 채워지도록 디자인되어 있기 때문이다.

'근데 파편을 피해서…… 간 부분절제술을 한다고? 아니……, 아니지. 하고 있다고?'

2호의 얼굴은 그야말로 드라마틱하게 변하고 있었다. 옆에서 보고 있던 이들에게도 저 인간이 뭔 일이 나긴 났구나 싶을 지경이었다.

"뭐예요, 원장님?"

"어…….."

여기서 옆에서 보고 있던 이들이란 당연히 임혜란, 한석준 그리고 오진승이었다. 그중에서 그나마 의학물을 먹은 건 오진승뿐이었기에 질문은 그쪽으로 쇄도하고 있었다.

'나라고 알겠냐.'

오진승으로서는 죽을 맛이었다. 사실상 정신건강의학과만큼 이질적인 과도 드물어서 그랬다. 정신과 의사가 상대해야 하는 건 신경 전달 물질이 떨어진 무언가가 아니라 한 사람의 인간이어서 그랬다.

'우리는 저런 거…… 모른다고…….'

당연히 그쪽으로도 파면 팔수록 아주 광활한 영역이 있었다. 백강혁과 같은 천재라면 또 모르겠으나 평범한 개인일 뿐인 오진승에게는 그 영역을 탐구하면서 동시에 다른 영역에 대해 발을 걸치는 것은 불가했다.

"험험."

하지만 그도 의사이고, 자존심 강한 학자였다. 문외한이 묻는데 아예 아무 말도 하지 않고 있을 수만은 없었다. 게다가 기본

적으로 상냥한 사람이다 보니 이렇게 묻는 말을 그저 씹는 것이
불편했다.

'오른쪽 상복부…… 간이 있지.'

비록 현 상황에서 떠오르는 게 이것뿐이지만 오진승은 입을
열었다.

"간을 다친 겁니다."

"오…….'

"그렇군요. 저게 박혀서요?"

"네. 피가 많이 나는 장기예요. 핏덩이라. 대사…… 음. 하여간
우리 몸의 피가 저기로 많이 가거든요."

"그렇구나."

"오호."

의대생 시절 배웠던 기억이 드문드문 수면 위로 올라왔다. 그
만큼 험악한 시절이었다. 시험 못 보면 유급이라는 협박을 들어
가면서 했던 공부이지 않나. 단순 협박이 아니라 간혹 실제로 벌
어지기도 하는 일인 데다가, 꿇어서 내려온 선배들이 산증인으
로 바로 옆에 있다 보니 그 공포감은 말로 하기 어려울 지경이었
다. 그 덕분에 어느 정도의 지식은 남아 있었다.

"근데 거기에 저게 박혔으니까…… 그냥 빼면 피가 엄청 나겠
죠?"

"아, 그렇겠네요."

"그래서 아무래도 안쪽에서 뭘 하고 빼려는 것 같은데."

"뭘 하는 걸까요? 뭘 하길래…… 2호……, 저 선생님 이름 뭐

죠?"

"어."

오진승은 2호의 이름을 필사적으로 떠올리려고 힘썼다. 남들은 다 1호니 2호니 하고 있지만, 본인은 정신과 의사이지 않나. 사람을 사람으로 대해야 한다는 것을 알고 있고 또 이를 실천하는 사람이라는 뜻이었다. 하지만 기억은 나지 않았다. 아예 묻지도 않았으니 그럴 수밖에 없었다. 배려도 본인 몸이 편해야 할 수 있는 것 아닌가. 오진승의 누와라엘리야 생활은 거의 지옥이었다.

"아, 모르시는구나. 아실 줄 알았는데. 아무튼, 2호님은 왜 저러고 계시는 거예요?"

그 지옥을 대강이나마 짐작하고 있는 한석준은 굳이 깊이 캐묻지 않았다. 백강혁이 오진승을 끌고 다닌 것이 몇 번이던가. 그가 기억하는 것만 해도 여러 번이었다. 게다가 오진승이 누와라엘리야에서 원래 맡았던 일도 어마어마한 사이즈의 일이었다. 분명 처음에는 그냥 상담 좀 하고, 진짜 문제 있는 사람들만 치료하고 간다고 들었는데, 어느새 지역 변화 프로젝트로 변모해 있었다.

"그건…… 음. 아무래도 이게 피가…… 많이 나서 그러는 거 아닐까요?"

"아, 그렇구나. 음."

오진승은 자신의 예상대로 말했다.

"모스키토."

강혁은 그런 대화를 다 듣고 있었다.

'진짜 아는 게 없구나.'

오진승의 멍청함에 대해서 파악할 수 있는 시간이었다. 굳이 비난할 필요는 없을 터였다. 자신도 정신과에 대해서는 무지했으니까. 그리고 오진승은 오늘 구경하러 온 거지, 뭘 하러 온 게 아니었다. 애초에 눈곱만큼도 기대하는 게 없다는 얘기였다.

'놀리는 것도 힘들다.'

게다가 강혁은 지금 초집중 상태였다. 평소라면 누굴 갈궈서라도 충전했을 텐데……. 아마 지금도 누군가를 갈구면 기분은 한결 나아질 터였다. 문제는 기분과는 별개로 강혁의 체력이 실시간으로 갉아 먹혀가고 있다는 점이었다. 좁고 어두운, 게다가 피로 물들어버린 복강 내에서 간 부분절제술을 시행한다는 것이 말이나 될 법한 얘기란 말인가. 게다가 강혁은 이미 첫 번째 방에서 심장 돌려 깎기라는, 이 세상에 존재할 수 없는 수술을 완료한 바 있었다. 그 상황에서 이러한 술기를 시행한다는 것. 불가능의 다른 표현이라고 봐도 좋았다. 그러나 그 상황에서 강혁은 끊임없이 무언가를 하고 있었다.

"보비."

"네."

무언가를 찾아 모스키토나 클램프로 물고 보비로 지졌다.

"석션."

"네."

무언가를 찾기 위해 간을 헤집었다. 그 와중에 피라도 난다면 큰일이었을 텐데, 놀랍게도 2호가 든 석션은 그저 연기만을 흡입하고 있었다. 시야를 확보하기 위한 수단 외에 달리 쓰인 적이 없었다. 강혁의 보비는 귀신같이 출혈을 피하거나, 그 자리에서 출혈을 잡아가고 있었다.

"후…… 이봐."

그러다 강혁이 잠시 한숨을 쉬었다. 아예 수술 부위에서 시선을 뗀 후였는데, 그제야 2호는 뭔가 달라졌다는 걸 깨달았다.

'파편…… 파편이…… 좀 더 흔들거리는 것 같은데? 설마……?'

제1 보조의 주제에 수술 진행 상황을 완전히 파악하지 못하고 있다니. 어찌 보면 직무유기로도 느껴질 수 있을 터였다. 하지만 적어도 지금 이 수술장에서는 예외였다. 보조의의 시야는커녕 강혁의 시야도 완전할 수 없었다. 강혁의 고집 때문이었다.

'아……. 이놈의 파편 때문에 보이는 게 없어.'

가뜩이나 어둡고 좁은데 파편까지 박혀서 가리고 있지 않나. 물론 그렇다고 해서 이걸 당장 뽑자고 하고 싶은 것은 아니었다. 그랬다간 얼마나 피가 날까? 가뜩이나 이만한 손상이 있는 환자가, 그 출혈을 견딜 수 있을까? 절로 고개가 저어졌다.

"아, 네."

강혁의 부름에 답한 것은 간호장교였다. 정확히는 CIA 요원이겠지만, 하여간 지금은 간호장교였다.

"간 준비됐나?"

"20시간 안에 준비됩니다."

"20시간이라는 게…… 간이 뜰 거라는 거야? 아니면 여기로 온다는 거야."

"옵니다."

"5시간만 줄일 수 있나?"

20시간 안에 간이 온다. 이렇게 갑작스러운 재난에서, 그것도 만리타향으로. 말이 안 되는 일이었다. 거기서 5시간을 더. 무리한 부탁이었다.

"그렇게 하겠습니다."

하지만 그 말을 내뱉은 것이 강혁이지 않나. 심술을 부리기 위해서는 아닐 터였다. 그저 의학적으로 필요하다는 판단으로 내린 결정일 것이 분명했다. 그렇다면 이쪽에선 무엇을 해야 할까. 무리가 필요하다면 무리를 감수해야만 했다.

"좋아. 최대한 살려본다고 살려봤는데…… 어렵네. 이 이상은 안 돼."

"네."

"그럼 나가보시고."

"네."

"우리는 우리 할 걸 하도록 하지."

강혁은 후, 하고 한숨을 내쉬고는 손을 내밀었다. 보조하던 간호장교가 고개를 갸웃거렸다. 뭔 뜻이냐는 얘기였다.

"가위."

"아."

그렇게 가위를 전달받은 강혁은 지금껏 찾고 물어둔 곳을 뚝

뚝 끊었다.

"어."

"응. 이제 뽑아. 괜찮으니까."

"아, 네."

간 부분절제술이 완료되면서, 그곳에 박혀 있던 파편이 더 자유로워졌다. 2호는 그 파편을 잡고 강혁을 바라보았고, 강혁은 고개를 끄덕였다. 허락을 구한 2호는 웃차 소리를 내면서 파편을 뽑았다. 왈칵하는 느낌과 함께, 이미 잘린 간에서 살짝 피가 흘러나왔다. 양이 아주 적지는 않았으나 괜찮았다. 저건 이미 몸 안에 흐르던 피가 아니니까.

"좋아."

강혁은 파편이 제거되자마자 간을 빼냈다. 거의 전절제술이었나 싶을 정도로 커다랬다. 안에 박혔던 파편 자체가 컸으니 그럴 수밖에 없었다.

'엄청 작네.'

그에 비해 몸 안에 남은 간은 작았다. 다행인 것은 담도와 포털 베인 같은 주요 장기는 남길 수 있었다는 건데 그보다는 역시 부정적인 요소가 훨씬 많았다. 크기도 문제인데 그 상태도 문제였다.

'술 작작 마시지. 체중 관리도 좀 하고.'

애초에 이대로 두었어도 얼마 못 갔을 간 같았다. 아마 10년 이내에 간경화가 진행돼서 다 망가져버리지 않았을까? 근데 저만한 크기라니. 아까 말했던 15시간이 아마도 최대가 될 터였다.

물론 지금 할 수 있는 일은 남아 있지 않았고, 강혁은 시간을 효율적으로 쓸 줄 아는 인간이었다.

"간 오기 전에 다른 사람도 보지."

"네. 안내하겠습니다."

"하……."

강혁은 땀에 젖은 머리를 위로 쓸어 넘기며 한숨을 쉬었다. 피곤하다는 말조차 안 나올 정도로 힘들었다. 그나마 다행인 것은, 바다가 참 잔잔하다는 점이었다. 그런데도 불어오는 바람은 시원하기 짝이 없었다. 아마 이대로면 순식간에 땀이 다 마르지 않을까 싶을 지경이었다.

"저기 오네요."

"이거 죄송하게 됐습니다. 저희만……."

옆을 돌아보니, 누와라엘리야에서 데리고 온 세 명이 주절주절대고 있었다. 다가오는 커다란 배를 바라보면서였다. 군함이 아니라 민간 요트였다. 다행히 파키스탄 남부의 저택 하나를 통으로 빌릴 수 있어서, 일행은 그리로 가서 잠시 있을 예정이었다. 돌아오는 길은 강혁과 따로 카라치에서 비행기를 탈 예정이었고. 원래는 같이 쉴 생각이었던 강혁이 이들과 갈라지게 된 것은 역시나 스미스 때문이었다.

"잘 놀다 와요."

강혁은 메마른 목소리로 자신을 돌아보는 세 사람에게 손을 저어댔다. 안전 따위는 걱정할 이유가 없을 터였다. 파키스탄에서 군이 한국인을 대상으로 한 테러가 일어날 리가 없지 않겠나.

게다가 단순 미군이 아니라 CIA가 호위로 나선 상황이었다.

"네, 그럼."

"저희는 바로 한국으로 가니까…… 인사는 여기서 드려야겠네요."

"가서도 종종 연락드릴게요."

임혜란과 오진승은 바로 한국으로 갈 예정이었다. 짐이 아직 누와라엘리야에 있기는 하지만 그건 따로 정리해서 보내주면 될 일 아니겠나. 그거 때문에 다시 들렀다 가기엔, 역시 지나칠 정도의 오지였다. 고생이다 이 말이었다. 게다가 둘 다 바쁜 사람이었다. 한국에서도 해야 할 일이 산적해 있었다.

"그래요, 고생 많았습니다. 누와라엘리야를 대표해서 감사드립니다."

그걸 뒤로 다 미루고, 오지에 와주었던 사람들이었다. 새삼스럽게 좋은 사람들이었다. 강혁은 피곤함을 무릅쓰고 허리를 숙였다.

"어어."

"아이고."

강혁에게서 제일 기대하기 힘든 모습이 바로 이런 거 아닐까? 임혜란은 몰라도, 오진승에게는 특히 그랬다. 그에게 백강혁은 폭군 그 자체였으니까. 뜻이 좋고 또 실제로 그 길로 걸어가고 있기에 망정이지. 그렇지 않았다면 아마 오진승이 먼저 나서서 고발했을 터였다. 하지만 이런 건 정말이지 상상하지 못했더랬다.

"그대로 있으세요. 자격이 있으니까."

강혁은 당황하는 이들의 말을 들으며, 그대로 잠시 있었다. 그러곤 몸을 일으키면서 밝게 웃었다.

"앞으로 누와라엘리야가 제대로 굴러간다면, 아마 당신들 같은 사람들 덕이겠죠."

속으론 이런 생각을 하고 있었다.

'이제 누와라엘리야는 살 만해질 거야.'

처음 강혁이 왔을 때에 비해 많이 좋아지지 않았나. 그보다 더 고무적인 것은 앞으로 더 좋아질 거란 확신이 든다는 점이었다. 그럴 수밖에 없었다. 나쁜 놈들은 모조리 사라졌으니까. 그리고 누와라엘리야 병원은 이제 스리랑카에 뿌리 깊게 자리하게 된 지 오래였다. 무엇보다 여러 커뮤니티를 통해 자생할 수 있는 힘이 생겨가고 있었다.

'그 말은……'

강혁이 떠날 때가 다가오고 있었다. 예상했던 것보다는 조금 빨랐다. 잘된 일이었다. 그만큼 빨리 개선되었다는 소리이지 않나.

'아마도 다음 행선지는.'

강혁은 이런저런 대화를 나누다 마침내 요트에 탄 이들에게서 고개를 돌려, 항공모함을 돌아보았다. 거대한 배. 수많은 사람들. 보이는 게 다가 아니었다. 미군은 여전히 세계 곳곳에서 작전 수행 중에 있었다. 중동에서 철수하기는 하지만, 그렇다고 그걸로 끝일까?

'이제 나도 좀 쌓아야지.'

외상 외과 의사에게 어디가 가장 핫한 곳일까. 당연하게도 군대 조직일 수밖에 없었다. 애초에 20세기 이후 굵직한 논문이 다 여기서 나오지 않았나. 그중에서도 1차 세계대전과 2차 세계대전 그리고 한국전쟁과 베트남전을 모조리 다 경험한 국가이면서 동시에 지금도 세계 곳곳에서 작전을 수행하고 있는 미군은 그야말로 메카라 할 수 있었다. 강혁도 거기에 가면 더 성장할 수 있을 터였다. 누군가에게 배운다는 건 어불성설이겠으나, 타산지석이라는 말도 있지 않나.

"일단…… 쉬시겠습니까?"

그지 머지않은 미래에 대해 궁리하고 있으려니, 간호장교가 다가와 물었다. CIA임이 분명할 텐데 아직도 소속과 이름을, 그러니까 명찰에 달린 것 말고 진짜 이름을 밝히지 않고 있었다. 할 수 없는 일이었다. 화이트 요원이 아니라면 모든 것이 비밀일 테니. 심지어 미군 내에서도 가장 안전한 곳이라 할 수 있는 항공모함에서조차 이럴 거라고는 생각지도 못했지만. 하여간 강혁은 이제 이런 식의 장단 맞추기에 익숙해진 마당이었다.

"그러지."

"군의관실을 비워뒀습니다."

"시간은 얼마나 있지?"

"8시간입니다."

"15시간이면 10시간 아닌가?"

"더 당겼습니다."

"아, 그렇군."

대체 우리 스미스에게 이식해줄 간은 뭘 타고 날아오고 있는 것일까. 강혁은 하늘을 올려다보다가 이내 배 안으로 향했다. 침실도 생각보다는 괜찮았다.

"이거……?"

그 안에 무언가 하나가 놓여 있었다. 와인이었다. 뭐 미군은 원래 어딜 가도 즐길 만한 거리를 충분히 준비해두는 놈들이니만큼, 와인 하나쯤 내어놓는 건 가능했을 터였다. 하지만 이건 보통 와인이 아니었다.

"알아보시는군요."

간호장교는 와인 병에 시선을 두고 있는 강혁을 보며 살며시 미소를 지어 보였다.

'이 새끼…… 숨길 생각이 있는 거야, 없는 거야.'

군인을 무시하는 건 아니었다. 하지만 일반적인 장교에게 이 와인은 절대로 친숙할 수 없는 종류의 것이었다. 샤토 무통 로칠드 2018년 빈티지. 현대 예술가 쉬빙이 디자인한 라벨이 인상적인 이 와인은, 정상적인 수입가만 150만 원이었다. 이제 시장에서 사려면 얼마일까? 일단 구할 수 있는가부터 물어야 할 판이었다. 게다가 하필 2018년이었다. 강혁은 언젠가 이 와인의 맛이 궁금하다고 했던 것을 불현듯 떠올렸다.

'데니스인가?'

새삼 데니스가 단순한 사업가가 아니란 것을 깨닫는 순간이었다. 녀석은 자신 밑에서 충실히 주어진 일을 하면서도, 역시나 CIA의 명 또한 잊지 않은 상태였다. 그만큼 CIA는 무서운 조직이었다.

"이거 맛 궁금했는데. 근데 어떻게 구했지?"

"방법은 있죠, 늘."

"하긴 간도 구했는데. 이걸 못 구하겠나. 하여간 잘 마실게."

"네, 그럼…… 7시간 후에 뵙겠습니다."

"그래."

강혁은 간호장교가 빠져나간 후, 혼자 침대에 걸터앉아 있다가 이내 와인을 깠다.

'오.'

향이 좋았다. 강혁은 그 와인을 한 잔 마시고 나서는 곧장 잠들었다. 그러곤 알람도 없이 7시간 후에 일어나 씻고 밖으로 향했다.

"잘 주무셨어요?"

문 앞에는 당연하다는 듯 간호장교가 서 있었다. 아까 헤어질 때와 정확히 같은 모습을 하고서였다. 설마 여태 서 있었나? 그건 아닐 터였다. 강혁은 분명히 멀어져 가는 발걸음 소리를 들었다.

"음. 간은?"

"이제 내리고 있습니다."

"좋아. 가볼까."

"네."

하여간 빈틈없는 새끼들이란 생각을 하면서 갑판에 나간 강혁은, 바람 빠진 소리를 내었다.

"저거……?"

눈앞에 내리고 있는 전투기 때문이었다. 최대 속력이 아닌 최대 순항 속력이 마하 1.82에 달하는 괴물. F22. 일명 랩터였다.

'이 미친.'

대체 어떻게 시간이 절반 이상 줄었나 했더니 전투기를 띄운 모양이었다. 그것도 전 세계에서 제일 경계하는 전술기를.

'스미스……. 너 거물이구나.'

아무리 미군이라 해도 일반 병사에게도 이럴 수 있었을까? 말이 안 되는 얘기였다. 아마 간도 이렇게까지 빨리 구하진 못했을 터였다. 하지만 미군은 해냈다. 랩터까지 동원하면서.

"반드시 살려야겠네."

"기대하고 있습니다."

강혁은 파일럿이 직접 들고 내린 아이스박스를 받아 들고는 간호장교를 돌아보았다. 이쯤 했으면 조금 위세를 부려도 좋을 텐데, 간호장교는 그저 미소를 지어 보일 뿐이었다.

'나중에 스미스 깨어나면 이 새끼 누구인지 한번 물어봐야지.'

강혁은 그런 생각을 하면서 급히 스미스에게로 향했다. 그는 여전히 수술실에 있었다. 세팅을 중환자실 세팅으로 바꾼 채였다. 인력 또한 초호화로 꾸려져 있었다. 내과 의사와 마취과 의사 그리고 외과 의사가 각기 하나씩 자리를 지키고 있었으니, 말다 한 셈이었다. 그 안에 강혁이 들어섰다. 같이 휴식을 취한, 그러나 강혁보다는 눈에 띄게 피곤해 보이는 1호와 2호를 대동하고서였다.

"살려볼까."

강혁은 간을 수술대 위에 올려놓고는 주변을 돌아보았다. 모두가 말없이 고개를 끄덕였다. 그중 마취과 의사가 제일 먼저 움직였다. 세팅을 바꾸기 위해서였다. 간단한 일이었다.

"준비됐습니다."

"좋아. 그사이 바이털은?"

"아직은 괜찮습니다. 전처치도…… 최선을 다했습니다."

"좋아."

강혁은 내과 의사를 향해 고개를 끄덕여주고는 스미스에게로 향했다. 아까 수술해놓은 그대로였다.

"바로 이식하지."

"네."

강혁이 와인 한 잔에 완전히 뻗어버린 이유가 있지 않았겠나.

"아."

1호와 2호는 강혁이 제낀 수술 부위를 보며 감탄을 금치 못했다.

'그냥 부분 절제술만 한 게 아니라…….'

간 이식을 시행하기 위한 준비까지 마친 상황이었다. 이대로면 이식 자체는 그리 오래 걸리지도 않을 터였다. 대체 파편이 박혀 있던 상황에서 어떻게 그런 게 가능했을까? 특히 아까 방에 들어와 있던 2호는 잠시 행동을 멈추었을 지경이었다.

"머뭇거릴 시간 없어. 예정보다 빨라졌지만, 더 서두르는 게 좋아. 알잖아?"

"아, 네."

강혁은 그런 1호와 2호를 채근하며 간 이식에 나섰다. 말은 그

렇게 했지만 표정은 밝았다. 이제 간만 제대로 들어가면 스미스
는 죽지 않을 것이기에 그랬다. 이날 이때껏 거의 매일같이 사람
을 살려온 강혁이었지만 그 순간의 즐거움은 단 한 번도 퇴색된
적이 없었다. 그 어떤 쾌락도 이렇지는 못할 터였다. 그렇기에
강혁은 중독되어 있었다. 계속 이런 식으로, 그러니까 자신이 아
니면 살릴 수 없는 사람을 살릴 수 있는 곳이 있다면 옮길 수밖
에 없는 이유이기도 했다.

흔히 간 이식이라고 하면 그냥 하나의 수술만 떠올리겠지만
사실 그 안에서도 꽤 여러 갈래로 갈리는 편이었다. 그중 지금
강혁이 하고 있는 게 그나마 제일 쉬운 술기라 할 수 있었다. 강
혁은 카데바, 그러니까 전체 간을 뚝 떼다가 이식하고 있었다.

'쉽다는 것도 정도가 있지⋯⋯.'

쉽다는 것도 다 상대적인 의미에서 하는 말이었다. 누군가 와
서 간 이식 그거 갈아 끼우는 건 쉽다던데? 이러면 바로 무식한
놈이라고 외치면서 뺨이라도 후려갈길 자신이 1호와 2호 모두에
게 있었다.

'이게⋯⋯ 이렇게 빨리 될 일인가.'

하지만 강혁에게는 진짜 쉬운 모양이었다. 그는 간을 끼워 넣
은 지 얼마나 되었다고 벌써 뚝딱뚝딱 잇고 있었다. 원래 있던
간을 마저 제거하는 건 아예 어떻게 했는지 정확히 기억조차 나
지 않을 정도로 빨랐다. 애초에 세계 최고 수준이라는 건 알고
있었고 또 체험하고 있던 참이었으나 본격적으로 자신의 심력을
소모해서 환자를 살리겠노라 작심한 강혁의 위력은 조금 황당할

지경이었다.

"좋아. 초음파 줘봐."

"어……. 네?"

급기야 강혁은 간동맥마저도 그야말로 순식간에 이어버렸다. 얼마나 빨랐는지 옆에 있던 다른 외과의는 아예 넋을 놓고 있었다. 아주 명료하게 던진 요청을 전혀 알아듣지 못한 얼굴로 강혁을 보고 있었다. 강혁은 그런 외과의를 보면서 다시 말했다.

"귓구멍이 막혔나. 초음파 달라고. 이은 거 제대로 가는지 봐야 할 거 아냐."

"아…… 아, 네. 네?"

"아씨."

"아, 네."

외과의는 그러고 나서도 몇 번 헤매다가 초음파를 끌어다 줬다. 그나마 다행인 것은 그 과정에서도 숙련된 동작 자체는 잊지 않았다는 점이었다. 그럴 수밖에 없었다. 의사들의 수련은 혹독했으니까. 그중에서도 미군의 수련은 더더욱 그러했다.

강혁은 그렇게 넘겨받은, 멸균 비닐에 싸인 프로브를 쥐고는 방금 자신이 이어준 간동맥을 살펴보았다. 도플러 모드였기에 안에서 액체가 어떻게 흐르는지 그래프로 딱딱 모니터에 뜨고 있었다. 아주 좋았다. 강혁이 보기에도 그랬고, 남들이 보기에도 그랬다.

"거의 완벽한데요?"

"좋아."

"이제 그럼 끝인가요?"

"응?"

다들 끝났다고 믿을 지경이었다. 무리는 아니었다. 아까 스미스의 상태와 지금을 비교하자면 그야말로 천지 차이가 아니던가. 죽다 살아났다는 말이 이보다 어울릴 수 있는 장면도 없을 것 같았다. 하지만 강혁의 눈에는 조금 다르게 보였다. 아직도 할 일이 남아 있었다. 특히 이식 후에 환자가 받아야 하는 처치를 생각하면 더더욱 그랬다.

'기왕 이렇게까지 하는데…… 오래오래 잘 사셔야지?'

강혁은 그런 생각을 하면서, 손을 내밀었다. 당연하게도 돌아온 것은 어떤 기구가 아니라 그저 간호사의 뚱한 얼굴뿐이었다. 언제부터인지는 모르겠는데 강혁을 제외한 모두가 이 수술실의 리듬을 잊어서 그랬다. 어디를 어떻게 할는지도 모르겠는데 대체 어떻게 기구를 건네줄 수 있단 말인가.

"아, 바이폴라."

강혁도 예상하고 있었다. 이놈들은 재원이나 리처드 또는 한유림이 아니지 않나. 그리고 간호사 또한 장미가 아니었다. 진심 모드인 강혁을 따라올 수 있는 사람은 이들 넷 정도가 다일 터였다. 처음부터 그랬다는 건 당연히 아니었다. 강혁이 무던히도 애를 써서 그렇게 만들었다. 근데 다른 이에게 같은 걸 기대할 수 있겠나.

"아, 네. 그럼 지혈을……?"

"그렇지. 그래야 나가서 무슨 약이든 막 쓸 거 아냐."

일단 이식이 되었으니 면역 억제제를 쓸 터였다. 그리고 이식한 간이 제대로 생착할 수 있도록 혈액 순환을 크게 신경 써야 했다. 외상 후 이식을 감행한 것이니만큼 최대한 항응고제의 사용을 줄이거나 미루겠지만 그러다 간이 망가지면 말짱 꽝이었다. 그러면 수술실에서는 어찌해야 할까?

'약을 펑펑 쓸 수 있게…… 피는 다 막는다. 적혈구 하나하나까지 다 지진다는 마음으로.'

즉시 지독한 지혈이 시작되었다. 남들 눈에는 저길 대체 왜 지지나 싶은 지점이 태반이었다. 아마 강혁이 아니라 다른 누군가가 이런 짓을 하고 있었다면 반드시 말렸을 터였다. 아무리 작은 손상이라 해도 손상은 손상이었으니까. 게다가 열 손상이었다. 아마 덮고 나면 주변으로 좀 더 손상이 번질 터였다. 하지만 집도의는 강혁이었다.

'이 인간이 쓸데없는 짓을 할 리가 없지.'

'그냥 닥치고 있자.'

해서 그 자리에 있던 모두는 입을 다물고 그저 강혁이 하는 것을 지켜보고 있었다. 침묵의 시간은 그리 길지 않았다. 20분 정도가 지나자, 강혁이 슬슬 허리를 펴고 끙 소리를 내기 시작했다. 엄살이라고는 없는 인간 아닌가. 그런 인간이 이러고 있을 수 있는 건, 바로 수술이 끝났기 때문일 터였다.

"이제……."

"닫자."

"네."

둘 중 그나마 눈치가 좋은 1호가 이렇게 물었고, 강혁의 입에서 허락이 떨어졌다. 마침내 스미스의 커다란 상처들이 빠르게 닫히기 시작했다. 그 모습이 꽤 흡족하게 보였던지, 여태 들어와서 아무 말 없이 지켜보고 있던 간호장교가 영상으로 남겼다. 그러곤 어디론가 보냈는데 그게 어딘지까지는 알 수 없었다. 다만 한 가지 확실한 건 엄청 높은 사람이나 단체일 거란 것이었다. 그렇지 않고서야 간을 이토록 빨리 가져올 수 있었겠나. 간을 구하는 것도 만만치 않은 일이지만 남의 영공을 랩터로 뚫고 왔다는 것도 놀라운 일이었다.

"휴……."

"어떻게 하실 겁니까?"

강혁은 샤워실에 들러 뜨거운 물로 몸을 닦아내고는 대충 옷을 걸친 채 갑판으로 나왔다. 머리에는 여전히 수건이 덮여 있었다.

"뭘 어떻게 해?"

바닷바람이 꽤 거세서 수건이 날아갈 듯 말 듯했다. 강혁은 한 손으로 수건을 붙잡고서는 그림자처럼 따라붙는 간호장교를 향해 되물었다. 그리 퉁명스러운 얼굴은 아니었다. 귀찮긴 했으나 오늘 이 인간도 최선을 다해주었으니까. 의학에 관해 잘 아는 것 같지도 않은데 이곳의 상황을 일목요연하게 전달해서 마침내 윗대가리들에게 스미스를 정말로 잃을 수도 있다는 위기감을 심어주는 데 성공했다면, 칭찬을 받아 마땅한 일이었다.

"스미스 깨어날 때까지 계실 건지, 그게 궁금합니다."

"아……."

"원래는 환자 응급 처치만 하시고 돌아가신다고 들었는데 아무 말씀도 없으셔서요."

확실히 이놈들은 강혁에 관해 아는 것이 아주 많았다. 방금 그 말은 강혁조차 자각하지 못했던 것이어서 강혁은 잠시 자신의 과거를 되짚어보기까지 해야 했다.

'그래, 그랬지.'

불안해서 그랬다. 자신이 자리를 비우면 비울수록 누와라엘리야에 부담이 갈 테니까. 하지만 지금도 그럴까? 단순히 의료진들이 많이 준비되었다는 뜻만도 아니었다. 여기저기서, 특히 올리버에게서 뜯어낸 돈으로 도시 인프라를 많이 개선한 참이었다. 그중에서도 신경 쓴 부분이 있다면 바로 도로였다. 이제 누와라엘리야는 노동 환경이 크게 개선된 데다가, 건설 현장의 위험도도 낮아져 있었고, 교통사고 위험도 크게 줄고 있었다.

"보고 가지."

"네, 그렇게 알고 준비하겠습니다."

"그렇다고 무리해서 깨울 필요는 없고."

"네."

다시 생각해도 누와라엘리야는 많이 개선되어 있었다. 의료진도 계속 충원되고 있었고, 또 단기 봉사자들이 쉴 틈 없이 돌 수 있도록 시스템도 갖추어져가고 있었다. 일단 세계적으로 누와라엘리야 같은 곳이 드물어서 가능한 일이었다. 대체 어디서 그토록 보람찬 진료 봉사를 하고, 동시에 휴양을 즐길 수 있겠나. 대영제국의 그늘 아래 기생하고 있던 다니엘과 같은 놈들이 일구어놓은 기형적인 구조가, 여기서는 빛을 발하고 있었다.

'좋아.'

강혁은 이제 마음을 굳혔다. 억지로 누와라엘리야의 위험 요소를 떠올리려 해봐도 별 소용이 없는 상황이었다. 정말로 괜찮았다. 혹시 몰라 전화도 해보았는데, 그냥 잘 쉬고 오라는 말만 들을 수 있었다. 심지어 그 말을 한 게 리처드였다.

'꿀 빨지 말고 빨리 오세요!'

강혁에게 개기는 것을 마치 지상 과업처럼 생각하는 놈이지 않나. 재원처럼 은근하게 개기는 게 아니라, 그냥 개겼다. 기회만 있으면.

'여긴 괜찮으니까 꿀 빨다 오세요.'

그러던 놈이 이런 말을 해? 그 말은 곧 거기가 진짜 할 만하다는 뜻이었다. 어찌 생각해보면 당연한 일이었다. 폭풍 같던 태화 봉사단이 누와라엘리야의 진료에 대한 열망을 어느 정도 해소해 주고 갔으니.

'아주 좋군.'

혹사시킨 보람이 있다고 할까? 마음이 아주 푸근해졌다. 요 몇 달간 이랬던 적이 없었는데.

"음."

강혁은 밤바다를 바라보며 아까 남겨둔 샤토 무통 로칠드 2018년 빈티지를 홀짝거리기 시작했다. 밤바다라고 해봐야 칠흑 같은 어둠이지 않나 싶을 수도 있겠지만 강혁이 서 있는 이 갑판은 일종의 도시라고 봐도 무방했다. 어둠을 가르는 불빛 사이로 보이는 밤바다는 그 자체로 훌륭한 안주였다.

"교수님."

그때 누군가 그를 불렀다. 뒤를 돌아보니, 예상치 못했던 놈이 서 있었다. 아단 커크 대령. 아니, 이제는 준장. 어깨에 별 하나가 선연히 빛나고 있었다.

"네가 웬일이냐?"

"글쎄요. 괜히 와보고 싶어서요."

"그래? 괜히?"

"네."

그럴 리가 없다는 것쯤은 누구보다 강혁이 제일 잘 알았다. 미군 장군쯤 되면 이리저리 불려 다니는 행사만 해도 장난이 아니었다. 이제는 그러한 성향이 좀 약화되고 있지만, 전통적으로 군인들이 정치로 쭉쭉 뻗어 나오던 나라가 바로 미국이지 않나. 병사에 대한 대우뿐 아니라 장성에 대한 대우도 한국과는 비교를 불허했다.

'이 자식들이 내 마음을 더 잘 알고 있을 수도 있어.'

생각해보면 누와라엘리야에는 미국의 프락치가 아주 여럿 있었다. 일단 1호나 2호와 같이 애초에 파견 근무하고 있는 이들이 그랬다. 그리고 데니스나 리처드 또한 따지고 보면 미국 측 인사들이었다. 그들이 자신의 대화를 정리해 전달하고 있다면? 아니, 도청을 하고 있다면? 의중을 읽는 건 그리 어려운 일이 아닐 터였다. 어차피 강혁은 자신의 의중을 숨길 생각도 없었으니.

"그래, 우연히 만난 스승한테 하고 싶은 얘기가 뭐야?"

강혁은 와인잔을 굴리며 아단 커크를 돌아보았다. 스카우트 제의를 어떻게 할지 궁금하다는 얼굴을 한 채였다.

아단 커크는 빙그레 웃고 있는 자신의 스승 강혁을 보면서 잠시 아득한 기분에 사로잡혔다. 역시 이 인간은 괴물이었다. 단지 의사로서의 위력만을 얘기하는 것이 아니라, 그냥 인간 자체가 그랬다.

'이 통찰력을…… 스미스가 아주 많이 탐냈지.'

직관. 흔히 감이나 촉이란 말과 헷갈리기도 하는데, 이 직관을 그렇게 허투루 보면 곤란했다. 부족한 단서를 본능적인 추론으로 메워서 결국엔 합당한 결론에 도달하는 것. 그런 것을 우리는 직관이라 부르지 않던가? 고도로 발달한 직관은 일종의 예지와 비견되었다.

"네, 교수님."

아단은 그렇게 애써 당황스러움을 숨긴 채 말을 꺼냈다. 사실 생각해보면, 언젠가는 반드시 발생할 일이긴 했다. 그렇지 않고서야 대체 왜 미국이 이 인간에게 이토록 공을 들였겠는가. 물론 대가는 철저히 돌려받기는 했다. 특히 파키스탄이나 인도에서의 작전은 미국이 서남아시아 일대에 영향력을 발휘하는 데 아주 유리한 고지를 차지하게 해준 바 있었다. 그리고 그걸 가능케 한 것은 미군이 아니라 단 한 사람, 백강혁이었다.

'그래도…… 우리 미국이 교수님을 섭섭하게 해드린 적은 없지.'

하지만 강혁이 다른 국가나 다른 단체와 일을 했다면 지금 같은 지원을 받을 수 있었을까? 다분히 미군 장성다운 생각이었으나 딱히 반박할 말도 없을 터였다. 중국이었다면 일단 재갈부터 물렸을 것이 분명했다. 한국? 지금 대통령이 백강혁에게 나름 호의가 있으니 노력을 했겠지만 아쉽게도 아직 한국의 외교적 역량이 미국과 비교될 수 있을 정도는 아니었다.

"거두절미하고 말씀드리겠습니다."

머릿속으로는 철저한 계산을 하고 있었으나 결국 입 밖으로 나오는 말은 간단할 수밖에 없었다. 아단이 천생 군인이라서는 아니었다. 강혁의 제자라서 그랬다. 비록 짧은 기간이었으나, 아단이 겪은 강혁은 빙빙 돌아가는 걸 싫어하는 인간이지 않나. 나름 장성에까지 오른 사람이니만큼 눈치가 백 단이었다.

"미군으로 오시죠. 최고의 대우를 해드리겠습니다."

"음."

언젠가는 받았을 제의라고 생각했다. 그게 지금일 줄은 몰랐지만.

'뭐…… 이놈이 여기까지 온 것도 예우 차원이겠지.'

몰랐다고 해서 기분이 나빠지지는 않았다. 오히려 꽤 좋았다. 누군가 자신의 의중을 훔쳐보고 있었다고 생각한다면야 끝도 없이 꺼림칙해질 수도 있는 노릇이겠으나, 강혁의 단단한 에고는 그따위 것에 흔들리지 않았으니. 게다가 어떻게 보면 강혁이야말로 눈을 이용한 직관으로 상대를 꿰뚫어 보며 살아오지 않았나. 피차 마찬가지라 생각했다.

"생각이 필요하실……"

"가지."

"네?"

"간다고. 미군. 대신 군복은 안 입어."

"어, 그야. 그야 당연한 일입니다."

오히려 당황한 것은 아단이었다. 스승의 성정이 급한 편이라는 것 정도야 잘 알고 있었다. 하지만 이 정도라고? 아직 그 어떤 조건도 제시하지 않았는데 일단 해보자고 한다고? 아니, 지금 내걸고 있는 조건이 기껏해야 군복 안 입는 것이라고? 물론 그 안에 내포된 의미는 군인이 아닌 다른 신분이겠지만. 너무 빠른 결정에 얼떨떨했다.

"생각이 필요해?"

강혁은 와인잔을 빙빙 돌리며 아단을 바라보았다. 아단은 그런 강혁을 보며 저도 모르게 고개를 끄덕였다.

"어, 네."

"오래 걸려?"

"아뇨, 그렇게 오래 걸리진 않습니다."

조건. 조건이라면야 머릿속에 다 있었다. 어떤 것을 주어야 수락할까에 대한 치열한 고민이 왜 없었겠나. 아무리 그간 강혁과 좋은 관계에 있었다고 해도, 아예 미국에서 일하라고 하는 건 커다란 제안이었으니까. 게다가 강혁은 어떻게 봐도 애국자였다. 한국의 시스템을 바꾼 것으로도 모자라 파키스탄이나 스리랑카처럼 한국의 미래 비전에 합치되는 곳에서 한국의 이미지를 높였다. 이 모든 것이 그저 우연이라고 치부할 수 있을까?

'백강혁이 아니라 다른 사람이면…… 그럴 수도 있겠지. 그냥 이리저리 생각 없이 다녔는데, 그게 쿼드고, 그게 인구 2억의 미래 시장일 수 있겠지. 하지만…….'

백강혁은 치밀한 인간이었다. 괜히 대통령이 그에게 고마워하는 게 아니라는 얘기였다. 그의 머리 안에는 늘 큰 그림이 있었다. 그런 인간에게 미군으로 오라는 제의가 가당키가 할까, 이 고민이 아단을 무던히도 괴롭힌 적이 있었다.

'그래요? 근데 거기가 꽃이라고는 하던데.'

용기를 준 것은 리처드였다. 그 후로 대화를 면밀히 전달하라 지시했고 나름 희망을 품었다.

'우리 교수님……. 내가 교수님이라고 부르긴 하지만…….'

실력에 가려져 있던 강혁의 나이가 보여서 그랬다. 누구에게나 교수라 통할 만큼 절대적인 실력을 자랑하는 인간이었다. 하지만 실제 나이는 이제 고작해야 40. 마흔에 봉사만 하러 다닌다는 게 말이나 될 법한 소린가. 부귀영화를 쫓아야 한다는 얘기가 아니었다. 이만한 천재쯤 되면 자기 계발에 대한 욕구가 남다를 수밖에 없었다.

'지금 실력이 자신의 최선이 아니라 생각하고 있다……. 이게 좀 말이 되나 싶기는 한데.'

거기서 어떻게 더 나아질 수 있을까 싶은 생각이 들었지만, 본인이 그렇다는데 뭐 어쩐단 말인가. 게다가 지금 작전에서도 통계를 보면 강혁의 수술 실력은 점점 향상되는 것으로 파악됐다. 리처드도 늘기는 했는데 심지어 그것보다도 더 좋아졌다. 미친 인간이었다.

"교수님."

아단은 강혁에게 받은 시간을 조건 생각하는 데 허비하지 않고, 그저 강혁에 대해 생각했다. 그게 더 효율적이라고 믿었고 실제로도 그랬다. 생각하면 생각할수록 강혁은 괴물이었고 절대 놓쳐서는 안 될 인재였다. 이 인간이 매달 쏟아내는 논문을 토대로 지금도 많은 사람이 살아나고 있지 않나. 그런데 오지의 병원이 아니라 미군 병원에서 근무하면서 쓰는 논문은 또 얼마나 좋겠나.

"응. 되게 빠르네. 너 고민 안 했지?"

"네. 그냥 저희가 드릴 수 있는 건 다 드리려고요. 저는 더 해 드리고 싶은데 눈도 있고 뭐 규정도 있고 저희도 사정이 복잡합니다만, 그래도 최선을 다했습니다."

"들어보면 알겠지."

말은 이렇게 하지만 강혁도 미군이 내거는 조건이 형편없을 거란 생각은 하지 않았다. 만약 그랬다면 아단부터가 이 자리에 오지 못했을 터였다. 강혁이 아는 아단은 그리 뻔뻔한 놈이 아니었으니까.

"일단…… 근무처는 월터 리드 군 의료 센터가 될 겁니다."

"최고의 병원이군."

월터 리드 군 의료 센터의 전신이 되는 월터 리드 육군 병원만 해도 그 규모가 미친 수준이었다. 그러던 것을 베데스다 해군 메디컬 센터와 통합하면서 월터 리드 군 의료 센터가 되었다. 전통적으로 미 육군과 해군이 앙숙인 것을 감안하면 꽤 역사적인 함의가 있는 병원이었는데, 대부분의 군의관이나 의료진에게는 그저 병원이 갖춘 역량이 더 인상적이었다.

'미 대통령도 아프면 이곳에 간다. 그 병이 어떤 질환이든지 간에 상관없이.'

이보다 더한 설명이 필요할까? 군 의료에 대한 신뢰를 굳이 정부 차원에서 끌어 올리려는 일종의 제스처 따위는 아니었다. 정말 최고였다. 대한민국의 군 의료 현실과는 거의 정반대에 서 있다고 봐도 과언이 아니었다.

"네, 그렇습니다. 그곳에서 교수님은…… 외상센터장을 맡게 됩니다."

"그게 되나? 나는 군인도 아닌데."

"그럼 누가 반대할까요. 지금 계속되는 작전으로 교수님 제자들…… 아니지. 제자까지는 아니더라도 교수님 실력을 아는 실무진들이 속속 등장하고 있어요. 게다가 이 근방에서 작전했던 병사들 또는 장교들에게 교수님은 일종의 신입니다."

"뭐……. 그래."

이런 것도 다 계산을 해두긴 했더랬다. 미군 병원에 가보고는 싶은데 또 바닥부터 벅벅 기기는 싫었기 때문이다. 그래봐야 교수 직함이나 던져주면 다행이라고 여겼다. 군은 어느 나라에서나 폐쇄적인 집단이니까. 그런데 이렇게나 해줘? 땡큐였다.

"연봉은…… 글쎄, 얼마를 원하실지는 모르겠는데. 일단 100만 달러입니다."

"100만. 왜 이렇게 많이 줘?"

"그만큼 많이 가르쳐달라는 뜻이죠. 최고의 외상 외과 의사의 대우에 걸맞게 준비했을 뿐입니다."

"좋아."

여기에 뭐 적자 같은 건 어떻게 하나 따위의 질문은 필요 없었다. 미국은 국방 예산의 상당 부분을 의료에 쏟는 나라 아닌가. 말로만 장병 복지에 힘쓴다고 떠드는 게 아니라, 실제로도 그랬다. 괜히 미군이 최강으로 군림할 수 있는 게 아니란 얘기였다. 비단 무기뿐 아니라 정부에 대한 믿음도 한몫하고 있었다. 내가 설령 이 작전에서 잘못된다고 해도 나라는 내게, 그리고 남겨진 사람에게 최고의 대우를 해줄 거라는 믿음. 그 첨병에 있는 것이 바로 월터 리드 군 의료 센터였다.

"그리고…… 한구와 누와라엘리야 병원에 대한 리포트를 작성해서 드리겠습니다. 그렇다고 해서 자리를 비우시는 건 안 됩니다만, 어떻게 돌아가는지 아시는 순간 조치를 취하실 수 있겠죠."

"오, 이건……."

"이건 제가 리처드에게 들어서 만든 조건입니다."

"좋아. 그럼 언제 가지?"

"일단 내년으로 잡아놨는데, 뭐…… 교수님이 원하실 때 언제나 가능합니다."

아단은 한시름 놓았다는 얼굴로 강혁을 바라보았다. 거절할 수 없는 조건이라고는 생각했다. 하지만 스승이지 않나. 어디로 튈지 모르는. 이러다 갑자기 멱살이라도 잡고 바다에 던질 수도 있는 위인이었다. 하늘은 백강혁에게 하늘에 닿을 듯한 실력과 재능 그리고 바닥에 처박힐 듯 이상한 인성을 동시에 주었다.

"뭔 생각 하냐?"

"네? 아뇨. 다행이라고."

"그래? 그뿐이야?"

"네."

"음. 아무튼, 이건 미군의 조건이군."

"네……?"

아단은 이제 아차 싶었다. 어쩐지 너무 순순히 넘어가는가 싶더라니. 이 인간은 역시 만만한 사람이 아니었다. 여기서 미군의 조건이 왜 나온단 말인가.

"이제 너랑은 상관없는 얘기야. 저기 오네, 또 다른 실무자."

"잉?"

미군 말고 또 어디랑 협상이라도 할 생각이었단 말인가. 아단이 이런 생각을 하는데, 뒤에서 누군가가 나타났다. 사복 차림의 사내였는데, 분위기가 묘했다.

"이제 간호장교 노릇은 때려치웠나?"

"스카우트 제의를 하려는데 예의를 지켜야죠. 칼입니다."

"본명?"

"네."

"그래, 백강혁이야."

칼은 나타나자마자 준장 아단 커크를 구석으로 밀고는 강혁과 대화를 이어나가기 시작했다. 탭을 들려주면서였다.

"스미스가 방금 깨어났습니다. 오래 대화할 상태는 아니라……. 제가 전권을 위임받았습니다."

"그래, 말해."

"일단…… 월터 리드 군 의료 센터로 모시려고 합니다. 괜찮을까요?"

"좋아. 아, 잠깐만. 얘 있어도 돼?"

"있으면 블랙리스트가 될 수는 있습니다."

"그럼 들어가라고 하자."

아단은 참 황당하다는 생각이 들었지만, 뭐가 되었건 자리를 비켜주기는 했다. 그가 파악한 강혁의 신분 중에는 CIA 고문도 있었기에 그랬다. 애초에 누와라엘리야 병원에 CIA 화이트 요원이 있지 않나. 저기 누워 있는 스미스만 해도 부국장이고, 여기서 죽지만 않으면 국장이 될 거라는 건 누구나 알고 있는 사실이었다.

'거참.'

그런 상황에 끼어 들어가는 게 과연 온당한 일일까. 아닐 터였다. 자칫하면 정말로 크게 잘못될 가능성도 있었다. 설마하니 미군 장성을 블랙리스트로 삼지야 않겠지만. 뭐가 되었건 앞으로의 행보에 그리 유리할 것 같지는 않았다.

'백 교수님이 내가 바라는 일들만 해주면 돼.'

아단은 점점 멀어지고 있으면서도 자꾸만 강혁을 돌아보았다. 그의 장인이자 캔자스의 상원의원인 커티스를 떠올리면서였다.

'이제 자네도 그만 내 지역구 물려받을 생각을 해야 하지 않겠

나?'

전통적인 공화당 텃밭인 캔자스. 퇴역 군인들의 지지를 받는 이는 곧 캔자스의 지지를 받는 사람이라고 봐도 과언이 아니었다. 그러한 지점에서 아단은 퍽 유리한 고지에 있었다. 그가 의무사령부에 있으면서 안 그래도 괜찮았던 미군의 의료 복지가 점점 더 좋아지고 있었기에 그랬다. 거기에 백강혁의 활약이 더해지면 어떻게 될까. 상원의원도 꿈은 아니었다.

'나참……. 내가 정치라니.'

할아버지는 1차 세계대전 참전 용사, 아버지는 베트남전 참전 용사였다. 덕분에 아단 커크의 선택지는 폭넓지 않았다. 군인 말고는 생각해본 적이 없었다. 그러나 상황은 늘 자기 생각대로만 돌아가는 건 아니었다. 정신을 차려보니 어느새 군복을 벗고 의원 배지를 달고 있는 자신을 꿈꾸고 있었다.

'하여간 백 교수님, 잘해주고 계십니다.'

강혁을 이 근방 작전에 투입시키자고 한 것이 대체 누구 아이디어였겠나. 놀랍게도 CIA의 스미스와 의견이 합치되어 현실로 이루어지긴 했으나, 국방부의 반대를 무릅쓰고 진행했던 일이었다. 그 결과 국방부는 높디높았던 자존심을 꺾고 강혁을 정식으로 초빙하게 되었다. 그간 보아온 강혁의 실력은 사람의 것이 아니라 기적 그 이상의 무언가였기에 그랬다. 죽었어야 할 병사나 장교들이 멀쩡히 걸어 다닐 수 있게 된 건, 돈과 치환할 수 있는 게 아니지 않나.

"아직도 보고 있네요."

그런 아단을 CIA 요원 칼이 돌아보았다. 어딘지 모르게 짓궂은 얼굴을 하고서였다. 저변에는 강혁에 대한 시험도 깔려 있었다. 스미스라면 결코 하지 않았을 행동이었다. 하지만 정보 요원의 습관이라고 해야 할지, 아니면 습성이라도 해야 할지 모르겠는 이 행위를 칼은 도저히 참을 수가 없었다.

"별 상관없지 않나? 어차피 쟤 한 1, 2년 뒤면 퇴역하고 정치할 텐데."

강혁은 그런 칼을 마주한 채 대수롭지 않다는 얼굴로 대꾸했다. 그 바람에 칼은 잠시 강혁이 한 소리가 정말로 대수롭지 않은 줄 알았다. 얼마 지나지 않아 말뜻을 완전히 이해했을 땐 저도 모르게 놀란 얼굴을 할 수밖에 없었다. 당황을 금치 못했단 뜻이었다.

"알고…… 계셨나요?"

이제 강혁이 짓궂은 얼굴을 하고 칼을 바라보고 있었다.

'넌 아직 급이 안 된단다.'

스미스가 다쳤으리라고는 상상하지 못했던 것이 맞기는 했다. 얌전히 본국으로 돌아가서 국장에 오르면 되는 사람이 대체 왜 작전도 끝난 곳에서 다 죽어가는 모습으로 나타난단 말인가. 하지만 그 외에 모르는 것이 있을까. 강혁의 정보망은 알게 모르게 이곳저곳에 뻗어 있었다. 특히 그가 가까운 시일 내에 가게 될지도 모르겠다 생각했던 곳에 대해서는 아주 촘촘하게 뻗어 있었다.

"모르면 멍청이지. 저놈 행보가 바뀐 게 벌써 언젠데."

"무슨 소리이신지."

"시치미 떼지 마. 군인으로서 내릴 수 있는 결심과 정치인으로서 내릴 수 있는 결심은 아예 다르잖아."

"아."

옳은 말이었다. 군인으로서 옳은 일과 정치인으로서 유리한 일은 종종 어긋나기 마련이었다. 좋게 말하면 시야가 넓어졌다고 할 수 있었고, 반대로 말하면 사람이 변했다고 할 수도 있었다.

CIA에서도 아단 커크의 행보는 알고 있었다. 제아무리 독립적인 정보 집단이라지만, 냉전이 끝난 이후 CIA의 권한과 존재 의의는 끝 모를 추락 중이지 않나. 정치인의 성향을 파악하는 건 이제 CIA의 생존 전략이 되어 있었다.

"아무튼, 계약 조건을 읊어볼까?"

"아, 네."

하여간 강혁이 예상외의 선공을 먹인 덕에 칼은 마음가짐을 달리 먹고 있었다. 우연히 때려 맞혔다고 해도 꽤 놀랄 만한 일이었을 텐데 근거 또한 놀라운 일이었다.

'하긴…… 스미스 부국장님이 괜히 관심을 두시는 게 아니지.'

오죽하면 의사 말고 다른 인간이었으면 죽였거나 무조건 뽑았을 거라고 했겠나. 그만큼 엄청난 인상을 남겼단 얘기였다. 스미스라는 인간이 여간해서는 놀라지 않는다는 걸 생각해보면 백강혁이 얼마나 대단한 사람인지 유추할 수 있었다. 사실 이건 그저 나열된 정보만 들여다봐도 알 수 있는 일이긴 했다. 의사 백강혁은 그야말로 말이 안 되는 인간이었다.

"미군 측에서 제시하는 연봉과는 별개로…… 100만 달러가 더 지급될 겁니다. 이건 현금이라 그냥 마음대로 쓰셔도 좋아요."

"좋아."

"그러나 전에 요청해주신 거 읽어봤는데, 아무래도 한구는 어렵습니다."

"아예 철수야?"

"네. 대통령 각하의 의지가 너무 강합니다. 그리고……."

"뭐, 할 수 없지."

대통령의 의지가 어떻게 그렇게 강할 수 있겠나. 미국은 민주주의 국가이니, 사회적인 합의가 그쪽으로 이루어졌다고 봐야 했다. 다시 말하면 한구 지역에서 미군이 피를 흘리고, 돈을 뿌리는 것을 미국 국민이 더 이상 원하지 않는다고 봐야만 했다. 그 와중에 강혁이 강하게 요구하면 어떻게 될까?

'어떻게 되긴 뭐가 어떻게 돼. 그냥 감정만 서로 상하고 마는 거지.'

강혁은 아예 불가능한 일에 대해서는 미련을 갖지 않게 되었다. 예전엔 의지만 있으면 뭐든지 다 할 수 있을 거라 믿기도 했었다. 하지만 점점 많은 일을 추진해보고, 또 나이가 들다 보니 생각이 많이 바뀌었다. 세상엔 그냥 안 되는 일도 있는 법이었다.

"누와라엘리야는?"

"이쪽은 중요하죠. 오히려 작전이 확대될 수도 있습니다. 걱정 안 하셔도 됩니다."

강혁은 칼의 말에 고개를 끄덕였다. 기분 좋은 대답이었다. 동시에 예상했던 답이기도 했다.

'쿼드…….'

미국, 영국, 인도, 일본을 중심으로 하는 비공식 안보회의체. 대놓고 누군가를 저격하지는 않았으나 참여하고 있는 국가들의 면면만 봐도 중국을 타깃으로 하고 있다는 것 정도는 쉬이 알 수 있었다. 여기에 몇몇 나라를 더해 쿼드 플러스를 이루겠다는 언급도 했을 지경이니만큼 이 지역에 대한 작전은 더 강화될 것이 자명했다. 결국 미국은 중동에서 철수하는 대신 중국을 새로운 적으로 삼은 셈이었다.

'그런 건 모르겠고.'

하여간 강혁에게는, 그리고 누와라엘리야에는 잘된 일이었다. 강혁이 미국에 협력하는 한 이곳에 대한 지원은 계속될 수밖에 없을 테니. 게다가 스리랑카는 인도와 달리 중국의 일대일로에 일정 부분 협력하고 있던 상황이지 않나. 이게 어그러지게 된다면, 중국에는 뼈아픈 손실이 될 터였다. 그리고 적의 손실은 곧 즐거움이었다.

"좋아. 그럼 그렇게 알고. 내가 거기서 뭘 해야 할까"

강혁은 그렇게 머릿속을 정리하면서 칼을 바라보았다. 무언가 알고 있다는 눈이었다. 순간 칼도 알 수 있었다. 이 인간은 이미 내가 무슨 소리를 꺼낼지 훤히 들여다보고 있다는 것을. 대체 어떻게 그런 것이 가능할 것인지는 당장 알아낼 수 없었다. 다만 스미스가 했던 말이 떠올랐다.

'내가 유일하게 완전히 파악하지 못한 인간이 백강혁일세. 어

디 산에 숨은 것도 아닌데……. 이상한 사람이야.'

입맛을 다시면서였다. 탐이 난다는 뜻이었다. 그때는 이해가 가질 않았다. 세상에서 제일 우수한 사람들을 많이 보유한 집단의 수장이 대체 뭐가 아쉬워서 일반인을 욕심내는 걸까. 하지만 대면해보니 바로 알 수 있었다. 이 인간에게는 불가해의 영역이 있었다.

"역시 치료입니다."

그러나 이런 감 때문에 밀고 당기기에서 지고 싶진 않았다. 그래서 괜히 모호한 말부터 던져보았다. 어느새 스미스가 했던 말은 까맣게 잊고 있었다.

'그 인간 심기는 거스르지 마.'

심지어 예전에 들었던 말이 아니라, 비교적 최근에 들은 말이었다. 그럼 좀 더 심각하게 생각했어야 했는데, 칼은 자존심 때문에 잠시 본분을 잊고야 말았다. 다행이라면 강혁이 지금 꽤 기분이 좋다는 점이었다. 하여간 누와라엘리야를 떠날 수 있단 생각이 들었다는 건, 그만큼 그 지역이 정상화되었다는 얘기 아니던가.

"그래, 치료겠지. 근데 미군이나 CIA 등 원래 미국 정부 소속 인원은 딱히 내게 따로 부탁할 이유가 없잖아? 똑바로 말 안 해?"

물론 말이 곱게 나가진 않았다. 실제로 저 멀리 서 있던 아단은 소름이 돋아나는 걸 느끼고 있었다. 안광. 보통 호랑이 같은 맹수에게서나 보인다는 안광이 강혁의 눈에서 뿜어져 나오고 있었다.

'확실히 저 인간은 이상해…….'

아단은 몸을 부르르 떨었다. 가까이에 있던 칼은 두말할 것도 없었다.

"어……."

"아, 내가 좀 오버했나."

강혁은 부들부들 몸을 떨고 있는 칼을 보며 껄껄 웃었다. 오늘 하루 종일 눈을 사용했더니, 그만 오버한 모양이었다. 이렇게까지 겁을 줄 생각은 없었다. 뭐가 되었건 이거저거 주러 온 인간이 아닌가. 해서 강혁은 칼의 어깨를 쿵쿵 두드려주었다.

"아무튼, 니네가 데려오는 신원 미상의 인간들도 살려주면 되는 거지? 어떻게 다쳤는지는 불문에 부치고."

"어……. 네."

거친 행동과는 달리 입에서 튀어나오는 분석은 정확하기 이를 데 없었다. 보다 구체적으로 말하면, 죽으면 좀 곤란한 범죄자들을 맡길 예정이었다. 가령 이 새끼가 입을 열어야 뭐가 좀 될 것 같은데, 죽어버리면 안 되는 상황들이 있지 않나. 영화에서야 주인공이 적을 제압하고자 마음먹으면 별 피해 없이 잡을 수 있었지만 현실에서의 범죄자들은 누가 상대건 간에 총을 마구 쏴댔다. 심지어 권총이 아니라 샷건 등 근거리에서 맞으면 반드시 죽는다고 봐야 할 것들을 쐈다. 그런 상황에서 진압이 다소 거칠어지는 건 피할 수 없는 일이었다.

"눈알 굴리지 말고. 너 나랑 더 눈 마주치면 기절할걸?"

"아, 네. 죄송…… 어……."

"아, 기절했네."

아직은 끝이 아니야

강혁은 스미스가 깨어나는 것을 보고, 그러니까 죽지 않을 거라는 확신을 갖고 카라치를 떠났다. 비행기는 항공모함을 거쳐 즉시 누와라엘리야로 돌아왔다.

'그렇게 고생한 것 같지는 않네.'

강혁은 편안한 얼굴들을 하고 있는 누와라엘리야 병원 일원을 돌아보며 미소 지었다. 다음 주에도 또 다른 봉사단이 오는 터라 준비를 했어야 했을 텐데, 그럼에도 썩 분위기가 괜찮았다. 태화 봉사단을 겪으면서 노하우가 쌓인 덕도 있었고, 애초에 태화 봉사단에 비하면 이번 봉사단의 규모가 훨씬 작아서이기도 했다. 사실 태화 봉사단이 말도 안 되는 규모로 온 것이기도 했다. 그 규모에 비해서 많은 일을 하기도 했고.

"살았어요?"

제일 먼저 다가온 것은 놀랍게도 리처드였다. 강혁은 그런 리처드를 보면서 계약 사항을 떠올렸다.

'아, 리처드가 보조로 발령이 날 겁니다. 직급이야 높아지지만……. 하여간 교수님 밑이에요.'

딱딱한 스카우트 제의에 관한 얘기가 끝난 다음엔, 다시 아단과 회포를 풀었다. 뭐가 되었건 간에 스승과 제자 아니던가. 그중에서도 아단은 나름 특별한 놈이었다. 한국에서 한번 우연히 마주치기도 했고, 또 본인의 열심과 야욕으로 인해 지금 이 시점에서는 제일 출세한 놈이었다.

"아, 리처드."

그런 아단이 강혁에게 리처드를 덤으로 팔았다. 강혁으로서는 거절할 이유가 단 하나도 없었다. 어차피 그가 강요했을 때, 그 강요를 거부할 수 있는 인간은 드물 터였다. 하지만 이미 손발이 딱딱 맞도록 만들어둔 제자 대신 다른 놈을 쓸 필요가 있을까? 별거 아닌 케이스라면야 그래도 상관없겠지만 어려운 케이스에서는 누가 보조로 들어오느냐도 꽤 중요했다.

"네. 표정이 왜 그래요? 왜 저를…… 왜 저를 그런 눈으로."

강혁으로서는 실로 드물게 안쓰럽다는 눈으로 리처드를 바라보고 있었다. 예전의 리처드였다면 또 모를까, 이제 리처드도 눈치가 백 단이 된 지 오래였다. 그 눈치를 발휘하지 않고 강혁에게 개기는 것을 즐겨서 그렇지, 강혁의 생각이 대강 어떠한지를 읽어낼 수 있게 된 지 오래였다.

"아니, 뭐. 다 살렸어."

"그거 말고. 그거 말고요. 왜 나를 그렇게."

"이따 얘기하자."

"아니, 뭐야 이거."

강혁은 불안한 기색이 역력해진 리처드를 밀어냈다. 그러곤 한유림과 최윤섭을 불렀다. 둘이 이 병원 최연장자이지 않나. 일이 없는 날에는 대개 이 둘이 먼저 열외로 빠지는 편이었다. 덕분에 강혁의 부름에 둘 다 곧바로 응할 수 있었다.

"어, 왜."

"왜 불렀냐, 제자야."

강혁은 둘의 말에 잠시 대꾸하지 않고 그저 바라보았다.

'누굴 남길까.'

생각을 읽을 수 있다면 둘 다 소름이 쫙 돋았을 터였다. 둘 다
봉사 정신이 그야말로 투철한 인간들이지만 강요로 오지에 남는
건 사양이었기에 그랬다. 누구라도 그럴 터였다. 강혁도 알고 있
었지만 무시하기로 했다.

"한 교수님."

"어."

"전에 제의받은 게 뭐라고요?"

"아……."

일단 한유림을 바라보았다.

"뭐…… 중앙의료원 원장으로 와달라고 하던데. 한국대학교
병원에서 있던 제안은 태화로 바뀌면서 쑥 들어갔고. 그래서 중
앙의료원 좀 보고 있지."

"중앙의료원."

"응. 거기 좋잖아. 왜, 나 내년에도 부리려고? 안 돼. 딸내미 보
고 싶어."

딸. 한지영. 강혁도 아는 친구였다. 곧 인턴 들어갈 사람, 그러
니까 어엿한 의사가 될 몸이었다.

"거기로 가면 여기 단기 봉사단 꾸리는 데 도움이 좀 되려나?"

강혁은 넌지시 질문을 던졌다. 아까하고는 살짝 분위기가 바뀌어 있었다. 한유림도 즉시 캐치할 수 있을 정도로 노골적인 변화였다.

'이거 중요하다. 이건 사실상 질문이 아냐.'

여기서 중앙의료원 원장이 얼마나 바쁜 사람인데, 뭐 이따위 소리를 했다간 어쩐지 이 오지에 계속 처박혀 있게 될 것 같았다. 강혁과 오래 같이해 온 경험이 이 감을 무시해서는 안 된다고 말하고 있었다.

"할 수 있지. 아니, 해야지. 그거 하려고 가는 거야."

해서 한유림은 마치 처음부터 그럴 생각이었다는 듯, 확신을 담아 말했다. 어찌나 열심인지 강혁도 살짝 속을 뻔했다. 사실 중요한 건 그런 게 아니었다. 지금 생기긴 했으나, 하여간 강력한 의지가 느껴지지 않나.

'그래, 뭐. 해라. 풀어주마.'

생각해보니 결혼도 했었고, 심지어 애도 있는 양반 아닌가. 거기에 더해 이렇게 누와라엘리야의 존속을 위해 일도 해주겠다는데 뭐 하러 붙잡을까.

"노인네는 제의 있어요?"

강혁은 이미 결론을 내린 채 최윤섭을 바라보았다. 새삼스럽게 그의 스승의 삶은 비참하기 이를 데 없는 것이었다. 너무 빨리 중증외상센터의 필요성을 말한 탓이었다. 학계에서는 이단아로 찍혔고, 정부는 외면했고, 국민은 아예 알지도 못했다. 제안이 있을까? 그럴 리가 없었다.

"없지."

그럼에도 최윤섭은 당당한 얼굴이었다. 남들은 알아주지 않았으나, 본인 스스로는 떳떳한 삶을 살았다 자부하고 있어서 그랬다. 한 가지 한이 되는 게 있다면 바로 한국의 중증외상 시스템이었는데, 그건 훌륭한 제자가 정상화시켜주었더랬다. 어찌 보면 자신이 심은 씨앗이 자신이 없는 사이에 개화했다고 볼 수 있지 않을까? 그런 생각이 밑바탕이 되어 최윤섭은 최근 언제 어디서건 가슴을 펴고 있을 수 있었다.

"그래요. 음. 여기 어때요?"

강혁은 그런 최윤섭의 속을 꿰뚫어 보았다. 아니, 이런 표현은 좀 이상했다. 최윤섭은 속을 숨기지 않는 인간이니까. 옆에 있는 한유림조차도 최윤섭이 평소 뭔 생각을 하고 사는지 다 알고 있을 지경이었다.

"좋지. 보람도 있고……. 무엇보다 할 수 있는 일이 아직도 많아."

"그렇죠."

할 수 있는 일이 많다. 아직 쓰임새가 있다. 다른 이에게는 별 의미가 없는 말일 수도 있었다. 가령 백강혁에게는 이런 말이 하등 쓸모없는 것이었다. 단 한 번도 쓰임새가 없었던 적이 없었으니까. 하지만 최윤섭은 어떤가.

'우리 노인네…….'

보통 교수 출신이 밖으로 나가면, 그래도 대우를 받기 마련이었다. 그럴 수밖에 없었다. 교수 자체도 능력이 있겠으나, 한국에

두고 온 인적 네트워크가 보통이 아니어서 그랬다. 특히 수직적인 문화가 완전히 자리하고 있는 대한민국 의료계에서는 더더욱 두드러지는 현상이었다. 하지만 최윤섭은 예외였다. 학계에서 버림받은 교수를 대우하는 곳은 없었다. 그곳이 심지어 봉사 단체라 해도 그랬다.

"나는 여기가 좋아."

그의 삶에서 이곳은 특별했을 터였다. 일단 백강혁의 스승이다 보니 누구나 최윤섭을 어려워했다. 단지 얼굴 때문에 어려워하는 게 아니라, 진짜로 인간에 대한 존중 때문이었다. 게다가 할 일이 산적해 있었고, 무언가 일을 하면 반드시 티가 났다. 사람들이 살았고 앞으로의 삶을 이어나갈 수 있었다. 무엇보다 이곳 사람들이 누와라엘리야 병원을 통해, 그리고 자신을 통해 희망을 품기 시작했다.

"그래요."

싫다고 해도 남으라고 할 생각이었다. 지금 최윤섭이 하고 있는 생각들을 근거 삼아서 설득할 생각이었다. 이 나이에 다른 곳에 가봐야 뭘 할 수 있을 것 같냐. 그저 이곳에서 뼈를 묻어라. 이곳이 어떻게 변화하는지 두 눈 똑바로 뜨고 봐라. 그리고 그 변화에 계속해서 일조해라.

'아, 씨. 이 노인네.'

한데 이미 그럴 생각이었을 줄은 몰랐다. 강혁은 잠시 말을 잇지 못했다. 갑자기 최윤섭이 이날까지 걸어온, 그러니까 나이 일흔이 넘은 노인의 길에 대한 회한이 전해져 와서 그랬다.

"어흑."

울음을 터트린 것은 한유림이었다. 나이대가 비슷하다보니 서로 얘기를 많이 하지 않았나. 서로에 대한 이해가 있을 수밖에 없었다.

"왜 울고 그러나. 나는 여기서 비로소 행복을 찾았어."

최윤섭은 한유림의 어깨를 툭툭 두드려주었다. 지금 울어야 할 사람은 정작 최윤섭일 텐데, 워낙 험악한 삶을 살아와서 그런 가. 눈물도 죄 말라버린 모양이었다.

'아니, 아냐. 어쩌면…….'

그래도 저 고독한 노인이 이곳에서 안식을 찾은 것일는지도 몰랐다. 어쩌면 저 인생에서 처음으로 결실을 보는 기간일 수도 있었다. 그게 지나치다 싶을 만큼 늦어지기는 했지만, 그럼에도 의미가 있는 일이었다. 어떤 생은 평생 결실을 맺기는커녕 그러 기 위한 노력도 하지 못하고 마감하기도 하니까.

'하여간 그래도…… 좋네. 저 노인네면 믿을 수 있지.'

아직 실력은 좀 처지는 편이었다. 아마 앞으로도 그럴 터였다. 냉정한 평가란 생각이 들 수도 있을 텐데, 강혁이 볼 때 이미 최 윤섭은 꺾인 지 오래된 의사였다. 그 실력을 그나마 오래 유지하 게 만드는 것이, 강혁이 여기에 남아 있는 동안 해야 할 일일 터 였다.

"그러면…… 성지는 어떻게 할까요?"

물론 그 전에 결정해야 할 일이 있었다. 2호 강성지에 대한 일 이었다. 최윤섭은 그런 강혁을 보며 어리둥절한 얼굴이 되었다.

"그 녀석은 그 녀석이 알아서 해야지?"

"바늘과 실처럼 따라다니는 거 아니었어요?"

"그거야 둘 다 인생 헤매고 있을 때 얘기지. 나는 이제 이곳에서 안식을 찾았다니까. 그 녀석도 마찬가지라면 남는 거고, 아니라면 떠나야지."

"아."

그렇군. 강혁은 고개를 끄덕이고는 몸을 일으켰다. 자신의 동기이자, 어쩌면 여전히 인생의 의미를 찾아 헤매고 있을 2호 강성지를 찾기 위함이었다. 인생은 헤매고 있을지언정 사람은 살리고 있었으므로, 녀석은 지금도 병원에 있을 게 뻔했다.

"어디 갔어, 이 새끼."

예상과 달리 강성지를 찾기란 그리 쉬운 일이 아니었다. 진료실에 있나 하고 가봤는데 보이지 않았다. 수술실에도 가봤는데 보이지 않았다.

'뭐지?'

농땡이 피우고 있나 싶었다. 생각해보면 그것도 아주 이상한 일은 아니긴 했다. 애초에 우리 2호가 여기저기 봉사 다녔던 이유를 생각해보면 더더욱 그랬다. 최윤섭은 한국에서 겪은 좌절을 외국에서 일정 부분 해소하기를 원했던 반면, 녀석은 자기 스승 외에는 마음 둘 곳을 찾지 못했을 뿐이었다.

'내놓은 자식이라고 했나.'

어릴 땐 그런 강성지도 배부른 소리 하는 놈이라 생각했다. 뭐가 되었건 가족이 있기는 있었으니. 하지만 살다 보니 어떤 가족은 없느니만 못하다는 걸 자연스레 알게 되었다. 강성지의 가족이 그러한 부류에 속했다. 빚을 지고, 마약을 한다는 건 아니었다. 그저 강성지를 끝도 없이 괴롭힐 뿐이었다.

"후우."

강성지를 발견한 것은 병원 뒤편 구석이었다. 뭉게뭉게 피어오르는 연기 사이로 회한에 젖은 얼굴을 하고 있는 녀석이 보였다.

"어어."

그는 강혁을 발견하자마자 급히 담배를 바닥에 비벼 껐다. 사실 강혁이 병원 근처에서 흡연을 금한 것도 아닌데, 이 녀석 앞에서는 어쩐지 이런 모든 것들이 꺼려졌다.

"뭘 그렇게 끄냐. 내가 교장이냐? 너 고딩이야?"

"아니, 의사가 담배 피우는 게."

"그렇게 따지면 나도 술 마시면 안 되지."

"아, 그런가."

"아무튼, 껐으니까 다시 피우지는 말고. 나 담배 연기 싫어해."

강혁은 괜찮다는 말에 장초 한 개비를 더 꺼내 물려는 강성지를 말렸다. 말로만 말린 게 아니라 손에 쥐고 있던 것을 휙 뺏어다가 바닥에 던졌다.

'내가 이래서 끄려고 했나.'

강성지는 멍한 얼굴로 바닥에 널브러지는 하얀 담배를 바라보았다.

"몸에 좋지도 않은 걸 뭘 그리 아깝다는 얼굴로 쳐다보고 있냐."

"아니……. 방금은 너도 술 마신다며."

"술은 사람마다 조절할 수 있는 양이 있잖아. 담배는 그런 게 없지."

"음."

확실히 담배는 한 개비, 두 개비까지는 괜찮다느니 하는 연구가 없었다. 하나라도 피면 그대로 악영향을 미쳤다. 해독 불가능한 독. 그것이 담배의 또 다른 이름이었다.

"근데…… 웬일이냐? 이 시간에."

강성지는 담배 피우는 것을 포기한 채, 병원 벽에 기대었다. 차디찬 콘크리트 벽 덕분에 정신이 살짝 깨는 듯한 기분이 들었다. 피곤한 하루에 위안이 된달까.

"너 앞으로 어쩔 셈이야?"

강혁은 그런 강성지를 마주한 채 질문으로 응수했다. 옛날보다 참 많이 늙었다는 생각을 하면서였다. 강혁에 비하면 혼자 수십 년을 더 살았나 싶을 지경이었다. 눈가에 자글자글한 주름은 물론이거니와, 무척 지쳐 보이는 인상을 하고 있었다. 아무래도 신나는 인생은 아닌 모양이었다.

"앞으로? 나야 뭐……."

"난 올해까지만 여기 있을 거야."

"어? 야, 그게 말이 돼? 네가 여기 만들고…… 운영도……."

"이제 시스템이 다 갖춰졌잖아. 누구라도 와서 책임지고 하면 돼. 노인네가 해주기로 했으니 더할 나위 없지. 갑자기 급사라도 하지 않는다면."

"아, 노인네가 여기 있을 거래? 그럼 나야 뭐."

최윤섭 얘기가 나오자 강성지는 뭔가 체념한 듯한 얼굴로 고개를 끄덕였다. 여기에 남겠다는 뜻일 텐데, 저변에 깔린 감정은 최윤섭과는 전혀 달라 보였다. 하는 수 없지. 이 말을 입 밖에 내지 않았음에도 뜻을 분명히 하는 듯한 기분이 들었다.

"노인네는 너는 너 알아서 하라는데?"

"응? 나? 나는…… 나는 그냥 노인네 따라다니는 게 좋은데."

"그보다는 한국에 들어가기 싫은 거 아냐?"

"음."

강혁은 품 안에 있던 위스키를 강성지에게 건넸다. 미군 수통 같이 생긴 물건이었는데, 강성지는 이 새끼는 대체 뭔데 이런 걸 들고 다니나 하는 얼굴을 하고 있었다. 물론 그것도 잠시일 뿐이었다. 마침 술이 고파지던 참이지 않나. 강성지는 냉큼 술을 받아 마셨다.

"크. 이거 뭐야."

"말해주면 알고?"

"모르지."

"그럼 그냥 마셔. 맛있는 술이야."

"뭔 술에서 바비큐 향이 나."

"오, 입맛이 아주 엉망은 아니네."

그러곤 강혁을 바라보았다. 분명 자신에 비해 처지가 그리 낫지 못했던 친구였더랬다. 아니, 거의 최악이었다. 집이고 뭐고, 그냥 아무것도 없었다. 떠돌이로 살아온 세월도 그리 짧은 게 아

니었다. 그러나 친구는 취향이 분명한, 이제 곧 마흔이라는 나이
에 부끄럽지 않아도 될 만한 어른이 되어 있었다.

'나는 뭐 하는 거지.'

그나마 취향을, 그러니까 내가 좋아하는 걸 찾아보자면 아까
바닥에 떨어진 담배뿐이었다. 세상에. 명색이 의산데 담배가 유
일한 기호라고? 아니, 이런 걸 기호라고 할 수 있나. 그저 끊지
못해 피우고 있을 뿐이었다. 생각해보니 담배 중에서 뭘 좋아하
냐고 물으면 답하기가 어려웠다. 그냥 그때그때 손에 집히는 걸
피워왔으니.

"하여간 네 마음대로 하래. 뭐 할래?"

"음."

"모르겠어?"

"어, 모르겠어. 내가 뭘 하고 싶은 건지 모르겠다, 나는."

강혁도 친구를 바라보고 있었다. 외과에 왜 들어왔냐는 말에,
가족들이 제일 싫어할 것 같아서라는 황당한 말을 했던 친구였
다. 어쩌면 지금도 가족들을 애태우기 위해 오지를 떠돌고 있는
건지도 몰랐다. 어릴 때부터 강제로 가업을 물려주려고 애쓴 아
버지에게 복수하려고.

'복수라.'

강혁은 당연하게도 평화주의자는 아니었다. 그 스스로가 복수
로 점철된 삶을 살아오기도 하지 않나. 심지어 자기가 당한 게
아니라, 약자가 당한 것에 대해서도 복수를 감행했을 지경이었
다. 하지만 그런 강혁에게도 무의미하다고 여겨지는 복수가 하

나 있었다. 자기 자신을 괴롭히는 종류의 복수.

"내가 제안 하나 할까."

강혁은 자신이 건네준 독한 위스키를 꼴깍꼴깍 마시고 있는 강성지에게 물었다.

'저거 저렇게 먹는 거 아닌데.'

술이 아까워서는 아니었다. 물론 더럽게 비싼 술이기도 했지만……. 이 술은 한 모금 입 안에 머금고 있으면서 향과 맛을 음미하고, 넘기고 나서는 내쉬는 숨을 음미하는 종류의 술이었다.

'개발에 편자로구나.'

하긴 따지고 보면 강혁의 잘못이었다. 술이라고 하면 단지 취하기 위해 마실 뿐인 놈에게 이런 술을 건네줬으니 당연한 거 아닌가.

"제안? 그래, 뭐. 네 말이라면."

게다가 이 술은 도수가 40도가 넘는 독주였다. 그걸 빈속에 들이켰으니 삽시간에 알딸딸해지는 것도 무리는 아니었다. 어느새 강성지의 얼굴에 붉은 기가 맴돌기 시작했다. 강혁은 친구의 어깨를 두드려주며 말을 이었다.

"일단 노인네랑은 떨어져."

"응?"

"노인네는 여기서 죽을 거래. 무슨 뜻인지 알겠어?"

"아."

최윤섭이 여기서 죽기로 했다. 강혁보다는 오히려 강성지에게 더 울림이 있는 말이었다. 그간 함께 굴러온 세월이 압도적으로

긴 데다가, 그 세월의 밀도조차 압도적이어서 그랬다.

'노인네는 여기서…… 의미를 찾았구나.'

그래, 그럴 것 같았다. 언제부터인가 최윤섭의 표정 자체가 달라져 있지 않던가. 그래서 그런가. 현지인들이나, 심지어 아이들조차 최윤섭을 그리 두려워하지 않고 있었다. 아무리 무서운 얼굴도 진심으로 행복해져서 웃으면 좋게 보이는 모양이라고 생각했다.

"그럼 나는 어쩌지."

"나는 네가 한국으로 들어갔으면 좋겠어. 더 많은 사람을 만나고 관계를 맺고, 뭐 그렇게. 그래, 평범하게 살아봐."

"그건 무리야."

부럽다는 생각이 들었다. 최윤섭이. 어쩐지 자신에게는 그러한 안식이 찾아오지 않을 것 같아서였다. 벌써 몇 번이나 노인네에게서 이런 식의 복수는 너를 해칠 뿐이란 말을 들었음에도, 그의 분노는 활화산처럼 가라앉질 않았다. 그리고 그건 강혁도 잘 알고 있었다.

'간혹 밤에 울부짖는 소리가 들리지.'

강성지의 아버지는 꽤 힘 있는 사람이었다. 어릴 때는 두들겨 팰 수 있었고, 나이가 든 후에는 돈으로 휘두를 수 있었다. 그래서 그 둘 모두에서 벗어나려고 향했던 봉사 현장에서는 권력을 휘둘렀다. 정말이지 평생을 아버지의 그늘에서 지내야 했다는 뜻이었다.

"뭐, 그것도 네 선택이지."

강혁은 강성지를 보며 말을 이었다. 사실 한국에 돌아가리라고는 기대도 안 했더랬다. 이 자식의 상처를 이제야 어느 정도 알 것 같아서였다. 아니, 어쩌면 지금 파악하고 있는 것조차 빙산의 일각일 수도 있었다.

"응? 빨리 포기하네?"

"고집 세잖아. 안 그랬으면 저 노인네랑 아직도 같이 다닐 수가 없지."

"그건 그래."

"그럼 나 따라와."

"어……? 어디로. 너 한국 돌아간다는 거 아냐?"

강혁은 어리둥절한 얼굴이 된 강성지와 마주했다. 빙그레 웃으면서였다.

"한국엔 양재원이 가야지. 한유림도 가고. 나까지 가면 둘 중 하나는 밀려서 안 돼."

"아니…… 그럼 너는 어디?"

"미국."

"미국……?"

"오래. 나름 최고의 병원이야. 내가 원하는 놈 하나 정도는 꽂아줄 수 있어."

"음."

오지만 떠돌던 사람에게 미국이라는 이름이 갖는 의미는 좀 남다를 수밖에 없었다. 왠지 모르게 그 옛날 사람들이 떠들어대던 아메리칸 드림이라는 단어가 제일 먼저 떠올랐을 지경이었다. 강혁은 그런 강성지의 속내를 꿰뚫어 보며 말을 이었다.

"다른 생각 하지 말고 가서 실력 쌓는다고 생각하라고. 그럴 수 있는 곳이니까."

"실력이라."

"그러고 나서 돈이 벌고 싶으면 돈을 벌고, 봉사하고 싶으면 봉사해. 명예를 좇고 싶어지면 그것도 좋지. 하여간 그 병원은 다 가능하게 해줄 수 있는 곳이야."

거짓말은 아니었다. 그곳에서 일하려면, 미국에서도 최상위에 속해야 했으니까. 그곳에 가는 것이 강성지에게 진짜로 득이 될지 어떨지는 사실 강혁도 알 수 없었다. 강혁은 신이 아니니까. 하지만 이 녀석도 이제 변할 때가 되었다는 것쯤은 알고 있었다. 그리고 그러기 위해서는 환경도, 주변의 사람도 바뀌어야만 했다.

"고민해봐. 근데 나는 네가 같이 갔으면 좋겠다."

"어, 알았어."

해서 강혁은 술통을 아예 남겨준 채, 뒤뜰을 빠져나왔다. 그가 이곳에 끌어들였던 또 다른 인간들을 만나기 위함이었다.

'말 나온 김에 재원이부터 봐야겠네.'

빽질거리고, 행동도 굼뜨고, 하여간 강혁에 비하면 여러모로 모자란 새끼지만 지금 이 순간 대한민국의 외상센터를 맡길 수 있는 사람을 하나만 대라고 하면 강혁은 주저 없이 양재원을 댈 터였다. 녀석은 실력도 강단도 그리고 인품도 그에 걸맞은 사람이 된 지 오래였으니까. 수제자. 그래, 수제자였으니까.

재원은 수술 마무리 중이었다. 덕분에 강혁은 바로 재원과 만나지 못하고 조금 기다려야만 했다. 강혁같이 성질 더러운 인간이 어찌 그럴 수 있을까 싶을 수도 있겠으나, 뭐가 되었건 간에 집도의로서의 권위는 인정하는 사람이기에 가능한 일이었다.

"어……, 왜요?"

그렇게 기다린 사람에게 재원은 깐족거렸다.

"으, 으어."

그리고 응징을 당했다. 한참 동안 관자놀이 부근에 아주 강력한 공격을 당한 재원은 낑낑거리며 바닥을 기어야만 했다. 잠시 내가 왜 그랬을까 하는 생각이 들었으나 그건 정말이지 잠시뿐이었다.

"아니, 왜 때려요!"

"때린 건 아닌데?"

"와……."

"그냥 주먹으로 얼굴 비빈 건데. 뭘. 그게 아파?"

"제가 해볼까요? 아픈지 안 아픈지?"

"오, 그래? 해볼래?"

너무 아파서 그랬다. 정신이 돌 정도로 아팠다. 하지만 강혁이 들이민 관자놀이에 주먹을 들이낼 징도로 돌아버린 것은 아니었다. 그랬다가는 어떻게 될까. 미래가 잘 그려지지 않았다. 어찌 보면 아주 정확한 예견이라 할 수 있었다. 미래가 있었는데요, 없었습니다 같은 엔딩이 기다리고 있을 수도 있는 일이니.

"하여간……. 왜요."

"너 연장 신청 안 할 거지?"

"네? 뭘요. 아, 안식년? 안 하죠……. 그리고 받아주지도 않을

걸요. 저 없는 동안 병원 넘어갔는데……. 태화가 아무리 겉으로는 뭐 사회봉사니 뭐니 떠들어도 결국에는 기업이잖아요. 절대 안 놔주지."

"그래, 그럴 것 같았어."

재원은 이곳에 더 있고 싶어도 그럴 수 없다는 것을 너무 열심히 어필했다. 강혁은 살짝 기분이 상했지만 참았다. 어차피 여기서 더 이놈을 붙잡아둘 이유도, 명분도 없는 게 사실이어서 그랬다. 게다가 이놈은 이제 한국에서도 더 큰 도움이 될 놈이기도 했다. 조금 불안정했던 수술 실력은 이제 완성되었다.

"내 밑에 있는다고 뭐 더 실력이 늘 것 같지도 않고."

"네? 아니, 무슨 말을 또 그렇게 하세요. 상처를 주시네."

"아니, 너는 지금 그게 네 한계라고."

"와……."

말을 하다보니까 재원이 좀 기분 나빠하고 있는데, 이게 사실이었다. 강혁이 보기에 재원은 이제 쥐어짤 수 있는 만큼 다 쥐어짠 상황이었다. 주어진 재능보다 더 잘하고 있는데 여기서 뭘 더 바라야 한단 말인가. 만화라면야 갑자기 대오각성하는 일도 발생할 수 있겠지만, 강혁이 두 발을 딛고 선 이곳은 그저 현실이었다. 그런 일은 거의 발생하지 않았고, 그래서 기적이라고 불렀다.

'게다가 이 새끼는 사실 기적이라고 봐도 무방해.'

처음 재원을 봤을 때를 떠올려보았다. 좋게 말하면 순하게 생겼고, 나쁘게 말하면 맹하게 생긴 놈이 이리저리 뛰어다니고 있었더랬다. 열심이기는 한데 뭐라고 해야 할까. 뭘 위해 열심인지 모르겠는 느낌? 저러다 환자가 죽어도 모를 것 같은 느낌? 경험의 부족이라고 퉁 치기엔 당시 재원은 이미 펠로우였다.

'그러던 놈을 이렇게까지 키우다니. 장하다, 백강혁.'

재원의 괄목할 만한 성장은 그야말로 눈물 없이는 볼 수 없는 거대한 드라마였다. 실제로 눈물 가득한 세월이긴 했다. 처음엔 재원의 눈물이었고 마지막엔 놀랍게도 강혁의 눈물 또한 뒤섞여 있었다. 이 새끼는 이게 왜 안 될까. 이 새끼는 왜…… 대체 왜. 슬프다기보다는 분노에 의한 눈물 한 방울 정도였지만.

"너는 거기서 더 실력이 늘면 뭔가 잘못된 거야. 죽을 때가 되었다든지."

"와……. 아니, 지금까지 수술 죽자고 한 사람 불러다가 이런 말을."

"칭찬인데. 한계까지 쥐어짰다고, 너."

"와……. 이게 칭찬이라고요? 아니. 음. 칭찬인가?"

같은 말도 누가 하느냐에 따라 또 어떻게 하느냐에 따라 뉘앙스가 많이 달라지는 법이었다. 지금 말하는 것이 강혁이라는 것을 감안하고 보면, 글쎄 얼추 칭찬이라고 뭉뚱그려 말할 수도 있을 것 같기는 했다. 옛날 같았으면 이게 말이 되냐고 펄쩍 뛰었을 텐데, 지금의 재원은 많이 단련되어 있었다. 비단 수술 실력만이 아니라 인간 자체가 강해졌다고 할까?

"칭찬 같기는 하네요. 그러면 그냥 넘기기 더 어려운데. 제 실력이 여기서 끝이라고요?"

"끝이지. 한국에 너보다 잘하는 사람이 얼마나 있을 것 같냐.

없을걸. 아마 앞으로 몇 년간은 그럴 거야."

강혁은 실망한 기색이 역력한 재원을 보며 왜인지 모르게 김승규를 떠올리고 있었다. 얼굴만 깡패가 아니라 실력도 깡패였다. 그 기반에는 당연히 재능이 있었다. 김승규의 재능과 양재원의 재능은 사실 비교하기가 어려웠다. 김승규는 그대로 두었어도 세계 의학사에 족적을 남길 것이 분명한 놈이었고, 재원은 글쎄 뭐라고 해야 할까. 그야말로 상황과 스승 그리고 본인의 노력이 최적의 조건으로 뒤섞이면서 간신히 만든 실력이라고 하는게 맞을 것 같았다.

"아니, 저는 그래도 교수님 수술을 맨날 보는데."

"네가 나처럼 하겠다고? 그건 안 될 일이야. 누구라도……. 아직은 내가 못 봤어."

그런 주제에 김승규도 아니고 강혁의 실력을 넘보다니. 확실히 재능이 없어서 그런가 보는 눈도 없었다.

'내 수술이 본다고 따라 할 수 있는 종류의 것이라고 생각하나.'

강혁은 어휴 하고 한숨을 쉬고는 말을 이었다. 수제자, 재원의 어깨에 손을 올려놓고서였다.

"그리고 너 정도면 있잖아. 되게 잘하는 거야. 네 제자도 키울수준이잖아."

"음."

"입 내밀지 말고. 네가 그러면 나는……. 나는 참기가 어려워."

"뭘요."

"쥐어 패는 걸. 네가 그런 표정 짓는 게 온당하다고 생각이 드냐? 너도 이제 곧 마흔이야."

"으음."

재원은 마흔이라는 나이가 주는 무게, 그리고 강혁의 부들거리는 주먹을 보며 입술을 일단 집어넣었다. 채신머리없어 보이는 것 정도는 참을 수 있었다. 아니, 원래 채신머리가 있는 사람도 아니었다. 너무 진지하기만 한 인간은 절대 중증외상센터에서 오래 버틸 수가 없을 거란 생각 때문이었다. 매일같이 사람이 죽어나가는 곳에서 그 고통을 온전히 받아들이는 인간이 어찌 버티겠나.

"그래, 잘했어. 아무튼, 너는 돌아가. 가서 제자를 키워. 내가 미국에서 쓸 만한 애들 있으면 어느 정도 키워서 또 보내줄 테니까. 걔들이랑도 서로 배우고."

"네? 미국이요?"

"그래. 미국. 네가 그랬잖아. 나 갈 것 같다고."

"말을 그렇게 하긴 했는데…… 제가 돌아가는 건 올해잖아요?"

"나도 해 바뀌면 갈 거야. 얘기는 다 됐어."

"어, 그럼……."

강혁에 대해 잘 아는 사람을 뽑아서 줄 세우기를 하면 아마 재원이 맨 앞이나 두 번째에 있을 터였다. 그만큼 재원은 이미 강혁이 미국에 갈 것이라는 정도는 알고 있었다. 자신의 실력이 여기서 끝이라는 건 몰랐지만, 강혁의 실력이 여기서 끝이 아니라는 건 알아서 그랬다. 이건 사실 모르기가 어려운 일이었다. 여기 와서 본 강혁의 실력은 날이 지날수록 늘고 있었다. 케이스가 한정되고 또 서포트조차 부족한 이곳에서도 이 정도라면, 제대로 된 곳에서는 아마 날아다닐 수 있을 터였다.

"그럼 여기는 어째요?"

여기서 더 발전한 강혁을 보는 건 딱히 제자로서가 아니라, 그저 한 사람의 의사로서도 기대되는 일이었다. 하지만 마음에 걸리는 것이 있었다. 바로 여기. 세상에서 가장 약한 자들이 있는 곳. 이제야 겨우 억압에서 벗어나 희망을 품은 사람들은 그럼 어찌 된다는 걸까.

"여기는 최윤섭 교수님이 남아서 맡을 거야. 너나 한유림 교수님 한국으로 가면…… 거기서 계속 서포트할 거고. 나도 내 나름대로 NGO에 요청해놨어. 아직 답은 없지만."

"음……. 최 교수님이면."

재원은 최윤섭을 떠올렸다. 처음엔 얼굴 마주하는 것조차 어려웠으나 이미 극복한 지 오래였다. 강혁에게도 개기는 사람이 어찌 최윤섭을 계속 무서워하겠나.

'그 사람이면…… 괜찮지.'

사실 최윤섭의 실력이 막 대단한 것은 아니었다. 강성지의 말에 따르면 한국에 있을 때랑 지금이랑 비교하면 오히려 한국에 있을 때가 낫다고 했다. 어딘지 모를 좌절감 때문에 상승 욕구를 잊은 것 같았다. 하지만 누와라엘리야의 변화가 어떤 감흥이라도 준 걸까? 이제는 사람이 아예 달라진 느낌이었다.

'이제는 실력도 느셨고. 무엇보다…… 여기를 진짜 사랑해.'

누구보다 맑은 꿈을 지녔던 사람이, 반복되는 실패에 지쳐서 이제 그만 포기하고 싶을 때 마주한 곳이 바로 이곳이었다. 누와라엘리야의 변화는 그에게 구원이었다. 그저 그만이 느낄 수 있는 소소한 구원이 아니라 근처에 있는 모두가 느낄 수 있을 정도로 확실한 구원이었다.

"괜찮겠네요. 저번에 왔던 봉사단도 있으니…… 제가 구성해서 보내는 것도 그리 어려울 것 같지는 않고요. 근데 그래도…… 음. 강성지 선생님이 있어서 괜찮으려나?"

"아니, 강성지는 나랑 미국에 갈 거야. 아니더라도 여기엔 안 남겨 둘 거야."

"왜요?"

"넌 그 새끼가 여기서 행복한 것 같냐."

"아."

같은 공간이라고 해도 모두에게 같은 의미로 다가가는 건 아닌 듯했다.

'그 사람은…….'

다른 이들은 이곳에서 어느 정도 만족하고 있었다. 힘들어도 보람이 넘치는 곳이니까. 정말 우리가 아니라면 이곳에는 희망이라곤 한 톨도 없었을 테니까. 그러나 강성지는 그저 죽지 못해 버티는 느낌일 뿐이었다. 공허해 보였다.

"대신 내가 알아보니까. 2호가 안식년이더라."

"네? 아. 강행…… 이요?"

이제 강행이 차례구나. 재원은 미리 명복을 빌었다. 사제에 대한 걱정이 치밀었다.

"어. 걔는 군대에 있잖아. 거기는 2년이야."

"와, 개좋네."

그러나 안식년이 2년이라는 말에는 다시 분노가 치밀었다.

"그럼 여기 와야죠. 1년은."

"그러니까. 1년은 나랑 미국에 있고. 1년은 여기 있고."

"와우."

그 2년을 강혁과 함께, 또는 관계된 곳에서 보내야 한다는 말에 다시 안쓰러움이 치밀었다. 강혁은 재원의 급격히 요동치는 감정 변화를 보면서 말을 이었다.

"다들 비슷해. 돌려막으면 얼추 될걸. 그 안에 여기 뭐 NGO에서 관심 갖게 만들어서 토템 박으면 되지."

"아…… 그게 또 그렇게 되는군요."

"그렇지."

하긴 스승이 이곳을 그냥 둘 리는 없었다. 백강혁이 어떤 위인인데. 그리고 이곳을 이렇게 만드는 데 얼마나 개고생을 했는데 그냥 둬? 심지어 최근 한구가 다시 옛날로 돌아가버렸다는 말에 강혁이 얼마나 분노했는지, 재원은 아주 잘 알고 있었다. 아마 책임지는 인원이 없었다면 참전이라도 했을 터였다. 농담이 아니라 진짜 그럴 기세였다.

"하여간 너는 그냥 잘 돌아가라고. 경원이나 장미 다…… 한국에서 필요한 인재들이야."

"음. 알겠어요. 준비 잘 하고 있을게요. 근데 또 어디 가세요?"

"나?"

"네."

"뭐, 미국 여럿이서 가면 좋잖아."

"아. 네, 살펴 가세요."

*

이전과는 달리, 강혁은 방에 앉아 있었다. 2인 1실이었던 곳이었으나 침대 하나를 제거한 덕에 꽤 널찍한 편이었다. 본래 원장이니, 팀장이니 하면서 위세 부리는 것을 즐기지 않는 사람이지만 이번만큼은 예외를 두었다. 이곳이 완전히 제대로 굴러가게 하려면 아무래도 이런저런 사람들을 꾸준히 만나야 하기에 그랬다. 생각해보니 병원이고 숙소고 변변히 손님 접대할 만한 곳도 없어서 일이 이렇게 되었다. 그렇게 잠시 기다리고 있으려니, 누군가 문을 두드렸다. 물론 발걸음 소리나 노크 소리만으로도 강혁은 누가 왔는지 훤히 알고 있었다.

"들어와."

샘이었다. 주파키스탄 미국 대사관에 있다가 어느새 여기까지 끌려온. 어찌 보면 노예의 전형이라고까지 할 수 있는 인간이었다.

'그래, 이제 고생에 대한 보답을 해주마.'

대사관에서 있을 때만 해도 미국으로 돌아가면 나름 급의환향이 될 거라 생각했었다고 들었다. 생각해보면 당연한 일이었다. 외국 대사관 근무 이력은 꽤 가산점이 붙기 마련이었으니까. 게

다가 샘은 미 육군 복무 이력도 있기에 이제 본국으로 돌아가면 좋은 직장에 취직할 수 있을 터였다.

'이 양반이…… 왜 이렇게 의미심장하게 웃지.'

그렇지 않아도 샘은 몇 군데서 스카우트 제의까지 받은 참이었다. 고향과 거리가 좀 있다 보니 고사했지만 조건을 보면 대강 이제 어떻게 살 수 있을지가 보였다. 적어도 아버지, 어머니보단 잘살 수 있을 것 같았다. 실로 엄청난 얘기 아닌가? 기성세대보다 나은 삶이라니? 한때 미국에서도 한국에서도 이게 당연했던 시절이 있기는 했지만, 다 옛말이었다.

"샘. 네가 나랑 함께한 게 벌써 1년 넘었나?"

"아, 네. 그렇죠. 1년…… 좀 넘었죠."

다행이라고 해야 할까? 한국에서는 처음부터 강혁의 손에 붙잡힌 것은 아니었더랬다. 누와라엘리야에서는 창립 멤버가 되고야 말았지만. 하여간, 샘은 저도 모르게 주마등처럼 스쳐 지나가는 옛일을 머릿속으로 그리고 있었다. 의도하지 않아도 아주 자연스럽게 되었다. 죽을 것처럼 힘들었으니 당연한 일이었다.

"자, 일단 이거."

"이거……?"

그런 샘에게 강혁은 통장 하나를 들이밀었다. 이게 대체 뭘까? 샘은 고개를 갸웃거리며 그걸 받았다. 안에는 무려 30만 달러가 들어 있었다. 횡재했다는 생각이 들었으나 잠시뿐이었다.

'아니, 아냐. 이 사람……. 이게 대체 무슨 꿍꿍이.'

샘은 통장을 황급히 접은 채 강혁을 바라보았다. 나름 노려보려고 애쓰고 있었으나, 쉽지는 않았다. 눈앞에서 자꾸만 무수히 많은 '0'이 돌아다니고 있어서 그랬다.

'역시, 이 새끼.'

강혁은 히히 웃었다. 사람 보는 눈이라면 그 누구에게도 뒤처지지 않는 것이 바로 강혁 아니던가. 그가 보기에 샘은 좀 세속적인 놈이었다. 이게 잘못이라는 건 아니었다. 돈을 좋아하는 게 어찌 죄가 되겠나. 그 돈을 벌기 위해 나쁜 짓을 하는 게 아니라면 문제될 것이 없었다. 아니, 강혁 같은 인간에게는 이런 사람이 더 나았다.

"그거 내가 따로 챙겨주는 연봉이야. 먹고 자고 하는 거야 그냥 내가 쏘는 거로 하고, 그건 온전히 샘 돈이야. 세금도 다 낸 돈이니까, 걱정 말고."

더 자세히 말하자면 세금 낼 필요가 없는 돈이었다. 강혁이 이런저런 명목하에 받고 있는 CIA 돈이 적지 않기도 하거니와, 올리버나 다니엘이 따로 착복하고 있던 것들을 처리하는 과정에서 떨어지는 돈도 어마어마했기에 가능한 일이었다. 이런 걸 자세히 말해줄 필요는 없을 것 같았다. 괜히 받는 사람 찝찝하게 만들 일 있나.

"오……. 이거. 아니, 아니지. 아니, 아냐."

샘은 세후 30만 달러라는 말에 정신이 다시 한번 가출했다. 한국에서도 세전 3억이면 세금만 거의 40퍼센트에 육박하지 않나. 그거 내고도 1억 8천이니 큰돈이긴 했으나, 아무래도 3억에 비하면 좀 허접해 보이는 돈이긴 했다. 미국은 사정이 더했다. 그쪽은 세금이 주마다 다르긴 한데, 하여간 어마어마했다. 그런데 세후라고?

'정신……. 정신 차리자…….'

세전으로 따지면 거의 두 배라고 봐도 무방하다는 뜻이었다. 그야말로 미친 수준의 돈이 갑자기 들어온 상황이었다. 아무리 애를 쓰고 지랄을 해봐도 이미 눈과 입이 웃고 있었다.

"그렇게 좋냐?"

"아니, 그."

"다른 뜻은 없어. 그냥 격려 차원에서 주는 거야. 다른 애들이야 딴 데서 월급 받는 게 있잖아?"

"그…… 그건. 아유, 감사합니다."

결국 샘은 고맙다는 말을 하고야 말았다. 고개까지 숙여가면서였다. 달리 뾰족한 수가 없었다. 강혁은 그렇게 훤히 모습을 드러낸 샘의 정수리를 가만히 내려다보았다.

'듬성듬성해졌네.'

하여간 백인들은 탈모가 참 빠르기도 하고, 많기도 했다.

"어어. 뭐예요! 뭐 하시는 겁니까!"

강혁은 샘의 빈 정수리에 손가락을 짚었다가 뗐다. 당연하게도 발작이 이어졌다. 감히 덤비지는 못하고 있었지만 하여간 어마어마한 분노를 표출하고 있었다. 강혁은 그런 샘을 보며 허허 웃었다.

"진단한 거야, 진단. 내 능력 몰라?"

"아?"

"진행이 아주 빠르진 않겠어."

"오…… 오오. 진짭니까?"

샘의 얼굴이 다시금 밝아졌다. 어찌 된 게 30만 달러짜리 통장을 받았을 때보다 지금이 더 밝은 듯했다.

'실화겠니.'

머리에 손만 대고 이런 걸 안다면 그게 인간이겠나, 신이지. 그러나 강혁은 껄껄 웃으며 말을 이었다. 일단 상대 기분을 좋게 만들었다면 성공이라는 생각을 하면서였다. 켜켜이 쌓인 거짓의 탑 따위는 그리 중요한 것이 아니었다. 선의의 거짓말이라는 말도 있지 않나. 강혁은 자기합리화의 달인 아니, 그 자체라고 봐도 무방한 인간이었다.

"그래, 앞으로 모자 쓰지 말고. 머리 꼼꼼히 감고. 그렇게 살아."

"아, 네."

그 덕에 샘은 거의 무슨 구세주라도 눈앞에 둔 사람처럼 허물어졌다. 보통 사람 같았으면 그 모습을 보면서 조금이라도 미안하단 생각이 들었을 텐데 강혁은 그렇지 않았다. 오히려 다 되었다는 듯 본론을 꺼냈다.

"내가 내년에 미국으로 간다."

"네?"

돈는 사람에게는 퍽 갑작스러운 타이밍이었다. 별 상관은 없었다. 얘기는 어차피 강혁이 주도할 테니.

"너 제의 온 거 별거 없었지? 보니까 다 먼 데서만 부르더만."

"어……. 그걸 어떻게……."

"여기로 바로 오는 우편이 어덨어. 다 콜롬보에서 오는 거지."

"저 이메일로 받은 것도 있는데요?"

"넘어가."

"아니, 그걸 어떻게."

"하여간…… 여기서 중요한 건 네가 받은 제안이 별 볼 일 없었다는 거지."

"으음."

강혁은 신음을 흘리고 있는 샘을 보며 말을 이었다. 기분이 좋았다가 놀랐다가 황당했다가. 정신이 없어 보였다. 그래서 좋았다. 이럴 때 푹 찌르면 보통 일이 돌아갔으니. 이번이라고 다를까? 그럴 리가 없었다.

"월터 리드 군 의료 센터로 가자."

"네? 월터 리드요?"

샘은 군인이지 않았나. 중간에 옷을 벗고 나오긴 했지만. 그렇다고 해서 월터 리드 육군 병원의 명성을 모르진 않을 터였다. 그때도 좋은 병원이었는데 이제는 더 커져서 의료 센터가 되어 버린, 초거대 시설. 지원이야 당연히 빵빵하기 그지없었다. 그야말로 돈 걱정 없이 치료를 내지를 수 있는 몇 안 되는 곳 중 하나이지 않을까?

"그래. 너네 집에서 그렇게 안 멀지?"

"그…… 멀다면 먼데요."

"미국이 넓으니까 그렇지. 너네 집 근처로 가자면 동네 병원 말고 더 있어? 아니면 이제 와서 뭐 펜대 잡고 일할 거야? 불가능할걸."

"어떻게 그렇게 확신하세요?"

"장미한테 들었어. 너는 서류 작업은 도저히 시킬 수가 없다고. 장미가 일꾼 평가하는 건 또 세계 제일이지."

"음."

샘은 도저히 반박할 말이 떠오르지 않았다. 그냥 때려잡아 말하는 것이었다면 소리라도 질렀을 터였다. 하지만 장미를 레퍼런스 삼은 후로는 꿀 먹은 벙어리가 되었다. 확실히 샘의 서류 작업 능력은 개판이었다.

"어떡할래. 하염없이 제안 기다릴래. 아니면 그냥 미국 최고의 병원으로 갈래."

"그……."

사실 고민의 여지는 없다고 봐야 했다. 이 이상의 제안이 오진 않을 테니까. 문제가 있다면 소속이었다.

"저는 그럼 어디에 소속되는 건가요?"

"오. 감이 좋아졌네."

"역시……."

"당연히 내 밑이지. 직속."

"아……."

"이이, 그래서 안 갈 거야?"

과연 강혁의 직속이었다. 한숨이 절로 나왔다. 하지만 어쩌겠나. 거절하기엔 너무 좋은 제안이었다.

"가야죠……."

"그럴 줄 알았어. 그럼 이제 나가."

"뭐 가서 어떻게 해보자, 이런 얘기는 안 해요?"

"할까? 어떻게 굴릴지?"

"아뇨, 아닙니다……."

결정되자마자 나가란 말을 하니 욱했으나, 그렇다고 심도 있게 미래를 토의하는 건 또 무서운 일이었다. 어차피 강혁과 함께 가는 이상 더럽게 고생하게 될 것은 뻔한 일이지 않나. 그걸 미리 안다고 해서 미래에 도움이 될까? 아마 회귀자라고 해도 강혁이 마음먹은 이상 뾰족한 수는 없을 터였다.

"그래, 그럼 나가. 딴 놈 또 와야 해."

"아……. 그 사람도 미국 가요?"

"그렇지."

"누구……."

"누구겠어? 고향 가야지, 이제."

"아."

샘은 리처드구나 하면서 문을 나섰다. 마침 리처드가 오고 있었다. 대충 대화 끝났다 싶을 때 톡이라도 보낸 모양이었다. 하여간 일 한번 효율적으로 하는 양반이었다.

"힘내. 시발……."

"응?"

미래를 알 리 없는 리처드는 자신을 지나쳐 가는 샘을 보며 고개를 갸웃거렸다. 힘을 내라니? 이제야 겨우 누와라엘리야가 정리되어가고 있는데 갑자기? 대체 뭔 소린가 하는 얼굴이었다. 심지어 강혁이 방금 자신을 부른 참이었고, 샘은 그런 강혁의 방에서 나오고 있는 상황이었음에도 그의 머리는 도무지 비극을 향해 달릴 생각 따위는 하지 못하고 있었다.

〈재미난 얘기 해줄게.〉

원래 리처드가 긍정왕이기도 했지만, 강혁이 문자를 이렇게 보내서 그랬다. 재미는 있을 예정이었다. 강혁에게는. 리처드에게도 그러리란 보장은 어디에도 없었다.

"어, 왔냐. 너 나랑 일 하나 하자."

그렇게 안으로 들어간 리처드는 일을 제안받았다. 그럼에도 바로 뭘 알아차리진 못했다.

"네?"

그래서 되물었고, 강혁은 후후 웃었다.

"사실 이미 결정됐어. 일어나."

"네?"

"리처드 중령. 다음 부임지가 결정되었어."

"네?"

"월터 리드 군 의료 센터. 외상센터로 발령 났어. 직속 상사는 나. 백강혁 센터장."

"네?"

*

누와라엘리야는 날로 번화해져만 가고 있었다. 강혁이 억지

춘향으로 만들어놓은 관광 명소는 진짜 명소가 되어버린 지 오래였다. 생각했던 것보다도 다니엘이 술집 운영을 더 잘했던 덕이었다. 게다가 태화에서도 이곳의 수익이 나쁘지 않은지 꽤 성심성의껏 장사를 하고 있었다. 인도만큼 위험하지는 않으면서, 서남아시아 문화권을 맛볼 수 있는 곳으로 유명해져서 그랬다. 게다가 여기서 비행기 타고 3시간 정도면 몰디브로 갈 수 있다는 것 또한 꽤 매력적인 제안이 된 모양이었다.

"이제 가나?"

처음 왔을 때와는 비교도 안 될 정도로 밝아진 최윤섭은 강혁을 향해 물었다. 아무리 휴일이라지만 관광객들도 잘 안 입을 것 같은 꽃무늬 남방을 입고 있었다. 예전 같으면 아무리 화사한 옷을 입어봐야 조폭같이 보였을 텐데. 놀랍게도 지금은 썩 유쾌한 할배처럼 보였다.

"그래야죠. 이제 뭐…… 여긴 완전히 정리됐으니."

"그래, 이런 날이 오다니."

그 할배는 병원 주변을 돌아보았다. 그래봐야 뭐가 많이 보이진 않았다. 예전보다도 시야가 안 좋아졌으니 당연한 얘기였다. 5층 이상 가는 건물이 무려 세 채나 더 들어서고 있었다. 그중 하나는 학교였고, 나머지 두 개는 병원 관련한 건물이었다. 일반 건강 상식에 대한 교육과 만성질환자 교육이 이루어질 곳이 하나, 단기 봉사자들을 위한 숙소가 각기 하나씩 지어지고 있었다.

"이런 날이 오게 하려고 온 거죠."

"너야 그렇게 말하겠지만……."

최윤섭은 수많은 실패의 역사를 떠올렸다. 그 어떤 현장도 녹록지 않았다. 아무리 뛰어난 의사가 있다 해도, 주변이 도와주지 않으면 아무것도 할 수 있는 게 없다는 걸 그때 배우지 않았나. 어떤 곳은 현지의 유지가, 어떤 곳은 그곳의 풍습이, 어떤 곳은 봉사 단체가, 또 어떤 곳은 자기 자신이 망쳤더랬다. 말은 안 했지만 이곳도 사실 비슷한 운명에 처할 거라 생각했던 적도 있었다. 하지만 제자 백강혁은 이곳을 더더욱 훌륭한 곳으로 변모시켰다.

"이게 쉬운 일이 아냐."

"쉽지는 않았는데요."

"그래, 뭐. 건방진 놈."

"아무튼, 우린 갑니다. 종종 연락합시다. 어차피 내가 여기에 관심 두고 있을 테니까……. 뭔 일 나면, 낫는지도 모르게 해결할 수도 있어요."

"그래, 잘 가라. 근데 정말 배웅 안 가도 돼?"

"맨날 다니던 길인데, 배웅은 무슨. 야, 성지야 인사드려라."

강혁의 부름에 강성지가 조르르 달려와 자신의 스승에게 고개를 숙였다. 그 모습을 보고 있는 최윤섭은 그야말로 오만 생각이 다 들었다.

'이제…… 이놈도 자기 둥지로 가려나?'

말로는 스승님, 스승님 하고, 또 자기 평생의 목적이 봉사에 있다고 했지만 실은 최윤섭도 알고 있었다. 이니, 최윤섭이야말로 제일 먼저 알았다. 강성지에게 봉사 현장은 그저 도피처에 불과하다는 것을. 하지만 한국에 염증이 나 떠난 스승은, 같은 처지의 제자를 도저히 내칠 수가 없었다. 그렇다고 다른 길을 제시하기에 당시 최윤섭은 너무 지쳐 있었다.

"저도 가겠습니다."

"그래, 가라."

하지만 이제 모든 것이 달라지려 하고 있었다. 절망했던 스승은 누구보다 반짝이는 눈으로 한 지역을 품은 지 오래였다. 그리고 나이 마흔이 되도록 어디로 가야 할지 갈피를 못 잡고 있던 제자 또한 미지의 세계를 품고 있었다. 거기서 저 녀석은 제자리를 찾을 수 있을까? 아니면 또 다른 방황의 연속이 될까. 알 수는 없었다. 스승이 할 수 있는 건 그저 응원뿐이었다.

"가시네요."

그런 최윤섭의 뒤로 데니스가 나섰다.

"자네는 안 갈 것처럼 말하네."

"저야 뭐…… 사업차 왔다 갔다 하는 건데요. 아마 한두 달씩 왔다 갔다 하게 될 것 같습니다."

이제 전직 CIA 요원이라고 해야 할 터였다. 완전히 자리 잡은 사업체의 사장이지 않나. 애국심이 빛바래게 된 것은 아니었으나, 책임지게 된 직원 수가 너무 많았다.

'그 인간 때문에…….'

숫제 한 민족을 책임지게 생겼지 않나. 그것도 딱히 자기랑 관계있던 민족도 아니었다. 아직 타밀어도 입에 익지 않았다.

"가요."

"어, 어어. 네."

"이제 다 가네요."

정말 다 가고 있었다. 지난 1년간 누와라엘리야 병원을 가득 채우고 있던 의료진이, 드디어 병원을 떠나고 있었다. 최윤섭은 고개를 끄덕이며 옆을 돌아보았다.

'제인.'

닥터 제인이 서 있었다. 그 뒤로는 마취과 의사 댄과 내과 의사 요다가 있었다. 한구에서 강혁과 손발을 맞추었던 사람들이라는데, 하루아침에 한구가 위험 지역이 되어 철수했다고 들었다.

'그런 걸 단순히 위험하다고 할 수가 있나?'

세상엔 말이 안 통하는 집단도 있기 마련이었다. 탈레반이 그랬다. 남녀가 유별한 것을 넘어 우열이 있다고 믿는 이들 아니던가. 그곳에서 제인이 어찌 의사로 활동할 수 있겠나. 정말로 죽을 수도 있는 곳이었다. 아니, 어쩌면 확정된 죽음이 늘 도사리고 있는 곳이었다.

"와줘서 고마워요."

"네? 아뇨. 저야말로 고맙죠. 어떡해야 하나 하고 있었는데……. 백 교수님이 연결해주셔서……. 여기 병원은 시설도 좋고, 돌아가기도 잘 돌아가고요. 정말 좋은 곳이에요."

"그래도 오지에 와주는 게 쉬운 일은 아니지."

"백 교수님이 오라고 했으니까요. 말도 안 되는 말을 하는 것 같아도, 남들한테 무턱대고 시키는 사람은 또 아니거든요."

"그래, 그 말이 맞지."

누구보다 말도 안 되는 말만 하는 놈이었다. 하지만 지나고 보면 그 말을 결국 이루어내는 놈이었다. 게다가 그 과정에서 그 일을 진짜로 해내야 했던 이는 강혁뿐이었다. 녀석은 그 누구에게도 정도 이상의 희생을 요구하지 않았다. 다만 자신도 몰랐던 한계를 깨닫게 해줄 뿐이었다.

'귀신 같은 놈.'

최윤섭은 지난 몇 개월을 떠올리다가 몸을 바르르 떨었다.

'노인네가 아직 실력이 좀 달려.'

이 말까지는 뭐 납득할 만했다. 솔직히 어디 가서 꿀릴 만한 실력은 아니라고 믿었었지만 누와라엘리야 병원의 의료진들에 비하면 달리는 것도 사실이어서 그랬다.

'좀 키워줘야겠어.'

이 말은 좀 의아했다. 내 나이가 몇인데 이제 와서 실력을 키운단 말인가. 하지만 강혁은 이런 말은 꼭 지키는 편이었다. 그 과정에서 최윤섭은 두 번 기절했다. 은유 따위가 아니라 한 치의 과장도 없는 사실이었다. 세상에 뭘 배우다가 소변줄이 꽂힐 줄이야.

"자, 그럼 들어갑시다."

더 생각을 이어나갔다는 또 기절할 것 같았다. 어떤 기억은 한참 시간이 지난 다음에도 생생한 법 아니던가. 애석하게도 안 좋은 일일수록 그랬다. 게다가 마냥 그 생각만 하고 있을 수는 없는 노릇이었다.

"네."

"아직 이 근처 잘 모르죠? 내가 안내할게. 괜히 관광객이 많은 게 아니에요."

"네, 감사합니다."

그렇게 최윤섭은 원래 있던 가족을 떠나보내고, 새로 온 가족을 환영하며 휴일을 보내기로 작정했다. 최윤섭이 부산스럽게 시간을 보내고 있는 사이, 강혁은 콜롬보로 향하고 있었다.

"교수님."

늘 그렇듯 창밖을 내다보면서였다. 너무 일상적인 얼굴이라 오히려 더 인상적이었다. 재원이 참지 못하고 불렀다.

"응?"

"미국 가시는데 떨리지도 않아요?"

"떨릴 게 뭐가 있어. 많이 가봤는데."

돌아오는 답은 역시나 강혁스러웠다. 늘 확신에 찬 사람답다고 해야 할까? 대체 인간이 어찌 이럴 수 있을까.

"그래도…… 이건 일터가 바뀌는 건데요?"

"그 일터가 바뀌겠지. 나는 늘 나야."

"아."

아마도 저 어마어마한 에고 딕일 터였다. 나르시시즘이라고 해야 할까? 오진승 원장에게 물어보니 딱히 그런 것도 아니라 했다. 아니, 그런 수준이 아니라고 했던가? 하여간 현존하는 인격 분류를 아득히 넘어간 무언가라고 들었다.

"그리고 지금은 한국 들어가는데 뭐가 떨려."

"하긴……."

"그리고 떨 거면 네가 떨어야지."

"네? 저는 왜요? 원래 있던 곳으로 돌아가는 건데."

재원의 말에 강혁이 웃었다. 어딘지 모르게 비웃는 투였다. 아니, 확실하게 비웃고 있었다.

"원래 있던 곳이 맞아? 너 없는 사이에 태화 됐잖아."

"아."

"대학 병원하고 기업 병원이 과연 같을까? 너 엄청 고생할걸."

"아……."

"장미, 경원이랑 셋이서 진짜 개고생할 수도 있어."

"아……."

잊고 있었는데 들으니까 선명해졌다. 고개를 돌려 보니 장미도 식은땀을 흘리고 있었다. 경원은 자고 있었다.

'저 새끼는 하여간…….'

마취라도 못했으면 진짜 그냥 어디 버렸을 텐데. 지금도 별생각 없을 것이 분명했다. 문제는 병원 경영진에서도 경원에게는 딱히 뭘 기대하지 않을 거란 점이었다. 워낙 평소에 개판을 쳐놔서 그랬다. 사실 행정적인 능력에서의 개판이라면 재원도 만만치는 않았으나, 사정이 조금 달랐다. 저놈은 평교수, 이쪽은 센터장. 자리가 주는 이점도 있지만, 단점도 분명히 있는 법이었다.

"하아."

"장미야 고생해라."

"하아……."

"재원이가 열심히 할 거야."

강혁은 그렇게 재원과 장미를 침묵시킨 후 말을 이었다. 한유림을 바라보면서였다.

"아, 중앙의료원은 좀 어떻대요?"

"응? 어떻긴. 뭐 똑같지. 나라 병원이잖아."

"이번에 여당 대선 후보가 공약 걸었던데? 앞으로 있을 수 있는 팬데믹 사태에 대비해 공공의료원부터 손보겠다고?"

"아……."

팬데믹. 이름부터가 낯선 이름이었다. 칼잡이인 한유림에게는 더더욱 그랬다. 집단 감염이라니. 아는 게 하나도 없는 분야였다. 얘기를 전해 들었을 때부터 두근두근했을 정도였다. 간신히 잊고 있었는데 다시 떠올라버렸다.

"이 새꺄……. 왜 그 말을 지금."

"지금부터 열나게 생각해둬야 가서 잘하지."

"나는…… 나는 이제 대충 뭉개다가……."

"에이, 원장이 그렇게 말하면 안 되지. 뭉갤 거면 나랑 미국 가요."

"아니, 아냐. 최선을 다할 거야."

"그래, 그렇지. 그거지."

"하아."

조용하던 차 안이 삽시간에 침울해졌다. 원흉은 강혁이었지만 감히 노려볼 수 있는 상대는 아니지 않나. 따라서 괜히 가만히 있는 강혁을 불러 이 사달을 일으킨 재원이 집중포화를 맞게 되었다.

'이 새꺄.'

'넌 눈치가 없냐?'

'형님, 이번엔 좀…… 구렸습니다. 후졌어.'

*

누와라엘리야 일행은 먼저 미국으로 귀국한 샘과 리처드를 제외하고는 모두 한국으로 향했다. 그러곤 공항에서 일단 가족의 품으로 돌아갔다.

'백 교수. 나랑 가지? 나도 뭐…… 지영이 얼굴 볼 시간도 별로 없을 것 같고. 혼자 심심해.'

그중 가족이 없는 건 강혁뿐이었다. 그렇다고 강혁이 외로워 할 것 같지는 않았지만 그래도 사람 마음이 그렇지 않았다. 특히 한유림처럼 나이 든 사람은 홀로 캐리어를 끌고 가는 강혁의 뒷모습이 영 불편하기만 했다.

'아니, 나도 바빠요. 일 보고 갈게.'

'바빠……?'

'어, 바빠요.'

'으음.'

하지만 강혁은 그런 한유림의 제안을 뿌리치고 곧장 경기도 성남시 분당구로 향했다. 정확히 말하면 분당 소재의 국군 수도 의료원에 와 있었다. 군 중증외상센터장 이강행을 만나기 위해서였다.

"이야……."

"아, 왜요……."

"신수가 훤해졌네. 어? 훤해."

"자꾸 머리 보면서 말씀하시지 마세요……."

"머리를 어떻게 안 봐. 이렇게 훤한데."

오랜만에 보는 이강행은 많이 황폐해져 있었다. 혼자 머리에 가뭄이라도 들었나 하면서 강혁은 강행의 머리를 노골적으로 바라보았다. 보다 보니 왜 이렇게 되었는지 알 것도 같았다. 조금 포인트가 이상했으나, 강혁의 '직관'은 시도 때도 없이 발동할 때가 있었다.

"군인들 만만치 않지?"

"하아……. 말도 마세요……."

아니나 다를까 강혁의 말에 강행이 한숨을 푹 쉬었다. 민간이나 공공 의료 부문의 외상센터는 보건복지부 소관이지만, 군 의료는 엄연히 국방부 소관이지 않나. 그나마 휴전 국가다 보니 국방부가 돈 없는 기관은 아니었지만 그렇다고 해서 풍족한 기관이냐고 하면 그건 또 아니었다.

"맨날 다른 부서도 돈 없다, 돈 없다 하는데…… 감사 나가 보면…… 그냥 돈을 낭비하고 있거나 해먹는 것처럼 보이거든요?"

"오, 그런 말 군부대에서 해도 되나?"

"병사들밖에 없는데요. 쟤들도 똑같은 생각 하고 있을걸요."

"으음."

그냥 제자가 이런 말을 해도 마음이 조금은 아려 올 것 같은데 머리가 죄 빠져버린 제자가 이러고 있다 보니, 제아무리 강혁이라 해도 영 불편해졌다. 그래서 자초지종을 들어보기로 했다. 아무래도 여기선 좀 그럴 것 같아서 자리까지 옮겼다. 사실 애초부터 옮길 생각이어서 예약도 해둔 참이었다.

"와……. 이거…… 여기 비쌀 것 같은데."

"내가 먹고 싶어서 예약한 곳이야. 내 입맛 알지? 까다로운 거."

"아, 알죠."

강혁은 이강행을 픽업해 역삼에 위치한, 강혁이 한국에 있는 동안 묵을 숙소이기도 한 호텔로 향했다. 34층에 있는 퓨전 레스토랑이 괜찮단 소문을 들어서 그랬다.

'이렇게 맛있는 거 좋아하는 사람이 오지에서는 어떻게 버텼나.'

이강행은 잔뜩 들뜬 자신의 스승을 보면서 고개를 내저었다. 머리 빠질 정도로 고생하고 있기는 했으나, 그럼에도 강혁과 비교하면 안온한 삶이지 않나. 취향이 애초에 투박한 사람이라면 또 모르겠는데 눈앞의 남자는 언제고 최상류층의 기호를 즐길 수 있는 사람이었다.

"일단 먹으면서 얘기하자. 여기 아뮤즈 부쉬가 일품이래."

"그, 그래 보여요. 근데 이거 정말…… 괜찮으세요?"

"응? 나 돈 많아."

"이번에 엄청 썼잖아요. 누와라엘리야에 수십억 박았다고…… 그게 1년밖에 안 됐는데."

"어, 1년이면 메우고도 남을 시간이지. 전반적으로 호황이었잖아."

"와……. 투자를 그렇게 했다고요?"

강혁은 돈 얘기에 반짝이기 시작한 이강행의 눈과 아까부터 이미 빛나고 있던 머리에서 애써 시선을 거둔 채, 소문의 한입 요리들을 입으로 옮겼다.

'아, 이제 진짜 서울은…… 미식 도시라 해도 모자람이 없겠구나.'

스리랑카 음식도 나쁜 편은 아니었다. 하지만 원래 한 나라의 미식 수준은 그 나라의 경제 수준을 따라갈 수밖에 없었다. 식재 료부터 시작해서 요리사까지, 그러니까 하나부터 열까지 고급화 하자면 끝이 없는 게 미식의 세계였다. 오랜만에 실로 만족스러 운 식사를 시작한 강혁은, 평소보다 수십 배는 너그러워진 마음 으로 제자를 바라보았다.

"그래서, 돈이 없다고? 아니지. 돈은 많은데 해먹는 것 같다 고?"

"아, 네."

강행은 한숨과 함께 고개를 끄덕였다.

"이게 열거하자면 끝도 없는데……. 제일 열 받는 건…… 군 숙소 현대화예요."

"뭐냐, 그건. AI라도 갖다 박는대?"

"아, 미필이시지."

강혁의 어리둥절해하는 얼굴에 강행이 다시 한번 한숨을 쉬 었다. 생계 곤란이라는 명확한 사유가 있었다는 건 알고 있지만,

자신의 빈약한 몸과 강혁의 몸을 비교할 때면 왜인지 모를 억울함이 샘솟았다. 그래서 강행의 목소리에 힘이 빡 들어갔다.

"일단 뭐 병사들 숙소 개판인 건 아시죠?"

"알지. 들어서."

"그걸 이제 침대로 바꾼다는 건데…… 얼마나 들었을 것 같아요?"

"모르겠네. 한 5000억? 그 정도면 침대 좋은 거로 사고, 나머지 자재도 바꿀 수 있을 것 같은데."

"그래, 이게 정상이지 시발."

안 그래도 강혁이 자꾸 머리를 쳐다보는 바람에 감정이 격해져 있던 강행은 욕설까지 내뱉었다.

그 격함에 강혁이 잠시 움찔했을 지경이었다.

'와……. 애 진짜 개빡쳤네.'

사실 5000억도 좀 세게 부른 거였는데 대체 얼마를 해먹었길래 이러고 있을까. 강혁은 두근두근하면서 강행의 말을 기다렸다. 그리고 돌아온 답은 강혁의 풍부한 상상력을 비웃는, 일종의 걸작이었다.

"6조를 넘게 들였어요. 근데 아직도 진행형. 미쳤어요, 이거."

"6조……?"

"네."

"에이……. 설마. 항공모함도 만들겠는데 그 돈이면……."

"놀랍게도 실화예요. 그것도 모자라서 2조를 더 불렀어요. 우리는 헬기도 돈 없다고 이상한 군용 헬기 개조한 거 주면서……

아시죠? 거기 탑승했던 군의관 대위, 추락해서 사망했어요.”

“음.”

사람이 너무 놀라면 말이 안 나온다고 하던가. 지금 강혁이 그랬다. 6조라고? 그걸 신무기도 아니고, 침대에 쏟았다고?

‘1시간만 자도 다 회복되는 그런…… 바이오 침대를 만들고 있나?’

너무 어이가 없어서 이런 생각까지 들었다. 그런 강혁을 보며 강행이 열변을 토했다.

“그뿐만이 아니에요. 그냥 비리가 만연해요. 수통은 6·25 때 쓰던 거 그대로 지급하면서…… 골프장은 계속 늘고.”

“으음.”

“그리고 비품 하나라도 사서 들여놓으려고 하면 말도 안 되는 가격을 책정한다니까요. 들것 인터넷에서 사면 비싼 게 20만 원이에요. 싸게 사면 5만 원? 아시죠?”

“알지. 최저가는 내 전문이지.”

한국 최저가가 아니라 전 세계 최저가를 애용하는 것이 바로 강혁이었다. 아무리 수십억을 태우고 여기저기 삥 뜯었다고 해도, 펑펑 쓸 수 있을 만큼 넉넉한 입장은 결코 아니었으니 당연한 일이었다.

“근데 군에서는 이게 90만 원이 넘어요.”

“90만 원? 미쳤나.”

“미쳤죠? 근데 그것만 그런 게 아니라 그냥 다 비싸게 사요. 내 돈 아니란 생각에 낭비하는 건가 싶을 수도 있지만…….”

"비리가 있다 이거지?"

"네, 상식적으로 그렇지 않고서야 이게 말이나 됩니까."

"하긴 그건 그래. 으음……. 이건 문젠데……."

"근데 해결 방안이 없어요. 군대만큼 말 안 듣는 집단도 없으니까요. 제 머리가 괜히 이렇게 된 게 아니라고요……."

"그래, 뭐……. 내가, 내가 위로한다."

머리를 다시 나게 해줄 수도 없고, 이거야 원. 강혁은 그저 위로만을 전해줄 수 있을 뿐이었다. 물론 대통령을 위시한 여러 힘깨나 쓴다는 사람들에게 연락은 해볼 작정이었다. 하지만 그게 정말 효과가 있을까?

'얼마 전이었지?'

국방부 장관이라는 사람이 1, 200도 아니고 수천억짜리 비리를 생계형 비리라고 옹호하는 집단이지 않나. 그네들만의 세상이 얼마나 견고한지 알 수 있는 대목이라고 생각하면 되었다. 당연히 훌륭한 군인들이 더 많겠지만 의료계가 그렇듯, 원래 세상을 혼탁하게 하는 것은 몇 마리 미꾸라지였다. 그걸 관행이라는 핑계로 덮어주고 있는 한에는 커다란 변화가 있기는 어려울 터였다.

'푸닥거리 한번 해? 아니, 아냐. 아직은…….'

강혁은 미국행을 엎을까 하고 진지한 고민을 하다말고 강행을 바라보았다. 머리는 이리저리 빠져서 황폐해졌을지언정 마음만은 아직 꺾이지 않은 듯했다. 머리보다도 더 빛나는 눈을 하고 있었다.

"그래도…… 안팎으로 압박이 통하고 있기는 해요. 뭐 비리를 다 까발릴 수는 없겠지만, 하여간 제가 자꾸 시끄럽게 하면 입막음을 위해서라도 돈 던져주겠죠."

잘하고 있단 뜻이었다. 강행도 결국 강혁의 제자였다. 수제자 양재원처럼 이놈도 강혁의 많은 면을 닮았고 또 닮아가고 있었다.

"그래, 잘하고 있네. 혹시 도움 필요하면 말하고."

"그럼요. 교수님이 저 여기다 던져놨는데 당연히 도움받아야죠."

"당연하다는 말은 좀 그렇긴 한데, 그래도 하여간 외면하지는 않을게."

"그거면 됐어요."

강행은 강혁의 말에 만족했다는 얼굴로 웃었다. 백강혁이 대체 어떤 인간이란 말인가. 저 인간이 외면하지 않겠다고 했으면 반드시 그럴 것이라고 믿어도 좋았다. 아마 남들이 발 벗고 나서는 것보다도 훨씬 도움이 될 터였다.

"하여간 얼굴 보니까 좋네. 근데……."

"근데요?"

"아무리 기다려도 연애 이야기는 안 하는구나. 하긴."

"그런 얘기를 머리 보면서 좀 하지 말라고요!"

"아니, 나는 뒤에 음식 본 거야. 지레짐작해서 화내지 말라고."

"후……."

"그래서 있어?"

"아뇨."

"역시."

"와……."

잠깐 든든해졌던 마음은 다시금 차갑게 식어가고 있었다. 덕분에 강행은 한국대학교 병원의 격언을 되새길 수 있었다. 되도록이면 강혁과 말을 오래 섞지 말라는 말.

'후.'

다행이라고 해야 할까? 강혁은 식사 후에 질척이는 타입이 아니었다. 아닌 게 아니라, 강혁 쪽이 이제 슬슬 혼자 있고 싶어진 참이기도 했다. 누와라엘리야에서는 너무 몰려 살지 않았나.

"그럼 가라. 택시 불러놨어."

"오……."

"연애도 못 하고 대머리 된 제자인데 돈은 아껴야지."

"와……."

그렇게 강행을 보낸 강혁은 호텔 방에 올라가 와인잔을 기울였다. 내심 이제 세상이 너무 좋아져서 할 일이 없어지면 어쩌나 싶었는데 너무 시건방진 생각이었더랬다. 심지어 대한민국 내에도 개판인 곳이 남아 있었을 줄이야.

'만약 우리 강행이가 머리만 빠지는 게 아니라, 마음까지 황폐해지기 시작하면 그때는 내가 나서야겠지.'

그러지 않기를 바랐다. 진심으로. 그렇게 평화롭게 잠을 청하려는데, 전화가 왔다. 한유림이었다.

"뭐 해? 지영이가 휴가 냈대! 같이 스키장이라도 가자고!"

'아, 귀찮게.'

다음 날 새벽. 강혁은 억지로 몸을 일으켜 한유림의 집으로 향했다.

'그냥 지들끼리 좀 놀지. 내가 어련히 알아서 찾아갈까.'

귀찮았다. 인간들과 너무 부대끼며 살았더니 이제는 좀 혼자 있고 싶었다. 실제로 홀로 맞이한 최신식 호텔의 스위트룸은 너무도 달콤했다. 밖으로 내다보이는, 세계에서도 손꼽힐 만한 번영을 이루고 있는 서울 강남의 야경하며 입 안에 맴도는 와인의 맛과 향. 그리고 푹신한 침대까지.

'내가 왜 이 모든 걸 또 놓고 거기로……'

한숨이 절로 나와야 할 상황이었다. 그런데 이상했다. 아까부터 심장이 두근두근하는 것이. 만 하루도 안 돼서 자유를 박탈당한 인간의 분노일까? 그건 아니었다. 그 누구보다 예민한 강혁이었기에 알 수 있었다. 이건 명백한 설렘이었다.

'내가 미쳤나.'

강혁은 고개를 가로젓다가, 이내 차창 밖으로 내다보이는 주택을 바라보았다. 다른 건 몰라도 한유림이 부동산은 꽤 잘한 셈이었다. 서울에 이만한 집이 있다니. 무슨 거창한 계획이나 계산이 있어서는 아니었다. 단지 사별한 부인과의 추억이 남아 있는 곳이라 도저히 떠날 수 없을 것 같아 무리해서 사놓았다고 들었다.

'운이 좋다고 하기엔……'

평생 다시 만나지 못할 인연과 사별한 인간이었다. 가끔 내비치는 슬픔을 강혁은 알고 있었다.

벨 소리가 울리기 무섭게 문이 열렸다. 한유림과 딸 지영이 도도도 앞으로 달려왔다. 언제 봐도 참 닮지 않은 부녀지간이었다. 어쩜 저렇게 엄마만 닮을 수 있는 걸까?

"교수님!"

"어어, 지영아. 껴안는 건 좀?"

강혁은 생명의 은인에게 달려든 지영을 한 손으로 토닥거려 주었다. 어찌 보면 하나뿐인 아버지를 벌써 2년이나 제멋대로 써먹은 사람인데, 여전히 환영해주고 있는 것에 대한 감사였다. 물론 한유림에게는 걱정 말라고 나머지 한 손을 흔들어주었다.

'지영이가 인기가 얼마나 많은데……. 벌써 태화에 얘한테 반한 애가 한 트럭이야, 이 사람아.'

아무리 강혁이 잘난 사람이라고 해도, 나이 차가 너무 나지 않나. 게다가 강혁과는 접점도 많지 않았다. 이건 누구에게나 마찬가지이기도 했다. 누군가와 정도 이상 가까워지기엔 강혁이 너무 떠돌았다. 언젠가는 정착할 날이 올 수도 있겠지만 강혁은 아직 때가 안 되었다고 느꼈다.

"그래, 건강하네. 다행이야."

강혁은 그 짧은 사이에 진단까지 마치고는 지영의 머리를 쓰다듬어주었다. 그러곤 집 안으로 들어섰다. 호텔과는 다른, 누군가 정말 살고 있다는 느낌을 주는 공간이었다.

"인테리어는 또 나름 신경 쓰고 사신단 말야?"

"어? 그럼 내가 센스가 좀 있지."

"노인네 센스가 아닌데."

"사실은 우리 와이프 솜씨지. 20년이 지났는데도 촌스러운 구석이 없어."

주절거리면서 눈물을 글썽이는 한유림을 보면서, 강혁은 아차 싶었다. 하여간 이 집에서는 뭔 말만 하면 와이프 엔딩이다 보니 주의에 주의를 거듭해야 한다는 것을 잠시 잊었다.

"아빠, 주책이야."

"아, 그래. 하하. 스키장 가야지?"

"응, 제가 다 예약해놨습니다. 3일밖에 못 가긴 하지만."

"좋다, 좋아. 역시 우리 딸이야."

"근데 우리만 가는 건 맞아?"

강혁은 능숙한 솜씨로 아버지를 위로하고 있는 한지영을 향해 물었다. 아무리 봐도 이렇게 셋이 갈 것 같지가 않아서였다. 한유림은 어떻게 생각하고 있는지 모르겠으나, 강혁이 아는 한지영은 지도자 기질이 있는 인간이었다. 벌써 외과에서는 한지영이라는 대어에 군침을 흘리고 있다지 않나. 나중에 어디서 무엇을 하게 될지 모르겠지만, 하여간 여상한 삶을 살 것 같지는 않았다.

"아, 아뇨. 백 교수님은 미국으로 또 나가신다면서요."

"어, 그렇지."

"근데 그냥 보내는 건 좀 그렇죠. 아는 사람들 불렀어요."

"아는 사람?"

이번에 반문해온 것은 한유림이었다. 백강혁이 아는 사람이라니? 누와라엘리야에 있던 사람들 말고 더 있기는 하던가? 진심으로 궁금해하는 얼굴이었다. 한유림이 아는 강혁은 지독히 잘난 인간이면서 동시에 지독히 외로운 인간이라서 더더욱 그랬다.

'이 불쌍한 놈.'

처음엔 저 잘난 맛에 사느라 그렇게 된 거라 여겼더랬다. 실제로 잘난 게 맞기는 했다. 하지만 녀석이 외로운 건 오로지 사명감 때문이었다. 그 누구도 자기처럼 살 수는 없다는 걸 누구보다 본인이 제일 잘 알았다. 자신처럼 잠시 그 꿈에 편승해 도울 수 있는 사람은 있겠지만 너무 가혹하지 않나. 어떤 한 지역을 내내 품는 것도 아니고, 안정이 되면 또다시 험악한 곳으로 가는 삶이라니.

"가보시면 알아요. 제가 최대한 불러봤어요. 스키 못 탈 수도 있어요. 너무 반가운 얼굴이 많아서."

"음. 그럴 수가 있나."

"하여간 가요. 제가 운전합니다."

"오."

한유림은 딸이 운전하는 차에 탈 수 있다는 얘기에 움직이지 않을 수는 없었다. 한유림은 홀린 듯 조수석에 앉았고, 강혁은 뒷자리에 앉았다.

"아유, 차가 크네."

앉고 보니 SUV였다. 한지영은 껄껄 웃었다.

"전공의 때는 몰라도 전문의되면 어디로 가게 될지 모르니…… 일단 크고 잘 나가는 차로 뽑았죠."

"벌써 오지를 생각해? 그냥 태화에 남아……. 아버지가 그 정도는 끌어줄 수 있어."

"글쎄요. 거기는 벌써 팀이 돌아가고 있어서."

"아니, 지영아……."

한유림은 웃을 수 없었다. 이유를 듣고보니 고생하겠단 의지가 철철 흘러넘쳐서 그랬다. 이게 딴 사람이라면 기특하다! 역시 한국 의료계의 등불이다! 하고 말겠지만 자기 딸이다 보니 그럴 수가 없었다. 아무리 이전보다 나아졌다고 해도, 한국에서 외과 의사의 삶은 험악하기 그지없지 않나. 남들이 알아주지 않는 삶이라는 건 생각보다도 더 힘들었다. 지영은 아버지가 그러거나 말거나 일단 액셀부터 밟았다. 평소에도 밟는지 차가 쭉쭉 잘 나갔다.

"어어, 지영아?"

"다 보고 있어요."

"어어."

"자꾸 그러면 더 불안하니까 그냥 좀 주무실래요?"

"백 교수가 하도 운동시켜서 낮에는 잠도 잘 안 와."

"아휴."

한유림은 차라리 안 보는 게 낫겠단 일념으로 눈을 질끈 감고 있었다. 강혁은 그 꼴을 가만히 보고 있다가 슬그머니 손잡이를 잡았다. 생각했던 것보다도 더 운전이 와일드해서 그랬다. 아마 한유림이 뒷자리에 앉았다면 어지러워서라도 눈을 감아야 하지 않았을까?

"다 왔어요."

험한 운전의 대가로 일행은 내비게이션 안내보다 무려 30분이나 일찍 스키장에 도착할 수 있었다. 애초에 평일이라 별로 막히지도 않아서 가능한 일이었다.

"오, 백 교수님!"

체크인하기에도 이른 시간이라, 일단 스키나 탈까 하고 스테이션으로 향하고 있으려니 누군가 인사를 해왔다. 되게 반가워하는 얼굴을 하고 있었다. 안중헌 그리고 김강률이었다.

"오, 잘 지냈어?"

"네, 그럼요. 덕분에. 하하."

"아유, 우리 팀장님은 이제 출동도 안 나가세요. 짬바가 장난이 아닙니다."

강혁으로서는 드물게 함박웃음을 지어 보였다. 이 둘이야말로 사선을 함께했던 동료들이었으니 당연한 일이었다.

'아, 저 둘. 맞네.'

뒤에 있던 한유림도 뭉클하고 있었다. 생각해보니 병원 안에만 동료가 있는 게 아니었다. 저 둘이 아니었다면 아마 한국대학교 외상센터가 더 많은 고생을 해야 했을 터였다.

"교수님."

"아……. 최 감독님."

아는 얼굴은 이뿐만이 아니었다. 최하림이 다가왔다. 엄청난 다큐멘터리를 제작해, 외상센터의 문제점과 존재 의의를 만천하에 알렸던 사람이다.

"교수님, 저 임준혁입니다."

"오, 추노."

추노도 와 있었다. 이제 어엿한 전문의가 된 채였다.

"저 외상 외과 전문의 지원했습니다."

"이야……. 할 수 있겠어? 또 도망가는 거 아냐?"

"에이, 그럴 리가요. 저 이제 달라졌습니다."

"달라져야지. 그래야 가능한 일이니까. 하여간 반갑네."

"저도 그렇습니다."

해후를 나누고 있으려니 멀리서 꽁지머리를 휘날리며, 체격이 건장한 사람이 다가왔다. 마약 수사대의 반장, 박철순이었다. 옆에는 멋쩍은 얼굴을 한 사내가 하나 더 있었는데, 우창윤 형사였다.

"이 녀석이 또 늦어가지고…… 인사도 지각이네."

"아니, 차가 막혔다니까요."

"평일에 스키장 오는 길이 왜 막혀! 이제 눈도 거의 다 녹을 판에 누가 여길 온다고."

"진짜로 제가 오는 길은…….'

지각 대장이라더니 사람은 변하지 않는 법이라는 걸 몸소 증명하고 있었다. 강혁으로서는 차라리 잘되었다 싶었다. 원래 몸뚱어리에 총알이 한 번이라도 박히고 나면 안 좋은 쪽으로 변하기 마련 아니던가. 그러느니 저런 게 백번 나았다.

"반갑습니다. 잘 지내시죠?"

"잘은 지내는데 또 바빠지고 있어요. 유지상 잡아 처넣었더니 또 딴 놈이 생겨서."

"고생 많으십니다."

"그래도 전보다는 나아요. 확실히 수숩하고 있어요."

"다행입니다. 우 형사님은 몸은 좀 어때요?"

"내근직으로만 도니까 뭐 땡보죠."

박 반장은 진짜 죽을 뻔했던 부하 직원의 어깨를 두드렸다. 말은 이렇게 해도 눈에는 애정이 잔뜩 담겨 있었다. 우창윤도 그걸 모르지는 않는지 껄껄 웃었다.

"뭐…… 사실 밖에서 고생할 때보다는 낫죠."

좋아 보였다. 그래서 강혁도 웃었다.

'어흑.'

눈물은 엉뚱한 곳에서 터지고 있었다. 한유림은 기둥 뒤에 숨어서 소맷자락을 먹고 있었다. 저 외로운 놈에게 실은 저렇게 많은 사람이 있었다는 걸 이제야 실감해서 그랬다.

"아, 이거."

한지영이 강혁에게 다가가 휴대폰을 들이밀었다. 웬 휴대폰인가 하고 들여다봤더니 아는 얼굴이 떠 있었다.

"강일구 교수님?"

"하하. 이렇게 인사드리네요."

"아프리카예요?"

"네. 제2의 인생은 남수단에서 보내려고요. 이태석 신부님 계시던…… 톤즈로 왔습니다."

"좋은 일입니다. 너무 무리하진 마시고, 제가 한번 가죠."

"좋죠!"

강혁은 그렇게 무수한 인파에 휩쓸려 다니면서 끊임없이 웃었다. 스키를 탈 때도, 라면을 먹을 때도, 숙소에 들어가 한잔할 때도 그리고 잠잘 때조차 혼자가 아니었다. 지난 2년간 혼자만의 시간을 바랐다고 생각한 사람치고는 지나치다 싶을 정도로 즐겁

게 웃었다.

'좋은 선물을 받았어.'

강혁조차 몰랐던, 인연의 소중함을 알게 된 순간이었기에 그랬다.

'그래, 언젠가는……. 언젠가는 자리를 잡자고.'

강혁은 모두가 잠든 새벽 홀로 일어나 별을 바라보았다. 한때는 이렇게 얽히고설키는 인간관계가 결국 자신의 사명감을 붙잡게 되지는 않을까 두려워했던 적도 있었다. 하지만 지나고 보니 이들 덕에 여기까지 올 수 있었더랬다. 아마 앞으로도 그러지 않을까.

'그래도 아직은…… 아직은 갈 길이 남았어.'

덕분에 외롭지 않게, 더 힘을 내어 다시 새로운 곳으로 향할 수 있을 것 같았다.

〈끝〉

중증외상센터
골든 아워 XV

초판 1쇄 인쇄 2022년 8월 17일
초판 1쇄 발행 2022년 8월 30일

지은이 한산이가(이낙준)
펴낸이 김선식

경영총괄 김은영
책임편집 한나래 **디자인** 박수연 **책임마케터** 배한진
콘텐츠사업6팀장 임경섭 **콘텐츠사업6팀** 박수연, 한나래, 정다움, 임고운
편집관리팀 조세현, 백설희 **저작권팀** 한승빈, 김재원, 이슬
마케팅본부장 권장규 **마케팅3팀** 권오권, 배한진
미디어홍보본부장 정명찬 **홍보팀** 안지혜, 김민정, 오수미, 송현석
뉴미디어팀 허지호, 박지수, 임유나, 송희진, 홍수경 **디자인파트** 김은지, 이소영
재무관리팀 하미선, 윤이경, 김재경, 안혜선, 이보람 **인사총무팀** 강미숙, 김혜진, 황호준
제작관리팀 박상민, 최완규, 이지우, 김소영, 김진경, 양지환
물류관리팀 김형기, 김선진, 한유현, 민주홍, 전태환, 전태연, 양문현, 최창우
웹 콘텐츠 작가컴퍼니

펴낸곳 다산북스 **출판등록** 2005년 12월 23일 제313-2005-00277호
주소 경기도 파주시 회동길 490
대표전화 02-704-1724 **팩스** 02-703-2219 **이메일** dasanbooks@dasanbooks.com
홈페이지 www.dasanbooks.com **블로그** blog.naver.com/dasan_books
종이 아이피피 **인쇄·제본** 갑우문화사 **코팅 및 후가공** 평창피앤지

ISBN 979-11-306-9293-7 (04810)
       979-11-306-9288-3 (세트)

GOLDEN
HOUR

×

SUPPLEMENTARY
STORY

차례

미친 인턴

"얘기 들었냐?"

"뭔 얘기."

"지금 응급실 도는 인턴……. 걔 보통 아니라던데."

"아, 백강혁? 걔 학생 때부터 유명하긴 했어. 엄청 잘생겼잖아."

"생긴 게 문제가 아니라……. 어, 저기 간다."

"어어. 근데 우리…… 우리가 왜 숨어?"

"아, 그러네."

강혁은 수군거리던 두 레지던트를 힐끔 바라보고는 발걸음을 내디뎠다. 병원 로비에서 허비할 시간 따위는 없었다.

'아, 배고파. 삼각 김밥이라도 먹어야지…….'

오늘로 응급실 인턴이 된 지 3일. 어떻게 된 게 밥도 안 주고 사람을 부렸다. 밖이었으면 벌써 주먹다짐이라도 했을 텐데 여기는 병원이다보니 그럴 수도 없었다.

'밥은 먹여야지. 아니, 물은 줘야지.'

어제는 근무 시간 내내 물도 못 먹었다. 그때의 고통을 생각하면, 역시 출근하기 전에 뭐라도 챙겨 먹는 게 최선이었다.

"어, 강혁아."

"오. 성지. 살아 있네. 어제 뒤지게 혼나더니."

"일부러 그러는 거 같아. 아니, 내가 어제 뭘 어쨌다고?"

"원래 3월 응급실은 군기 잡느라고 그런대."

"너는 왜 안 혼내지? 아니, 뭐…… . 그럴 거 같기도 하고."

편의점에서 우연히 마주친, 그러나 응급실 인턴이라는 것을 생각하면 결코 우연이 아닌 동기 강성지는 강혁을 물끄러미 바라보다가 이내 체념한 듯한 표정을 지어 보였다.

'나라도 이놈 앞에 서면…… 화내기가 좀 그렇지.'

일단 생긴 게 문제였다. 키도 키인데 얼굴이 괜히 사람 주눅 들게 하는 게 있었다. 오죽하면 실습 돌 때부터 단 한 번도 혼난 적이 없었겠나. 단체로 혼날 때도 강혁이 끼어 있으면 어쩐지 시간이 줄더라는 얘기가 있었다.

"하여간 가자. 늦겠다."

일을 못 하면 또 모르겠는데 일도 잘했다. 하물며 밥도 빨리 먹었다. 저렇게 먹는데 왜 몸은 좋을까.

"어어. 그래."

강성지는 그런 생각을 하며 남은 삼각 김밥을 입에 밀어 넣었다. 그러곤 강혁의 뒤를 따랐다.

"으."

얼마 지나지 않아 둘은 응급실에 들어설 수 있었다. 애초에 병원이 그리 크지 않아서 그랬다. 지하 1층에 있는 편의점에서 잠깐 올라오면 바로 응급실이라고 해도 과언이 아닐 지경이었다.

"여기, 여기 좀!"

이렇게 작은 병원인데 왜 이렇게 환자는 많을까.

"야, 인턴! 출근했으면 멍하니 있지 말고······!"

강성지는 본능적으로 고개를 돌려 시계를 보았다. 정식 근무 시간은 주간 인턴이 아침 9시부터 저녁 9시. 야간은 반대로 저녁 9시부터 아침 9시였다. 지금 시각은 오전 8시 반. 30분이나 일찍 왔음에도 불구하고 저 난리였다.

"야, 강혁아. 저놈 진짜. 어, 어디 갔어."

불만을 토로하기 위해 옆을 돌아봤더니만 강혁은 이미 없었다. 어디 갔나 하고 두리번거릴 필요는 없었다. 강혁은 어디에 있든지 간에 눈에 띄니까.

"환자분, 배가 아프시네요?"

질문이 이상했다. 보통은 '어디가 아프세요'라고 묻지 않나? 하물며 이 환자는 신환이었다. 방금 이송 요원의 손에 이끌려 들어오는 것을 강성지뿐만 아니라 다들 보았다.

"아, 네."

"일단 여기 누워볼래요?"

그러나 강혁은 환자의 배가 아프다고 확신한 채 진료를 이어 나가고 있었다. 환자는 뭔가에 홀린 듯 기껏해야 3일 된 인턴의 말에 하릴없이 따랐다. 빈 침대에 누웠다는 뜻이었다.

"저 새끼. 3일 된 놈이 뭘 안다고."

응급실 레지던트가 콧김을 내뿜으며 그쪽으로 향했다. 강성지는 일단 어그로가 딴 데로 튀었다는 생각에 안심한 채 겉옷을 가운으로 갈아입었다.

"여기 아프죠?"

"으. 으아!"

"뗄 때는?"

"뗄 때는 그닥……."

"만성 췌장염입니다. 여기는 처음이에요?"

그사이, 정말로 짧은 시간 안에 강혁은 환자에게 진단명을 말하고 있었다. 배탈이나 맹장염 따위의 흔한 질환도 아니었다. 만성 췌장염이라니. 레지던트는 후, 하고 심호흡을 쉬었다.

'얼굴 보지 말고 화내자.'

마주하면 또 화를 내지 못할 게 뻔했다. 잘생겨서는 아니었다. 아니, 잘생기기는 했는데 그 이전에 좀 무서웠다. 위압적인 체격과 '네까짓 게'라고 말하는 듯한 눈. 그러니까 안하무인격으로 구는 눈동자를 마주하고 있다 보면 정말 나 같은 놈이 뭐라고, 하는 생각이 들었다.

"야. 갑자기 뭔 만성 췌장염이야!"

해서 고개를 살짝 숙인 채 소리쳤다. 아마 거울로 이 꼴을 볼 수 있으면 절대로 그러지 않았을 터였다. 진짜로 볼썽사나웠으니.

'저게 뭐 하는 짓이냐…….'

'저럴 거면 그냥 부드럽게 말하든가.'

'감히 우리 백강혁 쌤에게? 오징어 새끼가?'

적지 않은 세월을 함께한 간호사들조차 쉴드 치기가 좀 어려운 상황이었다. 하여간 아무리 그래도 위 연차가 화를 낸 상황이었다. 게다가 강혁은 어찌 되었건 햇병아리 인턴. 아직 3월도 아니니 정식 인턴도 아닌 셈. 쫄아야 당연했다.

"그 외에 다른 진단명을 떠올릴 수 있으세요?"

물론 강혁은 그러지 않았다. 도리어 질문으로 응수했다.

"다른…… 진단? 인마! 검사를 해봐야지!"

"꼭 검사를 해봐야 아나요?"

황당해서 또 소리를 쳐봤는데 소용이 없었다. 또 다른 질문이 돌아올 뿐이었다.

'기분 묘하네, 이거? 꼭 내가 아랫사람 같잖아?'

'아랫사람으로 보이는 거 맞는데…….'

이게 맞는 건가 싶어서 다른 간호사를 돌아보았다. 척하면 척 통할 사이가 된 사람이라 간호사는 뜻을 알아들었다. 소용은 없었다.

"그……. 아니, 검사를 해야지……."

다른 놈이 상대였으면 호통이라도 쳤을 터였다. 검사를 하는 건 당연한 일이니까. 하지만 상대가 백강혁인 데다가 너무 당당하니까 오히려 말끝이 죽었다. 강혁은 그런 레지던트를 내려다 보며 말을 이었다.

"검사 없이 진단이 가능한데요? 그래도 해야 돼요?"

"아니……. 그. 내과 콜 하려면."

"내과 콜 하려고 검사를 해요?"

"아니, 그게 아니라!"

대화를 이어나가다 보니 말이 꼬였다. 자꾸 이상한 말이 튀어 나왔다.

"아무튼, 환자 좀 볼게요. 방해를 하시네, 자꾸."

"아니. 그."

그마저도 쉽지 않았다. 강혁은 제멋대로 말을 끊고는 환자에게로 돌아갔다.

"술 많이 드시죠?"

"아…… 네. 그건 어떻게……?"

"그 휴대폰. 충전하는 부위가 완전히 망가졌잖아요. 술 취해서 꽂으려고 하면 그렇게 망가질 수밖에 없죠. 액정도 나갔고……. 무엇보다 술 냄새나요."

"저 오늘 안 마셨는데."

"냄새는 배기 마련이죠."

"아."

그러고는 예의 그 막무가내의 진료를 이어나갔다.

"아마 이번이 처음 아닐 거 같은데, 맞죠?"

"네? 아, 네. 원래는 서울에서……. 오늘은 출장 왔다가……."

"어제 술 마셨구나."

"네? 아, 네."

"진통제 드릴게요. 알고 계시겠지만 이거 방치하면 당뇨 생겨요. 암도 생기고. 조심하셔야 합니다."

"네. 감사합니다. 그……, 네."

아무래도 한두 번 아팠던 게 아닌 모양이었다. 환자는 '어떻게 알았지' 하는 표정이더니, 얌전히 자리에 누웠다. 그제야 강혁은 다시 레지던트를 돌아보았다.

"계속 있으시네. 뭐 할 말 있어요?"

할 말이 없어지게 만들면서였다.

'시발.'

레지던트는 일단 뒤로 돌아섰다. 환자가 원래 그 병이 있는 게 맞다는데 뭐 어쩌겠는가.

'두고 보자.'

두고 보자는 놈치고 무섭다는 사람 없다는 생각이 동시에 들었다.

'아냐, 아냐!'

레지던트는 고개를 황급히 내저었다. 그때 전화가 울렸다.

"네, 무안대 병원 응급실입니다."

레지던트는 짜증을 뒤로하고 잽싸게 전화를 받았다. 응급실에 직통으로 걸려오는 전화는 대개 119라서 그랬다.

"네, 119입니다. 떡 먹다 목에 걸린 노인······. CPR로 갑니다."

"네? 아니, 왜 아침부터 떡을 드셨대. 나이가 몇인데요?"

"78세요. 원래 정정하셨다는데······. 지금은 의식 없습니다."

"얼마나 걸려요?"

"5분? 지금 최대한 밟고 있습니다. CPR 중이고요."

"네. 알겠습니다. 아, 기도는?"

"확보 안 됩니다."

"네."

역시나 그랬다. 그것도 그냥 환자가 아니라 CPR 케이스. 어느새 강혁에 대한 짜증은 사라지고 없었다. 그저 눈앞에 해야 할 일이 있을 뿐이었다.

"다 모여! CPR!"

규모에 비해 환자가 많은 병원이었다. 지방에 있는 병원치고 어렵지 않은 병원이 없어서 그랬다. 특히 응급실은 툭하면 적자가 나기 일쑤라 이 근방에서 응급실이 제대로 굴러가는 병원은 이곳 하나뿐이었다. 다들 격무에 시달리고 있다는 얘기다.

"네!"

지친 얼굴임에도 불구하고 일단 처치실로 몇 명이 모였다. 인턴들은 당연히 모였다. 강성지도, 강혁도.

"야, 아까 왜 그랬어."

"뭘?"

"아니……. 윗사람한테 왜……, 왜 개겨."

"내가? 나 안 개겼는데. 하여간 준비해. 오고 있어."

강성지는 브리핑을 전해 들으면서 강혁에게 속삭였다.

'아니, 이놈은…… 좋은 놈인데 왜 말을 그렇게 해서.'

동기들 사이에서도 경원시되는 존재가 강혁이었다. 딱히 친구라 부를 만한 사람은 거의 없을 터였다. 아마 강성지 정도? 이것도 사연이 있어 그랬다. 적어도 강성지에게 강혁은 은인이었다. 그래서 더 안타까웠다. 착한 놈인데 말을 그렇게 해서 오해를 산다는 생각이 들어서였다. 물론 인턴 나부랭이들에게 잡담할 시간이 오래 주어지진 않았다.

"온다! 준비!"

곧 앰뷸런스 소리가 들렸다. 시골길이다보니 막히지도 않는 모양이었다.

"바로 처치실로요!"

"네. 기도 확보부터 좀."

"얼마나 됐죠? 유선상으로 못 들어서."

"다행히 같이 사는 아내분이 바로 연락을 줘서⋯⋯. 집도 바로 옆이고요. 이제 한 8분? 기도 폐색이 완전히 된 건 5분가량입니다. 바로 CPR 했고요."

"네."

78세에 기도 폐색. 예후가 좋을까? 아닐 것 같았다. 높은 확률로 살아 날 수 없을 터였다. 하지만 흉부 압박을 진행하며 병원에 도착했다. 그럼 살리기 위해 최선을 다해야 하는 것이 응급실 의사로서의 본분이었다.

"CPR 이어서 하고! 기관 삽관할 거 줘봐요!"

"네!"

일단 강성지가 환자의 가슴을 눌러댔다. 그사이 간호사들은 채혈 및 라인 잡기 그리고 기타 바이털 체크에 나섰다. 응급실 레지던트는 환자의 머리 쪽으로 이동해 기관 삽관을 시도했다.

"아, 이런 젠장."

하지만 진짜 보이는 게 없었다. 떡만 보였다. 그것도 이리저리 씹혀서 물러진 떡만.

'기관 절개⋯⋯. 아, 빨리할 자신은⋯⋯ 어?'

망연자실한 상황. 그때 레지던트의 눈에 강혁이 들어왔다. 메스 내신 블레이드 하나만 든 채로.

"너, 너 뭐 해!"

"사람 살리는데요."

"뭐 인마?!"

말릴 새는 없었다. 언제나 그렇듯 응급실은 톱니바퀴 돌아가듯 돌아가고 있었으니까. 그 말은 모든 인원이 자기 할 일 하느라 바쁘다, 이 말이었다.

"야, 야!"

이 때문에 레지던트도 소리 지르는 것 외에는 할 수 있는 일이 없었다. 그사이 강혁이 쥔 블레이드는 환자의 목을 갈랐다. 응급 기관 절개 시에 주로 쓰이는 세로 절개가 아니라 가로 절개였다. 강혁은 왼손에 쥔 거즈로 피를 닦아내면서 동시에 박리까지 해냈다. 그래봐야 머리 위에서 보기엔 인턴이 헛짓거리하는 것처럼만 보일 뿐이었다.

"야, 그만해!"

해서 소리를 질렀는데, 강혁이 손을 내밀었다. 어느새 블레이드는 바닥에 내려놓은 후였다.

"뭐, 뭐야."

"뭐긴요. 삽관하려던 거 주세요."

"어⋯⋯?"

"넣어야죠."

"어? 어어."

당황한 나머지 플라스틱 관을 줬더니 그걸 쑥 하고 목 안으로 밀어 넣었다. 그 말은 인턴이 기관절개술을 잘했다는 뜻이었다. 그것도 몇 초 되지도 않는 시간 내에.

"잘 들어갔네요. 고정하고……. CPR 계속하죠. 이래도 살 수 있을지는 미지수니까."

그 엄청난 일을 해내놓고 정작 강혁은 무심한 얼굴이었다. 그저 환자의 바이털 사인에만 시선이 꽂혀 있었다. 아직 심장은 뛰지 않고 있었다.

"어……. 어, 그래! CPR이야! 계속해!"

옳은 말이었다. 해서 레지던트는 어쩔 수 없다는 생각에 강혁의 말에 동의했다.

"아니, 잠시만."

하지만 금세 가로막혔다. 강혁이 돌연 손을 위로 들어 올리며 말했다.

"어?"

"리듬…… 있어요."

"뭔 리듬이……."

리듬이라는 소리에 모니터를 돌아보았다. 노이즈 때문에 알 수 있는 게 하나도 없었다. 여전히 강성지가 열과 성을 다해 가슴을 누르고 있어서 그랬다.

"성지야, 잠깐만."

"어? 어."

"야, 너는 내 지시도 없……, 어?"

해서 강혁은 강성지를 제지시켰다. 레지던트가 있는 상황에서 이런 식의 지시라니. 말도 안 되는 일이었다. 그래서 화를 내려 했는데 이번에도 타이밍을 놓쳤다. 리듬이 어느 정도 돌아오고 있어서 그랬다.

"좋아. 그렇게 오래된 건 아니어서……. 나이가 있긴 해도 ROSC(Return Of Spontaneous Circulation, 자발 순환) 됐네요."

강혁은 그 리듬에 눈을 둔 채로 말을 이었다. 레지던트로서는 할 말이 없었다. 죄다 맞는 말이라서 그랬다.

'이 새끼……. 인턴 맞나.'

레지던트는 강혁과 대거리를 하는 대신 환자를 돌아보았다. 목에 꽂혀 있는 관이 그제야 눈에 들어왔다. 아까는 경황이 없어서 그저 관이 꽂혀 들어가는 것만 봤으니까.

'이 미친…….'

절개는 그저 관이 들어갈 수 있을 만큼만 되어 있었다. 남는 절개 부분이 거의 없을 지경이라고 해야 할까? 이만하면 따로 봉합은 안 해두어도 좋을 것 같았다.

'인턴…… 맞나?'

이쯤 되니 화도 안 났다. 뭐가 되었건 간에 이 환자는 강혁이 살린 거니까. 그것도 자신은 꿈도 못 꾸는 술기를 펼쳐가면서.

'말이……, 말이 안 되는데.'

상식을 뒤집는 일이었다. 본래 의료는 도제식 교육이 보편화되어 있는 분야라서 그랬다. 위에서 가르쳐주지 않으면 아래에서는 배울 수 없었다. 어쩔 수가 없었다. 교보재라 할 만한 게 없었으니까 무조건 실전에서 배워야 하는데, 그 대상이 사람이니까. 그래서 제일 뛰어난 1년 차보다 제일 멍청한 2년 차가 더 낫다는 말까지 있었다.

"신환이요!"

해서 다시 한번 강혁을 보려고 했으나 이미 녀석은 처치실에서 나간 후였다. '신환'이라는 말에 반사적으로 이동했다.

'뛰어난데다가…… 성실하기까지 하다 이거지.'

싸가지는 너무 없지만, 환자 입장에서만 보면 최고의 의사였다.

"일단 화장실 가서 소변부터 받아 오세요. 딱 보니까 요로 결석이에요."

보자마자 진단을 내리고 그에 맞는 정확한 진단과 처치까지. 인턴이 이게 말이 되나? 아니, 레지던트도 어려웠다. 솔직히 말하면 교수 중에서도 잘 안 되는 사람이 있었다. 특히 아까 그 기관 절개는…….

'뭔가……. 뭔가 대단한 현장에 내가 있는 건 아닐까?'

그때부터였다. 레지던트 김지윤이 진료보다는 백강혁을 관찰하는 데 힘을 기울이게 된 것은.

*

"9시 됐지? 이제 가."

강혁 덕에 일이 훨씬 빨리 끝나고 있었다. 강혁이 있는지 없는지 체감이 될 정도라고 해야 할까? 하루 이틀 그랬으면 우연이라고 치부할 수도 있는데, 열흘째 이러고 있으니 이제는 그냥 믿어야 했다. 백강혁은 천재 의사라는 사실을. 그렇다면 둔재인 자신은 어떻게 해야 할까. 그저 엎드려 숭배하는 수밖에 없었다.

"웬일이지? 3월인데 제시간에 보내주고. 며칠 전부터 뭘 잘못 드셨나."

그 덕을 톡톡히 보게 된 강성지는 어리둥절하기만 했다. 인계 사항에 따르면 본래 근무 시간은 12시간이지만, 실제 근무 시간은 15시간도 훨씬 넘는다고 하지 않던가. 무슨 잘못, 무슨 잘못 등을 억지로라도 붙여서 집에 보내지 않더라는 것이 선배들의 공통된 의견이었다. 근데 9시 땡 치자마자 집에 가라니?

"기분이 좋나보지. 실제로 좀 좋아 보이던데."

"아니, 이게 이렇게 퉁 칠 일이 아니라니까? 응급실 사람들이 인턴한테 잘해주는 경우는 단 하나뿐이라고."

"뭔데."

"예쁜 여자 인턴이 있을 때."

"우리 다 남잔데?"

"그러니까 존나 이상하다, 이거지!"

아무리 생각해도 이상했다.

"하여간 고기나 먹을까?"

"어, 좋지."

이상한 건 이상한 거고 먹는 건 먹는 거 아닌가. 해서 강성지는 강혁의 말에 따라 소고깃집으로 향했다. 아무리 고깃집이라고 해도 9시 넘어서 들어가는 건 늦은 시간이겠지만 여긴 24시간 닫지 않는 집이었다. 근처에 병원이 있다보니 시도 때도 없이 병원 사람들이 찾아와서 어느 정도 장사가 되는 모양이었다.

"나왔다. 비싸고 맛은 그저 그런 고기."

24시간 여는 소고깃집이 있다는 건 나름 무안대 병원의 자랑이었다. 일부 선배들은 이게 우리 병원의 복지라고 농담을 할 정도. 하지만 맛은 그냥 그랬다.

"강혁아……. 사장님 있잖아."

"사장님. 비싼데 맛이 그냥 그래요."

"아니, 이 미친놈이!"

특히나 미각이 예민한 강혁에게는 더더욱 불만족스럽게만 느껴졌다. 그저 단백질 성분은 충분하니 이따가 운동할 때 도움이 될 거란 생각으로 먹을 뿐이었다.

"어휴. 이 학생 또 왔네. 맛없으면 딴 데 가."

그의 말에 사장님은 화도 내지 않았다. 맨날 와서 초 치는 소리 하는 애라는 걸 알아서 그랬다. 생긴 거라도 평범하면 잊어버리기라도 할 텐데 이놈은 언제 봐도 눈에 딱 띄는 외모를 하고 있었다.

"야……. 근데 넌 안 힘드냐? 어떻게 얼굴에 기름기가 하나도 없지?"

"너는 왜 그렇게 뭐가 나? 세수를 안 하나?"

"이 새꺄……. 세수 맨날 두 번씩 하거든? 그런데도 난다고."

"모르겠네. 난 원래 여드름도 안 났어."

"그……, 그래."

맨날 보는 강성지조차 얼굴 볼 때마다 놀랄 정도의 외모였다. 분명 같이 인턴 생활을 하고 있고, 아무리 봐도 강혁이 더 많은 환자를 보는 것 같은데 어찌 얼굴이 저럴까. 방금 씻고 나온 것처럼 보송보송한 피부에 뚜렷한 눈코입.

"개새끼……."

"응?"

"넌 개새끼야."

욕이 절로 나왔다. 물론 저질렀으니 한 대 맞을 각오는 해야 했다. 그런데 날아오는 주먹이 없었다. 강혁은 이미 딴 곳을 주목하고 있었다.

"뭐 해?"

"아, 저기."

"저기 아저씨들?"

무안대 병원 주변엔 공단도 있었다. 야근이 잦은 직장이다보니 이렇게 늦은 시간에도 식당은 붐볐다. 강혁의 기준에서 보면 맛대가리 없는 식당인데도 그랬다.

"어. 저기 저 중 하나."

"야야. 사람한테 손가락질하지 마."

"안색이 이상한데."

"어……? 술 마셔서 그런 거 아냐?"

강성지는 사회화가 덜 된 친구의 손을 억지로 내리면서도 대화는 이어나갔다.

'이 새끼 또 뭔가 봤나.'

강혁은 여러모로 특별한 놈이지 않나. 일단 본인부터가 강혁 덕에 목숨을 살렸더랬다.

"아니, 아냐. 분명 지금 통증이 있었어."

"아픈데 술을 먹어?"

"뭐……. 대수롭지 않게 여겼을 수 있지."

"야야. 왜……, 왜 일어나……."

강성지는 슬슬 고기 먹으러 온 것부터 후회되기 시작했다. 그냥 집에 가서 발 닦고 잠이나 잘걸. 어차피 내일 오전 9시까지 또 출근해야 할 텐데. 사실 밤 9시에 끝난 게 그렇게 일찍 끝난 것도 아니지 않나. 저녁이 아니라 야식을 먹는 셈이었다.

"아저씨."

"뭐야, 인마. 아까 손가락질하더니. 시비야?"

"지금 여기 안 아파요?"

강혁은 강성지가 그러거나 말거나 몸을 일으켜 아저씨 무리를 향해 다가갔다. 딱 봐도 거친 사람들이었다. 일단 대화에 욕이 섞여 있었다. 하지만 강혁은 그런 것에도 아랑곳하지 않았다.

"배? 갑자기 남의 배는 왜!"

질문이 날카로웠는지 당사자는 당황한 기색이 역력했다.

"야, 너 뭐야."

"이 새끼 뭐야."

그에 비해 나머지는 시비라고 여겼는지 날 선 반응을 보였다. 그중 하나는 어설프게 강혁을 잡으려고도 했다.

"어어."

별 소용은 없었다. 그냥 뒤로 밀쳐졌으니까.

"진료 방해하지 마세요. 죽어요."

"뭐, 인마? 죽어?"

살짝 오해할 만한 발언을 하는 바람에 본격적으로 시비가 시작되려는 찰나, 환자가 명치를 부여잡았다.

"으."

"벌써 때렸어?"

"안과 가보셔야겠네. 제가 때렸으면 죽었어요. 통증이 꽤 심한 걸 보니, 그냥 배탈은 아니에요. 심장 아니면 맹장인데."

"뭐……."

"으으……. 으……."

"아니, 이거 진짜 아픈 모양인데."

그냥 명치만 잡은 게 아니라 아예 바닥을 구르기 시작했다. 그제야 아저씨들도 흥분을 가라앉히고는 강혁을 바라보기 시작했다. 강혁은 그런 아저씨들을 보면서 별말을 하지 않았다. 그저 전화기를 집어 들 뿐이었다.

"아아. 아저씨들. 저희 여기 무안대학교 병원 의사입니다. 응급실로 가려고 하는 거예요."

수습은 언제나처럼 강성지의 몫이었다.

"아……. 의사야?"

"말을 하지."

"뭔 의사가 저렇게 잘생겼대."

하도 많이 해서 그런가, 말도 늘었다.

"여기 이 친구가 백강혁인데……. 명의예요, 명의. 나이는 어려도. 하하."

"그런갑네. 술자리에서 환자를 다 찾고."

앰뷸런스는 금세 왔다. 애초에 병원 코앞에 있는 가게였으니.

"신환이요!"

그렇게 강혁과 강성지는 방금 퇴근했던 병원 응급실로 다시 돌아왔다. 환자 하나를 데리고. 레지던트 김지윤의 입장에서는 당연히 황당할 수밖에 없었다.

"뭐야, 니들?"

뭐야. 뭐냐고. 김지윤이 할 수 있는 말은 그렇게 많지 않았다. 원래 사람이 어이가 없어도 너무 없어지면 이렇게 되는 법이었다. 사실 강성지도 딱히 할 말이 없는 건 마찬가지였다.

"환자가 있어서요."

뻔뻔스레 입을 열고 있는 건 당연히 백강혁뿐이었다.

"아니, 그건 나도 알겠어. 근데 왜 같이……."

"밥 먹다 식당에서 보니까 환자가 있어서요."

"그러니까 그게 뭔 소리야."

"교포신가."

"뭐?"

"한국말을 못 알아듣는 거 같아서요."

"이 새끼가."

"Can You Speak English?"

"야!"

"말이 안 통하네."

강혁은 어깨를 으쓱해 보이고는 환자에게로 돌아갔다. 강성지가 보니 지금쯤 김지윤의 혈압은 250도 넘을 것 같았다. 사람 얼

굴이 이렇게까지 순식간에 빨개질 수도 있구나 싶었다. 의학적
으로 불가능한 일이 벌어지는 느낌이랄까.

"저, 죄송합니다. 재가 원래 좀."

"이상한 건 알아. 아는데……. 후."

다행한 일은 김지윤은 처음에 비해 백강혁을 어떻게 해볼 생
각이 없어진 참이라는 거였다. 지랄해봐야 진짜 달밤에 혼자 춤
추는 꼴만 되는데 뭐 하러 그런단 말인가. 체념한 지 오래였다.

"그래. 후."

김지윤은 강혁에게 무용하게 소리 지르는 대신 심호흡부터 했
다. 그렇게 몇 번 하고 나니 기분이 좋은 건 아니어도 당황스러
움은 많이 가셨다. 또 여전히 그나마 말이 통하는 상대인 강성지
가 앞에 있었다.

"그래. 후. 대체 어떻게 된 건데?"

"일단 저기 앞에 아시죠? 24시간 하는 소고깃집."

"아, 장터고기."

"네. 거기서 고기 먹고 있다가 갑자기 강혁이가 아저씨들한테
손가락질하더니……."

"병원에서만 그러는 게 아니구나?"

"아, 네. 한결같아요."

"그건 좋네. 아니지. 좋은 게 아니지."

김지윤은 뇌가 어떻게 됐나 하는 얼굴로 고개를 절레절레 가
로저었다. 그러곤 다시 물었다.

"그래서. 다짜고짜 가서…… 패고 데려온 건 아니지……?"

불안해하면서였다. 실제로 사람 패는 걸 본 적이 있는 건 아니지만 흥미가 생긴 후로 이런저런 루트를 통해 물어봤더니만 역시가 역시였다. 압박감이 장난이 아니었던 게 우연이 아니었달까? 고등학생 때는 도내 넘버원이었다는 말까지 들었다. 시발. 의사가 도내 넘버원 주먹이라고?

"아, 아뇨. 명치 아프죠? 했더니 시비가 붙을 뻔했고……. 진짜로 환자분이 명치 아프다고 굴렀어요."

"그러니까 명치를 때린 거야?"

"아뇨, 아뇨. 강혁이가 그렇게 막 함부로 사람 패고 그러진 않아요."

"그럼."

"그냥 갑자기 명치 아프다고."

"허……. 그래서 여기까지 왔다고?"

"네."

뭐지 싶었다. 밥 먹다 말고 명치 아픈 환자를 발견해서 데려왔다고? 상식적으로 이게 맞는 건가 하는 생각이 들었지만 이내 그 생각은 고이 접었다.

'애초에 저 새끼랑 상식이라는 단어가 맞지를 않으니.'

게다가 그 짧은 시간 사이에 강혁이 뭔 짓을 했는지도 궁금했다. 이 새끼라면 분명 노티 없이 뭐라도 할 테니까.

"일단……, 일단 가자."

"네."

해서 갔더니만 역시나 무언가 벌어지고 있었다.

"저거 초음파 아니니……."

강혁이 초음파를 환자 배에 가져다대고 있었다. 그것도 아프다고 했던 명치가 아니라 우측 아랫배에. 거긴 맹장이 있는 곳이었다.

"네. 그……, 그렇네요?"

"인턴이 저걸 왜 만져?"

맹장염을 의심하고 있다는 걸 알 수 있는 상황이었다. 원래 명치 통증으로 시작해서 아래로 내려올 수 있으니까. 게다가 술에 취했다면 통증이 더 모호하게 느껴질 수도 있었다. 진단도 초음파나 CT를 찍는 게 맞았다. 하지만 인턴이…… 저걸?

"야, 백 선생!"

그렇다고 함부로 '야야' 하기도 뭐했다. 무서웠으니까. 게다가 실력도 본인보다 나아 보이기까지 했다. 적어도 지난 며칠간 봐온 바에 따르면 그랬다. 말도 안 되는 일이긴 한데, 실제로 그렇지 않나.

"네. 이제 한국어 좀 기억나세요?"

"아니, 이……. 아호."

애써 험한 말을 안 하려고 하고 있는데, 이것도 쉽지만은 않았다.

"그…… 원래 강혁이랑은 얘기 오래 하면 화나요."

강성지가 위로랍시고 던지는 말도 별로 도움이 되진 않았다. 애초에 인턴한테 이렇게 절절매야 하는 상황이 어이가 없었다. 하지만 김지윤은 어찌 되었건 응급의학과 3년 차였다. 밤의 응급실을 1차적으로 책임져야 하는 사람이라는 소리. 도저히 가만히 있을 수만은 없었다.

"야, 왜 초음파를 만져!"

"진단하려고요."

"아니, 그러니까 인턴이 초음파를 왜 해! 그거 보기 어려워서 CT 찍으라는 루틴 있는 거 몰라?"

"이 환자분 CT 조영제 알러지가 있으셔서요."

"어?"

"알러지가 있으시다고요. 한국어 공부 다시 하셔야겠다. 어디살다 오셨어요?"

"하아."

와, 이런 게 분노라는 감정이구나. 김지윤은 부들부들 떨려오는 몸을 주체하기가 힘들었다.

"열나나?"

그때 강혁이 이마에 손을 대서 더더욱 그랬다.

"아닌데?"

그러면서 주절거리는 말도.

"하여간……. 환자분 지금 맹장…… 원래는 충수 돌기염인데. 이거 터지기 직전입니다. 수술해야 해요."

할 말을 점점 더 잃어가고 있던 때, 강혁의 마지막 말이 간신히 김지윤의 정신을 잡아주었다. 레지던트를 무시하고 갑자기 진료 보는 것도 열 받는 일이었지만, 인턴이 이렇게 확신을 가지고 환자에게 아무 진단명이나 말하는 것은 위험한 일이었다. 게

다가 수술이라니? 그런 의견은 외과에서 말해야 하는 법이었다.

"야야."

"한국어 공부는 이따 시켜줄게요. OK?"

"야니, 새꺄! 니가 뭔데 맹장염을 진단해!"

"의사요."

"그…… 인턴도 의사지. 아니, 그게 아니라! 초음파를 어떻게 보냐고!"

"학생 때 배우잖아요. 안 배웠어요? 어느 나라에서 학교를 다니셨길래."

"와. 와!"

김지윤은 가슴을 쾅쾅 두드리다가 비로소 환자가 멍한 눈으로 자신과 강혁을 번갈아 바라보고 있다는 사실을 깨달았다. 그리고 환자가 자신을 볼 때마다 이 새끼 미친놈인가 하는 얼굴을 하고 있다는 사실 또한 깨달았다. 억울해 미칠 지경이었다. 지금 미친놈은 백강혁이었으니까.

"아무튼, 소견 말해줘요? 자, 봐요. 여기. 부었잖아. 기준을 넘어섰잖아."

"어……."

하지만 소견을 보여주는데 이게 또 너무 그럴싸했다. 확실히 교과서에 나오는 모습을 딱 보이고 있었다. 어떻게 알았냐는 말이 나오려는 걸 간신히 참았다.

"그, 그래도 수술 결정은 외과에서 해야 해."

"그럼 전화해주세요."

"어?"

"전화. Phone Call."

"어……. 그래."

참느라 정신이 없어서 원래 인턴이 해야 하는 노티를 본인이 하게 되었다. 실제로 강혁은 초음파를 쥐고 있으니 손이 없기도 해서 꽤 자연스레 일이 진행되었다. 물론 상대가 전화를 받는 순간, 김지윤도 깨달음이 있었다.

'하……. 내가 노티 하고 있네.'

저도 모르게 강성지를 돌아봤지만, 뭐 어쩌겠나. 이제 와서 전화 바꿔주면 그야말로 또라이가 될 텐데.

"아……. 응급의학과 3년 차 김지윤입니다."

"네? 아, 네. 무슨…… 무슨 일이죠?"

응급의학과 3년 차는 적어도 응급실 내에서는 거의 왕으로 통하는 사람이었다. 이런 사람이 갑자기 노티를 하자, 상대도 긴장했다. 대체 얼마나 안 좋은 환자가 왔기에 직접 연락을 했나 이런 생각도 들었다.

"그, 맹장염인데 터지기 전인 환자가 하나 있어서요."

"네? 맹장이요? 아……."

듣다보니 좀 김이 샜지만 한편으로는 응급의학과 3년 차가 맹장이라고 했으면 맹장이겠거니 해야 한단 생각이 들었다.

"일단 내려가겠습니다. 근데…… 오늘 저희 학회라 교수님들이 아무도 안 계셔서요. 위 연차 선생님들도 없고…….."

"어……. 그럼 어쩌죠?"

"제가 보고…… 가능한 병원으로 전원 조치하도록 하겠습니다."

"아, 네."

전원. 김지윤은 그 말을 들으면서 입맛을 쩝쩝 다셨다. 이 병원이 규모에 비해 왜 환자가 많겠나. 주변에 병원이 없어서 그랬다. 특히 응급실을 운영할 만한 규모의 병원은 아예 단 하나도 없었다. 처음부터 그랬던 것은 아닌데, 적자를 감당하지 못하고 죄 망하거나 망하기 직전에 최소 응급실이라도 문을 닫았다.

'갈 수 있는 병원이…… 여기서 적어도 2시간은 걸릴 거 같은데.'

심지어 도로 사정이 좋은 것도 아니었다. 막힌다는 게 아니라 그냥 도로가 후졌다. 최대한 덜컹거리는 것을 피해야 하는 앰뷸런스 입장에서는 정말이지 최악의 상황이었다.

"아, 이분이에요?"

하여간 좀 기다리다보니 외과 레지던트가 내려왔다. 얼굴이 익숙했다.

'야……. 너 이제 1년 차 됐잖아.'

1월에 응급실 돌던 인턴이었다. 그 말은 외과의가 된 지 이제 며칠 되지 않았다는 얘기였다. 그냥 인턴하고 동급이라고 보면 되었다.

'여기서 수술은 못 하겠네.'

2년 차만 돼도 맹장은 어떻게 할 수 있기는 했다. 간단한 수술이기도 하고, 또 베테랑 간호사들도 있어서 보조가 좋으니까. 하지만 쟤는 불가능했다.

"네, 여기서는······."

자기도 아는지 필사적으로 전원 보내려고 환자를 설득하고 있었다.

"잠깐만요."

김지윤도 응원하고 있는데 강혁이 나섰다.

'야, 넌 또 왜!'

울고 싶었다. 저 미친놈이 왜 나설까. 이유야 알 수 없는 일이지만, 무조건 상황이 나빠질 거라는 것 정도는 확신할 수 있었다.

"응?"

"이 환자······. 지금 터지고 있거든요? 전원 보내면······ 최소 2시간인데 그럼 환자 죽을 수도 있습니다. 원래 신장도 안 좋은 분이라 견디기 어려워요."

강혁은 그러거나 말거나 초음파를 보여주고 있었다. 확실히 아까까지만 해도 땡땡 부어 있던 충수 돌기가 쭈그러들고 있었다. 그리고 안에 있던 액체, 그러니까 농이 좀 줄어 있었다. 터졌다는 뜻이었다.

"여기서 수술해야 합니다."

"아니, 그렇게 말해도 나는······."

"제가 보조할게요."

"어? 네가 뭐라고."

"저 백강혁입니다."

김지윤 멘탈도 터졌다. 강성지는 보다 빨리 입을 막았어야 했는데 싫어서 발을 동동 굴렀다.

'미친놈아! 외과 지망이잖아! 장학금 받아서 딴 병원 가면 토해내야 한다며!'

친구의 앞길에 먹구름이 실시간으로 짙어지는 느낌.

"뭐…… 뭔……. 아, 잠깐만. 백강혁?"

한데 레지던트 반응이 좀 이상했다. 백강혁을 아는 느낌이었다. 아니, 알기는 알 터였다. 같은 학교에 다녔으면 모를 수가 없는 놈이니.

"최윤섭 교수님…… 이 말씀하시는 백강혁?"

"네."

"장학금 개인 돈으로 주시고 꼬셨다는?"

"네."

"아…….'

하지만 레지던트가 아는 백강혁은 그런 쪽이 아니었다.

―너희들 천재가 있다는 걸 믿니?

최윤섭. 외과계의 거두이자 상심한 채 지방에 낙향한 와룡과도 같은 존재. 입국식에서 술에 잔뜩 취한 그가 백강혁에 대해 떠들었더랬다.

―있어. 백강혁이라고. 내가 그놈 뽑으려고…… 돈 수천 썼다. 진짜 천재야. 아니……, 괴물인가…….

그리고 뻗어서 진짜 잊을 수 없는 기억이 되어버렸다.

'어쩌지?'

천재라고는 들었다. 무조건 외과로 뽑을 거라고도 들었고. 다른 사람 입이 아니라 무려 최윤섭이 그랬다. 자기 돈 수천을 태워서 겨우 영입한 인재라고까지 했더랬다.

'까면 안 되겠지.'

외과 계열은 아직도 의국에 들어가면 천장에 위 연차는 하늘, 아래 연차는 바닥이라는 문구가 적혀 있을 정도로 보수적인 과들이 있었지만, 최윤섭이 보우하는 후배라면 얘기가 좀 달랐다. 애초에 최윤섭은 무안대 병원에 있을 만한 사람이 아니지 않나. 대한민국 외과 전체를 통틀어 봐도 그보다 실력 좋은 사람은 거의 없다고 봐야 했다. 정치 잘못해서 나락으로 간 결과가 여기이긴 한데, 그래도 영향력은 여전했다.

"이, 일단 전화해보고요."

해서 레지던트는 무작정 강혁을 까는 대신 전화기를 집어 들었다. 기적이 벌어졌다고 해도 좋은 상황이거늘. 강혁은 레지던트를 노려보았다.

"야야. 미쳤어?"

강성지는 그런 강혁을 말려 보았다.

"뭐. 왜 미쳐."

"아니, 아니. 목소리 낮춰."

"낮췄어."

"음 말고 이 시발놈아! 작게 말하라고!"

별소용은 없었다. 강혁은 자신이 잘못하고 있다고는 추호도 생각지 않고 있었기에 그랬다. 그가 보기에 눈앞의 환자는 죽어가고 있었다. 그것도 느리지 않은 속도로. 이곳에서 수술을 하게 된다면야 죽을 확률이 거의 없겠지만, 이 상태로 병원을 찾아 떠돌게 된다면 아주 높은 확률로 길바닥에서 죽게 될 것이 뻔했다.

'뉴스에라도 나면 다행이지. 아니, 나도 뭐.'

그저 병상 없어 떠돌다가 죽은 환자 중 1인으로 기록되고 말터였다. 대한민국에 그런 일이 어디 한두 번이던가. 벌써 몇 번이나 반복되고 있음에도 개선되는 것은 없었다. 아니, 오히려 더 악화되고 있었다. 사회가 발전하면서, 특히 대한민국이 일일생활권으로 자리하면서 지방 병원은 말라 죽어가고 있지 않은가. 그 와중에 의학 전문 대학원이 생기면서 많은 수의 의사가 군필자로 들어오게 된 바람에 그나마 지방 의료를 책임져주던 공보의조차 씨가 말랐다.

'그러니까…… 이 사람아. 여기서 안 보면 이 사람은 죽어.'

강혁은 그래서 레지던트를 다시금 노려보았다. 다행인 것은 레지던트는 지금 전화하느라 정신이 없어서 강혁을 돌아보지 못한다는 점이었다.

"아, 네. 저 1년 차 하준수입니다. 노티 드릴 일 있어서 연락드렸습니다."

"뭐? 야, 오늘 학회인 거 몰라? 일단 다 보내!"

"그게……. 저, 압베 임펜딩 럽쳐(Appendicitis Impending Rupture: 맹장 파열이 임박한 상태)라서요."

"어? 아이씨……. 어쩌지?"

전화 받은 이는 4년 차. 압베가 터진다는 말의 무게를 아주 잘 알고 있었다. 게다가 4년 동안 이 근처 의료가 어떤 상황이 되었느지도 잘 알고 있었다. 환자는 죽을 터였다. 수술하지 않으면. 아니, 죽지는 않을는지도 몰랐다. 하지만 앞으로 죽도록 고생하게될 터였다. 제때 수술하면 별일 아니게 넘어갈 수 있었던 일로.

"오늘 콜 당직이 최윤섭 교수님이시긴 합니다."

"야······. 최 교수님이 아무리 모든 콜에 다 간다고 해도······. 오늘 여기 집담회 회장님이신데."

최윤섭은 그러한 상황을 방지하고자 애를 쓰고 있었다. 집담회라는 형식으로 무너져가는 지방 의료원을 다잡고 있었다. 교육도 해주고 쌈짓돈도 주고. 전자는 꽤 잘 먹혔다. 확실히 무안대학교 외과 교실은 지방대 외과임에도 불구하고 꽉 차는 병원이었으니까. 서울에 있는 병원들도 빵빵 구멍이 나는 과라는 걸 생각해보면 기적이라는 말로도 모자랐다.

"지금도 저기 한국 병원 원장님한테 가서서······."

후자는? 턱도 없었다. 순진한 젊은 의사들은 여전히 사람 살리는 삶에 경도되어 외과를 택하고 있었지만, 경영진들 중에는 그런 이가 극히 드물어서 그랬다. 아니, 경영진들이야말로 외과 의사를 비롯한 다른 이들에게 월급을 줘야 하는 입장 아닌가. 망할게 뻔한 응급실이나 수술실을 운영할 이유가 없었다.

"아이씨. 아무튼, 알았어. 전화 바꿔줄게."

4년 차는 그러한 최윤섭을 마음속 깊이 존경하고 있었다. 교수들 중에, 특히 TV 나가거나 나서기 좋아하는 교수 중에 겉 다르고 속 다른 이가 대체 몇이던가. 최윤섭은 그렇지 않았다. 지금도 자신보다 잘날 거 하나 없는 사람들에게 고개 숙이고 있는 그는, 진정한 영웅이었다. 그래봐야 아무도 기억해주지도, 알아주지도 않을 테지만.

"교수님."

"어, 왜."

최윤섭은 4년 차의 부름에 즉각 답했다. 어지간해서는 레지던트들이 회식 자리에서 교수를 찾지 않는다는 것을 잘 알고 있어서였다. 그런 최윤섭을 4년 차는 잠시 바라보았다. 명색이 회식 자리였지만, 술기운 하나 없었다. 당연한 일이었다.

'거의 혼자 365일 당직 서고 계시지.'

며칠 예외가 있다면, 최윤섭이 힘들어서 나가떨어진 날뿐이었다. 정말로 수술대에서 죽기라도 할 것처럼, 무언가에 화가 난 것처럼 환자를 살렸다.

"1년 차 하준수 선생입니다. 압베인데, 임펜딩 럽쳐…… 라고 합니다. 수술 안 하면 거의 바로 터질 것 같다고."

"아. 줘봐."

역시나 최윤섭은 원장에게 양해를 구하고는 곧장 전화를 받았다. 그뿐만 아니라 바로 나갈 수 있게 겉옷도 챙겼다. 레지던트들에게 회식비 줄 여윳돈은 있지만, 양복 바꿀 돈은 없는지 옷 안이 거의 다 해져 있었다.

'아니, 대체 왜 이렇게까지 사시지.'

4년 차는 고개를 가로저으며 그를 따라나섰다. 생각은 이래도, 최윤섭에게 깊이 동조하던 그였기에 그랬다. 아니, 스승이 못 이룬 꿈을 자신이 이뤄주고 싶었다. 당연히 오늘 술은 입에도 대지 않았다.

"어……. 사진 보내봐. 아니……, 터졌잖아! 일단 밀고 들어가!"

따르다보니 상황이 생각했던 것보다 더 급한 듯했다. 최윤섭은 이럴 때만 흥분하는 사람이지 않나.

"네? 제가요? 저는……."

"오늘 너만 남았나?"

"아, 네. 병동 당직도 있긴 한데 저랑 같은……."

"아, 이런 젠장. 2년 차……. 아, 2년 차 병가지."

꽉 채운다고 해봐야 정원 자체가 연차당 둘이었다. 최윤섭은 수술을 정말 열심히 가르쳐주는 동시에 열심히 하는 사람이다보니 연차당 둘이 꽉 차서 돌아간다고 해도 너무 빡빡한 일정이었다. 걸핏하면 쓰러지는 친구들이 있을 지경이었다. 최윤섭은 미안한 마음 반 초조한 마음 반으로 이를 갈았다.

"저, 그런데."

그때 1년 차가 말을 이었다. 속으로 말도 안 되는 일이라 생각하면서도 그랬다.

'혹시……. 그래도 혹시 몰라.'

그 또한 외과에 지원한 이유가 바로 최윤섭이었기에 그랬다. 이 특별한 인간이 예전부터 콕 찍어서 욕심을 낸 사람이라면, 그게 설령 인턴이라 해도 뭐가 다르지 않을까?

"응? 뭐 또 다른 문제 있나?"

"인턴이……."

"인턴? 너랑 인턴 둘이서? 안 돼. 그……, 마취하고 열 준비까지만 해."

"인턴이 백강혁 선생입니다. 진단도 이 친구가 했습니다. 일전에 교수님께서."

"어? 강혁이가 있어? 아, 그래?"

너랑 인턴 둘이서? 까지만 듣고는 역시 내가 미쳤지 싶었다. 하지만 백강혁 얘기를 하자마자 최윤섭 목소리에 화색이 돌았다.

"그럼 일단 들어가서 준비해. 쨀 수 있으면 째고."

"네? 그. 집도의는."

"너지, 미친놈아. 네가 외과 의산데. 그래도 보조의가 있으면 다를 거야."

"어……. 네."

"백 선생 좀 바꿔봐."

"네."

쨌다. 내가 쨌다. 초집도식을 이렇게? 와……. 하준수는 정신이 반쯤 나간 얼굴이 되어 전화를 강혁에게 건네주었다. 맥락상 교수랑 통화를 해야 한다는 것쯤은 강성지도 김지윤도 다 알았다. 그러니 강혁도 알 텐데, 강혁만은 표정에 별 변화가 없었다.

"네, 인턴 백강혁입니다."

"아, 백 선생. 최윤섭이야."

"아, 교수님."

"수술……, 할 수 있지?"

최윤섭은 상대가 인턴이라는 걸 알고 있으면서도 이런 질문을 던졌다. 뒤따르던 4년 차의 눈이 홉 하고 떠졌다.

'술 자셨나?'

취했나 싶을 지경이었다. 인턴이 수술이라니?

"기회를 주신다면요. 쉬운 수술이잖아요?"

"그래……. 그래도 칼을 직접 대는 건 안 돼, 보조해. 하지만 영 아니다 싶으면 알지?"

"제가 그런 건 잘하죠."

"알지. 어차피 늦어도 30분 안에 도착할 거야. 그 안에 버티고 있어."

"네, 교수님."

최윤섭은 전화를 끊고 뒤를 돌아보았다. 4년 차가 해명을 바라는 눈을 하고 서 있었다.

'그래, 뭐. 모르면 그럴 수 있지.'

자신도 그랬을 것이 뻔했다. 하지만 최윤섭은 봤다. 진짜 천재를. 그러니까 하늘이 내린 재능을. 배우지 않고도 할 수 있다는 게 무엇인지를.

"일단 가서 봐. 보면 너도 놀랄 거다."

"네? 놀라요?"

"너무 상처받진 말고. 나도 극복하는 데 오래 걸렸어."

"무슨……."

"가보면 알아."

꼴통 교수

최윤섭은 그렇게 말하곤 자연스레 운전석에 앉았다. 하도 오래된 차를 몰다보니 앉을 때마다 삐걱거리는 느낌이 들었다. 4년차도 이런 일이 하도 많았기 때문에 당황하지 않고 옆에 앉았다. 이번에도 역시 삐걱거렸다.

'나 졸국하면…… 선배들이랑 돈 모아서 차부터 바꿔드려야겠다.'

바꿔드린다고 얘기하면 아마 못 바꾸게 될 터였다. 그 돈 있으면 기금에 넣자고 할 게 뻔하니까.

'진짜……. 미친 교수님이라니까.'

학회 회식하다가, 그것도 자신이 만든 학회 회식하다가 병원으로 달려간다니. 그 자리에는 밑에 교수들도 있지 않나. 물론 최윤섭과는 달리 피치 못할 사정으로 여기 있는 사람들이긴 하지만, 그래도 최윤섭이 가라고 하면 가긴 갈 터였다. 그러나 최윤섭은 단 한 번도 수술을 뺀 적이 없었다. 언제나 서둘러 병원으로 갈 뿐이었다.

"어……. 이게 왜. 이렇게."

한편 강성지는 응급실에서 수술실로 걸어가고 있었다. 원래 같으면 고기 먹고 집 가서 자고 있어야 하는 시간인데 그랬다.

"나는 왜 왔지."

레지던트 김지윤도 그랬다. 원래 같으면 다음 번에게 인계하고 당직실에서 자다가 새벽에 다시 나와야 했는데 그랬다. 누가 오라고 한 건 아니었다. 다만 분위기가 그랬다.

'궁금하긴 해. 뭐야, 이 새끼?'

대체 뭐기에 강혁이 있다니까 수술 먼저 들어가라고 했을까? 최윤섭이면 병원 전체에서 유명한 꼴통 교수 아닌가. 의술에 있어서만큼은 원장이 와도, 그 누가 와도 타협이 안 된다고 들었다. 심지어 얼마 전에는 응급의학과 과장 멱살도 잡았다. 얼굴도 무섭게 생겨가지고 진짜 칼부림 나는 줄 알았더랬다.

"그……. 내가 집돈데. 처음이거든?"

"압니다."

물론 제일 당황스러운 건 1년 차 하준수였다. 얼떨결에 집도의가 되지 않았나. 긴장이라도 풀어보려고 강혁에게 말을 붙여봤는데 돌아오는 말이 너무 짧았다.

"안다고? 근데도 괜찮아? 걱정 안 돼?"

"네, 안 됩니다."

"아니……. 어떻게?"

"제가 있으니까요. 선배는 제가 시키는 대로…… 아니, 보조하는 대로만 하시면 됩니다."

인턴 놈이 돌았나. 1년 차 하준수는 자기만 믿으라고 하고는 수술방으로 들어가는 강혁의 뒤통수를 보며 생각했다. 물론 입 밖에 내지는 못했다. 두꺼운 목과 드넓은 어깨 그리고 수술복을 입음으로써 비로소 드러난 팔뚝 때문이었다. 말 그대로 돈 새낀데 함부로 말하다가 진짜 미쳐서 주먹이라도 휘두르면 어찌 되겠나.

'죽겠지? 저건 죽어.'

의사 몸이 왜 저럴까 이전에 사람 몸이 왜 저럴까 하는 생각부터 들게 하는 광경이었다. 그래서 1년 차 하준수는 불만을 품었지만, 절대 티를 내지는 않은 채 잠자코 수술방 안에 들어섰다.

"집도의 교수님 언제 와요?"

마취과 당직의가 퉁명스러운 얼굴로 물었다. 사정을 모르는 건 아니었다. 여기서 지금 배를 열지 않으면 환자가 위험해진다는 건 알고 있었다. 하지만 이제 외과 의국에 들어온 지 며칠 되지도 않은 놈이 칼 대는 것도 만만치 않게 위험한 일이었다.

'인턴이 한다고 해야 하나?'

하준수는 고민에 빠졌다. 아무리 생각해도 1년 차가 집도한다는 건 말이 안 되지 않나. 그렇다고 인턴이 한다고 하는 건 더 말이 안 되는 일이었다.

"이 선생님이 하십니다."

해서 눈알만 굴리고 있었는데 강혁이 대뜸 입을 열었다. 뒤에 있던, 그러니까 왜 여기까지 왔는지 모르겠단 얼굴을 하고 있던 응급의학과 김지윤과 인턴 강성지의 눈이 동그래졌다.

'거기서 왜 네가 말을 해?'

'수술방에서 왜 자기 집 안방처럼 구는 건데…….'

놀란 포인트는 서로 좀 달랐지만 하여간 둘 다 놀랐다. 물론 하준수만큼 놀라진 않았다.

"어, 어. 그러니까."

"1년 차가 집도한다고?"

"곧 최윤섭 교수님 오십니다. 근데 시간이…….'"

"그러니까, 처음에 칼을 너가 대?"

"그……."

마취과 의사도 놀랐다. 설마설마, 하고 있었는데 진짜로 일이 이렇게 되었을 줄은 꿈에도 몰랐기 때문이다.

'우리 병원이 나락으로 가고 있는 건 알지. 아니, 이미 나락이 었어. 그래도 이건.'

미친놈들인가 싶었다. 그래도 외과면 무안대학교 병원을 이끌고 있다고 봐도 과언이 아닌 애들 아닌가. 근데도 이런다고? 이러면 다른 과는 대체…….

"괜찮습니다. 제가 보조합니다."

그러고 있으려니 강혁이 대꾸했다. 한번 보면 도저히 잊을 수 없는 얼굴이지 않나. 게다가 한 학년에 사람이 많은 학교도 아니다보니, 강혁은 위아래 6년 선후배가 모두 알았다.

"인턴 아니니."

동시에 보기만 해도 화가 수그러드는 얼굴이기도 했다. 일단 너무 잘생겼고, 또 동시에 위압적인 인상이기도 해서 그랬다. 해서 마취과 의사는 대뜸 화를 내는 대신 이렇게 물었다.

"맞습니다."

"근데 네가 보조하는 게 중요해?"

"저는 백강혁이니까요."

"으음."

얘가 좀 이상한 애였나? 마취과 당직의는 머릿속 기억을 곰곰이 들추어보았다. 하지만 그 어디에서도 강혁이 미친 애라는 정보는 없었다. 좀 특이하다는 얘기는 있었지만.

"하여간 이대로 두면 환자는 죽습니다. 빨리 마취 걸어주세요."

"아니, 근데 집도의가."

"집도의는 중요치 않아요. 보조의가 중요합니다."

"아니, 그런 말도 안 되는……."

"죽어요, 진짜."

강혁은 당직의의 눈을 똑바로 바라보며 말했다. 무서웠다. 그렇다고 손이 움직여지진 않았다. 아무리 그래도 인턴 말을 들을 쏘냐 싶었다.

"아, 최 교수님이 일단 이렇게 시작하라고 하셨습니다. 책임은 당신께서 지신다고 하셨고요."

이대로 가다간 칼부림이라도 날 것 같은 기세이지 않나. 해서 하준수가 급히 끼어들었다. 다시 말하면 최윤섭 이름을 팔았다. 효과는 있었다.

"아……. 최 교수님이……. 그래, 그럼. 뭐."

최윤섭의 위명은 대단한 것이었기에 그랬다. 비록 하고자 했던 일은 실패했지만, 그 결과 낙향했지만. 그럼에도 그 뜻을 꺾지 않고 그야말로 환자를 위해 살아가고 있지 않나. 교수라고 하면 이유 없이 반감을 가지던 이들조차 최윤섭에게는 그럴 수 없었다. 삶이 그의 말을 증명하기에 그랬다.

"그럼……. 겁니다."

당직의는 최윤섭 이름이 나오자마자 곧장 마취를 걸었다. 워낙에 험한 병원이다보니 일선에 있는 의사들의 기본기는 죄 좋았다. 당직의라고 해서 예외는 아니어서, 금세 마취를 걸고 기관 삽관도 해냈다.

"자, 그럼 시작하죠."

강혁은 옷을 걷어내고 배를 소독하기 시작했다. 신속하면서도 정확한 술기였다. 이대로 찍어서 올리면 교본으로 써도 좋겠단 생각이 들 지경이었다. 실제로 외과 1년 차면 지난 한 달은, 그러니까 들어오기 전 마지막 인턴 달은 외과에서 거의 이것만 해서 달인이 되기 마련인데 하준수가 보기에 그보다 훨씬 잘했다. 아니, 비교하는 게 좀 죄스러워질 지경이었다.

'이건 잘하는데…….'

물론 그렇다고 완전히 안심이 되는 건 아니었다. 불안감은 여전히 뱃속을 간지럽히고 있었다. 아니, 점점 더 심해진다고 봐야 했다. 칼잡이가 되기 위해 외과에 온 건 맞지만, 이렇게 빨리 될 줄은 꿈에도 몰랐기에 그랬다.

"손 씻고 오시죠."

그에 반해 강혁은 침착하기 그지없었다. 인턴이 수술에 참여하게 되면 긴장을 하거나 그게 아니더라도 들뜨기 마련일 텐데. 그저 일상적인 말투와 행동을 고수하고 있었다.

"어, 어어."

신기한 건 그런 강혁을 보고 있다 보니 점차 심장박동 수가 잦아들고 있다는 점이었다. 원래 그렇지 않나. 무서운 상황에서도 곁에 있는 사람이 의연하면 괜찮게 느껴지는 법이었다. 대학 병원의 의사들이 제일 먼저 배우게 되는 것이 포커페이스인 것 또한 같은 맥락이었다. 환자들은 자칫 무감해 보이는 의사 얼굴을 보며 안심하곤 했다.

"자, 그럼……. 여기. 이렇게."

정신을 차리고 보니 손도 씻었고, 가우닝도 했고, 드랩도 한 후였다. 아니, 숫제 메스를 쥐고 있었다. 다시금 심장이 쿵쾅거리려는 찰나 강혁이 긴 손가락을 곧게 뻗어 환자의 배를 슬쩍 그었다.

"어?"

순간 하준수는 환자의 배가 갈라지는 환상을 보았다. 그뿐만 아니라 뒤에 있던 김지윤과 강성지도 그랬다. 사실 둘은 얼떨결에 따라왔던 만큼, 수술이 시작되자마자 나가려고 했지만 그걸 본 이상에는 그럴 수가 없었다.

'뭐야…….'

'나 잠이 부족한가.'

엉뚱한 생각이라 여겼지만 그럼에도 눈을 떼지 못했다.

"말이 어렵나. 다시 말해줄게요. 여기 이렇게."

"아, 어어. 그래."

"당겨줄게요. 손톱자국 따라서 그어요."

"어."

강혁만은 여전히 일상적이었다. 하준수는 그의 말대로 손톱자국을 따라 칼을 그었다. 강혁이 정확하게 수직이 되는 방향으로 당겨주고 있었기 때문에 절개는 수월했다.

'내가 이렇게 잘했나? 타고났나?'

뭐 이런 생각이 들 지경이었다. 마취과 의사가 보기에도 그랬다.

'제법인데? 처음 맞나?'

절개선부터 방향 그리고 속도도 적당했다.

'에휴…….'

모두가 안심하는 가운데 강혁은 인상을 찌푸렸다. 이만큼 보조를 해줬으면 이보단 나아야 할 텐데. 솔직히 말해 개판이었다. 발로 해도 이보단 잘할 것 같았다. 아니, 잘할 게 뻔했다.

'어쩔 수 없지. 1년 차니까.'

강혁은 고개를 가로저으며 보조를 지속했다. 깊이가 엉망이다 보니 피가 많이 났다.

'이게 안 보이나…….'

밖에서 봐도 다 보이는 핏줄인데, 그걸 이렇게까지 다 잘라? 일부러 하라고 해도 어려울 것 같았다. 하지만 일단 보조를 해야 하는 입장이지 않나. 강혁은 거즈를 들어 피를 닦아내면서 동시에 다음에 그어야 하는 부분을 노출시켜주었다.

"음."

한데 하준수는 칼을 긋는 대신 멈칫거리고 있었다. 누가 보면 암 덩이라도 눈앞에 둔 줄 알 것 같은, 그런 표정이었다. 실제로는 살갗 조금 째놓은 주제에.

"뭐 하세요?"

"어? 아니. 아까 본 거 생각하고 있어."

아까 본 거라.

'아, 교과서 말하나.'

교과서라니. 그건 본 1, 2 때 다 떼야 하는 거 아닌가. 실제로 강혁은 본 3 때부터는 교과서를 본 적이 없었다. 공부를 안 했다는 말이 아니라 논문이나 케이스 리포트로 공부했더랬다. 교과서는 이미 머릿속에 있었으니까.

'진짜 공부 어지간히 안 하는구나.'

가르쳐줄까도 싶었지만 그 순간 최윤섭의 말이 떠올랐다. 아래 연차가 자꾸 윗사람 가르치려고 들면 안 되는 법이라고. 왜 안 되는 법인지는 모르겠지만 당시 최윤섭의 표정만은 확실했다. 그는 진정으로 강혁을 위해 말했다.

"기억 안 나면 그냥 제가 당겨주는 곳 째요. 아니 외과 의사가 압베 수술 순서도 모르면 어째."

그럼 가르치지 않으면 될 일이었다. 해서 혼냈다.

"어?"

순식간에 인턴에게 혼나는 레지던트가 된 하준수는 당황한 얼굴로 입을 벌렸다. 뒤에 있던 김지윤과 강성지도 그랬다.

'와……. 나한테는 안 저래서 다행이다.'

'미친놈아.'

"여기 째라고."

하준수도 놀랐다. 너무 놀라서 화는 나지 않았다. 그저 강혁이 하라는 대로 움직이고 있었다.

"이, 이렇게?"

"아니……. 수직으로 째야죠."

"아, 그래. 이렇게."

"그래."

어느샌가 강혁이 말을 중간중간 놓고 있다는 사실 따위는 눈치채지 못했다. 그저 강혁이 가이딩 해주는 대로 째고 있을 뿐이었다. 신기한 일은 그렇게 하다보니 어느새 복막이 갈라지고, 또 문제의 시발점인 충수 돌기가 모습을 드러냈다는 점이었다. 강혁은 그 충수 돌기를 핀셋으로 슬쩍 잡아냈다. 벌써 끝이 살짝 터져서 고름이 나오고 있었다.

"여기 일단 묶고."

"묶어?"

"타이."

"나……."

"아."

강혁은 한숨을 쉬더니, 간호사 쪽으로 손을 내밀었다. 하준수와는 달리 베테랑인 간호사는 잠시 당황했지만 수술 흐름을 이내 읽어냈다.

'어……. 그러니까 타이 한다 이거지. 그래 이게 맞기는 해.'

황당했지만 뭐 어쩌겠나. 상대는 인턴이지만 일단은 바른 방향으로 가고 있었다. 해서 켈리를 건네주었고, 강혁은 켈리로 충수 돌기 끝을 물었다.

"이거 잡아요."

그러곤 하준수에게 켈리를 건넸다.

"어, 어어."

다음은 타이였다. 하준수는 카메라가 없음에 아쉬움을 느꼈다.

'아…….'

그만큼 완벽한 타이였다. 아니, 아름다울 정도였다.

'확실히 타이는 어렵네.'

하지만 강혁은 알았다. 최윤섭에 비하면 모자람이 있다는 것을. 그였다면 더 단단했을 터였다. 더 빨랐을 터였고. 그에게는 그저 하준수가 이상한 사람일 뿐이었다.

'근데 이놈은 왜 이걸 할 줄 모르지. 안 배웠나.'

배웠으면 할 줄은 알아야 하지 않나. 근데 왜 모른단 말인가. 강혁은 다시금 고개를 가로젓고는, 가위로 툭 하고 잘랐다. 그렇게 충수 돌기가 밖으로 나왔다.

"어…….."

"어."

"어어."

다시 말하면 일반적인 충수돌기염 수술은 끝났다는 얘기였다. 시계를 돌아보니 이제 겨우 30분 남짓 지났을 뿐이었다. 능숙한 외과 의사 수준까지는 아니더라도, 언저리 수준은 되었다. 그때 문이 열렸다. 최윤섭이 들어왔다.

"잘했네."

최윤섭은 수술을 보고 짤막하게 말했다. 바로 손 씻으러 돌아가면서였다. 그런 최윤섭을 바라보던 4년 차가 뒤이어 말을 이었다.

"어떻게 한 거야?"

놀랍다는 얼굴을 하고서였다. 연기가 아니라 실제로 크게 놀란 상황이었다. 마스크를 끼고 있음에도 놀라움이 튀어나올 정도였다.

"어……. 그게."

반면 하준수는 딱히 할 말이 없었다. 집도의가 자신인 것은 맞았다. 칼을 댄 것도 맞았고. 하지만 이 수술을 과연 자신이 했다고 할 수 있을까?

'아닌데……. 내가 한 게 아냐.'

하준수는 대답 대신 강혁을 바라보았다. 강혁은 그저 무뚝뚝한 얼굴이었다.

"무슨 말씀이신지?"

말투도 그랬다. 4년 차는 그래서 더 황당하단 생각이 들었다.

"아니……. 이거 어떻게 한 거냐고."

"교과서, 논문에 다 나와 있는 대로 한 겁니다. 아, 저는 보조를 했다는 얘기입니다."

"아니……."

교과서대로 수술해야 한다는 것쯤은 다 알고 있는 상황이었다. 4년 차가 되어가지고서 모른다는 게 말이나 되나. 아니, 실제로 이 수술은 많이 해보기도 해봤더랬다. 4년 차쯤 되면 원래 해야 하는 수술이기도 하거니와 여긴 환자가 워낙 많은 병원이기도 하고 또 최윤섭이 수술시키는 것에 전혀 거리낌이 없어서 더했다.

'어떻게 이렇게 잘했냐고, 이 새꺄.'

절개선이 조금 길긴 했다. 하지만 그 외의 것은 완벽했다. 적어도 4년 차가 보기엔 그랬다.

'나만큼 잘한 거 같은데, 이거?'

본인도 손이 좋다고 자부하던 편이거늘. 이제 겨우 1년 차 된 놈이 인턴의 보조를 받고 이렇게 해? 혹시 하준수가 천재였나?

'평범하지 않았나……?'

외과가 죽은 지는 오래된 일이었다. 일은 힘들고 또 안 좋은 환자들을 보다보니 소송의 위험에 처하기 일쑤인 데 반해 처우는 개판이지 않나. 괜히 외과 의사들이 자조적인 말로 이제는 제발 필수 과 살리겠다는 말도 하지 말라고 하는 게 아니었다. 정치인들의 말뿐인 선언에 질릴 대로 질려버려서였다. 하지만 그렇다고 해서 청운의 꿈을 안고 외과에 들어가는 이가 아예 없는 건 아니었다. 동기들보다 더 힘들고 더 가난하겠지만, 그럼에도 하고 싶어 하는, 재능 있는 이들이 왜 없겠나.

'문제는 우리 의국이……'

그러나 청운의 꿈을 안고 들어오기에 무안대학교 병원 외과는 너무 오지였다. 하준수 또한 그렇다고 보기엔 학교 성적도 그렇고 인턴 성적도 그렇고 평범 그 자체였다.

"뭐 하고 있어? 손 닦아."

"아, 네!"

고민을 이어나갈 수는 없었다. 수술이 잘되어가고 있는 것은 사실이지만 아직 안 끝난 것 또한 사실이어서 그랬다. 아니, 지금부터가 시작이라고 봐도 무방할 지경이었다. 새어 나간 고름을 찾아서 없애야 할 테니. 그로 인해 새로 생겼을지 모르는 손상도 찾아내야만 했고.

"음."

4년 차, 그러니까 보조의가 손을 닦으러 나간 사이 최윤섭은 다시 한번 환자 상태를 살폈다. 장갑 낀 손으로 수술 부위를 뒤적거렸다, 이 말이었다. 그 안에도 묘리는 숨어 있었다.

'확실히…… 저렇게 하면 손상이 안 가겠군.'

하준수는 전혀 알아보지 못했지만, 강혁은 알 수 있었다. 그의 눈은 원치 않는 정보까지도 다 가져다주었으니까.

'천재……. 진짜 천재구나.'

반면 최윤섭은 그저 감탄하고 있었다. 아마 강혁이 직접 칼을 쥐었다면 이것보다도 더 잘해냈을 터였다. 지금도 딱히 흠을 잡기 어려울 만한 수술이지만 아마도 더 잘했을 터였다. 여기저기 사소한 실수들이 눈에 띄었지만, 그보다 인상적인 것은 탁탁 치고 들어온 솜씨였다. 째야 할 곳을 쨌고, 박리해야 할 곳을 박리했으며, 묶어야 할 곳을 묶었다.

'그래……. 너 들어오면 외과도 발전할 거야. 그만한 토양을 내가 만들어줄 수 있을는지는 모르겠다만.'

최윤섭은 후, 하고 한숨을 내쉬고는 손을 내밀었다. 간호사는 그런 최윤섭에게 배 당길 기구를 줬다. 하도 오래된 사이다 보니 척 하면 척이었다. 그렇게 수술 부위가 다시 완전히 당겨지고, 마침내 배 안이 모습을 드러냈다.

"염증이 새어 나갔어. 이렇게 되면 복막염의 원인이 될 수 있어. 그렇게 되면 큰일이지."

"네."

"세척하면서 장 상태를 보는 게 중요해. 혹 장에 이미 괴사된 부분이 있다면 큰일이야. 터지면 완전 난리 나는 거니까."

"네."

"자……. 봐봐."

최윤섭은 두꺼운 손으로 배 속을 뒤적거렸다. 세척액을 쭉쭉 밀어 넣고 석션하기를 반복하면서였다. 솔직히 말해서 깡패 했으면 더 잘나갔을 것 같은 인상의 사내라 손도 너무 컸다. 보통 이러면 수술이 잘 안돼야 정상일 텐데, 최윤섭은 솜씨가 좋았다.

"좋아. 다행히 미리 들어와서…… 새어 나간 게 거의 없어. 묶는 것도 잘한 모양이야."

최윤섭은 일부러 하준수를 보면서 칭찬을 했다. 하준수로서는 정말로 민망한 상황이었다. 4년 차도 자신을 그런 눈으로 바라보고 있다 보니 더했다. 그렇다고 '인턴이 했어요!'라고 할 수도 없는 노릇이었다. 어쩐지 외과의 근간을 흔드는 말 같아서 그랬다.

"좋아. 뭐. 이대로 닫지."

하여간 수술은 곧 끝났다. 이렇게만 보면 그냥 하준수, 백강혁 콤비만으로도 가능했던 것 아닌가 싶을 수도 있겠지만, 진짜로 끝을 내도 좋은지에 대한 컨펌이 어디 쉽겠나. 그런 건 진짜 전문가들만 할 수 있는 법이었다.

"네. 그럼 깨우겠습니다."

"좋아. 일반 병실 올리고. 이제 쉬자고."

최윤섭은 그렇게 수술을 끝내고 밖으로 나왔다.

"백 선생 어디 갔지?"

강혁을 찾기 위함이었다. 한데 없었다. 인턴 주제에 수술까지 했으면 감동이라도 남아 있을 텐데, 그럼 수술방 근처를 배회해야 정상일 텐데 증발이라도 한 것처럼 없어졌다.

"아, 그게."

대신 김지윤이 있었다. 나는 왜 여기 있지? 하는 얼굴을 하고 서였다.

"아……. 자네는 누구지?"

"그."

3년 차쯤 되면 교수 대하는 법도 좀 배워서 익숙해지지 않던가. 게다가 최윤섭은 외과 교수였다. 남의 과 교수란 얘기였다. 그렇다 해서 군대처럼 완전히 모른 척 아저씨 취급하는 건 안 되겠지만. 하여간 원래는 이렇게까지 불편하면 안 된다, 이 말이었다.

'존나 무섭게 생겼네…….'

인상으로만 치면 김지윤도 한 인상 하는 편이었다. 애초에 그렇지 않고서 응급의학과에 남을 생각을 할 수 있었겠나. 온갖 험한 환자들을 방파제 없이 봐야 하는 과 아닌가. 당장 오늘도 주취자들에게 잠시 시달리다 온 참이었다. 술 마신 사람들에게 왜 이렇게 사회가 과대한 것인지 모르겠는데, 하여간 병원에서는 더했다. 술 먹고 의사 치는 걸 스포츠처럼 생각하는 이들조차 있었다. 경찰에서도 딱히 제지하지 않았고.

'와…….'

그런 곳에서 생존할 수 있을 만한 얼굴의 김지윤이었지만, 최윤섭은 그보다 열 배는 험악한 얼굴의 소유자였다. 말이 쉽게 안 나왔다.

"뭐."

"아니, 그. 백 선생은."

게다가 지금부터 해야 할 말이 좀 이상한 내용이기도 했다. 그래서 더 떨렸다.

"백 선생 뭐."

"집에 갔습니다."

"집에?"

"네."

"수술하고?"

"네. 내일 출근해야 된다고……."

"어느 과 도는데."

"응급실입니다."

"아."

최윤섭은 황당해서 화도 나지 않았다.

'집에 갔다고?'

수술하고 집에 가? 집도시켜준 교수한테 인사도 안 하고? 핑계는 내일 일해야 된다고? 이러면 다시 부르기도 좀 그렇지 않나.

'거참……. 더 이상해졌나. 아니지, 원래도 좀 그랬지.'

나쁜 놈은 아니었다. 거듭 말하지만 천성이 나쁜 놈은 아니었다. 오히려 착한 놈이었다. 진정으로 사람을 살리고 싶다는 열망에 불타는 놈이니까. 문제는 너무 불타서 그런가 다른 일에는 그다지 관심이 없다는 점이었다. 특히 다른 사람의 마음 따위에는 전혀 관심이 없었다.

"그, 뭐. 그래."

"죄송합니다."

"자네가 죄송할 일이 있나."

"아니, 그게."

"하여간 응급실 레지던트가 왜 여기 왔어?"

"그……. 백 선생 때문에."

"음."

그러면서도 카리스마가 있었다. 정신 차려보면 어느새 그를 따르고 있달까? 최윤섭이야 연배가 워낙에 차이 나는 데다가 아직까지 접점이 많지는 않아서 그렇게까지 되지는 않았지만, 실제로 동기 중에서는 강혁의 추종자들이 있을 지경이었다.

'너도냐?'

최윤섭은 쯔쯔 혀를 차고는 어깨를 두드려주었다.

"가서 쉬어."

"아, 네."

"아."

"네?"

"백 선생, 다음에 어디 도는지…… 모르지? 그런 건."

"아."

김지윤은 충격받았다.

'내가 왜 알고 있지…….'

인턴 스케줄을 왜 꿰고 있냔 말이다. 그것도 안 지 얼마 되지도 않은 놈인데. 하여간 아는데 저렇게 무서운 사람에게 털어놓지 않을 수도 없는 노릇이었다. 아는 게 이상하다 어쩐다 하는 생각 따위는 중요치 않았다.

"외과…… 돈다고 들었습니다."

"응? 강혁이랑 그런 얘기도 해?"

"네? 아뇨. 그건 아닌데……. 저도 어디서 들었는지 잘."

"뭐, 잘됐네. 알았어."

최윤섭은 추종자 정도가 아니라 거의 노예처럼 변해버린 김지윤을 바라보다가 이내 자리를 피했다. 어쩐지 사람들이 자기보다 먼저 자리 뜨는 걸 어려워한다는 걸 알고 있어서 그랬다. 한창 서울에서 중증외상센터 살려보려고 국회의원 만날 때도 그랬다. 특히 민원을 들어주지 못한 상황에서 찾아갔더니 살려달라고 했던 사람도 있었다. 사람 살리는 사람이 설마 사람 죽이겠냐고 농담을 날렸더니 무릎을 꿇었다.

'거참……. 세상엔 이해 못 할 일이 많아.'

최윤섭은 그 비슷한 범주에 강혁이 있다고 생각했다.

'천재……. 진짜 천재라 이거지.'

강혁을 떠올리고 있으면 이미 포기한 꿈마저 '어쩌면' 싶을 지경이었다. 물론 그 얘기를 하진 않았다. 본인도 감당치 못했던 목표를 남에게 전가할 수는 없는 법이니.

천재를 가르치는 재미

"아, 잘 잤다."

하여간 강혁은 그렇게 수술을 마치고 아침에 일어났다. 여느 때와 다름없이 완벽한 컨디션으로.

"아, 힘들어."

그러곤 역시나 언제나처럼 힘들어하는 강성지와 함께 응급실에 들어갔다.

"어, 왔니?"

어쩐지 둘을 어려워하는 김지윤과 함께 환자들을 봤다. 아무래도 인턴이다 보니 최종 치료까지는 관여하지 못할 때가 많았지만, 초기 처치만으로도 깊은 인상을 남길 수 있었다. 그렇다보니 이런저런 과에 소문이 퍼지기 시작했다. 인턴 백강혁이 괴물이라고. 진짜 잘한다고. 최윤섭에게 라이벌이 생기기 시작했다는 얘기였다.

"백 선생이라고? 밥이나 먹을까?"

"고기요?"

"어……?"

"스테이크에 와인이라면 좋습니다."

물론 직접 찾아가서 얘기했던 이들은, 뭔가 묘한 느낌을 받았다.

'뭐지.'

스테이크와 와인이 좋은 음식이라는 걸 누가 모르나. 하지만 그걸 대놓고 요구해? 인턴이?

'아니, 뭐…… 천재라니까.'

하지만 내과 펠로우는 일단 온 거, 먹기로 했다. 강혁이 그저 외과 처돌이라는 건 아직 모르고 있었다.

—스테이크랑 와인만 먹고 왔다던데?

강혁에게 밥 사준 펠로우는 별명이 호구가 되었다. 가서 돈만 쓰고 별다른 대화조차 못 했기에 그랬다. 아니, 오히려 돈 쓰면서 기분이 나빠지는 참 드문 경험을 했더랬다.

"와인 아직 안 열렸는데."

"응?"

"지금 마시면 맛없어요."

"아……."

"그리고 고기를 그렇게 자르시면 안 되죠. 굽는 거부터 좀 틀려먹긴 했는데……. 그래도 자르면서 보정해야죠."

"응, 그래……."

어디 넌 얼마나 잘 먹나 보자. 뭐 이런 생각이 들었을 지경이었다. 하지만 강혁이 먹는 모습을 보고 있다보니 기분이 나쁜 와중이었음에도 사랑에 빠질 뻔했더랬다. 펠로우는 '고귀하다'는 말이 정확히 어떤 모습을 표현한 단어인지 그날 알았다.

'미친…….'

와인잔을 쥔 손 하며 입으로 가져가는 모습과 그 와인의 냄새를 맡는 모습 그리고 마시는 광경까지.

이것이 절경이었다. 고기를 써는 것은 또 어떻고? 실로 완벽한 포크와 나이프질이었다. 평생 어떻게 하면 스테이크 멋있게 먹을까 고민한 결과물인가 싶을 지경이었다.

"그래서, 외과 가기로 했다고?"

"네."

"너 그럼 어제 내 법카 가져다가 뭐 한 거야?"

물론 그런 얘기를 교수님 앞에서 할 수는 없었다.

'가서 봤더니 워낙 절경이라 저는 돈이 아깝지 않았습니다. 말은 하나도 안 통했지만요!'

이따위 얘기를 했다간 멀리 갈 것도 없이 일단 펠로우 자리부터 위태했다.

"그……. 죄송합니다. 그렇게까지 확고할 줄은 몰랐습니다."

"아니, 그리고……. 그놈은 외과 갈 생각이었으면 내과에서 밥 사준다는데 왜 따라온 거래?"

"그……."

진심으로 와인이랑 스테이크 먹으러 온 것 같았다. 실제로 음식 나오고 나서는 말도 안 하지 않았나. 말을 걸어보지 않은 건 아니었더랬다. 비록 할 말을 잊게 만드는 외양의 소유자이기는 했지만, 그래도 펠로우로서의 본분은 잊지 않아서 그랬다. 그랬더니 인상을 썼다. 그 모습도 잘생겼지만, 하여간 더 말을 할 수는 없었다. 먹는 것을 방해하지 말라는 뜻이 너무도 확고하게 느껴져서 그랬다.

"모르겠습니다."

"하……. 거참. 애가 우수하기는 하다며."

"네. 엄청요."

"왜 얼굴이 벌게져서 말해?"

"네? 제가 요새 좀 힘든가봅니다."

"펠로우가 힘들긴 하지. 하여간 어제는 고생했고……. 그 새끼는 대체 뭐야."

내과에서만 이런 황당한 일을 겪게 된 것은 아니었다.

"그래서……. 갈비만 사주고 왔다고?"

"네."

안과도 마찬가지였다. 성적도 1등에 인턴 성적도 이대로 두면 1등이지 않겠나. 간혹 상급자의 기분을 상하게 하는 일이 있다고 했지만, 모든 것을 상쇄시키고도 남을 만큼의 능력이 있어서 그랬다.

'진짜 절경이구나.'

사실 안과 펠로우는 딱히 자기네 과로 꼬실 생각이 있어서 만난 것은 아니었다. 한동안 넋 나간 얼굴로, 동시에 발그레한 얼굴로 돌아다니던 내과 펠로우에게 자초지종을 들어서 그랬다. 교수에게 법카 달라고 하는 게 쉬운 일은 아니었지만 그만큼의 보람은 있었다. 어찌나 멋있게 밥을 먹는지, 그 자리에서 사랑합니다라고 말할 뻔했다.

'싸가지 없어서 더 좋아.'

남이 사주는 밥을 먹으면서, 심지어 비싼 밥을 먹으면서 어찌 그리 당당할 수 있을까. 어차피 다른 쪽으로 꼬셔볼 생각도 있어서 고기를 구워줬더니 바로 인상을 썼다. 그렇게 하면 비싼 고기 다 망가진다고 하면서. 어이가 없었지만 강혁이 구운 고기를 먹고 보니 과연 인상을 쓸 만했더랬다. 아니, 고깃상 안 뒤집은 게 다행이었다. 이때까지 먹어본 고기 중에 어제 먹은 게 제일 맛있었다.

"외과로 간대?"

"네."

"얼굴이 왜 벌게."

"네? 요새 좀 힘들어서요."

"펠로우가 다 그렇지, 뭐. 하여간 고생했고. 그 새끼는 대체 뭐야. 외과 간다는 놈이 왜 밥은 얻어먹어."

내과와 안과 펠로우가 넋이 나갔단 소문은 곧 병원 전체를 휘감았다. 대놓고 퍼지진 않았다. 그러기에는 좀 부끄러우니까. 하지만 발 없는 말이 천 리 간다는 말도 있지 않나. 병원은 더더욱 그런 면이 있어서 강혁은 무안대학교 병원에 있는 거의 모든 과에서 비싼 밥을 얻어먹을 수 있었다.

"초밥이요."

"한정식."

"코스 요리요."

종류도 다양하게 먹었다. 개중에는 진짜 비싼 음식들도 있었지만, 적어도 지갑을 연 사람은 딱히 불만을 갖지 않았다. 음식에 따라 강혁의 퍼포먼스도 달라졌기에 그랬다. 할 수만 있다면 다른 음식도 사주고 싶어졌을 지경이었다.

"야, 이래도 되는 거냐?"

오늘도 후련하게 얻어먹고 온 강혁을 향해 강성지가 물었다. 부럽다는 얼굴을 하고서였다. 당연한 일이었다. 일단 모든 과의 러브콜을 받고 있다는 것 자체가 인턴에게는 부럽기만 한 일 아니겠나. 심지어 강혁에게 쏟아지는 러브콜은 그 주체가 정말 그 과인지 아니면 펠로우인지조차 헷갈릴 정도로 열정적이었다.

"뭐가?"

그에 반해 강혁은 시큰둥한 얼굴이었다.

"뭐가라니. 너 외과 갈 거라고 외과에 말해놓고 지금 다른 과에서 사주는 거 다 먹는 거잖아."

"내가 사달랬나. 자기들이 사주는 건데."

"그래도……. 비싼 것만 먹는다고 그러던데?"

"나만 먹었나. 자기들도 먹었지, 뭐."

"그……, 그렇긴 해."

"그리고 정말 비싸게 느껴졌으면 딴 거 사줬겠지."

"그럼 안 갈 거잖아."

"당연하지. 공부할 시간에 맛없는 걸 왜 먹어."

"그…….'

강혁과의 대화는 늘 그랬다. 분명 대의는 이쪽에 있는 거 같은데, 얘기를 하다 보면 할 말이 없어지는 것도 늘 이쪽이었다.

'시발.'

강성지는 속으로 욕을 삼키고는 말을 이었다. 사실 강혁을 기다리고 있던 이유는 따로 있어서 그랬다. 인턴 시험이 다가오고 있었다. 강혁이야 발로 봐도 만점을 받겠지만 강성지는 아니었다. 강혁이 아니었으면 학교 졸업도 어려웠다.

"하여간 공부 할 거지?"

"해야지. 넌 시험공부?"

"어……. 넌 아니야?"

"난 그냥 공부. 시험이야 평소 실력대로 보는 거지."

"그……."

왜 강혁에게 친구가 별로 없는지 알 수 있는 대목이었다. 나쁜 놈은 아니었다. 지금도 별 뜻 없이 한 얘기일 터였다. 강혁에게는 지극히 상식적인 이야기일 테니까. 하지만 그 시험에 떨어질까 걱정을 해야만 하는 보통 사람에게는 진짜 재수 없게 들릴 뿐이었다.

"어디 가서 그런 얘기 하지는 않지?"

"딱히 뭐."

"그래……. 잘했다."

"너도 좀 잘해."

"응?"

"모의고사 떨어지게 생겼던데."

"아."

강성지는 몸서리를 치고는 도서관으로 향했다. 오늘은 진짜 모르는 게 있어도 이 새끼한테 묻지 말아야지 하고 다짐을 다지면서였다.

"강혁아."

"응?"

"이거 뭐야?"

물론 다짐은 어기라고 있는 것이었다. 적어도 강성지에게는 그랬다.

'내 잘못이 아냐.'

일단 문제가 너무 어려웠다. 게다가 인턴은 바빴다. 공부할 시간 따위는 없었다.

"이거 이거지."

"아…….."

강혁은 그렇지 않았는지 답이 바로 튀어나왔다.

"왜?"

"당연한 건데."

"그…… 그러니까 나는 이해가 안 돼서 그래."

"음."

강혁은 강성지를 이해가 안 간다는 얼굴로 바라보았다. 말 그대로 얼굴을 보았다. 여기저기 찬찬히 뜯어서. 강성지는 그저 친구에게 이상한 습관이 있다고만 여기고 있었지만, 사실 강혁은 지극히 예민한 시각을 이용해 상대의 생각을 얼마간 읽어내는 중이었다.

'진짜로 이해가 안 되는구나. 왜……. 대체 왜 그러지.'

그 결과 강성지가 진짜로 모른다는 걸 알았다. 멍청해서 그럴까? 아닌데. 그래도 의대까지 올 정도면 멍청하지는 않을 텐데.

그럼 공부를 안 해서 그럴까? 필시 그럴 터였다. 노력을 안 하니까 모르는 것일 게 뻔했다.

"아?"

강성지는 강혁에게 꿀밤을 맞았다. 아프게 때리진 않았다. 혹세게 때렸다가 머리가 더 나빠지면 안 되니까.

"왜……?"

"공부를 너무 안 해서."

"아니……. 나…….'

"나보다 많이 했어?"

"아니, 그건."

"내가 1등인데 나보다 열심히 해야 되는 거 아니냐."

"그건."

맞는 말이긴 했다. 맞는 말이라서 할 말이 없었다. 아픈데 할 말이 없게 만들다니. 이렇게 잔인할 수가.

"하여간 이건……."

물론 나쁜 뜻에서 하는 말은 아니었다. 진심으로 하는 조언이었다. 상대에 대한 배려가 전혀 없어서 그렇지. 다행인 것은 적어도 강성지만은 강혁의 진심을 읽어낼 수 있다는 점이었다. 그에게 강혁은 은인이요, 스승이요, 둘도 없는 친구였으니까.

"오. 이제 알겠어."

"그래. 이제야 알겠구나."

말을 이렇게 해도 마찬가지였다. 하여간 알려주지 않았나. 그것도 꽤 친절하게. 덕분에 강성지는 시험을 썩 괜찮게 볼 수 있

었다. 어차피 외과 지원이라 떨어질 일이야 거의 없겠지만, 하여
간 망신당하지 않을 정도로 보았다.

"만점이라······."

"만점이 외과라니."

"이거······ 말려야 하는 거 아닐까요?"

강혁은 만점이었다. 결과를 본 출제 위원들, 그러니까 외과 교
수들이 한데 모여 회의를 열었을 정도로 충격적인 점수였다. 이
번 인턴 시험은 꽤 어려웠기에 더욱 그랬다. 피부과에 지원한 인
턴들조차 열 개 이상씩은 틀렸을 지경이었다. 한데 외과 지원자
가 만점이라니. 꼴등이 와도 온 것만으로 감지덕지하게 된 지 오
래인 외과 교수들로서는 이 일이 꿈인가 생시인가 싶었다.

"무안대 외과는 말려야지. 역시 우리 한국대로."

"칠성도 있습니다."

"아선도요."

이런 망언까지 일삼게 될 지경이었다. 강혁이 어떤 사람인지,
무슨 상황인지 알지도 못하면서 그랬다.

"먼저 얘기 꺼내는 놈이 임자지."

"와."

"진짜 치사하네?"

행동력 빠른 이는 이미 사람을 보낸 참이었다. 무안대가 멀어
도 어쩔 수 없었다. 인재 자체에 목마른 외과이지 않나. 근데 1등
이라고? 바다를 건너서라도 가야 했다. 그 과정에 편법이 더해질
수도 있지만 괜찮았다.

"스테이크에 와인이요."

그렇게 갔더니만 애 반응이 괜찮았다. 일단 밥을 사 달라지 않나. 지나치게 당당한 게 좀 이상했지만. 하여간 비싼 밥이면 오히려 더 좋을 수도 있었다. 어찌 되었건 간에 염치가 있으면 이렇게까지 비싼 거 먹고 거절할 수는 없지 않겠나.

"네? 아뇨. 전 무안대 외과에 갈 겁니다."

"어……."

그런데 거절당했다. 제일 처음 온 한국대만 그런 게 아니라 칠성도 아선도 그랬다. 그냥 거절당했어도 어이가 없었을 텐데, 여기 오면서 무안대 병원을 본 참이라 더 어이가 없었다.

"백 선생……. 서울 안 가봤어?"

"원래 서울 사람인데요."

"그럼 알잖아. 병원 차이가……. 아니, 그 똥구멍만 한 병원이 뭐가 좋다고."

"환자는 많습니다. 이 근처에서는 유일하게 외과 전문의가 있는 병원이고요."

"그래, 그러니까 더 하는 말이야. 서울로 와야 덜 고생하면서 더 배우지! 게다가 인구수 차이가 나잖아. 환자도 훨씬 많다고."

"괜찮습니다. 전 여기서 사람을 살리기로 결심했어요. 이쪽이 제가 더 필요할 거 같아서요."

미친놈인가. 서울에서 내려온 대형 병원 외과 과장은 고개를 가로저었다. 이 자리에 남아 환자를 살리겠다니? 아직도 이 세상에 그런 낭만이 있던가?

'아……. 그러고 보니……. 저기 최윤섭 교수가 간 곳이구나.'

무안대. 무안이라고는 한 번도 안 와봤던 곳임에도 불구하고 이름이 낮이 익은 것 같더라니. 최윤섭 교수가 풀 죽은 얼굴로 중얼거렸던 곳이었다.

'거기에 물들었나. 꿈 깨라니까…… 그 양반.'

최윤섭 교수를 싫어하는 건 아니었다. 아니, 싫어할 이유라고는 하나도 없었다. 실력도 좋고 뜻도 좋은 사람 아닌가. 다만 정치적 감각이 너무 부족했다. 무턱대고 해달라고 하면 누가 해주겠나. 티도 안 나고, 돈은 엄청나게 들어갈 텐데.

'우리나라에서는 무리라고……. 중증외상 아니라 외과 전체가 다 죽어가고 있는 판에 무슨…….'

과장은 쯔쯔 혀를 차고는 고개를 돌렸다. 동행했던 기사와 함께 역으로 돌아가면서였다. 한숨이 절로 나왔다.

"말을 안 들었나보죠?"

"응? 아, 그렇지 뭐……. 고집이 세네."

"어린 친구가. 서울에서 하는 게 여러모로 좋을 텐데요."

"뭐, 그렇지. 음."

안색이 좋지 않았는지 기사가 위로의 말을 건네왔다. 하지만 과장의 얼굴이 좋지 못했던 것은 전혀 다른 이유 때문이었다.

'그래, 외과의 미래는…… 한없이 어둡지.'

일단 여기까지 내려오게 된 것부터가 이상한 일이지 않나. 피부과에서 레지던트 하나 뽑겠다고 지방까지 오던가. 여차하면 대형 병원임에도 불구하고 미달 날 여지가 있는 외과니까 가능한 일이었다. 게다가 그 상대가 성적도 좋다 보니 오버도 해봤다. 1등 아니라 한 자릿수 등수의 지원자도 언제 받아봤는지 가물가물할 정도였으니, 그럴 만도 하지 않나.

'이거 진짜 나중에는 외과 의사 수입해야 될지도 모르겠는데.'

그렇게 외과 과장은 미래를 걱정하며 창문에 머리를 기댔다. 차는 기차역을 향해 달려나갔다.

"어떻게 됐어?"

그 시각 강성지는 강혁에게 달려가 물었다. 강혁이 얘기해준 적은 없었지만, 이미 아는 사람은 다 아는 사실이라서 그랬다. 강혁이 인턴 시험 전체 일 등 정도가 아니라 아예 만점을 맞았다는 것. 어찌 보면 그리 특별한 일도 아니긴 했다.

"뭐가 어떻게 돼? 난 여기 남을 거라니까."

"아니……."

이 녀석은 국시도 전국 수석이지 않나. 그것도 만점으로. 근데도 여기 남았다.

"거기 엄청 좋은 병원 아냐?"

"병원이 좋은 병원 아닌 병원 따로 있나. 사람 살리면 다 좋은 병원이지. 여기도 좋은 병원이야."

"어……. 그건 그렇긴 한데. 월급이."

"어차피 병원에만 있을 건데 월급이 무슨 소용이야."

"아니. 그게."

강성지는 어떻게든 설득을 해보려 했더랬다. 물론 친구와 헤어지는 건 슬픈 일이었다. 하지만 강혁은 아까운 인재이지 않나.

서울로 가면, 그러니까 소위 말하는 큰물에서 놀게 되면 더 잘할 놈이었다.

'어떻게 봐도 그 병원 좋잖아!'

게다가 무슨 감언이설이 필요한 상황도 아니었다. 연봉도 거의 2000만 원 정도가 차이가 났고, 시설이야 말할 것도 없었으니까. 심지어 사람도 많을 거라 일도 편할 터였다. 솔직히 불러 준다고만 하면 강성지도 옷 벗고 달려갈 것 같았다.

"하여간 가자."

"어, 어어."

하지만 강혁은 요지부동이었다. 심지어 논리도 단단했다. 어딘지 모르게 핀트가 엇나가 있기는 한데, 하여간 파고들 여지가 없었다. 확실히 사람 살리는 병원이 좋은 병원이라면, 이 병원도 충분히 좋은 병원이기는 하잖아. 특히 외과는 더더욱 그랬다. 지금도 그렇긴 하지만, 아마 이 병원이 없어지면 길바닥에서 죽어가는 사람이 훨씬 늘어날 터였다. 이 지역의 마지막 보루와도 같은 병원이 바로 이 무안대학교 병원이었다.

"계십니까."

강혁은 외과 의국의 문을 똑똑 두드렸다. 2월부터는 픽스턴이라고 해서 거의 1년 차처럼 돌아야 하기에, 미리 인사를 온 것이었다. 강성지는 그런 강혁을 보면서 그나마 다행이라고 생각했다.

'그래도 완전히 개념이 없지는 않단 말이지.'

인턴 1년간, 그러니까 지난 1년간 같이 다니면서 얼마나 마음

졸이는 일이 많았나. 틈만 나면 개기면서, 자기가 개기는 줄은 모르고. 옆에서 복장 터질 뻔했더랬다. 그래도 그간 얘기해둔 게 아예 다 옆으로 줄줄 샌 건 아닌지 노크를 하고 있었다.

'우리 강혁이가 달라졌어요!'

생각 같아서는 이렇게 외치고 싶었다. 아무나 붙잡고 그간의 노고를 얘기하면서. 기쁨의 눈물이라도 흘리고 싶었다. 하여간 강혁은 안에서 별말이 없자 문을 벌컥 열었다.

"아무도 없네."

"어……. 그렇겠지. 내일 다시 오자. 지금 밤 10시야, 인마."

당연한 일이긴 했다. 강성지도 강혁만 아니었으면 안 왔을 터였다. 상식적으로 이 시간에 누가 의국에 있겠나. 당직은 당직실이나 병실에 있을 테고 아닌 사람은 집에 갔겠지.

"공부 진짜 안 하네."

"어?"

강혁은 생각이 좀 다른 모양이었다. 갑자기 비난을 늘어놓기 시작했다.

"특히……. 하 선생님은 이러고 있을 때가 아닐 텐데."

심지어 구체적이었다. 의국 내 책상을 둘러보는가 싶더니 1년 차 하준수 책상 앞에 머물렀다. 위에 놓여 있는 교과서나 종이 꾸러미를 가리키면서였다.

"야야. 왜, 왜 그래. 누가 보면 어쩌려고."

"그럼 다행이지."

"응? 어떻게 다행이……야?"

"누구라도 공부하러 온다는 거니까. 이래서 어디 환자 살리겠어?"

"아니, 이 미친놈아. 뭐 해!"

지금까지의 대화만 해도 살 떨리는 대화였더랬다. 생각해보라. 아직 외과에 들어오지도 않은, 그야말로 햇병아리들 주제에 의국에 와서 공부가 어떻고 하는 얘기를 하는 게 온당한가. 누구라도 듣게 되면 교수형에 처할 수도 있는 일이었다. 한데 강혁은 한술 더 떠서 첨삭을 해주고 있었다.

"이 환자 내일 수술이야."

"뭐? 그건 어떻게 알았어."

해서 뭐라고 했더니, 강혁이 정말 세상 한심하다는 눈으로 돌아보았다. 그 바람에 강성지는 자신이 뭔가 잘못했나 하는 생각마저 들었다.

"왜, 왜 그렇게 봐."

하지만 아무리 생각해봐도 지금 잘못하고 있는 건 강혁이었다.

"넌 환자 차트 안 보냐?"

"어? 나 외과 아냐."

"외과 아냐? 외과 들어갈 건데?"

"아니……. 지금 외과 안 돈다고……."

"마음가짐이 틀렸네."

"아니."

역시나 잘못한 건 없는 것 같았지만 얘기를 하다보니 잘못한 것 같아졌다. 해서 참회의 눈빛을 하게 되었다. 그사이 강혁은 말을 이었다.

"하여간 내일 수술할 환자 차트야. 위플 수술인데…… 쉬운 수술은 아니지. 이제 2년 차 올라갈 거라 1보조의를 맡게 된 모양인데."

하준수의 노트를 툭툭 손가락으로 치면서였다. 그때마다 강성지는 저게 혹시 자국이라도 남을까봐 불안했다. 그럴 리 없다는 건 알지만, 그래도 모를 일 아닌가. 하준수가 미쳐가지고 지문 감식이라도 하면 걸릴 것 같았다. 그만큼 강성지는 이 안에 있는 지금 이 시간이 고통스럽고 불안했다.

"수술 도식도 그려 넣은 게 엉망이야. 이 선배는 아직도 여기 해부가 딱 눈에 안 들어오는 거 같은데."

"그."

너는 왜 들어오는 것처럼 말해? 라는 말이 앞니에 걸려 나가지 못했다. 모르는 게 당연한 일이었다. 수술방에 들어가본 적은 있어도, 많이 들어간 건 아니었으니까. 정식으로 배운 적이 있기는 해도 오래전의 일이었으니까. 사람이라면 학교 다니는 동안 다른 거 공부하느라 까먹어야 하니까.

"본 1 때 다 배우는 걸 왜 모르지."

그게 강혁에게는 상식이 아닌 모양이었다. 쯔쯔 혀를 차더니 그림을 고치고, 화살표를 그어 설명을 더했다.

"어……."

수술을 모르는 건 강성지도 마찬가지였다. 아니, 이렇게 말하면 하준수가 좀 억울해질 정도로 하나도 몰랐다.

"이게……."

그런 강성지가 보기에도 강혁이 더해준 그림은 그럴싸했다. 그리 정성껏 그린 것도 아닌데 그랬다. 눈앞에 수술 장면이 딱 보이는 느낌이랄까?

"정확한 그림에는 힘이 있는 법이지. 하여간 이렇게만 하면 사고는 안 칠걸."

"어……. 알겠으니까. 나가자. 응? 제발."

"왜 얼굴이 하얘졌어?"

"이 새꺄……. 제발."

"똥 마려워? 뭘 아주 간절히 바라고 있는데."

"나가길 바라고 있잖아! 이 시발놈아!"

"너는 그 욱하는 성질 좀 고쳐야 해."

"으으."

강성지는 뒷목을 부여잡고 의국을 빠져나왔다. 뭔가 말을 하고 싶은데 풍이라도 온 것처럼 입이 잘 움직이질 않았다. 강혁은 그런 강성지를 보면서 고개를 가로저었다.

"너 그러다 심근경색 온다. 성질 고쳐."

열 받지 말라는 말을 하면서였는데, 당연히 열이 더 받았다.

"이, 개……."

"또, 또."

"으."

그 와중에도 의국에서 벗어나고 싶은 마음은 굴뚝 같아서, 강성지는 강혁을 끌고 어디로든 좋으니 걷자는 심정으로 걸었다.

'뭐야, 쟤네. 아……. 백강혁……. 천재…….'

그런 둘을 하준수가 보았다. 아닌 게 아니라, 내일 수술에 들어갈 생각 때문에 후달리던 참이었다. 평소에 공부를 좀 해뒀으면 좋았겠지만 그게 어디 말처럼 쉬운 일이라던가. 레지던트 1년 차 일을 조금이라도 해본 사람이라면 감히 공부 좀 하라는 말 따윈 못할 터였다. 그저 주어지는 일만 다 해도 우수하다는 얘기를 듣고도 남을 위치가 바로 레지던트 1년 차였으니.

'의국에서 나온 건가? 인사 왔나. 좀 늦길 잘했네. 쟤 얼굴은 보기가 좀 껄끄러워서.'

해서 당직실에 누워 있다가 다시 나왔다. 지금이라도 공부를 좀 하려고. 내일은 제1 보조의를 해야 하니까. 게다가 집도의는 최윤섭. 얼굴도 무섭지만, 수술방에서는 질문 요정이라 다른 의미로 더 무서웠다. 게다가 수술도 잘하는 편이라 속도가 빠른데, 보조의 입장에서는 따라가기가 힘들었다.

"이게…… 뭐지?"

해서 책상에 앉으려 했더니, 뭔가 보였다. 아까까지만 해도 자신이 엉망으로 그린 것만 있었는데, 그 위로 누군가 덧그림을 그려놓았더랬다.

'이거……, 와. 누구지?'

딱 보자마자 뭐가 뭔지 이해가 되는 그림이었다. 일단 이 수술이 무엇을 꾀하는 수술인지 바로 알 수 있었다. 어디를 어떻게 째고 들어가서, 어디를 어떻게 수정하려는 것인지도 알 수 있었다.

'4년 차 선생님인가? 아닌데……. 전문의 시험 보러 간 사람

이 이 시간에 여길 왜 와. 게다가 이 글씨체……, 이거……. 이
거……?'

하준수는 걸신들린 사람처럼 허겁지겁 노트를 읽다가 이내 이
메모의 주인공에 대해 생각했다. 어디서 본 적이 있는 글씨체였
다. 칼로 베는 듯이 날카로운 필체. 잊기 힘든 필체였는데, 어디
서 봤더라. 꽤 오래된 것 같았다.

'아……. 이거……. 이거 백강혁…….'

인턴의 글씨체였다. 그 말은 곧 이걸 인턴이 썼다는 말이 되
는데.

'미쳤나……?'

화가 나진 않았다. 그냥 어이가 없었다. 1년 차가 감히, 라는
생각도 금세 사그라들었다.

'어떻게……, 어떻게 이러지?'

자료를 보면 볼수록 그럴 수밖에 없었다. 완벽했으니까. 적어
도 하준수가 보기엔 그랬다. 이것만 봐도 딱 이해가 갔다.

'일단……. 급하니까 공부를 해야겠다.'

원래 외과에 지원하려면 몇 가지 조건이 필요한 법이었다. 일
단 사람이 좀 긍정적이어야만 했다. 그렇지 않고서는 앞길이 암
울하기로 유명한 외과에 지원할 수 없었다. 하준수 또한 대책 없
이 긍정적인 사람인지라 금세 마음을 정리하고, 무려 인턴이 쓴
자료를 가지고 공부하기 시작했다.

"음."

그렇게 하준수는 만반의 준비를 마치고 수술실에 들어갔다.

최윤섭은 그런 하준수를 향해 물었다.

"공부 많이 했나본데?"

"아, 네. 하하."

아니, 칭찬을 해주었다. 아닌 게 아니라 위플은 어려운 수술이지 않나. 옛날부터 그랬지만 지금도 위플이야말로 외과 수술의 꽃이라 말하는 사람들이 태반일 정도였다. 심지어 전공이 이쪽이 아닌 사람들도 어느 정도 인정해주었다. 췌장의 머리, 소장의 일부 그리고 담관을 잘라내고, 위, 췌장, 담관을 소장에 다시 연결해줘야 하는 수술이니만큼 힘들 수밖에 없었다.

'이상하네. 얘가 그렇게까지 우수한 애가 아닌데.'

최윤섭은 자신의 칭찬에 선선히 고개를 끄덕이고 있는 하준수를 보며 생각에 잠겼다. 이런 말은 좀 그렇지만, 무안대 병원 외과는 사람을 가려서 뽑을 처지가 아니었다. 그런 수준은커녕 누구라도 온다고 하면 버선발로 뛰어나가야 했다. 하준수도 그런 지원자 중 하나였기 때문에 커다란 기대를 걸고 있진 않았다. 그런데 2년 차 올라가는 기념으로 보조의를 시켰는데 이렇게 잘하다니?

"와……. 교수님. 얘 이거 공부한 거 좀 보시죠."

그렇게 이상하다, 이상하다 하고 있으려니 4년 차가 종이 뭉치를 집어 들었다. 3년 차도 기분이 좋아서 만면에 미소가 가득한 상황이었다. 그도 그럴 것이 수술이 잘 끝나지 않았나. 심지어 예상했던 시간보다 더 빨리 끝났다. 물론 이게 하준수의 보조 때문은 아니었다. 환자 복강이 넓기도 했거니와 오늘따라 최윤

섭의 컨디션도 좋았다. 어쨌든 3년 차는 오늘 수술에 하준수가
일조했다는 생각으로 껄껄 웃으며 '더 칭찬받아라, 이놈' 하는
심정으로 종이를 보였다.

"어디 봐."

최윤섭도 칭찬할 수 있으면 더 해줄 심산이었다. 재능이 부족
하다고 여겼던 제자라 해도 잘하게 된 건 좋은 일 아닌가. 혹시
모를 일이기도 했다. 이게 계기가 되어서 이놈이 진짜 잘하는 놈
이 될 수도 있지 않나.

"어……."

최윤섭은 그 종이를 보고 한동안 말을 잃었다. 단순히 해부학
적으로 그림이 잘 그려져 있어서만은 아니었다.

'완전히 이해한 사람이 그린 그림이야.'

위플 수술을 마치 해보기라도 한 것 같은 그림이었다. 특히 술
기가 이어질 때의 이 그림은 절묘했다. 보조의가 미처 깨닫지 못
할 부분을 잘 짚어주고 있었다. 이런 그림이 교과서에 있던가?

'아닌데……. 없는데.'

아무리 생각해도 그런 일은 없었다. 외국 교과서나 논문을 싹
뒤져보면 혹시 모를 일이긴 했다. 하지만 최윤섭이 알기엔 없었
고, 그렇다는 건 아마도 없을 거란 얘기가 되었다. 부끄럽지만
아직까지 메디컬 일러스트에 대해서 그리 큰돈을 쓸 수 있는 시
대가 아니어서 그랬다. 까놓고 말해서 돈이 없었다.

"이거……. 네가 그린 거 맞아?"

하여간 이만한 그림을 그렸다고 생각하기엔, 오늘 하준수의

보조는 별로였다. 1년 차치고 아주 잘한 것은 맞았다. 아니, 2년 차도 만약 위플 제1 보조를 처음 했다면 이렇게는 못했을 터였다. 눈썰미가 아주 좋은 놈이라면 또 모르겠지만. 하나 이 그림을 그릴 만큼의 통찰력이 있는 사람이라면 더 잘해야 했다.

"어……."

"에이, 교수님. 당연히 얘가 그렸겠죠. 너 보기보다 그림도 잘 그리는구나?"

3년 차는 우리 화 많고 한 많은 교수가 이상한 것 가지고 트집 잡는다는 생각을 했다. 최윤섭이 좋은 사람인 건 맞지만, 한편으로는 삐뚤어진 사람인 것도 맞지 않나. 본인은 어쩌다 보니 이 미친 인간의 뜻에 감화되는 바람에 중증외상외과의 길을 걷기로 결심했지만, 반대로 이 사람 때문에 꿈을 접은 이들도 많았다.

"아니, 진짜로. 하 선생. 네가 그린 거 맞아?"

바로 이런 면 때문이라고 4년 차는 말하고 싶었다. 얼굴이 무서워서 차마 입이 잘 떨어지진 않았다. 그래서 가만히 있으려니 하준수가 고개를 떨구었다.

'아이고. 이러다 나가려나? 아니지. 1년 버텼는데! 이놈아! 나가면 안 된다!'

보통 의국에서 위 연차가 아래 연차 눈치를 보는 일은 거의 없었다. 그럴 수밖에 없었다. 위 연차는 하늘, 아래 연차는 바닥이니까. 하지만 외과와 같은 비인기 과에서는 이 관계가 살짝 역전될 때도 있었다. 가뜩이나 미래도 불투명하고 일도 힘든데 엿같이 구네? 이러고 나가면 어쩐단 말인가. 대학 병원이라는 곳이 사람 줄었다고 일을 줄여주는 훈훈한 곳이 아니지 않나. 평소에는 좀 일을 시키더라도, 나갈 기색이 조금이라도 보이면 눈치를 살살 봐야만 했다.

"그……. 제가 그린 건 아닙니다."

"준수야! 응?"

해서 얼싸안고 밥이라도 사주러 갈까 했더니 의외의 실토가 나왔다.

"그래, 누가 그린 거야? 4년 차? 아니면 다른 교수?"

놀란 건 3년 차뿐이었다. 최윤섭은 다 예상하고 있었다. 해서 이렇게 물었다. 그 말에 하준수는 고민에 빠졌다.

'아뇨……. 인턴 백강혁입니다.'

최윤섭이 보기에도 그림은 훌륭했던 모양 아닌가. 4년 차 아니면 교수라니? 이런 얼굴을 하고 있는데 인턴 얘기를 어떻게 하나.

"누가 그린 거야? 나 지금 화내는 거 아냐. 얼굴 때문에 오해할 거 같은데……. 진짜 아냐."

최윤섭은 고민하는 하준수를 어르고 달랬다. 그로서는 익숙한 일이었다. 얼굴 때문에 기죽은 놈들을 하루 이틀 보나. 아마 외과계 통틀어서 이 얼굴 보고도 괜찮을 사람은 손에 꼽을 터였다.

"그, 그게 아니라. 이거 그린 사람이."

"그래, 그린 사람이 누구야."

"백강혁입니다. 아니, 확실한 건 아닌데……. 이 글씨체가."

"응?"

그런 생각을 하고 있으려니 하준수가 실토했다. 영 엉뚱한 이름을 토했다. 말 그대로 토한 느낌이었다.

"미쳤냐? 이걸 인턴이 그려?"

3년 차가 느끼기에는 진짜 그랬다.

'다시 봐도……. 이거 보통 솜씨가 아닌데.'

자기 보고 위플 수술 그려보라고 하면 이렇게 할 수 있을까? 솔직히 못할 것 같았다. 4년 차가 되면 될까?

'선배들……. 음.'

한 명 떠오르는 사람이 있기는 했다. 외상 외과에 남겠다고 한 사람. 벌써 서울에 있는 병원들과도 얘기가 된 사람. 난놈이라는 뜻이었다. 무안대 출신이 거기까지 올라가는 건 보통 일이 아니니.

"오라고 해봐."

"아, 네."

최윤섭도 무턱대고 믿을 수는 없었다. 백강혁을 천재라 여기고 있기는 했다. 하지만 아무리 천재라 해도 이건 좀 선 넘는 거 아닌가? 배우지도 않은 걸 이렇게까지 깊이 있게 이해할 수 있다고?

'그럼 나는 대체 뭘 가르쳐?'

천재를 가르치는 재미를 느끼고 싶어서, 그리고 그 천재를 대가로 만들고 싶은 욕심에 이쪽으로 오라고 한 건데 이렇게 되면 어쩐단 말인가. 이런 놈을 대체 어떻게 가르친단 말인가. 최윤섭은 솔직히 강혁이 그린 게 아니길 바라게 되었다.

"부르셨다고……."

곧 강혁이 수술실에 왔다. 다른 수술실을 돌고 있었던 것인지, 수술복을 입고 있었다.

"어, 지금 어디 돌지?"

"OS입니다."

"아, 그놈들. 이제는 안 꼬시지?"

"네? 아, 네. 밥은 사주는데 꼬시지는 않습니다."

"그래……."

그게 너 꼬시는 거야라는 말이 입 안을 맴돌았지만, 최윤섭은 굳이 그런 얘기를 하진 않았다. 다른 이유가 있는 건 아니었다. 벌써 말을 했지만 소용이 없어서였다.

"아무튼, 이거. 네가 그렸니?"

강혁은 최윤섭의 말에 고개를 슬쩍 틀었다. 보니까 어제 그린 그림이 그 손에 들려 있었다. 강성지였다면 여기서 고민했을 터였다. 아무리 자신이 그린 거라 해도, 지금 상황이 어떤지 모르니까. 어쩌면 위 연차가 좀 곤란해질 수도 있는 상황이니까.

"네."

물론 강혁은 그런 거 없었다. 기면 기고 아니면 아닌 것이었다. 노 빠꾸 직진의 사나이. 그것이 강혁이었다.

"아, 그래. 그렇구나."

거짓말로라도 아니라고 좀 해주지. 최윤섭은 그런 생각을 하며 강혁을 바라보았다. 새삼스럽게 천재였다.

'내가 감당할 수 있을까. 이럴 거면 그냥 서울로 가라고 할 걸

그랬나.'

서울이라고 애를 감당할 수 있을까? 그건 아닐 것 같았다. 성격도 실력도 보통이 아닌 놈이니까. 문제는 본인에게 그럴 자격이 있냐는 건데, 솔직히 자신감이 사라지고 있었다. 그만큼 강혁이 보여준 모습은 압도적이었다.

"달리, 하실 말씀은?"

"아, 아니. 없어. 그래. 잘하네. 열심이구나."

"외과를 꿈꾸고 있으니까요."

"아, 그래."

외과를 꿈꾸는 정도가 아니라 외과 안에 있는 애들도 너처럼 못한다. 최윤섭은 간신히 고개를 끄덕였다. 그 말을 끝으로 강혁은 수술실을 빠져나갔다. 분명 수술을 집도한 것은 최윤섭인데, 어쩐지 강혁이 수술을 끝내고 나가고 있단 느낌이 들었다.

"쟤 언제 외과 돌지?"

"다음 주부터입니다."

최윤섭은 간신히 정신을 차린 후, 3년 차에게 물었다. 3년 차 또한 어안이 벙벙했지만 그렇다고 최윤섭의 무서운 얼굴에 대고 멍 때릴 수 있을 정도로 정신을 놓지는 않아서 즉시 답을 할 수 있었다.

"다음 주. 음. 얼마 안 남았네."

"네."

"스터디 열자."

"네? 아…….. 네."

최윤섭은 간만에 긴장한 참이었다. 괴물이 들어오지 않나. 녀
석에게 조금이라도 도움이 되려면 박차를 가해야 할 터였다. 3
년 차 또한 비슷한 심정이었다. 도움이 되어야겠다, 뭐 이런 생
각은 없었지만 잡아먹히고 싶지 않았다. 곧 4년 차인데 1년 차한
테 지식적으로 달려서야 되겠나.

"행여라도…… 군기 잡을 생각은 하지 말고. 그러다 맞는다."

"네?"

실력으로 달리면 괴롭힐까 이런 생각도 들었다. 나가면 큰일
이지만 저렇게 잘난 놈이면 나가는 게 나을지도 모르겠단 생각
도 들었고. 그런 예비 4년 차를 보면서, 최윤섭은 고개를 가로저
었다.

'나 때도…… 선배들이 괴롭히려고 했었지.'

그때는 더한 시절이지 않았나. 사회에 기준이랄 게 없던 시절
이었다. 위면 무조건 갑질하는 게 원칙이라고 해도 좋았다.

'그래서 반쯤 죽여놨었는데. 요새는 그러면 안 되는 시대잖아?
근데 쟤는 그럴 거 같아.'

여러모로 긴장되게 만드는 녀석이었다.

심장, 다시 뛰다

　3월. 바깥세상에서는 꽃피는 봄이네 뭐네 하면서 희망찬 하루가 흘러가겠지만 적어도 대학 병원에서는 아비규환 내지는 지옥도가 펼쳐지는 기간이었다. 초짜 인턴과 초짜 레지던트가 한데 어우러지면 어떤 일까지 벌일 수 있는지 알 수 있다고 해야 할까? 덕분에 교수들은 매년 벌어지는 이 끔찍한 기간을 두근거리는 가슴으로 견뎌야만 했다.

　"하아."

　"최 교수님 쪽도 만만치 않으신가보네요."

　이때만큼은 과를 불문하고 동지애가 샘솟는다고 보면 되었다. 아니, 피부과나 영상의학과와 같이 1등, 2등이 지원하는 곳은 좀 다르긴 했다. 원래 저 정도 성적을 내려면 남다른 면이 있어야 하지 않겠나. 이쪽은 사고가 좀 적기는 했다. 하지만 나머지는 어떤가.

　"아니, 저는 어제 환자가 갑자기 소변이 안 나온다고 하는 거예요. 갔더니 환자가 진짜 죽으려고 하고……. 원래 폴리 아웃하고 보내려던 환자였는데 그러고 있으니까 너무 당황스러웠는데……. 보니까 인턴이 폴리를 갈아 끼우고 잠갔더라고요."

　내과 교수는 어제 일을 떠올리며 떨고 있었다. 두려움과 분노에 떨었다. 지난 1년간 잊고 있던 감정이었다.

"그거 푸니까 소변이 진짜……. 와……. 내가 다 속이 시원했어요. 환자도 죽다 살았고. 인턴 새끼……. 내가 그 새끼 죽여야 되는데……. 그랬다가 도망가면 안 되니까 타이르는데……. 아휴, 1년 차 애는 처방을 이상하게 내서 사고 치고."

"음."

최윤섭은 넋두리를 늘어놓고 있는 교수를 돌아보았다. 꽤 열심인 교수였다. 논문도 많이 쓰고. 환자도 잘 보고. 아마 내후년쯤이면, 논문에 커리어 잘 쌓아서 서울 아니면 수도권으로 가지 않을까?

'지금도 주말부부지?'

이 사람뿐만이 아니라, 젊은 교수들은 태반이 그랬다. 애초에 무안에 뼈를 묻을 생각 따위는 없다는 각오를 하고 전임을 받지 않던가. 그러다 10년 넘게 주말부부 생활을 하고, 그러다 이혼까지 하게 되고, 그래서 그냥 뼈를 묻는 경우도 아예 없는 건 아니었지만……. 하여간 처음부터 지방에 계속 있고 싶어 하는 사람은 없다고 해도 과언은 아니었다.

"아니, 나는 그런 일은 없어."

최윤섭은 잡생각을 뒤로하면서 고개를 가로저었다. 내과 교수는 이 음울한 외과 교수가 또 우울증이 도졌구나 싶었다. 하긴 당연한 일이긴 했다. 서울에서도 내로라하는 병원에서 한창 잘나가던 사람 아닌가. 괜히 중증외상센터에 빠지지만 않았어도, 그러니까 윗분들이랑 마찰만 벌이지 않았어도 여전히 거기서 잘

나가고 있을 터였다.

'그러다 여기 와가지고……. 3월마다 푸닥거리하고 있으려
니…… 얼마나 힘들겠냐. 난 이러지 말아야지.'

반면 내과 교수는 최윤섭을 반면교사 삼으며 후후 웃었다. 자
조 섞인 웃음이었다.

"이해하세요, 교수님이. 여기 남는 애들이 오죽합니까……. 걔
들도 힘들 겁니다."

"아니, 나는 진짜 아니라니까. 그런 게."

"그럼 왜 그렇게 우거지 죽상을 하고 계세요."

반면교사로 삼기는 했지만, 내과 교수는 뭐가 되었건 최윤섭
을 인간적으로는 높게 평가하고 있었다. 자신은 절대 갈 수 없
는, 또 가고 싶지도 않은 가시밭길을 걷고 있는 사람 아닌가. 여
기 있는 동안엔 말동무라도 해줄 생각이었다.

"애가 너무 잘해서. 내가 대체 어떻게 가르쳐야 할지 모르겠
네."

내과 교수는 최윤섭의 말을 들으며, 이번에는 중증이구나 싶
었다.

'어쩌냐……'

무안대학교 병원. 그나마 예전에는 괜찮은 병원이었더랬다. 하
지만 수도권 집중 현상이 가속화되면서 일단 교수들부터가 수급
이 잘 안 되고 있었다. 그 상황에서 젊은 애들은 어떻겠나. 인기
과 하려고 남는 소수의 애들 아니면 대개 갈 곳이 없어 남는다고
보면 되었다. 아닌 애들은 죄 위로, 도시로 튀었다.

'그중에서도 외과……. 와, 말이 안 나오네.'

외과에 남는 애들? 걔들이 뛰어나? 저공비행으로 겨우 졸업한 애들이 많을 터였다. 이런 말 하면 좀 그런데, 내과 교수는 절대 여기 출신 사람에게는 수술받지 않겠노라고 결심했던 바 있었다. 물론 수련받다보면 사람이 좀 바뀌기도 한다지만, 그중에서도 최윤섭이 있는 외과가 제일 그러한 경향이 강하다고는 하지만.

'그래도 교수님……. 유급생이랑 꼴찌 집합소가 거기 아닙니까…….'

내과 교수는 저도 모르게 치솟는 동정심에 최윤섭의 어깨를 두드렸다. 처음 봤을 땐 상상조차 하지 못했던 일이었다. 얼굴이 그냥 깡패였으니까. 하나 얼굴에 비해 성질은 그나마 얌전한 편이라는 걸 알게 된 후로는 점차 이렇게 행동할 수 있게 되었다.

"교수님……."

"그런 눈으로 보지 말고. 진짜……. 아, 전화다."

최윤섭은 전화를 받았다.

"1년 차 백강혁입니다."

강혁이었다. 요사이 최윤섭을 잠 못 들게 하는 바로 그놈. 대체 어떤 삶을 살아왔길래, 교수한테 노티하면서 이렇게 뻔뻔한 말투를 유지할 수 있을까. 1년 차 3월인데. 자신은 외과에서 제일 높은 교수고.

"어, 뭐지?"

최윤섭은 그런 생각을 뒤로하고 용건을 물었다. 침착을 가장하고 있었지만, 심장박동 수는 점차 빨라지고 있었다. 지금껏 강혁이 해온 노티를 생각하면 그럴 수밖에 없었다.

"남자 52세. 밧줄에 의한 복부 손상입니다. 공장에서 물건 매어두는 밧줄이 갑자기 끊어지면서 복부를 가격했다고 합니다. 토혈이 있어, 내장 출혈이 의심됩니다."

"어……. 일단 갈게. 거기 너밖에 없어?"

"아뇨. 2년 차 하준수 선생님 있습니다."

"아. 빨리 갈게."

"네."

최윤섭은 어차피 입맛도 없던 차에 잘됐다 싶었다. 하루 이틀 된 일도 아니었다. 중증외상센터의 중요성을 외치다 팽당한 이후론 뭘 먹어도 그저 그랬다. 해서 먹던 것을 그대로 쏟아 버리고 응급실로 향했다.

"교수님, 아까 그 친구예요?"

내과 교수도 그랬다. 차이가 있다면 서울로 올라가면 바로 회복될 입맛이라는 것 정도일까? 하여간 심심하던 차에 잘됐단 얼굴로, 또 외상센터 실력이 어떤지 보자는 심정으로 최윤섭을 따랐다. 최윤섭은 그런 내과 교수가 성가셨지만 내치지는 않았다.

'복부 손상……. 밧줄……. 내과 도움이 필요할 수도 있어.'

지극히 계산적인 행동이었다. 물론 티를 내지는 않았다.

"어, 그 친구."

"솜씨 좀 볼까요?"

"놀랄걸."

"네, 네."

내과 교수는 빙그레 웃으며 최윤섭을 따랐다.

'여차하면…… 바이털은 잡아줄까.'

당연한 말이지만 무안대학교 병원에는 외상센터가 없었다. 그 냥 응급실만 있을 뿐이었다. 설비도 인력도 형편없는 응급실이 었다. 그럼에도 최윤섭의 고집 때문에 근처 외상 환자는 죄다 받 고 있었다. 응급실에서 불만을 표할 만도 할 텐데, 그러지도 못 하고 있었다. 노티를 하면 최윤섭이 정말 단 하루도 빠짐없이 와 서 그랬다. 이 때문에 학회라고 해봐야 이 근방에서 열리는 학회 밖에 못 가고 있다는 걸, 이제는 온 병원 사람들이 다 알았다. 그 러니 휴가계는 단 한 번도 제출하지 않았더랬다. 그야말로, 최윤 섭은 인생을 갈아 넣고 있었다.

'사람 살리는 맛이라도 있어야 살지.'

그걸 모르지 않는 내과 교수로서는, 이럴 수밖에 없었다. 뭐가 되었건 이 외로운 외과 교수에게 잠시라도 도움을 주고 싶었다. 그래야 나중에 서울로 올라갈 때 미안한 마음이 없을 것 같았다.

"환자는?"

"처치실입니다!"

최윤섭은 응급실에 들어서자마자 보이는 사람 아무나 붙잡고 물었다. 그가 늘 그런다는 걸 아는 응급실 레지던트는 여상한 말 투로 처치실을 가리켰다.

"호흡, 호흡부터!"

그와는 달리, 처치실에서는 숫제 비명이라고 해도 좋을 만한 소리가 들려오고 있었다. 주로 하준수였다. 새된 비명이 응급실을 달구고 있었다. 그 덕분에 방금 전까지 왜 안 봐주냐고 불만을 토로하던 다른 환자들까지 입을 다물게 되었을 지경이었다. 진짜 비극을 마주하게 되면, 대개 이렇게 되는 법이었다.

"어떻게 됐지?"

최윤섭은 그렇게 고요해진 나머지 환자들을 헤치고 처치실 안으로 들어섰다. 제일 먼저 눈에 들어온 것은, 소리를 고래고래 지르고 있는 하준수가 아니었다. 명백히 죽어가고 있는 환자도 아니었다. 침착한 얼굴로, 환자의 목을 가르고 있는 강혁이었다.

"너……."

"토혈이 심해서요. 이대로 두면 피가 넘어가 기도를 막을 겁니다."

"아니, 그런 게 아니라. 너 이거 언제 배웠지?"

"학생 때 배웠습니다."

완벽하다고 할 수는 없는 술기였다. 하지만 나무랄 데도 없는 술기이기도 했다. 그렇게 강혁은 숨길을 마련해두었다. 2년 차 하준수가 허둥대는 사이에.

"이건."

"제가 잡았습니다."

피가 들어갈 수 있는 길, 중심정맥관도 잡았다. 말문이 턱 막히는 순간이었다.

'이건…….'

고개를 돌려 보니, 혈압은 60에 40. 낮다는 말을 굳이 할 필요도 없는 상황이었다. 혈관이 거의 비어 있었을 터였다. 근데 어떻게 중심정맥관을 잡았을까. 이건 숙련된 내과 의사도 어려웠을 상황인데.

'뭐……?'

그나마 최윤섭은 사정이 나았다. 그는 강혁이 어떤 놈인지 대강 알고 있었으니까. 충격을 받은 건 내과 교수였다.

'이걸 넣어? 1년 차가?'

실수부터 찾을 수밖에 없었다. 동맥을 쑤셔놨을 수도 있는 일이었다. 흔하다고 하기엔 뭣하지만 드물지 않게 일어나는 사고 아니던가. 특히 혈압이 이렇게 낮으면, 정맥이 거의 붙어서 아무것도 못할 때가 많았다.

'아니, 아니잖아.'

내과 교수가 당황한 얼굴로 환자를 살피고 있을 때, 강혁만은 계속 움직였다.

"빨리 수술방으로 가야 합니다! 수혈하고 있는데도 혈압이 안 잡혀요. 배도 아까보다 더 빵빵해졌습니다!"

어찌 보면 하준수와 비슷해 보이기도 했다. 소리를 질렀으니까. 하지만 왜일까. 이쪽에서 느껴지는 건 공포나 두려움 따위가 아니었다. 그저 한 사람을 살리고 싶다는 의지만 느껴졌다.

"그래, 가자."

"네!"

최윤섭은 그의 의지에 응답했다. 환자를 끌고 수술방으로 향했다.

"아, 수술 전 검사……."

마취과가 잠시 막아섰지만, 소용없었다.

"밧줄 손상! 지금 안 들어가면 환자 죽어!"

최윤섭이 으르렁거렸으니까. 게다가 그 뒤로는 더 사나운 기색의 사내가 하나 서 있었다.

'죽는다······.'

백강혁이었다. 분명 최윤섭은 환자가 죽는다고 했지만 어쩐지 자신이 죽을 것 같았다. 안 비키면 안 될 거 같았다. 아니, 따라 들어가야 살 것 같았다.

"어?"

실제로 강혁은 마취과의 어깨를 움켜쥐었다. 연차고 나발이고 별 상관없는 듯했다.

"마취해주세요."

"아니, 말은 존대로?"

"그럼 반말로 할까요?"

"아니, 그건 아닌데."

"그럼 해줘요."

마취는 순식간이었다. 이미 기관 절개가 되어 있었으니 당연했다. 마취과 의사는 그저 마취 기기를 걸고, 약만 걸면 되었다. 물론 외과 의사 생각에는 그렇다는 뜻이었다.

'아······. 검사 엉망일 거 같은데······.'

누누이 말하지만, 무안대학교 병원은 근방의 모든 환자를 흡수해야만 하는 병원이지 않나. 하필 주변엔 공단도 있었고, 심지어 작지만 낚싯배도 떴다. 농기계로 인한 부상도 많았고, 교통량이 많지 않은 데 비해 교통사고도 잦았다. 아마 어지간한 의사가 버티고 선 곳이었다면 여기저기 환자를 많이도 흘렸을 터였다. 역량이 안 된다는 말이 핑계가 아니었을 테니. 하지만 최윤섭은 무리에 무리를 거듭하는 인간이었다.

'아······. 딱 느낌 오는데.'

그 덕에 무안대학교 병원은 그야말로 어마어마한 환자를 보고 있었다. 그 때문에 적자도 보고 있었다. 삭감의 칼은 현장을 보지 않고 휘둘러지기에 그랬다. 심평원은 절대 살아난 환자를, 그러기 위해 고생한 의료진을 돌보지 않았다. 그저 종이에 적힌 심사 기준을, 만들 때 전문가가 참여하기는 했나 싶을 만큼이나 경제적인 논리로만 이루어진 기준을 들이대고 있을 뿐이었다. 보통 이러면 그만둬야 했다.

'아······. 좆된 거 같은데.'

그러나 무안대 병원은 견디고 있었다. 이사장의 결단이 있어서 그렇기도 했다. 하지만 그보다는 최윤섭이 있기 때문이었다. 그가 가져가는 월급은 거의 없다시피 했다. 적자에 대해 자신이 보전했기에. 그 때문에 다른 과에서도 외과 환자에 대한 경험을 '강제적'으로 쌓고 있었다. 마취과도 그랬다. 딱 보면 이 케이스 어떻겠다 느낌이 올 정도로.

"칼."

그 생각이 좀 바뀐 것은 평소보다 진행이 훨씬 빨리 이루어지고 있다는 느낌을 받았을 때였다.

'잉······. 언제 드랩 다 했어?'

강혁의 존재가 수술방을 가속화시키고 있었다. 그저 준비만 그런 게 아니었다. 그랬다면 단지 숙달된 인턴 수준에 불과하지 않았겠나.

"보비."

최윤섭은 수술을 진행하면서 딴생각을 안 하는 편이었다. 그래야 한다고 생각했고, 최윤섭은 자신의 소신을 지키는 편이었다.

'이거……. 이놈.'

오늘은 예외였다. 강혁 때문이었다. 이런 보조라니. 마치 절개를 어디를 어떻게 할지 훤히 알고 있는 느낌이었다. 말이 안 되는 일이었다.

'이런 손상은…… 임기응변이 중요한데…….'

너무 위중한 상태라 밖에서 별다른 검사조차 못 하고 그냥 밀고 들어온 상황이지 않나. 경험이 많은 의사라 해도, 이걸 일사천리로 뚝딱 해내는 건 무리였다. 망설임이 여기저기에 남을 수밖에 없었다. 하물며 레지던트라면 어떻겠나. 연차가 그리 중요치 않았다. 이건 단지 몇 년에 걸친 경험으로 해결 가능한 일이 아니었으니. 한데 강혁은 그걸 해내고 있었다. 흉내 내는 수준이 아니라, 거의 완벽하게.

'이제 3월 말인데…….'

애송이라는 말이나 들어야 할 때라는 뜻이었다. 3월의 1년 차라니. 인턴이랑 대체 다른 게 뭐가 있겠나. 근데 달랐다. 천재인 것은 알고 있었다. 하지만 이 정도일 줄은 몰랐다.

'이건……. 이건 숫제 괴물…….'

처음부터 이랬다면, 그것도 납득하기 어려운 일이긴 하지만, 그래도 어떻게 납득했을 터였다. 미리 예습을 뒤지게 했구나. 뭐 이런 식으로. 하지만 강혁이라고 해도 3월 초부터 이랬던 것은 아니었다.

'허둥대지는 않았어. 하지만 이렇게 침착하지도 않았어.'

최윤섭은 이제 조각난 장이 잘 보이도록 배를 쭉 당겨주고 있는 강혁을 바라보았다. 마음을 읽는 걸까. 아니면 그저 최적의 경로를 찾아내고 있는 걸까. 하여간 집도의가 궁금한 곳을 보여주고 있었다. 아니, 궁금해해야 한다고 강요하는 듯한 느낌도 들었다.

'실력이 미친 듯이 늘었다……. 한 달……, 아니지. 3주나 됐나.'

잘된 일이긴 했다. 덕분에 수술은 그야말로 물 흐르는 듯 진행되고 있었다. 그럼에도 최윤섭은 마음이 편하지 않았다.

'이 속도로 배우면…… 올해나 버틸 수 있을까?'

자신이 수십 년간 쌓아온 실력을 따라잡히는 데 얼마나 걸릴까. 원래 같으면 이런 생각을 한다는 것 자체가 참 이상한 일일 터였다. 최윤섭 정도면 완성된 외과의라 해도 어색함이 없을 실력자니까. 한 사람의 외과 의사가 완숙에 이르는 데 걸리는 시간은 짧지 않았다. 빨라도 30대 후반, 늦으면 40대였다. 거기에 경험까지 더해져 꽃을 피우는 시기는 50대였고. 그에 반해 눈앞의 강혁은 이제 겨우 스물일곱. 어렸다.

'그래, 여기서는 이렇게 하는군. 그래……. 그게 더 낫겠어.'

하지만 두려웠다. 저 눈이. 모든 것을 꿰뚫어 보는 듯한 저 눈이. 그리고 그 눈을 가진 강혁이 얼마나 빨리 수술을 배워나가는지가.

'아니, 여기서 나라면.'

문제는 강혁이 최윤섭 교수의 예상보다도 더 빨리 실력이 늘고 있다는 것이었다. 강혁은 이미 일방적으로 흡수하는 수준을 넘어, 의견을 개진하고 있었다.

'어?'

그리고 강혁은 자신이 어떤 의견이 있을 때 망설이는 사람이 아니었다. 상대가 누구건 일단 질러봐야 했다. 의견이 틀렸다면, 그 이유를 들어야 했다.

'여기서 왜.'

최윤섭은 의문에 찬 눈으로 강혁을 바라보았다. 여태 입 안의 혀처럼 굴던 보조가 삐그덕대서 그랬다. 이럴 땐 보통 이유가 하나였다. 집중력의 부재. 이해해줄 만한 일이긴 했다. 우수함을 떠나 레지던트 업무란 것이 만만치 않았기에 그랬다. 졸 수도 있었다.

'또랑또랑한데? 설마.'

해서 졸고 있나 하고 봤더니. 그게 아니었다. 강혁도 자신을 보고 있었다. 은근한 눈길을 보내고 있었다.

—백강혁……. 아. 그 친구랑 수술 들어가면 힘든데.

—왜?

—이상한 눈길로 볼 때가 있어요. 근데 그게 꼭 '너 뭐 하냐'고

하는 거 같아서. 언제 진짜 날 잡을까.

―아니, 그러지는 말고.

―교수님. 싸고도는 것도 문제예요.

―아니. 그게 아니라 나는 널 생각해서 그러는 거야.

언젠가 4년 차와 나눴던 대화가 떠올랐다. 그때 그놈이 말했던 게 이런 거였나 싶었다. 정말로 강혁의 눈길에는 어떤 의도가 담겨 있는 듯했다.

'설마…… . 이거.'

가르침? 또는 의문? 둘 중 뭔지는 헷갈렸다. 하여간 최윤섭은 제자가 당겨준 곳을 다시 한번 살폈다.

'아.'

거기에도 길이 있었다. 이 환자를 살리는 길이 거기에도 있었다.

'이렇게…… . 이렇게 하는 게 어떠냐, 뭐 이런 것이로구만.'

'알아들으시네. 확실히 이 교수님이 실력이 제일 좋아.'

말 없는 문답은 이후로도 계속 이어졌다. 최윤섭이 무조건 강혁의 의견을 들어주지는 않았다. 때로는 손을 잡아 강제로 다른 곳을 당기게 하기도 했다.

'아하. 이게 더 안전하군. 하긴, 저기는 좀 모험이지.'

'그래. 환자의 예후를 걱정하는 건 좋은 일이야. 하지만 예후가 있으려면 일단 살아야 해. 환자의 현 상태를 늘 고려해야 해.'

말하지 않아도 둘의 대화는 매끄러웠다. 이건 최윤섭에게도, 강혁에게도 퍽 새로운 경험이었다. 너무 뛰어나게 태어난 죄로 남들과의 소통에 문제를 겪었던 강혁에게 더더욱 그랬다.

'왜 뻔히 보이는 답을 두고 돌아가지?'

날카로운 눈은 상대의 오류를 너무나 쉽게 잡아내었다. 뛰어난 두뇌는 새로운 방법을 너무나 쉽게 제시했다. 그게 상대의 자존심을 무너뜨릴 수 있다는 걸 강혁은 몰랐다. 그래서 상대는 맞는 말을 들어도 화를 내기 바빴다. 강혁은 그냥 상대가 화를 내는 건 당연한 일이라 여기기로 했다.

'이 사람은 달라.'

하나 강혁과 경쟁 관계가 아닌, 그저 아득히 높은 위치에 선 최윤섭은 그러지 않았다. 아니, 그럴 필요가 없었다. 최윤섭은 자기 생을 얼마간 포기한 사람이기에 더욱 그랬다. 남은 생의 의미는 오로지 가르침에서, 또 다른 사람을 살리는 데서만 느끼고 있었다.

'얘는……. 얘는 달라. 얘는 어떻게든 키워줘야 해.'

최윤섭은 희열에 찬 강혁을 보며 수술을 이어나갔다. 척 하면 척 알아듣는 수준이 아니었다. 척 하기 전에도 알았다. 아니, 자신이 생각지 못한 것도 알았다. 그것이 비록 더 나은 답이 아닐 때도 있었지만.

'언젠가는 늘 나보다 나은 답을…… 제시하겠구만.'

최윤섭은 알 수 있었다. 그 언젠가가 그리 오래 걸리지도 않을 것이라는 걸.

'이 수술을 하는 와중에도 늘었다.'

단지 수술을 바라보는 시야만 넓어지고 있는 게 아니었다.

"타이."

"네."

술기도 늘고 있었다. 솔직히 몇 번 하지도 않았는데 그랬다.

'이 미친……. 아까 거슬렸던 게 없어졌어.'

한 번. 딱 한 번 조언을 했을 뿐이었다. 그런다고 고쳐질 거란 기대는 하지 않는 게 좋았다. 생각보다 손을 다루는 작업이란 게 쉽지 않기 때문이다. 연습. 오로지 피나는 연습만이 술기를 갈고 닦아 더 나아가는 데 도움이 된다고, 그렇게 생각했다. 아니, 지금도 그 생각은 달라지지 않았다.

'얘는 되는구나, 이게.'

하나 강혁에게만은 예외를 둬야 할 것 같았다.

'초집도……. 얘는 4월에 해도 이를 게 없을 것 같은데.'

그렇게 수술이 끝을 향해 달려가고 있었다. 최악을 예상하고, 오늘 잠은 다 잤다고 생각하고 있던 마취과 의사는 꽤 놀랐다.

"네?"

"중환자실 나갈 준비 해달라고 했네."

"아, 네!"

예상했던 시간에 비해 과장 좀 보태면 절반밖에 걸리지 않아서 그랬다.

'와……. 진짜 수술을 그렇게 하면……, 저 나이에도 느는구나.'

물론 마취과 의사는 강혁을 생각하지 못했다. 상식적으로 교수의 수술이 1년 차, 그것도 3월의 1년 차 보조 때문에 개선될 수 있다고는 생각하기 어려우니까. 그저 최윤섭이 참 대단하다 여길 뿐이었다. 애초에 최윤섭에 대해서는 호감이 있어서 그랬다. 저 길을 자신더러 걸으라고 하면 고개를 젓겠으나, 그 길을 평생에 걸쳐 묵묵히 걷고 있는 이에게 경의를 표하는 건 당연한 일이라고 생각했다.

"강혁아."

그렇게 수술이 끝나고 중환자실로 향하는 길에 최윤섭은 강혁을 불렀다.

"네, 교수님."

"너 초집도식 준비해야겠다."

하고픈 말을 하기 위함이었다. 동시에 반응을 보고자 함도 있었다.

"네, 교수님."

보통 1년 차는 초집도라는 말에 떨기 마련이었다. 내가 그걸 해도 되나 하는 생각을 하는 이도 있고, 또 드디어, 라는 생각을 하는 이도 있었다.

'당연하구나, 너한테는. 하긴. 외과는 수술하는 과지.'

하지만 강혁은 덤덤하기 그지없었다.

"좋아. 4월에 하자."

"네."

"외래에 한번 들어와. 수술할 의사라고 소개해야 하니까."

"네, 교수님."

"마침 내일 있으니까…… 탈장이 오면 네가 하도록 하고. 아니면 응급실에서 맹장 떴을 때 하면 될 것 같은데. 어때?"

"그렇게 하겠습니다."

실은 그렇지 않았다.

'드디어……'

강혁도 설렜다. 다만 너무 오래 기다려온 탓에 티가 안 났을 뿐이었다.

*

"와……."

최윤섭은 화장실에 있었다. 정확히 말하면 세면대 앞에 서 있었다. 물을 틀어놓은 채였다. 얼굴엔 찬물이 잔뜩 튀어 있었다.

'어떻게 그러지……?'

최윤섭은 이해를 못 하겠다는 얼굴로 거울 속 자신을 들여다보았다. 실제로는 방금 전에 있던 일을 떠올리고 있었다. 워낙에 충격을 받아서 그런가. 오늘은 점심도 못 먹을 것 같았다.

"어머니, 애 수술해야 합니다."

외래 때의 일이었다. 여느 때처럼 혼자 들어가진 않았다. 사상 초유의 1년 차 4월 초집도식을 치르기 위해 강혁을 동반해서 들어갔다.

'생각보다…… 얌전하네?'

강혁은 입을 꾹 다물고, 그저 뒤에 서 있었다. 그래서 방해가 되었냐고 하면 그렇지도 않았다. 애가 비주얼이 워낙 좋지 않나. 그냥 잘생겼다 뭐 이런 수준이 아니라 거의 예술 작품 같다 보니, 환자들 기분도 썩 좋아 보였다.

'나는……. 내 얼굴 보면 일단 애들은 울고 보는데.'

최윤섭은 강혁과 그런 강혁을 올려다보며 방긋 웃는 애를 보면서 잠시 신을 생각했다. 왜 신은 저 아이에게 외모와 능력을 몰빵했을까? 그래놓고 나한테는 이런 얼굴을 줘? 신이 아니라 악마라 불려야 하는 거 아닐까? 적어도 내게는 그렇게 부를 자격이 있지 않을까?

"어머니, 애 수술해야 합니다."

그때였다. 강혁이 난데없이 입을 연 것은. 덕분에 최윤섭은 망상에서 벗어났고 환아의 보호자는 그저 멍한 얼굴로 강혁을 올려다보았다. 하필 키도 쓸데없이 커서 위압적으로 보였다.

"네?"

아이 어머니는 일단 상식선에서 생각했다. 아, 내가 잘못 들었겠지. 망부석처럼 서 있던 사람이 갑자기 이런 말을 할 리가 없지.

"애 수술해야 합니다."

그러자 강혁은 예의 그 얼굴을 조금 아래로 숙인 채, 아까 했던 말을 반복했다. 왜 수술을 해야 하는지에 대한 말은 없었다. 보호자에 대한 심심한 위로도 없었다. 그저 결론만이 있을 뿐이었다. 심지어 그 결론은 삭막하기 그지없었다.

"어, 강혁아. 무슨 소리니."

이해가 가지 않았다. 최윤섭은 환자를 이제 처음 봤기 때문에 그랬다. 의뢰서를 들고 온 것도 아니었다. 그냥 보호자가 자기 수술한 곳 보러 왔다가 애는 어떠냐고 한마디 물었을 뿐이었다.

"교수님, 애 수술해야 합니다."

앵무새니. 앵무새야? 왜 같은 말만 해. 그것도 섬뜩한 말만.

"아니, 강혁아. 왜 수술을 해야 하는지 말을 해야지. 그렇게 불쑥 수술 얘기를 꺼내면 환자……. 아니, 보호자가 당황스럽지."

아닌 게 아니라 보호자는 거의 울 것 같은 얼굴이었다. 당연한 일이었다. 아이는 이제 고작해야 돌이나 지났을까 싶었으니까. 그런 애를 수술해야 한다는데 아무렇지도 않을 수 있는 부모가 있겠나.

"보호자가 당황하는 거랑 수술을 해야 한다는 당위성 사이에 어떤 상관관계가 있나요?"

"어……."

이놈이 특이한 놈이라는 건 익히 알고 있었다. 물론 얘기를 많이 해본 건 아니었다. 최윤섭 본인이 그리 대화를 즐기는 편이 아니기도 하거니와 너무 바빠서 그렇기도 했다. 의대란 곳은 참 악랄한 곳이라서 교수도 학생도 다 뒤지게 바빴다.

'애들이 되게 순화해서……, 순화해서 말을 해줬었구나.'

해서 동기나 선배들을 통해 들었을 뿐이었다. 좀 이상하다고.

'얘들아. 이런 건 좀 이상한 게 아니야……. 이런 건…….'

세상에 무슨 기계도 아니고. 당황하는 거랑 수술에 무슨 연관 관계가 있냐고? 없지! 없는데, 말을 그렇게 하면 안 되지! 우리는 사람이니까!

"아, 못 보셨나."

사람이 너무 어이없으면 제대로 말이 안 나온다는 걸 최윤섭은 실시간으로 배우고 있었다. 정말 입만 벙긋거릴 수 있을 뿐,

소리가 안 나왔다. 숨을 못 쉬는 건가 싶었다. 그에 반해 강혁은 그야말로 거침이 없었다.

"어, 내 아기."

일단 엄마의 품에서 애를 빼앗았다. 다행인 것은 애도 놀라서 그런가 아니면 그냥 잘생긴 얼굴 때문에 그런가, 울지는 않는다는 점이었다. 전자여도 큰일이고 후자여도 큰일이었다. 놀라면 경기로 이어질 수 있지 않나. 후자라면 앞으로 사람 보는 눈을 기르기 위한 과외라도 시켜야 할 터였다.

"여기 보세요."

그뿐만이 아니었다. 강혁은 아이의 옷을 훌러덩 들어 올렸다. 통통한 아이의 배가 훅 하고 모습을 드러냈다. 애를 뺏고 옷을 벗긴다라.

'무안대학교 병원 외과 레지던트가 아이를 빼앗고 옷을 벗겼다는 소식입니다.'

내일 신문 제목인가, 이게.

'무안대 폐교해라!'

내일 달릴 댓글인가, 이게. 최윤섭은 갑자기 미래가 보이는 듯했다. 모르고 있던 제삼의 눈을 개안한 듯했다.

"교수님. 여길 보세요."

"아니, 아냐. 난 공범이 아냐……."

그래서 정작 눈앞을 보지 못했다. 눈을 꽉 감았다. 돌이켜보면 이미 험난한 생이었다. 아니, 험악하다고 해도 좋을 지경이었다. 근데 말년에 감방 엔딩이라고? 이럴 수는 없었다.

'신이 있다면……, 당신이 이러면 안 되지……. 나는 진짜.'

억울한 일이었다. 하늘을 우러러 한 점 부끄럼이 없는 삶은 아니었다. 하지만 적어도 의사로서는 부끄러운 생을 살지 않았다.

"교수님."

근데 이놈이.

"교수님?"

이놈이.

"풍이 오셨나?"

"야, 인마!"

"발음은 정확하신데."

"갑자기 이러면…… 어떡해!"

"보세요."

"뭘? 어."

이놈이? 최윤섭은 강혁이 보여준 아이의 배를 보고는 자기 눈을 의심했다. 배꼽이 벌렁거리고 있었다. 탈장이 있었다.

"색이 좀 변했죠."

"어…….''

그뿐만이 아니었다. 원래 배꼽 탈장은 잘 막히지 않던가. 한데 이 아이의 장은 배꼽에서 빠져나간 채로 시간이 지난 모양이었다. 색이 보랏빛으로 물들어가고 있었다. 썩어가고 있다는 뜻이었다.

"누르면."

"으아아아아아앙!"

아플 터였다.

"미친놈아!"

누르면 당연히 더 아플 수밖에 없었다.

"안 들어가요. 끼었습니다."

"아니, 그걸 꼭 지금 눌러야 속이 시원했냐!"

"그럼 언제 눌러요?"

"아니……."

엄마 앞에서 애를 울려서야 되겠냐! 이런 말을 하고 싶었다. 한데 강혁이 너무 뻔뻔한 얼굴로 자신을 뚫어져라 보고 있으니, 그런 말 대신 다른 것만 생각났다.

'어……. 잘한 건가?'

당당한 얼굴엔 힘이 있는 법이었다. 특히 강혁처럼 자기 확신이 강한 사람은 더더욱 힘이 강했다.

"수술해야 합니다. 빠르면 빠를수록 좋아요."

강혁은 그렇게 말문이 막힌 최윤섭 대신 아이 엄마를 바라보았다. 아이 엄마는 울고 있었다. 당연했다. 애가 우니까. 수술해야 한다니까. 심지어 자기 품에 있지도 않으니까. 사람이라면 응당 이해를 해줘야 하는데, 강혁은 사람이 아닌지 영 엉뚱한 소리만 해댔다.

"안구 건조증이 있으신가. 이래서야 동의서 사인이 어려울 텐데."

"아……. 그."

다행인 것은 그래도 최윤섭이 산전수전 다 겪은 백전노장이라는 점이었다. 물론 그런 최윤섭조차 이런 놈은 처음이긴 했지만, 그래서 정신이 아득해져버리긴 했지만 뒤늦게라도 수습에 나설 수 있었다.

"어머님, 놀라셨겠지만……. 실제로 수술이 필요하긴 한 상황입니다. 아이 배꼽에 탈장이 있어요. 이건 알고 계셨나요?"

"그……."

"여기 휴지요. 천천히 답하셔도 됩니다."

"아니, 아닙니다."

어머니는 강한 법이었다. 휴지를 받아 들고는 거의 바로 답을 해냈다.

"소아과에 물어봤어요. 근데 대부분은 그냥 닫힌다고……."

"네. 그렇습니다. 간혹 닫히지 않는 경우가 있을 뿐이죠. 아이는 드문 경우에 속합니다."

"아……."

"이대로 시간이 더 지나면 장이 썩게 됩니다. 복강보다는 아무래도 배꼽 틈새가 더 좁아서 눌리거든요. 눌리면 피가 잘 안 통해서…… 썩습니다."

"아……. 그럼……."

"오늘 하시죠. 제가 응급으로 수술 잡아두겠습니다."

"감사……, 감사합니다."

바로 방금 전에 있던 일이었다. 그 자리에서는 최대한 괜찮은 척했더랬다. 그래야 하니까. 교수까지 흔들리면 환자는 더욱 불안할 테니까. 하지만 진짜로 괜찮은 건 아니었다.

'어후······.'

최윤섭은 다시 찬물로 세수를 했다. 그러면서 강혁을 떠올렸다. 가르칠 게 없을 것 같았다. 완벽했으니. 아니, 완벽보다 더했으니까. 분명 자신은 가보지 못한 경지에 아니, 상상조차 못 했던 경지에 닿을 재목이었다.

'근데······ 아니었어. 부족한 면이 있구나.'

기본적으로 사람 대하는 데 문제가 있을 줄이야. 본성이 악해서는 아닐 터였다. 그랬다면 애초에 뽑지도 않았을 터였다. 강성지가 그러했듯, 최윤섭도 강혁의 본질을 꿰뚫어 본 바 있었다. 하지만 모두 그럴 수 있을까. 그럴 수는 없는 법이었다.

'이거, 어디서부터 어떻게 가르쳐야 할지 모르겠네.'

혼란스러움이 찾아왔다. 동시에 최윤섭은 웃을 수 있었다. 부족한 스승임에도 불구하고, 가르칠 수 있는 게 있다는 걸 알게 되어 그랬다.

"아, 강혁아."

밖에 나가니, 강혁이 서 있었다. 멀뚱멀뚱한 얼굴을 하고서였다.

"졸리세요?"

그래. 넌 졸릴 때만 찬물 세수를 하겠지. 근데 사람은 혼란스러울 때도 찬물 세수를 할 수 있단다.

"어, 그래. 수술방은?"

"바로 잡혔습니다."

"좋아. 동의서는?"

"제가 받았습니다."

"같이 받자니까?"

"오래 걸리시길래요."

"보…… 보호자님, 어디 계셔?"

"화장실 가셨어요."

"갑자기?"

"네."

말을 듣고 보니, 여자 화장실에서 흐느낌이 들려왔다.

'이놈아…….'

동의서란 달리 말하면 수술이 어떻게 진행되는지에 대한 간략한 설명서라고 보면 되었다. 거기엔 왜 수술을 하는지, 어떻게 하는지 쓰여 있었다.

'부작용.'

또 어떤 문제가 생길 수 있는지도 쓰여 있었다.

"어머님!"

강혁이 어떻게 설명했을까.

"안 돼……. 우리 아기!"

이 새끼. 뻔했다. 최윤섭은 정말로 위로해주고 싶었다. 하지만 여자 화장실에 있지 않나. 이 얼굴로 들어가면 어찌 될까?

'무안대학교 외과 교수 성추행 현장 검거!'

여론도 안 좋을 터였다.

'관상 봐라……. 저게 깡패지, 의사냐.'

머릿속에 사이렌 소리가 울릴 때, 강혁이 말했다.

"잡아 와요?"

"뭘 잡아, 인마!"

차라리 사이렌이 나았다. 이딴 개소리보다는.

'하여간…… 가르칠 게 많겠어…….'

최윤섭은 후 하고 한숨을 쉬고는 강혁의 어깨를 두드렸다. 따스한 눈을 하고서였다.

"그나저나, 탈장 수술……, 할 줄은 알아?"

"네. 배웠죠. 보조도 여러 번 했고요."

"그래."

뭐가 되었건 천재이지 않나. 대체 어느 누가 배웠고, 보조 몇 번 했다고 해서 그 수술을 할 줄 안다고 할 수 있을까. 이건 이해의 범주를 넘어간 영역이었다.

'네가……, 네가 제대로 배워서 전문의가 되면…… 우리나라도 좀 달라지겠지.'

최윤섭의 멈춰 있던 심장이 뛰기 시작했다. 사회가 앗아 갔던 생의 목표가 눈앞에 있었으니.

특별한 미친놈

아무도 말이 없었다. 버스에 탄 사람이 여럿임에도 불구하고. 그렇다고 소리가 없는 건 아니었다.

"흐……."

최윤섭은 내내 울고 있었다. 이마를 창에 찍어가면서.

'눈치 챙겨, 강혁아.'

강성지는 그런 스승의 눈치를 보면서, 옆자리에 앉은 강혁에게 속삭였다. 워낙 분위기 파악 못 하고 주절거리는 것이 바로 백강혁이지 않나. 물론 그러기엔 너무 무거운 분위기이긴 했다. 하지만 강성지는 친구에 대한 신뢰가 좀 부족했다. 그럴 수밖에 없었다. 지금까지 보여준 모습이 있었으니.

'뭐, 인마. 내가 뭘 어쨌다고.'

다행히 돌아오는 답은 지극히 상식적이었다. 하여간 강혁도 이런 분위기는 읽을 줄 아는 모양이었다. 하긴 이런 것도 못 하기엔 지난 3년이 만만치는 않았다.

'그래. 그냥 지금처럼만 있어.'

'그러려고 해. 무슨 말을 해야 할지 모르겠네.'

'그러니까 그냥 있으라고.'

'어, 그러고 있다니까?'

어느덧 강혁과 강성지 모두 4년 차가 된 몸이었다. 아니, 그 정도가 아니라 이제 전문의 시험을 앞두고 있었다. 당장 내일까지만 병원 나오고 다음 날부터는 시험 공부하러 들어가야 할 몸이었다. 사실상 레지던트 시절의 꽃이라 불려도 좋을 만한 시절이 도래했다는 뜻인데 그럼에도 불구하고 이들이 죽상을 하고 있는 건 다름 아닌 선배 때문이었다. 둘이 들어올 때 졸국하고 나간, 최윤섭의 뒤를 잇겠다 하고 외상센터에 들어갔던 선배.

〈중앙의료원 외상센터 진료 공백 심각〉
〈갈 곳 없는 외상 환자들〉

잊을 만하면 나오는 뉴스와 기사에 마음 아파하던 선배.

〈신임 외상센터장, 과연 자격은 있는가〉
〈기회주의자 아닌가?〉

아무도 찾지 않는 센터에 지원했던 선배. 그래서 너무 어린 나이에 센터장이 되어야만 했던 선배.

〈중앙의료원 외상센터장, 의료 사고 피해자에 의해 고발〉
〈환자 못 받겠다는 외상센터, 존재 이익는?〉

홀로 모든 책임을 져야만 했던 선배. 칭찬은커녕 욕먹기에 바빴던 선배. 역량을 아득히 넘어간, 그야말로 생명을 깎아 먹는 진료를 이어나가야만 했던 선배.

〈중앙의료원 중증외상센터장, 당직실에서 숨진 채 발견. 과로사로 추정〉

그 선배가 오늘 아침 죽었다. 최윤섭은 그 비보를 듣자마자 말을 잃었다.

'내가 말렸어야 했는데……'

이런 생각만 들었다. 가보지 않았던 길이 아니지 않나. 최윤섭도 그 길에 있었더랬다. 병원과 정계, 그리고 사회까지 모두가 외면했던 그 길을 걸었더랬다. 외로웠고 힘들었다. 그래서 포기했다.

—교수님, 제가 가보겠습니다.

그때 제자 녀석이 나섰다. 손도 좋고, 머리도 좋고, 심지어 심성도 좋은 녀석이었다.

'그때…… 왜 더 말리지 않았지?'

가시밭길일 거라 얘기했다. 심지어 아무도 알아주지도 않을 거라고 했다. 오히려 공격을 당할 수도 있다고 했다. 외상 환자는 일반 환자에 비해 죽을 가능성이 훨씬 크다는 걸, 아직 사회가 인정해주지 않아서였다. 당장 최윤섭만 해도 줄줄이 소송에 당한 바 있지 않던가.

—그래도요. 누군가는 가야죠. 교수님처럼요. 누군가는 가야

합니다. 저는 제가 그래야 할 것 같아요.

그 얘기 끝에도 제자는 흔들리지 않았더랬다. 너무 맑은 눈으로 얘기했더랬다. 그 눈을 보고 있자니 저도 모르게 응원하는 마음이 들고 말았더랬다.

'그래선 안 되었는데…….'

보내고 나서도 걱정은 태산 같았다. 잊을 만하면 나오는 기사 때문에도 그랬다. 망할 새끼들. 도울 생각은 못 하고 오히려 훼방만 놔? 특히 의사라면 알지 않던가. 저 일이 얼마나 어려운 일인지.

—저 잘 지냅니다. 걱정 마세요. 이제 인력도 더 들어올 거고요. 아, 기사요? 신경 안 씁니다. 어딜 가나 삐딱한 사람 있죠.

그래서 전화를 했다. 안부를 물었다. 그때마다 제자 놈은 괜찮다 했다. 그럴 리가 없는데. 안 힘들 리가 없는데. 나도 죽을 것 같았는데, 너는 나보다 더 약하지 않니.

—아니, 교수님. 왜 여기까지 오셨어요.

오랜만에 본 제자는 많이 수척해져 있었다. 그래도 스승 온답시고 양복을 입고 나왔는데, 바지가 펄럭거렸다. 벨트도 많이 남아 보였다.

—네? 하하하. 끼니는 거를 때도 있죠. 그럴 수밖에 없지 않습니까. 교수님도 뭐 자주 그러시잖아요?

그럼에도 웃어 보였다. 누가 봐도 힘들어 보이는데도. 무언가 되고 있다는 느낌을 받아서였을까? 그래서 최윤섭도 속았다. 아, 그래도 우리 사회가 나 젊을 적보다는 좀 바뀌었구나. 그래, 우리나라도 더 이상 생명에 인색할 때는 지나긴 했지. 다행이라 여기고 돌아왔다.

'그게 마지막……, 마지막이 될 줄이야…….'

1주일 전의 일이었다. 녀석은 그러고 나서 1주일을 채 버티지 못했다. 환자를 살리고, 잠깐 눈 붙이러 들어갔던 당직실에서 영영 눈을 감아버렸다. 최윤섭도 눈을 감았다. 이대로 죽고 싶다는 생각도 들었다.

"교수님."

그때 누군가 그를 흔들었다. 고개를 돌려 보니 잘생긴 얼굴이 보였다. 보통 외과 4년 차쯤 되면 불규칙한 식사와 생활 때문에 망가지기 마련인데. 그래, 그 뒤에 있는 강성지처럼. 원래도 그리 좋다고 말할 수 없는 외모였던 녀석은 이제 박살이 나버렸다.

"교수님. 이제 내리셔야죠. 다 왔어요."

강혁을 보면 이상하게 잡생각이 잘 들었다. 아마도 이놈의 환자 대하는 방식 때문일 터였다. 거기 엮이지 않으려고 훈련한 까닭일 터였다. 그게 싫었는데, 오늘은 다행이었다. 잠시라도 제자를 잊었으니.

"아, 그래."

"발 조심하시고."

"인마, 아직 그 정도는 아냐."

"네? 노인인데."

"이놈 새끼가."

심지어 빡치게도 만드는 놈이었다. 강성지가 놀라서 뛰어왔다.

"야야. 오늘은 좀. 어?"

"일부러 그러는 거야."

"일부러? 혹시 악마냐? 악마세요?"

그러곤 대화를 나누다 더 놀랐다. 강혁이 한 말 때문이었다. 물론 최윤섭은 듣지 못했다. 중앙의료원이라는 이름을 보자마자 압도되어서 그랬다. 그가 여기서 보낸 세월의 무게와 그의 제자가 여기서 보냈을 세월의 무게에 짓눌려버렸다.

"악마라니. 너는 정말 아직도 말을 함부로 하는구나."

"이 새끼……."

"새끼도 욕인 거 알지? 나처럼 말을 좀 이쁘게 해볼래?"

"하아."

그사이 강성지는 열이 뻗쳐서 죽을 것 같다는 생각이 들었다. 그러다 문득 진짜 죽어버린 선배가 떠올라 뜨끔했지만, 하여간 열이 받았다. 그에 비해 강혁은 여느 때처럼 당당한 얼굴을 하고 있었다. 나는 틀리지 않았다, 나는 옳다, 하는 얼굴. 수술실에서는 진짜 그렇긴 했다. 하지만 밖에서는?

'오히려 틀릴 때가 더 많지 않니…….'

특히 인간관계는……. 강혁 때문에 학을 떼고 도망간 선배들까지 있지 않나. 후배들은 또 어떻고.

"주인님. 이쪽으로."

대체 어떻게 조련을 한 건지 모르겠는데, 남은 놈들은 하나같이 강혁을 저렇게 불렀다.

"그래. 가자. 가면서 얘기해."

"어, 어어."

나쁜 일은 아니었다. 강성지도 주인 친구 정도의 취급은 받았으니까. 절대 충성하지는 않아도 하여간 말을 잘 듣기는 했으니까.

'아니, 아니지. 이런 얘기 할 때가 아냐!'

이대로 두면 강혁이 또 스승한테 가서 뭐라고 할지 모를 일 아닌가. 이놈은 스승이고 나발이고 멘탈을 뒤흔들 수 있는 놈이었다. 다른 날은 그래도 됐다. 잘하니까. 그리고 스승도 얘를 총애하고. 하지만 오늘은, 오늘만은 그래선 안 될 터였다.

"이 새끼야. 말조심하라고."

"너도 조심해야겠다. 새끼라니. 사람한테."

"아니……. 그런 얘기가 아니라. 그리고 너도 새끼새끼 하잖아."

"그랬나."

"아……. 아무튼. 어? 뭘 일부러 그래. 스승님 자살하게 만들려고?"

"아니, 자살 안 하게 만들려고."

한데 강혁의 말에 어쩐지 모를 위엄이 느껴졌다. 아니, 위엄이라기보다는 뭐라고 해야 하나. 찝찝함이라고 해야 할까. 하여간 말을 들어야 할 것 같았다. 이놈은 아주 날카로울 때가 있는 놈이니까.

"지금 봐. 장례식 조문 갔다가, 뒤질 것 같은 얼굴이잖아."

"뒤진다니……. 스승님한테."

"진짜라니까. 원래도 체념한 듯한 얼굴인데, 그래도 뭘 쥐고 있었거든. 근데 지금은 다 낡아. 마지막 가는 길이야, 저게."

강혁은 최윤섭을 가리켰다. 하필 딱 장례식장으로 들어가고 있던 마당이라 그런가 스산하게 느껴졌다. 죽으라고 고사 지내는 느낌이라고 해야 할까.

"야……. 마지막이라니……."

"진짜야. 저대로 두면, 오늘 안에 뒈져. 내기할래?"

"남의 목숨 가지고 내기 같은 거 걸면 안 되는 법이야."

"그런 법이 우리나라에 있냐."

"아니, 사회 통념상 그렇다고."

"아무튼, 그렇게 안 둘 거야."

강혁은 최윤섭의 등을 바라보았다. 객관적으로만 보면 드넓은 등이었다. 하지만 작고 초라한 등이기도 했다. 그야말로 실패만 거듭한 사람이지 않나. 본인의 실력과는 무관하게. 또 숭고한 뜻과도 무관하게. 그런 사람을 저렇게 가게 두어도 될까.

'안 되지. 안 될 말이지.'

강혁은 최윤섭에게 많이 배웠다 생각하고 있었다. 최윤섭은, 또 다른 이들은 어떻게 생각할지 몰라도 강혁은 그렇게 생각했다. 그리고 강혁은 은혜를 모르는 사람이 아니었다. 기본적으로 사람 생명이 중하다 여기는 사람이기도 했고. 말하자면 사람을 사람으로 대할 줄 아는 사람이었다.

"화나게라도 만들어야 해. 분노 조절 장애가 좀 있으니까."

"아니……. 자꾸 패드립을 하네."

"사실이야."

"그러니까 그런 말이……."

"어떻게 할까. 어떻게 해야 저 양반이 화를 낼까."

슬퍼하는 대신 화라도 낼까.

"그게……. 나는 정말 옳은 일인지 모르겠는데."

강성지는 어어, 하면서 강혁을 붙잡았다. 안 그래도 슬픔에 잠겨 있는 사람을 긁는다고? 그게 맞는 일인가? 맞을 일 아닌가?

"노인네. 어딜 그렇게 가요."

이제 확실해졌다. 이건 맞을 일이었다. 강성지는 '이런 미친놈'을 외치며 강혁을 붙잡았다. 최윤섭도 눈을 화등잔만 하게 뜨며 뒤를 돌아보았다.

'뭐지, 이 새끼?'

원래도 선을 넘는 놈이긴 한데, 오늘은 과하게 넘는데 싶었다.

"그래, 이제야 사람 같네."

강혁은 그 얼굴을 보면서 안심했다는 듯 웃었다. 그러곤 어깨를 툭 하고 쳤다.

"제자가 하나만 있는 건 아니니까, 좀 더 기다려보시라고요. 알았어요? 노인네?"

노인네 노인네 하면서였다. 최윤섭은 잠시 이게 무슨 일인가 생각하느라 그런 강혁을 잡지도 못 했다. 그사이 강혁은 안으로 성큼성큼 들어가 빈소로 향했다. 선배가 쓸쓸히 누워 있는 곳으로 향했다. 강혁은 국화 한 송이를 주워들고는, 선배 얼굴 앞에 두었다.

'늘 힘겹게 웃더니만, 이렇게 일찍 가려고 그랬나.'

영정 사진 속 선배는 웃고 있었다. 늘 그렇듯 힘겹게.

'뭐가 급해서 그렇게 갔어요. 나랑 같이했으면…… 괜찮았을 텐데.'

강혁은 그를 향해 고개를 숙였다. 안타까움을 가득 담아서.

"너희는 행여라도 외상센터 가겠단 소리는 하지 말아라."

조문을 끝내고, 최윤섭은 마련된 소주를 따랐다. 따르면서 같이 온 의국원들에게 말했다. 하지 말라고. 나는 했지만 너희는 하지 말라고.

"해봤자……, 좋은 소리 못 들어. 정부에서만 그러는 게 아니야. 병원들도 그렇고, 의사들도 그렇고. 심지어 환자들도 그래. 내가 소송만 벌써 몇 번을 당했는지 아냐."

회한에 찬 목소리였다. 그래도 지역 사회에서 봉사하면서 많이 엷어졌던 고통이 새삼 느껴져서 그랬다.

'잘못 살았어. 이 인생은 망했다…….'

최윤섭은 진정으로 그렇게 생각했다. 괜히 외상센터에 관심을 뒀다고 생각했다. 사실 외과 의사로 보람 찾을 수 있는 분야는 얼마든지 있지 않나. 아니, 지금 분위기면 그냥 외과를 선택했다는 것만으로도 업을 짊어졌다고 할 수 있었다. 정말이지 이대로 가다간 외과 의사를 수입해야 하게 생겼으니까. 물론 지금 수가로 과연 이 나라에 와줄 외과 의사가 있을지도 의문이기는 했지만.

"평범하게…… 평범하게 살아라. 네 선배한테도 더 강하게 말을 해줬어야 했는데. 내가 그러질 못했어."

최윤섭은 술을 마시기 전부터 이미 취해 있었다. 제자를 잃은 슬픔과 자신이 살아온 생으로 인한 비통함에. 진짜 이렇게 살지 않았으면 어땠을까 싶었다. 그랬다면 나름 학회에서 인정받을 만한 경력이 있었을 텐데. 이렇게 결혼도 못 한 채 홀로 외로이 늙어가지 않아도 되었을 텐데. 무엇보다 같은 길을 걸으면서 자신도 뻔히 아는 고통을 겪을 제자도 만들지 않았을 텐데.

"너희들은 부디 그냥……. 남들 사는 대로 살아."

최윤섭은 무언가 답을 듣기 위해 말하는 게 아니었다. 그저 자신에게 말하고 있을 뿐이었다. 그럴 수 없다는 걸 알지만, 지금은 그게 위안이 될 것 같았다.

'어어. 이 새끼야. 입 닫아!'

그때 강혁이 입을 열었다. 육개장을 맛있게 처먹고 나서였다. 강성지는 그냥 그렇게 밥이나 먹고 있기를 바랐다. 호상도 아닌 장례식장에서, 누가 봐도 제 명을 채우지 못한 죽음 앞에서 저러는 게 예의인가 아닌가 하는 생각은 사치였다. 그냥 그대로 있는 게 최선이었다.

"노인네……."

"아."

물론 강혁은 그 누구의 바람도 중요하게 생각하지 않는 놈이었다. 그저 본인이 옳다고 생각한 길을 걷는 사람이었다. 때때로 좋은 특성일 수도 있었다. 흔들리지 않으니까.

'아니, 넌 좀 흔들려야 해…….'

하지만 이건 정도를 지나치지 않았나. 강성지는 먹지도 않은 육개장이 얹히는 기분이 들었다. 그러나 단언컨대 최윤섭만큼

격한 감정이 들지는 못했을 터였다. 최윤섭은 그야말로 태어나 가장 격렬한 무엇을 느끼고 있었다.

'20시간 수술해서 살려놨더니…… 삭감에, 원장 찾아오고……. 보호자는 후유장해가 나 때문에 생겼다고 고소했을 때도…….'

최윤섭이 인생을 평탄하게 살아와서는 아니었다. 그의 인생만큼 굴곡진 인생도 드물 터였다. 적어도 의사 중에서는 가장 굴곡이 심하지 않았을까. 정말이지 외상 외과에 뜻을 두지 않았다면 겪지 않아도 되었을 일을 너무 많이 겪었다. 그럼에도 이런 건 처음이었다.

"뭐라고……. 너 뭐라고……."

"노인네."

"다시 말하라고 한 말이 아니잖아."

아마 제자 장례식장만 아니었으면 소리를 질렀을 터였다. 하지만 여전히 배경음처럼 들려오는 제자 부모님의 울음이 최윤섭의 화를 삭이게끔 했다. 억지로라도 가라앉게끔 했다.

"왜 하지 말라고 해요? 난 외상 외과 하려고 온 건데."

그때 강혁이 진짜 억장 무너지는 소리를 했다. 사실 지금 죽은 이 제자도 아끼는 놈이긴 했다. 하지만 강혁만큼일까? 이 이상한 놈만큼 아꼈나? 그럴 수는 없었다. 이놈은 특별하니까. 그야말로 세계 최고 아니, 그 이상도 될 수 있는 재목이니까.

"너, 너."

"오……. 혈압 낮춰요. 풍 와요. 노인네."

"네가…… 네가……!"

근데 외상 외과를 하겠다고? 외상 외과 하다가 몇 년도 버티지 못하고 과로사한 선배 장례식장에서? 그놈의 외상 외과에 뜻을 둔 죄로 평생을 고통 속에 살고 있는 내 앞에서? 심지어 제자까지 물들여 먼저 떠나보내게 된 내 앞에서?

"제정신이냐? 여기 남아서 뭘 하겠다는 거야. 아무것도, 아무것도 남는 게 없어! 날 봐라. 명성이 남았냐? 돈이 남았어? 하다 못해 제자도 먼저 떠났어."

최윤섭은 울컥한 마음에 외쳤다. 사람들이 돌아봤지만, 최윤섭이 낸 소리라는 걸 깨닫고는 그저 고개를 끄덕였다. 저 사람에게는 지금 이곳에서 울부짖어도 될 자격이 있다고 생각해서 그랬다. 그의 생에는 그만한 자격이 있지 않겠나. 그가 짊어진 고통은 그야말로 여상한 것이 아니었으니.

"왜 남은 게 없어요?"

해서 침묵이 강제되었다. 그 누구도 입을 열지 못했다. 포효하는 늙은 사자 앞에서, 충분히 안락함을 택할 수 있었을 전도유망했던 외과의 앞에서 고개를 숙였다. 그러나 강혁은 아니었다. 강혁은 그저 당당할 뿐이었다.

"뭐가 남았어, 그럼."

"환자요."

"뭐……?"

"교수님이 살린 환자요. 선배가 살린 환자요. 그 사람들, 두 분 아니었으면 살았을까요? 아뇨. 길바닥에서 죽었을걸요. 아니면 병원에서 이상한 검사나 하다 죽었거나요."

근거 없는 당당함은 아니었다. 환자. 환자 얘기를 하고 있었다.

"선배는 과로사로 죽었죠. 어린 나이에요. 그래도 마냥 괴롭지만은 않았을 겁니다."

"네가 뭘 안다고……!"

"통화하는 거 옆에서 들었어요. 잘 지내고 있다던데요?"

"원래 스승한테는 그렇게 말하는 법이야!"

"아니, 아니죠."

"뭐?"

그리고 선배에 관한 얘기를 하고 있었다. 숭고한 뜻을 품고, 외상센터에 갔다가 너무 이른 나이에 죽어버린 선배.

"선배도 말렸었잖아요? 근데 갔다고. 고집쟁이가…… 입에 발린 소리나 할 거 같아요?"

"그……."

"인턴 때 잠깐 봤지만, 난 딱 보니까 알겠던데요? 절대 그럴 사람이 아니라는 걸."

"너……."

최윤섭은 말을 잇지 못했다. 지금껏 제자와 나눴던 통화가, 그리고 직접 만나서 나눴던 대화가, 그때 녀석이 짓고 있던 표정이 생생해서 그랬다. 마치 눈앞에 있는 듯했다.

'그래……. 행복해 보였어.'

힘들어 보였다. 날로 수척해져만 가고 있었다. 하지만 얼굴만은 늘 웃고 있었다. 자신이 어떤 환자를 어떻게 살렸는지 얘기할 때는 목소리가 커지기도 했다.

"그 녀석…… 행복했을까?"

최윤섭은 이제는 다시 보지 못할 녀석의 웃음을 떠올리며 물었다. 늘 힘겹게 웃던 녀석이었다. 무언가 치인 듯이 살던 녀석이었다. 하지만 전력을 다해 살았고, 녀석의 미소에는 그렇게 생을 살아낸 사람만이 지을 수 있는 진짜가 새겨져 있었다.

"네, 행복했을 겁니다. 저는 확신해요."

"그래, 음. 그래."

최윤섭은 강혁의 눈을 보면서, 그가 말하는 확신을 들으면서 조금이나마 위안을 받았다. 그렇다고 해서 제자가 살아 돌아올 수 있는 건 아니었다. 불과 30대 중반의 나이로 죽었다는 사실이 교정되는 건 아니었다. 지금도 흐느끼고 있는 저 부모님의 눈물이 마르는 건 아니었다. 하지만.

'행복했다……. 이거지.'

최윤섭은 어쩐지 제자의 마음을 알 것 같았다. 험악한 생이었음에도 불구하고, 외상 외과를 놓지 못한 이유. 최윤섭도 환자를 살리고 난 후에 기분이 어떠한지 잘 알지 않나. 그 기분을 제자도 느꼈을 거라 생각을 하니 마음이 나아졌다.

'다행이구나, 그건.'

하지만 강혁이 외상 외과를 하겠다는 건 또 다른 얘기였다.

"그래도 넌 하지 마라."

미래가 보이질 않았다. 그 누구도 관심이 없으니까. 오늘도 봐라. 사람이 죽었는데. 아무도 택하지 않던 길을 걷던 너무나도 멋진 의사가 죽었는데. 정치권에 도와달라 외치고, 시민 단체에 외쳤던 사람이 죽었는데. 조문은커녕 꽃도 보낸 사람이 없었다.

"아뇨, 할 건데요."

"이놈아……. 하지 말라면 하지 마."

"전 외상 환자들 보려고 외과에 들어온 거예요."

"아버지 때문에 그러냐? 지난 시간 동안 많이 살렸잖아. 나랑 살렸잖아. 그걸로 된 거야. 넌 네 삶을 살아. 내 꿈에 매몰되지 말고. 아버지에 대한 부채감으로 살아가지 말고……."

그야말로 쓸쓸하기 짝이 없는 죽음이었다. 워낙 일만 하다 죽은지라 지인도 적어서 더 그랬다. 아마 최윤섭이 억지로 의국원들 끌고 올라오지 않았다면, 텅 비었을 거라고 해도 과언이 아니었다.

"이게 제가 선택한 길이에요."

"너…… 지금 이 꼴을 보고도 그런 말이 나오냐. 아무도……. 아무도 관심이 없어."

"그러니까 저라도 관심을 둬야죠. 제 아버지도 길거리에서 짐승처럼 돌아가셨어요."

"넌 말을 해도 꼭 그렇게……."

"제가 그 자리에 있을 수는 없어요. 모든 죽음에 관여할 수는 없어요. 그러나 몇몇 죽음에는 관여할 수 있겠죠. 아무도 관심 없었을 생명을 제가 살릴 겁니다. 그것만으로 의미가 있어요."

"그……."

그런데 강혁은 오히려 아무도 없어서 선택한다는 말을 했다. 한 점 흔들림 없는 얼굴로. 그제야 최윤섭은 알았다. 눈앞에 앉은 사내가 학생이 아니라 어른이라는 걸. 자기의 길을 스스로 선택해 마침내 우뚝 선 사람이라는 걸.

"선배도 그렇게 생각했을 겁니다. 노인네."

또한 오늘 죽어버린 제자도 학생이 아니라 어른이었다는 걸 알았다. 그래서 말을 안 들었다는 것도. 끝까지 자신의 길을 관철했다는 것도.

"울지 말고요. 늙으면 눈물이 는다더니."

"어……."

"우는 것도 모르시네. 진짜 풍이라도 오셨나."

최윤섭은 저도 모르게 흘러내린 눈물을 닦았다.

'내가…… 여기 와서 울지도 않았구나.'

새삼스럽게 눈물이 흘렀다. 너무 과한 고통에 말라 있던 눈가가 젖었다. 최윤섭은 그때 제자를 비로소 어른으로 대할 수 있었고, 덕분에 제자를 마음에서 떠나보낼 수 있었다.

"진짜 가시게요?"

하지만 상처가 완전히 치유되는 일은 없었다. 그는 사직서를 냈다.

"그래. 너는 그냥 여기 있어."

"아뇨, 저도 갈게요."

강성지는 그런 최윤섭을 따라나섰다. 어차피 군 면제라 3년 번 김에, 그 3년 더 배워보겠다는 것이 핑계였다. 강혁은 그 너머에 있는 강성지의 고통 또한 꿰뚫어 보았지만, 굳이 입을 열진 않았다. 강성지는, 그의 친구는 자신이 입을 열면 왜인지는 몰라도 화를 내니까.

"너는…… 정말로 시리아에 갈 거냐?"

"네."

대신 스승의 말에 답했다.

"그래, 잘 생각했어. 외상센터는 안 가는 게 좋아. 차라리 시리아가 더 안전할 거다."

상처받은 노인의 말에 답했다.

"네, 뭐. 연봉도 높더라고요."

"너라면 더 올라갈 거야. 미국에서도 최고가 될 테지."

속으로는 영 딴생각을 하면서였다.

'그렇게 돈 벌고 실력 더 쌓아서…… 돌아올 겁니다. 외상 외과를 할 거예요.'

미친 사람이라서 그랬다.

난폭한 천사

"어이, 신참."

"네."

"떨려?"

"조금요."

다마스쿠스 북서서, 시리아, 중동. 얼마 전부터 지리한 싸움을 이어나가고 있는 다마스쿠스 시가전에 휘말린 기업인 구출 작전을 위해 출동한 헬기 세 대가 연기로 뒤덮인 하늘을 뚫고 날아가고 있었다. 팀장인 월터는 긴장한 기색이 역력한 킴을 돌아보았다. 이상한 일이었다. 분명 경력직만 뽑는데, 왜 막상 첫 작전을 나가게 되면 진짜 신병이라도 된 것처럼 구는 걸까.

"어디 있었다고?"

"한국이요."

"한국?"

"잘 모르시죠?"

킴, 그러니까 김동연은 익숙하다는 듯 월터를 돌아보았다. 한국이라고 하면 못 알아듣는 사람이 태반이어서 그랬다. 분명 경제 대국인데, 무식한 놈들이라 그런가 아예 나라 이름도 모르는 놈들이 많았다. 그나마 나은 놈들은 '북한?' 이 지랄을 하기 일쑤였고.

"알지."

한데 월터는 의외의 말을 전해왔다. 뻔뻔한 얼굴을 하고서였다.

'뭔지 알겠네.'

장난치는 것일 터였다. 뭐가 되었건, 진짜 실전은 이게 처음이지 않나. 긴장감을 풀어주려는 목적이거나 아니면 그저 장난일 수도 있겠지만. 하여간 뻔했다.

"아신다고요? 개고기 뭐 이런 거 얘기하시려고요?"

"응? 아니. 그런 얘기 했다간……."

하나 월터는 계속해서 의외의 반응을 이어나갔다. 힐끔 옆을 날고 있는 헬기를 바라보면서였다.

"진짜 뒤질걸……."

뒤진다고? 김동연은 월터의 경력을 생각했다. 델타포스 출신으로 당시 어떤 일을 했는지는 불명이었다. 아니, 솔직히 델타포스 출신인지 아닌지도 알 수 없었다. 정보가 일개 팀원에게 공개되지는 않으니까. 다만 블랙 워터스 소속으로 한 일은 온전히 기록이 남아 있었다.

'거의 인간 병기급 아닌가…….'

애초에 그런 인간이 아니면 지금 다마스쿠스에 진입하는 것 자체가 자살행위였다. 제아무리 끗발 날리는 기업가라고 하지만, 그걸 구출하러 저실 들어가? 심심히면 폭탄 터지는 소리가 들려오는 곳이었다. 저만큼 터뜨렸으면 시야가 탁 트여야 할 것 같겠지만, 그렇지도 않았다. 콘크리트 구조물은 굉장히 튼튼해서, 무너지고 나서도 잔해로써의 역할을 충실히 해냈다. 그 결과, 다마스쿠스는 먼지 구덩이 속에서 총알이 날아드는 곳이 되어 있었다. 지옥이라는 얘기였다.

"하여간 긴장할 거 없어."

월터를 생각하고 있으려니, 그 월터가 어깨에 손을 턱 하고 올렸다. 두툼하면서도 흉터 가득한 손이 눈에 들어왔다.

"이번 전장에는 천사가 함께하거든."

"천사……요?"

"어. 천사."

"그……. 알겠습니다."

김동연은 설마 하는 얼굴로 월터를 살폈다. 동공이 확대되어 있거나 하지는 않았다. 술 냄새도 나지 않았고. 약도, 술도 아닌데 개소리를 하고 있다는 얘기였다.

'뭐……. 미신이라도 없으면 견디기 힘든 게 이 생활이라고는 하던데…….'

군인과 용병은 대충 보면 비슷해 보일 터였다. 하지만 둘 다 해보니까 전혀 달랐다. 군인은 나라를 위해 일하고, 용병은 돈을 위해 일했다. 반대로 말해 나라는 군인을 조금이나마 보호해주지만, 돈은 그저 위험수당이라는 이름으로 존재할 뿐이었다. 이쪽이 훨씬 위험했다.

'후.'

한숨이 절로 나왔다. 월터는 그런 김동연을 보다가 이내 입을 열었다.

"이제 곧 도착이야. 위성 지원 있고……, 현재 근처에 적 포착은 없다고 하니까 너무 긴장하지 말라고. 그냥 운송 작전이야. 운송."

말 그대로 운송이긴 했다. 그 대상이 사람이라는 게 문제지. 모르는 사람은 그게 뭐 대수냐고 하기 십상일 텐데, 생각보다 사람은 그리 옮기기 쉬운 대상이 아니었다. 제정신이 있고 신체 멀쩡하면야 더없이 좋겠지만, 만약 그렇지 않다면? 80kg 정도 되는, 잡을 데도 마땅치 않은, 그러면서 어디 부딪히면 다칠 수 있는, 파손 주의가 필요한 물품으로 변하기 일쑤였다.

"다만 통신이 두절된 지 며칠이 지나서…… 상태가 어떨지는 몰라. 살아 있다면 당연히 멀쩡히 인도하고, 다쳤으면 2팀에서 인도할 거야."

월터는 나란히 날고 있는 헬기를 가리켰다. 얼핏 보면 비슷해 보이지만, 저 안에는 닥터 헬기 수준의 설비가 갖추어져 있었다. 안에 의료진만 타고 있진 않았지만.

'의사도 딱히…… 의료인이라고만 할 수는 없지.'

아마 작전 내용을 서로 맞바꿔도 저쪽은 별문제 없지 않을까? 월터는 그런 쓸데없는 생각을 하다가, 이내 말을 이었다. 어느새 헬기는 공중에 서 있었다. 목표 지점에 도착했다는 얘기였다.

"만약 죽었으면, 시신이라도 가져온다. 그게 이번 작전의 요구 사항이야. 물론…… 우리가 죽게 생겼을 경우에 두고 와야 해. 하지만 살아 있다면, 최우선시되는 건 운송 대상이다. 우리가 아니야. 걱정 마. 3팀이 대기 중이니까."

걱정 말라고는 했지만, 이런 곳에서 낙오된다는 건 곧 죽음이라는 것 정도는 월터가 제일 잘 알았다. 적과 일반인 구분이 안 되는 건 애교였다. 생각보다 ISIS는 난전에 능했다.

'체첸……'

우선 그들은 용병들에게 있어 악몽으로 기억되는 체첸 출신의 장교들, 그리고 이라크 공화국수비대 출신 장교들에게 훈련을 받았다. 게다가 이라크군이 놓고 도망간 물자로 무장했으며, 이라크 모술의 장악으로 인해 획득한 막대한 자본금을 통해 이제는 시리아 반군의 정예들까지 흡수하고 있었다.

'걸리면 백강혁 말대로…… 좆된다.'

물론 월터는 굳이 이런 생각을 입으로 옮기진 않았다. 낙오 안 되게끔 하면 되니까. 게다가 작전부의 판단에 따르면, 이번 운송 작전은 이변이 없는 한 그리 어렵진 않을 터였다.

"자, 그럼 레펠 하강!"

해서 그저 작전 시작을 지시했다. 포인트 위로 로프가 내려가고, 팀원들이 기계처럼 탁탁 하강하기 시작했다. 월터는 김동연의 바로 뒤를 따랐다. 다행히 한국 특수 부대에서 허투루 훈련받은 건 아니었는지, 떨던 것이 우스워 보일 만큼이나 완벽하게 아래로 향했다. 이따금씩 불어닥치는 바람이 있음에도 그랬다.

'좋아. 역시 한국인들이 강하다니까.'

백강혁도 그러지 않았나. 아니, 그 인간은 좀 지나쳤다. 의사라고 우습게 봤다가 진짜 뒈질 뻔했다. 나름 대인전 기술도 뛰어나다 자부하고 있었는데, 정신을 차리고 보니 바닥에 누워 있었다.

"운송 대상은 저기, B 포인트에 있다. 저격수 자리했나?"

"네."

"보이는 적은?"

"없습니다. 조용합니다."

"좋아."

먼저 내려간 팀원 중 둘은 각기 약속된 위치에 자리 잡고 있었다. 황토색 위장막을 둘렀기에 육안으로 확인하는 건 불가했다. 이제 저 둘의 총구가 혹시 모를 변수에서 팀을 지켜줄 터였다.

"전진. 은폐, 엄호 잊지 말고. 나부터 간다."

"네."

"신참은 나한테 딱 붙어서 와."

"네."

월터가 제일 먼저 앞으로 내달렸다. 앞서 있었던 포격으로 인해 무너진 건물의 잔해가 엄폐물이 되어주었다. 날아드는 총알은커녕 인기척 하나 없었지만, 월터는 규범대로 행했다. 3초 달렸으면 숨고, 3초 달렸으면 숨고. 이 지리한 과정을 몇 번이나 반복하고 나서야, 월터는 김동연과 함께 포인트 B, 즉 운송 대상이 있는 건물 앞에 다다를 수 있었다.

"여긴……. 여긴 멀쩡하네요?"

"음."

아까부터 이상하다는 생각을 허긴 했다. 왜 여기만 멀쩡할까. 아니, 그보다 다른 곳은 왜 죄다 무너졌을까.

'이쪽으로는…… 딱히 통신량이 증가한 적도 없다고 했지.'

현대전에 있어서 움직임을 완전히 숨기는 것은 사실상 불가능했다. 물론 펜타곤 지하에 외계인을 잡아다 놓고 고문해서 기술을 따내는 미군은 어떨지 잘 모르겠지만. ISIS나 반군 또는 시리아 정부군 수준에서는 어딘가를 포격하거나, 하다못해 이동이라도 하려면 반드시라고 해도 좋을 정도로 통신량이 증가해야만 했다.

'아니…… 근데 우리 작전부가 허투루 짰을 리가 없어.'

물론 현장 지휘관의 감이 중요하기는 했다. 하지만 정말 감만 가지고 하기로 한 작전을 그만둘 수는 없는 일이었다. 게다가 김동연은 자기가 한 얘기가 무슨 뜻인지조차 모르는 듯했다. 그저 주변을 두리번거리고 있을 뿐이었다. 진짜로 그냥 여기는 왜 멀쩡하지? 뭐 이런 생각만 했던 모양이었다.

"일단 주변 경계해."

"네."

해서 월터는 주변을 확인한 후, 뒤따르던 팀원들에게 손짓했다. 그러자 팀원들도 포인트 B에 도달했다.

"이거 다 운송 대상이 쓰던 건물이라고 하니까…… 일단 안으로 들어가자. 최대한 빨리 신병 확보해서 나가면 돼."

"네."

닫혀 있던 문이 열리고, 안으로 들어서자 역시나 어둠뿐이었다. 굳이 꼽자면 바닥에서 올라오는 먼지 정도를 더할 수 있을까? 하여간 월터는 팀원들과 함께 천천히 집 안을 살피기 시작했다.

"어, 여기."

운송 대상을 발견한 것은 다른 팀원이었다.

"오지 마십쇼!"

녀석은 방 안에 들어서고, 대상을 발견하자마자 이렇게 외쳤다. 왜냐고 물을 필요는 없었다. 운송 대상은 멀쩡히 있지 못했으니까. 그저 근처 포격에 휘말려 다쳤다거나 한 게 아니었다. 의자에 앉은 채, 묶여 있었다. 얼굴은 그나마 멀쩡했다. 누구라도 운송 대상임을 알아볼 수 있도록 안배한 것처럼. 그러나 발이, 발이 완전히 망가져 있었다.

"일단 폭탄은 없습니다. 들어오셔도 됩니다!"

팀원의 말에 월터는 재빨리 안으로 들어갔다. 치료 따위는 해 주지 않는지, 운송 대상은 이미 의식이 없었다.

"이거……, 이건 함정이다. 2팀, 3팀. 함정이다. 반복한다. 함정 이다!"

그게 중요한 게 아니었다. 발이 다쳤다는 게 중요했다. 왜 현대식 지뢰가 딱 발목만 날리게 진화해왔는가. 피격 대상과 부축할 인원 모두를 전선에서 이탈시키기 위함이었다. 그게 전우가 아니라 아예 작전 대상이었던 경우에는, 작전에 차질이 생기는 것이 불가피했다.

—적들입니다. 포인트 B로 다수 접근! 퇴각하십시오!

남겨 두었던 저격수들에게서 무전이 왔다. 예상하긴 했지만, 이렇게 말로 들으니 심장이 덜컥 내려앉는 기분이었다.

"일단 내가 부축한다. 빨리, 빨리 나가!"

"네!"

"팀장님 제가 돕겠습니다!"

급한 대로 의자를 통째로 부수고, 운송 대상을 업었다. 그나마 여기 있는 동안 제대로 먹은 게 없는지 그리 무겁지는 않았다.

타타타타당!

―교전 중! 적이 너무 많다!

저격수들이 하나씩 제거하고는 있을 터였다. 하지만, ISIS 놈들은 어디서 따로 증식이라도 하는지 끝도 없이 몰려드는 전술을 취하기 일쑤였다. 게다가 그 중간중간 제대로 훈련받은 놈들이 있었다.

―여기는 알파! 베타 피격! 베타 피격!

저격수 중 하나가 제거되었다. 위장막으로, 그것도 먼지 구덩이 안에 숨었는데도. 그럼 이동하는 우리는 어떻게 될까.

'이런…… 시발.'

월터는 언젠가 강혁에게 배웠던 욕설과 함께 하늘을 올려다보았다.

'뭐야.'

누군가 내려오고 있었다. 빛이 반짝여 누군지는 확인할 수 없었지만.

'천사……?'

―1팀. 들리나?

―들린다, 오버.

월터는 도저히 총알 세례를 뚫고 달릴 수 없었다. 그보다는 오히려 포인트 B, 그러니까 운송 대상이 있던 건물에서 농성하며 적들이 물러날 때까지 버티는 것이 나을 것 같았다. 다마스쿠스 도시 전체가 하나의 거대한 전장이기에 가능한 기대였다.

'놈들도 여기 오래 못 있어.'

더군다나 ISIS 놈들은 이곳에서 퇴각하는 중이었다. 반군과 정부군에 쫓겨서. 세상에 어쩌다 이런 전선이 생겨난 건지는 모르겠는데, 하여간 서로가 서로에게 적대하는 기묘한 전장이 바로 이곳에 있었다.

―지금…….

무전을 보내온 이는 2팀장 한스였다. 평소답지 않게 목소리가 떨렸다.

'이 새끼……. 말은 안 해도 내 걱정이 되나.'

하긴, 같이 한솥밥 먹은 지도 벌써 수년째이지 않나. 걱정 안 하면 그건 사람 새끼도 아니었다.

―일단 버티고 있겠다! 3팀과 합류한 후 구조하면 될 거 같은데!

그렇다고 무턱대고 내려오라고 할 수는 없었다. 아까 뭔가 내려오는 걸 본 것 같기는 했지만, 착각 아니겠나. 총알이 빗발치는 곳으로 레펠을 해? 말이 안 되는 일이었다.

―그, 이미 하나 내려갔어.

그런 월터에게 한스는 어처구니가 없다는 말투로 말을 이었다. 이게 무슨 소리인가 싶었다. 내려와? 뭐가?

―뭔 소리야?

해서 월터는 작전 중의 딱딱한 말투가 아니라, 평소의 말투로 물었다. 이 새끼가 지금 긴장 풀라고 이러는 건가 싶기도 했다. 도저히 그럴 수는 없는 상황이었다. 아니, 그래서는 안 될 상황이었다. 이곳은 전장이고, 또 불리한 전장이었으니.

─백강혁이 내려갔어.

─응?

─옥상 통해서…… 내려갈 거야. 누가 들어와도 놀라지 마. 쏘지 말고.

─어? 아니, 이 미친. 그게 무슨.

아까 본 게 착각이 아니었단 말인가? 백강혁이 진짜로 내려왔단 말인가? 그 새끼는 의사인데?

'설마 아까 그 보고 때문에?'

블랙 워터스에서 제일 중요한 것은 당연히 임무였다. 그 임무를 완수해야만 돈을 벌 수 있고, 그렇게 벌어들인 돈이야말로 용병들이 이 회사와 계약하는 이유가 되기에 그랬다.

─여기는 월터. 운송 대상 상태가 안 좋다. 바로 응급 수술할 수 있도록 조치 취해주기 바람.

분명 이 말을 하기는 했다. 하지만 상황이 바뀌었다. 수술이고 나발이고 이제는 생존이 최우선시돼야 하는 상황이 만들어지고야 말았다. 과연 얼마나 살아나갈 수 있을까? 거기에 운송 대상이 끼어 있을 수 있을까? 아니, 나는 살아나갈 수 있나? 절체절명의 순간이었다.

─팀장, 옥상에 소음이 있다.

그때 보고가 들어왔다. 괜히 정예가 아닌지라, 이렇게 시끄러운 와중에도 옥상의 움직임을 포착한 모양이었다.

―대기, 백강혁이다.

―무슨 소리인지 모르겠다.

그러나 월터의 말을 이해할 정도는 아니었다. 당연한 일이었다. 여기에 왜 의사가 있을 거라 생각을 한단 말인가.

―백강혁이 온다고 했다.

―네?

―아, 왔다고. 그 새끼 미친놈이잖아.

―아.

하지만 백강혁은 미친놈이었다. 이보다 더한 기행도 벌써 몇 번이나 한 놈이었다. 한 번은 아예 구출 작전에 끼어서 갔다 오기도 하지 않았나. 덕분에 사람이 살았고. 괜히 백강혁이 의료진 중 최고의 연봉을 받는 게 아니었다. 그는 숫제 괴물이었다. 하여간 팀원은 대기하다가 열리는 문을 향해 총구를 겨누었다. 백강혁이라고 듣기는 했지만, 아닐 수도 있지 않겠나.

'왜 아무도. 아.'

그렇게 서서히 열리던 문은 갑자기 덜컹 열리더니, 뒤에서 인기척이 일었다. 동시에 목에 서늘한 감각이 있었다.

"놀랐지?"

시발. 하마터면 지릴 뻔했네. 그 와중에 바닥을 굴러서 오고, 목에 뭘 갖다 대? 슈퍼맨이야?

"허으."

팀원은 익숙한 목소리에 한숨을 푹 하고 쉬었다. 적이면 죽었다. 끽소리 하나 못 내고. 이 미친놈이 의사라니. 듣자니 따로 훈련받은 것도 아니고, 그냥 훈련받는 곳에 의무 지원 나갔다 온 게 다라던데. 어떻게 된 게 대인 전투력이 탑이었다. 그냥 견줄 사람이 없을 정도의 탑.

"하여간, 어딨지?"

놀란 마음을 간신히 가라앉히고 있으려니 강혁은 벌써 계단으로 내려가고 있었다.

"그, 아래. 아래에 있어요."

"어, 경계 잘하고. 그래가지고 어디 막을 수 있겠나."

"아니……."

어지간하면 막는다고 하고 싶었다. 하지만 대놓고 뚫린 주제에 무슨 말을 할 수 있을까. 그저 바라만 보고 있을 뿐이었다.

"아, 월터."

벌써 강혁은 1층이었다. 동양엔 축지법이라는 게 있다던데 저놈이 쓰는 게 그런가, 싶을 정도로 빠른 속도였다.

"진짜네."

월터는 그렇게 나타난 강혁을 보며 어처구니없다는 듯 말했다. 말은 그렇게 했지만, 미소는 숨길 수 없었다.

'하여간…… 죽을 확률은 확실히 줄었네.'

이놈. 백강혁. 단지 신체적인 능력만 뛰어난 게 아니지 않나. 수술 실력은 그야말로 타의 추종을 불허했다. 최고라는 말로도 부족했다. 말 그대로 죽을 사람이 살았다.

'아……. 한국인?'

그에 반해 김동연, 그러니까 신참은 강혁을 보며 얼떨떨한 기분만 들었다. 비단 블랙 워터스뿐 아니라 다국적 군사 목적 기업에서 한국인은 드물어서 그랬다. 실력이 부족해서는 아니었다. 오히려 한국군의 위상은 국제적으로 꽤 괜찮은 편이었다. 우선 베트남전에서 어마어마한 위력을 보이지 않았나. 특수 부대 또한 훈련이 잘되어 있었다. 문제는 영어였다.

'와……. 영어 개잘하네.'

김동연도 영어 공부가 제일 힘들었다. 이것만 아니었어도 더 일찍 입사했을 터였다. 한데 눈앞의 강혁은 그냥 네이티브 같았다.

"어딨지?"

"아, 저기. 일단 눕혀놨는데."

"살아는 있지?"

"응. 살아는 있어. 근데 진짜 그 정도야. 이 새끼들……. 별로 살려둘 생각이 없었던 거 같은데."

그런 김동연을 뒤로한 채 월터는 강혁과 함께 운송 대상자, 즉 환자에게로 갔다.

'누구길래…… 이렇게까지 했지?'

악의가 느껴질 정도로 집요한 고문을 당한 흔적이 보였다. 정보를 얻어내기 위함은 아니었다. 그냥 고통을 주기 위한 고문. 그리고 발을 망가뜨려, 구하러 온 이들조차 죽이기 위한 고문이었다.

"아, 진짜 그렇네."

월터와는 달리 강혁은 상대가 누군지 고민하지 않았다. 그저 방 안에 누워 있는 상대를 바라볼 뿐이었다. 그와 동시에 빠르게 상태를 점검했다.

'발……. 망치로 두드렸어. 뼈가 다 부스러졌고……. 오른쪽은 살려내기 어렵겠는데……. 이미 감염도 너무 심하고.'

아니, 점검하는 정도가 아니라 진단을 이어나갔다.

'왼쪽은 그나마 양호해. 프로가 괴롭힌 건 아니네, 다행히. 그랬으면 벌써 죽었어.'

두드릴 때마다 강도가 크게 달랐던 듯했다. 이렇게 되면 원하는 만큼의 손상을 주지 못할 뿐 아니라, 때리는 놈도 많이 지치기 마련이었다. 듣자니 ISIS 놈들이 꽤 훈련은 받았다던데, 다행히 고문 기술자까지 있는 건 아닌 모양이었다.

"여기 밑으로는 잘라야 해."

"잘라?"

"어. 뭐, 알아서 할 테니까…… 경계나 서. 지금은 그냥 지켜보는 거 같으니까 너무 힘 빼지 말고."

"어……."

강혁은 우선 우측 발부터 손을 좀 보기로 했다. 불행 중 다행으로 발목 관절은 살릴 수 있을 것 같았다. 절단술에 있어 관절 하나라도 살릴 수 있는 게 얼마나 크던가. 반대편은 온전히 살려줄 생각이었으니, 걸을 수는 있을 터였다.

'힘 빼지 마라…….'

온전히 케이스에 집중한 강혁과는 달리, 월터는 밖을 내다보고 있었다. 강혁이 한 말을 떠올리면서였다. 원래 같으면 신경 안 쓰는 게 옳았다. 의사가 뭘 안다고 전장에 관한 조언을 한단 말인가. 하지만 그게 강혁이라면 좀 달리 반응해야 했다.

'저 친구……. 그냥 하는 말이 아니야.'

그냥 하는 말이어야 했다. 하지만 경험이 그렇지 않다고 하고 있었다. 실제로 강혁의 조언 덕에 살아 돌아온 이들이 얼마나 많던가. 마치 눈과 귀를 전장 위에 띄워다 둔 것처럼, 전체를 조망하는 능력이 있는 사람이었다.

"일단 교대로 쉬면서 경계해."

"네?"

"우리가 안에서 농성하는 거 다 알고 있어. 생각이 있으면…… 밤에 오겠지. 3팀이랑 합치려 해도 밤에는 어려우니까."

"아……. 네."

해서 월터는 일단 지시를 바꾸었다. 그래, 생각해보니 밤이 더 위험할 것 같았다. 그사이 강혁은 환자를 재우고, 삽관을 하고, 메고 온 휴대용 벤틸을 달았다. 기구 무게만 해도 도합 40kg은 넘었다. 이걸 멘 주제에 레펠을 하고, 경계병을 따돌리고……. 사람이 아니라 할 수 있었다. 하나 수술에 비하면 아무것도 아니었다. 칼이 들어가고 뼈를 깎아내더니, 월터가 지시를 내리고 현장 점검을 하고 돌아오는 사이, 벌써 오른발이 절제되었다.

'와…….'

썩은 내가 진동하던 발은 멸균 포에 싸여 한 쪽에 놓여 있었다. 그래서 그런가, 아까보다 훨씬 냄새가 덜했다. 그것만 해도 살 수 있을 것 같은 느낌이 들었다. 그러나 더 놀라운 건 다음이었다. 강혁의 메스가 왼쪽 발을 그었다. 딱 필요한 만큼만. 기준이 강혁이었기에, 남들이 볼 때는 저만큼 째서 뭘 할 수 있나 싶을 정도로 짧은 절개였다.

'좋아.'

그리고 부서진 뼛조각을 제거하고 부러진 곳을 수복하고 근육을 이었다. 남을 고려하지 않고, 오로지 강혁 스스로의 실력 향상만을 위한 수술이었다.

'진짜…… 뭐 있다니까.'

그렇다보니 눈을 십분 활용할 수 있었다. 아무것도 모르는 사람이 봐도 저 인간은 좀 다르단 느낌이 일었다. 그럴 수밖에 없었다. 상식적으로 보면 불가능하게만 보이는 일이 백강혁의 손끝에서는 기적처럼 일어났으니까.

"일단 이걸로 한시름 났네."

그렇게 2시간이 채 지나기 전에 강혁은 수술을 마치고 자리에서 일어났다. 삽관도 제거한 채였다. 그저 안정제 그리고 진통제만 들어가고 있었다.

"괜, 괜찮은 건가."

"죽을 일은 없어. 총만 안 맞으면."

"그……."

"그럴 리는 없겠지. 여기까지 뚫리면 다 죽었다는 거니까."

월터의 말에 대수롭지 않다는 듯 답한 강혁은 슬쩍 창밖을 보았다. 귀를 쫑긋 세운 채였다. 사위에 어둠이 깔려가고 있었다.

슬슬 적들이 움직이기에 좋을 만한 시간이 오고 있었다. 그러나 아직은 조용했다.

"권총이라도 주지. 빈손이면 불안하잖아."

"아니……. 이건 다 짊어지고 와서 권총은 안 들고 왔어?"

"까먹었어."

"지랄……."

잠시 긴장을 놓은 강혁은 월터에게 손을 내밀었다. 월터는 그런 강혁에게 권총을 주었다.

"일단 주기는 주는데, 이 안에 있어. 비전투원이라는 걸 유념하라고. 네가 일단 여기 온 거 자체가 이상한 거야."

"안 왔으면, 저 사람 지금쯤 딱 죽었을걸."

"그……. 알았으니까 여기 있으라고. 전투는 맡기고."

"그래, 그럴 수 있으면."

"묘하게 말 흘리지 말고."

"알았다니까."

강혁은 그렇게 받은 권총을 탁자 위에 올려두었다. 그러곤 눈을 감았다. 쉬기 위함은 아니었다. 귀에 집중하기 위함이었다.

'온다……. 수십 명…… 은 족히 되겠는데.'

강혁의 귀는 눈만큼은 아니더라도, 지극히 예민한 편이었다. 예민하다는 표현을 써도 되는지 강혁 본인도 모를 정도였다.

"일단 환자는 아직 자고."

눈을 뜬 강혁은 우선 환자부터 살폈다. 바이털도 안정적이고, 상처도 괜찮았다. 수술에 최선을 다해놨으니 당연한 일이라 생각했다. 다른 의료진들이 듣는다면 어이없어하겠지만, 강혁은 그랬다. 그가 수술하면 거의 이렇게 되었으니까.

"월터."

"아, 깜짝이야. 기척 좀 내고 다녀. 쏠 뻔했네."

강혁은 그렇게 환자를 확인하고는 곧장 월터에게로 향했다. 다른 이들은 교대로 쉬고 있었지만, 월터는 자지 못하고 있었다. 눈에 선 핏발을 보며 강혁은 그가 무언가 약물을 복용했다는 걸 눈치챘다. 아마도 각성제 종류일 터였다. 사회에서 금기시되는 약물도 용병들에게는 일상적으로 소비되기 일쑤라는 걸 여기 와서 알았다.

'뭐……. 내가 뭐라고 할 입장은 아니지.'

의사로서 한마디 해줄 수는 있을 터였다. 그런 거 함부로 쓰다가 중독이 될 수 있을 거라거나, 아니면 일찍 죽을 수도 있다는 말. 실제로 해보기도 했다. 돌아오는 것은 비웃음뿐이었다.

'오늘 살아 돌아가지 못하면…… 다 소용없는 거 아닌가?'

용병이라서 할 수 있는 말이었다. 그중에서도 블랙 워터스라는, 자칫하면 죽을 수도 있는 위험한 임무에 나가는 이들이라서 그랬다.

"월터. 온다. 팀원들 다 깨워."

강혁은 그런 생각을 하면서 말했다. 피곤해 보일지언정 정신은 온전하다 못해 각성 상태를 유지하고 있던 월터는 고개를 갸웃거렸다.

"온다고? 놈들이?"

"어. 수가 대충 50은 넘어. 많아. 방향은…… 북북서."

"아, 알았어."

어떻게 알았냐는 말 따위는 하지 않았다. 월터는 강혁의 신기를 경험한 바 있어서 그랬다.

―주목적 접근 중. 대략 50명으로 추정. 방향은 북북서.

그렇다고 해서 방향에 인원까지 다 따라가는 게 맞나 싶기는 했지만 어쩌겠나. 본부에서는 딱히 말이 없는데. 이렇게 깜깜한 밤에는 위성 관찰도 별 의미가 없는 법이었다. 드론이 있다고는 하는데, 몇 년 후라면 모를까 아직은 신통치 않아 보였다. 장난감 수준이라고 해야 할까? 하여간 날다가 저 혼자 고꾸라지지만 않으면 다행이었다.

"난 일단 안에 있을게."

"어, 어어."

"아……. 저기 위치한 저격병. 도와달라고 해. 지금 접근하는 위치에서는 파악이 쉽진 않을걸."

"어……. 그래."

저격병 위치도 안다고?

'이 새끼가 드론 날리나……?'

월터는 잠시 이상한 생각을 하다가 이내 정신을 차렸다. 이럴 때가 아니었다. 강혁도 어깨를 두드렸다.

"50명 정도가 끝이 아닐 수도 있어. 뒤지지 말어."

"어……. 알았어."

자꾸 말은 해주는데 어째 좋은 말이 하나도 없었다. 50명도 많

은데 더 있다고? 팀원은 기껏해야 8명이 다인데. 뒈지지 말라는
건지, 뒈지길 바란다는 건지 헷갈릴 지경이었다. 하여간 대비를
해야 한다는 뜻이었다.

"알파, 적 접근에 대비하라. 노출되지 않는 것을 최우선으로
하되 엄호 바람."

—카피.

월터는 명령을 내린 후, 팀원들을 북북서 방향에서의 적 접근
에 대응 가능하도록 위치시켰다. 건물이 엄폐물이 되어주기는
할 테니, 어지간하면 버틸 수 있을 거란 계산에서였다. 하지만
전제가 틀릴 수도 있었다.

—여기는 탱고. 전방에 RPG 출현! 반복한다! RPG 출현!

RPG. 일명 알라의 요술봉이라 불리는 무기. 가격은 되게 싼
데, 뿌슝 하고 발사하면 퍽 하고 날아와서 아군을 분쇄해버리는,
그야말로 기적의 가성비를 갖춘 놈들이었다.

쾅!

—어?

해서 탱고는 죽었다 복창하고 있었다. 이제 곧 그가 숨어 있던
벽으로 날아오겠지 하고 있었다. 알라봉 뒤로 불 뿜는 걸 분명히
봤으니까. 뿌슝 하고 날아와서 퍽 터지겠지. 하고 있는데 폭탄이
날아오다가 터졌다.

'중국산인가?'

이렇게 재수가 좋을 수가 있다니. 폭탄이 날아오다가 공중에
서 터져?

‘방금 내가 뭘 본 건지…….’

그에 반해 상륙 지점에 숨어 엄호하고 있던 알파는 어안이 벙벙했다. 그가 보기에도 폭탄은 중간에 터졌다. 다만 저절로 터진 건 아니었다. 누군가 쐈다. 폭탄을 정확히 조준해서.

‘분명히 들었어. 누구야? 누가 쐈어?’

전장에 있으면 감각이 이상을 일으키는 경우도 흔하긴 했다. 그래서 작전 시 어떤 소리를 들으면 옆에 사람에게 묻는 것이 수칙이었다. 특히 밤이라면 더했다. 긴장감과 왜곡된 시야 등이 작용해 베테랑들도 종종 착시나 환청을 느끼는 경우가 있었다. 하지만 귀와 눈이 동시에 이상을 일으킨다고? 그건 말이 안 되는 일이었다.

—또 쏜…… 어. 터졌다.

그게 두 번 반복되는 건 더 말이 안 되는 일이었다. RPG에서 발사된 발사체가 공중에서 또 터졌다. 가벼운 총소리와 함께였다. 베테랑들은 듣기만 해도 알았다. 자동 소총이 아니라 권총이라는 걸. 그리고 건물 내에서 발사되었다는 걸. 하지만 누가 쏜 것인지는 오리무중이었다. 한 사람, 월터만 빼면 그랬다.

‘설마…….’

백강혁에게 권총을 줬다. SIG SAUER P226. 이 소리. 분명 그 소리였다.

—일단 접근 막아! 적들 온다!

하지만 생각을 깊게 할 여유 따위는 없었다. 적들은 RPG가 자꾸 안 먹히자 그냥 무지성 돌격을 해오기 시작했다. 말이 무지성이지 제대로 훈련받은 놈들이 군데군데 끼어 있어서, 마구잡이로 뛰어오는 놈들 사이로 날아드는 총알이 제법 매서웠다. 벌써 이런 식의 전술에 당한 사람이 한둘이 아니었다. 미 정규군도 다마스쿠스에서만큼은 혀를 내두르지 않았나. 애초에 시가전이라는 게 적진에서 펼치는 데 있어 최악이라는 평도 있지만, 이놈들이 펼치는 저 전술 때문에 지옥이 펼쳐졌다. 그런데 이상한 일이었다. 탕 소리. SIG SAUER P226의 소리가 들릴 때마다 매서운 사격이 줄었다. 적이 쓰러지지는 않았다. 다만 총 버리는 소리가 들렸다.

'미친놈이 총을 쏘나?'

말 그대로 총을 맞히나 싶었다. 벌건 대낮에도 어려운 일이었다. 들고 뛰는데 맞혀? 9mm 패러벨럼탄으로?

'좋은 모델이긴 하지……. 근데 권총이잖아……. 사거리가…… 사거리가…….'

하물며 지금은 밤이었다. 그것도 불빛 하나 없는 칠흑 같은 밤. 근데 저걸로 총을 맞히고 있다고? 실력 좋은 놈들만 딱딱 골라서?

'진짜 천산가.'

월터는 그런 생각을 하다가 죽 총알을 긁었다. 제아무리 강혁이 아니, 정체를 밝히지 않은 누군가가 도와주고 있다곤 해도 적이 너무 많았다. 어느새 건물 앞까지 쇄도한 놈들이 많았다. 대개는 제대로 훈련조차 받지 못한 놈들이지만, 놈들이 쏘는 총알이라고 해서 사람 몸에 안 박히는 건 아니었다. 월터는 연사로 바꾼 후 우선 가까이 다가온 적들에게 마구 쏘았다. 그뿐만 아니라 다른 팀원들도 마찬가지였다. 마구잡이로 적이 쓰러지는 가운데, 월터의 눈에 적이 들어왔다.

"FUCK!"

RPG. 하나도 아니라 셋이었다.

―주의해! RPG다! 전방에 RPG!

대체 여기 있는 저 운송 대상이 누구길래 이렇게까지 악랄하게 구는 걸까? 깨어나면 뺨이라도 후려쳐서 알아내고 싶은 심정이었다. 쾅! 쾅! 그나마 다행인 건 공중에서 두 발이 터졌다는 점이었다. 아마 강혁이 한 것일 테지. 하지만 그도 신은 아닌 모양이었다. 아니, 이미 신이라 불려도 좋을 듯했다. 공중에서 두 발이라니? 이게 언제부터인가 당연한 것이 되었다. 하여간 놓친 한 발이 쇄도했다. 하필 신참이 있던 곳이었다.

"야, 이리로!"

신참은 RPG를 보지 못했다. 월터의 경고도 듣지 못했다. 어설퍼서는 아니었다. 전투 흥분 상태에서는 사람 말보다는 다른 효과음이 더 뚜렷하게 들리는 법이니까. 왜 그런고 했더니 사람 몸이 원래 그렇게 생겨 먹었다 했다. 위급 상황에서는 아무래도 말보다는 효과음이 더 위험할 수 있으니까.

"엇."

해서 벽이 무너지는 와중까지 신참 김동연은 총을 쏘고 있었다. 적이 너무 많아서 이것저것 따질 상황이 아니었다. 그때 월터가 날아들었다. 김동연을 저만치 밀쳤다. 우르르 벽이 무너지고 먼지가 뭉게뭉게 피어올랐다. 월터는 보이지 않았다.

―계속 쏴!

탱고가 명령을 이었다. 월터가 죽었을지도 모르지만, 애도보다는 다른 이들의 생존이 급했다.

"어, 어."

김동연만은 예외였다. 자기를 대신해 저기 깔렸다는 게 분명했으니까.

"정신 차려! 쏴!"

누군가 뺨을 때렸다. 돌아보니 아까 봤던 한국인이었다. 백강혁이랬나, 하여간 좀 강해 보이는 이름을 가진.

"어?"

"쏴! 월터는 내가 살릴 테니까!"

그는 한국말로 쏘아붙인 후, 먼지 속으로 들어갔다. 여전히 총알이 빗발치는데도 그랬다. 저러다 죽지 싶었다.

"옳지. 살았네. 명줄이 길어."

그러나 뒤적거리는 소리가 나더니, 곧이어 목소리가 들려왔다.

"으으……."

신음도. 월터의 신음이었다.

"넌 싸우기나 해! 이 병신아!"

울컥하려는데 욕설이 날아들었다.

"으."

덕분에 정신이 들었다. 김동연은 총을 쥐고 무너져서 생긴 엄폐물 뒤로 가 숨었다. 그러곤 총질을 해댔다.

―RPG 보이면 이제 다 숨어. 더 안 터질 테니까.

강혁은 월터의 통신 장비를 이용해 지시를 내린 후, 월터를 안아 들었다. 다친 부위는 가슴. 자칫하면 위험할 수 있었다.

'그래도…… 나는 살릴 수 있어.'

문제가 있다면 적군이었다. 놈들이 더 늘어난다면, 진짜 위험할 수 있었다. 지금까지는 강혁이 도와 얼추 막아내고 있었지만 이제부터는 그럴 수 없을 테니.

'3팀……. 오겠지.'

아까 월터가 구원 요청하는 것을 들었다. 야밤이기는 해도, 헬기에서 지원 사격 정도는 할 수 있을 터였다. RPG를 최대한 줄여놨으니 알아서 하지 않을까?

'뭐……. 여의치 않으면…… 그건 그때 가서 고민해볼 일이지.'

강혁은 환자가 있는 방으로 월터를 데리고 와서 눕혔다. 밝은 데서 보니 확실히 가슴이 문제였다. 벽돌에 정면으로 맞아서 멍이 들었는데, 아무래도 심상치 않아 보였다. 내부 출혈은 물론이거니와 폐도 찢어진 듯했다. 딱 봐도 호흡이 불안정했다.

'긴장성 기흉…….'

강혁은 알코올을 아예 들이붓고는, 바늘을 푹 하고 찔렀다. 푸슉 하고 바람 빠지는 소리와 함께 호흡이 호전되는 것이 보였다. 하지만 이건 그야말로 임시방편일 뿐이었다. 게다가 문제가 그것만 있는 것도 아니었다.

'음……. 출혈은 배?'

배도 천천히 불러오고 있었다. 아무래도 우측 가슴을 부딪치면서 생긴 충격이 간을 찢은 모양이었다.

'어디를 먼저…… 한다?'

고민이 되었다. 그로서는 실로 드물게. 어디를 먼저 하느냐가 아니라 동시에 진행해야 할 문제라서 그랬다. 하지만 몸은 하나. 이렇게 된 이상 하나를 빨리 끝내고 넘어가야 했다. 불가능에 도전한다는 말과 다를 바 없었다.

'죽었나……'

월터는 가물거리는 정신을 간신히 부여잡고 눈을 떴다. 마지막 기억은 김동연이라는 신참을 밀쳐내고, 우르르 무너지는 벽돌 더미를 마주했던 것. 그리고 끔찍했던 고통뿐이었다.

'나는……. 나는 지금…….'

반쯤 떠진 눈으로 보니, 몸이 이리저리 흔들리고 있었다. 어딘가에 실리기라도 한 것처럼. 겁이 덜컥 났다.

'붙잡혔나?'

죽는 건 겁나지 않았다. 아니, 겁은 나는데 나름 각오가 되어 있었다. 목숨을 건 대신 많은 돈을 벌어 오지 않았나. 월터 정도 짬 쌓인 용병은 일반 직장인들 몇 배는 벌 수 있었으니, 나름 괜찮다 볼 수 있었다. 하지만 고문은 차원이 다른 이야기였다. 특히 ISIS 놈들이 행하는 고문은 정말이지 사양하고 싶었다.

'안 돼……. 안 돼, 그건.'

작전을 수행하다보면 어쩔 수 없이 현장에 남겨지는 전우들이 있기 마련이었다. 그렇게 되면 구출 작전을 시행하게 되는데,

월터는 미 해병에 포로를 구출하기 위한 작전에 나선 적이 있었다. 위성에 드론에 하여간 이용할 수 있는 모든 것을 써서 정보를 파악한 후 진입했다. 적 제압은 오히려 쉬웠다. 어려운 것은 그다음이었다. 월터는 아마 죽을 때까지 그날 본 광경을 잊지 못할 터였다. 인간이 다른 인간에게 할 수 있는 최악의 것을 목도한 탓이었다.

"쓸데없는 생각 하지 말고, 그냥 눈 감고 쉬어."

그때 강혁의 목소리가 들려왔다. 그제야 정신이 온전히 들어 살펴보니, 월터는 업혀 있었다. 강혁의 등이 너무 단단해서 자동차로 착각했던 것뿐이었다.

"어……?"

이상했다. 이렇게 도보로 뛰어야 할 상황이 왜 발생했단 말인가. 내 부하들은 어디 가고 왜 우리만 있단 말인가.

"걱정 마. 무사히 철수했어. 너랑 나만 남았어."

"그……."

그래. 부하들 걱정은 덜었다. 근데 걔들은 이제 없고, 우리 둘만 남았다고? 그러니까 의사 하나랑 몸 다친 용병 하나가 다마스쿠스에 남았다 이 말이지. 이게 걱정할 일이지 다른 무엇을 걱정해야 한단 말인가. 말문이 턱 막혔다. 이제 죽었구나 싶다는 생각조차 들지 않았다. 그냥 어쩌나 싶었다.

"정신 났으면 고개 숙여."

"왜?"

"총 쏜다."

"뭐…… 이런 씹……!"

뒤에서 총알이 날아들었다. 그나마 강혁이 재빨리 방향을 전환하지 않았다면, 그리고 고개를 숙이지 않았다면 구멍 날 뻔했다.

"야, 나 버리고 혼자 가!"

이런 상황에서 사람을 업고 뛴다고? 말이 안 되는 일이었다.

"난 어차피 용병이야, 용병! 넌 의사잖아! 나이도 어린놈이. 빨리 튀어!"

차라리 혼자 남는 게 나았다.

"대신 권총 한 자루만 줘. 여차하면 죽게."

물론 고문은 사양이었다. 그때 보았던 해병처럼 되기는 싫었다. 어지간한 고통엔 익숙해졌다 싶지만 그런 것까지 감당할 수 있을 것 같진 않았다. 강혁은 답하지 않고 달렸다.

"야, 내리라고!"

월터가 말해도 듣지 않았다. 우선 달렸다. 엄청나게 빠르게. 그렇게 몇 분이 지나고 나서야 월터는 깨달았다. 뭔가 이상하다는 걸.

'왜 이렇게 빨라?'

말을 타본 적은 없지만 아마 말을 타면 이런 기분일까 싶을 정도로 빨랐다. 게다가 조용했다. 보통 이만큼 달렸으면 숨이 턱 끝까지 차야 할 텐데. 여전히 강혁은 들숨과 날숨을 정확히 컨트롤하고 있었다. 맨몸으로 뛰던 놈들이 뒤처져 놓치게 되었을 지경이었다.

"됐다."

강혁은 그렇게 한참을 뛰다가 골목길에 슥 숨어들었다. 그러곤 월터를 내려놓았다. 겨우 강혁의 얼굴을 마주한 월터는 잠시 할 말을 잊었다.

"너……. 그 수염 뭐냐."

누가 봐도 무슬림 수염 그 자체였다. 거기에 터번까지 뒤집어쓰고 있어서 이렇게만 보면 그냥 현지인 같았다. 피부가 좀 하얗긴 한데, 하얀 피부는 이쪽에도 심심치 않게 있으니 그리 티가 나진 않을 터였다.

"어. 실로 만들었어."

"실……?"

뭔 실. 뭔 실로 만들었어 그걸, 이 미친놈아. 차마 말로 못 하고 뻐끔거리고 있으려니, 강혁이 답했다.

"수술실. 타이 할 때 쓰는 실이 좀 두껍거든."

"그게…… 정말 그렇게 수염처럼 된다고?"

"어. 뛰면서 만들었어. 그래서 좀 어설퍼."

"뛰면서……?"

아니, 대체 뭔 상황이었기에 우리 둘만 남았고, 뛰면서 수염을 만들어야 할 만큼 급박했단 말인가.

'아닌가? 뛰면서 수염을 만들 수 있을 정도로 여유로웠나? 아니지. 아니야. 여기서 급하지 않을 수가 없어…….'

다마스쿠스는 나름 유적지도 많고, 유동 인구도 많은 곳이었다. 하지만 이젠 아니었다. 내전은 모든 것을 집어삼키고 있었다. 도처에 시신과 잔해가 있어, 지옥을 방불케 했다. 그 와중에도

생을 이어나가고 있는 현지인들이 있긴 했지만 피난 가는 이들
이 훨씬 많았다. 이곳은 더 이상 삶의 터전이 아니었다.

"근데…… 어떻게 된 거야? 왜 우리만 남았어?"

"수술이 아직 안 끝났는데, 3팀이 와서."

"뭐?"

"좀만 더 하면 살 것 같은데 그만두고 헬기 태울 수는 없잖아.
게다가 전투가 한창이라 너 끌어 올릴 수가 없었어."

"아……. 이런 미친. 그럼 진짜 나 때문에……, 나 때문에 여기
에 남았다고?"

월터는 강혁을 보며 눈물을 글썽였다. 따지고 보면 둘이 그렇
게 막역한 사이도 아니었다. 꽤 친하게 지내는 건 맞았다. 월터
는 한국인 의사가 신기해서 말을 텄고, 그러다 그 실력에 반해버
려서 그랬다. 그렇다고 해서 노상 같이 작전을 나가는 이들만큼
친한 건 아니었다. 벽은 남아 있었다.

'넌 날 그렇게 생각하고 있었구나…….'

아니, 벽이 있다고 생각했다. 한데 아닌 모양이었다. 월터는 저
혼자 복받쳐서 눈물을 흘렸다. 수술한 부위가 너무 아파왔지만
참기 어려웠다.

"딱히 너 때문이 아니라…….'

"괜히 말 돌릴 필요 없어……. 이제 우리는 형제다."

"아니……. 아니라니까."

물론 강혁은 딱히 월터라서 남은 게 아니었다. 그는 그저 환자
가 있어서 남았다. 그것도 자기 손을 탄. 이렇게 되면 끝까지 살

려내는 것이 의사의 본분이라고 생각했다. 노인네도 그러지 않았나? 막판에는 지쳐서 한국을 떠버렸지만.

"아무튼, 다마스쿠스 동쪽으로 빠져나가면 개활지가 있대. 거기는 아직 아무 세력도 없다고 하니까……. 거기서 대기하면 될 거야."

"누가 말해줬어?"

"3팀장."

"개새끼가. 그 말만 하고 갔다고?"

"어. 그 말이라도 해준 게 어디야. 아니면 어디 가려고."

"그건……, 그건 그렇지."

월터는 말을 하다가 한 가지 사실을 더 깨달았다. 정신을 잃기 전까지는. 그러니까 전투를 하고 있을 때는 밤이었다. 그야말로 칠흑 같은 밤. 그러나 지금은 동이 튼 지도 시간이 좀 되어 보였다.

'이 새끼……. 혼자서 나 업고 얼마나 뛴 거지.'

다쳤고, 수술까지 받은 몸이지만 월터는 용병이었다. 산전수전 다 겪은.

'땀……. 체력이 비정상적으로 좋은 건 알아. 하지만…… 지쳤어.'

사람인 이상 지칠 수밖에 없었다. 게다가 이놈은 참 이상한 게 절대로 직접적인 살상은 안 하는 놈이었다. 시실 마음만 먹었다면, 아까 따라붙은 놈들 정도는 머리통 팍팍 날려줄 수 있었을 터였다. 야밤에 RPG 탄도 권총으로 잘만 터뜨리던 놈 아닌가.

이렇게 밝은 곳이라면 아무리 사람을 업고 있다고 해도, 사람처럼 큰 표적을 맞히는 건 그리 어렵지 않았을 터였다.

'의사……. 사람 살리는 사람이라 이거지.'

그때 강혁이 몸을 일으켰다.

"이제 없어."

"뭐가."

"주변에 적. 이대로 뛰면 도시를 빠져나갈 수 있어."

"어……."

나는 아무것도 느껴지지 않는데, 이제 괜찮다고?

'괜찮을…… 괜찮을 거야.'

불안하긴 했다. 하지만 어쩌겠나. 어차피 강혁 아니었으면 한참 전에 죽었을 텐데. 이놈의 초인적인 감각을 믿는 수밖에 없었다. 게다가 다시 업혀서 가고 있으니 선택 권한도 없었다. 그저 강혁이 이대로 지치지 않고, 고꾸라지지 않고 달리기만을 바랄 뿐이었다.

"이런."

그렇게 거의 20분은 달린 거 같았다. 달린 거리로 따지면 대략 8킬로미터? 미친 속도라 할 수 있었다. 사람을 업고 마라톤 선수만큼이나 빠르게 달린 거니까. 다마스쿠스에서 벗어난 지도 제법 되었다. 근데 왜 갑자기 '이런'이야.

"왜? 어어, 왜 내던져. 야, 나 수술. 어."

월터가 의문을 다 표하기도 전에 강혁은 월터를 바닥에 내려놓았다. 아니, 정말로 내던졌다고 봐도 무방했다. 그와 동시에 총알이 날아들었다.

"재수가 없으려니까."

어느새 강혁은 바닥에 엎드려 있었다. 권총을 빼 들고 총알이 날아온 지점을 살피고 있었다.

"그냥 마주친 것 같은데……. 정찰인지 뭔지. 둘이야. 너 총 못 쏘겠지?"

그러곤 윌터를 돌아보았다. 윌터는 수술받은 부위를 감싸고 있었다.

"어. 어……."

너무 아팠다.

"나중에 다시 봐줄게."

강혁은 지가 수술해놓은 주제에 싸늘하게 말하곤 다시 정면을 주시했다. 적들은 서로 대화를 나누고 있었다. 제대로 이쪽 말을 배운 적은 없지만 대강 주워들어서 알고 있었다.

'적어도 하나는 맞은 줄 아는 거 같은데.'

이 상황에서 죽이려고 든다면 충분히 죽일 수 있을 터였다. 하지만 강혁은 그러기가 싫었다. 의사니까. 그런 주제에 용병들을 고치냐고 한다면 할 말 없었다. 그저 여기서 배운 것을 통해 더 많은 사람을 구하기 위함이라는 말밖에는.

드디어 강혁의 총구에서 불이 뿜어져 나왔다. 하나는 원했던 대로 상대의 총에, 다른 하나는 좀 빗나가서 팔에 맞았다.

"으아악!"

비명과 함께 총이 망가진 놈이 황급히 도망가기 시작했다. 팔에 맞은 놈은 동맥이 찢겼는지, 핏물을 쏟더니 대번에 얼굴이 하얗게 질렸다.

"아이, 졸려서 그런가."

강혁은 하는 수 없다는 식으로 고개를 가로젓더니, 상대에게 달려갔다.

"야, 뭐 해! 아, 마무리? 마무리하려고 그러는 거지!"

월터는 그런 강혁을 당황한 얼굴로 불렀다.

*

설마 가서 그 사람을 살릴 줄은 몰랐다. 10년 가까이 지난 지금 생각해도 어이가 없었다. 월터는 당시 다쳤던 부위를 내보이며 말을 이었다.

"닥터 백은 제 생명의 은인입니다. 그뿐만 아니라…… 다른 동료들의 은인이기도 하죠. 그가 아니었으면 아마 지금 여기…… 앉아 있지 못할 분 많을걸요?"

그런 월터의 말에 블랙 워터스 간부진 중 용병 출신, 그러니까 현장 출신들은 묵묵히 고개를 끄덕였다. 전장의 천사 백강혁. 그의 구원을 바라지 않은 자가 없었기에 그랬다. 그저 작전에 같이 나가게 되었다는 것만으로 든든하게 만들어주었던 사람이 그였다.

"이례적인 결정이긴 하지만…… 언론 홍보도 하고 그럽시다. 일단 에어 앰뷸런스는 무상으로 제공하는 것으로 하고요."

"그렇게…… 하도록 하죠."

강혁이 이현종 대위를 살릴 때의 일이었다.

노예 탄생

"어, 양 선생. 왔어?"

"네, 교수님."

재원은 지도 교수이자, 펠로우 담당 교수인 한유림의 명을 듣고 연구실로 온 참이었다. 한유림은 언제나처럼 고풍스러우면서도 화려한 색상의 다기에 차를 끓여다 놓고 있었다. 앞에는 제약 회사인지 어딘진 모르겠지만, 하여간 을의 입장임이 확실한 사람 하나가 앉아 있었다.

'이게 성공한 사람의 삶인가…….'

이게 너무 부러웠던 시절도 있었다. 군의관일 때는 특히 그랬다. 대학 병원에 있을 때만 해도 나름 전문가로서 대우를 받기도 했거니와 아래 연차도 있어 내가 대단한가? 했었지만, 군에 가니 그야말로 대위 나부랭이가 되고 말지 않았나. 그래서 그런가, 가끔 병원에 인사 올 때마다 마주친 한유림이 그렇게 부러웠다.

"어, 그래. 여기 앉아. 그래. 양 선생 전에 내가 시킨 거 어떻게 됐지?"

"시킨 거…….. 아, 네. 전달 드렸습니다."

"어떻게 하신대?"

"네, 그. 기조실장님은 오신다고 합니다."

"원장님은?"

"그날 무슨 회의가 있다고……."

"무슨 회의?"

"그거까지는 말씀해주지 않으셨습니다."

"그래……?"

재원은 시무룩한 얼굴로 고개를 주억거리기 시작한 한유림을 바라보았다. 그렇게 멋져 보이던 외과 한유림도 결국, 그 위의 사람에게 굽신거리는 데 정신없는 사람이었다. 특히 차기 기조 실장을 노리고 있었기 때문에, 현 이사회에서 절대적인 신임을 받고 있는 원장단에 아부하는 데 최선을 다했다.

'내가 펠로우 하면서…… 골프 약속 전달하러 이리저리 다닐 줄이야.'

그 사람 밑에 있다보니 자연히 재원도 아부하는 사람이 되었다. 그가 생각했던 펠로우랑은 거리가 있었다. 레지던트 때처럼 액티브하게 돌아다니면서 환자를 볼 줄 알았다. 아니, 그때보다야 훨씬 낫겠지 싶었더랬다. 펠로우는 뭐가 되었건 간에 전문의니까. 한데 이게 그렇지가 않았다. 애초에 가장 인기 있는, 그러니까 나가서 써먹기 좋은 분과인 항문외과를 택해서 그런 것도 있겠지만, 애초에 한유림이라는 사람에게는 환자가 최우선이 아니었다.

"그럼 사람 하나가 비는데…… 양 선생. 골프 칠 줄 알던가?"

그렇다 해도 어쩔 수 없는 일이었다. 재원에게 한유림은 절대 갑이었으니.

"아, 그……. 제가 미처 배우질 못했습니다."

"군대 있을 때 뭐 했어?"

"그……."

댁이 시킨 논문 쓰고, 환자 보느라 바빴는데요…….

군의관 시절이야말로 본인이 어떤 선택을 하느냐에 따라 그 결과가 획획 달라지는 시기 아닌가. 한유림 말마따나 골프에 미쳐서 살던 동기도 있었다. 다른 취미를 찾았던 동기도 있었고. 재원은 그저 환자 보고, 논문 쓰고 나면 지쳐서 수동적인 취미, 그러니까 게임이나 했더랬다.

"죄송합니다."

그런 얘기를 할 수는 없어서, 재원은 일단 죄송하다 했다. 한유림은 못마땅하다는 얼굴로 재원을 바라보았다. 못하건 말건 나가서 인원수 때워주길 바라는 눈치였다. 아니, 그보다도 옆에 선 제약 회사 사람이 더 간절해 보였다.

'이건……, 이건 엄밀히 말하면 불법이 아니라 했나?'

아마 저 사람이 골프장 잡아주고, 픽업도 해줄 터였다. 원장단쯤 되는 사람이 원하면 그렇게 되는 모양이었다. 헷갈렸다. 이게 불법인지 아닌지. 하지만 별로 좋은 일 같지는 않았다. 그것만은 확실했다.

'나는 나중에 높아지더라도…… 이러진 말아야지.'

속으로 이런 생각을 했다. 그러나 현실은 꼼짝없이 잡혀서 끌려갈 수밖에 없는 상황이었다. 그때 핸드폰이 울렸다. 듣기만 해도 짜증이 확 솟구치는 그런 소리였다.

"뭐야?"

"아, 제가 오늘 외상 당직이라."

"뭐? 그럼 일단 받아. 아니, 나가, 나가."

한유림은 벨소리에 인상을 쓰더니, 외상이라는 말에는 숫제 질겁했다. 잘됐다 싶었다. 외상 환자가 달갑지 않은 것은 재원도 마찬가지였지만, 주말에 원치 않는 골프에 끌려가는 것보다는 백 번 천 번 나았다.

"네, 외과 양재원입니다."

"네, 선생님. 그…… 칼에 찔린 환자가 이송 중이라고 합니다. 5분 내에 도착합니다."

"아……. 네, 내려갈게요."

"네, 감사합니다."

해서 재원은 서둘러 응급실로 향했다. 외과 레지던트 하나가 초조한 얼굴로 서 있었다. 그럴 터였다. 칼에 찔렸다고 했으니.

'외과로 콜이 됐으면 아마도 복부……. 하…….'

목이 찔리면 이비인후과, 가슴은 흉부외과, 머리는 신경외과를 콜 하는 식이었다. 딴 데도 다 골 때리는 부위지만 배도 만만치는 않았다. 일단 뼈가 없어 보호가 덜 되는데, 너무 중요한 장기가 많지 않나. 앞부분도 뼈로 채워져 있었으면 어땠을까 하는 생각을 여러 번 했더랬다.

'그랬으면…… 자기 발도 못 잡았겠지.'

만들어진 존재라면 신이 만들었을 텐데 아무럼 그런 것도 생각하지 못했겠나. 쓸데없는 생각을 하고 있다보니 사이렌 소리가 들이닥쳤다. 저 소리 만든 사람은 진짜 상 받아야 했다. 듣자 마자 두근거리는 소리라니. 정말로 급해 보이지 않나.

"복부 자상입니다!"

"칼, 칼은 뭐예요?"

"사시미칼입니다!"

"이런 망할."

재원은 고개를 가로젓고는 일단 처치실로 향했다. 바이털을 확인하기 위함이었다. 다행히 당장 어떻게 될 것 같진 않았다. 엉망인 것은 오히려 머릿속이었다.

'뭘 해야 하지? 뭘 해야 해.'

배우긴 했다. 하지만 제대로 수련받지는 못했다. 그냥 환자가 오면 되는대로 했다. 교수님마다 방침이 다르기도 했다. 대한민국의 의료는 최정점에 있다 해도 과언이 아니었으나, 외상 외과에 있어서만큼은 걸음마도 못 걷고 있는 실정이라 그랬다.

"일단 CT! CT 찍자!"

해서 검사부터 해보려 했다. 아는 게 많아지면 뭔가 할 수 있는 것도 많아지겠지 싶어서였다.

"보호자분, 여기 들어오시면 안 됩니다."

그때 누군가 처치실에 들어왔다. 레지던트가 당황한 얼굴로 달려가 말렸다. 상대는 그런 레지던트를 한 손으로 툭 밀어내고는 말했다.

"아니, 아니지. CT부터 찍으면 안 되지."

"에?"

뭔 개소리일까. 재원은 어벙벙해하다가 문득 자기 옆에 사내가 서 있다는 걸 깨달았다.

"이게 무슨 짓입니까? 시큐리티 부를까요?"

무서웠다. 상대는 키도 크고 덩치도 좋았으니까. 얼굴도 잘생기긴 했는데 인상을 쓰고 있어서 그런가, 눈을 마주치면 안 될 것 같았다. 그래서 시큐리티 운운을 해보았다. 그럼 보통은 쪼니까.

"시큐리티는 내가 불러야 할 거 같은데."

"그게 무슨 소립니까?"

"아주 멍청한 의사 둘이 환자 하나 골로 보내고 있으니까."

"뭔 개…….''

상대는 쫄지 않았다. 대신 환자의 옷을, 가슴까지 올려져 있던 옷을 찢어버렸다.

'어……. 깡패…….'

재원의 눈에 제일 먼저 들어온 것은 문신이었다. 그러나 사내가 가리킨 것은 달랐다.

"자, 두 돌팔이 선생님들?"

"도, 돌팔이라뇨. 말씀이 너무…….''

"조용히 하시고. 여기 환자분 가슴이나 좀 봅시다."

"뭔 가슴을……. 다친 건 배인데."

멍이 보였다.

"좌측 상복부……. 비장이 물론 중요한 장기시. 하지만 찌르고 들어간 방향을 보면 기껏해야 껍질이나 다쳤을 거야. 근데 혈압은 개판에 의식도 없지. 그런데도 별거 아닌 배 상처나 후벼 파고 있으니……. 이제 뭐가 원인인지 감이 좀 잡히시나, 두 돌팔이 선생님들?"

"시, 심낭 압전!"

"이야, 역시 펠로우가 조금 낫네. 그럼 뭘 해야 하지?"

"처, 천자! 여기 초음파랑 스파이널 니들 준비해주세요! 흉부외과 콜도 해주시고!"

당황한 재원은 이렇게 외쳤다. 하지만 흉부외과는 심장 파열로 못 오는 상황.

'아, 죽겠구나.'

죽을 게 뻔했다. 이건 어떻게 할 수 있는 게 아니었으니. 그래도 뭐라도 해야 했다. 해서 재원은 바늘로 천자를 시도했다. 아니, 하려고 했다.

"되게 창의적이란 얘기 많이 들을 것 같아."

"네?"

"기상천외한 방법으로 사람을 죽이려 드네."

"아까부터…… 자꾸 시비 거시는데, 대체 누굽니까?"

상대가 나서지 않았다면.

"나?"

"네."

하여간 누구냐 물었더니, 상대는 당당한 얼굴로 답했다.

"백강혁. 오늘부터 이 병원 중증외상팀 교수야. 비켜봐. 그렇게 찌르면 환자 뒈져."

그때부터는 정신이 하나도 없었다. 그는 실로 완벽한 천자로 환자의 생을 연장하더니, 수술방을 향해 내달렸다.

'와……. 이게……, 이게 되는 건가?'

그뿐만이 아니었다. 수술은 더 완벽했다. 아니, 완벽하다는 말로도 좀 부족했다. 교과서에 그림으로 그려져 있던 것보다도 더 잘됐으니까.

'그래, 내가……, 내가 되고 싶었던 의사는 이런 거였어.'

그제야 재원은 군 시절 때문에 잊었던 로망을 되찾을 수 있었다. 칼끝 하나로 사람을 살리는 의사. 그게 되고 싶어서 외과로 오지 않았나. 당시 외과는 인기가 없다 못해, 과 전체가 정부 지원금이라는 산소 호흡기에 의존하고 있을 때임에도 불구하고 지원했던 이유. 성적이 썩 괜찮은 데다가 나이도 어리고, 인성도 좋고, 인상도 괜찮은 재원이 외과를 지원한다 했을 때 말리던 사람이 어디 한둘인가. 그럼에도 외과에 온 것은 바로 이런 의사가 되고 싶어서였다.

*

"그때 그랬지. 내가 그때 미쳤었나봐."

재원은 밤을 새우고 나와 넋두리를 늘어놓았다. 옆에는 장미가 서 있었다. 그녀 또한 재원 못지않게 지쳐 보였다. 당연한 일이었다. 같이 밤을 샜으니까.

"근데 그날 임팩트가 좀 있긴 했어요. 선생님 헬기도 타지 않았어요?"

"어? 어어. 그랬지. 그러고 보니까 진짜…… 드라마틱했네."

다시 생각해봐도 정신없는 하루였다. 백강혁이라는 역대급 미친 사람을 처음 본 것으로도 모자라, 사람을 둘이나 살렸으니까. 거기에 홀려서 외상 외과를 지원할 만도 하지 않았나. 재원은 아마 죽을 때까지도 그날을 잊지 못할 터였다.

"후회하세요?"

장미는 웃으며 물었다. 답을 다 알고 있다는 얼굴이었다. 재원도 웃고 있었다. 벌써 며칠째 집에 가지도 못한 주제에.

"아니. 그 후부터…… 비로소 내가 살아 있는 느낌이라."

그런 재원을 보며 장미가 말했다.

"이럴 때 보면 좀 멋있긴 한데."

"그래? 그럼 이제라도."

"아뇨. 나도 외상센터 있는데 남편도 외상센터에 있으면 어떻게 같이 살아요."

"아, 그러니까 좀 후회되는데."

재원이 너스레를 떠는 사이 전화가 왔다. 국제 전화였다. 웃음꽃이 피었던 분위기는 순식간에 반전되었다. 이건 백강혁이니까.

"왜……. 이 양반이 왜."

불현듯 불안한 생각이 머릿속을 스치고 지나갔다. 곧 안식년이었으니까.

'설마. 에이. 설마.'

악마도 아니고, 안식년을 뺏으려고? 그게 말이 되나. 재원은 그런 생각을 하며 전화를 받았다.

"응? 교수님. 오늘 휴가세요?"

"어. 휴가."

"웬일……, 웬일이에요?"

"나도 사람인데 하루는 쉬어야지."

"그러니까. 그게 웬일이냐고……."

"무슨 뜻이냐?"

"아니, 아닙니다."

강혁은 요즘 들어 부쩍 개기기 시작한 재원을 침묵시키곤 병원을 나섰다. 평소와는 달리 수술복 차림도 아니었고, 가운도 걸치지 않은 채였다. 그저 새카만 정장을 입고 있었다. 평소 그라면 그저 멋져 보이기만 했을 텐데, 오늘은 어쩐지 쓸쓸해 보였다.

'음…….'

실제로 강혁은 쓴맛을 느끼고 있었다. 별로 가고 싶지 않은 곳으로 가야 하기에 그랬다. 물론 안 갈 건 아니었다. 강혁은 뭔가를 피하는 종류의 사람은 결코 아니었기에 그랬다. 그는 해야 할 일이 있으면 반드시 하는, 그런 사람이었다. 실로 오랜만에 차에 시동을 걸었다. 딱히 운전을 싫어하는 건 아니었다. 그저 다닐 일이 없을 뿐. 그렇지 않겠나. 아직 대한민국에서 중증외상센터장으로 일한다는 건, 어지간한 일상을 다 포기해야 한다는 말과 같았으니.

'거, 멀리도 갔네.'

강혁이 모는 차는 곧 서울을 벗어나 교외로 향했다. 평일인 데다가 시간도 애매해서 전혀 막히진 않았다. 그저 밟는 대로 갈 수 있었다. 속도가 그렇게까지 빠르지 못한 것은, 강혁이 밟지 않아서 그랬다. 제한 속도를 준수하기 위함은 아니었다. 다만 내키지 않을 뿐.

'여긴가……'

표지판에 납골당이라 쓰여 있었다. 사람들이 많이 찾는 곳은 아니었으나, 오가는 이들에게 예의를 갖추기 위함인지 도로는 깨끗했다. 옆으로는 나름 관상수들이 많이 심겨 있어 상쾌한 기분마저 들었다. 아니, 들었을 터였다. 목적지에 누군가의 죽음만 없었더라면. 강혁은 차를 멈추고 납골당으로 향했다. 헤매는 일은 없었다. 이번이 처음이 아니었으니 당연한 일이었다.

'선배.'

이곳은 죽은 선배가 묻혀 있는 곳이었다. 다른 함과는 달리 선배의 유골함은 먼지가 좀 끼어 있었다. 강혁을 제외하면 그 누구도 찾아오지 않을 테니 그럴 수밖에 없었다. 강혁은 우선 미리 준비한 손수건으로 함을 닦았다. 1년간 묵은 먼지가 닦여 나왔다. 죽을 때도 그랬지만, 참 외로운 죽음이었다. 그 누구도 알아봐주지 않는, 그런 종류의 죽음.

'그러게……. 내가 좀 기다렸다가 같이 하자니까.'

중증외상센터란, 적어도 대한민국에서는 혼자 질 수 있는 업이 아니었다. 물론 강혁은 인간의 수준을 많이 넘어가 있기는 했다. 당장 여기에서뿐만 아니라 시리아에서도 깊은 인상을 남겼을 정도로 대단한 존재였다. 블랙 워터스에서 괜히 떠나겠다는 강혁을 붙잡고 백지 수표를 건네려 했던 게 아니었다. 그의 존재

여부가 작전의 성패를 가른다고 해도 과언이 아니지 않았나. 특히 구출 작전에서의 강혁은 숫제 천사였다. 아니, 괴물이라고 해야 하나?

"나도 힘들긴 합니다."

그런 강혁조차도 대한민국의 중증외상센터는 쉽지 않은 일이었다. 단지 자기가 맡은 일만 잘한다고 해서 뭐가 되는 것도 아니었다. 힘든 만큼 보상이 있고, 또 쉴 수 있는 시간이 주어졌던 용병 일하고도 달랐다. 그냥 아무것도 없었다. 오늘 일한다고 해서 내일 쉴 수 있나? 아니었다. 그저 또 다른 오늘이 시작될 뿐이었다. 그럼 그렇게 고생한 만큼의 보상은 주어지는가? 인센티브는커녕 월급이 깎이지나 않으면 다행이었다.

"그래서 선배가 있었으면 어땠을까 해요."

강혁은 쓸쓸한 얼굴로 유골함에 대고 말했다. 물론 강혁은 이 사람에 대해 아주 잘 알지는 못했다. 그저 최윤섭에게 전해 들은 것이 거의 전부였다. 그나마도 이 선배가 죽은 후론 뚝 끊겼다. 비슷한 얘기만 나와도 최윤섭이 울적한 얼굴이 되어 입을 꾹 다물어서 그랬다. 하기야 이 일을 잊지 못해 결국, 나라를 아예 떠버리기까지 한 사람 아닌가. 고통으로 얼룩졌던 최윤섭의 삶에서조차 먼저 떠나버린 제자는 돌이킬 수 없는 일격이었던 모양이었다.

"나도 힘들다는 걸 말할 사람은 있었을 거 아냐."

그러나 강혁은 알고 있었다. 이 선배만큼은 정말로 강한 사람이었다는 걸. 어찌 보면 최윤섭보다도 더 강했을 터였다. 최윤섭의 실패를 그 누구보다 잘 알고 있었으면서, 그럼에도 불구하고 같은 길을 또 걸었던 사람이니. 그런 사람에게라면 솔직하게 힘들단 말을 할 수 있지 않았을까?

'그 새끼들은…… 아직 멀었거든.'

양재원. 좋은 놈이긴 했다. 의외로 기특한 놈이기도 했고. 하여간에 첫 번째로 남겠다고 한 녀석이지 않나. 심지어 도망가지도 않고 잘 버티고 있었다. 실력도 꽤 늘었고.

'뭐……. 그래도 혼자는 아니지.'

한유림. 처음 봤을 때는 강혁이 싫어하는 인간의 전형이었다. 의사임에도 불구하고 환자보다는 권력을 탐하는 인간. 그것을 위해 위에는 아부하고 아래를 쥐어짜는 인간. 그러나 지금은 그저 한 사람의 의사가 되어 있었다. 어떻게 하면 더 잘할 수 있을까. 어떻게 하면 내 눈앞의 환자를 살릴 수 있을까 고민하는.

'그리고 괜찮은 놈도 하나 있고?'

백장미. 역시 백씨라 그런가, 뭐가 달라도 달랐다. 가르쳐야 할 것투성이긴 했다. 하지만 한번 가르치면 도무지 잊는 법이 없었다. 심지어 그 일을 간호사 업무에 맞춰 발전시키기까지 했다. 그에 그치지 않고 다른 간호사들도 가르쳤다. 얘가 없었으면 강혁도 더 버티기 어려웠을 수도 있었겠다, 싶었을 지경이었다.

"그래도 아직 내 속을 털어놓을 순 없어. 노인네가 이랬던 거 같은데……."

강혁은 혼잣말인지 아니면 선배에게 하는 말인지 모를 말을 이어나갔다. 머릿속에는 어느새 최윤섭이 떠올라 있었다. 그에게 여러 가지를 가르쳐준 스승이었다. 솔직히 말해서 수술은 그 닥이었다. 다른 이들에 비하면야 잘하는 편이었지만, 강혁의 높 디높은 기준에 비하면 댈 것이 못 되었다. 특히 시리아에서 세계 굴지의 외과의들과 교류하며 실력을 더 쌓은 지금의 강혁에게는 눈에 차지 못했다.

'그 양반이 그래도…… 날 사람 만들었지.'

그에게는 환자를 대하는 법을 배웠다. 그럼에도 재원이나 장 미는 강혁이 입을 열면 질겁하지만. 강혁은 알 수 있었다. 그래 도 전보다는 낫다는 걸. 또 재원과 장미는 어찌 되었건 강혁을 존경하고 따르지 않나. 실력이 대단해서만은 아닐 터였다.

'그때는……. 그때는 아니었지.'

레지던트 때도 강혁의 실력은 독보적이었다. 그가 나서면 교 수들조차 엄두를 못 냈던 수술을 진행할 수 있었다. 그러나 강혁 은 존경의 대상이 되지 못했다. 두려움의 대상은 되었을지언정, 질시의 대상은 되었을지언정 결코 지금과 같은 위치에 있지 못 했다.

'노인네…….'

강혁은 최윤섭에게 사람 대하는 법을 배웠다. 최윤섭 또한 그 리 능숙하게 사람을 대할 수 있는 사람이 아니어서 가능했을 터 였다. 그는 강혁을 어느 정도 이해했으니. 또 강혁의 재능을 아 까워했고.

'그 양반도 어디서 객사하는 건 아니겠지?'

강혁은 그런 스승을 추억했다. 이런 게 존경심인가? 알 수는 없었다. 하지만 가끔 보고 싶기는 했다. 노인네라고 하면 발작하던 그 모습이. 실력도 모자라는 주제에 환자 있다고 하면 무조건 나오던 그 모습이 그리웠다.

"하여간⋯⋯. 선배. 지금은 좀 달라졌어요. 아니지. 달라지고 있다고 해야 하나? 하여간 선배가 혼자 거기서⋯⋯, 그 당직실에 있을 때하고는 달라."

의미 없는 죽음이라 여겼다. 최윤섭은 그렇게 생각했다. 아마죽은 선배도 그렇게 생각했을 수도 있었다. 하지만 그의 죽음은 적어도 몇몇에게 깊은 인상을 남겼다. 그리고 변화를 불러왔다. 강혁이 오기 전에도 이미 한국대학교 병원에는 외상 콜 시스템이 자리하고 있지 않았나. 비록 유명무실한 상황이었다고는 해도, 있는 것과 없는 것은 큰 차이였다.

"우리 센터에는 의사도 셋이나 돼. 마취과 의사도 있어요. 알아요? 걔는 잘해."

그렇지 않았다면 박경원이 남을 수 있었을까? 절대 무리였을 터였다. 그럼 강혁도 더 빨리 지쳤을 터였다. 제아무리 마음이 원해도 마취를 못 하면 수술을 못 하게 되니까. 그 말은 곧 눈앞에서 계속해서 환자를 잃어가야만 한다는 뜻이었으니까.

"대단하지는 않아도⋯⋯ 돌아가는 센터야. 이걸 선배가⋯⋯ 봤으면 참 좋았을 텐데."

강혁은 준비해 온 술을 잔에 따랐다. 마시진 않았다. 딱히 뿌려주지도 않았다. 외상 외과 의사들에게 술이란 금기에 해당하는 것이었으니. 쉬는 시간이 주어지게 된다면 또 모를 일이었으나, 적어도 지금은 아니었다.

"내가 달리…… 이럴 때 뭘 해야 할지 모르겠어서. 술 싫어했다는 건 아는데. 마시는 셈 칩시다."

단지 강혁이 아는 추모의 방식이라는 것이 이것뿐이어서 그랬다. 강혁은 그렇게 잔뜩 채운 잔을 그대로 땅에 쏟았다. 알코올 섞인 물이 흙을 파고들었다. 흙이 잠시 부글 끓었다.

"이거 약간 노인네 닮았는데. 그 말 하면 화내겠지? 같이 놀리면 좋았을 텐데. 노인네 반응이 격해서 놀리는 맛이 있다고."

강혁은 허허 웃다가 이내 유골함을 자리에 내려놓았다. 그러곤 사진 하나를 보여주었다. 센터 개소식이었다.

"여기 있는지는 모르겠지만, 하여간 보라고요. 그럴듯하지? 여기 보면 헬기도 뜬다니까? 사람이 살고 있어. 이거 선배도 한몫 한 거예요. 아는 사람은 알더라고. 선배 죽음을. 죽어서야 알아준다는 게 좀 그렇긴 한데. 그래도 그게 어디야."

강혁은 말을 하다 말고, 그의 맑은 시야가 잠시 흐려졌다는 걸 깨달았다. 이유는 알 수 없었다. 강혁은 이런 적이 없었으니까.

"뭐야, 이거. 뭐가 들어갔나."

진심으로 이렇게 생각했다. 그는 선배의 유골함 앞에서 눈을 훔친 후 말을 이었다.

"그리고 나름 괜찮은 후원자도 구했어요. 대통령이 되면 많이 바꿔줄 거래. 정치인들 말 바꾸는 거야 하루 이틀 일이 아니긴 한데……. 그런 말이라도 했잖아. 관심 가져주는 사람이 아무도 없는데……. 그래도 말이라도 했잖아?"

쉽지는 않았다. 별 이유도 없이 말이 느려졌다. 숨을 쉬기가 어려웠다.

"내가 어제 당직을 서서. 뭐 매일 당직이기는 한데. 그래서 힘든가본데……."

강혁은 잠시 말을 멈추고 하늘을 바라보았다. 우중충한 납골당 분위기와는 반대로 밝은 햇살이 내리쬐고 있었다.

"보고 있으리라 믿을게요. 덕분에 많이 달라지고 있으니까 후회는 하지 말라고. 그 말을 하고 싶었어. 선배는 잘했어. 충분히 했어. 바통을 나한테 이어줬으니까, 그것으로 충분한 거지."

강혁은 인상을 쓴 채 말을 이었다. 바통. 그래, 이어받은 바통을 생각하면서였다. 분명 손에는 아무것도 없었지만 어쩐지 무언가 이어지는 듯했다. 다행히 강혁은 자신이 없어도 이것이 재원에게 이어질 것이라는 걸 확신할 수 있었다.

"거기서 더 보고 있으라고. 얼마나 달라지는지. 내가 또 천재잖아. 내가 하면 달라. 노인네한테는 안부……, 아니지. 노인네 아직 안 죽었지. 안부는 내가 전할게요. 그럼…… 내년에 봅시다."

〈끝〉